MW01676973

3.0

Questa è un'opera di finzione. I nomi, i personaggi, i luoghi, le organizzazioni, gli eventi e gli avvenimenti sono frutto dell'immaginazione dell'autrice o sono usati in modo fittizio

Titolo originale: *Lilac Girls*
Copyright © 2016 by Martha Hall Kelly
All rights reserved

Traduzione dall'inglese di Angela Ricci
Prima edizione: ottobre 2016
© 2016 Newton Compton editori s.r.l.
Roma, Casella postale 6214

ISBN 978-88-541-9484-7

www.newtoncompton.com

Realizzazione a cura di Sandro Ristori
Stampato nell'ottobre 2016 da Puntoweb s.r.l., Ariccia (Roma)
su carta prodotta con cellulose senza cloro gas provenienti
da foreste controllate, nel rispetto delle normative ambientali vigenti

Martha Hall Kelly

Le ragazze senza nome

Newton Compton editori

A mio marito, Michael,
che fa ancora fare *click* al mio portacipria

Parte prima

Capitolo 1
Caroline

Settembre 1939

Se avessi saputo che stavo per incontrare l'uomo che mi avrebbe mandata in frantumi come un vaso di porcellana scagliato contro uno di terracotta, sarei rimasta a dormire. Invece buttai giù dal letto il nostro fioraio, Mr Sitwell, perché dovevo comprare una *boutonnière*. Era la mia prima festa di gala al consolato e non c'era tempo per le buone maniere.

Passai tra la folla di persone che camminavano sulla Quinta Avenue. Uomini con cappelli grigi di feltro mi spintonavano, sui quotidiani che spuntavano dalle loro ventiquattrore si leggevano gli ultimi titoli positivi del decennio. Non c'era aria di tempesta quel giorno da est, nessun sintomo di ciò che stava per accadere. L'unico segnale minaccioso che arrivava da quella parte – in direzione dell'Europa – era l'odore delle acque calme dell'East River.

Quando mi avvicinai al nostro palazzo, all'angolo tra la Quinta Avenue e la Quarantanovesima, mi accorsi che Roger mi stava guardando dalla finestra. Aveva licenziato per molto meno di venti minuti di ritardo, ma poiché era l'unica occasione in tutto l'anno in cui l'élite di New York apriva i portafogli e si fingeva interessata alla Francia, non era il caso di presentarsi con una *boutonnière* da quattro soldi.

Girai l'angolo, i raggi del sole si riflettevano sulle lettere dorate finemente incise sulla pietra angolare dell'edificio: LA MAISON FRANÇAISE. Il French Building, sede del consolato francese, era proprio accanto al British Empire Building. Si affacciava sulla Quinta Avenue e faceva parte del Rockefeller Center, il nuovo complesso di Junior Rockefeller costruito in granito e pietra calcarea. Molti consolati stranieri avevano i propri uffici lì, in un gran miscuglio di corpi diplomatici internazionali.

«Prego, sistematevi in fondo, rivolti verso le porte», disse Cuddy, il nostro ascensorista.

Il signor Rockefeller aveva scelto accuratamente i ragazzi per quel lavoro, selezionandoli in base alle buone maniere e al bell'aspetto. Cuddy era robusto e aveva i capelli già brizzolati, come se il suo corpo avesse fretta di invecchiare.

Teneva lo sguardo fisso sui numeri luminosi sopra le porte dell'ascensore. «Oggi c'è un sacco di gente, Mrs Ferriday, Pia dice che sono arrivate due nuove navi».

«Meraviglioso», dissi. Cuddy si spolverò la manica dell'uniforme azzurra. «Stasera si fa tardi di nuovo?».

Per essere l'ascensore più veloce del mondo, ci stava mettendo comunque un'eternità. «Alle cinque me ne vado. C'è la serata di gala».

Amavo il mio lavoro. Nonna Woolsey aveva iniziato la tradizione di famiglia, curando come infermiera i soldati della battaglia di Gettysburg. Ma il mio posto di volontaria a capo dell'assistenza familiare per conto del consolato francese per me non era un vero lavoro. Amavo tutto ciò che aveva a che fare con la Francia per una specie di predisposizione genetica. Nonostante mio padre fosse per metà irlandese, il suo cuore apparteneva alla Francia, e mia madre aveva ereditato un appartamento a Parigi dove andavamo tutti gli anni ad agosto. Insomma, lì mi sentivo a casa.

L'ascensore si fermò. Anche se le porte erano chiuse, si sentiva un gran fracasso di voci eccitate. Fui attraversata da un brivido. «Terzo piano», disse Cuddy. «Consolato francese. Attenzione alle...».

Quando le porte si aprirono, il rumore sovrastò tutte le formule di cortesia. Il corridoio fuori dalla nostra reception era così pieno di gente che era quasi impossibile passare. Il *Normandie* e l'*Ile de France,* due tra i più imponenti transatlantici francesi, erano approdati quella mattina al porto di New York, carichi di ricchi passeggeri che fuggivano dall'incerta situazione in cui versava la Francia. Non appena la sirena aveva cessato di suonare – il segno che era possibile scendere dalla nave – quella folla d'élite si era diretta subito verso il consolato, per risolvere la questione del visto e altre faccende del genere.

Attraversai la reception immersa nel fumo di sigaretta, passando in mezzo a un folto gruppo di signore francesi che indossavano vestiti all'ultima moda parigina e chiacchieravano avvolte in una nuvola di profumo Arpège, con l'odore del mare che ancora impregnava i capelli. Erano persone abituate a essere seguite come un'ombra da un maggiordomo sempre pronto a porgere un posacenere di cristallo e un calice di champagne. Gli inservienti del *Normandie,* con la loro giacca scarlatta, camminavano accanto ai loro corrispettivi dell'*Ile de France,* vestiti di nero. Cercai di inserirmi tra la folla e raggiungere la scrivania della nostra segretaria, e la mia sciarpa di chiffon si incastrò nel fermaglio della collana di perle di una di quelle splendide creature. Mentre cercavo di disincastrarmi, suonò l'interfono.

Roger.

Immersa tra la folla, sentii un colpetto sul fondoschiena, mi girai e vidi un marinaio con un sorriso di bronzo stampato in viso.

«*Gardons nos mains pour nous-mêmes*», dissi. *Teniamo le mani a posto.*

Il ragazzo alzò la mano sopra la folla e fece ciondolare la chiave della sua cabina privata. Almeno non era il solito ultrasessantenne che attraevo di solito. Riuscii ad arrivare alla scrivania della segretaria, che trovai seduta a scrivere a testa china.

«*Bonjour,* Pia».

Il cugino di Roger, un ragazzo di diciotto anni dagli occhi scuri, era seduto sulla scrivania di Pia, con le gambe incrociate. Teneva una sigaretta sospesa a mezz'aria, mentre rovistava in una scatola di cioccolatini, la colazione preferita di Pia. La mia casella di posta sulla sua scrivania era già sommersa di cartelle.

«*Vraiment?* E che c'è di buono nella giornata di oggi?», disse lei, senza alzare la testa.

Pia era molto più di una segretaria. Tutti avevamo diversi compiti, e tra i suoi c'erano anche registrare i nuovi clienti, aprire un fascicolo per ciascuno, battere a macchina le numerose lettere di Roger e decifrare l'enorme flusso di messaggi in codice morse, che erano la linfa vitale del nostro ufficio.

«Perché fa così caldo qui?» dissi. «Il telefono sta squillando, Pia».

Prese un cioccolatino dalla scatola. «Sì, lo fa da un po'».

Pia attraeva amanti come se emettesse delle frequenze che solo gli uomini erano in grado di cogliere. La sua era una bellezza selvaggia, ma sospettavo che il suo successo con l'universo maschile dipendesse dalle maglie aderenti che indossava.

«Puoi occuparti di alcuni dei miei incartamenti oggi, Pia?»

«Roger ha detto che non posso muovermi da questa sedia». Il suo pollice, attentamente curato grazie a una perfetta manicure, ruppe la parte posteriore di un cioccolatino per arrivare alla crema di fragole. «Vuole anche vederti, ma credo che quella donna sul divano abbia dormito in corridoio la scorsa notte». Pia sventolò la metà di un biglietto da cento dollari davanti ai miei occhi. «E il signore grasso con quei cani ha detto che ti darà l'altra metà, se lo fai passare per primo». Fece un cenno del capo verso una coppia anziana e piuttosto in carne vicino alla porta del mio ufficio. Entrambi avevano in braccio un cane bassotto dal pelo grigiastro.

Come quello di Pia, anche il mio lavoro era piuttosto variegato. I miei compiti erano numerosi: per esempio, dovevo tener conto dei bisogni dei cittadini francesi qui a New York – spesso si trattava di famiglie cadute in disgrazia – e supervisionare il mio Fondo per le Famiglie Francesi, un ente di beneficenza che spediva dei pacchi con generi di prima necessità agli orfani francesi oltreoceano. Ma io venivo da una carriera quasi ventennale a Broadway, perciò a confronto quel lavoro mi pareva una passeggiata. Sicuramente c'erano meno bauli da scaricare.

Il mio capo, Roger Fortier, apparve all'uscio della sua stanza.

«Caroline, ho bisogno di te *adesso.* Bonnet ha disdetto».

«Non puoi dire sul serio, Roger». La notizia fu un pugno nello stomaco. Mi ero assicurata di avere il ministro degli Esteri francese come relatore d'onore alla nostra serata di gala mesi prima.

«Al giorno d'oggi la vita del ministro degli Esteri francese non è facile», disse lui, dandomi le spalle e rientrando nel suo ufficio.

Arrivai nella mia stanza e cominciai a sfogliare lo schedario Wheeldex. Magari Ajahn Chah, il monaco buddista amico di mia madre, era libero quella sera?

«*Caroline*», gridò Roger. Afferrai il Wheeldex e corsi nel suo ufficio, evitando i due con i bassotti, che facevano del loro meglio per apparire quanto più possibile disperati e malmessi.

«Perché hai fatto tardi?», disse Roger. «Pia è arrivata due ore fa».

Il console generale Roger Fortier mandava avanti la baracca dal suo ufficio d'angolo, con una vista maestosa su Rockefeller Plaza e sul Promenade Cafe. Di solito quello spiazzo un po' infossato era occupato dalla famosa pista da pattinaggio, che però d'estate chiudeva; perciò in quella stagione l'area si riempiva di tavolini da caffè e di camerieri in smoking che si aggiravano scalpitanti con i grembiuli lunghi fino alla caviglia. Dietro, l'imponente Prometeo dorato di Paul Manship cadeva a terra, sollevando il fuoco rubato. Sullo sfondo, i settanta piani dell'RCA Building si stagliavano nel cielo color zaffiro. Roger somigliava molto alla statua della Saggezza, ritratta con fattezze maschili, scolpita all'entrata del palazzo. La fronte corrugata. La barba. Lo sguardo furioso.

«Mi sono fermata a prendere una *boutonnière* per Bonnet...».

«Ah, certo, mi pare una buona ragione per far aspettare metà della Francia». Roger diede un morso alla sua ciambella, e lo zucchero a velo si sparse sulla sua barba. Nonostante un fisico che con una certa dose di diplomazia si poteva definire tozzo, la compagnia femminile non gli mancava mai.

La sua scrivania era piena di cartelle, documenti riservati, dossier su cittadini francesi dispersi. Secondo quanto diceva il *French Consulate Handbook,* il suo lavoro consisteva nell'"assistere i cittadini francesi a New York in caso di furto, gravi malattie, arresto, questioni relative ai certificati di nascita e adozione, eventuali documenti rubati o smarriti; organizzare le visite di funzionari e diplomatici francesi; prestare assistenza in caso di difficoltà politiche o disastri naturali". Le tensioni in corso in Europa ci procuravano una gran quantità di lavoro in ognuno di questi ambiti, soprattutto se si includeva Hitler nella categoria dei disastri naturali.

«Devo tornare al mio lavoro, Roger...».

Lui fece scivolare una cartellina sull'immacolato tavolo delle conferenze. «Non solo non abbiamo un relatore, ma io ho passato metà della nottata in piedi a riscrivere il discorso di Bonnet. Per esempio omettendo il riferimento a Roosevelt e all'acquisto di aeroplani americani da parte dei francesi».

«La Francia dovrebbe poter comprare tutti gli aeroplani che vuole».

«Qui si tratta di raccogliere fondi, Caroline. Non è il momento di infastidire gli isolazionisti. Soprattutto quelli ricchi».

«Quelli in ogni caso non sostengono la Francia».

«Non possiamo permetterci altre critiche da parte della stampa. Gli Stati Uniti sono troppo vicini alla Francia? Questo farà avvicinare la Germania alla Russia? Riesco a stento a finire di pranzare senza essere interrotto da un giornalista. E non possiamo nominare i Rockefeller… Non voglio un'altra chiamata da Junior. Anche se immagino che arriverà in ogni caso, dal momento che Bonnet non sarà presente».

«È un disastro, Roger».

«Forse dovremmo annullare l'intera faccenda». Roger si passò le lunghe dita tra i capelli, creando nuovi solchi lucidi di brillantina Brylcreem.

«E rimborsare quarantamila dollari? E il Fondo delle Famiglie Francesi? Già non sappiamo come andare avanti! Inoltre, abbiamo cinque chili di insalata Waldorf già pagata».

«Quella la chiamano insalata?». Roger rovistò tra i biglietti da visita dei suoi contatti, sulla metà dei quali c'erano degli appunti illeggibili, o delle croci a sbarrare i nomi. «È *pathétique*… sono semplici fettine di mela e sedano. E quelle noci mollicce…».

Ripresi a consultare il mio Wheeldex in cerca di candidati di grido. Io e mia madre conoscevamo Julia Marlowe, la famosa attrice, che però era in tour in Europa. «Che ne pensi di Peter Patout? Gli amici di mia madre si sono rivolti a lui in passato».

«L'architetto?»

«Di tutta la fiera mondiale. Con quel robot alto due metri».

«Noioso», disse Roger battendo il tagliacarte d'argento contro il palmo della mano.

Andai alla *L*. «Il capitano Lehude?»

«Del *Normandie?* Dici sul serio? Praticamente lo pagano per addormentare la gente».

«Non puoi bocciare ogni proposta senza neanche pensarci, Roger. Che mi dici di Paul Rodierre? Betty dice che di questi tempi è sulla bocca di tutti».

Roger serrò le labbra, un buon segno. «L'attore? Ho visto qualche suo spettacolo. È bravo. Alto e attraente, se ti piace il genere. Metabolismo veloce, sicuramente».

«Almeno sappiamo che è in grado di memorizzare un copione».

«È un po' una mina vagante. Ed è sposato, quindi non farti strane idee».

«Ho chiuso con gli uomini, Roger». All'età di trentasette anni, mi ero rassegnata a essere single.

«Non sono sicura che Rodierre accetterà. Vedi chi riesci a far venire, ma assicurati che chiunque sia si attenga al discorso. Niente Roosevelt…».

«E niente Rockefeller», conclusi.

Tornai al lavoro e tra un caso e l'altro esplorai delle soluzioni dell'ultimo minuto, optando infine per Paul Rodierre. Era a New York per un musical americano che andava in scena al Broadhurst Theatre, *The Streets of Paris,* il debutto di Carmen Miranda a Broadway.

Chiamai la William Morris Agency e mi risposero che avrebbero controllato e mi avrebbero fatto sapere. Dieci minuti dopo, l'agente di Rodierre mi disse che il teatro quella sera era chiuso e che, sebbene il suo cliente non disponesse di un abito da sera, era molto onorato dalla nostra richiesta di presenziare alla serata di gala. Mi diede un appuntamento al Waldorf per discutere i dettagli. Il nostro appartamento sulla Quindicesima Est era a un tiro di schioppo dal Waldorf, perciò mi fermai per indossare l'abito scuro di Chanel di mia madre.

Raggiunsi Mr. Rodierre, seduto al Peacock Alley Bar dell'hotel Waldorf, adiacente alla lobby, nel momento esatto in cui l'enorme pendolo in bronzo dell'orologio da due tonnellate scandiva la mezz'ora, con il suo delizioso rintocco in stile cattedrale di Westminster. Gli ospiti della serata di gala cominciarono a entrare, diretti alla grande sala da ballo del piano superiore.

«Monsieur Rodierre?», dissi.

Roger aveva ragione a proposito del suo fascino. La prima cosa che si notava, dopo la scossa iniziale data dalla sua bellezza fisica, era il suo notevole sorriso.

«Come posso ringraziarla per aver accettato all'ultimo minuto, Monsieur?».

Lui si alzò dalla sedia, mettendo in mostra un fisico che pareva più adatto a un canottiere pronto alla regata sul Charles piuttosto che a un attore di Broadway. Fece per baciarmi sulla guancia, ma io gli porsi la mano e lui la strinse. Era bello incontrare un uomo della mia stessa altezza.

«Piacere mio», disse.

Il problema era il suo abbigliamento. Pantaloni verdi, una giacca sportiva di velluto color melanzana, scarpe marroni scamosciate e poi la cosa peggiore di tutte: una maglietta nera. Solo i preti e i fascisti indossavano magliette nere. E gli assassini, ovviamente.

«Desidera cambiarsi?». Cercai di resistere all'istinto di mettergli a posto i capelli, lunghi abbastanza da poterli raccogliere in una coda con un elastico. «Magari vuole farsi la barba?». A quanto mi aveva detto il suo agente, Monsieur Rodierre alloggiava all'albergo, perciò il suo rasoio doveva essere nella sua stanza, qualche piano sopra di noi.

«È così che mi vesto di solito», disse scuotendo le spalle. Tipico degli attori. Ma come mi era venuto in mente? La folla di ospiti diretti alla sala da ballo stava aumentando, le donne erano splendide nei loro abiti raffinati, gli uomini in smoking, con scarpe di vernice o di cuoio lucido.

«È la mia prima serata di gala», dissi. «È l'unico evento organizzato dal consolato per la raccolta fondi ed è richiesta la cravatta bianca». Sarebbe entrato nel vecchio abito di mio padre? Di gambe doveva andargli bene, ma gli sarebbe stato troppo stretto di spalle.

«Lei è sempre così energica, Miss Ferriday?»

«Be', a New York l'originalità non è sempre apprezzata». Gli passai i fogli graffettati. «Immagino che sia ansioso di leggere il discorso».

Me lo restituì. «No, *merci*».

Glielo porsi di nuovo. «L'ha scritto il console generale in persona».

«Mi rinfreschi la memoria. Perché mi trovo qui?»

«Si tratta di un'iniziativa di beneficenza per i cittadini sfollati e per il Fondo delle Famiglie Francesi. Aiutiamo gli orfani che in Francia hanno perso i genitori per svariati motivi. Nel clima di incertezza che c'è all'estero, possono fare affidamento solo su di noi per cibo e vestiti. Inoltre, questa sera ci saranno anche i Rockefeller».

Rodierre sfogliò le pagine del discorso. «Avrebbero potuto staccare un assegno ed evitare tutto questo».

«Sono tra i nostri sostenitori più generosi. Ma non faccia riferimenti a loro. O al presidente Roosevelt. O agli aerei che gli Stati Uniti hanno venduto alla Francia. Molti dei nostri ospiti amano la Francia, naturalmente, ma preferirebbero restare fuori dalla guerra al momento. Roger vuole evitare discussioni».

«Girare attorno alle cose toglie autenticità alle parole. Il pubblico lo percepisce».

«Potrebbe solo attenersi al discorso scritto, Monsieur?»

«Preoccuparsi troppo potrebbe farle venire un infarto, Miss Ferriday».

Tirai fuori il mughetto da mettere all'occhiello. «Ecco la *boutonnière* per l'ospite d'onore».

«Un *muguet?*», disse Monsieur Rodierre. «Dove l'ha trovato in questo periodo dell'anno?»

«A New York si trova qualsiasi cosa. Il nostro fioraio lo produce artificialmente a partire dai semi».

Posai la mano sul risvolto della sua giacca e agganciai la spilla al velluto francese. Quell'odore meraviglioso veniva da lui o dai fiori? Perché gli uomini americani non profumavano così, di tuberosa e muschio selvatico...

«Lei sa che il mughetto è un fiore velenoso, vero?», disse Monsieur Rodierre.

«E allora non lo mangi. Almeno non prima di terminare il discorso. Oppure può usarlo se il pubblico le si rivolta contro».

Lui cominciò a ridere, e io mi ritrassi. Aveva una risata così genuina... non si sentiva spesso negli ambienti dell'alta società, soprattutto in relazione alle *mie* battute.

Accompagnai Monsieur Rodierre nel backstage e rimasi sbalordita dall'ampiezza del palco, grande il doppio rispetto a quelli su cui ero salita a Broadway. Lanciammo un'occhiata alla fila di tavoli illuminati dalle luci delle candele, simili a navi cariche di fiori che galleggiavano nell'oscurità. Sebbene fosse regolato al minimo, il lampadario di cristallo di Waterford e i suoi sei bracci scintillavano nella penombra.

«Questo palco è enorme», dissi. «È sicuro di riuscire a reggere la pressione?».

Monsieur Rodierre si girò verso di me. «Lo faccio per lavoro, Miss Ferriday».

Per non inimicarmelo ancora di più, lasciai Monsieur Rodierre e il discorso nelle quinte, cercando di non pensare alle scarpe marroni scamosciate. Mi affrettai verso la sala da ballo per vedere se Pia aveva rispettato la mia disposizione dei posti, più dettagliata e pericolosa di un piano di volo della Luftwaffe. Vidi che si era limitata a gettare qualche cartoncino sui sei tavoli dei Rockefeller, quindi li risistemai e presi posto vicino al palco, tra la cucina e il tavolo principale. Tre file di palchi con drappi di velluto rosso si levavano in alto fino alla galleria, ciascuno ospitava un tavolo per cenare. Tutti i millesettecento posti erano prenotati, se qualcosa fosse andato storto ci sarebbe stata un sacco di gente scontenta.

Gli ospiti presero posto, un mare di cravatte bianche, antichi diamanti preziosi, e talmente tanti abiti da sera del Faubourg Saint-Honoré che si sarebbe detto che praticamente tutti i migliori negozi di Parigi fossero stati ripuliti da cima a fondo. Solo i corsetti avrebbero garantito ai grandi magazzini Bergdorf Goodman di raggiungere il loro obiettivo di vendite trimestrale.

Un branco di giornalisti venne verso di me, afferrando le matite poggiate dietro le orecchie. Il capocameriere era in piedi al mio fianco, in attesa di cominciare il servizio. Fece il suo ingresso Elsa Maxwell, la regina del gossip, organizzatrice professionale di eventi e self promoter *ne plus ultra.* Si sarebbe tolta i guanti e avrebbe appuntato sul suo quaderno orribili e particolareggiati dettagli sulla serata, oppure avrebbe semplicemente memorizzato l'orrore nel suo complesso?

I tavoli erano quasi tutti pieni quando arrivò anche Mrs Cornelius Vanderbilt, che Roger chiamava "Vostra Grazia", con una scintillante collana di Cartier sul petto. Non appena il suo sedere toccò il cuscino della sedia, e la sua stola di volpe, completa di testa e zampe, fu appoggiata sullo schienale, diedi il segnale di servire le prime portate. Poi le luci si smorzarono e Roger salì sul palcoscenico illuminato, accolto da un sentito applauso. Non ero mai stata così nervosa quando era toccato a me entrare in scena.

«*Mesdames et Messieurs,* il ministro degli Esteri Bonnet vi porge le sue più sincere scuse, ma non potrà essere qui questa sera». La folla mormorò, incerta su come reagire a quella delusione. Avrebbero chiesto un risarcimento per posta? O avrebbero chiamato Washington?

Roger alzò una mano. «Ma abbiamo chiesto a un altro francese di venire a parlarvi questa sera. Non si tratta di un funzionario governativo, ma del protagonista di uno degli spettacoli più importanti di Broadway».

Ancora mormorio tra la folla. Non c'è niente di meglio di una sorpresa, ammesso che venga accolta bene.

«Permettetemi di presentarvi Monsieur Paul Rodierre».

Monsieur Rodierre passò davanti al podio e raggiunse il centro del palco. Ma che faceva? Il riflettore roteò sul palco per qualche secondo, cercando di localizzarlo. Roger prese posto al tavolo principale, vicino a Mrs Vanderbilt. Io ero vicina, ma non abbastanza da poterlo strangolare.

«Per me è un grande onore essere qui questa sera», disse Monsieur Rodierre quando il riflettore riuscì a centrarlo. «Sono estremamente dispiaciuto che Monsieur Bonnet non ce l'abbia fatta».

Anche senza microfono, la voce di Monsieur Rodierre riempiva la stanza. Era come se risplendesse sotto la luce dei riflettori.

«Sono un rimpiazzo modesto rispetto a un ospite tanto distinto. Spero che non abbia avuto problemi con il suo aereo. Ma in quel caso, sono sicuro che il presidente Roosevelt gliene avrà mandato subito un altro».

Risatine nervose si propagarono per la sala. Non avevo bisogno di guardare i giornalisti per sapere che stavano scrivendo. Roger, esperto nell'arte del *tête-à-tête,* riusciva a parlare con Mrs Vanderbilt mandandomi contemporaneamente occhiatacce furibonde.

«Ah già, non posso parlarvi di politica», continuò Monsieur Rodierre.

«Grazie a Dio!», disse qualcuno da un tavolo in fondo. La folla rise di nuovo, questa volta più forte.

«Ma posso parlarvi dell'America che conosco, un posto che mi sorprende ogni giorno. Un posto dove persone con la mente aperta accolgono non solo il teatro, i libri e la moda francese, ma anche i cittadini francesi, nonostante i nostri difetti».

«Merda», disse il giornalista accanto a me, fissando la matita rotta. Gli porsi la mia.

«Ogni giorno vedo persone che aiutano gli altri. Americani ispirati da Mrs Roosevelt, che tende la sua mano sopra l'Atlantico per aiutare i bambini francesi. Americane come Miss Caroline Ferriday, che lavora ogni giorno per aiutare le famiglie francesi che vivono negli Stati Uniti e fornisce vestiti ai bambini francesi orfani».

Roger e Mrs Vanderbilt guardarono nella mia direzione. Il riflettore mi trovò, in piedi accostata alla parete, e mi abbagliò con la sua luce così familiare. Vostra Grazia applaudì, e la folla seguì il suo esempio. Salutai immersa nel bagliore, e per fortuna quell'attimo non si protrasse troppo a lungo, lasciandomi nella fresca oscurità. Non soffrivo la mancanza dei palcoscenici di Broadway, ma era bello sentire di nuovo il calore dei riflettori sulla pelle.

«Questa è un'America che non ha paura di vendere aeroplani a chi ha combattuto con lei nelle trincee della Grande Guerra. Un'America che non ha paura di tenere Hitler lontano dalle strade di Parigi. Un'America che non avrà paura di starci vicino se quel terribile momento dovesse arrivare...».

Avevo gli occhi fissi su di lui, mi distrassi giusto un momento per lanciare un'occhiata rapida alla folla. Erano tutti rapiti, e sicuramente non si stavano concentrando sulle sue scarpe. Mezz'ora passò in un istante, io trattenni il respiro fino a che Monsieur Rodierre non concluse con un inchino. L'applauso cominciò timidamente ma poi crebbe come pioggia scrosciante sul tetto durante un temporale. Elsa Maxwell, commossa, usò il tovagliolo dell'hotel per asciugarsi le lacrime, e quando il pubblico si alzò in piedi e intonò la Marsigliese, fui felice che Bonnet non dovesse parlare dopo quella performance. Anche i membri dello staff cantarono, con la mano sul cuore. Quando si alzarono le luci, Roger parve più rilassato, e salutò la folla di benefattori che si accalcava intorno al tavolo principale. Quando la serata cominciò a volgere al termine, si spostò nella Rainbow Room, seguito da un gruppetto dei nostri migliori finanziatori e dalle Rockettes, le uniche donne di New York che mi facevano sentire bassa.

Uscendo dalla sala, Monsieur Rodierre mi toccò la spalla. «Conosco un posto sull'Hudson che ha dell'ottimo vino».

«Devo tornare a casa», dissi, anche se non avevo mangiato niente. Pensai al pane caldo e alle *escargot,* ma non era una buona idea farsi vedere in giro da sola con un uomo sposato. «Non questa sera, Monsieur, ma grazie comunque». Sarei stata a casa entro pochi minuti, in un appartamento freddo, a mangiare l'insalata Waldorf avanzata.

«Dopo il nostro successo ha intenzione di farmi mangiare da solo?», disse Monsieur Rodierre.

Perché non andare? I membri della mia cerchia sociale mangiavano sempre negli stessi pochi ristoranti. Si potevano contare sulle dita di una mano ed erano tutti nel raggio di quattro isolati dal Waldorf, nessuno vicino all'Hudson. Che male c'era in una cena?

Prendemmo un taxi fino a Le Grenier, un adorabile bistrot nel West Side. I transatlantici francesi risalivano l'Hudson e attraccavano all'altezza della Cinquantunesima, perciò in quella zona erano spuntati fuori, come funghi dopo un temporale, alcuni dei migliori localini di New York. Le Grenier viveva all'ombra del *SS Normandie,* sull'attico di un ex edificio portuale. Quando uscimmo dal taxi, vedemmo la grande nave levarsi sopra di noi, il ponte illuminato dai riflettori, le quattro file di oblò che brillavano. Un saldatore a prua sparava scintille color albicocca nel cielo, mentre un marinaio puntava i riflettori su alcuni uomini che riverniciavano la fiancata sopra un'impalcatura. Mi sentii molto piccola a starmene lì, di fronte a quella grande prua nera con le tre ciminiere rosse: ognuna era più grande del più vasto dei magazzini che si susseguivano lungo il molo. Le acque dell'Atlantico che incontravano quelle fresche dell'Hudson davano un sentore salmastro a quell'aria di fine estate.

I tavolini di Le Grenier erano occupati da persone ben vestite, per lo più della classe media, compreso un giornalista che aveva partecipato alla serata di gala: sembrava un passeggero appena sceso dalla nave e contento di essere finalmente sulla terraferma. Scegliemmo un séparé angusto, in legno, costruito sullo stile degli interni di una nave, dove si deve sfruttare ogni millimetro di spazio disponibile. Il capocameriere di Le Grenier, Monsieur Bernard, riempì Monsieur Rodierre di complimenti, gli disse di aver visto *The Streets of Paris* tre volte e gli raccontò dettagliatamente la sua carriera all'Hoboken Community Theater.

Poi si girò verso di me. «E lei, Mademoiselle. Non l'ho forse vista in scena con Miss Helen Hayes?».

«È un'attrice?», disse Monsieur Rodierre sorridendo. Era pericoloso vedere il suo sorriso così da vicino. Ma dovevo trattenermi, perché gli uomini francesi erano il mio tallone d'Achille.

Anzi, se Achille fosse stato francese, l'avrei portato in giro con me fino a trovare il modo di guarirgli il tallone.

Monsieur Bernard continuò: «Trovo che le recensioni siano state ingiuste...».

«Vorremmo ordinare», dissi.

«Qualcuno ha usato la parola "rigida", mi pare...».

«Prendiamo le escargot, Monsieur. Con poco condimento, per favore».

«E cos'è che ha scritto il "Times" a proposito della *Dodicesima notte?* "Miss Ferriday un'Olivia *appena sufficiente*"? L'ho trovato un giudizio un po' severo...».

«... e senza aglio. Poco cotte, per favore, in modo che non diventino troppo dure ».

«Vuole per caso vederle strisciare nel piatto, *Mademoiselle?*». Monsieur Bernard annotò la nostra ordinazione e si diresse verso la cucina.

Monsieur Rodierre studiò la carta degli champagne, soffermandosi sui dettagli. «Un'attrice? Non l'avrei mai detto». C'era qualcosa di intrigante nel suo modo di vestire poco curato, come un *potager* bisognoso di una bella diserbatura.

«Il consolato mi si addice di più. Mia madre conosceva Roger da anni, e quando mi ha proposto di aiutarlo non ho saputo resistere».

Monsieur Bernard posò il cestino del pane sul tavolo, indugiando un momento su Monsieur Rodierre, come per memorizzare il suo viso.

«Spero di non aver rubato il posto a un fidanzato, questa sera», disse Paul. Prese del pane dal cestino, io feci lo stesso e la mia mano sfiorò la sua, calda e morbida. Ritirai la mano.

«Sono troppo impegnata per avere un fidanzato. Conosce New York: feste e tutto il resto. Estenuante, davvero».

«Non l'ho mai vista da Sardi». Aprì un panino fumante.

«Oh, lavoro molto».

«Ho la sensazione che non lo faccia per i soldi».

«Non vengo pagata, se è questo che intende, ma non è buona educazione chiederlo, Monsieur».

«Potremmo smetterla con questo Monsieur*?* Mi fa sentire vecchio».

«Ci diamo del tu? Ci siamo appena conosciuti».

«Siamo nel 1939».

«La società di Manhattan è come il sistema solare, ha un suo ordine ben preciso. E una donna che cena con un uomo sposato è più che sufficiente per creare scompiglio».

«Qui non ci vedrà nessuno», disse Paul, indicando uno champagne della lista a Monsieur Bernard.

«Lo racconti a Miss Evelyn Shimmerhorn, nel séparé dietro il nostro».

«Quindi ormai sei rovinata?», disse con una particolare gentilezza decisamente rara negli uomini dannatamente belli. Forse la maglietta nera gli stava bene, dopotutto.

«Evelyn non aprirà bocca. Sta per avere un bambino, con un pessimo tempismo, poverina».

«Bambini. Complicano tutto, non è vero? Non c'è tempo per loro nella vita di un attore».

Un altro attore egoista.

«Tuo padre come si guadagna da vivere all'interno di questo sistema solare?».

Per essere un nuovo conoscente, Paul faceva davvero un sacco di domande.

«*Guadagnava,* in realtà. Era un commerciante».

«Dove?».

Monsieur Bernard fece scivolare sul tavolo un secchiello d'argento con delle maniglie simili agli orecchini degli zingari. Al suo interno, il collo verde smeraldo della bottiglia di champagne era riverso su un lato.

«Era in affari con James Harper Poor».

«Dei fratelli Poor? Sono stato a casa sua a East Hampton. Non è un uomo che si può definire *povero.* Vai spesso in Francia?»

«Mi reco a Parigi ogni anno. Mia madre ha ereditato un appartamento in rue Chauveau Lagarde».

Monsieur Bernard fece saltare il tappo dello champagne producendo un suono meraviglioso, che somigliava più a un tonfo che a un botto. Versò il liquido nel mio bicchiere, le bollicine giunsero fino all'orlo, rischiando di tracimare, poi si fermarono a un livello perfetto. Un esperto.

«Mia moglie, Rena, ha un piccolo negozio lì vicino, si chiama Les Jolies Choses. Lo conosci?»

Sorseggiai il mio champagne, le bollicine mi sfiorarono le labbra.

Paul fece scivolare dal portafogli la sua foto. Rena era più giovane di quanto mi aspettassi e portava i capelli scuri, con un taglio simile a quello di una bambola di porcellana. Sorrideva, a occhi spalancati, come se stesse per svelare un piccolo e delizioso segreto. Rena era molto graziosa, e probabilmente tutto il mio opposto. Immaginai che il suo negozietto fosse uno di quelli che aiutavano le donne ad agghindarsi alla maniera tipicamente francese: niente di troppo coordinato, con la giusta dose di inesattezze e dettagli dissonanti.

«No, non lo conosco», dissi. Gli restituii la fotografia. «Adorabile, comunque».

Finii lo champagne. Paul fece spallucce. «Troppo giovane per me, di sicuro, ma...». Guardò la foto per qualche istante come se la vedesse per la prima volta, inclinando leggermente il capo, poi la ripose nel portafogli. «Non ci vediamo molto».

Quel pensiero mi mise in agitazione, ma poi realizzai che, anche se Paul fosse stato disponibile, la mia natura troppo energica sarebbe uscita fuori fin troppo presto e avrebbe spento ogni forma di romanticismo.

Dalla radio in cucina giungeva la voce un po' graffiata di Edith Piaf. Paul prese lo champagne dal secchiello e me ne versò dell'altro nel bicchiere. Le bollicine effervescenti e ribelli si rovesciarono oltre l'orlo del calice. Lo guardai. Entrambi sapevamo cosa bisognava fare, naturalmente. Era la tradizione. Chiunque avesse trascorso un po' di tempo in Francia lo sapeva. Aveva forse versato troppo champagne di proposito?

Senza esitare, Paul raccolse con il dito le gocce colate fino alla base del mio bicchiere, poi allungò la mano e mi sfiorò l'orecchio sinistro con il liquido. Io sussultai al suo tocco, poi aspettai che mi scostasse i capelli di lato e mi toccasse l'orecchio destro. Il suo dito indugiò lì per un istante. Poi anche lui si bagnò entrambe le orecchie, sorridendo.

Perché improvvisamente faceva così caldo?

«Rena viene mai qui?», chiesi. Cercai di strofinare via una macchia di tè dalla mia mano e scoprii che invece era pelle scurita dall'età. Fantastico.

«Non ancora. Non le piace molto il teatro. Non è ancora venuta a vedere *The Streets of Paris,* ma io non so quanto potrò restare. A casa sono tutti agitati per via di Hitler».

Da qualche parte in cucina, due uomini discutevano. Dov'erano le nostre escargot? Erano forse andate a prenderle a Perpignan?

«Almeno la Francia ha linea Maginot», dissi.

«La linea Maginot? Ma per favore. Un muro di cemento con qualche posto di guardia. Praticamente un guanto di sfida, per Hitler».

«È profonda venticinque chilometri».

«Niente scoraggia Hitler, se vuole qualcosa», disse Paul.

In cucina si era scatenato un vero e proprio putiferio. Non c'era da stupirsi se la nostra *entrée* non era ancora arrivata. Il cuoco, senza dubbio un artista lunatico, era furioso per qualche motivo.

Monsieur Bernard uscì dalla cucina. Le porte con gli oblò dietro di lui oscillarono avanti e indietro, poi si fermarono. Avanzò fino al centro della sala. Aveva pianto?

«*Excusez-moi,* signore e signori».

Qualcuno batté con un cucchiaio sul bicchiere, e tutti fecero silenzio.

«Mi è appena arrivata una notizia da una fonte attendibile...». Monsieur Bernard prese un respiro profondo, il suo petto si gonfiò come un mantice. «Possiamo affermare con certezza che...».

Fece una pausa, per un attimo parve sopraffatto da ciò che doveva dire, poi riprese.

«Hitler ha invaso la Polonia».

«Dio mio», disse Paul.

Ci guardammo negli occhi mentre nella sala si creava un'atmosfera concitata, un misto di congetture e timori. Il reporter che veniva dalla serata di gala si alzò, mise qualche dollaro stropicciato sul tavolo, prese il cappello e uscì. Nella confusione che aveva seguito l'annuncio, le ultime parole di Monsieur Bernard non si udirono nemmeno: «Che Dio ci aiuti».

Capitolo 2
Kasia

1939

Salire sul promontorio del Prato dei Cervi per vedere i profughi era stata davvero un'idea di Pietrik Bakoski. Tanto per essere chiari. Anche se *Matka*, la mamma, non mi ha mai creduto.

Hitler aveva dichiarato guerra alla Polonia il primo settembre, ma i suoi soldati non erano piombati subito su Lublino. Io ero sollevata, non volevo che le cose cambiassero. Lublino era perfetta così. Ogni tanto ascoltavamo qualche annuncio via radio da Berlino riguardo le nuove regole, e alla periferia della città era caduta qualche bomba, ma nient'altro. I tedeschi si erano concentrati su Varsavia, e man mano che le loro truppe si avvicinavano, migliaia di profughi fuggivano verso Lublino. Le famiglie arrivavano a frotte, viaggiando per più di centocinquanta chilometri verso sud-est, e dormivano nei campi di patate attorno alla città.

Prima della guerra, a Lublino non era mai successo niente di eccitante, perciò bastava una bella alba a emozionarci, spesso anche più di un film al cinema. La mattina dell'8 settembre, raggiungemmo la cima che sovrastava il prato poco prima dell'alba e sotto di noi, nel campo, vedemmo migliaia di persone che sognavano nell'oscurità. Io ero distesa tra i miei due migliori amici, Nadia Watroba e Pietrik Bakoski, e osservavo la scena da un cumulo di paglia, ancora caldo, sul quale una cerva aveva dormito con i suoi cerbiatti. La cerva era già andata via, sono animali che si svegliano presto. Una cosa che avevano in comune con Hitler.

Non appena l'alba apparve all'orizzonte, il respiro mi si bloccò in gola, quel tipo di emozione che ti sorprende quando vedi qualcosa di talmente bello da fare quasi male, come un cucciolo, o la crema fresca sui fiocchi d'avena o il profilo di Pietrik Bakoski alle prime luci dell'alba. Il suo profilo, perfetto al 98 percento, era particolarmente bello nella cornice dell'alba, come quelli disegnati sulle monete da dieci *zloty.* In quel momento, Pietrik aveva quell'aspetto che hanno i ragazzi quando sono appena svegli, ancor prima di lavarsi: i capelli, dello stesso colore del burro fresco, erano schiacciati sul lato su cui aveva dormito.

Anche il profilo di Nadia era perfetto, com'era normale per una ragazza dalle fattezze così delicate. L'unica cosa che non le permetteva di raggiungere il cento percento di perfezione era il livido violaceo che aveva sulla fronte, ricordo di un incidente a scuola, adesso più piccolo di un uovo d'oca, eppure riconoscibile. Indossava la maglia di cachemire che mi lasciava accarezzare ogni volta che glielo chiedevo, color melone acerbo.

Era assurdo che una situazione così triste potesse contenere in sé una scena così piacevole. I rifugiati avevano creato elaborate tendopoli con lenzuola e coperte. Il sole sorse, penetrando attraverso le lenzuola a fiori di una tenda e permettendoci di vedere l'ombra delle persone all'interno, che si vestivano per affrontare la giornata.

Una madre in abiti da città scostò il lenzuolo che fungeva da porta e uscì, tenendo per mano un bambino con il pigiama e gli stivaletti di feltro. Tastarono il terreno con i bastoni, cercando patate.

Lublino si svegliò dietro di loro, in lontananza, come una città delle favole, con i tetti rossi degli edifici color pastello che spuntavano qua e là: pareva che un gigante li avesse agitati in un bicchiere come dadi, e poi li avesse fatti rotolare giù dalle colline. Più lontano, a ovest, una volta sorgevano il nostro aeroporto e un complesso di fabbriche, ma i nazisti li avevano bombardati. Erano state le prime cose che avevano colpito, ma almeno nessun tedesco aveva ancora messo piede dentro la nostra città.

«Tu credi che gli inglesi ci aiuteranno?», disse Nadia. «E i francesi?».

Pietrik fissava l'orizzonte. «Forse». Strappò qualche filo d'erba dal prato e lo lanciò in aria. «Questa è una giornata ottima per volare. Farebbero meglio a sbrigarsi».

Una mandria di mucche pascolava tra le tende, guidata da donne con un fazzoletto in testa. Una mucca alzò la coda e lasciò un mucchio di feci dietro di sé, che le altre scansarono. Ogni donna aveva sulla spalla un bidone del latte argentato. Socchiusi gli occhi e riuscii a vedere la nostra scuola, l'istituto cattolico femminile santa Monica, con una bandiera color mandarino che sventolava sul campanile. Lì i pavimenti erano così puliti che dovevamo indossare pantofole di raso quando eravamo dentro. Lezioni rigorose, messe quotidiane, professori severi. Nessuno aveva aiutato Nadia quando lei ne aveva avuto bisogno, tranne naturalmente la signora Mikelsky, la nostra insegnante di matematica preferita.

«Guarda», disse Nadia. «Quelle donne portano al pascolo le mucche, ma non ci sono pecore. A quest'ora si portano fuori anche le pecore».

Nadia era un'attenta osservatrice. Anche se aveva solo due mesi in più di me – e quindi aveva già compiuto diciassette anni – in qualche modo sembrava molto più matura. Tutti i ragazzi erano innamorati di lei, con le sue piroette perfette, la carnagione impeccabile alla Maureen O'Sullivan, la treccia bionda e compatta. Forse io non ero così bella, ed ero un'atleta disastrosa, ma una volta ero stata votata come Migliori Gambe *e* Migliore Ballerina nella mia classe del *gimnazjum* in un sondaggio informale. Un primato assoluto, almeno nella nostra scuola.

«Tu noti sempre tutto, Nadia», disse Pietrik.

Nadia gli sorrise. «In realtà no. Forse dovremmo andare giù e aiutarli a raccogliere le patate? Tu sei bravo con la pala, Pietrik».

Stava flirtando con lui? Una violazione diretta alla mia regola numero uno: *prima le fidanzate!* Pietrik aveva raccolto la *mia* corona di fiori dal fiume la sera del solstizio d'estate, aveva dato *a me* una collana d'argento con una croce. Le tradizioni non significavano più niente?

Forse Pietrik provava qualcosa per lei? Era possibile. All'inizio del mese le giovani del gruppo scout si erano messe a offrire balli a pagamento ai ragazzi del posto, per beneficenza, e la sorellina di Pietrik, Luiza, mi aveva detto che Nadia aveva comprato tutti e *dieci* i balli di Pietrik. E poi c'era stato quel brutto incidente fuori dalla scuola. Io e Nadia e ce ne stavamo andando quando dei ragazzi di strada avevano cominciato a lanciarle contro delle pietre, perché suo nonno era ebreo. Pietrik era intervenuto subito.

Non era strano che la gente lanciasse le pietre agli ebrei, ma era strano che succedesse a Nadia. Fino a qualche tempo prima non sapevo neanche che fosse in parte ebrea. Frequentavamo una scuola cattolica, e lei imparava le preghiere molto meglio di me. Ma tutti l'avevamo scoperto dopo che il nostro professore di tedesco, Herr Speck, ci aveva fatto rintracciare i nostri antenati e ne aveva parlato di fronte all'intera classe.

Avevo provato a portare via Nadia il giorno in cui i ragazzi le avevano lanciato le pietre, ma lei aveva insistito per restare. La signora Mikelsky, incinta del suo primo figlio, era corsa fuori, aveva stretto le braccia attorno a Nadia e aveva detto ai bulli di smetterla, altrimenti avrebbe chiamato la polizia. La signora Mikelsky era l'insegnante preferita di tutte noi ragazze, la nostra stella polare: tutte avremmo voluto essere come lei, che era bella, divertente e intelligente. Difendeva le sue ragazze come una leonessa difende i suoi cuccioli, e ci dava le *krowki,* le caramelle mou, ogni volta che facevamo un test di matematica perfetto. Io le ricevevo tutte le volte.

Quella volta Pietrik, che stava tornando con noi verso casa, aveva inseguito i ragazzi agitando in aria una vanga, e aveva finito con lo scheggiarsi un dente, il che non aveva in alcun modo peggiorato il suo sorriso, anzi, lo aveva reso più dolce.

Fui destata dal mio sogno a occhi aperti da un suono particolare. Era come se tutto intorno a noi i grilli avessero cominciato a ronzare. Il rumore crebbe sempre più forte, finché la vibrazione non invase anche la terra sotto di noi.

Aerei!

Ci oltrepassarono, volando così bassi da far tremolare l'erba, con la luce che ondeggiava sotto le loro pance d'argento. In fila per tre, piegarono verso destra, lasciando un odore di olio nella loro scia, e si diressero verso la città, con le ombre grigie che scivolavano sui campi. Ne contai dodici.

«Sembrano gli aerei di *King Kong!*», dissi.

«Quelli erano *biplani,* Kasia», disse Pietrik. «Curtiss Helldivers. Sono bombardieri *tedeschi*».

«Magari sono polacchi».

«Non sono polacchi. Si capisce dalle croci bianche sotto le ali».

«Hanno le bombe?», chiese Nadia, più affascinata che spaventata. Lei non aveva mai paura.

«Hanno già colpito l'aeroporto», disse Pietrik. «Che altro possono voler bombardare? Non abbiamo un deposito di munizioni».

Gli aerei girarono intorno alla città e volarono verso ovest, uno dietro l'altro. Il primo si tuffò in picchiata con un terribile stridio e sganciò una bomba nel bel mezzo del centro, nella zona in cui Krakowskie Przedmieście, la nostra strada principale, passava in mezzo agli edifici più eleganti.

«No, *Jezu Chryste!*», Pietrik balzò in piedi.

Si sentì un grande tonfo, e pennacchi di fumo nero e grigio si innalzarono proprio dove la bomba era caduta. Gli aerei fecero un altro giro sopra la città e questa volta bombardarono la zona vicino all'antico tribunale regio, che ora fungeva da municipio. Mia sorella Zuzanna, appena diventata medico, a volte faceva la volontaria in una clinica lì vicino. E mia madre? *Dio, ti prego, portami direttamente in paradiso se succede qualcosa a mia madre*, pensai.

Papà era all'ufficio postale?

Gli aerei piroettarono sulla città, poi vennero verso di noi. Ci sdraiammo sul prato quando ci passarono di nuovo sopra. Pietrik era disteso sopra me e Nadia, era così vicino che riuscivo a sentire i battiti del suo cuore sulla schiena, attraverso la camicia.

Due aerei tornarono indietro, come se avessero dimenticato qualcosa.

«Dobbiamo...», cominciò a dire Pietrik. Ma prima che potessimo muoverci, tutti e due gli aerei volarono verso il campo sottostante. Un istante dopo sentimmo sparare. Miravano alle donne del latte. Alcuni proiettili si conficcarono nel prato, sollevando un turbine di polvere, altri colpirono le donne. Caddero a terra. Il latte si rovesciò sul prato. Una mucca crollò a terra tra i lamenti, mentre i proiettili continuavano a colpire i bidoni del latte, con il loro rimbombo metallico.

I rifugiati raccolsero le loro patate e cominciarono a sparpagliarsi da una parte all'altra, ma alcuni furono colpiti dai proiettili mentre scappavano. Mi distesi a terra quando i due aerei tornarono verso di noi, lasciando il prato coperto di corpi di uomini, donne e mucche. Le mucche ancora in grado di correre si aggiravano scalciando come impazzite.

Mi precipitai giù per la collina, Nadia e Pietrik dietro di me, e attraversammo la foresta sui sentieri coperti di aghi di pino, verso casa. I miei genitori erano feriti? Zuzanna? Con due sole ambulanze a disposizione, avrebbe avuto da lavorare per tutta la notte.

Rallentammo all'altezza del campo di patate, era impossibile non guardarlo. Passai vicino a un bidone del latte rovesciato accanto a una donna dell'età di Zuzanna. Tutto intorno erano sparpagliate delle patate. Lei era sdraiata sulla schiena, in mezzo al fango, con la mano sinistra sul petto, una spalla e il volto coperti di sangue. C'era una ragazzina china su di lei.

«Sorella», disse, prendendole la mano, «devi alzarti».

«Comprimi la ferita con due mani», le dissi, ma lei si limitò a guardarmi.

Una donna con un abito di ciniglia si inginocchiò accanto a loro. Dalla borsa nera da medico tirò fuori un laccio emostatico color ambra.

Nadia mi portò via. «Vieni, gli aerei potrebbero tornare».

In città la gente correva da una parte all'altra, piangendo e urlando, scappando con biciclette, cavalli, furgoncini, carretti, oppure a piedi.

Mentre ci avvicinavamo alla mia via, Pietrik prese la mano di Nadia. «Tu sei quasi a casa, Kasia. Accompagno Nadia».

«E io?», dissi, ma loro si erano già allontanati correndo sul lastricato in direzione dell'appartamento della madre di Nadia.

Pietrik aveva fatto la sua scelta.

Andai verso la galleria che passava sotto l'antica Porta di Cracovia, un'imponente torre di mattoni con la guglia a forma di campana, il mio monumento preferito di Lublino – un tempo era stata l'unico ingresso della città.

Le bombe avevano colpito la torre su un fianco, ma era ancora in piedi.

La mia insegnante di matematica, la signora Mikelsky, e suo marito, che vivevano vicino casa mia, mi passarono accanto in bici, nella direzione opposta. E una signora Mikelsky decisamente molto incinta si voltò a guardarmi.

«Tua madre ti sta cercando come una disperata, Kasia», disse.

«Voi dove state andando?», chiesi.

«Da mia sorella», urlò il signor Mikelsky.

«Va' a casa da tua madre», disse la signora Mikelsky voltandomi di nuovo spalle. Continuarono a pedalare e sparirono nella folla, io proseguii verso casa.

Dio, ti prego, fa' che Matka stia bene.

Quando arrivai al nostro isolato, ogni cellula del mio corpo fu sollevata nel constatare che il piccolo edificio rosa dove abitavamo era intatto. La casa dall'altra parte della strada non era stata così fortunata. Era ridotta in macerie, adesso era solo un mucchio di calcestruzzo, pezzi di muro intonacato e lettucci di ferro contorti nel bel mezzo della strada. Mi feci largo tra i detriti e quando fui più vicina vidi una delle tende di Matka che svolazzava delicatamente fuori dalla finestra, cullata dal vento. Solo allora realizzai che tutte le nostre finestre erano state colpite dalle bombe, nonostante i vetri oscurati.

Non ebbi bisogno di prendere la chiave da dietro il mattone allentato, la porta era già aperta. Trovai Matka e Zuzanna in cucina, vicino al tavolo da disegno di Matka. Raccoglievano i pennelli caduti a terra. Nell'aria aleggiava un odore penetrante di trementina. Psina, la nostra gallina domestica, le seguiva. Grazie a Dio stava bene, per noi era più simile a un cane da compagnia che a una gallina.

«*Dove* sei stata?», disse Matka, il viso più pallido della carta che teneva fra le mani.

«Su, al Prato dei Cervi», dissi. «Un'idea di Pietr…».

Zuzanna si alzò, aveva in mano una tazza piena di schegge di vetro, il suo camice bianco da medico era ormai grigio per via della cenere. Ci aveva messo sei lunghi anni a guadagnarsi quel camice. La sua valigia era vicino alla porta. Evidentemente quando le bombe erano esplose stava facendo i bagagli per trasferirsi in ospedale per l'internato in pediatria.

«Come hai potuto essere così stupida?», disse Zuzanna.

«Dov'è papà?», dissi mentre mi toglievano dei frammenti di calcestruzzo dai capelli.

«È uscito…», cominciò Matka.

Zuzanna afferrò le spalle di Matka. «*Diglielo*, Matka».

«È uscito per venire a cercarti…», disse, quasi in lacrime.

«Probabilmente è all'ufficio postale», disse Zuzanna. «Vado a cercarlo».

«Non andare», dissi. «E se dovessero tornare gli aerei?». Una scarica elettrica di paura mi attraversò il petto. Quelle povere donne che giacevano sul prato…

«Sto uscendo», disse Zuzanna. «Tornerò presto».

«Fammi venire con te», dissi. «Avranno sicuramente bisogno di me in clinica».

«Perché ti comporti sempre in maniera così stupida? Papà è uscito per colpa tua». Zuzanna infilò il soprabito e si diresse verso la porta. «Non hanno bisogno di te in clinica. E comunque non sai far altro che arrotolare le bende. Rimani qui».

«Non andare», disse Matka, ma Zuzanna uscì, sempre così forte, proprio come papà. Matka andò alla finestra e si chinò per raccogliere pezzi di vetro, poi si arrese, le mani le tremavano troppo. Tornò da me. Mi accarezzò i capelli, mi diede un bacio in fronte, e poi mi strinse forte, dicendo: «*Ja ci kocham*» in continuazione, come un disco rotto.

Ti voglio bene.

Io e Matka dormimmo insieme nel suo letto quella notte, sempre in dormiveglia, aspettando che Zuzanna e papà tornassero a casa. Psina, più cane che gallina, dormì ai piedi del nostro letto, con la testa nascosta sotto un'ala. Si svegliò con un lamento non appena papà rientrò in casa, prima dell'alba. Era in piedi sull'uscio della camera, la sua giacca di tweed era ricoperta di polvere. Papà aveva sempre avuto una faccia triste, come quella di un segugio. Anche nelle foto da bambino, la sua pelle era piena di rughe. Ma quella notte la luce della cucina metteva in risalto un'ombra sul suo viso che lo rendeva ancora più triste.

Matka si mise a sedere sul letto. «Ade?», scansò il lenzuolo e corse verso di lui, le loro sagome si stagliavano scure sullo sfondo della luce della cucina.

«Dov'è Zuzanna?»

«Non l'ho vista», disse papà. «Non riuscivo a trovare Kasia, perciò sono andato all'ufficio postale, ho preso i miei fascicoli e li ho portati fuori per bruciarli. Sono informazioni che potrebbero servire ai tedeschi. Nomi, indirizzi. Liste dei militari. A Varsavia hanno occupato l'ufficio postale e tagliato la linea telegrafica, e adesso tocca a noi».

«Cosa è successo al personale?», disse Matka.

Papà lanciò un'occhiata nella mia direzione e non rispose.

«Le truppe tedesche arriveranno al massimo tra una settimana. Però è possibile che vengano qui come prima cosa».

«Qui?». Matka si chiuse la vestaglia intorno al collo.

«Sì, per cercare me. Potrei essergli utile». Papà sorrise, ma il suo sguardo era cupo. «Vorranno usare l'ufficio postale per le loro comunicazioni».

Nessuno conosceva l'ufficio postale come papà. Lo dirigeva da tempo immemore. Era a conoscenza di qualche segreto? Papà era un patriota. Avrebbe preferito morire piuttosto che parlare.

«Come fanno a sapere dove abitiamo?».

Papà guardò Matka come se fosse una bambina. «Stanno pianificando questa invasione da anni, Halina. Se mi prendono, spero di risultargli più utile da vivo. Tu aspetta due giorni. Se non hai mie notizie, prendi le ragazze e vai a sud».

«Gli inglesi ci aiuteranno», disse Matka. «I francesi...».

«Non arriverà *nessuno*, tesoro. Il sindaco se ne sta andando, e porta con sé la polizia e i vigili del fuoco. Per il momento, è meglio nascondere tutto ciò che possiamo».

Papà prese il portagioie della mamma dalla credenza e lo mise sul letto. «Per prima cosa, lava e asciuga tutti i contenitori di latta che riesci a trovare. Dobbiamo seppellire tutto ciò che è di valore...».

«Ma noi non abbiamo fatto niente di male, Ade. I tedeschi sono delle persone colte. Hitler ha fatto su di loro una sorta di incantesimo».

La madre di Matka era una tedesca pura, suo padre era per metà polacco. Anche adesso che era appena sveglia, era sempre bella. Dolce, ma non fragile, e bionda naturale.

Papà le afferrò il braccio. «La tua gente colta vuole liberarsi di noi, così da poter venire qui. Non lo capisci?».

Papà fece un giro dell'appartamento e raccolse i nostri beni più preziosi in una scatola di metallo con il coperchio: il certificato da infermiera di Matka, la loro licenza di matrimonio, un piccolo anello di rubino appartenente alla famiglia di Matka, e una busta con le foto di famiglia.

«Prendi anche la scorta di miglio. Dobbiamo seppellire anche quello». Matka prese la sacca di tela da sotto il lavandino.

«Probabilmente cercheranno i soldati polacchi nascosti casa per casa», disse papà a voce bassa. «Hanno promulgato nuove regole. La Polonia non esisterà ancora a lungo come Paese. Non ci sarà più la lingua polacca. Tutte le scuole chiuderanno. Ci sarà il coprifuoco. Per infrangerlo serve il loro lasciapassare rosa, inoltre non ci è permesso possedere armi, né stivali da neve, né cibo oltre la razione consentita. Possedere segretamente una di queste cose è punibile con…». Papà mi guardò e tacque. «Probabilmente prenderanno tutto ciò che vogliono».

Papà tirò fuori dalla credenza il suo vecchio revolver d'argento. Matka fece un passo indietro, per allontanarsi.

«Seppelliscilo, Ade», disse, con gli occhi spalancati.

«Potrebbe servirci», disse papà.

Matka si girò dalla parte opposta. «Le armi non portano mai nulla di buono». Papà esitò e poi mise la pistola in una scatola. «Seppellisci la tua uniforme da scout, Kasia. I nazisti li prendono di mira… A Danzica hanno sparato a un gruppo di boyscout».

Rabbrividii. Sapevo di non dover discutere con papà e misi tutte le mie cose più care nella scatola di latta: la sciarpa di lana una volta appartenuta a Pietrik – aveva ancora il suo profumo –, il nuovo vestito rosso di velluto a coste che Matka aveva cucito per me, la camicia e il fazzoletto da collo delle scout, e una foto di me e Nadia in groppa a una mucca. Matka incartò il set di pennelli di zibellino Kolinsky che le aveva lasciato sua madre, e lo aggiunse alla scatola. Papà sigillò il coperchio con la cera.

Quella notte c'erano solo le stelle a illuminare il nostro giardino, qualche metro di terreno incolto, circondato da una recinzione di legno tenuta su soltanto dalle erbacce che vi si erano avvinghiate. Papà prese la nostra pala arrugginita e la affondò nella terra. Penetrò nel suolo duro come se fosse una torta soffice. Scavò un buco profondo, che assomigliava alla tomba di un bambino.

Avevamo quasi finito, quando nonostante l'oscurità vidi che Matka aveva ancora l'anello di fidanzamento al dito, quello che sua madre le aveva regalato perché papà era troppo povero per comprarne uno. L'anello era come un bellissimo fiore, con un grande diamante al centro, circondato da petali di zaffiri blu scuro. Scintillava come una lucciola inquieta mentre Matka muoveva la sua mano nel buio. «L'anello è a taglio cuscino… tipico del Settecento, quando tagliavano le pietre in modo che reagissero persino alla luce delle candele», diceva Matka quando la gente lo ammirava.

E reagiva per davvero, scintillante, quasi vivo.

«L'anello?», chiese papà.

La lucciola si nascose dietro la schiena di Matka per proteggersi. «Questo no», disse lei.

Da bambine io e Zuzanna, quando dovevamo attraversare la strada, litigavamo per chi dovesse tenere la mano con l'anello, la mano elegante.

«Non abbiamo già sepolto abbastanza roba?», dissi. «Ci scopriranno qua fuori».

Standocene lì a discutere al buio avremmo solo attirato l'attenzione, no?

«Fa' come vuoi, Halina», disse papà. Iniziò a gettare palate di terra per ricoprire i nostri averi. Io spingevo con le mani per fare più in fretta, e papà premeva con la pala per compattare il terreno. Poi, tornando indietro, contò i passi per ricordarsi a che distanza avevamo sepolto il nostro tesoro.

Dodici passi dalla porta.

Zuzanna finalmente tornò a casa, con terribili racconti su dottori e infermieri che avevano lavorato tutta la notte per salvare i feriti. A quanto pareva molte persone erano ancora vive, intrappolate sotto le macerie. Vivevamo nel terrore di sentire i tedeschi fuori dalla nostra porta, e tenevamo le orecchie attaccate alla radio della cucina, continuando a sperare per il meglio anche se le notizie che sentivamo confermavano il peggio. La Polonia si difendeva, sostenendo gravi perdite, ma non poteva nulla contro le divisioni corazzate dei tedeschi e la loro potenza aerea.

Mi svegliai domenica 17 settembre sentendo Matka che riferiva a papà le notizie della radio. Anche i russi avevano attaccato la Polonia, dall'est. Non c'era dunque fine alle invasioni?

Trovai i miei genitori che guardavano fuori dalla finestra. Era una mattinata piacevole, una brezza fresca soffiava attraverso le tende di Matka. Appena mi avvicinai alla finestra, vidi alcuni ebrei vestiti di nero che pulivano le macerie di fronte a casa nostra.

Matka mi abbracciò e quando la strada fu pulita, vedemmo giungere una colonna di soldati tedeschi, simili a nuovi ospiti di una pensione che arrivavano con una montagna di bagagli. Prima giunsero i camion, poi i soldati di fanteria, poi ancora altri soldati, alti e superbi nei loro carri armati. Almeno a Zuzanna fu risparmiata quella triste scena, perché quella mattina era già in ospedale.

Matka scaldò l'acqua per il tè di papà, mentre lui restava a guardare la scena. Io feci del mio meglio per mantenere la calma, per quanto possibile. Forse, se fossimo rimasti tranquilli, non ci avrebbero infastidito... Per calmarmi, contai gli uccelli ricamati sulla tenda di Matka. Un'allodola. Due rondini. Una gazza. La gazza non era forse simbolo di morte? Il rumore dei camion si fece più forte. Respirai profondamente per calmare la sensazione di panico che mi stava invadendo. Che cosa stava per succedere?

«Fuori, fuori!», gridò un uomo. Poi il rumore terribile degli stivali chiodati sui ciottoli. Erano tantissimi.

«Stai lontana dalla finestra, Kasia», disse papà, arretrando. Lo disse in maniera talmente brusca che capii che era spaventato.

«Dobbiamo nasconderci?», sussurrò Matka. Rigirò l'anello verso il palmo e chiuse la mano in modo che le pietre rimanessero nascoste.

Papà andò alla porta e io iniziai a pregare. Sentimmo delle urla e degli ordini, poi i camion si allontanarono.

«Credo che se ne siano andati», sussurrai a Matka.

Sussultai quando udii bussare alla porta, poi sentii la voce di un uomo. «*Aprite*!».

Matka si irrigidì e papà aprì la porta.

«Adalbert Kuzmerick?», disse un ufficiale delle SS entrando con aria tronfia e piena di sé. Era di due palmi più alto di papà, al punto che il suo berretto sfiorava lo stipite della porta. Lui e il suo subalterno indossavano l'uniforme del *Sonderdienst*, con gli stivali neri e il berretto che portava l'orribile effigie del teschio con due buchi al posto degli occhi. Quando mi passò davanti, sentii odore di gomma da masticare ai chiodi di garofano. L'uomo aveva l'aria ben pasciuta e teneva il mento così alto che riuscivo a vedere una macchiolina di sangue sul pezzetto di cerotto che aveva sul pomo d'Adamo, dove evidentemente si era tagliato rasandosi.

Anche il loro sangue era dello stesso rosso dello stemma nazista.

«Sì», disse papà, cercando di mantenere la calma.

«Lei è il responsabile delle comunicazioni dell'ufficio postale?».

Papà annuì.

Altri due soldati lo afferrarono per le braccia e lo portarono fuori senza dargli neanche il tempo di girarsi verso di noi. Io cercai di seguirli, ma il più alto mi bloccò con un manganello.

Matka corse alla finestra, fuori di sé. «Dove lo state portando?».

Improvvisamente mi vennero i brividi. Non riuscivo a respirare.

Un altro soldato delle SS, più magro e basso rispetto all'altro, entrò con una sacca di tela a tracolla.

«Dove tiene i documenti di lavoro suo marito?», chiese il più alto.

«Non qui», disse Matka. «Non potete proprio dirmi dove lo state portando?».

Matka rimase ferma, con le dita strette al petto, mentre l'uomo più magro girava per la casa aprendo cassetti e mettendo nella sacca qualsiasi pezzo di carta trovasse.

«Radio a onde corte?», chiese il più alto.

Matka scosse la testa. «No».

Sentii una fitta allo stomaco quando vidi il soldato più magro spalancare le ante della nostra dispensa e gettare nella borsa quel poco cibo che avevamo.

«Tutte le provviste sono proprietà del Reich», disse il più alto. «Vi verranno rilasciate delle tessere per le razioni». Piselli in scatola, due patate e un cavolo piccolo e dall'aria triste finirono nella sacca dell'uomo magro, che infine prese una busta di carta arrotolata che conteneva quel che restava del caffè di Matka. Lei fece per riprendersela.

«Oh, per favore, possiamo tenere il caffè? È tutto quello che abbiamo».

Il più alto si voltò e guardò Matka per un lungo istante. «Lasciaglielo», disse e l'uomo più magro lo gettò sul bancone.

Gli uomini entrarono nelle tre piccole stanze da letto e rovesciarono i cassetti dell'armadio, gettando a terra calzini e biancheria intima.

«Armi?», chiese il più alto mentre l'altro cercava tra i vestiti. «Altro cibo?»

«No», disse Matka. Non l'avevo mai vista mentire prima di allora.

Lui le si avvicinò. «Avrà sentito dire che nascondere quanto dev'essere consegnato al Reich è punibile con la morte».

«Capisco», disse Matka. «Se solo potessi vedere mio marito...».
Seguimmo gli uomini nel giardino sul retro. Il cortile, circondato dalla recinzione, era improvvisamente più piccolo, ora che veniva calpestato dai due soldati delle SS. Sembrava tutto normale, ma il punto dove avevamo sepolto le nostre cose la settimana prima era ancora appiattito rispetto al resto. Era ovvio che ci fosse qualcosa sepolto là sotto. Contai i passi dei soldati mentre entravano nel cortile. *Cinque... Sei... Sette...* Si erano accorti che mi tremavano le ginocchia?
La nostra gallina, Psina, si avvicinò al tesoro sepolto, grattando tutto intorno in cerca di insetti. Dio mio, la pala era lì, appoggiata al muro della casa, con la lama ancora sporca.
Ci avrebbero portate al castello di Lublino o ci avrebbero semplicemente fucilate nel cortile, lasciandoci lì in attesa che papà trovasse i corpi?
«Crede che sia stupido?», disse il soldato più alto avvicinandosi al tesoro sepolto.
Otto... Nove...
Io smisi di respirare.
«Certo che no», disse Matka.
«Prendi la pala», disse il soldato più alto al subalterno. «Davvero pensavate di potervela cavare così?»
«No, vi prego», disse Matka. Strinse a sé la medaglietta di santa Maria che portava appesa al collo con una catenina. «Io vengo da Osnabrück, in realtà. La conoscete?». Il soldato più alto prese la pala. «Certo. Chi non è stato al mercatino di Natale che fanno lì? È stata registrata tra i *Volksdeutsche*?».
Volksdeutsche era il termine con cui si indicavano i tedeschi che vivevano in Paesi diversi dalla Germania. I nazisti facevano pressione affinché i cittadini polacchi con origini tedesche si registrassero come *Volksdeutsche*. Una volta registrati, ottenevano cibo in più, lavori migliori e le proprietà confiscate agli ebrei e ai polacchi non tedeschi.
«No, ma io sono per tre quarti tedesca. Mio padre era polacco solo per metà». Psina grattò il terreno appiattito e beccò qualcosa.
«Visto che è tedesca non si sognerebbe mai di infrangere le regole, giusto? Di nascondere ciò che è di proprietà del Reich?».
Matka gli toccò il braccio. «Non è facile gestire questa situazione. Non capisce? Pensi alla sua famiglia».

«La mia famiglia avrebbe dato tutto ciò che ha al Reich».

Il soldato delle SS prese la pala e si incamminò verso il punto che nascondeva il nostro tesoro.

Dieci... Undici...

«Mi dispiace così tanto», disse Matka, seguendolo.

L'uomo la ignorò e fece un altro passo in avanti.

Dodici.

Quanto avrebbe dovuto scavare prima di trovare la scatola?

«Per favore, dateci un'altra occasione», disse Matka. «Queste regole sono così nuove per noi».

Il soldato si girò e la guardò attentamente. Sorrise mostrando i denti, simili a piccoli confetti di gomma da masticare.

Si avvicinò a lei e abbassò la voce. «Conosce la regola che riguarda il coprifuoco?»

«Sì», disse Matka, aggrottando leggermente le sopracciglia. Era agitata.

«Quella è una regola che può infrangere». Il soldato prese la medaglietta di Matka tra pollice e indice e la strofinò, senza mai smettere di fissarla.

«C'è bisogno del lasciapassare rosa per violare il coprifuoco», disse Matka.

«Ne ho alcuni proprio qui in tasca». Lasciò cadere la medaglia e si mise una mano sul cuore.

«Non capisco», disse Matka.

«Io credo di sì».

«Sta dicendo che ci lascerà andare se io vengo a farle visita?»

«Se questo è quello che ha sentito...».

«I tedeschi che conosco io sono persone colte. Non posso credere che lei stia chiedendo a una madre di due figlie di fare una cosa del genere».

L'uomo inclinò la testa di lato, si morse il labbro e riprese la pala. «Mi dispiace che la pensi così».

«Aspetti», disse Matka.

L'uomo alzò la pala.

«Mio Dio, no!» urlò Matka.

Cercò di afferrargli il braccio, ma era troppo tardi. Ora che la pala era sollevata in aria, non c'era modo di fermarla.

Capitolo 3
Herta

1939

A mezzanotte, io e mio padre andammo a piedi dal nostro appartamento nel seminterrato fino a un quartiere più grazioso di Düsseldorf, a sei isolati di distanza, dove i domestici spazzavano le strade fiancheggiate da villette a schiera di mattoni bianchi e trapiantavano gerani nei vasi sul davanzale delle finestre. Era settembre inoltrato, ma l'aria era ancora calda, lo chiamavano "il clima del Führer", dal momento che aveva permesso a Hitler di avere pieno successo nelle sue campagne. Sicuramente, aveva funzionato in Polonia.

Salii i gradini verso la doppia porta, impreziosita con delle intricate decorazioni di metallo sopra i vetri smerigliati. Premetti il campanello d'argento. Katz era in casa? Si intravedeva una debole luce dietro i vetri smerigliati, ma le lanterne a gas su entrambi i lati della porta erano spente. Mio padre aspettava per strada, al buio, a braccia conserte.

Avevo venticinque anni quando i sintomi di mio padre peggiorarono al punto che decise di andare a cercare il suo "esperto di malattie" ebreo di fiducia, un uomo di nome Katz. Non ci era permesso definire gli ebrei *dottori.* Si preferiva usare la definizione "esperto di malattie". Allo stesso modo, agli ariani non era concesso consultare dottori non ariani, ma mio padre raramente seguiva le regole.

Il campanello squillava forte da qualche parte nella casa. Non avevo mai messo piede in una casa di ebrei prima di allora, e di certo non avevo alcuna fretta di farlo, ma mio padre aveva insistito perché lo accompagnassi. Ero intenzionata a restare giusto il tempo strettamente necessario.

Una luce più intensa apparve dietro i vetri smerigliati, e una sagoma scura si avvicinò. L'anta destra della porta si aprì di uno spiraglio, rivelando un mio ex compagno della scuola di medicina, uno dei tanti studenti ebrei che non erano più ben accetti all'università. Era vestito di tutto punto, si stava giusto infilando la camicia nei pantaloni.

«Cosa volete a quest'ora della notte?», disse. Dietro di lui, Katz scese le scale, camminando senza far rumore su un tappeto spesso, lo strascico della vestaglia blu scuro lo seguiva. Esitò, curvo come una vecchia, con gli occhi aperti. Si aspettava la Gestapo?

Mio padre zoppicò fino ai gradini principali e si fermò di fianco a me. «Mi scusi, *Herr Doktor*», disse appoggiandosi allo stipite. «Mi dispiace disturbarla, ma il dolore è insopportabile».

Quando Katz riconobbe mio padre, sorrise e ci fece entrare. Quando oltrepassammo la soglia, l'ex studente di medicina mi guardò socchiudendo gli occhi.

Katz ci condusse in uno studio rivestito di pannelli di legno, tre volte più grande del nostro appartamento, con le pareti coperte di scaffali che contenevano libri rilegati in pelle. Una scala a chiocciola conduceva al piano superiore, dove una balconata in ferro dava accesso ad altri scaffali pieni di libri. Katz ruotò un pomello sulla parete e il lampadario di cristallo sopra le nostre teste, decorato con un migliaio di pendenti a forma di ghiacciolo, si accese.

Katz fece sedere mio padre su una poltrona che somigliava al trono di un re. Feci scorrere la punta delle dita sul bracciolo, lungo il tessuto di damasco rosso con decorazioni dorate, liscio e morbido.

«Nessun disturbo», disse Katz. «Stavo leggendo. La mia borsa, per favore, e un bicchiere d'acqua per Herr Oberheuser», disse all'ex studente di medicina, senza voltarsi. Il giovane serrò le labbra in una linea contratta e lasciò la stanza.

«Da quanto tempo le fa così male?», chiese Katz.

Non avevo mai conosciuto molti ebrei, ma avevo letto le loro descrizioni sui libri di scuola e su «Der Stürmer». Erano avidi e calcolatori. Spadroneggiavano nel mondo della legge e della medicina. Ma Katz sembrava contento di vedere mio padre... Strano, dal momento che ci eravamo intrufolati a casa sua a quell'ora. Il lavoro lo rendeva felice.

«Dall'ora di cena», disse papà, con una mano sulla pancia.

All'epoca avevo quasi finito gli studi di medicina e avrei potuto aiutare io mio padre, ma lui aveva insistito per andare da Katz. Mentre Katz lo visitava, esaminai la stanza. Il caminetto in marmo bianco e nero, il grande pianoforte. I libri sugli scaffali sembravano lucidati e spolverati, ognuno di essi valeva più di quanto io guadagnavo in un anno lavorando part time a tagliare carni nella macelleria di *Onkel* Heinz. Tra i libri ce n'era uno di Freud che era stato evidentemente molto consultato. C'erano molte lampade accese in quella stanza, gettavano pozze di luci anche nei punti in cui non serviva. Se solo *Mutti*, la mamma, avesse potuto vedere tutto quel lusso.

Katz toccò il collo di papà da un lato. Quando gli voltò la mano per prendergli i battiti, la luce illuminò un grosso monogramma con una K argentata impressa sulla manica della vestaglia.

«La causa potrebbe essere il lavoro alla fabbrica di Horschaft», disse a mio padre. «Sarebbe meglio smettere immediatamente».

Mio padre trasalì, la sua pelle era giallastra. «Ma non possiamo vivere senza il mio salario».

«Be', almeno cerchi di lavorare in un posto arieggiato».

L'ex studente di medicina tornò con un bicchiere di cristallo pieno d'acqua e lo mise sul tavolo accanto a noi. Non poteva darlo direttamente a mio padre? Non sapeva che papà era dalla sua parte. Se non fosse stato così malato, papà avrebbe dato asilo a tutti quelli come lui nella nostra camera da letto.

Katz prese una pillola da un flacone, la mise in mano a mio padre e sorrise. «È tutto gratis».

Era così che facevano? Ti prendevano all'amo e poi si facevano pagare di più dopo? I nostri libri di scuola spiegavano le varie strategie che gli ebrei usavano per ingannare i bravi lavoratori tedeschi. Nel mondo della medicina stavano prendendo il sopravvento. I miei professori dicevano che erano gelosi dei risultati delle loro ricerche e a malapena li condividevano fuori dalle loro cerchie.

Mentre papà prendeva la sua pillola, io provai a sbirciare i titoli dei libri: *Chirurgia clinica. Stadi dello sviluppo embrionale negli umani e nei vertebrati.* C'erano interi scaffali con libri foderati in pelle verde, con titoli come *Atlante delle malattie dell'occhio esterno* e *Atlante della sifilide e delle malattie veneree.*

«Ti piace leggere?», chiese Katz.

«Herta si laureerà presto alla scuola di medicina», disse papà. «Un corso accelerato. È interessata alla chirurgia». Avevo ottenuto risultati eccellenti nei pochi corsi di chirurgia che mi era permesso frequentare, ma le donne, sotto il nazionalsocialismo, non potevano specializzarsi in quel settore.

«Ah, un chirurgo», disse Katz sorridendo. «Il re dei dottori, o almeno così dicono i chirurghi». Prese uno dei libri verdi dallo scaffale. *Atlante di chirurgia generale.* «L'hai letto?».

Non risposi e lui me lo porse. A quanto pareva qualche ebreo era incline alla condivisione, dopotutto.

«Quando l'avrai studiato, riportamelo, e te ne darò un altro», disse.

Non toccai il volume. Che cosa avrebbe detto la gente, se avessi accettato un libro da un ebreo?

«Lei è troppo generoso, Herr Doktor», disse mio padre.

«Insisto», disse Katz, continuando a porgermi il libro.

Sembrava pesante, la copertina di pelle morbida era intarsiata d'oro. Potevo prendere in prestito un libro del genere? Lo volevo. Non tanto per leggerlo. Io *avevo* i miei manuali. Brutti, di seconda mano, con i margini scarabocchiati da appunti di altre persone e briciole di pane nella rilegatura. Quel libro era stupendo. Sarebbe stato bello farlo vedere in giro, entrare in classe e posarlo con nonchalance sul mio banco. Mutti si sarebbe arrabbiata con papà per avermi permesso di prenderlo, ma già solo per questo ne valeva la pena.

Presi il libro dalle mani di Katz e mi voltai.

«È una ragazza taciturna», disse mio padre. «Ed è una lettrice veloce. Glielo riporterà presto».

Era un volume utile, per certi versi molto più dettagliato dei nostri libri di testo. In meno di una settimana, lessi argomenti come "Infiammazione e riparazione dei tessuti" e "Cancro del sistema linfatico". Il testo e le tavole a colori mi fornirono qualche indizio in più sulla condizione di mio padre. Epitelioma. Sarcoma. Radioterapia.

Dopo aver finito l'ultimo capitolo del libro di Katz, "Amputazioni e protesi", e aver sperimentato due tipi di sutura illustrati nel testo, tornai a casa dell'ebreo per restituirglielo, sperando che me ne desse un altro.

Quando arrivai, la porta era aperta, e alcune SS stavano ammassando sul marciapiede delle scatole di cartone piene di libri. C'erano anche la borsa nera da medico di Katz e una carrozzina di vimini rovesciata, con le ruote all'aria. Qualcuno stava strimpellando un motivetto popolare tedesco sul piano di Katz.

Mi strinsi il libro al petto e mi avviai verso casa. Katz non sarebbe tornato a riprenderselo. Tutti sapevano di quegli arresti. Di solito avvenivano di notte. Era triste vedere gli averi di qualcuno che venivano portati via in quel modo, ma gli ebrei erano stati avvisati. Conoscevano le regole del Führer. Era spiacevole, ma non era una cosa nuova, ed era per il bene della Germania.

Meno di una settimana dopo vidi una nuova famiglia con cinque figli e una figlia portare in quella casa i propri bagagli e una gabbia per gli uccelli.

Mia madre era felice di lavorare alla macelleria di suo fratello Heinz, oltre il ponte di Oberkassel, nella parte ricca della città, e aveva procurato anche a me un lavoro lì. Era un piccolo negozio, ma Heinz aveva ricoperto di carne ogni singolo millimetro. Aveva appeso prosciutti e costine di maiale fuori dal negozio, come i calzini nei negozi di biancheria, mentre i maiali interi erano in mostra con le zampe divaricate e il ventre aperto, da cui erano state asportate le interiora luccicanti, messe da parte.

All'inizio ero rimasta sbigottita di fronte a quello spettacolo, ma poi, da brava studentessa di medicina interessata alla chirurgia, pian piano avevo imparato a trovare la bellezza anche nei posti più impensati. L'avorio scintillante di una gabbia toracica aperta. La testa recisa di un vitello, pacifico e rilassato come se stesse dormendo, le ciglia nere che sfioravano il pelo umido.

«Faccio buon uso di ogni parte di un animale», diceva spesso Heinz. «Del maiale non si butta via niente». Bolliva parti di maiale sulla stufa per una giornata intera, fino a che le finestre non si appannavano e il negozio era intriso di un odore allo stesso tempo putrido e dolce, come può accadere solo in una macelleria.

Ora che gran parte della popolazione ebraica se ne era andata, eravamo divenuti una delle macellerie di maggiore prestigio in città e gli affari miglioravano di giorno in giorno. Un pomeriggio Heinz riferì qualche utile notizia ai clienti in fila alla cassa.

«Andate giù alla *Platz,* signore. Stanno vendendo tutta la roba dei magazzini. Ho sentito che Frau Brandt ha trovato una pelliccia di zibellino foderata di seta. Sbrigatevi, forza!».

Nessuno diceva che vendevano roba presa agli ebrei, ma in fondo lo sapevamo tutti.

«È terribile che si prendano le cose della gente in questo modo», disse *Tante* Ilsa, la moglie di Heinz, che evitava il più possibile il negozio. Quando ci veniva, mi portava un barattolo della sua marmellata di fragole, per la quale una volta le avevo fatto i complimenti. Ilsa aveva il cappotto, nonostante fossimo in estate, e si fermò giusto un paio di minuti. «È peccato rubare le cose di un altro come se fosse morto». Tante Ilsa pagava la maggior parte delle mie spese per la scuola di medicina. Assomigliava un po' a una mantide religiosa, alta ed elegante, con una testa troppo piccola rispetto al corpo. Sua madre le aveva lasciato una grande quantità di soldi che lei usava con parsimonia, nonostante le proteste dello zio Heinz.

Heinz sorrise, e i suoi occhi porcini quasi sparirono nelle pieghe grasse del viso. «Oh, non preoccuparti, Ilsa. Probabilmente *ora* saranno già morti».

I clienti si voltarono dall'altra parte, ma io sapevo che lo zio aveva ragione. Se Ilsa non stava più attenta, i suoi cospicui averi avrebbero fatto la stessa fine di quelli degli ebrei. La croce dorata che portava al collo non era una protezione sufficiente.

Ilsa sapeva cosa faceva Heinz nella cella frigorifera? Forse lo immaginava a un livello istintivo, come un vitello che si fa irrequieto nel giorno della macellazione.

«Ti è scesa una lacrimuccia quando il negozio dell'ebreo Krystel ha chiuso, Ilsa. Pensa un po', mia moglie ha un amico ebreo e fa compere dalla concorrenza. Bella lealtà, *nicht?*»

«Ha quelle piccole gallinelle che mi piacciono».

«*Aveva,* Ilsa. E se la gente comincia a parlarne non farà bene ai miei affari. Prima o poi finirai sulla *Pranger-Liste*».

Evitai di dirlo, ma io avevo già visto il nome di Tante Ilsa sulla Pranger-Liste, la lista pubblica delle donne tedesche che frequentavano i negozi ebrei. Veniva appesa in tutta la città, con una striscia nera che l'attraversava in diagonale.

«Non vedi certo la moglie di Krystel *qui dentro*», disse Heinz. «Grazie al cielo. E niente più Frau Zates. Quella che viene qui e vuole comprare solo mezzo cavolo. Chi mai compra mezzo cavolo? Io lo taglio, e l'altra metà chi me la compra? Nessuno, ecco chi».

«Perché dovrebbe comprarne uno intero se gliene serve solo metà?», chiese Ilsa.

«*Mein Gott,* lo fa di proposito. Non lo capisci?»

«Io penso che faresti meglio a togliere il pollice dalla bilancia, o non avrai più clienti, Heinz».

Io e Mutti lasciammo Heinz e Ilsa a bisticciare e andammo a vedere il mercato sulla Platz. Era raro che Mutti avesse tempo per fare compere, dal momento che si alzava tutte le mattine alle cinque e mezza per rammendare, prima di andare a pulire le case o a lavorare al negozio. Grazie al miracolo economico del Führer, poteva lavorare meno ore nel pomeriggio, ma a fine giornata sembrava ugualmente stanca. Mi prese la mano quando attraversammo la strada e io sentii la sua pelle ruvida. Riuscivo a malapena a guardare le sue mani da lavapiatti, rosse e screpolate dalla pulizia dei bagni e delle stoviglie. Nessuna crema alla lanolina le avrebbe potute guarire.

La gente si era radunata in piazza a guardare i soldati della Wehrmacht che ammassavano gli oggetti che avevano confiscato nelle case ed esponevano i pezzi migliori sui tavoli. Il mio battito accelerò non appena mi avvicinai a quel mucchio di articoli, ordinati secondo tipologia e genere. Scarpe e borse. Mucchi di gioielli. Cappotti e vestiti. Non tutti erano eleganti, ma cercando bene si potevano trovare le migliori marche a un prezzo stracciato. Questo migliorò l'umore di Mutti, che iniziò a frugare.

«Guarda, è Chanel», dissi prendendo un cappello rosso.

«Niente cappelli», disse Mutti. «Vuoi prenderti i pidocchi? E poi perché coprirti i capelli, sono il tuo punto forte».

Rimisi il cappello nel mucchio, contenta del complimento. I miei capelli, lunghi fino alle spalle, non erano affatto biondo chiaro, ma con la luce giusta molti li avrebbero giudicati color miele, il che era un bene, visto che tutte le donne tedesche volevano i capelli biondi e l'impiego del perossido era sconsigliato. Passammo accanto a un mucchio di tele e fotografie incorniciate. In cima c'era un dipinto di due uomini abbracciati, dalla tela spuntava la punta della lancia di una scultura subito sotto.

«Mio Dio, l'arte degli ebrei», disse Mutti. «Non possono limitarsi ad appendere un calendario al muro come tutti noi?».

Tornando a casa dalla farmacia, papà ci raggiunse vicino ai mucchi di roba. Le rughe sul suo volto sembravano più profonde quel giorno. Aveva passato una brutta nottata sul divano.

Presi un album dal tavolo e cominciai a scorrere le pagine, c'erano vecchie foto in bianco e nero di qualcuno durante una vacanza in spiaggia.

«È una cosa indegna», disse papà. «E voi vi definite cristiane?».

Ovviamente non approvava. Poteva anche risparmiarsi quel commento. Rimisi l'album nel mucchio.

«Anton, non ce la fai proprio a rilassarti un po'?», disse Mutti.

Da una pila di tele incorniciate presi un dipinto, il primo di un paio che rappresentavano delle mucche al pascolo. Era ben fatto, forse addirittura un capolavoro. Arte tradizionale tedesca. Proprio il genere di quadro che il ministro della Propaganda riteneva appropriato: un'opera che ogni donna acculturata doveva possedere.

«Cosa ne pensi, Mutti?».

Mutti indicò le mucche e si mise a ridere.

«Oh, ma sei tu, *kleine kuh*».

Kleine Kuh era il nomignolo che mi aveva dato Mutti. Piccola mucca. Da piccola lei aveva avuto una mucca marrone e diceva che io gliela ricordavo. Avevo superato già da tempo la delusione di non essere bionda e delicata come mia madre, ma quel soprannome mi faceva ancora soffrire.

«Non chiamare Herta così», disse papà. «Nessuna ragazza dovrebbe essere chiamata come una mucca».

Era bello avere il sostegno di papà, nonostante infrangesse la legge, ascoltasse le trasmissioni radio estere e leggesse qualsiasi giornale straniero gli capitasse tra le mani. Presi i due dipinti e li misi nel nostro mucchio.

«Dove sono finiti i proprietari di questa roba?», chiesi, anche se ne avevo una vaga idea.

«Al KZ, penso», disse Mutti. «Colpa loro. Potevano andarsene. In Inghilterra. Ma non lavorano, ecco il problema».

«Gli ebrei lavorano», disse papà.

«*Ja,* certo, ma che lavori fanno? Avvocati? Non è un vero lavoro. Possiedono le fabbriche, ma *loro* lavorano? No. Preferirei fare dieci lavori piuttosto che lavorare per loro».

Mutti prese una vestaglia dal mucchio e la tirò su.

«Pensi che potrebbe andarti bene, Anton?». Ancora prima di vedere la K argentata io e mio padre capimmo di chi fosse quella vestaglia.

«No, grazie», disse papà, e Mutti andò avanti, cercando tra i mucchi.

«Sei sicuro, papà?». Presi la vestaglia e gliela porsi. «È di ottima fattura».

Lui fece un passo indietro. «Che ti è successo, Herta? Dov'è la mia bambina dal cuore tenero, che era sempre la prima a tirare fuori il salvadanaio per i bisognosi? Katz era un uomo da cui avresti potuto imparare molto».

«Non sono cambiata». Era ovvio che non fosse dalla mia parte – forse, addirittura, non gli piacevo proprio – ma doveva per forza farmelo capire con tanta chiarezza?

«Katz era un uomo dotato di grande compassione. Un medico che non prova amore è come un meccanico».

«Certo che sono compassionevole. Hai idea di cosa significhi essere in grado di cambiare la vita di una persona solo con queste due mani?»

«Non sarai mai un chirurgo finché ci sarà Hitler. Non lo capisci? La tua generazione è così testarda».

Nonostante odiassi doverlo ammettere, aveva ragione per quanto riguardava la mia professione. Ero una delle poche donne nella scuola di medicina, ed ero già stata una fortuna essere ammessa agli studi di dermatologia. Di chirurgia neanche a parlarne, avevo appreso solo i primi rudimenti.

«Tutti dobbiamo fare dei sacrifici, ma la Germania sta cambiando grazie alla mia generazione. La vostra ci ha lasciato con una tale povertà…».

«Hitler causerà la morte di tutti noi, si sta solo prendendo ciò che vuole…».

«*Abbassa la voce,* papà», dissi. Era molto pericoloso parlare in quel modo in pubblico. A volte raccontava persino barzellette sui leader del partito. «Hitler è la nostra speranza. In pochissimo tempo, ha eliminato i parassiti. E *deve* prendersi quello che vuole. La Germania non può prosperare senza il suo spazio vitale. Nessuno ci restituirà spontaneamente le terre che abbiamo perso».

Molti genitori erano diffidenti nei confronti dei figli, temevano di essere denunciati da loro. Ma non mio padre.

«Sta uccidendo la Germania per nutrire la sua vanità».

«Questa guerra finirà nell'arco di settimane, vedrai», dissi.

Lui mi voltò le spalle con disapprovazione.

«Vai a casa e riposati fino all'ora del caffè, papà».

Andò via, evitando a stento un tram che passava. Mio padre aveva bisogno di riposare. Il cancro stava facendo ciò che voleva del suo corpo. Katz sarebbe stato in grado di tenerlo in vita? Non bisognava sprecare tempo con pensieri del genere. Mi tenni occupata frugando nei mucchi con i libri di medicina.

Mutti corse verso di me. «Ho trovato il sapone alle rose… e un tostapane».

«Non sei preoccupata per papà, Mutti? Verrà denunciato, me lo sento».

Nonostante entrambi i miei genitori fossero di puro sangue tedesco e potessero dimostrare le loro ascendenze tedesche fino al 1750, mio padre non riusciva a nascondere il suo scarso entusiasmo nei confronti del partito. Alla finestra più grande della casa, accanto alla nuova bandiera rossa del partito che aveva comprato Mutti, continuava a mettere la tradizionale bandiera tedesca a strisce, nonostante Mutti la spostasse sempre sulle finestre laterali. Nessuno l'aveva mai notata nel mare di bandiere con la svastica appese a ogni edificio, ma era solo questione di tempo prima che qualcuno la vedesse.

«*Ja, der Feind hört mit, Herta*», disse Mutti. Il nemico ci ascolta. Mi attirò a sé. «Non preoccuparti di questo, *kleine kuh*. Concentrati sul lavoro».

«Posso diventare al massimo dermatologa…».

Mutti mi strinse l'avambraccio. «Smettila. Presto lavorerai con i dottori migliori, con i più intelligenti. Puoi farcela».

«Qualcuno deve tenere a freno papà».

Ma Mutti si era già voltata. «Cosa dirà la gente se ci portiamo roba del genere in casa?», disse, scuotendo la testa con il tostapane tra le mani.

Pagammo gli oggetti che avevamo scelto: il tostapane, l'album, i dipinti e una stola di visone completa delle testoline degli animali con gli occhi di vetro. Un oggetto di lusso per cui Mutti era disposta a rischiare di prendere i pidocchi. I soldati aggiunsero un diploma da medico incorniciato – Mutti disse che avrebbe usato la cornice per il suo certificato di sangue ariano –

e delle scarpe da ginnastica in tela per me. Il tutto per soli dieci marchi. Raramente avevamo pane da tostare e Mutti non poteva permettersi di andare nei posti in cui avrebbe potuto sfoggiare la stola, ma ne era valsa la pena, anche solo per il sorriso che comparve sul suo volto.

Fui contenta di avere le nuove scarpe da ginnastica perché la settimana successiva avrei fatto da accompagnatrice in una gita con pernottamento a Campo Fiorito, un campeggio che si trovava in una foresta di pini distante mezza giornata di treno, a nord di Düsseldorf. Era gestito dall'associazione Fede e Bellezza, che era legata alla BDM, la Bund Deutscher Mädel, o Lega delle Ragazze Tedesche, l'ala femminile giovanile del partito nazista. L'associazione Fede e Bellezza era riservata alle ragazze più grandi, per prepararle alla vita domestica e ad accudire i figli. Lo scopo della gita era integrare le più giovani nell'organizzazione, e il mio compito in quanto leader del mio gruppo era controllare le ragazze del mio bungalow... Non era facile.

Alle capogruppo venivano assegnati compiti giornalieri, e io fui mandata a occuparmi del bungalow delle arti, una scelta davvero inappropriata, visto che a mio parere dipingere con gli acquerelli e intrecciare stupidi braccialetti era una completa perdita di tempo. E poi i miei talenti non avevano niente a che vedere con l'arte. Date le mie vaste competenze mediche, sarebbe stato più logico se mi fossi occupata dell'ambulatorio del campo, ma per rendersi utili bisogna fare ciò che c'è da fare. Almeno, il bungalow si affacciava sul lago, che rifletteva il rosso e l'arancione degli alberi che lo circondavano.

Pippi, un'altra ragazza a cui era stato assegnato lo stesso lavoro nel bungalow, mi raggiunse lì un pomeriggio. La conoscevo da quando eravamo entrate nella BDM, e nonostante fosse di qualche anno più piccola di me eravamo ottime amiche, sulla buona strada per diventare *migliori* amiche, dal momento che a quanto pareva tutte le ragazze ne avevano una. All'interno della BDM io e Pippi avevamo fatto sempre tutto insieme. Avevamo ottenuto i nostri distintivi e le mostrine da capogruppo. Avevamo portato a turno le bandiere durante le riunioni. Al campeggio mangiavamo insieme e pulivamo i tavoli da lavoro del bungalow.

«Sbrighiamoci», dissi, «sta per piovere». Pippi prese le forbici dai tavoli e le distribuì nei vari barattoli sparsi nel bungalow. Era terribilmente lenta.

Annuì guardando la finestra. «Guarda chi ci sta aspettando».

Sul limitare del bosco c'erano due ragazzi, uno biondo e uno moro, in piedi accanto a una barca a remi portata in secca, che aveva lasciato un grosso solco sulla sabbia dietro di loro. Li riconobbi, erano i capigruppo del vicino campeggio dei ragazzi, entrambi vestiti con l'uniforme color kaki, camicia e calzoncini. Facevano parte dell'equipaggio dei canottieri. E ovviamente erano molto carini. Ai campeggi della gioventù tedesca non erano ammessi partecipanti di razza inferiore, perciò erano tutti molto attraenti, e di razza pura. Non c'era bisogno di misurare le teste e i nasi con calibri e craniometri, avevamo tutti ascendenze purissime. I ragazzi trafficavano con gli scalmi della barca, lanciando occhiate alla capanna.

«Sai cosa vogliono, Pippi».

Pippi si guardò allo specchio sopra al lavandino. Sul muro lì accanto c'era un manifesto con la scritta: RICORDATE CHE SIETE TEDESCHI! MANTENETE PURO IL VOSTRO SANGUE!

«E allora? Voglio solo provare. È divertente».

«Divertente? Ogni volta che cerchiamo di organizzare una gara di corsa finisce sempre con qualche coppietta imboscata». Che divertimento c'era a correre una staffetta dove alla fine non vinceva nessuno?

Al Campo Fiorito, lo staff era incoraggiato a girarsi dall'altra parte se due ariani si appartavano. Se una ragazza rimaneva incinta, veniva mandata in una clinica di lusso delle SS, e si festeggiava in ogni caso la nascita di un figlio sano, senza curarsi del fatto che la madre fosse sposata o no. Tutta questa attenzione per i bambini era comprensibile, naturalmente, dal momento che il futuro della Germania era legato alla necessità di popolare il nostro Paese. Ma data la mia aspirazione a diventare medico non potevo permettermi una gravidanza. Presi da un barattolo un paio di forbici e me le infilai nella tasca dei calzoncini.

Pippi aveva gli occhi spalancati. «Tu l'hai mai fatto?», chiese con noncuranza.

«Fa male, sai? E non importa quello che dicono, se rimani incinta devi lasciare la BDM e ti spediscono a Wernigerode. In mezzo al nulla».

Pippi tirò fuori un mucchietto di cartoline dalle tasche dei calzoncini. Sopra c'erano le immagini di una clinica del Progetto Lebensborn, un maestoso chalet. Su una si vedeva un'infermiera china su una culla di vimini, in una terrazza alberata sovrastata dalla bandiera delle SS.

«Dicono che è come andare in vacanza... Non ti può capitare nulla di meglio. Carne. Burro vero, saporito...».

«Forse, ma il padre non viene minimamente considerato né coinvolto. Dopo la nascita portano via il bambino e lo fanno crescere da sconosciuti».

«Hai sempre una parola negativa su tutto, Herta», disse, sventolandosi con le cartoline.

Quando i ragazzi ebbero finito di armeggiare con la barca si fermarono lì, con le mani in tasca. Provai a restare dov'ero, aspettando che si levassero dai piedi, ma poi giunse l'ora di andare.

Fianco a fianco, io e Pippi scendemmo la strada verso il nostro bungalow. Quando ci voltammo, i ragazzi ci stavano seguendo a passo svelto. Pippi sorrise.

«Sbrigati», le dissi prendendola per il braccio.

I ragazzi cominciarono a correre e io e Pippi ci inoltrammo nel bosco. Lasciai il sentiero e mi addentrai tra i rovi mentre Pippi, che in realtà era una velocista nata, rimaneva indietro. Mentre correvo, sentivo la punta delle forbici penetrarmi nella carne. Perché mai mi sentivo così viva?

Corsi fino a un bungalow abbandonato vicino a un torrente impetuoso e mi accovacciai sul muschio. Ripresi fiato, tirai fuori le forbici e ispezionai la ferita. Era superficiale, ma sanguinava molto. Nonostante lo scrosciare dell'acqua, sentii che i ragazzi avevano raggiunto Pippi.

«Correte così veloci», disse lei ridendo. I tre entrarono nel bungalow e io cercai di scacciare la gelosia che mi aveva invasa. Cosa avrei provato a baciare un ragazzo così bello? Avrei dovuto avvisare il mio supervisore se Pippi avesse ceduto?

Sentii Pippi dire: «Come baci bene».

Poi udii un letto cigolare, altre risatine di Pippi e i gemiti di uno dei due ragazzi. L'altro che faceva? Guardava? Pippi fece un ridicolo tentativo di resistere, e poi li sentii ansimare forte e rumorosamente. Come poteva fare una cosa del genere?

«Devi toglierti i vestiti», sentii dire a un ragazzo.

«Ma è sporco qui», disse Pippi.

Io ero ancora accovacciata, immobile, se mi fossi mossa mi avrebbero scoperta. Pippi pareva divertirsi, ma improvvisamente cambiò idea.

«No, per favore», disse. «Devo tornare indietro…».

«Non è giusto arrivare fin qui e…».

«*Mi fai male*», urlò. «Herta!».

Le amiche dovrebbero aiutarsi tra loro, ma io l'avevo avvertita. Perché non mi aveva dato ascolto? La sua mancanza di disciplina era una debolezza.

«Aiuto!», urlò. «Per favore, qualcuno…».

Aiutarla mi avrebbe solo messa nei guai, ma non potevo lasciarla lì così. Presi le forbici, fredde e pesanti, e salii i gradini marci del bungalow immerso nell'oscurità.

La porta si era staccata dai cardini e giaceva a terra, per cui potevo vedere tutta la scena. C'erano diversi letti di metallo rovesciati su un fianco, Pippi era sdraiata sull'unico ancora in posizione orizzontale. La rete era sfondata, e il materasso macchiato e bagnato. Uno dei due ragazzi era disteso sopra di lei, il suo sedere bianco-bluastro, liscio e sodo, si distingueva benissimo nell'oscurità, mentre lui continuava a spingere e Pippi a piangere. Il secondo ragazzo, quello moro, era vicino alla testiera del letto e la teneva per le spalle. Entrai nel bungalow facendo attenzione alle assi mancanti nel pavimento.

«Fermatevi», dissi.

Il secondo ragazzo si esaltò quando mi vide, forse sperava di avere una chance anche lui. Brandii le forbici, un lieve scintillio argenteo nel buio.

«Fa sul serio», disse il ragazzo moro. Lasciò le spalle di Pippi. Temendo che si liberasse, il ragazzo biondo le diede un'altra spinta violenta. Mi avvicinai. «Allontanati», dissi.

«*Andiamo via*», disse il ragazzo moro.

Il ragazzo biondo si allontanò da Pippi, prese i calzoncini dal pavimento e se ne andò con il suo amico, entrambi tenendosi ben lontani dalle mie forbici. Pippi piangeva sul materasso. Mi tolsi il fazzolettone dal collo e lo posai sul letto.

«Puoi usarlo per pulirti», dissi. La lasciai e uscii per assicurarmi che i ragazzi se ne fossero andati sul serio. Ma non si vedevano da nessuna parte; soddisfatta, scesi al ruscello. Sollevai le forbici, afferrai una ciocca dei miei lunghi capelli e la tagliai. Sentii i muscoli rilassarsi immediatamente e continuai, ciocca dopo ciocca, fino a lasciare solo pochi centimetri di capelli. Sparsi le ciocche nel fiume e le guardai scorrere via, sbattendo contro le rocce, verso l'oscurità.

Aiutai Pippi a tornare al nostro bungalow. Piangendo, mi ringraziò per averla aiutata e ammise che avrebbe dovuto darmi ascolto. Promise di scrivere una volta tornata a casa, a Colonia.

I suoi genitori la ritirarono il giorno successivo, per niente contenti, o almeno così si poteva evincere dalle loro maniere brusche. La guardai andare via, lei mi salutò con la mano dal finestrino posteriore della macchina. La mia unica amica era andata via.

Per tutta la mia permanenza tenni le forbici a portata di mano, ma i capelli corti servirono al loro scopo e i ragazzi mi lasciarono in pace. Quando la gita finì, metà delle ragazze del mio bungalow tornarono a casa incrociando le dita e sperando di essere rimaste incinte, mentre io lasciai felicemente il campeggio, senza ovuli fecondati.

Capitolo 4
Caroline

1939

Dopo l'invasione della Polonia da parte di Hitler, tutti i consolati newyorchesi passarono dalla moderata inquietudine al panico più totale, e nel nostro ufficio si scatenò l'inferno. A peggiorare la situazione, Washington attuò restrizioni più severe in merito ai visti, che di fatto resero quasi impossibile entrare negli Stati Uniti dall'Europa. Anche la Francia limitò il rilascio dei visti. A novembre avevamo gente disperata che sfidava il freddo dormendo all'aperto, nei sacchi a pelo, davanti alle finestre del nostro ufficio, per mettersi in testa alla fila il giorno successivo. La mattina, quando aprivamo, la coda di cittadini francesi che volevano disperatamente tornare a casa spesso si snodava dalla nostra reception fino all'atrio.

La mia cara amica Betty Merchant scelse una grigia giornata di fine novembre per passare a farmi un saluto con la sua donazione. La sentii arrivare e chiedere a Pia un tè caldo, che non le fu mai portato. Poi Betty si aprì la strada fino al mio ufficio, con indosso un abito Schiaparelli di lana bouclé color indaco e un cappello decorato con piume rosse e blu. Sotto il braccio teneva un giornale ripiegato. In una mano aveva un vecchio regalo di matrimonio di una coppia del New Jersey, un albero di banconote alto quasi un metro, fatto di sessantuno biglietti da cento dollari ripiegati a forma di piccoli ventagli e attaccati alla base di legno. Con l'altra mano teneva in equilibrio alcune scatole di scarpe impilate l'una sull'altra.

Betty posò l'alberello di banconote sopra il sottomano della mia scrivania. «Questo è per i bambini francesi. Per comprargli un po' di latte condensato».

Ero felice di vedere Betty, ma ero indietro con il lavoro e il mucchio di fascicoli sulla mia scrivania continuava a crescere. Il nostro ufficio seguiva l'uso francese di chiudere all'ora di pranzo, da mezzogiorno e mezza alle tre. Io sfruttavo quel momento per mangiare del tonno in scatola seduta alla scrivania e tentare di riprendermi in vista del massacro del pomeriggio.

«Grazie, Betty. È bello vederti, ma...».

«E ci sono anche le scatole di scarpe, come ti avevo promesso. Ho portato solo quelle francesi, così i bambini si sentiranno un po' a casa». Usavo le scatole di Betty per confezionare i pacchi con i generi di prima necessità che spedivo all'estero, e sapevo che nei mesi successivi ne avrei dovuti inviare molti.

Betty chiuse la porta del mio ufficio. «Così la signorina Orecchio Lungo non potrà sentirci».

«Pia?»

«Ascolta tutto quello che diciamo, lo sai. Cerca disperatamente di scoprire dove andremo a pranzare».

«In realtà sono sommersa di lavoro e non ho neanche fame».

«Non puoi staccare neanche per un boccone veloce? Non c'è niente come un Martini per stimolare l'appetito».

«Come faccio ad andarmene a pranzo con tutta la folla che c'è qui fuori? Ho appena parlato con una coppia di Lione che non ha notizie della figlia da giugno. Erano entrambi in lacrime».

«Caroline, parliamoci seriamente. Sei una volontaria qui e non puoi nemmeno *pranzare*?»

«Questa gente ha bisogno di me».

«Che mi dici di quel ragazzetto, l'ascensorista, Cuddy? Magari potrei portare lui a pranzo al 21. Sai, il fascino della divisa...».

Betty si guardò nello specchietto da viaggio, in cerca di qualche imperfezione. Non ne trovò e scrollò le spalle, delusa. Spesso veniva paragonata a Rita Hayworth, per via della chioma rigogliosa e delle sue curve, che una volta avevano convinto un tipo anziano in sedia a rotelle ad alzarsi e a camminare per la prima volta dopo anni. Anche quando c'era qualche ragazza più carina di lei, era comunque difficile toglierle gli occhi di dosso: come quando ci si trova di fronte a un incidente ferroviario o a un orso ballerino.

«Devi prenderti una pausa, Caroline. Perché non vieni a giocare a bridge con me?»

«Non posso, Betty. Qui è da impazzire. Con l'ombra di Hitler che incombe, metà della Francia sta cercando di andare via, e l'altra metà di tornare. Devo ancora preparare sessanta pacchi. Se vuoi dare una mano sei la benvenuta».

«Adoro i francesi. E mi pare che sia così anche per te. Ieri ho visto quel tuo nuovo ragazzo per strada, andava verso il teatro».

Fuori dalla finestra cominciò a cadere qualche fiocco di neve. Nevicava anche a casa nostra, su nel Connecticut?

«Non è il mio ragazzo». Sfortunatamente era vero, anche se avevo frequentato regolarmente Paul per tutto l'autunno e in quel principio di inverno. Prima di andare alle prove si fermava spesso al consolato e mangiavamo insieme il nostro pranzo al sacco sul tetto dell'edificio, incuranti delle condizioni climatiche.

«Mi pare che per *lui* il tempo lo trovi. Mia madre mi ha detto di averti vista da Sardi "impegnata in un pranzo *tête-à-tête* con un europeo alto". Testuali parole. Tutta la città ne parla, C. A quanto pare è *lui* il tuo migliore amico adesso». Betty sbatté il giornale ripiegato sulla mia scrivania. «Sul "Post" c'è un trafiletto su voi due. Sapevi che la rivista "Physical Culture" l'ha votato l'Uomo Più Bello del Mondo?».

Non ne fui sorpresa, giusto un po' lusingata. Ma chi diavolo partecipava a votazioni del genere?

«Era solo un pranzo», dissi. «Davvero. Gli ho detto cosa pensavo del suo spettacolo…».

Betty si protese verso di me sopra la scrivania. «Te lo meriti un bell'amante, Caroline, ma sarebbe meglio tenere un basso profilo. Dovevi proprio sceglierti un attore? E poi uno così, be', famoso? So che ci sei rimasta male per David. Se avessi saputo che mio fratello era…».

«È acqua passata, Betty».

«Io posso confondere le acque, ma una volta che ti sei macchiata la reputazione, non c'è modo di ripulirla. Evelyn Shimmerhorn è diventata enorme. Non riesce nemmeno a uscire di casa».

«Puoi lasciare Evelyn fuori da questa storia? Non mi importa di cosa dice la gente».

«Ti importerà quando non ti inviteranno più a uscire. Perché non lasci che ti aiuti? Sul serio, David sarà anche mio fratello, ma Dio solo sa se non ha i suoi difetti. Stai meglio senza di lui, ma rimpiazzarlo con un *francese* solo per farlo arrabbiare… Tutti gli uomini hanno in testa un'idea precisa della donna con cui vogliono passare il resto della vita. Dobbiamo solo trovarne uno che abbia in testa una donna come te».

«Di sicuro avrai cose più importanti a cui pensare, Betty».

Betty mi aveva sempre sostenuta in tutto, fin dal nostro primo giorno all'allora istituto misto Chapin, quando a lezione di francese un ragazzo mi aveva chiamata *le girafon.* Lei gli aveva dato un bel pestone sul piede con il suo stivaletto bianco da bimba.

«Se fosse per me, tu e Paul potreste anche farvi vedere in pubblico nudi sul tetto del Chrysler Building. Sto solo cercando di proteggerti, cara».

Con mio grande sollievo, a quel punto Betty disse che doveva andare. La accompagnai fino alla reception, dove lasciò l'albero di banconote sulla scrivania di Pia.

«Non penserete mica di mandarmi a depositare questa roba», disse Pia appoggiandosi allo schienale della sedia, con una Gauloise in mano.

«Faresti una gran figura sulla Quinta Avenue. Tanto per sapere, Pia, porti il reggiseno?»

«Si chiama *brassiere*».

Betty gettò un dollaro sulla sua scrivania. «Ecco, compratene uno. Nel reparto bambini costano di meno».

Proprio mentre Betty lasciava la reception, Paul usciva dall'ascensore con in mano il sacchetto del pranzo. Le tenne aperte le porte. Betty mi lanciò la sua migliore occhiata da "te l'avevo detto" e se ne andò.

Quel giorno Paul era venuto per risolvere insieme a Roger i suoi problemi con il visto, e io feci di tutto per essere presente al loro incontro. Volevo dimostrare che Paul aveva il mio sostegno, così forse Roger si sarebbe convinto ad aiutarlo. Roger aveva messo una brandina in ufficio e l'aveva lasciata aperta. Le lenzuola erano appallottolate sul materasso come fazzoletti usati. Ma la sua non era stata una dormita particolarmente produttiva.

«Devo portare via Rena dalla Francia», disse Paul.

Roger tirò fuori un rasoio elettrico da un cassetto e lo posò sopra il sottomano della scrivania. «Possiamo provarci. Ma i visti per gli Stati Uniti sono diventati roba che scotta. Sai che persino i cittadini francesi che l'hanno ottenuto al momento sono bloccati in Francia? Non ci sono abbastanza navi».

«Il padre di Rena è ebreo», disse Paul. «Questo complica le cose?».

Andai alla brandina e appianai le lenzuola.

«Da quando Washington ha modificato le quote dell'immigrazione nel 1924 è diventato tutto più difficile», disse Roger.

«Va bene anche un visto turistico».

Roger chiuse di scatto il cassetto della scrivania. «Vuoi lasciar stare quel letto, Caroline? Tutte le persone in fila qui fuori si accontenterebbero di un visto turistico, Paul. Rena ha bisogno di due garanti locali».

«Uno potrei essere io», dissi mentre sprimacciavo il cuscino di Roger. Era rossetto quello? La stessa tonalità di rosso delle Rockettes.

«Grazie, Caroline», disse Paul con un sorriso.

«Non dovresti aiutare Pia alla reception, Caroline?», disse Roger.

Io rimboccai i lembi della coperta sotto il materasso.

«Rena ha già prenotato un biglietto?», chiese Roger.

«Sì, ma è scaduto perché mancava il visto. Ne prenoterà subito un altro appena l'otterrà».

Roger accese il rasoio e se l'accostò alle guance, liberandole dalla peluria incolta. Lasciata a se stessa quella barba gli avrebbe divorato tutta la faccia. «Non ti prometto niente, è possibile che nei prossimi giorni entrino in vigore nuove restrizioni sui visti».

«Ancora?», chiesi.

«Non sono io che decido», disse Roger.

Tirai su la brandina e la spinsi dentro l'armadio a muro.

«Non possiamo velocizzare le cose? Non mi sembra giusto. Paul non è un cittadino francese qualunque, è una personalità di rilievo mondiale...».

«Siamo nelle mani del Dipartimento di Stato americano, Caroline. Non basta spedire una cassa di champagne».

«Potrei tornare in Francia da lei», disse Paul.

«Se torni, è per sempre», rispose Roger.

Mi avvicinai a Paul. «Perché non aspetti la primavera?»

«In primavera la situazione sarà diversa», disse Roger. «Se sei davvero deciso ad andare, Paul, è meglio che tu vada ora».

Paul raddrizzò la schiena.

«Certo che sono deciso».

Lo era davvero? Gli avevo già procurato i moduli per il rimpatrio e lui li aveva persi. Due volte. Non che morissi dalla voglia di vederlo partire.

«Allora devi fare subito domanda», disse Roger.

«Posso riempire io i moduli per te», dissi.

Paul allungò un braccio e mi strinse la mano.

«Immagino che tu non veda l'ora di riabbracciare tua moglie», disse Roger.

«Certo», rispose Paul.

Roger si alzò. «Dipende tutto da te. Ma se sarai ancora nella tua stanza al Waldorf quando Hitler deciderà di attaccare la Francia, non potrai più tornare».

L'incontro era finito. Anche Paul si alzò.

«Caroline, puoi fermarti un minuto?», chiese Roger.

Paul si avviò verso la porta.

«Ci vediamo di sopra», disse, diretto verso il tetto.

Roger chiuse la porta. «Spero che tu sappia in che guaio ti stai cacciando».

«Ho già fatto da garante per dieci richiedenti...».

«Sai cosa intendo. Paul».

«Non è niente», dissi. *Resta calma...* Roger diventava una persona difficile quando era stanco.

«Se non fosse per te, Paul se ne sarebbe già andato. Ho visto cosa sta succedendo».

«Sei ingiusto, Roger».

«Ah sì? Ha una famiglia, Caroline. Non è strano che non abbia alcuna fretta di tornare?». Roger prese il fascicolo di Paul e lo sfogliò.

«Il suo nuovo spettacolo...».

«È più importante di sua *moglie?*»

«Credo che loro siano, insomma... separati».

«Ecco qua». Roger gettò il fascicolo sulla scrivania. «Pia mi ha detto che pranzate insieme sul tetto».

«Non c'è bisogno di agitarsi, Roger». Mi avviai verso la porta. Quello che Roger non sapeva era che io e Paul eravamo andati in giro insieme per tutta Manhattan. A mangiare *chop suey* e tortini di riso su Macdougal Street, al Greenwich Village. E a fare lunghe passeggiate nel giardino giapponese di Prospect Park.

«Ascoltami, Caroline, so che probabilmente ti senti sola...».

«Non c'è alcun bisogno di offendere. Sto solo cercando di rendermi utile. Non è giusto che lui e Rena soffrano in questo modo. Pensa a tutto quello che Paul ha fatto per aiutare la Francia».

«Per favore. Tu vuoi che io faccia venire Rena qui perché così lui potrà restare. E poi che succederà? Su tre persone una è sempre di troppo, e indovina chi rimarrà escluso? Lui deve fare il suo dovere di cittadino francese e tornare a casa».

«Ma noi dobbiamo fare la cosa giusta, Roger».

«*Noi* non dobbiamo fare un bel niente. Attenta a quello che desideri, Caroline».

Mi affrettai a tornare in ufficio, passando accanto a una solitaria boccia da *pétanque*. Paul mi stava ancora aspettando?

Le parole di Roger continuavano ad aleggiare nell'aria. Forse Paul mi piaceva davvero. Sperai che Betty avesse ragione con quella storia degli uomini e della donna ideale. Potevo essere io quella di Paul? C'erano cose peggiori nella vita, no?

Avevamo davvero molto da fare al consolato, ma mia madre insisté perché partecipassi al *thé dansant* che lei e le sue amiche avevano organizzato al Plaza. Per chi non ne ha mai sentito parlare, un thé dansant è un relitto di un'epoca ormai finita, un appuntamento pomeridiano in cui si servono panini *mignon* e si invitavano gli ospiti a ballare.

C'era almeno un milione di posti in cui avrei preferito essere quel giorno, ma mia madre aveva organizzato il thé dansant come evento di beneficenza per i russi bianchi, ovvero gli ex membri dell'aristocrazia russa, ora in esilio, che avevano sostenuto lo zar durante la guerra civile. Aiutare quei nobili decaduti era una causa in cui mia madre era impegnata ormai da anni, perciò mi ero sentita in dovere di sostenerla.

Aveva prenotato la sala da ballo in stile neorococò del Plaza, una delle più belle di tutta New York, con le pareti specchiate e i lampadari di cristallo. L'intrattenimento musicale era stato affidato a un'orchestra di balalaika russa. Sei degli ex musicisti di corte dello zar, in cravatta bianca, sedevano impettiti su un palco rialzato in fondo alla sala. Ognuno aveva in grembo la tradizionale balalaika triangolare a tre corde, e attendevano solo un cenno da parte di mia madre. Una volta musicisti di fama mondiale, adesso si erano ridotti a suonare ai thé dansant, ma parevano comunque contenti di lavorare. Le hostess dell'evento e le ragazze del comitato precettate da mia madre, insieme ad alcune mie amiche della Junior League, si aggiravano per la sala vestite con i costumi tradizionali russi. Mia madre aveva persino convinto un'imbronciata Pia a unirsi a noi.

Fatta eccezione per le mie colleghe hostess, non avevo detto a nessuno che partecipavo a quel genere di eventi, perché l'idea di farmi vedere vestita da russa era incredibilmente imbarazzante. Nella mia carriera di attrice mi ero prestata a indossare ogni genere di costume, ma questo era veramente troppo. Includeva persino un *sarafan*, un abito lungo e nero, di forma trapezoidale, ricamato a strisce rosse e verdi e con le maniche a sbuffo bianche, decorate con un motivo a fiori. Cosa ancora più imbarazzante, mia madre aveva anche insistito perché indossassimo il *kokoshnik,* l'alto copricapo ricamato in oro e argento, decorato con pietre semi-preziose e con file di perle di fiume come guarnizione. Considerata la mia già notevole altezza, quel cappello mi faceva assomigliare all'Empire State Building, solo leggermente più basso e avviluppato in un mucchio di perle.

Mia madre posò sul tavolo un recipiente d'oro smaltato per le donazioni e mi toccò una manica ricamata. Il suo gesto soffiò nella mia direzione una nuvola del profumo che il suo amico il principe Matchabelli, un nazionalista georgiano in esilio, aveva realizzato solo per lei con l'essenza dei suoi gigli preferiti, sandalo e note di rosa. Lui e l'attrice che aveva sposato, la principessa Norina, mandavano a mia madre tutti i profumi che producevano, e ormai sul suo tavolo da toeletta si era creata una vera e propria città multicolore, fatta di flaconcini con i tappi a corona.

«Alla fine non verrà nessuno», disse mia madre. «Me lo sento».

Avevo qualche remora a dirglielo, ma una scarsa partecipazione era inevitabile. Gli americani stavano diventando sempre più isolazionisti. I sondaggi dicevano che il nostro Paese soffriva ancora per le perdite subite durante la prima guerra mondiale e la Grande Depressione, ed era contrario all'idea di lasciarsi trascinare in un nuovo conflitto. I newyorchesi non erano dell'umore giusto per un thé dansant che non fosse a beneficio di uno dei quarantotto Stati dell'Unione.

«Con questa guerra in Europa i tuoi russi bianchi non sono più una priorità, madre».

Lei sorrise. «Già, pensa a tutti quei poveri profughi europei». Guardava alle occasioni per fare beneficenza con gli stessi occhi di un golosone di fronte a un vassoio di pasticcini.

Il nostro cuoco, Serge, entrò in sala con il copricapo bianco pieghettato e la giacca da chef coperta di farina. Portava una grossa zuppiera di *tvorog*, un piatto contadino russo fatto con formaggio e succo di mora. Nato Vladimir Sergeyevich Yevtushenkov, Serge discendeva da qualche ramo della nobiltà russa. Mia madre era sempre stata piuttosto vaga al riguardo. Per me era sempre stato un fratello minore con uno strano accento, che passava le sue giornate a pensare a nuovi piatti che poteva cucinare *flambé* per me e mia madre.

L'apparizione di Serge attirò subito Pia, con un bicchiere di cristallo pieno di punch in mano. Sembrava un coccodrillo in agguato nell'acqua. «Ha un aspetto davvero delizioso, Serge».

Serge arrossì e si pulì le mani sul grembiule. Magro e con i capelli color sabbia, Serge avrebbe potuto avere tutte le ragazze di New York ai suoi piedi, ma la sua estrema timidezza congenita lo teneva chiuso nelle cucine, a rimescolare felice la sua crème brûlée.

«Forse prenotare la sala grande è stato un errore, mamma», dissi.

Le probabilità di riempire gli oltre trecentocinquanta metri quadrati della sala di gente che avesse voglia di festeggiare erano piuttosto scarse. Rubai un pezzo del *khachapuri* di mia madre, un panino burroso di forma triangolare. «Ma hai messo un annuncio sul "Times". Vedrai che verranno».

L'orchestra suonò un'appassionata versione della canzone popolare *L'antico albero di tiglio*, che era incompatibile con qualsiasi passo di danza moderno.

Mia madre mi afferrò per il gomito e mi condusse un po' in disparte. «Vendiamo anche tè e sigarette russe, ma quelle lasciale stare. Pia mi ha detto che adesso le fumi insieme al tuo amico francese».

«Lui non è…».

«La tua vita sociale è affar tuo, qui dobbiamo riuscire a ricavare qualche fondo».

«So che non approvi che io frequenti Paul, ma siamo solo amici».

«Non sono il tuo confessore, Caroline, ma sappiamo entrambe com'è fatta la gente di teatro. Specialmente gli attori così lontani da casa. Ma tu hai trentacinque anni...».

«Trentasette».

«Non hai bisogno della mia approvazione. Ma se vuoi il mio parere, un paio dei membri dell'orchestra non sarebbero male come fidanzati». Li indicò con un cenno del capo. «Una volta erano delle vere celebrità presso l'aristocrazia russa».

«Ma non ce n'è uno sotto i sessant'anni».

«Chi fa troppo lo schizzinoso resta a pancia vuota, cara».

Detto questo mia madre andò a escogitare qualche modo per sollecitare le donazioni e io finii di preparare la stanza. Ero su una scala e stavo sistemando un riflettore per illuminare l'orchestra, consapevole che trovarmi così in alto non faceva altro che aumentare la mia imponenza, quando Paul fece il suo ingresso nella sala da ballo. Si diresse senza esitare verso la scala.

«Roger mi ha detto che ti avrei trovata qui».

Quell'immensa sala si addiceva a Paul, le pareti color crema con decorazioni dorate creavano uno splendido contrasto con la sua figura scura e attraente. Provai un'ondata di *douleur*, una delle molte parole francesi per le quali non esiste un corrispettivo inglese, e che significa "dolore per qualcuno che si desidera ma non si può avere".

«Splendido», dissi scendendo giù dalla scala in un vero tripudio di perle che ondeggiavano. Non poteva almeno smettere di sorridere?

«Sto andando a teatro, ma mi serve la tua firma per il visto di Rena. Tuttavia se è un brutto momento...».

«No, certo che no».

Arrivò mia madre e l'orchestra accelerò il ritmo.

«Mamma, posso presentarti Paul Rodierre?»

«È un piacere conoscerla», disse lei. «Ho saputo che recita in *The Street of Paris*».

Paul sfoggiò per lei uno dei suoi sorrisi migliori. «Sono solo uno dei tanti».

Mia madre pareva immune al suo fascino. A un occhio poco allenato sarebbe parsa assolutamente cordiale, ma per anni l'avevo osservata muoversi in contesti sociali e me ne accorgevo, quando era fredda.

«Se può scusarmi, devo andare a fare rifornimento di khachapuri. A quanto pare qualcuno se li sta mangiando tutti».

Paul si voltò verso di lei. «Khachapuri? Li adoro».

«Temo siano riservati agli ospiti paganti», disse mia madre. «Non che stasera ce ne siano molti».

Paul le rivolse un piccolo inchino, molto formale. «Signore, se volete scusarmi, ora devo andare». Mi sorrise e uscì da dove era entrato. Così presto?

«Ottimo lavoro, mamma, hai appena fatto andar via il nostro unico ospite».

«I francesi sono così sensibili».

«Come puoi credere che qualcuno abbia voglia di stare qui? I newyorchesi preferirebbero morire piuttosto che mangiare il tvorog, e offrire anche delle bevande alcoliche non avrebbe guastato».

«La prossima volta allora serviremo hot dog e fagioli. Se fosse per te ceneremmo tutti seduti allo stesso tavolo, come a mensa, con un bottiglione di whisky al centro».

Mi concentrai sulle ghirlande di aghi di pino che dovevo appendere sopra la porta con l'aiuto della sempre imbronciata Pia. Mentre lavoravamo scorsi mentalmente la lista delle cose da fare su cui ero in ritardo. I rapporti per Roger. I pacchi da spedire. Perché mia madre doveva essere così testarda? Era ora che si adattasse al XX secolo. Mi sentii addosso il peso di uno sguardo e quando mi voltai vidi uno dei membri più anziani dell'orchestra che mi faceva l'occhiolino, con la balalaika in mano.

Un'ora dopo persino mia madre ammise la sconfitta. I nostri unici potenziali ospiti erano stati una coppia di Chicago che alloggiava al Plaza. Erano entrati nella sala per sbaglio e se ne erano andati immediatamente, come se fossero capitati per errore in mezzo a una colonia di nudisti.

«Be', che fallimento», disse mia madre.

Io tirai già una ghirlanda dalla parete.

«Te l'avevo detto...».

Non conclusi la frase, perché nel corridoio fuori dalla sala si scatenò all'improvviso un gran fracasso, al punto che a malapena riuscivamo a sentirci l'un l'altra. Le porte si spalancarono e una gigantesca folla si riversò nella sala. C'era gente di tutti i ceti sociali, ospiti imbellettati e vestiti secondo la moda francese degli anni Venti. Le donne indossavano maglioncini lunghi con la cintura bassa e sfoggiavano un'acconciatura a onde. Alcune avevano degli abiti a vita bassa e caschetti alla Louise Brooks. C'erano poi splendide creature in abiti da cocktail di raso, ricamati con perle e diamanti artificiali, con agili acconciature à la Josephine Baker. Gli uomini indossavano abiti più classici e bombette. Dietro di loro c'era un gruppetto di artisti in smoking, con violini e sassofoni già pronti in mano. Mia madre pareva sul punto di schizzare fino al soffitto per la felicità, e fece cenno ai suonatori di unirsi all'orchestra.

«Ci sono dei khachapuri pronti», annunciò. «Lasciate pure i cappotti alla nostra gentile Pia».

Quando la situazione si fu un po' placata, vidi entrare Paul.

«Mio Dio, ma che succede?», disse passando accanto a due donne che trasportavano una batteria, con i cappelli a cloche ben calcati sugli occhi. Ovviamente le avevo riconosciute.

«Credo proprio che tu lo sappia, Paul. Come hai fatto a convincere tutto il cast dello spettacolo a venire qui?»

«Sai com'è fatta la gente di teatro. Erano già tutti vestiti per una festa e Carmen ha l'emicrania, perciò oggi niente matinée. Siamo liberi fino allo spettacolo delle sei».

L'orchestra di *The Street of Paris* si trovò bene con i musicisti russi amici di mia madre. Insieme individuarono *Love Is Here To Stay* come perfetto ponte tra le due nazioni. Quando i ballerini riconobbero la musica si precipitarono in pista, tutti si scatenavano al ritmo di fox-trot e swing, le donne con le donne, gli uomini con gli uomini.

Mia madre ci raggiunse, raddrizzandosi il cappello mentre si avvicinava.

«Che gente carina. Sapevo che alla fine avremmo attirato una gran folla».

«Mamma, è stato Paul. Questa è la gente del suo spettacolo. Tutto il cast».

Mia madre sbatté le palpebre e rimase per un attimo sconcertata. Poi si voltò verso Paul. «Be', il Comitato Americano di Sostegno agli Esuli Russi la ringrazia, Mr Rodierre».

«E per caso tra i ringraziamenti è incluso anche un ballo? Non ho mai ballato Gershwin eseguito con una balalaika».

«Be', non vedo perché privarla di questa opportunità», rispose mia madre.

Non appena si sparse la voce che il famoso Paul Rodierre era presente al thé dansant, l'intero hotel si precipitò a partecipare e Serge dovette rabboccare il tvorog per ben tre volte. Nel giro di poco trovai il modo di liberarmi del mio copricapo e vidi che tutti si divertivano, compresi i musicisti amici di mia madre che avevano portato un po' di vodka russa con cui ravvivare il tè freddo.

Quando Paul se ne andò aveva le tasche piene di sigarette russe regalate da mia madre, e la coppa per le donazioni al Comitato Americano di Sostegno agli Esuli Russi traboccava di offerte. A un certo punto mia madre si fermò accanto a me a riprendere fiato tra un ballo e l'altro. «Sentiti pure libera di avere tutti gli amici francesi che vuoi, cara. Mi mancava proprio la gente del teatro, a te no? Portano una salutare ventata di freschezza».

Paul mi salutò con la mano mentre se ne andava. Aveva fatto davvero un ottimo lavoro, e adesso doveva riportare il cast a teatro per la replica dello spettacolo. La sua gentilezza non avrebbe potuto trovare un bersaglio più grato di mia madre. Non la vedevo ballare così da quando mio padre era morto. Come facevo a non essergli immensamente grata?

Betty aveva ragione. Lui era davvero il mio migliore amico.

Capitolo 5
Kasia

1939

Matka gridò quando l'uomo delle SS calò la pala su Psina. La gallina emise un verso terribile e poi tacque, l'unico rumore rimase quello delle zampe che continuavano ad agitarsi sul terreno. Un paio di piume color miele ondeggiava nell'aria.

«È così che si fa da noi», disse l'uomo delle SS. Mise giù la pala, raccolse la povera Psina per il collo inerte e la porse al soldato più magro. Io tentai di non guardare le sue zampe, che non smettevano di dimenarsi.

«Per questa volta lascio correre», disse il soldato a Matka, mentre si puliva le mani con un fazzoletto. «Ma ricordate, nascondere il cibo che spetta al Reich è un grave crimine. Siete fortunate che vi abbia soltanto avvisate».

«Ma certo», disse Matka, portandosi una mano alla gola.

«Psina», mormorai. Le lacrime mi bruciavano gli occhi.

«Hai sentito?», disse il soldato più magro, che teneva Psina a testa in giù, evitando le unghie. «In polacco *psina* vuol dire "cagnolino". È una gallina e la chiamano cane. Polacchi idioti».

Presero Psina e se ne andarono, sporcando di terriccio il nostro corridoio.

Io tremavo tutta. «Hai lasciato che la uccidessero».

«Avresti preferito morire per una gallina?», disse Matka. Ma anche lei aveva le lacrime agli occhi.

Tornammo di corsa in cucina e guardammo dalla finestra gli uomini che se ne andavano sul camioncino. Grazie a Dio mia sorella non aveva assistito alla scena.

Zuzanna tornò a casa il giorno dopo, aveva passato la notte in ospedale. Il dottor Skala, direttore della struttura e suo mentore, famoso per il suo trattamento della palatoschisi, era stato arrestato, mentre a lei era stato ingiunto di andarsene, perché i polacchi non erano adatti a ricoprire incarichi importanti. Non l'avevo mai vista così scossa, sconvolta e arrabbiata. Era stata costretta ad abbandonare i suoi pazienti, che erano per lo più bambini. Tempo dopo venimmo a sapere che già dal 1936 i nazisti avevano cominciato a stilare delle liste di polacchi sospettati di nutrire sentimenti antitedeschi. Inoltre avevano cominciato a segnare gli obiettivi strategici, tra cui gli ospedali, con delle grosse X, in modo che i piloti potessero individuarli facilmente dall'alto. Non c'era da stupirsi che fossero arrivati con tanta facilità alle persone che volevano prendere.

Papà ritornò dopo tre giorni di interrogatorio da parte della Gestapo. Non l'avevano picchiato, ma gli ordinarono di presentarsi al lavoro tutte le mattine molto presto e lo costrinsero a passare molte ore all'ufficio postale. Noi eravamo felici che fosse vivo, e lui ci raccontò quanto fosse dura guardare i nazisti aprire pacchetti e lettere spediti dai cittadini polacchi e prendere tutto ciò che volevano. La sera spargevano segatura sul pavimento per assicurarsi che lui e il suo staff non rientrassero di notte, quando l'ufficio era senza sorveglianza.

Nel giro di poco sembrò che tutti i nazisti della Germania fossero giunti in città. I nostri vicini, tedeschi, uscirono in strada per acclamare il loro arrivo, salutandoli e lanciando fiori, mentre noi restammo in casa. Le truppe russe erano più a est, erano arrivate solo al fiume Bug.

Alla fine eravamo come mosche rimaste intrappolate in un barattolo di miele. Eravamo vivi, ma non vivevamo. Per fortuna i nazisti avevano riassegnato Zuzanna al servizio di ambulanze di Lublino, perché poco tempo dopo radunarono tutti i medici degli ospedali, uomini e donne, e li portarono via. A lei rilasciarono un documento completo di foto e con sopra una dozzina di timbri neri con le aquile naziste, che le permetteva di restare fuori casa quando voleva, anche dopo il coprifuoco. Ogni mattina eravamo grati di svegliarci ancora nei nostri letti. Tanti nostri amici polacchi sparivano durante la notte senza alcuna spiegazione.

Un giorno ero seduta sul mio letto, avvolta in una trapunta per tentare di scaldarmi, e feci un test che avevo trovato in un vecchio numero della rivista «Photoplay», che era il mio passatempo preferito quando ero in casa. Uno studente del corso clandestino di economia di Pietrik lo aveva pagato in riviste americane, e io le avevo praticamente imparate a memoria. Il test diceva che se eri innamorata sentivi un *click* simile a quello di un portacipria che viene chiuso di scatto. Io lo sentivo ogni volta che vedevo Pietrik. Inoltre avevamo praticamente gli stessi interessi (il che era molto raro, almeno stando al test).

Quel giorno Pietrik era passato a trovarmi. Fu bello vederlo. Non so bene di cosa parlammo, ma io desideravo solo farlo restare il più a lungo possibile.

«Quanto puoi fermarti?».

Mi misi a ritagliare una foto di Carole Lombard dalla rivista. Era circondata da piante poinsettia bianca, da qualche parte a Los Angeles. Era difficile comportarsi in modo normale quando sentivo il *click* del portacipria.

Pietrik si avvicinò e si sedette accanto a me sul letto. Le molle cedettero sotto il suo peso.

«Non molto. Sono passato per chiederti un favore. Si tratta di Nadia». Aveva l'aria stanca e non si rasava da qualche giorno. «È dovuta andare via per un po'».

«Cosa è successo?», chiesi rabbrividendo all'improvviso.

«Non posso dirtelo».

«Ma...».

«Sarai più al sicuro se non te lo dico. Ma fidati, c'è chi sta lavorando per cambiare le cose».

Era ovvio che lui stesse collaborando con il movimento clandestino. Non me l'aveva mai detto esplicitamente, ma immaginavo che fosse stato tra i primi a farlo, subito dopo l'invasione nazista. Mi ero accorta che partecipava a misteriose riunioni a tarda notte. E che si assentava per giorni senza dare spiegazioni. Non portava gli stivaloni neri che contraddistinguevano tanti ragazzi della resistenza, rendendoli facili bersagli per i tedeschi, ma ci era dentro fino al collo.

Sperai che la cosa non fosse così ovvia anche per le SS. La maggior parte di noi boicottava gli ordini dei tedeschi e sabotava tutto ciò che poteva, ma far parte dell'esercito nazionale, l'*Armia Krajowa* o AK, era una faccenda seria. Anche se all'inizio non era ancora ufficialmente chiamato AK, rappresentava il governo polacco in esilio a Londra, che ci faceva arrivare raccomandazioni e avvertimenti attraverso la BBC, la stazione radio polacca Swit, e i diciassette giornali clandestini di Lublino.

«Mi faresti un gran favore aiutandomi, Kasia».

«Tutto ciò che vuoi».

«Quando Nadia e sua madre se ne sono andate, hanno dovuto abbandonare Felka. I nazisti fanno cose terribili ai cani e ai gatti degli ebrei. Potresti andare a prenderla?»

«Dov'è Nadia? Posso vederla?».

Non mi importava più se Pietrik era innamorato di lei. Volevo solo che fossero entrambi al sicuro.

«Posso solo dirti che i nazisti per poco non li arrestavano, sono scappati giusto in tempo».

«In quanto ebrea? Ma lei è cattolica».

«Sì, ma suo nonno era ebreo, e questo la mette in pericolo. È meglio se resta lontana per un po'. Starà bene, ma adesso è Felka a trovarsi in una brutta situazione». Mi afferrò un braccio. «L'aiuterai? Puoi portarla qui?»

«Certo».

«C'è un'altra cosa. La madre di Nadia ha lasciato un oggetto nel cassetto del comodino. Bisogna portarlo in un posto sicuro. È una busta gialla nascosta dentro una rubrica di numeri di telefono».

«Non so se posso farlo, Pietrik. La madre di Nadia chiude sempre casa a chiave».

«La porta sul retro è aperta. Devi prendere la rubrica con la busta. Mi dispiace doverti coinvolgere, tengo molto a te, ma non c'è nessun altro».

Erano lacrime quelle che vedevo nei suoi occhi?

«Ma certo, sai che sono sempre pronta ad aiutarti».

Ci teneva a me? Mi prese la mano, la voltò e mi diede un bacio sul palmo. In quell'istante pensai che mi sarei sciolta seduta stante, gocciolando attraverso le assi del pavimento fino alla cantina. Per un momento dimenticai tutte le cose brutte che stavano succedendo.

«Porta la rubrica e la busta al numero dodici di via Lipowa domani mattina, verso le dieci. Suona il campanello. Qualcuno ti chiederà chi sei. Rispondi: "Iwona"».

«È il mio nome in codice?». *Iwona* significava "albero di tasso". Mi sarebbe piaciuto un nome in codice più sexy, per esempio *Grazyna*, che voleva dire "bella".

«Esatto, è il tuo nome in codice. Wiola ti farà entrare. Dalle l'agenda e dille che è per Konrad Zegota. Poi vai via, e torna a casa tagliando per il parco Ludowy».

Più tardi, rivedendo la scena nella mia testa, non fui più sicura che avesse detto davvero quel "tengo molto a te". Ma forse il test di «Photoplay» aveva ragione.

La mattina dopo uscii per andare a casa di Nadia, un appartamento elegante al piano terra di un edificio di due piani, a cinque minuti da casa nostra. Volevo fare un buon lavoro in quella mia prima missione per Pietrik.

Lungo la strada mi fermai al muretto accanto a casa sua, dove da sempre ci lasciavamo messaggi segreti e ci scambiavamo i nostri libri preferiti. Divelsi la nostra pietra quadrata speciale, liscia e con gli spigoli smussati dopo tutti gli anni in cui l'avevamo tolta e ricollocata. L'ultimo libro che avevo lasciato per Nadia era ancora lì, *Il demonio della settima classe,* di Kornel Makuszynski, il nostro libro preferito, che ci eravamo scambiati decine di volte. Nadia avrebbe mai avuto occasione di venirlo a prendere? Lo lasciai lì e rimisi la pietra al suo posto.

Proseguii senza alcuna traccia di nervosismo, finché arrivai a casa di Nadia. Quando vidi la sua porta arancione, cominciarono a tremarmi le ginocchia. *Inspira. Espira.*

Andai sul retro e mi avvicinai alla recinzione del piccolo giardino. Sbriciando tra le assi vidi Felka rannicchiata sul gradino dell'ingresso. Nonostante il pelo folto, riuscivo a contarle le costole. Il giardino di Nadia era ancora più piccolo del nostro, gli unici elementi decorativi erano un malconcio cespuglio di rose e un carrettino giocattolo arrugginito.

Scavalcai con una certa fatica la recinzione e mi avvicinai lentamente a Felka. Stava aspettando Nadia? Le accarezzai il pelo e lei, sentendo il mio tocco, tentò di scodinzolare, ma a malapena riusciva a sollevare il capo. Era calda, ma aveva il respiro affannoso. La poverina stava morendo di fame.

Passai oltre, aprii la porta del retro ed entrai in cucina.

A giudicare dallo stato del *kugel* di mela che trovai sul tavolo, Nadia e sua madre se ne erano andate da almeno una settimana. Il latte nei bicchieri si era rappreso e le mosche avevano scovato delle prugne. Dalla cucina passai alla stanza di Nadia. Il letto era rifatto, come sempre. Ispezionai le altre stanze della casa fino alla camera della madre di Nadia. Un letto di ferro verniciato di bianco, coperto da un piumone, occupava la maggior parte dello spazio. Ai piedi del letto c'era una coperta fatta all'uncinetto. Sul piumone si vedeva ancora la forma della valigia che doveva esservi stata appoggiata sopra, e sul comodino c'era una copia dell'edizione polacca di *Via col Vento*. Alle pareti erano appesi due quadri con scene campestri, un piccolo crocifisso e un calendario. Su quest'ultimo c'era l'immagine di una donna dall'aria intelligente, in piedi davanti a una locomotiva con un mazzo di fiori gialli tra le braccia. LA GERMANIA TI ASPETTA, era la scritta stampata sopra la figura. C'era anche il nome dell'agenzia di viaggi della signora Watroba: WATROBA VIAGGI. TI PORTIAMO DOVE VUOI.

Aprii il cassetto del comodino, trovai la rubrica e sfogliai le pagine finché non scorsi la busta. Era sigillata e sopra, con una calligrafia minuta, c'era scritto ZEGOTA. Attraverso la carta si intravedeva il colore di alcune banconote. Presi la rubrica, insieme alla coperta che era ai piedi del letto, e ritornai in cucina, dove afferrai anche una scintillante treccia di pane all'uovo trovata sul tavolo. Era dura come un sasso, ma il pane era prezioso. Tornai nel giardino sul retro e misi Felka nel carrettino giocattolo. La poverina emise giusto un flebile gemito. Gettai la rubrica accanto a lei, stesi la coperta sopra a tutto quanto e mi diressi verso via Lipowa, scegliendo delle stradine secondarie per evitare i soldati nazisti. Giunta a poca distanza accelerai, e il carrettino sobbalzò sulle pietre del lastricato.

«Chi abbiamo qui?».

Una SS in camicia bruna uscì da un vicolo, spaventandomi a morte.

In piedi alle sue spalle c'era una ragazza del mio *gimnazjum*, che però si ritrasse immediatamente nell'ombra. Per poco non caddi a terra, non mi sentivo più le ginocchia.

«Sto andando a casa», dissi in tedesco. Per fortuna sapevo il tedesco. Parlare in polacco non era più permesso.

«Ah, una tedesca?». Sollevò la coperta con il manganello.

«No, sono polacca».

L'ufficiale mi ignorò e si avvicinò per ispezionare meglio il carrettino.

«E questo cos'è? Un cane morto?».

Riuscivo a malapena a sentire cosa diceva. Il cuore mi pulsava nelle orecchie. «È solo malato, spero non sia contagioso».

Il soldato lasciò cadere la coperta. «Vattene», disse. «Portati a casa quella bestia malata». Poi sparì di nuovo nel vicolo.

Quando arrivai in via Lipowa ero madida di sudore. Era una strada affollata. Lasciai Felka e la coperta nel carrettino e salii le scale, con le gambe che mi tremavano come la gelatina che mia madre metteva sul pesce. A quel punto ero ufficialmente una *spia*. A soli sedici anni, ero diventata una nemica del nazismo. Era un pensiero di una potenza incredibile! Raddrizzai un po' la schiena e suonai il campanello. Qual era il nome in codice della persona che avrebbe ritirato il pacco?

Wiola.

«Chi è?», chiese una voce.

«Sono Iwona», dissi.

Lanciai un'occhiata alla strada alle mie spalle, c'erano auto e carri trainati da cavalli, e i marciapiedi erano affollati.

Sbrigati, Wiola! Le SS e chiunque altro avrebbero potuto vedermi lì in piedi con la rubrica.

La porta si aprì, io entrai e la richiusi alle mie spalle. Riconobbi subito Wiola: era Janina Grabowski, una mia ex compagna del gruppo scout. Teneva tutte e dieci le dita divaricate, dipinte di smalto rosso ancora fresco.

«Scusa se non ho aperto subito», disse.

Le porsi la rubrica. «Wiola, questa è per Konrad Zegota».

Janina era un bel tipo, con i capelli tinti color rosso fiamma e la costituzione robusta da ragazza di campagna, ma non sarebbe stata certo la mia prima scelta se avessi dovuto selezionare un partner a cui affidare la mia vita. Agli scout non aveva mai ottenuto nessun brevetto di primo soccorso, né di orientamento, e tutti sapevano che si era guadagnata il brevetto di arte solo grazie alla sua abilità nel make-up.

Janina prese la rubrica tra i palmi delle mani.

«Grazie, *Iwona*».

L'ufficio era un appartamento riadattato, con alte finestre che si affacciavano sulla strada, schermate solo da tendine trasparenti. Era ammobiliato con una scrivania di metallo, sulla quale era posata una macchina da scrivere, due poltrone reclinabili e un tavolino impolverato; sopra, erano sparpagliate riviste polacche di moda. Qualcuno ci aveva appoggiato anche una boccia di vetro che conteneva un singolo pesce rosso, immobile a mezza altezza, che mi fissava, con le pinne in movimento e la bocca aperta in una "O" di sorpresa. Persino lui aveva capito che quell'ufficio era completamente fasullo.

Janina gettò la rubrica sul tavolo. Sul suo volto fece capolino un sorriso, e dopo qualche istante scoppiò a ridere.

«Non ce la faccio proprio a restare seria, Kasia. *Iwona.* È troppo divertente».

Il nome che le aveva dato Pietrik, Wiola, significava violetta, e non le si addiceva affatto, vista la sua considerevole altezza e le braccia spesse quanto le gambe di un tavolo.

«Abbassa la voce. Non puoi sapere se c'è qualcuno che ti sta osservando».

Le luci nella stanza erano così intense. Qualsiasi nazista avrebbe potuto vederci.

«L'unico nazista che è riuscito *vagamente* ad avvicinarsi a questo posto è quello che ha seguito Anna Sadowski che portava delle granate nascoste nel reggiseno. A certe ragazze toccano incarichi divertenti». Janina mi si accostò. «Ti fermi per una partita a carte?».

A carte?

«Ci sono dei soldi in quella rubrica. Non dovresti nasconderli? O vuoi farci ammazzare?»

«Avanti, resta. Ti sistemo i capelli».

«Devo tornare a casa prima che faccia buio».

Lei congiunse le mani e se le portò al petto. «E se li tiriamo su?».

Janina lavorava part-time dal miglior parrucchiere di Lublino.

«Pietrik mi ha detto di andarmene subito».

«State insieme, voi due?»

«Devo andare...».

«Tutti dicono che gli piaci...».

Mi affrettai a raggiungere la porta. «Non devi stare a sentire i pettegolezzi».

Janina prese una rivista dal tavolino e si sedette alla scrivania. «Quindi non sei interessata a sapere cosa si dice in giro?».

Mi voltai.

«Neanche le voci su… Nadia Watroba?».

Mi avvicinai alla scrivania.

«Cosa sai?».

Janina sollevò il mento verso l'alto. «Guarda un po', adesso ti va di restare».

«È la mia migliore amica».

«Ah, davvero?», disse Janina sfogliando le pagine della rivista.

«Dai, smettila! Fuori c'è il suo cane che sta malissimo».

Janina richiuse di scatto la rivista. «*Felka?*».

Il cane di Nadia era piuttosto famoso.

«Sì, Felka. Dimmi quello che sai».

«Be', in realtà non molto…».

«Janina, se non me lo dici…».

«Okay, okay. So solo che Pietrik – cioè, credo sia stato Pietrik – ha portato Nadia e sua madre in un appartamento sicuro».

«Qui vicino?»

«È a Lublino, ma non so altro».

«*Nient'altro*?»

«Ho sentito solo dire che è da qualche parte proprio sotto il naso dei nazisti».

Confusa, ringraziai Janina, tornai alla porta e mi avviai verso casa, passando per il parco come mi aveva detto Pietrik. Nadia era davvero al sicuro! Sentii tutto il mio corpo che si rilassava e presi a spingere più velocemente il carrettino per portare in fretta Felka a casa e darle qualcosa da mangiare. Nadia era insieme a sua madre ed era ancora a Lublino! C'erano molte cose che potevo fare per lei, prima di tutto occuparmi di Felka e continuare a lavorare per il movimento clandestino.

Dopotutto la mia prima missione era andata bene, anche se Janina non l'aveva presa affatto sul serio. Adesso facevo parte della resistenza? Avevo consegnato del *denaro*. Il giorno successivo avrei prestato giuramento e avrei reso ufficiale il mio impegno.

A metà strada i cieli si aprirono, rovesciando una cascata d'acqua sul lastricato e lasciando me e Felka completamente fradice.

Hai avuto fortuna una volta, dicevano le mie scarpe bagnate a ogni passo. *Non prenderci l'abitudine*.

Capitolo 6
Herta

1939-1940

Presi il treno di ritorno da Campo Fiorito, felice di andarmene, la mente fissa sull'idea di trovare lavoro come medico. Indossavo la mia uniforme della BDM, ma ben presto me ne pentii. Mi sarei rilassata di più se avessi potuto osservare in tranquillità i folti boschi che si susseguivano fuori dal finestrino, mentre stilavo una lista mentale degli ospedali a cui avrei potuto far visita. Invece non ebbi un singolo momento di solitudine, perché tutti i passeggeri si fermavano ad ammirare la mia uniforme.

«Posso toccare la sua aquila, *Fräulein*?», chiese un ragazzino. Era in piedi accanto al mio sedile, bello dritto, con le braccia lungo i fianchi, e ondeggiava leggermente assecondando il movimento del treno. Dietro di lui c'era sua madre, che aveva portato due dita alle labbra come se avesse visto il Führer in persona. Sì, rappresentare la BDM era un compito duro, ma anche appagante, considerato il rispetto che tutti mostravano verso noi ragazze quando indossavamo l'uniforme. Eravamo così giovani, eppure avevamo un grande potere.

«Certo», risposi.

Quando lui sfiorò delicatamente la mostrina dorata mi salirono le lacrime agli occhi.

Niente tocca il cuore come un ingenuo bambino tedesco.

Era comprensibile che la mia uniforme sollevasse tutto quel polverone, considerando che la maggior parte dei tedeschi non aveva mai visto il set completo di mostrine della BDM addosso a una donna. I ragazzi della Gioventù Hitleriana avevano spille e stemmi praticamente per ogni attività che facevano, compreso rinvasare le piante, invece le mostrine della BDM erano in numero limitato ed erano difficili da ottenere. Sulla giacca blu scuro io avevo lo stemma della Croce Rossa, la spilla d'argento per le abilità da infermiera e i riconoscimenti per il primo soccorso e per la forma fisica.

Ma ad attirare l'attenzione più di tutto il resto era l'aquila, che indicava il ruolo più alto nella gerarchia: un uccello dorato che portavo all'altezza del cuore, con le massicce ali spiegate. Mutti aveva gridato di gioia la prima volta che l'avevo portata a casa. Ne era rimasta impressionata ben più che dal mio diploma della scuola medica, conseguito in anticipo a causa della guerra.

Una volta a casa tentai di trovare il mio primo lavoro da dottoressa, ma sebbene mi fossi diplomata come seconda del mio corso, gli studi medici erano piuttosto riluttanti all'idea di assumere una donna. A quanto pareva la retorica del partito – il posto delle donne era in casa, a badare ai bambini – aveva messo radici: diversi pazienti richiedevano un medico di sesso maschile. Essendo una studentessa avevo dovuto obbligatoriamente prendere lezioni di ricamo, perciò accettai qualche lavoretto di sartoria per fare un po' di soldi.

Finalmente trovai un posto part-time alla clinica dermatologica di Düsseldorf, che mi pagava una piccola somma per ogni paziente che trattavo. Era un lavoro noioso, di solito l'apice della giornata consisteva nell'incidere un foruncolo. Avrei finito per dimenticare i rudimenti della tecnica chirurgica che avevo studiato? I chirurghi dovevano operare a un ritmo costante per mantenere la mano.

La nostra economia era migliorata notevolmente, il che aveva ridotto i pazienti che avevano bisogno di trattamenti della pelle. Persino le mani screpolate da lavapiatti, che una volta costituivano il nerbo della dermatologia, non erano più un problema per le casalinghe tedesche. Di simili faccende si occupavano lavoratrici polacche che il Reich aveva fatto venire dall'Est.

Il risultato fu che le mie entrate ebbero un crollo quasi totale. Le condizioni di mio padre passarono da gravi a critiche, e Mutti dovette restare a casa con lui. Io riuscivo a malapena a sostentare tutti e tre. Nel giro di poco divenni l'unico medico morto di fame di Düsseldorf, perciò continuai a lavorare part-time alla macelleria di Onkel Heinz.

Dopo la tranquillità dei boschi di Campo Fiorito e la noia

della clinica, la confusione della gente che veniva a comprare la carne al negozio e le *Hausfrauen* ansiose con i loro abiti da casa ben stirati che si accalcavano al bancone, come se fossero anche loro una mandria di bovini, erano una gradita distrazione. Là potevo sfuggire ai miei problemi, strappare grossi fogli di carta bianca dal rotolo del negozio e far pratica di suture usando lo spago con cui chiudevo i pacchetti.

Una domenica ero andata come al solito al lavoro. Il negozio era chiuso al pubblico. Zio Heinz mi faceva lavorare da sola, in modo che nessuno vedesse ciò che facevo per lui.

Il suo progetto speciale.

«Sbrigati», disse.

Si appoggiò al tavolo da macelleria, ormai curvo per i colpi della sua mannaia e di quella di suo padre prima di lui. Il suo ventre prominente si intravedeva anche sotto il grembiule, coperto di sangue secco di vitello. Come ero finita in quella situazione? Per anni ero stata troppo spaventata per dire qualcosa: ecco come.

Heinz mi osservò mentre mi avvicinavo al tavolo e sceglievo l'intestino di agnello più teso. L'attesa per Heinz era allo stesso tempo la parte migliore e quella peggiore. Rovesciai i tessuti, li macerai nello sbiancante e rimossi la membrana mucosa, facendo attenzione a lasciare intatte le fasce peritoneali e muscolari. Onkel Heinz mi metteva fretta, ma io feci con calma, perché bastava una lacerazione o un minuscolo foro per combinare un disastro.

«Sto andando più veloce che posso», dissi. Era meglio prendere tempo, perché la parte peggiore arrivava quando avevo finito, e tutto quanto ricominciava da capo.

Mentre lavoravo ero bersagliata da cattivi pensieri. Perché non ero a casa a cercarmi un nuovo lavoro? Era colpa mia, ero stata intrappolata in quel posto da Heinz, per paura che lui rivelasse il nostro segreto. Avrei dovuto dire tutto quanto anni fa, ma se lo avesse saputo, Tante Ilsa non mi avrebbe mai pagato gli studi. E cosa avrebbe fatto Mutti? Non potevo dirglielo, era ovvio. E per quanto riguardava mio padre, pur malato com'era avrebbe assassinato lo zio Heinz se l'avesse saputo. Era il prezzo da pagare per la mia educazione. Heinz diceva che me l'ero cercata. Una ragazza giovane che restava da sola lì con lui.

Si avvicinò e mi sollevò la gonna. Sentii il familiare tocco delle sue dita callose sulla mia coscia.

«Perché ci metti tanto?», chiese Heinz. Nel suo alito sentii l'odore del vino dolce.

Scostai la sua mano. «Ci vuole tempo per queste cose».

Heinz non era esattamente la punta di diamante della razza. Il suo quoziente intellettivo era a metà tra quello di una persona lievemente ritardata e quello di un completo deficiente, ed era facile metterlo a tacere accampando una scusa appena un po' elaborata. Palpai i tessuti delicati, misurai e tagliai. Heinz era tutto rosso in viso mentre io srotolavo il tratto di intestino, liscio e trasparente come una calza di seta.

Non ebbi bisogno che mi dicesse di portare il secchio del lardo nella cella frigorifera. Provavo uno strano conforto nella ripetizione meccanica di quei gesti sempre uguali. Tirai la cordicella attaccata alla lampadina nuda che illuminava il locale e mi appoggiai al freddo ripiano di legno. Persino con il viso affondato nel sacco della farina che avevo davanti, sapevo cosa stava per succedere. L'odore dolce della farina attutiva il suo, che sapeva di sangue di vacca, sigari e sbiancante.

Non piangere. Le lacrime riuscivano solo a far arrabbiare Heinz, e allora tutto durava di più. Lui tirò a sé il risultato del mio lavoro, intinse una mano nel lardo, la passò lungo la membrana, e cominciò.

Io decisi di ripassare le ossa della mano.

Uno: osso scafoide, deriva dal greco skaphos, che vuol dire nave.

Pieghe di grasso pendevano dall'addome di Heinz, facendolo assomigliare a un grembiule peloso, che mi sbatteva contro a ogni spinta. Il suo respiro già irregolare si era fatto più affannoso, non ci avrebbe messo ancora molto.

Due: osso semilunare, a forma di spicchio di luna crescente.

Già da tempo avevo smesso di sperare in un improvviso attacco di cuore. Anni e anni di arrosti grassi dovevano avergli procurato una placca arteriosa spessa almeno due dita, ma nonostante questo riusciva comunque a sopravvivere.

Tre: osso piramidale. Quattro: osso pisiforme, dal nome latino dei piselli.

Heinz non riuscì a trattenersi e cominciò a gemere come al solito. Il suo fiato era una nuvoletta di vapore freddo sul mio collo. Le sue mani tremavano mentre si aggrappavano al ripiano, sostenendo tutto il peso sui polsi grassi da macellaio.

Poi all'improvviso la porta della cella si aprì e il sacco di farina mi scivolò da davanti al viso. Sulla soglia c'era Ilsa. Con una mano teneva la porta aperta, nell'altra aveva un barattolo di marmellata. Doveva aver sentito Heinz che gemeva come un maiale.

«Chiudi quella porta, donna», disse lui con i pantaloni calati alle caviglie e il viso paonazzo.

Era disgusto quello che lessi sul volto di mia zia, o solo noia? Posò il barattolo di marmellata su un ripiano della cella frigorifera, si voltò e se ne andò.

La porta si richiuse con un tonfo alle sue spalle e Heinz si rimise al lavoro.

Al termine dell'ennesima lenta giornata alla clinica dermatologica, ero seduta alla scrivania, dopo aver finito con il mio ultimo paziente, un bambino grassottello di quattro anni che si succhiava il pollice. L'avevo rispedito a casa con la madre e della pomata antisettica contro il rash cutaneo. Come potevo pensare di guadagnarmi da vivere in quel modo? Avrei preferito di gran lunga un impiego tranquillo all'università, ma neppure lo stipendio di un insegnante mi avrebbe permesso di mantenere la mia famiglia.

Afferrai una copia della «Rivista di Medicina» e l'occhio mi cadde su un annuncio particolare in cui si cercava un MEDICO PER UN CAMPO DI RIEDUCAZIONE FEMMINILE, 90 KM A NORD DI BERLINO, IN PROSSIMITÀ DELLA CITTADINA TURISTICA DI FÜRSTENBERG, SUL LAGO SCHWEDT. Erano sorti diversi campi del genere, per lo più destinati a fannulloni e a criminali comuni. L'idea di cambiare aria era allettante. Una cittadina turistica? Di sicuro mi sarebbe mancata Mutti, di certo non Heinz.

L'unica altra cosa che sapevo su quel campo era che ci lavorava un mio ex compagno di corso, Fritz Fischer. Tuttavia, il posto aveva un bel nome.

Ravensbrück.

Capitolo 7
Caroline

Dicembre 1939

La vigilia di Natale, io e Paul andammo alla pista di pattinaggio del laghetto di Central Park, sulla Quinta Avenue. Adoravo pattinare sul ghiaccio, avevo imparato a Bird Pond, un laghetto vicino a casa nostra, nel Connecticut, ma lo facevo raramente, perché tendevo a evitare le attività che mi facevano sembrare ancora più alta di quanto non fossi. E poi non avevo mai trovato un compagno. Betty avrebbe preferito ingoiare api vive piuttosto che farsi vedere su dei pattini. Ero determinata a sfruttare al massimo il tempo che restava a Paul a New York.

Quel giorno il tempo era perfetto per pattinare, l'aria era limpida e tagliente, e nel corso della notte il vento rigido aveva spazzato per bene il ghiaccio, rendendolo liscio come una palla da biliardo. Di conseguenza la bandiera in cima al castello del Belvedere, la sfera rossa in campo bianco che tutti i pattinatori bramavano vedere, sventolava orgogliosa. I portieri della Quinta Avenue si erano passati l'un l'altro la voce che il ghiaccio era perfetto, e il laghetto si era riempito di pattinatori.

Ce n'erano già alcuni quando arrivammo io e Paul. Erano praticamente dei professionisti, si inginocchiavano e roteavano in aria, con naso e barba coperti di piccoli ghiaccioli. Poi arrivarono anche le signore, due o tre alla volta, con i cappotti pesanti che si gonfiavano come vele spingendole sul ghiaccio. A Paul bastò un po' di pratica per diventare in fretta un accettabile pattinatore, dopodiché scivolammo sottobraccio lungo il reticolo di laghetti comunicanti. La vecchia me non avrebbe mai osato andare a pattinare in un luogo pubblico come quello, invece ora affrontavo il ghiaccio con vigore e nel giro di poco trovammo un buon ritmo coordinato. All'improvviso ebbi una voglia folle di provare cose nuove.

Veleggiammo sotto le arcate dei ponti al suono della *Sonata al Chiaro di Luna* di Beethoven e del *Valzer dei pattinatori sul ghiaccio* di Waldteufel: un sottofondo che non avrebbe potuto essere più leggiadro, nonostante giungesse attraverso gli altoparlanti di metallo del capannone dei gestori della pista.

La folla sul ghiaccio aumentò e noi tornammo indietro, mentre nell'aria si diffondeva l'odore di castagne calde. Stavamo per sederci e toglierci i pattini, quando sentii qualcuno che pronunciava il mio nome.

«Caroline. Ehi».

Era David Stockwell. Ci si avvicinò pattinando e si fermò con una brusca sterzata, in una posa che lo faceva assomigliare a una pubblicità di Brooks Brothers. Si sistemò la giacca con la mano guantata. Come faceva a comportarsi come se tra noi non ci fosse stato nulla? Come se sposare di punto in bianco un'altra dopo avermi illusa per dieci anni fosse una cosa assolutamente naturale.

«Ehi, chi è questo tipo, Caroline?», disse David.

Era un lampo di gelosia quello? David sembrava molto più piccolo vicino a Paul. Pensava che stessimo insieme? Improbabile. Paul manteneva le distanze e si comportava da semplice amico. Non mi stava neanche vicino. E se avesse deciso di far vedere a David che ero sua? Al solo pensiero desiderai che succedesse davvero.

Paul gli porse la mano. «Paul Rodierre».

David gliela strinse. «David Stockwell. Conosco Caroline da…».

«In realtà dobbiamo proprio andare», dissi.

«C'è Sally laggiù, si sta allacciando i pattini. Le dispiacerebbe non salutarti».

Betty mi aveva avvisata sul conto di Sally, ovviamente. La sua nuova cognata era una ragazzina che Mrs Stockwell aveva riempito di abiti d'alta moda, spendendo una cifra che avrebbe potuto sfamare metà della popolazione di New York per un anno almeno. Lanciai a David il mio miglior sguardo da "non possiamo proprio".

Lui si voltò verso Paul. «Lavoro al Dipartimento di Stato, sto cercando di tenerci fuori da questa guerra. Ho sentito il tuo discorso alla serata di gala. Mi è parso che tu invece volessi tirarci in mezzo».

«Ho solo detto la verità», disse Paul.

«È stato il nostro evento di maggior successo», dissi.

Paul pattinò più vicino a me e mi prese sottobraccio. «Sì cara, è stato emozionante, vero?».

Cara?

David sbatté le palpebre, colto alla sprovvista.

Io mi accostai a Paul. «Che applausi assordanti. Per non parlare delle *donazioni.* Adesso tutti sostengono la Francia».

Sally Stockwell pattinava nella nostra direzione, fendendo la folla. Era difficile ignorare la sua statura *mignon*, a malapena superava il metro e cinquantacinque. Indossava un costume da pattinaggio in piena regola, una gonna comoda in lana cotta, una giacchetta tirolese imbottita e attillata, e una specie di pelliccia bianca sopra i pattini. Il nastro del berretto fatto a mano che indossava, legato sotto il mento, ondeggiava leggiadro mentre si avvicinava.

«Tu devi essere Caroline», disse Sally. Mi porse una mano avvolta in un guanto a manopola di angora bianca, e io gliela strinsi.

Sally era più simile a Olivia de Havilland che a Bette Davis, ed era impossibile trovarla antipatica. Era di una sincerità disarmante, che rendeva anche la più insulsa delle conversazioni un po' imbarazzante.

«David mi ha raccontato tutto di te. "Caroline aiuta i bambini francesi. Io e Caroline abbiamo esordito insieme nello stesso spettacolo…"».

«Sono stato il primo partner protagonista di Caroline», disse David. «Ho interpretato Sebastian mentre lei era Olivia».

Paul sorrise. «Si baciano, vero? Come sono state le recensioni?»

«Tiepide», risposi io.

Sally si accostò ancora di più. «A volte penso che avresti dovuto sposare tu David».

«È stato bello vedervi», dissi. «Scusate, ma dobbiamo proprio scappare».

«Già. Oggi stiamo tutto il giorno insieme, vero, tesoro?», disse Paul.

Aveva proprio deciso di andarci giù pesante. Avrebbe sollevato un polverone di pettegolezzi comportandosi così, ma non mi importava. Era bello sentirsi amati, anche se soltanto per finta.

Salutammo Sally e David agitando una mano, mentre loro si immergevano di nuovo nella folla di pattinatori. Com'era stato carino Paul a fingere di essere il mio fidanzato. Non potevo certo vantarmene, ma comunque era stato bello avere qualcuno da esibire con orgoglio, specialmente davanti a David Stockwell, che non si era fatto alcuno scrupolo a calpestare il mio ego.

Dopo la nostra pattinata Paul tornò al Waldorf a cambiarsi. Io decorai l'abete che il migliore amico di mia madre, Mr Gardener, aveva portato dalla campagna, e cucinai del *coq au vin*. Dal Connecticut Serge aveva mandato una zuppa invernale vegetale, con pastinaca, carote e dello splendido finocchio dolce. Sarebbe andata benissimo come prima portata.

Quella notte la neve, che era già arrivata nel Connecticut, raggiunse Manhattan con gran vigore, lasciando mia madre bloccata insieme a Serge nella nostra casa di campagna. Paul bussò alla mia porta pieno di fiocchi di neve nei capelli, sulle spalle e sul soprabito. Il suo viso era freddo quando mi salutò con due baci sulle guance. Aveva abbondato con il Sumare, che una volta era stato anche il profumo preferito di mio padre. Avevo sbirciato nell'armadietto di Paul al Waldorf, una volta che avevo usato il suo bagno, e avevo visto il flacone accanto al barattolo blu di Noxzema.

Paul aveva portato una bottiglia e un mazzo di splendide rose avvolte in carta bianca. Avrei dovuto frenare la mia lingua, e stare attenta a quanto bevevo. Fui sollevata che si fosse vestito di tutto punto, con la giacca color melanzana, perché io mi ero messa un abito e delle calze di seta.

Mi porse la bottiglia, fredda e pesante.

«*Joyeux Noël.* Questa è l'ultima bottiglia della cassa che mio cugino mi ha mandato dalla sua vigna. Ho lasciato il tuo numero alla reception del Waldorf in caso qualcuno mi cercasse. Spero non ti dispiaccia».

«Certo che no. Sei preoccupato per Rena?»

«Sempre, ma questa è solo una precauzione. Le ho parlato questa mattina per aggiornarla sulla faccenda del visto. Roger dice che saprà qualcosa nel giro di pochi giorni».

Rena. Era come se fosse lì con noi.

Paul entrò nel salotto. «Potresti farci atterrare un aeroplano qua dentro. Ci siamo solo noi stanotte?»

«Su nel Connecticut non riescono neanche a uscire dal vialetto di casa».

«Quindi sono il tuo unico sollazzo questa sera? Che pressione!».

Dopo cena lasciai i piatti nel lavandino e mi sedetti sull'ingombrante divano di crine che in origine apparteneva alla madre di mia madre, quella che noi chiamavamo nonna Woolsey. L'aveva preso per evitare che i fidanzati di mia madre si fermassero troppo a lungo.

Quando il fuoco si ridusse alle sole braci riprese a far freddo, nell'appartamento tenevamo il riscaldamento al minimo. Paul mise un ciocco di legno sul fuoco e le fiamme si levarono a lambire le pareti del caminetto. Riuscivo a sentire il calore sul mio viso.

Mi tolsi le scarpe e ripiegai le gambe sotto il sedere.

«Qualcuno si è attaccato al cognac», dissi osservando la bottiglia alla luce del fuoco.

«Forse è solo la parte degli angeli», disse Paul. «Alcuni chiamano così la quota di cognac che evapora naturalmente nelle cantine».

Smosse il ciocco di legno con l'attizzatoio di ferro, il suo viso cupo era illuminato dalle fiamme. Perché gli uomini diventavano così seri di fronte a un fuoco?

Tornò sul divano. «In momenti come questo mi sento come se avessi tutta la vita ancora davanti. Come un bambino».

«Da qualche parte, in un angolo del nostro cuore, continuiamo ad avere vent'anni», dissi. Quante volte l'avevo sentito dire a mia madre.

Paul si versò un dito di cognac nel bicchiere. «Il tuo ex fidanzato è davvero un bell'uomo».

«Di sicuro sarebbe d'accordo con te». Gli porsi il mio bicchiere perché vi versasse dell'altro cognac.

Paul esitò.

«Perché l'uomo sia ragionevole, deve essere ubriaco», dissi. Perché diavolo stavo citando Byron? Mi faceva sembrare vecchia di due milioni di anni.

«E non c'è nella vita nulla di meglio che l'ebbrezza», disse Paul versando il cognac nel mio bicchiere.

Conosceva Byron?

«Perché non mi chiedi mai niente di Rena?», disse.

«Perché dovrei farlo?». Era l'ultimo argomento di cui avrei voluto parlare.

«Oh, non lo so. Pensavo che fossi curiosa di sapere come faccio a restare lontano da lei così tanto tempo».

«Be', lo spettacolo, naturalmente». Il liquido ambrato nel mio bicchiere luccicò alla luce del fuoco.

«Del nostro matrimonio non è rimasto molto».

«Paul. Questo è davvero il più classico dei cliché». Perché non riuscivo a evitare di parlare agli uomini come se fossi una maestrina di scuola? Mi meritavo di restare da sola, abbandonata alla deriva su un lastrone di ghiaccio, come facevano gli eschimesi con i loro anziani.

«Rena è così giovane. È molto simpatica. Ti piacerebbe, ne sono sicuro, ma non ci siamo mai seduti insieme così, come siamo io e te adesso, a parlare della vita».

«Cosa le piace fare allora?», dissi.

Il fuoco scoppiettava.

«Ballare, andare alle feste. Sotto certi aspetti è ancora una bambina. Ci siamo sposati pochissimo tempo dopo esserci conosciuti. All'inizio ci divertivamo, e in camera da letto eravamo incredibili, ma poi lei ha cominciato a diventare irrequieta. Ho saputo che ha avuto dei fidanzati davvero molto attraenti».

Incredibili in camera da letto? Santo cielo, senza dubbio era vero. Scrollai via qualche pelucco dalla manica del mio abito.

«Comunque, in questo Paese gli uomini di solito non parlano delle loro imprese in camera da letto».

«In questo Paese gli uomini non hanno nulla di cui parlare», disse Paul. «Quando si sposano le loro imprese si fanno sempre meno eccitanti, e infine svaniscono. Rena è una ragazza meravigliosa, ma è convinta che noi due siamo incompatibili. Credimi, ci ho provato».

Paul andò ad attizzare un altro po' il fuoco, poi tornò e questa volta si sedette più vicino a me sul divano. Per essere un uomo così virile, aveva una bocca deliziosa. Adorabile.

«Esistono ancora persone compatibili?», dissi. «I miei genitori sono l'unica coppia nella quale credo di aver visto della vera armonia».

«Com'è morto tuo padre?»

«Non ne ho mai parlato con nessuno. Avevo undici anni e all'epoca di queste cose non si discuteva».

«È stato un bravo padre?»

«Nei weekend se ne andava dalla città e tornava da noi nel Connecticut. Toglieva colletto inamidato e gilet, si metteva in pantaloncini e passava tutto il tempo a giocare con noi al campo da baseball che mia madre aveva messo su in un angolo in fondo alla nostra proprietà».

«Si ammalava spesso?»

«Mai. Ma un giorno, nella primavera del 1914, all'improvviso si chiuse nella sua stanza. Potevano entrare solo mia madre e il dottor Forbes. E quando mi prepararono la valigia e mi spedirono a stare dai parenti capii che c'era qualcosa che non andava. Le domestiche smettevano di parlare quando entravo in una stanza e mia madre aveva un'aria spaventata che non le avevo mai visto prima».

«Mi dispiace, Caroline». Paul mi strinse la mano nella sua, calda e morbida, poi la lasciò andare.

«Cinque giorni dopo mi permisero di tornare, ma nessuno osava guardarmi in faccia. Come al solito, per ottenere qualche informazione mi nascosi nel montavivande appena fuori dalla cucina, e sbirciai fuori da una fessura. All'epoca avevamo quattro domestiche irlandesi. La più anziana, Julia Smith, informò le altre di ciò che era successo mentre sgusciavano i piselli sedute al tavolo della cucina. Ricordo ancora ogni parola. Julia disse: "Sapevo che Mr Ferriday non se ne sarebbe andato senza combattere". Mary Moran, una ragazzina esile, stava passando uno straccio grigiastro sulle piastrelle bianche e nere del pavimento. Disse: "La polmonite è uno dei modi più brutti di morire. È come annegare, solo che è tutto più lento. Tu eri nella sua stanza? Spero che non l'abbia toccato". Allora Julia disse: "Un attimo prima rideva come un matto, e quello successivo si afferrava il petto dicendo che faceva troppo caldo e gridando al dottor Forbes di aprire la finestra, per l'amor del cielo! Poi ha cominciato a chiedere di sua figlia, Caroline, e mi ha davvero spezzato il cuore. La signora Ferriday continuava a ripetere: 'Harry, caro, non lasciarmi'. Ma lui doveva essere già morto, perché il dottor Forbes ha aperto la porta e mi ha detto di andare a chiamare il becchino".

A quel punto intervenne Lily Clifford, la più giovane delle tre: "Io ho potuto vedere per un istante Mrs Ferriday che gli buttava le braccia al collo, mentre lui era steso sul letto, e diceva: 'Non posso vivere senza di te, Henry'. Sembrava così triste e sola che sono quasi scoppiata a piangere anche io". Quella sera mia madre mi annunciò la notizia. Io rimasi a guardare il portasigari di papà, chiedendomi che fine avrebbero fatto i suoi sigari ora che era morto. Io e mia madre non abbiamo mai parlato molto della morte di mio padre, e lei non ha mai pianto di fronte a me, né a nessun altro».

«Che cosa terribile, Caroline», disse Paul. «Eri così piccola».

«Mi dispiace aver rovinato il nostro clima gioioso».

«È un fardello pesante per una bambina».

«Parliamo di cose più allegre».

«Tu hai un cuore gentile, Caroline», disse Paul allungando una mano e scostandomi una ciocca di capelli dietro l'orecchio. Io sussultai, il suo tocco mi provocò un'ondata di calore.

«Basta con i morti e con la morte», dissi. «Di che altro possiamo discutere?».

Fissammo entrambi il fuoco per un po', ascoltando il rumore del legno che si piegava e si spezzava.

Paul si voltò verso di me. «Ho una confessione da farti».

«I bravi cattolici non si confessano davanti a un prete?».

Lui passò un dito sul mio piede avvolto nella calza. «È che... non ci si può fidare di me quando vedo delle calze di seta».

Era consapevole del potere che aveva la punta del suo dito?

«Temo di essere stato segnato a vita da un compagno di scuola».

Raddrizzai la schiena. «Forse questo preferisco non saperlo».

«Sotto il letto aveva queste scatole piene di fotografie».

«Erano nudi?»

«Una specie. Per lo più erano donne che indossavano calze di seta. E poco altro». Paul fece roteare il liquido ambrato nel suo bicchiere. «Da allora non sono mai più stato lo stesso. È qualcosa che ha a che fare con le cuciture. Dopo aver visto Marlene Dietrich cantare *Naughty Lola* nell'*Angelo azzurro* ho dovuto aspettare che tutti gli spettatori uscissero dal cinema prima di rialzarmi».

«In quel film Marlene portava delle calze velate nere».

«Possiamo cambiare argomento? Questo, be', mi stimola un po' troppo».

«L'hai tirato fuori tu».

«Immagino di essere sempre stato attratto dalle donne forti», disse Paul.

«Fatti presentare Eleanor Roosevelt da mia madre».

Paul sorrise e posò il bicchiere a terra. «Sei unica, lo sai, Caroline? C'è qualcosa in te che mi fa venire voglia di mettere a nudo la mia anima». Mi guardò e rimase in silenzio per un momento. «Io sono uno che si affeziona. Potresti non essere in grado di liberarti di me».

«Come un cirripede», dissi.

Lui sorrise e si chinò su di me. «Sì, qualunque cosa sia».

Mi alzai in piedi e presi a lisciarmi il vestito. Dovevamo cambiare marcia prima che le cose diventassero troppo complicate.

«Aspetta qui», dissi. «Ho una cosa per te. Niente di speciale».

«Sei così misteriosa, Caroline. Un po' come Marlene».

Andai in camera mia. Stavo commettendo un errore? Si potevano fare regali agli amici maschi? Lui dopotutto non mi aveva regalato niente. Tirai fuori il pacchetto avvolto in una carta argentata che avevo chiuso e riaperto più volte – volevo che avesse un aspetto un po' consunto, insomma, che non fosse niente di speciale – e lo porsi a Paul.

«Che cos'è?», disse. Il colore sulle sue guance derivava dall'imbarazzo o dal cognac?

«Una sciocchezza», dissi sedendomi di nuovo vicino a lui.

Paul infilò le dita sotto la carta e ruppe il nastro adesivo.

«Davvero, è solo un regalo da amica», dissi. «Io e Betty ci scambiamo sempre regali. È normale».

Scostò i lembi della carta e rimase seduto in silenzio a guardare il pacchetto aperto che aveva in grembo, e il rettangolo ripiegato color vinaccia chiaro che conteneva.

«Era di mio padre», dissi. «Ne aveva a dozzine. Non le portava mai, ovviamente. Forse se l'avesse fatto…».

Paul tirò su la sciarpa di lana merino foderata di seta e la tenne in alto, tastando il tessuto con le dita.

«Non so cosa dire».

Mi si seccò la bocca. Un regalo così personale era eccessivo?

«Tua madre non avrà da ridire?»

«Se gliel'avessi permesso si sarebbe liberata di tutte le cose di mio padre già da un bel pezzo».

«Forse per lei è difficile guardarle, ora che lui non c'è più».

«Per poco non regalava la sua giacca di vigogna a un ragazzo delle consegne che era vestito troppo leggero».

Paul prese un'estremità della sciarpa e se l'avvolse lentamente intorno al collo, a capo chino. «È davvero troppo bella, Caroline». Quando ebbe finito alzò le mani, con i palmi rivolti verso il soffitto. «Allora?».

Sembrava uno di quei ragazzini che andavano sugli slittini a Bird Pond, su a Bethlehem, con le guance paonazze. Come sarebbe stato baciarlo? L'avremmo rimpianto entrambi, considerando che lui aveva una moglie che, incompatibile o no, da lì a poco si sarebbe svegliata in Francia e avrebbe atteso una sua chiamata?

Ovvio che sì.

Mi alzai in piedi. La testa mi girava un po'.

«Ti piacerebbe vederli? Gli abiti di papà, intendo».

Guidai Paul lungo il corridoio fino alla sua stanza. Mia madre e mio padre avevano sempre dormito in camere separate, come si faceva ai loro tempi. La lampada della scrivania nell'angolo proiettava deboli ombre sulle pareti. Le domestiche spolveravano ancora quella stanza ogni giorno, pulivano le tende di organza tutte le primavere e lavavano le lenzuola con un motivo alla greca come se si aspettassero di veder tornare mio padre da un giorno all'altro, e sentirlo gridare «Hi-ho», mentre gettava la valigia sul letto. Nell'alcova davanti alla finestra c'era un piccolo divano con un rivestimento di chintz allentato e scolorito che aveva perso la sua lucentezza molti anni prima. Aprii l'anta dell'armadio di mio padre, liberando una nuvola profumata di tabacco e Vicks VapoRub, e accesi la luce.

«Oh, Caroline», disse Paul.

Il grande armadio di papà era rimasto come l'aveva lasciato lui, o quasi: file di pantaloni e di calzoni di lana marrone e di flanella bianca ripiegati sulle grucce, insieme a una gran varietà di giacche, dalle Norfolk con cintura a quelle di lana leggera, per finire con quelle da smoking. Legioni di scarpe bicolore e un paio di mocassini morbidi di cuoio lucido erano allineati sul fondo, con della carta all'interno. Le cravatte condividevano la stessa rastrelliera con le cinture, appese per la fibbia di ottone. La fascia nera da lutto che mia madre aveva indossato al funerale giaceva ripiegata su uno dei ripiani in alto. Non che io fossi presente quel giorno, nella chiesa di Saint Thomas, visto che avevo solo undici anni. Il «New York Times» aveva scritto: «Le donne della famiglia Woolsey si sostenevano l'un l'altra in prima fila». Presi una cintura e passai le dita sulla pelle di foca morbida e liscia.

«Era un uomo molto ordinato», disse Paul.

«In realtà no, era mia madre che lo metteva in riga».

Dall'ultimo ripiano Paul prese un fedora grigio, riempito di carta ingiallita. Se lo rigirò tra le mani, come uno scienziato assorto nello studio di un raro meteorite, poi lo rimise a posto. Di colpo pareva essersi incupito. Cosa avevo fatto per guastargli l'umore?

«Sai, mio padre era daltonico», dissi.

Paul mi guardò. Se solo fossi riuscita a smettere di blaterare.

«E per di più rifiutava di farsi aiutare da un domestico per vestirsi».

Paul non cercò di interrompermi in alcun modo. Si limitava a guardarmi con un'espressione indecifrabile. Era pietà per quella povera zitella che soffriva per la mancanza del padre morto?

«Insisteva per vestirsi da solo. Perciò mia madre gli comprava solo colori neutri. Tutto marrone e blu». Spensi la luce dell'armadio. «Avresti dovuto vedere come si vestiva prima».

Mentre richiudevo l'anta sentii sopraggiungere le lacrime, ma riuscii a trattenermi.

«Una mattina scese a colazione con una giacca gialla, la cravatta viola, i pantaloni arancioni e le calze rosse. Mia madre quasi soffocò dalle risate».

Mi voltai di nuovo verso l'armadio e appoggiai la fronte sulla fresca superficie verniciata. «Scusami, Paul, adesso mi riprendo».

Paul mi afferrò la spalla e mi fece voltare verso di lui, poi mi attirò a sé. Mi scostò i capelli all'indietro e mi sfiorò la guancia con le labbra. Le lasciò indugiare un po' lì, sotto l'occhio, poi pian piano si spostò verso la bocca. Quando vi giunse, sentii il sapore del *coq au vin* e delle sigarette francesi.

Paul si tolse la sciarpa dal collo, rilasciando una nuvola di profumo Sumare.

Pino. Cuoio. Muschio.

In qualche modo ci spostammo sul divano mentre la neve ghiacciata sferzava le finestre sopra di noi come la sabbia di una tempesta. Il mio cuore perse un battito quando la sua mano mi sfiorò l'interno della coscia, cominciando a sfilarmi la calza. Paul infilò due dita sotto la seta e la tirò verso il basso. Io gli aprii il primo bottone della camicia. Poi un altro. Misi le mani nella camicia ormai aperta e gliele passai lungo i fianchi, lisci come l'interno di una conchiglia.

«Forse hai bevuto un po' più della parte degli angeli di quel cognac», mi disse lui all'orecchio.

Aprì il primo bottone del mio abito. Nella penombra il suo viso era particolarmente bello, così serio. Lo stavamo facendo veramente… scacciai dalla mente il pensiero di lui insieme a Rena.

Anche il secondo e il terzo bottone cedettero lentamente. Paul mi scoprì la spalla e mi baciò sulla pelle nuda. «Non riesco a credere a quanto sei bella», disse coprendomi il petto di baci, senza alcuna fretta. «Un letto potrebbe essere una buona idea».

Riuscii solo ad annuire. Il mio letto a baldacchino con il copriletto di satin rosa? Quel materasso non aveva mai visto nulla di neanche lontanamente simile a Paul Rodierre.

Barcollammo fino alla stanza da letto, lasciando la mia biancheria intima lungo il percorso.

«Su le braccia», disse Paul quando raggiungemmo finalmente la camera.

Tirai su le braccia come se stessi per tuffarmi da qualche parte, e lui mi tolse abito e sottana in un colpo solo. Poi si tolse la giacca e mi strinse. Con dita tremanti cercai la sua cintura. Lui mi baciò mentre facevo passare l'estremità dalla fibbia tra i passanti e sfilavo la cintura. La lampo dei suoi pantaloni si abbassò. Se li tolse e mi spinse verso il letto. Atterrammo sul satin morbido, le doghe del letto manifestarono il loro stupore per quel peso improvviso.

«Hai ancora i calzini?», dissi.

Lui mi baciò sulla gola.

«Cos'è stato quel rumore?», chiese Paul mentre si faceva strada verso il basso.

«Quale?», mi sollevai su un gomito. «C'è qualcuno?».

Paul mi fece sdraiare di nuovo e accostò le labbra al mio orecchio. «Non è niente». Il suo mento ruvido come carta vetrata mi graffiava deliziosamente la guancia. «Non preoccuparti».

Era bellissimo avere Paul nel mio letto, tutto per me. Affondai nel satin rosa mentre rotolava sopra di me e mi baciava sulla bocca, con ancora più passione adesso.

Questa volta udii anche io il rumore. Qualcuno stava bussando alla porta. Come avevano fatto a evitare il portiere? Mi bloccai, mentre le labbra di Paul continuavano a scendere.

«C'è qualcuno», dissi, tremando nell'oscurità.

Capitolo 8
Kasia

1940-1941

È importante comprendere che per un giovane il movimento clandestino polacco era un'occasione sociale straordinaria. Dopo l'invasione i tedeschi avevano decretato che gli scout, sia maschili che femminili, erano organizzazioni criminali, ma noi continuammo a farne parte clandestinamente, e diventammo noti con il nome di *Szare Szeregi*, le Truppe Grigie. Rispondevamo all'autorità del governo polacco in esilio a Londra, e quasi tutte le ex scout facevano parte del movimento clandestino. Quel gruppo era la mia unica compagnia, visto che Zuzanna faceva turni lunghissimi al servizio di ambulanze di Lublino e a casa non c'era mai. Inoltre era un buon modo per sfogare la frustrazione nei confronti dell'occupazione tedesca.

Gli scout ci avevano dotate di un ottimo addestramento nel primo soccorso, e anche nelle Truppe Grigie continuammo questo tipo di istruzione frequentando corsi segreti di medicina. Le ragazze combattevano a fianco dei ragazzi, oppure lavoravano come infermiere e come sarte, o ancora si occupavano degli orfani. Qualcuna aiutò addirittura a far evadere dei prigionieri, o a far saltare ponti e a rubare piani militari tedeschi.

La mia squadra era composta di sette persone, le ragazze più giovani. Ci occupavamo di salvare i libri polacchi dalla distruzione per mano dei soldati tedeschi e di tenere lezioni clandestine. Ci allenavamo a decifrare codici e consegnavamo messaggi e documenti falsi. Facemmo la nostra parte nel sabotaggio ai danni dei nazisti spostando i segnali stradali per fare in modo che le SS si perdessero. Di notte ci collegavamo agli altoparlanti tedeschi e suonavamo l'inno nazionale polacco. Più riuscivamo a ottenere, più volevamo, era come una droga. Ma dovevamo stare attente, perché i nazisti non solo avevano scelto Lublino come loro quartier generale in Polonia, ma in tutto il Paese le loro spie avevano cominciato a identificare gli ex capi scout e ad arrestarli.

Inoltre le *lapanka* avvenivano con frequenza sempre maggiore. Matka ne aveva un sacro terrore: le lapanka erano improvvise cacce all'uomo da parte delle SS. Le autorità non aspettavano più che calasse il buio. Catturavano le loro prede, cittadini polacchi presi a caso, in pieno giorno e nei posti più inaspettati: chiese, stazioni ferroviarie, code per le razioni. Chiunque fosse così sfortunato da trovarsi nel posto sbagliato era preso e portato in un campo di concentramento. La maggior parte veniva mandata in Germania a lavorare fino a morirne. Anche i bambini polacchi che sembravano ariani erano a rischio. Nelle città avevano cominciato a sparirne moltissimi. Una volta persino un treno intero. In tutto il Paese, i villaggi che fornivano un numero troppo basso di lavoratori venivano bruciati.

Anche se Pietrik non ne parlava, sapevamo che suo padre, capitano dell'esercito polacco, era stato arrestato insieme ai suoi compagni ufficiali, perciò lui adesso era l'unico uomo in casa. Prima della guerra a tutti i ragazzi che avevano terminato l'università veniva richiesto di unirsi all'esercito come ufficiali riservisti, perciò arrestando i membri del corpo ufficiali polacco le autorità tedesche si erano liberati anche della maggior parte dei giovani più istruiti. Per fortuna Pietrik non si era arruolato quando era scoppiata la guerra.

Io lo assillavo perché mi assegnasse incarichi più importanti, come quelli che svolgevano le ragazze più grandi, ma in quanto nostro comandante non era mai a corto di scuse per rifiutare.

«Non oserai dirmi che non sono abbastanza brava», gli dissi un pomeriggio nel nostro appartamento. «Guarda che bel lavoro ho fatto a casa di Nadia».

Pietrik mi stava aiutando a pulire i pochi pennelli che Matka non aveva seppellito. Li aveva nascosti sotto un'asse del pavimento, così di notte poteva ancora dipingere. Non erano pennelli qualsiasi, ma pennelli da acquerello Kolinsky in pelo di zibellino, ed ero onorata che Matka si fidasse di me tanto da affidarmi il compito di pulirli. Erano considerati gli equivalenti dei violini Stradivari nel mondo della pittura, e lei li aveva ereditati da sua madre. Ognuno valeva una fortuna. Avevano una custodia di flanella rossa che si poteva arrotolare, ciascun pennello aveva la sua tasca ed era fatto di pelo di donnola russa, ma soltanto di esemplari maschi. A parità di peso, valevano tre volte più dell'oro.

«Non ho niente per te, Kasia», disse Pietrik. «Adesso le cose sono tranquille».

Era molto delicato con i pennelli, pur avendo delle mani così grandi. Ne intinse uno nella schiuma di sapone e passò le dita sulla ghiera di metallo e sul pelo.

«Se resto ancora un giorno chiusa in casa diventerò pazza».

Pietrik posò il suo pennello accanto al mio, sopra lo strofinaccio per i piatti. «Conosci le regole. Non sei ancora abbastanza grande. Leggi un libro».

«So fare più di...».

«No, Kasia».

«Non c'è niente che mi faccia sentire meglio che combatterli, Pietrik. Mandami da qualche parte. Anche se non è niente di importante».

«Se dovessero prenderti, il fatto che tu sia una bella ragazza non ti salverà. Sparano a quelle carine come a tutte le altre».

Bella? Io? Carina?

«Se non mi dai qualche incarico andrò a lavorare per la Stampa Libera. Ho sentito dire che cercano corrieri».

«Sei più al sicuro con me».

«Ecco, appunto!».

Finalmente un progresso!

Pietrik si voltò a guardarmi. Era molto serio.

«Be', una cosa ci sarebbe. È un incarico un po' complicato, perciò devi *ascoltarmi*».

«È nel ghetto?», chiesi.

Lui annuì.

Lì per lì mi spaventai, ma non osai darlo a vedere. Bastava un solo sguardo impaurito per perdere l'incarico.

«Devi andare alla farmacia di Z». Pietrik si interruppe. «No, ci ho ripensato, non voglio che lo faccia tu».

«E chi meglio di me? Andavo sempre a prendere il gelato al cioccolato da Zaufanym insieme a Nadia. Il signor Z frequenta la nostra stessa chiesa».

Sebbene si trovasse nel ghetto, non c'era una regola che vietasse ai cristiani di fare acquisti dal signor Z. Ci andavano tutti, persino le SS, anche perché il farmacista e proprietario, che tutti chiamavano signor Z, era praticamente un dottore e aveva sempre il rimedio giusto per ogni malanno, nonostante la guerra.

«Puoi farti trovare lì alle due in punto, domani?»

«Sono mai arrivata in ritardo?»

«A quell'ora c'è il cambio della guardia, perciò avrai a disposizione esattamente cinque minuti durante i quali non ci saranno soldati a fermarti. Evita le camicie nere più che puoi. Fanno delle ronde extra adesso».

«Capito», dissi sorridendo, anche se avevo l'impressione che mi si fosse gelato tutto il sangue che avevo in corpo. Una certa sensazione alla bocca dello stomaco mi diceva: *Pensaci un attimo*, ma io la cacciai via.

«Entra e vai dritta alla porta sul fondo del negozio», disse Pietrik.

«In cantina?»

«Sì, scendi al piano di sotto». Pietrik mi prese una mano e mi guardò negli occhi. «Una volta preso contatto, resta soltanto cinque minuti. Riceverai un pacco molto importante, Kasia. Capito?».

Annuii. Facendo del mio meglio per mantenere un tono di voce calmo, chiesi: «Qualcosa che potrebbe esplodere?»

«No, ma non parlare con nessuno quando te ne vai. Torna per il tuo turno normale al cinema. La tua storia di copertura è che sei andata a comprare dell'aspirina».

Pietrik era molto serio mentre mi dava quelle istruzioni. Una storia di copertura. Era una missione vera, e nonostante mi tremassero le mani, l'avrei eseguita alla perfezione. Cinque minuti erano un sacco di tempo per ritirare un pacchetto.

Quella notte riuscii a malapena a dormire, nella testa continuavo a elencare ininterrottamente tutte le cose che potevano andar male. Il ghetto. Ti potevano arrestare semplicemente perché eri lì. Ogni giorno si sentivano voci di amici e vicini portati al quartier generale della Gestapo, chiamato "Sotto l'Orologio", un ufficio dall'aria apparentemente innocua che aveva diverse celle nel seminterrato, o, ancora peggio, al castello di Lublino, dove i prigionieri venivano fucilati nel cortile.

Il pomeriggio del giorno successivo uscii per andare alla farmacia del signor Z, con le gambe che mi tremavano. Era una giornata grigia, il vento spingeva nuvole pesanti nel cielo. Non dovevo aver paura. La paura mi avrebbe fatta catturare. I nazisti riuscivano a fiutarla.

Ero a circa metà strada dalla porta Grodzka, l'entrata ufficiale del ghetto, quando vidi qualcosa che mi paralizzò. Matka usciva dalla *Deutsche Haus,* il ristorante dove mangiavano tutti i tedeschi della città. Quello con il gigantesco cartello FÜR POLEN VERBOTEN – vietato l'ingresso ai polacchi – appeso alla porta. Quel posto piaceva soprattutto alle SS, perché sapevano che lì il cibo era sicuro e praticamente gratis, e che non avrebbero corso il rischio di trovarsi a sedere accanto a un polacco. Si diceva che il ristorante fosse sempre avvolto da una cappa di fumo di sigaretta e che le porzioni fossero così generose che avanzava sempre una spaventosa quantità di cibo. Ma nessuno che io conoscessi c'era mai entrato, o almeno così pensavo. Vietato l'ingresso ai polacchi. Solo una settimana prima il nostro fruttivendolo era stato sorpreso nelle cucine, dove stava consegnando delle patate, ed era stato arrestato. Non era più tornato.

Arresti del genere stavano diventando piuttosto comuni. Proprio quella mattina avevo letto sul giornale clandestino di Zuzanna che in soli tre mesi di guerra cinquantamila cittadini polacchi erano stati rastrellati e assassinati, tra di essi settemila erano ebri. Per la maggior parte si trattava di esponenti delle élite locali: avvocati, professori, capi religiosi, e poi chiunque infrangesse le regole o si opponesse alle forze di occupazione. I nazisti vedevano la Chiesa cattolica come un pericoloso nemico, moltissimi preti erano stati arrestati. I cittadini venivano spesso accusati ingiustamente di qualche crimine e deportati, oppure fucilati sulla pubblica piazza. Di notte ci svegliavamo per il rumore degli spari.

Perciò quando vidi Matka uscire dalla Deutsche Haus stringendo al petto un pacchetto marrone non più grande di un filoncino di pane, sentii che dovevo sapere cosa era andata a fare lì. Era l'ora di pranzo, e sul marciapiede c'era una folla di gente che camminava a capo chino per contrastare il vento. Lei andava nella direzione opposta alla mia, verso casa.

Mi feci largo tra la folla per raggiungerla. «Matka!», gridai.

Matka si voltò e quando mi vide sembrò che fosse stata toccata dalla mano gelida di uno spirito. «Kasia. Non sei al cinema? Più tardi pensavo di passare a portarti un panino».

«Oggi ho il turno tardi». Lavoravo come bigliettaia al cinema vicino casa, un impiego che mi aveva passato Zuzanna.

Evitammo una coda per le razioni d'acqua che si snodava fino al limite dell'isolato.

«Eri alla Deutsche Haus? I polacchi non possono entrare lì».

«Loro mi considerano una tedesca».

Pensare a lei in quel posto mi faceva venire la nausea. E le storie sulle sigarette erano vere! Riuscivo a sentirne l'odore che le era rimasto addosso.

«Come puoi farlo?»

«Non fare l'isterica, Kasia. Sono soltanto passata a…».

Scendemmo entrambe dal marciapiede per lasciar passare una coppia di tedeschi, come da regolamento.

«A fare cosa?».

Lei strinse più forte il sacchetto di carta, che emanava un profumo fragrante, denso ed esotico, che sapeva di palme e di sole brasiliano. Caffè.

«Puoi dirmelo, Matka». Inspirai a fondo per scacciare il panico. «Cos'è, una nuova *eau de toilette*?».

Matka tornò sul marciapiede e affrettò il passo. «Lascia perdere, Kasia».

Avevo visto delle calze nuove di seta nel suo cassetto, nascoste sotto le camicie ripiegate, flosce come una pelle di serpente appena cambiata. L'improvvisa comprensione di ciò che stava accadendo mi avvolse tra le sue spire. «Non puoi far finta di niente. Dovresti confessarti».

Lei si fermò e mi fece avvicinare, poi disse a voce bassa: «Perdonami padre, perché ho bevuto un caffè con un soldato delle SS? Lennart è…».

Io risi. «*Lennart?* Il nome "Lennart" significa "coraggioso", Matka. Lennart il Coraggioso ha ucciso la nostra Psina con una *pala*».

Il sole bucò le nuvole, illuminando una macchiolina nera che scintillò iridescente nell'incavo della guancia. Carboncino.

«Gli stavi facendo un ritratto». *Fa' un respiro profondo…*

Matka mi attirò più vicino. «Abbassa la voce, Kasia. A loro piace come disegno, e questo mi permette di…».

«È pericoloso».

«Pensi che mi piaccia? Lo faccio per papà. L'avrebbero *fucilato,* Kasia».

«Se avessi un marito come papà preferirei morire che essergli infedele».

Lei riprese a camminare, facendosi largo tra la folla, e io la seguii, tra gli spintoni della gente che sgomitava in tutte le direzioni.

«Come faccio a farti capire?».

Le tirai una manica della giacca.

Lei mi scostò la mano.

«La chiamano "contaminazione della razza", Matka. Una polacca e un tedesco. Insieme».

Matka si voltò a guardarmi.

«Vuoi *abbassare la voce?* Ma che hai?». Il suo alito sapeva di caffè e di *chrusciki* alla pera.

Ero *oltre* le lacrime. Come poteva essere così incosciente?

«Ci prenderanno tutti. Anche papà».

«Va' a lavoro», disse lei con sguardo severo. Attraversò in fretta la strada per allontanarsi da me, rischiando di essere investita da una coppia a bordo di un'auto sportiva decappottabile: i due suonarono il clacson e le gridarono dietro qualcosa in tedesco. Lei riuscì a raggiungere il marciapiede e si voltò. Si sentiva in colpa per essersi arrabbiata con me?

«Ti porto il tuo panino al cinema», mi gridò avvicinando una mano alla bocca. «Passo presto!».

Non le risposi, lei si strinse il pacchetto di caffè al petto e si avviò, subito inghiottita dalla folla.

Restai là in piedi, tremante. A chi potevo dirlo? Non a papà. Lui sarebbe andato ad ammazzare Lennart il coraggioso, e ci avrebbero fucilati tutti. Mi voltai a guardare la Deutsche Haus e vidi Lennart scendere i gradini dell'ingresso con tre compagni. Aveva uno stuzzicadenti tra le labbra. Come faceva Matka a stare con uno così?

Riportai la mente sulla missione. Qual era il nostro motto agli scout? "Sempre pronti!". Era importante che rimanessi concentrata per eseguire alla perfezione la missione che Pietrik mi aveva affidato. Più tardi avrei parlato con Zuzanna. Mi avrebbe aiutata a far rinsavire Matka.

Proseguii in direzione del ghetto, oltrepassai la porta Grodzka e arrivai alla farmacia Zaufanym a tempo record. Fu abbastanza facile. Ero stata alla farmacia del signor Z migliaia di volte insieme a Nadia, ma in quel momento, mentre camminavo sul lastricato, non riuscivo a scrollarmi di dosso l'impressione di scendere giù nell'inferno dantesco.

Una volta la città vecchia era uno dei quartieri più vivaci di Lublino, perfetta per far compere: mi divertivo sempre ad andare per negozi con Nadia e poi a mangiare i dolci di Hanukkah caldi e coperti di zucchero a velo. Per strada le bancarelle erano piene fino all'orlo di rape e patate. Gruppetti di bambini giocavano per le strade, e i negozianti con i cappelloni neri e le palandrane con le maniche svasate si attardavano a parlare con i clienti, con le porte lasciate aperte a mostrare la merce. Scarpe e pantofole. Rastrelli e forconi. Galline e papere in gabbia che schiamazzavano.

A quei tempi all'enorme sinagoga Chewra Nosim, su via Lubartowska, c'era un grande andirivieni di uomini con lo scialle di preghiera bianco e nero sulle spalle, e molti altri uscivano dal bagno pubblico – il vapore si riverberava fino all'imbocco della strada.

Ma da quando erano arrivati i tedeschi, attraversare il ghetto ti faceva precipitare in uno stato d'animo terribilmente triste. Il castello di Lublino, che torreggiava su tutta la zona, era stato requisito dai nazisti, che ne avevano fatto la loro prigione, e pareva scrutare con occhio torvo i vicoli lastricati che si snodavano tortuosi ai suoi piedi, senza più negozianti o bambini che giocavano. I nazisti avevano deportato la maggior parte degli uomini giovani per un progetto edile, che consisteva nel liberare un'area poco a sud della città, dove avrebbero eretto un nuovo campo di lavoro, chiamato Majdanek. Di conseguenza molti negozi avevano chiuso, e i pochi venditori rimasti non avevano granché da offrire. Le SS facevano continue ronde, e gli adolescenti che non erano ancora stati mandati a lavorare per i nazisti se ne stavano in piedi a guardarli con aria preoccupata. Vidi delle donne accalcarsi intorno a un vassoio pieno di scarti di carne appoggiato a terra, e un ragazzo che vendeva delle fasce bianche con la stella di David, che portava tutte appese al braccio. La sinagoga era chiusa con delle assi, con dei cartelli in tedesco inchiodati alle porte, e i bagni erano silenziosi, non c'era più alcuna traccia di vapore nell'aria.

Quando arrivai alla farmacia mi sentii sollevata. Era uno dei pochi negozi aperti e quel pomeriggio era anche abbastanza affollata. Si diceva che il signor Z avesse corrotto tutti i nazisti che era riuscito ad avvicinare per tenere aperta la sua attività, considerando che era l'unico negoziante non ebreo del ghetto.

Dalla vetrina del negozio vidi alcuni uomini con i cappelli neri seduti ai tavolini a giocare a scacchi. Il signor Z era in piedi dietro al bancone di legno che correva per tutta la lunghezza della farmacia, e stava dando istruzioni a una coppia riguardo qualche medicinale.

Ruotai il pomello di cristallo levigato. La porta si aprì scricchiolando e alcuni degli uomini seduti alzarono la testa dal gioco. Mi seguirono con lo sguardo mentre entravo, con un'espressione interrogativa. Ogni tanto avevo incontrato il signor Zaufanym in chiesa, ma lui non mi riconobbe. Mentre passavo in mezzo ai tavolini colsi alcuni brandelli di conversazione, per la maggior parte in yiddish, qualcuna invece in polacco. Quando arrivai alla porta in fondo al negozio afferrai il pomello e lo ruotai, ma quello non cedette. La porta era chiusa a chiave? Tentai di nuovo, il palmo sudato scivolò sul metallo. Niente. Dovevo abbandonare la missione?

Mi voltai a guardare il signor Z. Lui si scusò e venne verso di me.

Proprio in quel momento un nazista in camicia bruna, uno dei tanti sgherri di Hitler, con la fondina della pistola a tracolla sul petto, appoggiò le mani a coppa sulla vetrina e sbirciò all'interno. Stava guardando me! Anche alcuni degli uomini seduti ai tavolini lo notarono e si raddrizzarono sulla sedia per guardare meglio. Io cominciai a ripetere nella testa il mio giuramento: «Servire con le Truppe Grigie, custodire i segreti dell'organizzazione, ubbidire agli ordini e non esitare a sacrificare la vita».

Quel "sacrificare la vita" cominciava a sembrarmi un'eventualità reale.

Il signor Z si avvicinò e mi ricondusse al bancone. Io riuscii a malapena a seguirlo, le gambe mi tremavano.

«Ti serve dell'aspirina?», disse lui.

«Sì, ho un terribile mal di testa».

Quando la camicia bruna se ne andò, il signor Z tornò con me alla porta, diede una scrollata al pomello e mi fece entrare come se fosse tutto perfettamente naturale.

Scesi fino in fondo ai gradini, bussai alla porta di legno e rimasi in piedi sotto la lampadina nuda appesa al soffitto. Un brivido mi attraversò tutto il corpo. Magari potevo dire a Pietrik che questa era stata la mia ultima missione.

«Chi è?», rispose una voce femminile.

«Iwona», dissi.

La porta si aprì.

«Mi hanno mandato una ragazzina?», disse la donna immersa nell'oscurità. Entrai e lei richiuse la porta alle mie spalle.

Ragazzina? Avevo diciott'anni e molti mi dicevano che sembravo anche più grande.

«Sono qui per l'aspirina, ho solo cinque minuti».

La donna mi fissò per un lungo istante con lo sguardo di chi sta osservando l'ultimo trancio di pesce rimasto al mercato, poi si spostò in una stanzetta adiacente. Io mi inoltrai un po' di più in quel seminterrato. Era grande il doppio del nostro appartamento, le finestre erano coperte di carta nera, perciò era molto buio. C'era un forte odore di muffa e di calzini sporchi, ma lo spazio era ben ammobiliato, con un ampio divano, un tavolo da cucina completo di sedie e illuminato da una lampada vivace, blu e rossa. Sulla parete in fondo c'era un lavandino. Dal rubinetto colavano delle grosse gocce argentee, e da sopra si sentiva il tramestio dei passi e delle sedie che venivano spostate. Dov'era andata la donna?

Ritornò nel giro di pochi secondi con un grosso pacchetto. Lo infilai nel mio zaino e guardai l'orologio. Avevo fatto tutto in meno di un minuto, nonostante il tempo che ci aveva impiegato Miss Lentezza. In quel momento notai la ragazza sul divano. Era seduta al buio, a capo chino.

«Chi è?», chiesi.

«Non sono affari tuoi. Ora dovresti andare».

Mi avvicinai.

«Le hai fatto del male?»

«Certo che no. Anna andrà a vivere da una famiglia cattolica. I suoi genitori pensano che sarà più al sicuro così».

«Vestita in quel modo?». La ragazza indossava un cappotto scuro sopra un maglione fatto a mano, calze e stivaletti neri, e aveva i capelli raccolti in una sciarpa a quadri rossi e neri acconciata a mo' di turbante e con un deciso rigonfiamento in cima. Ovviamente sapevo tutto di come si vestivano le ragazze cattoliche, essendo io stessa una di loro: la prima ad arrivare in chiesa per la messa della domenica, grazie a Matka. Quella giovane non sarebbe andata molto lontano vestita così.

«Nessuna ragazza cattolica si vestirebbe mai in quel modo», dissi.

Mi voltai per andarmene.

«Puoi fermarti un momento e dirle come vestirsi, allora?», disse la donna.

«Non saprei...», feci. Adesso quella donna era così gentile solo perché le serviva qualcosa? Io avevo già i miei problemi, dovevo portare in giro quel pacchetto segreto.

«Per lei significherebbe molto», mi spiegò la donna. «Non ha nessuno».

«Immagino che potrei aiutarla, sì», dissi.

Mi avvicinai alla ragazza e mi sedetti sul divano accanto a lei.

«Mi chiamo Kasia». Le sfiorai la mano, era ancora più fredda della mia. «Tu sei Anna, che bel nome. Sapevi che significa "prediletta da Dio"?»

«In realtà il mio vero nome è Hannah», disse lei senza guardarmi nemmeno.

«Se andrai a vivere da una famiglia cattolica, prima di tutto devi liberarti di quella sciarpa».

Hannah esitò e mi guardò con occhi fiammeggianti. La tentazione di alzarmi, tornarmene su per le scale e lasciarla lì era forte.

Lentamente lei si tolse la sciarpa e i capelli scuri le ricaddero sulle spalle.

«Bene. Ora, direi che è meglio non mettere calze o stivaletti neri. Tieni, fai a cambio con me».

La ragazza non si mosse.

«Non posso», disse.

«Hannah...».

«Ti restano tre minuti», disse la donna, in piedi sulla porta.

«Devi sbrigarti», dissi.

«Ho cambiato idea», fece Hannah.

Mi alzai e scrollai la polvere dalla gonna. «Benissimo. Allora me ne vado».

«Il mio fidanzato ha detto che se lo faccio, per lui è come se fossi morta».

Tornai a sedermi. I fidanzati potevano creare dei bei problemi!

«Non puoi basare la tua vita su quello che vuole un ragazzo».

«In ogni caso, adesso mi odia. Dice che ho abbandonato i miei genitori».

«Sono i tuoi genitori a volere questo per te, e il tuo fidanzato capirà che è la scelta migliore».

La donna si avvicinò. «Sbrigatevi, forza».

«Portano via solo gli uomini», disse Hannah. «Forse farei meglio a restare a casa...».

«È meglio vivere con una nuova famiglia che essere mandata chissà dove a lavorare. Se ti attieni al piano, magari potrai aiutarli portandogli del cibo...».

«Impossibile».

«Lo fanno tutti. E adesso *devi* riprenderti. Niente sguardo triste, o le SS lo noteranno».

Lei si asciugò il viso e raddrizzò la schiena. Almeno era qualcosa! Era una ragazza graziosa, con una spruzzata di lentiggini a cavallo del naso.

«Mettiti le mie scarpe. Sbrigati».

«Due minuti», disse la donna dalla porta.

«Oh, non posso accettare», disse Hannah.

«*Devi.* Quegli stivaletti ti tradiranno. Cambiali con le mie scarpe».

E se avessero fermato me? Ma io avevo documenti autentici e papà mi avrebbe aiutata, qualsiasi cosa fosse accaduta. Hannah si tolse le calze nere e si infilò i miei calzini bianchi alla caviglia. Io presi i suoi stivaletti, erano poco più piccoli delle mie scarpe.

«Ecco fatto. Adesso voltati». Più veloce che potei, le intrecciai i capelli scuri in una grossa treccia che le scendeva lungo la schiena. «Le ragazze cattoliche non sposate portano la treccia. Lo sai il Padre Nostro?».

Lei annuì.

«Bene. Impara anche l'inno polacco. Adesso lo chiedono sempre più spesso. E ricorda, se qualcuno ti offre della vodka, non la sorseggiare, buttala giù d'un fiato, oppure rifiutala».

«Devi andare», disse la donna.

Mi fermai un istante ad ammirare il mio capolavoro.

Sul tavolo c'era una Bibbia bianca. «È una Bibbia molto carina». Gliela porsi. «Devi rovinare un po' la rilegatura, così sembrerà usata. E quando entri in chiesa devi genufletterti così, con il ginocchio destro a terra, e farti il segno della croce». Glielo feci vedere. «Così. No! Con la mano destra. Ecco. Guarda quello che fanno gli altri. E non masticare l'ostia, devi farla sciogliere in bocca».

Hannah mi afferrò un braccio. «Dovrò mangiare la carne di maiale?»

«Di' che una volta ti sei sentita male e che non la riesci più a mangiare».

«Grazie», disse Hannah. «Non ho niente da darti in cambio».

«Iwona, per favore», disse la donna.

«Non ti preoccupare. E soprattutto non agitarti. Parli bene polacco, come qualunque cittadino. Manca solo una cosa». Mi slacciai la croce d'argento e gliela misi al collo.

La ragazza abbassò lo sguardo sul suo petto.

«Forse sarà difficile portarla, ma tutte le ragazze cattoliche ne hanno una».

Pietrik avrebbe capito.

Andai alla porta e mi fermai per un'ultima occhiata. Hannah era in piedi con la Bibbia in mano, in tutto e per tutto uguale a qualsiasi altra ragazza cattolica che andava alla messa della domenica.

«Sono passati più di cinque minuti», disse la donna. «Forse dovresti aspettare che faccia buio».

«Me la caverò», dissi. Pietrik mi stava aspettando.

Tornai di sopra, attraversai la farmacia e uscii in strada. Fu bello tornare a respirare aria fresca, dopo aver fatto un buon lavoro. *Per un po' basta con le missioni*, pensai mentre mi avviavo verso il cinema. Lanciai un'occhiata all'orologio e vidi che sarei arrivata in anticipo per il turno. Il mio capo sarebbe stato contento. Tutto quello che volevo era arrivare lì sana e salva. Se avessi avuto bisogno di aiuto ci sarebbe stato Pietrik.

Avevo percorso un bel tratto di strada, ma prima ancora di uscire dalla città vecchia, ebbi l'impressione che qualcuno mi stesse seguendo. Mi chinai ad allacciare uno degli stivaletti di Hannah, con la carta del pacchetto che scricchiolava dentro lo zaino, e mi guardai alle spalle. C'era il soldato in camicia bruna che mi aveva vista dal signor Z, in quel momento impegnato a disperdere un gruppo di ragazzini. Mi aveva vista scendere in cantina? Scacciai via i cattivi pensieri e ripresi a camminare.

Arrivai al cinema cinque minuti in anticipo. Sulla locandina si leggeva: L'EBREO ERRANTE. Da quando il cinema era stato requisito dai nazisti, tutti i film arrivavano dal loro quartier generale, Sotto l'Orologio, e i polacchi non erano ammessi, ma bastava il titolo per capire che quel film era pura propaganda nazista. Si stava già formando la fila al botteghino, sul volto dei clienti tedeschi in coda c'era l'espressione piena di aspettative tipica degli spettatori ansiosi. Un'altra cosa che i tedeschi ci avevano imposto era la loro musica patriottica, suonata dagli altoparlanti fuori dal cinema. *Il canto di Horst Wessel*, l'inno ufficiale del partito nazista, che assomigliava un po' a una marcia funebre suonata con le trombe, veniva trasmesso in continuazione e risuonava per tutta la notte nella piazza, persino durante il film!

«Su la bandiera!», cantava il coro tedesco. «I ranghi ben serrati! Le SA marciano con passo fermo e sicuro».

Scivolai dentro il gabbiotto del botteghino e ripresi fiato. Era una stanzetta minuscola, a malapena delle dimensioni di un bagnetto, dotata di una finestrella per vendere i biglietti, al momento coperta da una tendina di carta, e di un alto sgabello. Qualcuno mi aveva seguita? Accesi le luci e toccai la cassa, fredda e liscia, per calmarmi. Dovevo restare presente a me stessa, riordinare i soldi e tenere la tendina abbassata ancora per un po'.

Dov'era Matka? Doveva portarmi il panino al formaggio che mi aveva promesso. In quanto ex infermiera era stata richiamata in servizio all'ospedale della città vecchia. Perché era in ritardo proprio oggi che stavo morendo di fame? L'odore dei dolciumi tedeschi mi faceva impazzire.

Scostai la tendina e sbirciai fuori dal vetro del gabbiotto. Mi sentii attraversare tutto il corpo come da una scarica elettrica. Possibile? La camicia bruna che mi aveva vista dal signor Z era in piedi in fila e parlava con due Hausfrauen piuttosto in là con gli anni.

Fui felicissima di vedere Pietrik irrompere nel gabbiotto e sistemarsi al suo solito posto, ai miei piedi, seduto con la schiena appoggiata alla parete sul pavimento sotto la finestrella. Le guance arrossate facevano sembrare i suoi occhi ancora più azzurri. Poco dopo arrivò la sua sorellina, Luiza. Scivolò lungo la parete per sedersi al suo fianco. Era quasi l'esatto opposto di Pietrik:

lui aveva gli occhi chiari, lei scuri; lui era molto serio, lei rideva sempre. A quindici anni, Luiza era alta la metà del fratello.

«Com'è andata la tua visita dal signor Z?», mi chiese Pietrik.

Mi accomodai sullo sgabello e mi sistemai la gonna per presentare al meglio le mie gambe. «Abbastanza bene, ma c'è una questione ancora in sospeso...».

Lui mi lanciò un'occhiata per farmi capire di non parlarne di fronte a Luiza.

«Sto cercando di scoprire qual è il mio più grande talento», disse lei. «Tu cosa credi, Kasia?».

Ma come faceva Luiza a uscirsene con quei buffi argomenti anche in un momento come quello? Scostai la tendina e scrutai la fila di gente davanti a me. La camicia bruna era ancora lì, adesso conversava animatamente con due uomini. Stava parlando di me?

«Non lo so, Luiza», dissi. «Per esempio sei brava a fare le torte».

«Ma quello può farlo chiunque. Io voglio qualcosa di unico».

Guardai di nuovo fuori. C'era qualcosa che non andava. *Non essere paranoica*, pensai mentre riordinavo i soldi e ripassavo la mia lista mentale.

Il cartellone con i prezzi dei dolciumi? Fatto.

Soldi in cassa in ordine? Fatto.

Adesso che la maggior parte della clientela era tedesca, dovevo essere super organizzata, perché il mio capo avrebbe ricevuto ogni sorta di lamentela per qualsiasi mio errore, persino il più infinitesimale.

Anche Zuzanna entrò nel gabbiotto e si richiuse la porta alle spalle.

«Kasia, perché sei così pallida?»

«Hai visto una camicia bruna là fuori?».

Lei gettò la borsa in un angolo. «Grazie dello splendido saluto. Sono stata tutto il giorno in campagna a visitare malati per avere in cambio le uova per la tua colazione, cara sorella».

Scostai ancora una volta la tendina, ed eccolo lì di nuovo. Si era spostato per parlare con una ragazza in coda.

«Credo che mi abbia seguita. Dal negozio del signor Z. Devi andare via. Subito». Mi voltai verso Pietrik. «Anche tu e Luiza. Se vi scoprono qui con me vi prenderanno tutti».

Zuzanna rise. «Per quanto ne so, non c'è nessuna legge che vieti di andare dal signor Z. Anche se ultimamente spuntano fuori leggi per qualsiasi cosa…».

Controllai di nuovo la fila. La donna annuì e indicò con il dito la porticina del botteghino. Mi sentii gelare.

«Stanno chiedendo di me», dissi. Avevo l'impressione di essere risucchiata da un enorme tubo. «Gli stanno dicendo che sono qui».

Poi vidi qualcosa che mi fece stringere il cuore: in fondo alla fila c'era Matka, che si faceva largo tra la folla per raggiungerci, con un cestino in mano.

Zuzanna mi tolse la tendina di mano. «Se non ti levi dalla faccia quell'aria colpevole allora sì che sarai nei guai».

Riuscivo a malapena a respirare.

Non venire qui, Matka. Torna indietro adesso, prima che sia troppo tardi.

Capitolo 9
Herta

1940

Fritz arrivò in ritardo a prendermi alla stazione di Fürstenberg. Bel modo di cominciare il primo giorno da medico del campo di Ravensbrück. Mi avrebbe riconosciuta? Non ne ero sicura. All'università l'avevo sempre visto a braccetto di qualche graziosa studentessa di infermieristica.

La piccola stazione ferroviaria era costruita nel classico stile bavarese, ed ebbi parecchio tempo per ammirarla, nei cinque minuti in cui rimasi da sola sulla banchina. Avrei ricevuto compiti importanti? Mi sarei fatta degli amici? Faceva caldo per essere autunno e l'abito di lana mi irritava la pelle. Non vedevo l'ora di indossare un vestito più leggero, e un fresco camice da laboratorio.

Finalmente Fritz arrivò, a bordo di una Kübelwagen-82 decappottabile, una specie di vasca da bagno verde, grande a sufficienza da ospitare almeno quattro persone: era l'auto di servizio di Ravensbrück. Si fermò e appoggiò un braccio sullo schienale del sedile del passeggero.

«Sei in ritardo», dissi. «Ho appuntamento con il comandante alle dieci meno un quarto».

Lui scese sulla banchina e prese la mia valigia. «Neanche una stretta di mano, Herta? Non ci vediamo da almeno un anno».

Si ricordava di me, allora.

Gli lanciai un'occhiata furtiva mentre guidava. Aveva ancora quell'aspetto piacevole che non sfuggiva a nessuna studentessa, all'università: alto, con i capelli neri ben pettinati e gli occhi blu di Prussia. I lineamenti eleganti riflettevano le sue ascendenze nobiliari. Tuttavia aveva l'aria stanca, specialmente intorno agli occhi. Quanto poteva essere stressante lavorare in un campo di rieducazione femminile?

La sensazione del vento tra i miei capelli corti fu bellissima quando finalmente ci avviammo lungo Fritz-Reuter Strasse, la strada che attraversava la cittadina di Fürstenberg, fiancheggiata da villette con i tipici tetti verdi. Faceva molto vecchia Germania. Sembrava una scena intagliata su una di quelle scatole di legno della Foresta Nera.

«A volte Himmler si ferma a dormire a Fürstenberg quando viene qui, il che accade piuttosto spesso. È stato lui a vendere al Reich il terreno su cui hanno costruito Ravensbrück, lo sapevi? Ci ha fatto una fortuna. Riesci a vedere il campo? È laggiù, oltre il lago Schwedt. È tutto nuovo e… Stai piangendo, Herta?»

«È solo il vento negli occhi», dissi. Accidenti se era attento. Ma era facile farsi prendere dal sentimentalismo attraversando Fürstenberg. Da piccola andavo a pescare con i miei genitori in una cittadina molto simile. Quella era la vera essenza della Germania, bellissima e intatta. Era per questo che combattevamo.

«Che ore sono, Fritz?», dissi asciugandomi gli occhi. Sarebbe stato il massimo essere subito etichettata dal comandante come una piagnona. «Non posso arrivare in ritardo».

Fritz accelerò e alzò la voce per sovrastare il rumore del motore. «Koegel è un bel tipo. Prima aveva un negozio di souvenir a Monaco».

Una nuvola di polvere avvolse la Kübelwagen mentre percorrevamo la via che costeggiava il lago e conduceva al campo. Quando cominciammo a curvare mi voltai a guardare la sponda opposta e ammirai il profilo di Fürstenberg, da dove arrivavamo, con il suo alto campanile.

«Avrai un'ampia scelta di dottori qui», disse Fritz. «Al dottor Rosenthal piacciono molto le bionde».

«Io non sono bionda», dissi, ma ero felice che lui ne fosse convinto. Il viaggio con Fritz aveva migliorato il mio umore, mi sentivo pronta a imbarcarmi in quella nuova avventura.

«Quasi. Comunque da queste parti è raro imbattersi in una tedesca pura. La componente slava è forte».

«Oh, mi piacciono gli uomini con la sifilide».

«Faccio solo la mia parte per ripopolare la Germania», disse Fritz sorridendo.

«È questo che dici alle ragazze per convincerle?».

Lui mi lanciò un'occhiata, ma indugiò un istante di troppo, tradendo il tono leggero della conversazione. Ero fortunata a essere una dei pochi medici donna sotto Hitler: era una condizione che mi metteva in una categoria del tutto particolare. Fritz Fischer non avrebbe mai flirtato a quel modo con una semplice *Hausfrau* di Düsseldorf. Forse mi sarei fatta ricrescere i capelli. E senza dubbio avrei fatto un figurone diventando la migliore dottoressa del campo.

Passammo accanto a un gruppetto di donne che indossavano un'uniforme a righe. Parevano trovarsi in uno stadio avanzato di atrofia muscolare, mentre facevano leva con tutto il peso del corpo sull'imbracatura metallica di un gigantesco rullo di cemento. Sembravano sei buoi malati. La ragazza di guardia, che indossava una divisa grigia, teneva a freno un pastore alsaziano. Fritz la salutò con la mano mentre passavamo, e lei si accigliò.

«Mi adorano tutte qui», disse.

«Già, proprio così», risposе.

Ci fermammo in una nuvola di polvere davanti all'edificio di mattoni dell'amministrazione, la prima cosa che vidi del campo, all'imbocco della strada. Scesi dalla *Wagen*, scrollai via la polvere dai vestiti e mi guardai intorno. La mia prima impressione fu di grande cura e qualità. Il prato era verde e rigoglioso, e tutto intorno all'edificio crescevano dei fiori rossi. A sinistra, sopra una collina che sovrastava il campo, c'erano tre o quattro case costruite secondo i canoni dell'*Heimatschutzstil*, lo stile patriottico tradizionale, con colonne di pietra naturale e balconi in legno. Era un misto di stile tedesco e nordico, molto piacevole alla vista. Quello doveva essere un posto di un certo valore, lo si sarebbe potuto addirittura definire "di alta classe".

«La casa del comandante è sulla collina sopra il campo», disse Fritz.

Se non fosse stato per il muro di pietra sormontato dal filo spinato che si intravedeva dietro l'edificio dell'amministrazione, quel posto avrebbe potuto essere facilmente scambiato per una casa di cura per convalescenti. Certo non aveva l'aria di un campo di prigionia. Ero decisa a farmi piacere il comandante Koegel. Gli ufficiali dei ranghi superiori sapevano sempre cosa pensavano di loro i subordinati, e ciò poteva essere fatale per la carriera di questi ultimi.

Poco dopo l'ingresso del campo, su un lato della strada, c'era l'unico elemento che stonava con il resto: una voliera che conteneva scimmie, pappagalli e altri uccelli esotici. Gli animali aiutavano a ridurre lo stress, certo, ma che scopo aveva quella collezione?

«Stai aspettando il maggiordomo, Herta?», mi chiese Fritz, in piedi sulla soglia.

Una segretaria mi fece strada lungo i corridoi rivestiti di parquet e nell'ufficio del comandante, dove Koegel era seduto alla scrivania, sotto uno specchio rettangolare in cui si rifletteva la pianta in vaso, alta quanto un uomo, sistemata nell'angolo. Era difficile non lasciarsi intimidire dall'imponenza del suo ufficio. I tappeti che coprivano tutto il pavimento, la tappezzeria dall'aria parecchio costosa, il lampadario… Persino il lavandino era di porcellana. Tutto a un tratto rimpiansi ardentemente di non aver lucidato le scarpe.

Koegel si alzò in piedi e ci scambiammo il saluto tedesco.

«È in ritardo, dottoressa Oberheuser», disse.

L'orologio in legno intagliato della Foresta Nera appeso alla parete suonò la mezza. I ballerini in *Dirndl e Lederhosen* uscirono dalle loro porticine piroettando, e festeggiando il mio ritardo al suono di *Der fröhliche Wanderer.*

«Il dottor Fischer…», cominciai a spiegare.

«Incolpa sempre gli altri dei suoi errori?»

«Mi dispiace per il ritardo, *Herr Kommandant*».

Lui incrociò le braccia sul petto. «Com'è stato il viaggio?».

Era piuttosto in carne, una caratteristica che in genere detestavo, ma mi sforzai di sorridere.

Il panorama della stanza di Koegel, al secondo piano, offriva un'ampia vista del campo e si affacciava su un cortile dove le prigioniere erano in piedi sull'attenti, in fila per cinque. Una strada principale, coperta di scorie ferrose che scintillavano al sole, tagliava il campo in due. File ordinate di baracche si snodavano perpendicolarmente rispetto a essa, perdendosi in lontananza. Graziosi alberi di tiglio appena piantati, i tanto celebrati "alberi degli innamorati" della tradizione tedesca, si ergevano a intervalli regolari lungo la strada.

«È stato un bel viaggio, comandante», dissi facendo del mio meglio per nascondere il mio accento renano. «Grazie per il biglietto di prima classe».

«Il comfort è importante per lei?», chiese Koegel.

Il comandante era un uomo severo, con le gambe tozze e un carattere un po' acido. Forse quel suo atteggiamento così sgradevole derivava in parte dal colletto della camicia bruna di ordinanza e dalla cravatta, così stretti che schiacciavano il tessuto adiposo del collo facendolo assomigliare a una gorgiera di grasso. La costrizione severa aveva causato una specie di rigonfiamento di pelle che pendeva flaccida oltre l'orlo del colletto. Sul petto Koegel aveva un mucchio di medaglie. Quantomeno era un patriota.

«Non necessariamente, comandante. Io...».

«Temo che ci sia stato un errore», disse agitando una mano. «Non possiamo ospitarla».

«Ma ho ricevuto una lettera da Berlino».

«Lei sarebbe l'unico medico donna qui. E questo crea qualche problema».

«Non credevo...».

«Questo è un campo *di lavoro*, dottoressa. Niente raffinati saloni di bellezza, né chiacchiere nei caffè. Come la prenderanno gli uomini, vedendola mangiare alla mensa degli ufficiali? Una sola donna in mezzo a così tanti uomini porta solo guai».

Mentre lui parlava, io vedevo la prospettiva del mio salario svanire. Fritz mi avrebbe riportata alla stazione per prendere il primo treno? Mutti avrebbe dovuto ricominciare a lavorare a tempo pieno.

«Sono abituata a condurre una vita molto semplice, Herr Kommandant».

Allentai la stretta dei pugni e mi resi conto di essermi conficcata le unghie nei palmi. Avevano lasciato una fila di piccoli sorrisetti rossi nella carne, sembrava che mi schernissero. Me lo meritavo. Quando avrei imparato a essere un po' meno supponente? «Le assicuro che sono capace di adattarmi a qualsiasi situazione. Il Führer in persona ha detto che uno stile di vita semplice è sempre da preferirsi».

Koegel notò il mio taglio di capelli. Si stava un po' ammorbidendo, forse?

«Mi hanno mandato una dermatologa. Qui non ne ho bisogno».

«Sono esperta anche di malattie infettive, Kommandant». Lui rimuginò su quella informazione, con una mano sul ventre.

«Capisco», disse. Si voltò verso la finestra e osservò il campo. «Be', il lavoro che facciamo qui è molto delicato».

Mentre parlava, il sibilo di una frusta attirò la mia attenzione sul cortile. Una donna con la divisa da guardia stava colpendo una delle prigioniere con una frusta per cavalli.

«Necessitiamo della sua completa discrezione riguardo ciò che accade qui. È disposta a metterlo per iscritto e a firmarlo? Non deve rivelare nulla a nessuno. Nemmeno a sua madre o alle sue amiche».

Non c'era da preoccuparsi. Non avevo amiche.

«Infrangere le misure di sicurezza potrebbe comportare l'incarcerazione per la sua famiglia e la pena di morte per lei».

«Terrò tutto per me, Herr Kommandant».

«Il lavoro... be', non è adatto a gente schizzinosa. Le nostre attrezzature mediche sono a malapena sufficienti, e sono in pessimo stato».

Koegel ignorava completamente lo spettacolo che stava avvenendo sotto la sua finestra. La prigioniera cadde a terra, proteggendosi la testa con le mani, mentre la guardia intensificava la violenza della punizione. Una seconda guardia trattenne al guinzaglio un pastore alsaziano che si stava lanciando in avanti a denti scoperti.

«Be', a Berlino saranno contenti», disse Koegel.

«Che ruolo dovrò ricoprire nel lavoro di rieducazione, Herr Kommandant?».

La guardia nel cortile diede un calcio nelle costole alla prigioniera. Le urla erano difficili da ignorare. Era una forma di rieducazione piuttosto violenta.

«Si unirà al gruppo di élite. Lavorerà con alcuni dei migliori medici tedeschi per venire incontro alle necessità dello staff del campo, delle loro famiglie, e delle donne che sono state ricollocate qui a lavorare per il Führer. Inoltre, il dottor Gebhardt ha diversi progetti in corso».

Giù in cortile la guardia riavvolse la frusta e altre due prigioniere trascinarono via la loro compagna coperta di sangue, mentre le altre restavano sull'attenti. «Dopo il periodo di addestramento, della durata di tre mesi, non saranno accettate dimissioni, in nessuna circostanza».

«Capisco, Kommandant».

Koegel tornò alla sua scrivania. «Abiterà insieme a Dorothea Binz, il capo del personale di sicurezza femminile. Il nostro salone di parrucchiere non è il più elegante che si possa trovare, ma è comunque valido. È qui al piano di sotto. Lo gestiscono le ragazze della Bibbia. Testimoni di Geova. Lo scopo della loro vita è rendere la mia un inferno, ma quando usano le forbici sanno il fatto loro».

«Lo terrò a mente, Herr Kommandant», dissi, congedandomi con il saluto tedesco.

Lasciai l'ufficio di Koegel felice che avesse ceduto, ma non ero sicura di voler restare a Ravensbrück. Su di me era calato un vago sentimento di inquietudine. E se avessi ripreso il treno per tornare a casa? Ero in grado di fare anche tre lavori, se necessario.

Rimasi stupefatta quando vidi la mia stanza, all'interno del nuovo cottage costruito per le guardie femminili di grado più alto, a pochi passi dall'ingresso. Era più grande di tutta casa nostra, con un bagno comune dotato di doccia *e* vasca da bagno, un comodo letto con un piumino d'oca bianco e un tavolo da toeletta. Di norma non mi truccavo, ma quel tavolo poteva diventare un'ottima scrivania. E poi la cosa migliore di tutte: il cottage aveva il riscaldamento centralizzato. Il mio alloggio era pulito ed elegante, e con un balcone privato. Mutti avrebbe scosso la testa meravigliata, se mi avesse vista in un posto del genere.

A pranzo entrai nel campo principale dall'entrata riservata al personale, e trovai subito la mensa degli ufficiali. C'era parecchio chiasso, perché il piccolo edificio era pieno di medici e soldati delle SS, tra cui la maggior parte dei cinquanta dottori assegnati a Ravensbrück, tutti maschi, che si godevano un pranzo a base di maiale arrosto, patate al burro e diversi tagli di carne di manzo. Mi augurai di conoscere presto i medici d'élite di cui mi aveva parlato Koegel. Anche se non c'era alcuna fretta, la proporzione maschi-femmine tra i dottori era di un promettente quarantanove a una.

Mentre mi avvicinavo al tavolo dove Fritz stava tenendo banco, alcuni gruppetti di uomini interruppero la loro conversazione e mi fissarono mentre passavo. Ero abituata a stare in mezzo agli uomini dai tempi della scuola di medicina, ma certo avere anche solo *una* collega donna non sarebbe stato male. Trovai Fritz e i suoi tre compagni seduti pancia all'aria a fumarsi quella che sembrava quasi una sigaretta post coito.

«Ah, Herta», disse Fritz. «Mangi qualcosa?». Indicò un piatto di grasse costolette di maiale, che mi fecero venire un conato di nausea.

«Sono vegetariana», dissi.

L'uomo accanto a Fritz trattenne una risata.

Fritz si alzò in piedi. «Ma dove sono finite le mie buone maniere? Lascia che ti presenti. Qui a capotavola abbiamo il dottor Martin Hellinger, il re dei dentisti delle SS».

Il dottor Hellinger era un tipo con le sopracciglia folte e gli occhiali con la montatura metallica, e dava l'idea di aver subito un tale calo di zuccheri da essere a malapena in grado di rendersi conto della mia presenza. Stava facendo un cruciverba trovato sul giornale.

«Poi abbiamo il dottor Adolf Winkelmann, giunto in visita da Auschwitz».

Guardando il dottore mollemente seduto, si aveva quasi l'impressione che qualcuno l'avesse letteralmente versato sulla sedia. Era grassottello e con la pelle flaccida, simile a una corteccia divorata dagli insetti.

«Mentre lui è il famoso Rolf Rosenthal», disse Fritz indicando un tizio moro e con la faccia da donnola spaparanzato sulla sedia alla sua sinistra. «Ex chirurgo della marina e nuovo prodigio della ginecologia». Rosenthal si chinò in avanti con la sigaretta tra le labbra e mi squadrò come un contadino che esamina le mucche al mercato.

Il rumore della porta che sbatteva fece voltare i dottori. La guardia bionda che avevo visto dalla finestra di Koegel entrò nel locale della mensa. Era più alta di come mi era sembrata da quella prospettiva. Finalmente un'altra donna.

Si avvicinò al nostro tavolo, pestando rumorosamente i piedi sul pavimento di legno, con il frustino per cavalli infilato in uno stivale. Non portava il cappello e aveva i capelli tirati su sopra la fronte, secondo la moda dell'epoca. Era giovane, sui diciannove anni o poco più, ma aveva già la pelle segnata dal sole e coperta di lentiggini. Forse prima lavorava nei campi?

Fritz appoggiò un braccio allo schienale della sedia.

«Guarda un po' chi c'è, Fräulein Binz, la campionessa di fascino di Ravensbrück».

Fritz non si alzò a salutarla e gli altri dottori si dimenarono sulla sedia, a disagio, come se fossero stati investiti da una folata di vento gelido.

«Ciao, Fritz», disse Binz.

«Non sai che non puoi entrare nella mensa degli ufficiali senza permesso?», rispose lui. Si accese una sigaretta con un accendino dorato. Le sue mani erano bianche e quasi diafane, come se le avesse intinte nel latte. Mani da pianista. Mani che non avevano mai sfiorato una vanga.

«Koegel mi ha chiesto di riunire il tuo personale medico e le mie ragazze».

«Non sarà un altro picnic», disse Rosenthal.

«Ha parlato di un ballo...», disse Binz.

Un ballo? Mi piaceva molto ballare, la cosa si stava facendo interessante.

Rosenthal brontolò.

«Solo se Koegel ci butta sopra una cassa di *claret* francese», disse Fritz. «E solo se portate anche qualche polacca carina. Quelle ragazze della Bibbia a malapena spiccicano parola».

«E invita soltanto le *Aufseherinnen* sotto i cento chili, per favore», disse Rosenthal.

«Tu verrai, Fritz?». Binz si accese una sigaretta.

Fritz mi indicò con la mano. «Binz, saluta la tua nuova compagna di stanza. Dottoressa Herta Oberheuser, ti presento Dorothea Binz, capo del bunker delle punizioni. Inoltre addestra gran parte delle Aufseherinnen di tutto il Reich».

«Una donna medico?», disse Binz. Aspirò dalla sigaretta e mi squadrò. «Questa sì che è una novità. Felice di conoscerti, dottore. Tanti auguri con questi qui».

Si era rivolta a me in tono informale, dandomi subito del tu, il che mi era parso piuttosto inappropriato, ma nessun altro lo aveva notato.

«Grazie, Fräulein Binz», dissi accompagnandola alla porta della mensa.

«Non ringraziare mai una *Aufseherin*, dottore», disse Fritz. «Crei un brutto precedente».

Binz sbatté la porta dietro di sé e uscì sulla Platz. Gettò via la sigaretta fumata neanche per metà, spedendola sull'acciottolato con un colpo secco di pollice e indice. Mi parve evidente che Binz non era esattamente l'amica che stavo cercando.

Dopo pranzo camminai insieme a Fritz e al dottor Hellinger verso il Blocco di smistamento, dove si procedeva all'accettazione delle nuove prigioniere. Lungo il percorso vidi diverse *Häftling* in uniforme, con un triangolo colorato sulla manica, appena sotto il gomito.

«Cosa significano quei colori, Fritz?», chiesi.

«Il triangolo verde è per le criminali comuni, la maggior parte viene da Berlino. È gente dura, anche se alcune sono qui perché hanno infranto qualche stupida regola. Ci sono diverse *Blockova* con quel triangolo. Il viola è per le ragazze della Bibbia, le Testimoni di Geova. Dovevano soltanto firmare un foglio con su scritto che mettevano Hitler al di sopra di ogni altra cosa, e non l'hanno voluto fare. Pazzesco. Quelle con il triangolo rosso sono le prigioniere politiche, per la maggior parte polacche. Il nero è per le asociali: prostitute, alcolizzate, pacifiste. La lettera ricamata sul triangolo indica la nazionalità. Per le ebree infine si usano due triangoli combinati a formare una stella. Un'idea di Himmler».

Arrivammo al Blocco di smistamento. Fuori c'era una fila di donne nude, in attesa. Sembravano di origine slava, di tutte le età e di tutti i tipi di costituzione fisica. Alcune erano evidentemente incinte. Quando videro i dottori maschi, certe si misero a gridare, tutte tentarono di coprirsi.

«A quelle donne servono dei vestiti, Fritz», dissi.

Una volta dentro, ci fermammo a parlare in un angolo. «Qui facciamo le selezioni», disse Fritz. «Prima Hellinger controlla e registra ogni otturazione d'oro o d'argento. Dopodiché individuiamo quelle meno adatte a lavorare. Se le due cose coincidono, la prigioniera viene selezionata. Quindi quelle troppo malate per lavorare e con un po' di metallo in bocca finiscono sulla lista. Ma ci guardiamo bene dal dire loro la verità».

«E la verità sarebbe?», chiesi.

«Che finiscono su una linea diretta per il paradiso, o con il gas o con l'Evipan. E con gli scarichi del carburante se non abbiamo altro. Dopodiché Hellinger estrae il pagamento dovuto al Reich. Oggi operiamo con l'Evipan».

Mi strinsi tra le braccia. «Pensavo che le prigioniere dovessero lavorare».

«Quelle anziane non possono certo trascinare rulli di cemento, Herta».

«Non ce ne sono molte così anziane, e anche quelle potrebbero fare altro. Lavorare a maglia, per esempio. Quelle incinte poi dovrebbero stare a riposo».

«È la legge tedesca. Niente neonati nei campi. Tanto più che alcune avrebbero bisogno di cure particolari. Se non facciamo così questo posto diventerebbe troppo affollato, e non so tu, ma io non sono un grande fan del tifo. Inoltre, alcune sono ebree».

La storia del campo di rieducazione era solo un'etichetta di facciata. Come avevo potuto essere così ingenua? Ebbi un nuovo un conato di nausea.

«Devo andare in camera a disfare i bagagli», dissi.

«In laboratorio a scuola non avevi problemi con i cadaveri».

«Ma quelli non respiravano più, Fritz. Preferirei non essere coinvolta».

«Preferiresti? Questo atteggiamento non ti porterà lontano».

«È che tutto questo mi mette a disagio. È una faccenda… be', personale».

Il pensiero di somministrare un'iniezione letale a qualcuno era troppo abominevole, la mia mente si rifiutava anche solo di elaborarlo. Avremmo dovuto farla nel braccio. Le iniezioni letali erano una pratica barbarica ed erano psicologicamente deleterie per chi le somministrava.

Toccai la mano di Fritz. «C'è il cianuro, che è rapido e indolore. Mescolato al succo d'arancia…».

«Pensi che a me piaccia?», mi chiese Fritz tirandomi verso di sé. «Qui si fa quello che ti dicono di fare. L'alternativa per loro è *Vernichtung durch Arbeit*».

L'annientamento tramite il lavoro. La morte per fame pianificata.

«Questi sono gli ordini. E arrivano direttamente da Himmler. Il quantitativo giornaliero di calorie è calcolato per tenerle in vita solo per tre mesi di lavoro. È uno sterminio lento».

«Non posso…».

Lui scrollò le spalle. «Morirebbero comunque. Non ci devi pensare».

Fritz si avvicinò alla fila di donne nude e batté le mani. Loro si strinsero l'una all'altra come cavalli in un recinto.

«Buongiorno, signore. Chiunque di voi abbia più di cinquant'anni, la febbre sopra i quaranta gradi, o sia in stato di gravidanza, si metta qui di lato. Vi faremo un'iniezione contro il tifo e poi vi porteremo dove potrete riposare. Ma ho solo sessantacinque posti, quindi fatevi avanti subito».

Le donne parlarono tra loro, alcune traducevano le istruzioni di Fritz nelle altre lingue, e ben presto emersero delle volontarie.

«Ecco, lei è mia madre», disse una ragazza spingendo avanti una donna più anziana. «Ha una brutta tosse, non può lavorare».

«Ma certo», disse Fritz.

Una ragazza dalla pelle scura, chiaramente incinta, con le ciglia lunghe come quelle di una mucca da fattoria, si fece avanti e sorrise a Fritz, con le braccia incrociate sul ventre rigonfio. Nel giro di pochi minuti Fritz ebbe le sue sessantacinque candidate e ordinò a una guardia di accompagnarle al *Revier*. Loro lo seguirono tranquille.

«E da quando esiste un vaccino contro il tifo?», chiesi a bassa voce, nel caso qualcuna delle prigioniere capisse il tedesco.

«Ovvio che non esiste. In media gli Häftling malati sopravvivono circa quattordici giorni, perciò noi stiamo solo accelerando il processo. Ed è molto più umano così che con altri metodi».

Fritz mi condusse al mio nuovo posto di lavoro, il Revier, la clinica per i prigionieri, ospitata in un edificio basso e lungo uguale a tutti gli altri. Dietro la zona della reception si apriva uno stanzone spazioso, pieno di cuccette e letti a castello. Era gremito di pazienti. Alcune donne erano sdraiate sul pavimento nudo, altre si trovavano in uno stadio avanzato della loro malattia. Una Häftling aveva una tale quantità di pidocchi adulti che i capelli tagliati corti erano praticamente bianchi, e lei si era già scorticata la cute in diversi punti. Non era un bello spettacolo.

Una giovane prigioniera-infermiera, Gerda Quernheim, ci salutò. Gerda era una ragazza graziosa, con i capelli castani, e veniva da Düsseldorf, dove aveva frequentato la scuola per ostetriche. Era un'eccellente infermiera, ma neanche lei era in grado di gestire il Revier.

Fritz ci guidò lungo il corridoio, passando davanti a una grande cella frigorifera, non molto diversa da quella di Heinz.

«Che cos'è?», chiesi toccando la porta, fredda e umida per la condensa. Scacciai via dalla mente l'immagine del volto di Onkel Heinz.

«Una cella frigorifera», disse Fritz. «È di Gebhardt».

Mi fece entrare in una stanzetta sul retro, con le pareti dipinte di un tranquillizzante verde pallido. Gli unici mobili erano due sgabelli e un tavolo da laboratorio. La luce della lampada era puntata sulla cannula argentata di una siringa, una delle tre, con ogni evidenza non sterilizzate, che si trovavano sul tavolo. Appeso a un gancio su una delle pareti c'era un grembiule di gomma grigio che oscillò per lo spostamento d'aria quando entrammo. In quella parte dell'edificio i vetri delle finestre erano dipinti di bianco. Assomigliavano a occhi annebbiati dalla cataratta. Quel posto trasmetteva una sensazione di claustrofobia, come se fossimo intrappolati dentro.

«Perché le finestre sono oscurate con la vernice?», chiesi.

«Gebhardt è un maniaco della privacy», disse Fritz.

«Fritz, davvero, sono un po' stanca per il treno».

«Prendi metà compressa di petidina se devi», disse Fritz aggrottando le sopracciglia. «Preferisci andare a fare il medico legale alle fucilazioni?»

«Fucilazioni?», dissi. «Forse è meglio qui».

«Qui è un lavoro *molto* più pulito. La prima volta è la peggiore, fidati. È come saltare in un lago gelido».

Due Aufseherinnen portarono dentro la prima prigioniera della selezione fatta da Fritz, una donna anziana, ma sorprendentemente vivace, che indossava solo degli zoccoli di legno e una coperta avvolta intorno alle spalle. Provò a parlare con Fritz in polacco, sibilando tra i denti storti.

Fritz sorrise. «Sì, sì, prego. Stiamo preparando le iniezioni».

Si mise il grembiule di gomma.

«Sii gentile quando le uccidi», disse Fritz. «Rende le cose più facili per tutti».

Le Aufseherinnen condussero l'anziana sullo sgabello. Da sopra la spalla vidi Gerda preparare una siringa ipodermica da 20 cc, aspirando una quantità di Evipan roseo-giallognolo sufficiente per uccidere un bue.

«Abbiamo dipinto la stanza di verde chiaro perché rassicura i pazienti», disse Fritz.

Le Aufseherinnen tolsero la coperta dalle spalle della donna, le misero una salvietta intorno al viso e le fecero stendere il braccio sinistro, come per un'iniezione endovenosa.

«Le iniezioni non erano il mio forte a scuola», dissi.

Una delle Aufseherinnen premette il ginocchio contro la schiena dell'anziana per farle sporgere il petto in fuori.

Fritz mi premette la siringa nel palmo della mano.

«Senti, stai facendo un favore a queste donne», disse Fritz. «Pensa a loro come dei cani malati che devono essere soppressi. Fallo bene e non soffriranno affatto».

La donna doveva aver visto l'ago, perché cominciò a opporre resistenza alle guardie e ad agitare il braccio libero. Ci mancava solo che Fritz dicesse a Koegel che non ero capace di usare una siringa.

Feci un passo indietro. Sulla punta dell'ago comparve una goccia color latte. «Ci proverò domani».

«Ecco», disse Fritz abbracciandomi da dietro. «Facciamolo insieme».

Coprì la mia mano che stringeva la siringa con la sua, poi mi prese l'altra e mi fece appoggiare le dita sulla pelle della donna, poco sopra la cassa toracica. Le guardie le tenevano le braccia bloccate come in una camicia di forza, mentre Fritz faceva scivolare le mie dita verso il basso, fino alla quinta costola.

«Chiudi gli occhi», disse Fritz. «Lo senti? Poco sotto il seno sinistro».

Affondai un po' di più le dita nella pelle calda e rugosa.

«Sì», dissi.

«Bene. Hai quasi finito».

Fritz posò il pollice sul mio, sopra lo stantuffo, guidò la mia mano nel punto esatto e mi aiutò a inserire l'ago. Lo sentii penetrare nell'incavo tra le costole.

«Adesso resta con me», sussurrò Fritz con le sue labbra morbide contro il mio orecchio. «Respira».

Fritz premette con forza i nostri pollici sullo stantuffo levigato, iniettando l'Evipan direttamente nel cuore. La donna tentò di ritrarsi, ma le guardie la tenevano ferma.

«Con calma adesso», disse Fritz, sempre tenendo la bocca accostata al mio orecchio. «Solo quattordici secondi. Conta alla rovescia».

«Quattordici, tredici, dodici...».

Aprii gli occhi e vidi che la salvietta era caduta, lasciando scoperto il volto della donna. Il suo labbro inferiore sporgeva in una smorfia orribile.

«Undici, dieci, nove...».

La donna tentava ancora di lottare, e io feci dei profondi respiri per ricacciare indietro la nausea.

«Otto, sette, sei...».

L'anziana si gettò all'indietro, colta da un attacco cardiaco, poi si accasciò e rimase immobile.

Fritz mi lasciò andare.

«È stata veloce», disse. «Sei fradicia».

Una delle Aufseherinnen trascinò il corpo della donna in un angolo della stanza. Gerda uscì per andare a prendere la paziente successiva.

«Gerda è la fidanzata di Rosenthal», disse Fritz mentre annotava qualcosa su una cartella. «Una volta lui le ha praticato un aborto e tiene il feto in un barattolo nella cella frigorifera di Gebhardt. Lei si occupa degli Häftling bambini, fa' fare loro un bagno caldo, profumato di fiori. Gli pettina i capelli e gli racconta delle storie prima di portarli qui».

Andai alla porta in cerca di un po' d'aria. «Come ci riesci, Fritz? È così...».

«Non è il lavoro dei sogni, ma se te ne vai, entro domani arriverà qualcuno a rimpiazzarti. Dobbiamo occuparci di una determinata quota ogni mese. Ordini di Berlino. Non possiamo farci niente».

«Certo che possiamo fare qualcosa, invece. Possiamo sempre rifiutarci».

Fritz riempì la siringa. «Buona fortuna quando andrai a dirlo a Koegel».

«Be', io non posso farlo». Ma com'ero finita in quel posto?

Entrò Hellinger, con il suo portastrumenti di cuoio. Tentai di ignorare il rumore che faceva mentre rimuoveva le otturazioni della signora. Poi le applicò un timbro a forma di stella sulla guancia per indicare che il lavoro su di lei era stato completato.

«Te la caverai bene, Herta», disse Fritz. «Devi solo abituarti».

«Non ho intenzione di restare qui. Non è per questo che mi sono iscritta alla scuola di medicina...».

«Anche io dissi la stessa cosa», fece Hellinger, ridendo. Si infilò il sacchetto pieno, con l'oro appena estratto, nella tasca del cappotto.

«E io anche», disse Fritz. «Ma poi, prima che me ne accorgessi, erano passati tre mesi. E a quel punto sei costretto a restare, perciò è meglio se decidi in fretta».

Non c'era niente da decidere. Non sarei rimasta lì un giorno di più.

Capitolo 10
Caroline

1939-1940

Cercai a tastoni i miei vestiti nel buio della camera. Trovai le mutandine e le infilai, poi la giacca di velluto di Paul, e me la misi addosso, il fresco tessuto di satin mi accarezzava le braccia nude. Chi bussava alla porta?

«Resta qui, Paul, vado a vedere chi è».

Lui si distese sul mio cuscino rosa di satin, con le dita intrecciate dietro la testa. Nel buio riuscivo a distinguere il suo sorriso, assomigliava a quello dello Stregatto di Alice. Trovava divertente quella situazione? E se fosse stata mia madre? Cosa le avrei detto? Che nel mio letto c'era l'uomo più bello del mondo, mezzo nudo? Mia madre però aveva le chiavi. Forse le aveva dimenticate?

Mi avviai lungo il corridoio. Ma chi era che faceva tutto quel baccano? Attraversai il salone immerso nel buio. Nel caminetto c'erano ancora delle braci arancioni che rilucevano nell'oscurità.

«Caroline», disse una voce dall'altro lato della porta. «Devo parlarti».

David Stockwell.

Mi avvicinai e posai una mano sulla porta verniciata. David continuava a bussare, sentivo le vibrazioni sotto le dita.

«Che ci fai qui, David?», dissi senza aprire.

«Apri», rispose lui. «È una cosa importante». Anche se c'erano diversi centimetri di legno di quercia a separarci intuivo che aveva bevuto.

«Non sono vestita…».

«Ti devo parlare, Caroline. Solo un minuto».

«Torna domani, David».

«Si tratta di tua madre. Devo parlarti subito. È urgente».

Mi era già capitato di avere a che fare con le "urgenze" di David, ma non potevo correre il rischio.

Accesi la luce del corridoio, aprii la porta e mi trovai davanti David, con la cravatta bianca spiegazzata, appoggiato allo stipite della porta. Mi passò davanti ed entrò nell'ingresso con passo incerto. Mi strinsi intorno al corpo la giacca di Paul per nascondere la mia nudità.

«Era ora», disse David. «Mio Dio, Caroline, ma che cosa hai addosso?»

«Come hai fatto a evitare il portiere?».

David mi afferrò per le spalle. «Ti prego, non arrabbiarti, Caroline. Hai un odore così buono».

Tentai di spingerlo via. «David, smettila. Cosa è successo a mia madre?».

Lui mi attirò a sé e mi baciò sul collo. «Mi manchi, C. Ho fatto un terribile...».

«Puzzi di alcol, David».

Tentai di togliermelo di dosso, poi Paul comparve accanto a me, con i boxer e una camicia indossata in tutta fretta. Persino sotto la luce fredda del corridoio Paul era splendido: la camicia aperta, macchiata del mio rossetto.

«Ti serve aiuto, Caroline?», chiese Paul.

«Chi è *questo*?», disse David, come se si fosse improvvisamente trovato di fronte a un'apparizione.

«Paul Rodierre. Vi siete conosciuti oggi al parco».

«Oh». David tentò di stare su dritto. «Che direbbe tua madre...».

Lo presi per un braccio. «Te ne devi andare, David».

Lui tentò di prendermi la mano. «Vieni con me, C. Persino mia madre ha nostalgia di te».

Ne dubitavo fortemente. Ci conoscevamo da anni, ma Mrs Stockwell continuava a riferirsi a me chiamandomi "l'attrice".

«Smettila di chiamarmi C, David. E adesso sei un uomo sposato, ricordi? "Il matrimonio del secolo", così l'hanno definito i giornali».

David tornò a guardare Paul, come se si fosse dimenticato della sua presenza. «Dio santo, si metta qualcosa addosso». David si chinò su di me, con gli occhi azzurri venati di rosso. «Caroline, non puoi pensare che lui vada bene per te...».

«Non sta a te dirmi cosa devo fare della mia vita, David. Hai rinunciato a questa possibilità quando ti sei inginocchiato di fronte a tutti al club del badminton. Dovevi proprio chiederle di sposarti al club di papà? È stato lui a far ammettere tuo padre».

Paul ritornò in camera mia. Con un po' di fortuna l'avrei trovato di nuovo a letto.

«È un posto speciale per noi. Io e Sally avevamo vinto il torneo di doppio giocando insieme».

La notizia della vittoria di Sally e David a badminton era stata riportata sul «Sun» e celebrata da gente come Jinx Whitney, la mia nemesi alla Chapin. Il club del badminton non mi era mai piaciuto, neanche quando mio padre era vivo. Un club che aveva un volano nello stemma non poteva essere preso sul serio.

Paul ritornò nell'ingresso, questa volta con la camicia abbottonata e i pantaloni.

«Magari voi due potreste risolvere la faccenda un'altra volta?». Si infilò il cappotto.

«Te ne vai?», dissi, cercando di non suonare troppo disperata.

«Qualcuno deve buttare fuori David e domani mattina presto ho le prove». Si chinò su di me e mi baciò sulla guancia. Respirai il suo odore mentre lui mi baciava anche l'altra e mi sussurrava all'orecchio: «Il color melanzana ti sta proprio bene».

Poi Paul spinse fuori dalla porta il nostro ospite indesiderato. Accompagnò David giù per le scale tra le proteste di quest'ultimo, che diede fondo a tutto il suo repertorio di insulti. Guardare Paul andare via fu certamente doloroso. Aveva lasciato intatta la mia virtù, ma avrei avuto un'altra occasione? Mi consolai pensando che quantomeno fuori dalla porta non avevo trovato mia madre.

Trascorsi il periodo delle feste passando insieme a Paul più tempo di quanto fosse saggio, probabilmente. Andavamo spesso a sentire concerti jazz su ad Harlem, fianco a fianco, a lume di candela. Lui adesso condivideva la casa con un membro del cast di *The Streets of Paris*, e mia madre era tornata a New York, perciò era praticamente impossibile appartarsi. Vidi il suo spettacolo sette volte, ammirando la bravura di quella compagnia di più di cento elementi. Paul recitava nel ruolo principale, ma oltre a questo cantava e ballava, dimostrando tutta la sua versatilità. C'era qualcosa che non sapeva fare? La locandina dello spettacolo annunciava la presenza nel cast di CINQUANTA BELLEZZE PARIGINE. Con tutta quella compagnia femminile a disposizione era un mistero che Paul scegliesse di passare il suo tempo libero con me.

La situazione al consolato divenne insostenibile nel corso della primavera del 1940. Io praticamente vivevo in ufficio. Il 9 aprile Hitler invase la Danimarca e la Norvegia, scatenando una nuova ondata di panico in tutto il consolato, mentre il mondo si preparava al peggio.

Una fredda giornata di fine aprile, Paul mi chiese di vederci sul tetto panoramico del palazzo della RCA, dopo il lavoro. Mi disse che voleva chiedermi una cosa. Di che poteva trattarsi? Mi ero già offerta di fare da garante per il visto di Rena, perciò doveva essere qualcos'altro. Ci pensai tutto il giorno. Ci vedevamo spesso lassù, per guardare le stelle con il telescopio, ma avevo la sensazione che questa volta non volesse parlarmi dell'Orsa Minore. Aveva accennato all'idea che recitassi insieme a lui in qualche spettacolo. Magari un atto unico? O qualcosa off-Broadway? Ovviamente avrei preso in considerazione una simile offerta.

Arrivai sul tetto in anticipo, come al solito, e aspettai.

Sulle sedie Adirondack gialle disposte al centro del tetto c'era un trio di infermiere che si facevano foto a vicenda davanti al cartello che diceva: SCATTA UN RICORDO DELLA TUA VISITA. FATTI FOTOGRAFARE SUL TETTO PANORAMICO DELLA RCA. A separarci dal bordo del tetto c'era solo una ringhiera di ferro alta fino al gomito. Sotto di noi si stendeva tutta Manhattan, con l'East River a est e Central Park a nord, simile a un bitorzoluto tappeto Saruk srotolato in mezzo alla città. A sud si levava alta la sagoma dell'Empire State Building e a ovest i moli sull'Hudson si snodavano uno dopo l'altro lungo la Cinquantesima, con le navi che aspettavano il loro turno per salpare. Sotto di noi campeggiava un'insegna bianca, che risaltava luminosa nella penombra crescente del crepuscolo contro il tetto scuro dei magazzini Macy: MACY'S. IL RISPARMIO È LA SCELTA INTELLIGENTE.

Paul arrivò con un mazzolino di muguet in mano.

«Sono un po' in anticipo, ma spero non ti dispiaccia».

Si riferiva alla tradizione francese di regalare mughetti alle persone care il primo maggio. Chiusi la mano intorno al fascio di gambi color smeraldo e inspirai il loro profumo dolce.

«Spero che il prossimo primo maggio saremo insieme a Parigi», disse.

Infilai il mazzolino di fiori nella scollatura del vestito e sentii la frescura degli steli sul petto. «Be', anche New York è bellissima a maggio…».

Mi interruppi. Come avevo fatto a non notarlo prima? Paul era più elegante del solito, e aveva un fazzoletto di seta rossa che sporgeva dal taschino della giacca blu scuro. Se ne stava andando?

«Come sei elegante», dissi. «Hai persino tirato fuori i pantaloni bianchi di flanella. Molta gente si agghinda così quando deve partire».

Era troppo tardi per chiedergli di restare. Perché non gli avevo parlato prima?

Paul indicò il porto. «Prendo il *Gripsholm*. Salpiamo alle sette e mezza».

Sentii le lacrime bruciare negli occhi. «Una nave svedese?»

«Ho rimediato un passaggio dalla Croce Rossa internazionale, grazie a Roger. Fa scalo a Göteborg e poi va in Francia. Te l'avrei detto prima, ma l'ho appena saputo anche io».

«Non puoi andartene adesso. Hai pensato agli U-boot e agli altri sottomarini? Non è sicuro. Sarete dei bersagli comodi in acqua. E il visto di Rena?»

«Roger dice che potrebbe volerci un altro mese prima di sapere se l'otterrà».

«Magari se Roger telefonasse a qualcuno a Washington…».

«Non ci sarà nessun miracolo dell'ultimo minuto, C. Le cose stanno precipitando».

«Ma io ho bisogno di te qui. Questo non conta niente?»

«Sto cercando di fare la cosa giusta, Caroline. Non è facile».

«Ma se aspettassi ancora un po' per vedere come vanno le cose?»

«Roger mi ha detto che continuerà a provare. Sarà più facile occuparsene da lì, ma io devo andare in ogni caso. Metà della famiglia di Rena ha già lasciato Parigi».

Appoggiai la guancia sul suo cappotto. «Sei ancora innamorato di lei…».

«Non è questo, Caroline. Resterei con te se potessi, ma come faccio a starmene seduto tranquillamente nella mia suite al Waldorf mentre nel mio Paese si scatena l'inferno? Tu non lo faresti».

Se ne stava andando veramente? Doveva essere uno scherzo. Adesso sarebbe scoppiato a ridere e poi avremmo comprato un tortino al distributore.

Il sole stava calando, insieme alla temperatura. Paul mi abbracciò, il suo calore era tutto ciò di cui avevo bisogno per non sentire freddo. Persino dal settantesimo piano riuscivo a distinguere le singole navi ancorate lungo la Cinquantesima. Il *Normandie* era ancora lì. Anche l'*Ile de France*. Solo il *Gripsholm* pareva pronto a salpare, battendo bandiera svedese. Il vento trasportava il fumo leggero delle sue ciminiere sopra il fiume.

Guardai a est. I rischi maggiori si correvano in mezzo all'Atlantico, dove la copertura aerea era assente per un lungo tratto. Già nei primi mesi di guerra gli U-boot tedeschi avevano affondato diverse navi alleate per impedire che i rifornimenti raggiungessero l'Inghilterra. Immaginavo i sottomarini che attendevano le navi in mezzo all'acqua, immobili come barracuda.

Paul mi prese una mano. «Ma volevo chiederti una cosa: quando tutto questo finirà, verrai a Parigi?».

Mi scostai da lui. «Oh, Paul, non lo so».

Nella mente mi balenò l'immagine di noi due a Les Deux Magots, a Saint-Germain des Prés, seduti a un tavolino sotto il tendone verde, a osservare la vita di Parigi che ci scorreva davanti. *Café viennois* per lui, *café crème* per me. E dopo il tramonto un goccio di Hennessy. Oppure champagne e torta di lamponi mentre progettavamo le mosse future della sua carriera. Il nostro atto unico.

«Che direbbe Rena?».

Lui sorrise. «Rena ne sarebbe felice. Magari si unirebbe a noi con qualcuno dei suoi amanti».

Il vento mi sferzava le guance e faceva turbinare i miei capelli intorno a noi come un tornado. Lui mi baciò. «Mi prometti che verrai? Il mio più grande rimpianto è lasciarti con la tua moralità perfettamente intatta». Sorrise e mi mise le mani intorno alla vita. «Bisognerà porvi rimedio».

«Certo. Ma solo se tu mi scriverai. Lettere lunghe, piene di notizie, in cui mi descrivi ogni minuto della tua giornata».

«Sono un pessimo scrittore, ma farò del mio meglio». Mi baciò di nuovo, le sue labbra calde sopra le mie. Persi completamente il senso del tempo e dello spazio e rimasi sospesa lassù, sul tetto del mondo, finché Paul non si scostò, lasciandomi confusa e disorientata.

«Mi accompagni fuori?»

«Preferirei restare qui», dissi.

Va' via adesso. Non rendermi le cose più difficili.

Lui si avviò verso la porta che conduceva giù dal tetto e mi salutò con la mano.

Non so dire quanto tempo rimasi lassù, appoggiata alla ringhiera a guardare il tramonto. Immaginai Paul che saliva su un taxi e si faceva portare alla nave. Si sarebbe infastidito per la gente che gli chiedeva autografi? No, semmai il contrario. Ma gli svedesi sapevano chi era Paul? Non ci sarebbe stato nessun atto unico per noi. Almeno non nell'immediato futuro.

«Stiamo chiudendo», gridò il custode alla porta.

Poi mi si accostò e si appoggiò alla ringhiera. «Dove se ne è andato il suo amico, signorina?»

«A casa, in Francia», dissi.

«*Francia,* eh? Spero che vada tutto bene».

Rivolgemmo entrambi lo sguardo all'Atlantico.

«Anche io», dissi.

La mattina del 10 maggio cominciò come tutte le altre. La nostra reception era già piena alle dieci e io mi preparai a sostenere l'assalto riordinando la scrivania. Avrei fatto qualsiasi cosa pur di non pensare a Paul.

«Altre cartoline dai tuoi amici di penna», disse Pia, posando un fascio di fogli sulla mia scrivania. «E smettila di fregarti le mie sigarette».

Era una bella giornata di maggio, ma neppure la brezza leggera che faceva frusciare gli olmi fuori dalla finestra riusciva a tirarmi su. Giornate così belle erano difficili da sopportare, adesso che non potevo condividerle con Paul. Diedi un'occhiata alla corrispondenza, sperando di trovarci una sua lettera, ma ovviamente le probabilità erano scarse, perché la posta transatlantica ci metteva come minimo una settimana ad arrivare. Tuttavia ispezionai le buste come un segugio in cerca delle tracce di una volpe.

«Hai letto la mia posta?», dissi.

«Sono *cartoline*, Caroline. La popolazione di un intero emisfero le ha lette, almeno chi si interessa agli orfanotrofi francesi».

Le passai in rassegna una per una. Château de Chaumont. Château Masgelier. Villa La Chesnaie. Tutte residenze francesi un tempo prestigiose e ora convertite in orfanotrofi. Erano cartoline di conferma della ricezione dei miei pacchetti. Speravo che un po' di sapone profumato, delle calze pulite e un paio di deliziosi abiti confezionati a mano da mia madre – il tutto avvolto in una bella carta marrone – potessero risollevare lo spirito di qualche bambino.

Mi alzai e appuntai le cartoline sulla mia bacheca. Era già piena di fotografie di bambini francesi. C'era persino un angioletto dai capelli scuri che teneva un cartello con su scritto MERCI BEAUCOUP, CAROLINE! Altri bambini erano in posa durante una lezione di pittura *en plein air*, uno era davanti al cavalletto, gli altri, raggruppati per età, seduti su sgabelli da campo a fingere di leggere sotto un albero di tiglio.

Immaginai che la foto fosse stata scattata dall'adorabile Madame Bertillion, direttrice del Saint-Philippe de Meudon, un orfanotrofio alla periferia sud-est di Parigi. Durante i nostri scambi epistolari ero entrata in confidenza con Madame Bertillion e aspettavo con ansia le sue lettere, sempre piene di affascinanti aneddoti sui bambini e su quanto mi erano grati per i miei pacchetti. Nella posta di quel giorno c'era anche una sua lettera e io appuntai sulla bacheca il disegno fatto con i pastelli accluso nella busta: l'imponente facciata in pietra del Saint-Philippe, color giallo dorato, con un pennacchio di fumo che usciva dal camino. Assomigliava a un enorme cupcake coperto di glassa.

Come sarebbe stato adottare uno di quei bambini? Un maschietto? Una femmina? La nostra tenuta nel Connecticut, che chiamavamo The Hay, sarebbe stata il paradiso per un bambino. Mia madre aveva conservato la mia casetta nel prato, completa di una stufetta a legna. Se avessi adottato un erede avrei finalmente avuto qualcuno a cui lasciare tutto quanto. La coppa di nonna Woolsey. L'adorabile tavolino con le zampe da papera. L'argenteria della mamma. Ma scacciai quel pensiero dalla mente, perché non avevo alcuna intenzione di tirar su un bambino da sola. Conoscevo fin troppo bene le difficoltà di crescere senza un padre, quel vuoto doloroso che mia madre aveva tentato di riempire in tutti i modi. Darsi malati tutte le volte che a scuola c'era la giornata dei papà. Le lacrime di fronte a un padre e una figlia che si tenevano per mano per la strada. E il rimpianto di non avergli potuto dire addio.

In fondo alla pila trovai una busta di carta leggera della posta aerea, con l'indirizzo scritto in una graziosa grafia. Il francobollo era di Rouen. Paul.

Conoscevo bene Paul, com'era possibile che non avessi mai visto la sua calligrafia? Dovevo dire che si addiceva perfettamente alla sua personalità.

Cara Caroline,

ho deciso di scriverti subito, visto che mi hai detto che le attese non sono il tuo forte. Qui stanno succedendo un sacco di cose. Rouen è rimasta relativamente tranquilla di fronte all'assurdità di questa guerra, ma molta gente se ne è già andata, compresi i nostri vicini, che ieri notte hanno trasportato l'anziana nonna lungo la nostra strada in un passeggino da bambini. Quelli di noi che sono rimasti sperano per il meglio. Io sto prendendo in considerazione l'idea di un ruolo in uno spettacolo a Parigi, *Tutto è bene quel che finisce bene*. Shakespeare, riesci a crederci? Mi piace pensare che sia merito della tua influenza positiva.

Rena potrebbe essere costretta a chiudere il negozio. Non è un buon momento per i negozi di sartoria e accessori, ma se la caverà. Suo padre ha cominciato a fumare foglie di girasole, perché il tabacco non si trova più da nessuna parte.

Spero che questa vada bene come lettera "piena di notizie", perché adesso devo andare in ambasciata. Metti una buona parola con Roger per la faccenda dei nostri visti. Ti penso spesso, lì nel tuo ufficio. Non ti far mettere sotto da Roger. Ricorda, è lui che ha bisogno di te.

Con affetto, alla prossima,

Paul

P.S. La notte scorsa ho sognato di guardarti recitare, qui a Parigi, in una versione un po' osé di *Sogno di una notte di mezza estate*, in cui facevi la parte di un angelo. Dici che potrebbe essere un sogno rivelatore? Una premonizione per la tua carriera di attrice? O una prova che mi manchi? I miei sogni si realizzano sempre.

Paul era riuscito ad arrivare a Rouen sfuggendo agli U-boot. Almeno era salvo.

Per un tipo socievole come lui era una lettera piuttosto succinta, ma sempre meglio di niente. Un nuovo spettacolo? Forse la situazione in Francia si sarebbe sgonfiata. Magari i produttori teatrali francesi ne sapevano di più di chiunque altro. E poi il sogno! Allora gli mancavo davvero.

Trovai una copia di «Le Petit Parisien» del 23 aprile, era uno dei numerosi giornali francesi che Roger si faceva recapitare. Erano un po' datati, ma pur sempre preziosi. Il titolo in prima pagina diceva: IL REICH IN SCANDINAVIA! LE TRUPPE BRITANNICHE COMBATTONO PER MARE E TERRA. NONOSTANTE LE GROSSE DIFFICOLTÀ, NOTEVOLI VITTORIE IN NORVEGIA.

Quelle buone notizie migliorarono il mio umore. Gli Stati Uniti avrebbero forse continuato a tenersi fuori dalla guerra, ma gli inglesi resistevano, nonostante i terribili bombardamenti della Luftwaffe. Forse la Francia sarebbe riuscita a sfuggire a Hitler, dopotutto.

Controllai la pagina del teatro. C'erano annunci del nuovo spettacolo di Paul? Non trovai nulla di Shakespeare, ma vidi una piccola pubblicità del negozio di Rena, un semplice riquadro nero bordato di perle: LES JOLIES CHOSES. LINGERIE ET SOUS-VÊTEMENTS POUR LA FEMME DE DISCERNEMENT. Lingerie e biancheria intima per donne esigenti?

Sulla soglia del mio ufficio comparve Roger, con la cravatta storta e una macchia di caffè sulla camicia che la faceva assomigliare a una tavola del test di Rorschach.

«Brutte notizie, C. Hitler ha appena attaccato Francia, Lussemburgo, Olanda e Belgio. La notizia sta cominciando a circolare adesso. Temo che le cose si faranno piuttosto difficili».

Mi precipitai nel suo ufficio e lo osservai camminare avanti e indietro.

«Dio mio, Roger. Hai già chiamato Parigi?».

Il ventilatore accanto alla finestra rinfrescava prima un lato della stanza e poi l'altro. Il nastro rosso che qualcuno ci aveva legato sopra sventolava come una bandierina nazista.

«I telefoni sono fuori uso», disse Roger. «Non possiamo fare altro che aspettare».

Non avevo mai visto Roger così spaventato.

«E la Linea Maginot?»

«A quanto pare Hitler ci è passato intorno sia da nord che da sud. Ha attraversato tutto il Belgio».

«E Roosevelt cosa farà?»

«Probabilmente nulla. Non ha altra scelta se non riconoscere qualsiasi governo rappresenti la Francia».

Pia si affacciò alla porta di Roger, con le cuffie del trasmettitore intorno al collo. «Ho provato a chiamare mio padre a Parigi, ma non riesco a prendere la linea. Devo tornare a casa».

«Ora come ora non puoi andare da nessuna parte, Pia», disse Roger.

«Non posso restare qui».

«Non essere ridicola, Pia», dissi. «Non puoi semplicemente prendere e *andartene*».

Pia rimase in piedi con le braccia lungo i fianchi. Singhiozzava. L'abbracciai. «Andrà tutto bene, cara», dissi. Con mia immensa sorpresa, lei ricambiò il mio abbraccio.

Il 14 giugno i tedeschi presero Parigi e otto giorni dopo la Francia si arrese.

Nell'ufficio di Roger, io e Pia ascoltammo alla radio la cronaca dei nazisti che marciavano sotto l'Arco di Trionfo. La Francia fu divisa in due zone: il nord occupato dai soldati della Wehrmacht, e denominato *zone occupée,* e la cosiddetta "zona libera" al sud. Qui aveva sede la nuova repubblica francese, il governo di Vichy guidato dal maresciallo Philippe Pétain, che tutti consideravano uno Stato fantoccio nelle mani dei nazisti.

«Cosa succederà al nostro ufficio?», chiese Pia.

«Non lo so», rispose Roger. «Per il momento stiamo calmi. Dobbiamo fare il meglio che possiamo per la nostra gente. Ma non riesco a sentire nessuno per telefono».

«Gli inglesi ci aiuteranno?»

«Lo stanno già facendo», disse Roger. «Ci hanno appena riferito di aver individuato bombardieri tedeschi sopra la Manica».Per fortuna Roger era in buoni rapporti con quelli che Pia chiamava i suoi "amici spie britanniche", ovvero i nostri vicini dell'International e del British Building del Rockefeller Center, che erano piuttosto generosi nel condividere le loro informazioni riservate.

La linea personale di Roger squillò, e Pia rispose.

«Ufficio di Roger Fortier. Oh, sì. Sì, è qui. Resta in linea».

Pia mi porse il telefono. «È Paul».

«Come ha fatto a telefonare?», chiese Roger.

Presi la cornetta. «Paul?». Riuscivo a malapena a respirare.

«Ho soltanto un minuto», disse Paul.

Paul.

La sua voce era così limpida, come se fosse nella stanza accanto. Mi tappai l'altro orecchio con la mano. Era davvero lui?

«Caroline. Che bello sentire la tua voce».

«Dio Mio, Paul. Abbiamo appena saputo. Come hai fatto a chiamare?»

«Ho un amico qui all'ambasciata che mi ha fatto usare il telefono. Non puoi immaginare che situazione folle ci sia da queste parti adesso. È solo una questione di tempo prima che arrivi qui Hitler».

«Chiederò a Roger di velocizzare i visti».

«Non lo so, Caroline. L'ambasciata è praticamente già deserta».

«Di cosa hai bisogno?»

«Devo sbrigarmi. Vorrei solo che tu...». Sentii una serie di clic che disturbarono la linea. «Caroline? Ci sei?»

«Paul. Sono qui».

«Caroline?»

«Non lasciarmi, Paul».

Cadde la linea.

Rimasi un istante ad ascoltare gli ultimi ronzii, dopodiché misi a posto la cornetta. Restammo là in piedi, in attesa che il telefono squillasse nuovamente. Roger e Pia mi fissavano con le mani sui fianchi. Avevo già visto sguardi del genere. Era compassione. Come quando era morto papà.

«Ti passo la chiamata se riesce a prendere la linea di nuovo», disse Pia.

Tornai nel mio ufficio, accompagnata dalla terribile sensazione che quella potesse essere stata la mia ultima conversazione con Paul.

Capitolo 11
Kasia

1940-1941

Prima ancora che riuscissi a rispondere a Zuzanna, la porticina del gabbiotto venne scardinata e tre SS in camicia bruna fecero irruzione all'interno. Un soldato tirò su Pietrik dal pavimento, l'altro mi trascinò per le braccia fuori dal gabbiotto, mentre le monete della cassa volavano ovunque.

«Eravamo solo venuti a trovarla», disse Pietrik. «È la mia fidanzata, avete frainteso!».

Fidanzata? I soldati non dissero nulla e ci portarono fuori. Io scrutai la folla in cerca di Matka. Dov'era?

«Per favore, ho dei soldi», disse Pietrik.

Una delle SS lo colpì con il manganello su una guancia. Pietrik! Il suo viso così bello.

Ci trascinarono oltre la folla, le persone in fila ci fissavano e bisbigliavano. Mi voltai e a poca distanza vidi la SS che mi aveva seguita, teneva Luiza e Zuzanna per un braccio.

Matka si fece largo tra la gente in fila per i biglietti e corse verso di noi. L'espressione sul suo volto mi spaventò più di ogni altra cosa. Mi era capitato di vederla, identica, solo in un'altra occasione: negli occhi selvaggi di un cavallo investito per strada da una carrozza che l'aveva ucciso. Matka teneva stretto al petto il cestino con il mio panino.

«Va' a casa, Matka», gridai.

«No. Vi prego, avete preso le persone sbagliate», disse ai soldati.

«*Kriminelle*», mormorò una donna in fila.

«Non hanno fatto *niente*», disse Matka rivolgendosi alla folla, con gli occhi spalancati, come il cavallo che ricordavo. «Questa è mia figlia. Io lavoro come infermiera alla clinica».

Continuò a ripeterlo mentre ci correva dietro, pregando gli uomini di liberarci, finché uno di loro disse: «Se vuole così tanto venire con noi, lasciaglielo fare». Afferrò anche Matka, le strappò di mano il cestino e lo lanciò a una delle donne tedesche che attendevano in fila.

«Ma chi ci venderà i biglietti adesso?», chiese una Fräulein ai soldati.

«Non vi servono i biglietti», rispose lui. «Stasera è gratis. Avanti, entrate».

I tedeschi esitarono confusi e rimasero in piedi dov'erano, mentre le SS ci trascinavano via nel buio e le trombe del *Canto di Horst Wessel* risuonavano nell'aria.

Arrivati al castello di Lublino donne e uomini furono separati, e il giorno dopo, insieme ad altre prigioniere, ci portarono in camion alla stazione. Molte persone intorno a noi cercavano di allungare denaro o lettere ai soldati. Matka consegnò a uno di loro una lettera.

«Per favore, io sono tedesca. Può far avere questa all'*Oberscharführer* Lennart Fleischer?». Diede all'uomo anche un po' di denaro, che lui si infilò in una tasca senza neanche guardare. Non aveva tempo per faccende del genere e si limitò a spingerci avanti. Fleischer era il cognome di Lennart il Coraggioso? Voleva dire "macellaio". Gli si addiceva.

Io, Matka, Zuzanna e Luiza, insieme ad almeno un centinaio di donne, fummo spinte dentro quello che una volta doveva essere stato il vagone ristorante di un treno. Adesso però i tavoli non c'erano più e le porte erano sbarrate. Alle finestre c'erano delle grate di ferro e in un angolo un secchio di stagno per i nostri bisogni. Riconobbi qualche ragazza del mio gruppo scout, compresa Janina Grabowski, che aveva l'aria piuttosto confusa. Quelli della Gestapo erano andati a prenderla in via Lipowa? Ebbi un tuffo al cuore quando vidi la signora Mikelsky, con la figlia piccola in braccio. Erano state arrestate quando la Gestapo aveva sorpreso il signor Mikelsky a distribuire giornali clandestini. La bambina aveva quasi due anni e si chiamava Jagoda, fragola. Un nome appropriato, perché assomigliava davvero a una piccola fragolina bionda.

Dopo qualche ora di viaggio ci fermammo a Varsavia, ma ben

presto il treno si rimise in moto e prese velocità. Nessuna piangeva nel nostro vagone. Ce ne stavamo per lo più in silenzio, annichilite dalla vergogna.

Quando calò il buio mi avvicinai al finestrino e attraverso le sbarre di ferro vidi il treno superare campi illuminati dalla luna e foreste scure. C'era qualcosa di inquietante in quegli alberi, così vicini e fitti.

Mentre la signora Mikelsky dormiva, io e Luiza ci occupammo a turno di Jagoda. Era piccola per la sua età, e indossava solo un pigiama di cotone, perciò la tenevamo stretta. Tuttavia, anche con quel compito a distrarla, presto Luiza si fece prendere dalla disperazione.

«Come farà la mamma senza di me?», disse. «L'aiutavo sempre a cucinare».

«Non ti preoccupare. Presto tornerai a casa. È solo una situazione temporanea».

«E Pietrik?», disse Luiza. «C'è anche lui sul treno?».

Il vagone si inclinò verso destra e il secchio pieno di escrementi che fungeva da toilette si rovesciò sopra due donne sedute per terra, che balzarono in piedi urlando.

«Come faccio a saperlo?», dissi. «Parla a bassa voce. Ci sono persone che dormono».

«Ci lasceranno scrivere delle lettere?»

«Certo, Luiza. Probabilmente ci manderanno a lavorare da qualche parte. A raccogliere barbabietole nei campi, o roba del genere».

«E ci rinchiuderanno?», chiese lei.

«Non lo so, Lou. Vedremo. Ma non sarà così brutto».

La signora Mikelsky venne a riprendersi la bambina, mentre il treno dondolava come un'orribile culla, accompagnando il sonno inquieto della maggior parte delle mie compagne. Luiza si appoggiò a me, mentre Matka dormiva con Zuzanna in un angolo sul pavimento. Erano bellissime lì insieme, Zuzanna con la testa appoggiata sulla spalla di Matka come una bambina, le lunghe gambe ripiegate sotto il corpo.

Alla fine Luiza fece a cambio di posto con lei e si addormentò. Mentre sfrecciavamo diretti verso la Germania i miei demoni strisciarono fuori dalla mente per farmi visita. Avevo fatto arrestare tutti quanti? Una cosa era pagare il prezzo della mia stupidità, un'altra era trascinare tutti nell'abisso insieme a me. Perché ero andata al cinema? L'avevo fatto senza pensare e avevo attirato la catastrofe su di noi. Ci sarebbe stato un processo? Di sicuro avrebbero rilasciato le altre, non appena avessero capito che non avevano fatto nulla. Avrebbero imprigionato solo me.

Pietrik era già stato fucilato? Le fucilazioni si facevano nel cortile del castello, lo sapevamo tutti. Cominciai a tremare. Dov'era papà? Se volevamo avere qualche speranza dovevamo scendere subito dal treno. Andai al finestrino e tirai su il vetro. Nonostante fosse buio, riconobbi le sagome degli abeti che si susseguivano rapidamente. L'aria si stava facendo più fredda man mano che procedevamo verso est.

«È il tuo turno per dormire», disse Zuzanna.

«Dobbiamo uscire di qui».

«Calmati, Kasia».

«Non posso restare qui», dissi sentendo montare l'ansia. «Perché non riesco a respirare?». Qualcosa mi stava stringendo la gola.

«Smettila», disse Zuzanna. «Spaventerai Luiza. Ed è già abbastanza terrorizzata».

Mi piegai in due. «Sto morendo».

Zuzanna mi voltò il polso e ci chiuse intorno i polpastrelli. «Hai il battito accelerato. È un attacco di panico. Respira. Inspira a fondo. Poi espira».

Mi riempii il più possibile i polmoni.

«Guardami, Kasia. Respira di nuovo. Non fermarti. Potrebbero volerci una decina di minuti prima che ti passi». Avere una sorella che sapeva tutto di medicina era una cosa piuttosto utile. L'attacco di panico si placò esattamente dieci minuti più tardi.

Qualche ora dopo attraversammo Poznan, poi il treno piegò verso nord-ovest. Le luci dell'alba illuminarono le foglie degli alberi, che si facevano sempre più rosse e arancioni man mano che avanzavamo. Mi assopii con la guancia contro le sbarre di ferro, e mi svegliai solo quando il treno cominciò a rallentare.

Luiza e le altre mi raggiunsero accanto al finestrino.

«Che sta succedendo?», mi chiese lei.

Il trenò emise un fischio lungo e acuto ed entrò in una stazione.

Matka si fece largo tra le altre donne e si fermò accanto a me. «Cosa vedi?».

Le presi la mano. «Il cartello dice Fürstenberg-Mecklenburg».

Sulla banchina c'erano alcune donne, gigantesse bionde che indossavano delle mantelle nere con il cappuccio sopra le divise grigie. Una gettò a terra una sigaretta e la schiacciò con lo stivale. Qualcuna aveva di fianco un pastore alsaziano, grosso e scuro. I cani parvero percepire in anticipo il nostro arrivo, guardavano i vagoni del treno come un cucciolo che aspetta il padrone. L'avevano già fatto prima?

«La Germania», disse una donna accanto a me, allungando il collo per vedere meglio.

Luiza gridò. Il treno fischiò una seconda volta e io ricominciai ad avere difficoltà a respirare.

Matka mi strinse più forte la mano. «Dev'essere un campo di lavoro».

«Mi pare di vedere il campanile di una chiesa». Il pensiero degli abitanti tedeschi di quella cittadina, seduti in chiesa la domenica con il libro degli inni, era confortante.

«Un popolo timorato di Dio», disse qualcuno.

«Fürstenberg?», disse la signora Mikelsky. «La conosco. È una località di villeggiatura!».

«Finché lavoreremo duro andrà tutto bene», disse Matka.

Strinsi le sbarre di ferro dei finestrini per tenermi in equilibrio mentre il treno si fermava. «Se non altro conoscono i dieci comandamenti».

Nessuna di noi sapeva quanto ci stavamo sbagliando quella mattina, quando scendemmo da quel treno e precipitammo direttamente all'inferno.

Capitolo 12
Caroline

1941

Con l'arrivo della primavera la situazione in Francia si fece ancora più disperata. Ogni mattina alle dieci la reception del consolato era già congestionata e la mia agenda strapiena. La notizia che i nazisti imperversavano per Parigi aveva sprofondato i cittadini francesi bloccati a New York in uno stato di acuta disperazione, e spesso anche in difficoltà economiche, una situazione di fronte alla quale eravamo impotenti. Roger mi aveva severamente vietato di attingere ai miei fondi, perciò oltre a qualche barretta di cioccolato e a una spalla su cui piangere non avevo molto da offrire.

Una mattina misi sul tavolo una delle scatole di scarpe di Betty e mi accinsi a confezionare un pacchetto. Non avevo avuto più notizie da Paul. Tentavo di tenermi occupata per frenare i brutti pensieri, avrei fatto qualsiasi cosa pur di lenire il dolore che provavo nel petto.

«Hai una giornata piena», disse Pia lasciando una pila di fascicoli sulla mia scrivania. «Prima di tutto ci sono le tue amiche dell'alta società, che non sono in grado di accettare un "no" come risposta».

«Puoi essere più precisa, Pia?»

«Non saprei. Una certa Pris-qualcosa e sua madre».

Era Priscilla Huff, una bionda tutta gambe, di un anno più piccola di me. Anche lei aveva frequentato la Chapin. Perfetta nel suo abito blu Mainbocher, era insolitamente gentile. Electra Huff, una versione leggermente meno slanciata di sua figlia, entrò dopo di lei e si richiuse la porta alle spalle.

«Ma quant'è chic il tuo ufficio, Caroline cara», disse Mrs Huff.

«Vorrei adottare un bambino francese», disse Priscilla, come se stesse ordinando uno Chateaubriand allo Stork Club. «Sono disposta anche a prendere due gemelli».

«C'è una lista d'attesa per i bambini da dare in adozione, Priscilla, ma Pia potrà aiutarti a riempire i moduli. Serve solo la firma di tuo marito».

«Come sta Roger Fortier?», chiese Mrs Huff. «Il tuo capo è un uomo davvero adorabile».

«Be', Caroline, il punto è proprio questo», disse Priscilla. «Non sono sposata».

«*Non ancora*», disse Mrs Huff, mentre osservava le cornici d'argento sul caminetto. «Hai due proposte in sospeso».

Infilai nella scatola di scarpe un paio di calzini color avena. Due proposte in sospeso? Cos'era, una tenuta di due acri a Palm Springs con giardino privato?

«Servono due genitori per adottare, Priscilla».

«Il francese della mamma è eccellente. E anche il mio è *plus que* fluente».

In effetti per quanto riguardava il francese Priscilla era a posto. Mi aveva sempre battuta nella gara per il miglior saggio che si teneva ogni anno a scuola. Certo, il fatto che il suo cuoco di famiglia preparasse ogni Natale un raffinato *bûche de Noël* per tutta la classe aveva giocato la sua parte, considerando che Miss Bengoyan, l'unica giudice, aveva un noto debole per i dolci. Perché avevo così tanta voglia di fumarmi una sigaretta?

«Capisco, Priscilla, ma non sono io che faccio le regole. Questi bambini arrivano da situazioni drammatiche, come puoi immaginare. Persino due genitori potrebbero incontrare difficoltà».

«Quindi spedisci pacchetti ai bambini in orfanotrofio, ma neghi loro la possibilità di avere una casa come si deve? Io potrei offrire a un bambino il meglio».

Forse. E solo finché non ti verrà voglia di un nuovo giocattolo.

«Mi dispiace, Priscilla. Questa mattina ho un sacco di appuntamenti». Andai allo schedario.

«In giro si dice che *tu* ne stai adottando uno», fece Priscilla.

«Ultimamente in giro si sentono dire un sacco di cose», ribattei.

«A quanto pare qualcuno può aggirare i regolamenti», disse Mrs Huff sistemandosi un guanto.

«Ho perso mio padre quando avevo undici anni, Mrs Huff.

Crescere senza un genitore è terribile. Non farei mai una cosa del genere a un bambino».

«Più terribile che non avere *per niente* genitori?», domandò Priscilla.

Chiusi il cassetto con i fascicoli. «Direi che è una questione di punti di vista. Comunque non ci sono poi tutti questi bambini francesi da adottare».

Priscilla mise il broncio e io dovetti reprimere l'impulso di scrollarla per le spalle.

«Pensavo che ci fossero navi cariche di orfani che arrivano ogni giorno», disse.

«No, in realtà sono molto poche. Dopo quello che è successo alla *City of Benares*...».

«*City of* che?», chiese Priscilla.

Mrs Huff prese la borsetta. «Be', se è denaro quello che vuoi... Ho sentito che tu e tua madre vi siete ritirate dal Meadow Club...».

Tornai a sedermi alla scrivania. «Abbiamo venduto la casa di Southampton, Mrs Huff, e adesso passiamo l'estate nel Connecticut, perciò non ci serviva più il club. E no, non puoi venire qui e *comprarti* un bambino, Priscilla. Inoltre se leggessi un giornale di tanto in tanto sapresti che la *City of Benares* era una nave passeggeri britannica che trasportava un centinaio di bambini inglesi mandati in Canada dai genitori per metterli in salvo dai bombardamenti di Londra. Sulla rotta da Liverpool ad Halifax, in Nova Scotia...».

Mrs Huff appoggiò le mani sulla scrivania e si protese verso di me. «A noi interessa un bambino *francese,* Caroline».

«... quattro giorni dopo la partenza, i bambini, tra i quattro e i quattordici anni, erano in pigiama, pronti per andare a dormire...». Sentii le lacrime arrivarmi agli occhi.

Priscilla incrociò le braccia sul petto. «E questo cosa ha a che fare con l'adozione di un...».

«Un sottomarino tedesco ha affondato la nave, Priscilla. Settantasette dei cento bambini a bordo sono annegati. E i programmi di evacuazione sono stati interrotti di colpo. Perciò mi dispiace molto, signore, ma oggi non abbiamo bambini in vendita. E adesso devo chiedervi di andarvene. Sono molto occupata al momento, non so se avete notato la reception strapiena».

Priscilla era intenta a controllare le cuciture delle sue calze. «Non c'è bisogno di essere così sgarbata, Caroline. Volevamo solo dare una mano».

Pia bussò alla porta ed entrò, cacciando via le Huff, che mancarono per un soffio Roger, appena comparso sulla soglia.

«Sarai felice di sapere che hai ottenuto un'autorizzazione di sicurezza di grado più elevato, Caroline».

Aprii il cassetto e sistemai una nuova fila di barrette di cioccolato Hershey, sperando che Roger non notasse che mi tremavano le mani. «E per cosa?»

«Da un po' di tempo sappiamo che ci sono dei campi di transito nella zona libera. Ci tengono gli stranieri. Soprattutto gli ebrei, ma non solo. Adesso stiamo ricevendo rapporti su trasferimenti verso nuovi campi in Polonia e in altri luoghi. Mi chiedevo se potessi occupartene tu».

Mi voltai per guardare Roger in faccia. «Occuparmi di cosa, esattamente?»

«Dobbiamo capire dove vanno. E chi. E quanti. E per cosa sono stati arrestati. Sono stufo di dover dire a delle persone disperate che non ho idea di quello che è successo ai loro familiari».

«Certo, me ne occupo io, Roger».

Avrei avuto accesso a informazioni riservate, una prospettiva privilegiata sugli eventi che accadevano in Europa. Non avrei più dovuto attendere il «New York Times» per avere notizie. Magari avrei saputo qualcosa di Paul.

«Mi dispiace chiederti una cosa del genere senza nemmeno pagarti uno stipendio».

«Non preoccuparti, Roger. Io e mia madre ce la caviamo». La verità era che mio padre ci aveva lasciato in una situazione agiata, ma dovevamo comunque stare attente alle spese. Avevamo un paio di entrate regolari e qualche proprietà che potevamo vendere. E c'era sempre l'argenteria.

Quando chiudemmo per il pranzo, io scesi giù alla Librairie de France, davanti ai Channel Gardens, presi in prestito tutti gli atlanti che avevano e tornai nel mio ufficio, dove mi immersi in un nuovo mondo fatto di informazioni top secret. Fotografie delle ricognizioni aeree britanniche. Documenti confidenziali. Pia continuava a scaricare fascicoli sulla mia scrivania, mentre io mi perdevo nelle ricerche. Campi di transito nella zona libera. Gurs, Le Vernet. Argelès-sur-Mer. Agde. Des Milles. Le foto delle ricognizioni erano inquietanti, dettagliate e un po' voyeuristiche. Era come sbirciare nel cortile di qualcuno.

Misi in ordine le strutture, ciascuna in una cartella, e ben presto scoprii l'esistenza di una nuova categoria di campi rispetto a quelli di transito.

Campi di concentramento.

Appesi una cartina alla parete del mio ufficio e la ricoprii di puntine man mano che ci giungeva notizia di nuovi campi. Roger mi forniva le liste, e io tenevo traccia di tutto. Ben presto Austria, Polonia e Francia furono disseminate di puntine rosse, come se avessero contratto la scarlattina.

I mesi passavano senza lettere da parte di Paul. Con i nazisti che stavano mettendo a ferro e fuoco la Francia, era difficile non pensare al peggio. Roger mi riferiva le notizie che arrivavano dall'estero. All'inizio i francesi avevano adottato la tattica dell'osservare e aspettare. Quando i nazisti avevano requisito i migliori ristoranti della città, i parigini avevano fatto del loro meglio per ignorarli. Parigi era già stata occupata altre volte, dopotutto. Gli abitanti parevano sperare che prima o poi le cose potessero tornare alla normalità.

I nazisti, evidentemente sordi a tutto, avevano cominciato a requisire anche le migliori *charcuterie* ed enoteche, e annunciarono il progetto di trasferire l'intera industria della moda parigina ad Amburgo. In seguito a tutto questo, e alle prime retate di cittadini francesi compiute senza preavviso, ricevemmo notizia che si stavano formando piccoli gruppi di resistenza qua e là a Parigi: distribuivano volantini antitedeschi e preparavano il terreno per costruire una vera e propria rete di intelligence. Meno di una settimana dopo queste prime notizie, eravamo già sommersi da rapporti di attività clandestine in tutta la Francia.

Mi tenevo occupata continuando a lavorare per gli orfani, e anche mia madre era un'instancabile sostenitrice della causa. Una sera svuotai gli armadi della camera degli ospiti in cerca di abiti da riadattare per i bambini, mentre mia madre cuciva i pochi pezzi di stoffa decente che ancora avevamo.

La stanza degli ospiti era una curiosa combinazione dei gusti di mia madre e di mio padre. In origine era lo studio di lui, e conservava un che di mascolino nella tappezzeria a righe e nell'antiquata scrivania d'ebano, ma poi era stata trasformata nella stanza del cucito di mia madre, ed erano ancora visibili le tracce dei suoi ultimi progetti: scampoli di tessuto leggero a motivi dorati, pensati per un vestito; manichini imbottiti di tutte le taglie, purtroppo con la vita sempre più larga nel corso degli anni.

Tirai fuori il baule degli scarti di ma madre e i nostri capi invernali di lana, cercando qualche brandello di stoffa utilizzabile. Non ho mai mostrato alcuna abilità per il lavoro di cucito, e meno male, visto che è dannosissimo per la postura, ma mia madre era una sarta eccezionale. Si sedeva davanti alla sua macchina da cucire, la testa china sulla vecchia Singer nera e i capelli bianchi illuminati dalla lampada. Dopo la morte di mio padre i suoi capelli castani erano diventati color sale e pepe praticamente nel giro di una notte. Lei li aveva tagliati corti, aveva cominciato a indossare quasi sempre abiti da cavallerizza e aveva rinunciato al rossetto. Aveva sempre amato i cavalli e si sentiva più a suo agio con la striglia che con un pettine d'argento, ma era stato molto triste vedere una donna così bella lasciarsi andare in quel modo.

Mentre lavoravamo ascoltavamo le notizie della guerra alla radio.

19 aprile 1941. Mentre a Belfast, nell'Irlanda del Nord, si spazzano via le macerie dopo un pesante raid aereo della Luftwaffe, Londra ha subito uno dei più gravi bombardamenti dall'inizio della guerra. Le truppe tedesche avanzano in Grecia, dove il primo ministro Alexandros Korizis si è tolto la vita. Gli inglesi stanno provvedendo a evacuare il Paese.

«Oh, spegnila, Caroline. Non ci sono mai notizie confortanti».

«Almeno stiamo dando un piccolo contributo».

Anche se ufficialmente rimanevano un Paese neutrale, gli Stati Uniti avevano finalmente cominciato a pattugliare le acque del Nord Atlantico.

«Mette i brividi pensare a Hitler in mezzo ai resti del Partenone», disse mia madre. «Quando si fermerà?».

Feci cadere un gancetto nel secchiello dove mia madre teneva alla rinfusa rocchetti di filo e forbici e sentii il rumore del metallo che sfregava sulla sabbia. C'erano ancora dei granelli là dentro, dai tempi in cui andavamo in spiaggia davanti a Gin Lane, il cottage della famiglia di mia madre, a Southampton. Che spiaggia meravigliosa. Ancora ricordavo mamma e papà insieme, lei con un costume da bagno nero, lui in giacca e cravatta che tentava di spiegare il giornale nonostante il vento. L'aria salata che mi pizzicava i polmoni. La sera, nella penombra del salotto, fingevo di leggere con una guancia appoggiata al divano di lino fresco, e li guardavo giocare a gin rummy, ridendo e bevendo insieme.

«Andiamo a Southampton, mamma. Magari cambiare aria ci farà bene». Avevamo venduto il cottage di Gin Lane, ma Betty aveva ancora una casa lì.

«Oh no, in questo periodo dell'anno è pieno di newyorchesi».

«Anche tu sei newyorchese, mamma».

«Non mettiamoci a discutere, cara». Evitava sempre la spiaggia. Probabilmente anche in lei risvegliava il ricordo di papà.

«Tanto immagino che non possiamo andarcene adesso. Gli orfanotrofi avranno un bisogno disperato di vestiti caldi quando arriverà l'inverno».

«Riesci ancora a spedire i tuoi pacchetti con la posta?»

«I tedeschi hanno invitato tutti a spedire aiuti per gli orfani, persino per quelli che si trovano nei campi di transito. Per loro è un risparmio».

«Davvero gentile da parte dei *boche*». Mia madre usava sempre la parola francese boche, ovvero "testoni", quando parlava dei tedeschi, era il suo piccolo atto di sfida.

Mi voltai verso il letto e presi un mucchio di vecchi vestiti di lana di mio padre.

Mia madre ne tirò uno per la manica. «Potremmo tagliare questi...».

«Non faremo a pezzi le cose di papà, mamma. E poi ci servono tessuti che i bambini possano indossare a contatto diretto con la pelle».

Allontanai da lei la pila di giacche.

«Sono passati vent'anni dalla sua morte, Caroline. E il pelo di cammello è un invito a nozze per le tarme».

«In realtà stavo facendo riadattare le giacche di papà per me».

Con qualche modifica, le giacche di mio padre mi andavano benissimo. Erano fatte di un doppio strato dei migliori tessuti: cashmere, vigogna o spigato, e ogni bottone di cuoio era un capolavoro. Le tasche erano rivestite di satin così spesso che quando ci si infilava dentro la mano sembrava quasi di immergerla in acqua. E poi indossare le giacche di papà mi permetteva di tenere una parte di lui ancora vicino. A volte, magari mentre aspettavo che scattasse il semaforo a un incrocio, trovavo delle briciole di tabacco in qualche piega nascosta, oppure una vecchia mentina avvolta nel cellophane ormai opaco e riposta in una tasca segreta.

«Non puoi tenere tutte quelle vecchie cose, Caroline».

«È per risparmiare, mamma».

«Non siamo ancora all'ospizio dei poveri. Da come parli sembra quasi che sia giunto il momento di invocare il Signore cantando un inno tutti insieme. Ma ancora ce la caviamo bene».

«Forse dovremmo tagliare un po' sulle spese».

Dopo la morte di papà, mia madre aveva iniziato a collezionare bocche da sfamare come altri collezionavano cucchiai o porcellane cinesi. Non era infrequente trovare in salotto qualche povero vagabondo raccolto dalla strada, che leggeva *Furore* appollaiato su un cuscino di piuma d'oca, con un bicchiere di sherry in mano.

«Non abbiamo mica domestici in livrea, cara. E se stai parlando di Serge, lui è uno di famiglia. Inoltre è il migliore chef francese della città, e non è un ubriacone, a differenza della maggior parte di loro».

«E Mr Gardener?», dissi.

Quella domanda non richiedeva risposta. Il nostro giardiniere, oltre a chiamarsi curiosamente Gardener di cognome, era considerato a sua volta un membro della famiglia. Aveva uno sguardo gentile, la pelle scura e liscia come la scorza di un ippocastano, e lavorava per noi da quando avevamo piantato i primi semi del nostro giardino su a Bethlehem, poco prima che papà morisse. Si diceva che la sua famiglia fosse arrivata nel Connecticut dal North Carolina seguendo la Underground Railroad, la via clandestina degli schiavi, lungo un percorso che passava dalla vecchia Bird Tavern, che sorgeva proprio di fronte a The Hay. Oltre a essere un genio nella coltivazione di specie antiche di rose, Mr Gardener si sarebbe fatto sparare per mia madre, e lei per lui. Sarebbe rimasto con noi per sempre.

«E un paio di cameriere a giornata non ci manderanno certo in bancarotta», aggiunse mia madre. «Se proprio vuoi metterti a farci i conti in tasca, comincia a far pagare al consolato la spedizione dei tuoi pacchetti per gli orfani».

«Roger divide i costi con me, ma in ogni caso ultimamente non ho molto da spedire. È praticamente impossibile comprare qualsiasi cosa che sia anche vagamente indossabile».

«Perché non organizzi uno spettacolo di beneficenza? Magari ti divertirai a salire di nuovo sul palcoscenico, cara, e hai ancora i costumi».

I *costumi.* Un sacco di materiale di nessuna utilità lasciato a consumarsi in un vecchio baule, perfetto per ricavarne ogni genere di indumento per bambini.

«Mamma, sei un genio».

Corsi in camera e tirai fuori il baule dall'armadio. Aveva ancora attaccati sopra gli adesivi delle città dove avevo recitato. Boston. Chicago. Detroit. Pittsburgh. Lo trascinai fino alla stanza degli ospiti, ansimando. Dovevo smetterla di rubare sigarette a Pia.

Mia madre si raddrizzò sulla sedia quando mi vide entrare. «Oh no, no, no. Non farlo, Caroline».

Sollevai il coperchio del baule, che emanava un buon profumo di cedro, vecchia seta e trucco da teatro.

«È una grande idea, mamma».

«Come *puoi* farlo, cara?».

All'epoca recuperavamo costumi ovunque, un corpetto di seta in stile ottocentesco di qua, un ventaglio d'osso di Tiffany di là, ma la maggior parte dei costumi che avevo indossato sul palcoscenico li aveva cuciti mia madre, da quello per la *Dodicesima notte* alla Chapin a quello per la *Regina Vittoria* a Broadway. Non sempre avevo potuto tenerli, ma possedevo ancora quelli dei tempi della scuola, e mia madre spesso faceva una copia di quelli di Broadway. Usava sempre il miglior velluto, la seta più elegante e vivace e il cotone più soffice. I costumi erano tutti rifiniti con bottoni di madreperla che ricavava dalle conchiglie trovate in spiaggia a Southampton. E i bottoni cuciti da mia madre restavano su per sempre.

«*Il mercante di Venezia*», dissi tirando fuori giacca e pantaloni di velluto color pervinca, entrambi con il rivestimento interno di seta gialla. «Due camicie per due bambini. Cosa potremmo fare con il rivestimento?».

Mia madre cedette. «Mutande?»

«Geniale». Presi un abito di satin rosa, il corpetto era ricamato con perle di fiume. «*La dodicesima notte*».

«Non senti neanche un po' di nostalgia?»

«Per niente, mamma. E se ti opponi li farò a pezzi da sola».

Lei mi strappò il vestito dalle mani. «Certo che no, Caroline».

Tirai fuori un altro abito di velluto color sherry Amontillado, con una mantella in finto ermellino e una sopravveste di seta rossa.

«*Tutto è bene quel che finisce bene*», dissi tenendo su il vestito. Davvero una volta avevo una vita così sottile? «Potremmo ricavare sei camicie da notte dalla sopravveste e due cappotti dall'abito. E dei guanti dalla mantella».

Lavorammo fino a notte. Io strappavo le cuciture e tagliavo gli abiti, le lame delle mie forbici affondavano senza sosta dentro velluto e satin.

«Hai avuto notizie del tuo amico Paul?», chiese mia madre.

«Neanche una parola. Ma adesso in ufficio non ci arrivano più nemmeno i giornali francesi».

Sebbene mia madre sapesse solo ciò che avevo ritenuto opportuno dirle riguardo alla mia relazione con Paul, in qualche modo aveva capito quanto fosse diventato importante per me. Con tutto quello che stava accadendo in Francia, mi sembrava preoccupata per lui quanto me.

«Sua moglie ha un negozio di vestiti?»

«In realtà è più che altro di lingerie. Si chiama *Les Jolie Choses*».

«*Lingerie?*», esclamò mia madre, come se le avessi detto che Rena faceva la giocoliera con delle torce incandescenti.

«Sì, mamma. Reggiseni e...».

«So cos'è la *lingerie*, Caroline».

«Non giudicarla, mamma, ti prego».

«Be', spero che Paul riesca a venire fuori dalla guerra tutto intero, ma... ah, i gusti degli uomini!».

«Io voglio solo sapere come sta, mamma».

Mia madre prese a strappare la cucitura di una fodera di satin color lavanda. «E sai come sono i francesi. Essere l'amica di un uomo sposato lì è piuttosto comune, ma...».

«Voglio solo che mi mandi una lettera, mamma».

«Vedrai. Quando la guerra finirà verrà a bussare alla tua porta. I tedeschi probabilmente lo tengono in qualche posto speciale. In fondo è piuttosto famoso».

Non ci avevo pensato. I nazisti avrebbero trattato Paul in maniera speciale, considerando la sua celebrità?

La mattina successiva il letto della stanza degli ospiti era pieno di abiti per bambini di ogni genere. Portai tutto in ufficio e lo lasciai sulla scrivania di Pia, anche se lei non si vedeva da nessuna parte.

Qualche settimana dopo, tre generazioni della famiglia LeBlanc erano accampate nel mio ufficio e si stavano lavando a turno, usando il bagno delle signore del consolato. In quel momento Roger comparve sulla porta e si affacciò nel mio ufficio, appoggiandosi con una mano allo stipite della porta, il volto dello stesso grigio chiaro della sua camicia. Sentii una stretta allo stomaco. Faceva quella faccia quando c'erano cattive notizie. Sopracciglia aggrottate. Bocca ridotta a una fessura sottile. Finché non chiudeva la porta, andava ancora tutto bene.

Si passò le mani tra i capelli. «Caroline...».

«Dimmi che c'è, Roger».

«Ho delle notizie».

Mi appoggiai allo schedario di legno. «Avanti...».

«Sono brutte notizie, C».

«Devo sedermi?», dissi.

«Forse è meglio», disse Roger chiudendo la porta.

Capitolo 13
Kasia

1941

Le porte si aprirono, ma noi restammo in piedi all'interno, come congelate.

«Fuori, fuori!», gridavano le soldatesse sulla banchina. Ci punzecchiavano e ci colpivano con i bastoni e i manganelli di cuoio. Chi non è mai stato picchiato da un manganello di cuoio non può capire, brucia da morire. Io non ero mai stata picchiata con niente prima, e quel bruciore fu uno shock terribile, ma la cosa peggiore erano i cani, che ringhiavano e abbaiavano, così vicini che sentivo il fiato caldo sulle gambe.

«Puzzate come maiali», disse una delle guardie. «Polacche. Ovvio. Sempre coperte di merda».

Questo mi fece infuriare più di ogni altra cosa. Ci avevano dato solo un misero secchio, e adesso si lamentavano della puzza.

Marciammo a passo svelto attraverso Fürstenberg alle prime luci dell'alba di quella domenica, in fila per cinque. Avevo Matka da un lato e la signora Mikelsky con la piccola Jagoda dall'altro. Mi voltai a guardare e vidi Zuzanna e Luiza una fila dietro di me, con gli occhi vitrei, colmi di quel particolare tipo di terrore al quale ci saremmo presto abituate. Fürstenberg sembrava un villaggio medievale uscito da un libro di favole. Le case avevano i tetti verdi e i davanzali coperti di petunie rosse. Le persiane delle finestre rimasero perfettamente chiuse.

I tedeschi stavano ancora dormendo nei loro letti caldi? O si stavano vestendo per andare in chiesa? Qualcuno doveva essere già sveglio, perché nell'aria si sentiva odore di pane tostato e caffè appena fatto. Una persiana al secondo piano di una casa si scostò leggermente e poi venne richiusa.

Quelle che non riuscivano a tenere il passo se la videro brutta, perché le guardie picchiavano le più lente e i cani le mordevano alle gambe. Io e Matka aiutavamo la signora Mikelsky a non inciampare. Lei strofinava i piedini della bambina, che erano blu per il freddo, massaggiandoli come si fa con la pasta di pane mentre continuavamo a camminare di buon passo.

Fummo spinte lungo un sentiero acciottolato che correva lungo la riva del lago.

«Che lago carino», disse Luiza dietro di noi. «Chissà se potremo nuotare».

Nessuno rispose. Cosa ne avrebbero fatto di noi? Eravamo in Germania, dopotutto. Da piccola i viaggi in Germania erano sempre stati un'esperienza divertente. Bastava non trattenersi troppo. Prima d'ora avevamo sempre saputo più o meno cosa aspettarci dalle varie situazioni in cui capitavamo. Come quando si va al circo per la prima volta: hai comunque una vaga idea di cosa ti aspetta. Questa volta no.

Ben presto vedemmo un enorme edificio di mattoni alla fine della strada. Era solo settembre, ma lì al nord gli alberi cambiavano i colori prima, e tra i pini si scorgevano già macchie arancioni e rosso fiamma. Persino la salvia piantata intorno alle fondamenta era rosso nazista.

Mentre ci avvicinavamo, sentimmo risuonare in lontananza della musica patriottica tedesca, e l'aria si riempì dell'odore di patate bollite, che mi fece brontolare lo stomaco.

«È un KZ», disse una donna alle mie spalle, senza rivolgersi a nessuno in particolare. «*Konzentrationslager*».

Non avevo mai sentito quella parola prima. Né sapevo cosa fosse un campo di concentramento, ma quel suono mi provocò un brivido gelido lungo la schiena.

Giungemmo davanti alle mura alte e lisce che delimitavano il campo e oltrepassammo i cancelli di ferro verniciato di verde, entrando in uno spiazzo aperto circondato da basse costruzioni di legno. Nonostante la musica, riuscivo a sentire il ronzio del filo in cima al muro, percorso dall'alta tensione.

In mezzo al campo si apriva un ampio viale, chiamato ufficialmente *Lagerstrasse* o Viale del Campo, ma che presto cominciammo a chiamare Viale della Bellezza.

Era veramente una bella strada. Partiva dalla grande piazza

lastricata nota come Platz e si snodava diritta per tutto il campo, coperta di sabbia scura e lucida e di frammenti di minerali che scintillavano al sole. Alle narici mi giunse un odore dolce, che sembrava quasi miele, e attirò la mia attenzione sugli alberi che fiancheggiavano la strada fin dove l'occhio riusciva a vedere. Alberi di tiglio. Fu molto confortante vederli, erano gli alberi preferiti della Vergine Maria. Il tiglio è molto venerato in Polonia, e tagliarne uno porta sfortuna. Di fronte a ogni Blocco di legno c'era un vivace giardino fiorito, e su ogni davanzale un vaso pieno di gerani. Poteva essere davvero tanto brutto un posto così ordinato e grazioso? E poi la cosa più strana di tutte: all'inizio del Viale della Bellezza c'era una grande gabbia d'argento piena di animali esotici. Pappagalli con le ali gialle, due scimmie ragno marroni che volavano da una parte all'altra giocando come bambini, e un pavone con la testa verde smeraldo che faceva la ruota mettendo in mostra le sue piume.

Matka ci strinse tutte a sé mentre osservavamo quello spettacolo. Sull'altro lato della Platz c'erano donne in piedi e sull'attenti, con indosso un'uniforme a righe, cinque per fila. Nessuna guardava nella nostra direzione. Una delle soldatesse tirò fuori una pistola dalla fondina appesa al fianco e chiese delle spiegazioni alla guardia accanto a lei. Matka scorse la pistola e distolse rapidamente lo sguardo.

Una ragazza con l'uniforme a righe mi passò accanto.

«Polacche?», mi chiese. La sua voce fu quasi inghiottita dalla musica.

«Sì», dissi, «tutte quante».

Le scimmie ragno smisero di giocare e presero a guardarci, stringendo le sbarre della gabbia con le zampe.

«Prenderanno tutto il cibo che avete, perciò mangiatelo subito», disse continuando a camminare per mettersi in fila.

«Dateci tutto quello che avete... non ne avrete bisogno», disse un'altra donna, più grande, sporgendo una mano mentre passava accanto alla nostra fila.

Ci stringemmo nei nostri cappotti. Perché mai dovevamo dare via il poco che avevamo? Lanciai un'occhiata a Matka. Lei allungò un braccio e mi strinse la mano. Tremava. Io volevo soltanto un letto per dormire e qualcosa per placare la terribile sete che mi tormentava.

Le guardie ci spinsero dentro il Blocco di smistamento: due grandi sale con i soffitti bassi, e in un angolo una stanza per la doccia. In piedi sulla porta c'era una soldatessa bionda e alta, di cui più tardi venimmo a sapere il nome: Binz, frenetica e agitata quanto Hitler in persona.

«Sbrigatevi! Sbrigatevi!», gridava, e mi colpì sul sedere con il frustino. Arrivai di fronte a una scrivania dove era seduta una donna con l'uniforme a righe, che scrisse il mio nome. In tedesco mi disse di svuotarmi le tasche e infilò le poche cose che avevo – un fazzoletto, il mio orologio e dell'aspirina, quel che restava della mia vita normale – in una busta gialla, che ripose in uno schedario insieme a quelle delle altre. Dopodiché mi fu ordinato di spogliarmi, mentre una prigioniera-guardia mi sorvegliava.

«Ora avanti!», disse quando fui nuda.

Vidi Matka dietro di me ferma davanti al tavolo. Volevano il suo anello, ma lei non riusciva a sfilarlo dal dito.

«Ha le dita gonfie», disse una dottoressa che era in piedi lì accanto, alta e bionda, con il camice bianco da medico. Binz sollevò la mano di Matka, sputò sull'anello e tentò di sfilarlo. Matka voltò la testa dall'altra parte.

«Prova con della paraffina», disse la dottoressa.

Binz sputò di nuovo sull'anello e finalmente riuscì a toglierlo. La donna seduta alla scrivania lo buttò nella busta gialla che finì nello schedario.

L'anello di Matka era perso per sempre. Come potevano *prendersi* a quel modo le cose degli altri senza provare nulla?

Vidi Janina Grabowski, più avanti rispetto a me nella fila, che tentava di divincolarsi dalla stretta di una guardia e gridava. Le stavano ispezionando i capelli. Un'altra guardia arrivò ad aiutare la prima e tenne Janina ferma per le spalle.

«No, no... vi prego», disse mentre si accingevano a tagliarle i capelli.

Una guardia mi spinse avanti e io persi di vista Matka, inghiottita dalla folla di donne. Tentai di coprire la mia nudità mentre una prigioniera con un triangolo verde sulla spalla dell'uniforme a righe mi faceva sedere su uno sgabello. Quando sentii la punta di uno stuzzicadenti toccarmi la cute seppi che stavo per condividere il destino di Janina e mi parve che il cuore cercasse di balzarmi fuori dal petto.

Sentivo le forbici fredde contro la nuca e la donna imprecò in tedesco mentre mi tagliava la treccia. Era colpa mia se avevo i capelli così folti? La mia treccia finì su una pila di capelli così alta da arrivare al davanzale, dopodiché, come per farmela pagare per averle reso il lavoro più difficile, la donna mi rasò la testa senza alcun riguardo. Io tremavo a ogni passata di rasoio, che mi faceva cadere ciuffi di capelli sulle spalle nude. La donna infine mi fece alzare dallo sgabello e mi toccai la testa con la mano. Era liscia, con pochi residui di capelli qua e là. Grazie a Dio Pietrik non poteva vedermi così. Che freddo faceva senza capelli.

Una prigioniera con il triangolo rosa – una ragazza della Bibbia, imparai in seguito – mi spinse su un tavolo usato per gli esami ginecologici e mi tenne le gambe aperte, mentre un'altra prigioniera mi depilava con un rasoio, lasciandomi tagli e graffi.

Quando ebbero finito mi mandarono dalla dottoressa, che disse: «Sul tavolo». Poi prese uno strumento d'argento freddo, me lo infilò dentro e mi aprì le parti intime, senza neanche usare un asciugamano! Davanti a tutti, infilò le dita coperte dal guanto di gomma dentro di me, cominciando a tastare. Non pareva affatto turbata dal lavoro che stava facendo, per lei era come lavare i piatti. Non ebbe alcun riguardo per il fatto che ero giovane e che mi stava violando in un modo a cui non era più possibile porre rimedio.

Ma ebbi poco tempo per piangere la mia verginità perduta, perché le guardie ci misero in fila per cinque nella sala delle docce. L'addetta alle docce, coperta da un impermeabile bianco, colpì le donne in fila davanti a noi con un manganello, lasciando dei lividi rossi sulle schiene. Le spedì sotto l'acqua. Io ero accanto alla signora Mikelsky e mi preparai a sentire il morso della gomma. Lei teneva stretta a sé la piccola Jagoda, tremava così tanto che pareva si trovasse già sotto l'acqua gelida. Una prigioniera con un contrassegno verde sulla manica si avvicinò alla signora Mikelsky, posò le mani sul corpicino magro e nudo della bambina e tirò. La signora Mikelsky strinse Jagoda.

«Dammela», disse la prigioniera-guardia.

La signora Mikelsky strinse ancora di più la figlia.

«È una brava bambina», dissi alla guardia.

La guardia tirò più forte. Così l'avrebbero spezzata in due.

«Non puoi fare nulla», disse la guardia. «Non fare scenate».

La bambina si mise a piangere, attirando l'attenzione della soldatessa più alta in grado, Dorothea Binz, che arrivò quasi correndo dall'altro capo dell'edificio, seguita da un'altra guardia. Il nome Dorothea significa "dono di Dio", e non è mai esistito nome più sbagliato.

Binz si fermò accanto alla signora Mikelsky e indicò la piccola Jagoda con il manganello di cuoio.

«Il padre è tedesco?».

La signora Mikelsky mi guardò e corrugò le sopracciglia.

«No, polacco», disse.

«Prendetela», disse Binz agitando il manganello.

La soldatessa che era arrivata insieme a Binz tenne ferma la signora Mikelsky da dietro, mentre la prima guardia strappava Jagoda dalle braccia di sua madre.

«Mi sono sbagliata», disse la signora Mikelsky. «Sì, in realtà il padre è tedesco...». Mi lanciò un'occhiata.

«È di Berlino», dissi. «Un vero patriota».

La guardia con il contrassegno verde tenne Jagoda nuda in braccio e guardò Binz.

«Prendila e basta», disse Binz scrollando il capo.

La guardia si sistemò meglio la bambina sulla spalla e fendette la folla che ancora entrava dalla porta.

La signora Mikelsky si accasciò per terra come un foglio di carta divorato dalle fiamme e guardò sua figlia che veniva trascinata via. «No, vi prego, dove la portate?».

Binz colpì la signora Mikelsky alle costole con il manganello e la spinse verso le docce.

Io incrociai le braccia sul petto nudo e feci un passo avanti.

«La bambina morirà senza sua madre», dissi.

Binz si voltò a guardarmi, la sua espressione mi fece pensare a una teiera che bolliva sul fuoco.

«Non c'è cosa più crudele», dissi.

Binz sollevò il manganello sopra di me.

«Voi polacchi...».

Chiusi gli occhi e mi preparai al bruciore del cuoio. Dove mi avrebbe colpita?

All'improvviso mi sentii circondare da due braccia. Era Matka, il suo corpo nudo e liscio contro il mio.

«Per favore, signora capoguardia», disse nel suo tedesco più forbito. «Dev'essere impazzita per parlarle in quel modo. Ci dispiace molto…».

Fu il fatto che mia madre le avesse parlato in tedesco a far arretrare Binz di un passo? O i suoi modi gentili?

«Dille di tenere la bocca chiusa», disse Binz indicandomi con il manganello. Poi tornò a occuparsi della folla.

Le guardie mi spinsero sotto la doccia, le mie lacrime per la povera signora Mikelsky si mescolarono all'acqua fredda.

Due settimane dopo fummo rilasciate dalla quarantena e ci venne consegnata la nostra uniforme, degli enormi zoccoli di legno, uno spazzolino, una giacca leggera, dei mutandoni grigi, una gavetta e un cucchiaio di stagno, e un pezzo di sapone – ci dissero di farcelo durare due mesi. Due mesi? Di sicuro saremmo tornate a casa prima!

Il nostro nuovo alloggio era il Blocco 32, molto più grande di quello della quarantena. C'erano già delle donne, alcune con indosso le uniformi a righe, altre nude dopo la doccia, che correvano qua e là mentre si vestivano, sprimacciavano i propri pagliericci e vi accomodavano sopra le lenzuola a quadri bianchi e blu. Nel Blocco c'era un piccolo lavatoio con tre docce e tre lunghi lavandini, che si riempivano d'acqua tramite un tubo. Alcune donne sedevano senza alcun pudore su una piattaforma piena di buchi attraverso i quali spedivano i propri bisogni naturali a concimare il terreno sottostante.

Il Blocco puzzava di pollaio, di verdure marce e dell'odore di cinquecento piedi non lavati. Tutte le ragazze parlavano polacco e la maggior parte di loro aveva il triangolo rosso dei prigionieri politici. Se c'era qualcosa di buono in quel campo, era proprio il fatto che la maggior parte delle prigioniere fosse polacca, almeno la metà, e tutte erano lì, come noi, per quelli che i nazisti consideravano dei reati politici. Dopo le polacche il gruppo più numeroso erano le donne tedesche, arrestate per aver violato una delle tante regole imposte da Hitler, oppure per reati comuni come omicidio o furto.

«Rifatevi il letto», gridò Roza, la Blockova, una tedesca con gli occhi sempre assonnati. Veniva da Berlino e non era molto più grande di mia madre. In seguito venni a sapere che era stata arrestata per aver fatto la linguaccia a un soldato tedesco.

«Tenete d'occhio il vostro kit per la mensa».

Ben presto imparammo che a Ravensbrück la sopravvivenza ruotava intorno alla gavetta di stagno, alla tazza e al cucchiaio, nonché all'abilità di tenerli al sicuro. Se li si perdeva di vista anche solo per un istante rischiavano di sparire per sempre. Perciò li tenevamo sempre dentro l'uniforme, oppure appesi alla vita, se si aveva la fortuna di trovare un pezzo di corda o di spago da trasformare in una cintura.

Luiza e Matka scelsero uno dei letti in cima, che le prigioniere chiamavano palme da cocco per quanto erano in alto. Il letto era davvero molto vicino al soffitto, al punto che a malapena si riusciva a stare sedute e d'inverno da lassù pendevano dei ghiaccioli, ma almeno c'era un po' più di privacy. Io e Zuzanna dormivamo sul letto di fronte.

Dovetti reprimere la mia gelosia per il fatto che Luiza dormisse con mia madre. Io avevo Zuzanna, che si agitava nel sonno per tutta la notte, borbottando nozioni di medicina. Ogni volta che mi svegliava passavo la nottata a tormentarmi nel buio, paralizzata dal senso di colpa. Come avevo potuto essere così incauta da far finire tutte quante in un posto tanto terribile? A peggiorare le cose, nel Blocco non scendeva mai il silenzio: l'aria risuonava sempre delle urla di donne tormentate dagli incubi o dai pidocchi, dal rumore delle prigioniere che rientravano dal turno di notte, dalle voci di donne insonni che si scambiavano ricette e dalle richieste di un secchio per le malate che non riuscivano ad arrivare in tempo al lavatoio.

Tuttavia riuscivo comunque a trovare dei momenti per stare da sola con Matka. Una sera mi arrampicai sul suo letto prima di cena.

«Mi dispiace averti fatta finire qui, Matka. Se non mi avessi portato quel panino, se io non...».

«Non pensarci», disse lei. «Qui ti devi concentrare solo sull'essere più sveglia dei tedeschi. Sono felice di essere qui con voi ragazze. Andrà tutto bene». Mi baciò sulla fronte.

«Ma il tuo anello... Te l'hanno portato via. Li odio».

«È solo un oggetto, Kasia. Non sprecare le energie per odiare. Ti faresti solo uccidere. Concentrati sulla necessità di conservare le forze. Sei piena di risorse. Trova un modo per batterli in astuzia».

La Blockova Roza entrò nel Blocco. Aveva un viso gentile, ma non sorrideva mai quando aveva annunci da fare.

«L'appello per il lavoro è alle otto. Chi non ha ancora un compito assegnato deve fare rapporto all'ufficio accanto al Blocco dove vi hanno smistate. Lì vi daranno il vostro contrassegno e il numero».

«Parla solo tedesco?», sussurrai a Matka. «E le ragazze che non lo capiscono?»

«Di' una preghiera di ringraziamento per le lezioni di tedesco di Herr Speck. Potrebbero salvarti la vita».

Aveva ragione. Ero fortunata a conoscere il tedesco, visto che tutti gli annunci venivano fatti in quella lingua, senza eccezioni. Le prigioniere che non capivano erano in terribile svantaggio, perché l'ignoranza non era una scusa valida per chi infrangeva le regole.

La mattina successiva fummo svegliate dalla sirena. Io mi ero appena assopita e stavo sognando di nuotare in piscina con Pietrik, a Lublino, ma alle 3:30 del mattino le luci del Blocco si accesero. La cosa peggiore però era la sirena, il suo suono era così acuto e penetrante che pareva provenire direttamente dalle viscere dell'inferno. Accompagnate dalla sirena, Roza e le sue assistenti *Stubova* cominciarono a percorrere le file di letti. Una delle Stubova batteva ripetutamente contro una padella di stagno, mentre l'altra punzecchiava le donne addormentate con la gamba di uno sgabello e Roza gettava loro addosso dell'acqua da un secchio.

«Alzatevi! Forza! Tutte in piedi!», gridava.

Era un tipo di tortura tutto particolare.

Io, Matka, Zuzanna e Luiza ci avviammo verso la mensa, uno stanzone lungo accanto al dormitorio, e ci stringemmo su una panca in fondo. La colazione era uguale a quella che ci avevano dato in quarantena, una zuppa giallastra tiepida che era poco più che acqua insaporita alle rape e un piccolo pezzo di pane che sapeva di segatura. Quando la zuppa raggiunse il mio stomaco per poco non ritornò subito su.

Roza lesse la lista dei nuovi compiti.

Matka fu destinata alla legatoria, una delle posizioni più ambite. Era molto più difficile uccidere qualcuno di lavoro se doveva stare seduto su una sedia.

Luiza divenne l'assistente delle ragazze della Bibbia che si occupavano della pelliccia d'angora. In fondo al campo c'erano delle gabbie speciali riscaldate, dove si tenevano i conigli, che venivano nutriti con foglie di lattuga raccolte nella serra del comandante. La loro pelliccia veniva tosata a intervalli regolari e mandata al laboratorio di sartoria, un gigantesco complesso di otto magazzini collegati l'uno all'altro, dove le prigioniere realizzavano le divise per l'esercito tedesco.

Zuzanna, che non aveva detto di essere un medico, finì allo smistamento oggetti, ovvero a suddividere i mucchi del "bottino" delle conquiste di Hitler, che arrivava via treno.

Io fui assegnata al gruppo delle disponibili, il che era un bene e un male. L'aspetto positivo consisteva nel fatto che venivamo chiamate all'appello ogni giorno, e se non eravamo scelte per lavorare potevamo restare tutta la giornata a letto nel nostro Blocco. Ma se invece ci sceglievano, venivamo assegnate ai compiti peggiori, come la pulizia delle latrine o i lavori su strada. Essere assegnata a questi ultimi significava venire sfruttata come un animale per trascinare pesanti rulli di cemento, un lavoro che poteva ucciderti in un giorno.

Il nostro primo Natale a Ravensbrück fu particolarmente brutto, perché molte di noi avevano creduto che a quel punto saremmo già ritornate a casa. Io, Matka, Zuzanna e Luiza eravamo lì soltanto da tre mesi, ma ci sembravano tre anni. Avevamo ricevuto una lettera da papà. Il regolamento imponeva che le lettere fossero scritte in tedesco, e per la maggior parte erano censurate con un pennarello nero, lasciando leggibili solo qualche parola e l'ultima riga, dove c'era scritto: «Il vostro adorato papà». Anche noi scrivevamo, usando la carta da lettera del campo, ma per colpa della censura potevamo limitarci giusto a qualche commento sul tempo e a vaghe riflessioni positive.

Man mano che le giornate si accorciavano, Zuzanna ci incitò a tenere alto il morale, perché la tristezza spesso era ben più letale della malattia. Alcune di noi in effetti mollarono, smisero di mangiare e morirono.

La mattina di Natale cominciò con un vetro che andò in frantumi per il freddo. L'aria gelida entrò e ci svegliò. Quel vento diabolico che si intrufolava nei nostri letti il giorno della nascita di Cristo era forse un cattivo presagio?

Tutte le prigioniere del campo si recarono alla Platz per l'*Ap-*

pell, in cui venivamo chiamate una per una. Ci allineammo in fila per dieci nel buio, accanto al Revier. L'unico rumore nella Platz era quello di centinaia di zoccoli che battevano sul terreno nel tentativo di scacciare via il freddo. Quanto avrei desiderato un cappotto caldo! Sopra di noi i riflettori si accesero. Di sicuro l'Appell sarebbe stato breve e insignificante, visto che era Natale. O forse i tedeschi non celebravano la nascita di Gesù? Magari Binz aveva cancellato il Natale. Cercai di non guardare la pila di corpi accatastati come legna da ardere accanto al deposito di stoffe, coperti da una leggera coltre di neve. Aspettavano l'incaricato che veniva a prenderli dalla città con il suo carro funebre. Li infilava in grossi sacchi di carta con frivole decorazioni sui bordi e li portava via.

Una giovane soldatessa di nome Irma Grese, la prediletta di Binz, percorreva a passo svelto le file, contandoci e spuntando i numeri sulla sua cartelletta. Ogni tanto si fermava a fumarsi una sigaretta, avvolgendosi stretta nella pesante mantella nera. Grese e Binz erano come due compagne di scuola adolescenti diventate migliori amiche, entrambe bionde e belle, tuttavia era impossibile confonderle. Binz era alta, aveva i lineamenti leggermente più marcati e portava i capelli acconciati con una sorta di elaborata onda che lasciava scoperta la fronte. Grese era minuta e graziosa come una star del cinema, con gli occhi azzurri leggermente a mandorla e le labbra di un rosa naturale. Sotto il berretto della divisa i capelli erano pettinati in modo da lasciare due lunghi boccoli, simili a una fila di monete dorate, che le scendevano su entrambi i lati del collo. Sfortunatamente per noi, Irma non ci sapeva fare molto con i numeri. Spesso il suo frettoloso conteggio dei presenti non combaciava con quello di Binz, il che si risolveva in appelli che duravano anche tre o quattro ore.

Il sole comparve all'orizzonte illuminando la Platz con i suoi raggi dorati, e tra la folla si diffuse un mormorio di felicità.

«Silenzio!», gridò Irma.

Nonostante gli sforzi di restare indietro e sistemarci nelle file di mezzo, dove faceva più caldo, quel giorno tutti e cinque i membri della nostra piccola famigliola del campo erano finiti in prima fila. Era un posto pericoloso, perché le prigioniere più esterne erano più vulnerabili, esposte all'aggressione da parte delle guardie annoiate e spesso irascibili, e dei loro cani. Io ero in piedi accanto a Matka, al suo fianco c'era Luiza. La signora Mikelsky, che aveva subito un rapido crollo dopo aver perso la sua bambina, stava tra Zuzanna e me. Zuzanna aveva diagnosticato alla mia insegnante dissenteria e depressione acuta, una brutta combinazione.

A partire dall'inizio di novembre aveva cominciato a nevicare a intermittenza. Per distrarmi e far passare il tempo osservavo gli uccelli che si scrollavano la neve dalle ali, gelosa perché loro potevano andarsene quando volevano. Quella mattina c'era un vento aspro che arrivava dal lago, perciò avevamo aiutato la signora Mikelsky a infilarsi due fogli di giornale che avevamo sgraffignato sotto la giacca leggera di cotone, per stare più al caldo. Quando Irma non guardava ci voltavamo e ci massaggiavamo la schiena l'un l'altra, tentando di scaldarci. Le guardie avevano allestito un albero di Natale, utilizzando un grosso abete posto sopra una massiccia piattaforma di legno, proprio all'inizio del Viale della Bellezza. Adesso ondeggiava, sferzato dal vento.

Anche la signora Mikelsky barcollava e io le afferrai un braccio per tenerla in equilibrio. Nonostante la stoffa della giacca, sentivo il suo gomito ossuto pungermi il palmo della mano. Anche io ero già così emaciata? La signora Mikelsky si chinò verso di me e la carta di giornale frusciò e sporse fuori dal colletto della giacca.

La spinsi di nuovo giù, nascondendola. «Devi restare dritta», dissi.

«Mi dispiace, Kasia».

«Comincia a contare. Aiuta a distrarti».

«Zitta», disse Zuzanna da dietro la schiena della signora Mikelsky. «Sta arrivando Binz».

Un'ondata di terrore si diffuse tra la folla quando vedemmo Binz oltrepassare i cancelli e attraversare la piazza in sella alla sua bicicletta azzurra. Si era alzata tardi dal suo letto caldo, che condivideva con il suo amante sposato, Edmund? Almeno lui quella mattina non c'era. Il loro passatempo preferito era baciarsi mentre una prigioniera veniva frustata.

Binz pedalava opponendosi al vento, con una mano sul manubrio e l'altra stretta intorno al guinzaglio del suo cane. La mantella nera le sventolava alle spalle. Arrivò fino al Revier, appoggiò la bicicletta alla parete e prese ad avanzare sul lastricato con il suo passo da contadina e il cane al fianco che tirava il guinzaglio. Binz camminava agitando il frustino in aria, come una bambina con un nuovo giocattolo. Il frustino era nuovo, fatto di cuoio nero e con un'estremità dalla quale spuntava una lunga treccia di cellophane.

Il cane di Binz si chiamava Adelige, che significa "nobile signora", ed era il più imponente e terrificante di tutti gli alsaziani del campo, nero e marrone, con la pelliccia più folta sul petto. Il genere di cane da cui si può immaginare di ricavare uno splendido cappotto. Adelige rispondeva a una serie di comandi che Binz impartiva con un clicker di metallo verde.

Binz andò dritta verso la signora Mikelsky e la fece uscire dalla fila con il frustino.

«Tu. Fuori».

Feci per seguirla, ma Matka mi trattenne.

«Cosa stavi dicendo?», chiese Binz, con il cane al fianco.

«Niente, signora capoguardia», rispose la signora Mikelsky.

Irma andò da Binz. «L'appello è completo, signora capoguardia».

Binz non rispose e mantenne lo sguardo fisso sulla signora Mikelsky.

«La mia bambina, Jagoda...», cominciò a dire lei.

«Non hai nessuna bambina. Non hai nulla. Sei soltanto un numero».

Binz stava dando spettacolo per Irma?

La signora Mikelsky sollevò una mano verso Binz. «È una brava bambina...».

Binz allungò il braccio e con una sola mossa strappò via il giornale da sotto la giacca della signora Mikelsky.

«Dove l'hai trovato?», chiese Binz.

Irma si mise la cartelletta sottobraccio, poi si accese un'altra sigaretta.

La signora Mikelsky si raddrizzò. «Non lo so. Io non ho nulla. Sono solo un numero».

Persino a cinque passi di distanza riuscivo a percepire il fremito che percorreva tutto il corpo di Binz. «Hai ragione», disse, poi sollevò il braccio e calò il frustino sulla guancia della signora Mikelsky.

Il cellophane le squarciò lo zigomo. Dopo aver lanciato una

rapida occhiata a Irma, Binz si chinò e sciolse il cane. Lì per lì Adelige rimase immobile, poi al suono del clicker di Binz si lanciò in avanti, con le orecchie basse e i denti scoperti. Il cane chiuse le fauci intorno alla mano della signora Mikelsky e prese a tirarla fino a farla crollare in ginocchio. Il suo ringhio riecheggiò per tutta la piazza mentre balzava di nuovo e le addentava il colletto della giacca, trascinandola a terra in mezzo alla neve.

Matka mi strinse la mano.

La signora Mikelsky rotolò su un fianco, ma il cane le affondò le fauci nella gola e cominciò a scuoterle la testa di qua e di là.

Dovetti trattenere l'impulso di vomitare mentre il cane trascinava via la signora Mikelsky, come un lupo con un cervo appena ucciso, lasciando dietro di sé una scia scarlatta sulla neve.

Il suono del clicker metallico di Binz riecheggiò nella Platz.

«Adelige, lascia!», gridò Binz.

Il cane si accovacciò ansimante, gli occhi gialli fissi su Binz.

«Sette sette sette sei!», gridò lei.

Irma gettò via la sigaretta e la lasciò sulla neve. Un filo di fumo azzurrognolo ancora si levava nell'aria, mentre scriveva il numero sulla cartelletta.

Il cane ritornò trotterellando accanto a Binz, con la coda tra le gambe, lasciando la signora Mikelsky immobile.

Binz si voltò e mi fece cenno di uscire dalla fila. Io feci un passo in avanti.

«Una tua amica?».

Annuii.

«Sì? E come mai?»

«Era la mia insegnante di matematica, signora capoguardia». Le lacrime mi annebbiavano la vista, ma le ricacciai indietro. Facevano solo arrabbiare Binz.

Irma si portò le dita alla bocca così graziosa e sorrise. «Matematica polacca».

Binz mi porse un pennarello viola.

«Scrivi», disse.

L'avevamo già visto fare tutte quante. Binz voleva che scrivessi il numero sul petto della signora Mikelsky, l'umiliazione finale per le prigioniere morte o morenti. Il cuore mi martellava nel petto mentre camminavo lungo la scia scura lasciata da Adelige nella neve, fino al punto in cui giaceva la mia insegnante. La signora Mikelsky era riversa sulla schiena, la gola squarciata fino all'osso. Il petto nudo era coperto di sangue, sembrava quasi vernice. Aveva il viso rivolto verso di me, gli occhi semiaperti e il taglio sullo zigomo simile a un sorriso troppo largo.

«Scrivi», ripeté Binz.

Con la manica della giacca ripulii il sangue dal petto della signora Mikelsky e scrissi con il pennarello 7776.

«Rimuovi l'ingombro», disse Binz.

Voleva che portassi il corpo fino alla pila accanto al deposito di stoffe.

Presi la signora Mikelsky per i polsi e la trascinai ancora calda sulla neve, soffiando nell'aria una nuvoletta di vapore, come un cavallo che tira un aratro. Era un orrore inconcepibile. L'odio tornò a invadermi il petto. Come potevo vivere senza vendicarmi?

Quando raggiunsi la pila di corpi raddrizzai le spalle, ero coperta di neve e avevo il volto rigato di lacrime. Sistemai la signora Mikelsky di fianco alla pila con grande cura, come se si fosse addormentata lì. La nostra leonessa. La nostra speranza. La nostra stella polare.

«Polacchi», disse Irma a Binz mentre le passavo davanti, tornando in fila. «Perché mai si prendono addirittura il disturbo di provare a insegnargli la matematica?»

«Già», disse Binz ridendo.

Io mi fermai e mi voltai verso Irma.

«Almeno io so contare», dissi.

Quella volta non dovetti attendere a lungo il frustino di Binz.

Capitolo 14
Herta

1941

Rimasi a Ravensbrück.

Quando ricevetti la notizia che mio padre era morto e che Mutti aveva bisogno di fare della terapia riabilitativa per la schiena, il mio stipendio divenne fondamentale.

Mi sentivo sola lì, con i medici maschi come unica compagnia, perciò quando Fritz aveva da fare restavo nel mio ufficio e mi occupavo dei miei album. Incollai una foto che Fritz aveva chiesto a una cameriera di scattarci durante un pranzo a Fürstenberg, e poi delle bustine di fiammiferi e altri souvenir. E un sacco di ritagli di giornale. La fanteria tedesca aveva invaso con successo l'Unione Sovietica, perciò c'erano diversi articoli positivi da conservare.

Scrissi a casa e raccontai a Mutti quanto stavo lavorando duro per tenere il Revier pulito e al massimo livello di efficienza. Le dissi che mi aspettavo che il comandante notasse con favore l'impegno con cui tentavo di portare un po' d'ordine in quel posto.

Una sera, mentre tornavo al mio cottage dopo aver terminato le incombenze giornaliere, notai la luce accesa nella legatoria e mi fermai, sperando di trovare qualcuno con cui chiacchierare. Dentro c'era Binz, seduta su uno sgabello basso, con la schiena dritta, la divisa perfettamente in ordine e il mento rivolto verso l'alto. Su una sedia accanto a lei c'era una prigioniera con il triangolo rosso che la stava ritraendo. Era una polacca che avevo già visto allo smistamento, quella con l'anello su cui Binz aveva sputato per sfilarlo. Sul dito della prigioniera adesso c'era un cerchietto più chiaro, nel punto in cui l'aveva portato per tanto tempo.

Binz mi fece cenno di entrare nella stanza, era un locale piccolo e dedicato alla produzione di materiale educativo per il Reich. Su un tavolo accostato alla parete erano ammucchiate pile di pamphlet e libri. «Entra, dottoressa. Mi sto facendo fare un ritratto».

«La prego, stia ferma, signora sorvegliante», disse la prigioniera. «Non posso ritrarla mentre parla».

Una prigioniera che dava ordini a Binz? E cosa ancora più strana, Binz che obbediva?

«Halina è l'artista ufficiale del campo», disse Binz. «Dovresti vedere il ritratto che Koegel le ha commissionato. Giureresti che le medaglie sono vere».

La prigioniera smise di disegnare. «È meglio che continui un'altra volta, signora sorvegliante?».

Nessuno avrebbe potuto negare che la legatoria, una volta un caos di carte, inchiostro e materiali vari, adesso sembrava molto più organizzata.

«Commissionato?», chiesi alla prigioniera. «E come ti pagano?»

«In pane, signora dottoressa», rispose lei.

«E lei lo dà alle altre polacche», disse Binz. «È fuori di testa».

Guardarla dipingere era rilassante, seguire la matita che tracciava linee leggere sulla carta aveva un che di ipnotico.

«Sei polacca? Parli bene tedesco».

«Ha stupito anche me», disse Binz.

«Mia madre era tedesca», disse la prigioniera mentre continuava a disegnare, tenendo gli occhi fissi su Binz. «È cresciuta in una tenuta poco lontano da Osnabrück».

«E tuo padre?»

«È nato a Colonia, la città natale di sua madre. Suo padre invece era polacco».

«Quindi fai parte del terzo gruppo nella *Deutsche Volksliste*», disse Binz. Era la lista dei popoli tedeschi, nella quale i polacchi erano suddivisi in quattro categorie. Nel terzo gruppo c'erano le persone con una preponderanza di sangue tedesco, ma che si erano polonizzate.

«Molto vicina a una tedesca», dissi.

«Se lo dice lei, signora dottoressa».

Sorrisi. «Se una gallina depone un uovo in un porcile, il pulcino che ne nasce si può forse chiamare maiale?»

«No, signora dottoressa».

Mi spostai dietro alla prigioniera e la guardai terminare le ombreggiature del mento di Binz. Era un ritratto davvero notevole. Catturava tutta la forza e la complessa personalità di Binz, non soltanto il suo aspetto esteriore.

«Lo regalo a Edmund per il suo compleanno», disse Binz. «Volevo un nudo, ma lei non è brava a farli».

Halina arrossì un po', ma tenne gli occhi fissi sul cavalletto.

«Dovresti commissionare anche tu un ritratto, dottoressa», disse Binz. «A tua madre piacerebbe».

Mia madre avrebbe davvero gradito un mio ritratto, ora che papà era morto e lei era tutta presa dalla sua nuova vita?

Binz sorrise. «Ti costerà solo un po' di pane».

La prigioniera mise giù la matita.

«Devo tornare per l'Appell».

«Halina, ci penserò io a sistemare le cose con la tua Blockova», disse Binz. «Siediti, dottoressa. Che fai stasera?».

Binz si spostò alle spalle della prigioniera per guardare il prodotto finito e batté le mani come una bambina felice.

«Lo darò a Edmund stasera stessa. Ricordati di spegnere le luci, Halina, dirò alla tua Blockova che tornerai per le nove. E domani ti faccio avere una forma di pane bianco».

Presi il posto di Binz sullo sgabello. Halina girò una pagina dell'album e cominciò a disegnare sul foglio bianco, lanciandomi un'occhiata di tanto in tanto.

«Come mai ti hanno mandata qui?», chiesi.

«Non lo so, signora dottoressa».

«Come puoi non saperlo? Ti hanno arrestata?»

«Hanno arrestato le mie figlie e io ho cercato di impedire che venissero portate via».

«Arrestate per cosa?»

«Non lo so».

Probabilmente facevano parte del movimento clandestino.

«Cosa facevi quando andavi a Osnabrück?»

«Mi recavo a trovare i miei nonni in campagna», disse la prigioniera in un tedesco eccellente. «Lui era un giudice. Mia nonna invece era Judi Schneider».

«La pittrice? Il Führer colleziona i suoi dipinti». La prigioniera aveva lo stesso talento che il Führer ammirava così tanto in sua nonna. «E da quale città della Polonia provieni?»

«Lublino, signora dottoressa».

«C'è una rinomata scuola di medicina laggiù», dissi.

«Sì, ho preso lì il mio diploma di infermiera».

«Sei un'infermiera?». Che bello sarebbe stato avere una persona così intelligente e brillante con cui parlare di medicina!

«Sì. *Lo ero.* Però facevo l'illustratrice di libri per bambini prima di...».

«Potresti esserci utile al Revier».

«Ma sono dieci anni che non faccio più quel lavoro, signora dottoressa».

«Sciocchezze. Ti farò riassegnare immediatamente da Binz. In che Blocco sei?»

«Trentadue, signora dottoressa».

«Diventerai una *Lagerprominent* e sarai trasferita al Blocco 1».

«Per favore, preferirei restare...».

«Le prigioniere che lavorano al Revier vivono nel Blocco 1. Non dovrai occuparti solo delle prigioniere, ma anche delle SS e dei loro familiari. Nel Blocco 1 ci sono lenzuola pulite e neanche l'ombra di un pidocchio».

«Sì, signora dottoressa. E le mie figlie possono venire con me?». Lo chiese con nonchalance, come se la cosa non le importasse affatto. Era fuori questione, ovviamente. Il Blocco 1 era riservato alle lavoratrici di prima classe.

«Magari più tardi. Ma lì avrai cibo fresco e riceverai doppia razione». Non le dissi che nei Blocchi del personale d'élite il cibo non conteneva la droga che veniva messa nella zuppa normale per sedare gli impulsi sessuali delle prigioniere e bloccare le mestruazioni.

Con altre due sedute Halina completò il mio ritratto, lo coprì con della carta bianca traslucida e me lo lasciò in ufficio. Quando sollevai il velo rimasi senza fiato. Il livello di precisione dei dettagli era stupefacente. Nessuno era mai riuscito a inquadrarmi così bene: una dottoressa del Reich, forte e concentrata, con indosso il camice da laboratorio. Mutti l'avrebbe di certo fatto incorniciare.

Mi ci volle qualche giorno per far trasferire Halina dalla legatoria al Revier. Tecnicamente l'ambulatorio non era sotto la giurisdizione delle SS, ma costituiva un ramo a sé stante, perciò fu necessario un po' più di tempo per sistemare le questioni burocratiche.

L'infermiera Marschall, una donna dalla mascella squadrata e il doppio mento, era l'unica a non essere felice della novità. Il giorno in cui la spostammo dalla sua postazione alla scrivania del Revier per sostituirla con Halina, irruppe nel mio ufficio e prese a starnazzare come un'oca. La feci trasferire in un ufficio sul retro dell'edificio, che in origine era stato utilizzato come dispensa.

Fin dal primo momento in cui Halina entrò in servizio, il Revier cominciò a migliorare. Le pazienti rispondevano bene ai suoi modi scrupolosi, senza dubbio retaggio della sua ascendenza tedesca. Alla fine della prima giornata la maggior parte dei letti era vuota, le fannullone erano tornate al lavoro e tutto l'edificio era stato disinfettato. Non c'era bisogno di stare troppo dietro ad Halina, le sue capacità decisionali erano più o meno pari alle mie e questo mi permetteva di sbrigare le scartoffie che avevo in arretrato. Finalmente avevo una compagna su cui contare. Il comandante avrebbe di sicuro notato il miglioramento di lì a poco.

Più tardi, quello stesso mese, Binz se ne uscì con un piano che riteneva brillante.

Lo staff maschile progettava da settimane un viaggio a Berlino, approfittando del periodo in cui il comandante Koegel sarebbe stato assente, poiché doveva recarsi a Bonn. Il viaggio era una sorta di "missione speciale", che loro pensavano di aver tenuto segreta. Ma grazie al fatto che diverse Aufseherinnen di Binz dormivano regolarmente con i soldati, anche il personale femminile era al corrente di tutti i dettagli. La meta del viaggio era il Salon Kitty, un bordello d'alta classe in un quartiere ricco di Berlino. Fritz non aveva dato la sua adesione, perché era a Colonia a far visita alla madre, ma quasi tutti gli altri membri dello staff maschile salirono su dei pulmini lasciando deserto il campo. Sembravano una classe di ragazzini in gita.

A capo del campo erano quindi rimasti Binz e le sue Aufseherinnen, tre SS più anziane di pattuglia sulle mura, un soldato che aveva avuto la sfortuna di essere sorteggiato per restare di guardia al cancello, e io.

«Spero che non ci siano tentativi di fuga durante la vostra assenza», dissi ad Adolf Winkelmann mentre si preparava a partire.

«È stato tutto regolarmente approvato, dottoressa Oberheuser. È lei l'ufficiale in comando stasera. Per precauzione sono stati predisposti ulteriori *Postenkette*». Ero felice di avere delle guardie in più sulle torrette; certo, erano tutti tiratori esperti, ma non potevano lasciare i loro posti.

Winkelmann si affrettò a salire sul pulmino, mentre molti dei nostri stimati colleghi lo chiamavano dal finestrino, minacciando di lasciarlo indietro.

In loro assenza Binz suggerì di dare una festa in uno degli alloggi delle Aufseherinnen, una sorta di chalet, piuttosto accogliente, che si trovava in fondo all'area riservata allo staff, fuori dalle mura del campo. Si erano date molto da fare per organizzare tutto. Avremmo bevuto, ballato e giocato a carte. Avevano persino costretto alcune Häftling polacche a realizzare le loro tipiche decorazioni di carta rossa tagliata e ripiegata, da appendere per tutta la casa a mo' di ghirlanda.

Io decisi di non partecipare e rimasi in ufficio insieme ad Halina per finire un po' di lavoro. Non era un'incombenza pesante, perché per la prima volta da quando ero arrivata al campo avevo un'amica intelligente e una compagnia gradevole, invece di Binz, che sapeva soltanto raccontare aneddoti sconci. Halina non solo aveva pulito tutto il Revier e ridotto di tre quarti il numero di pazienti in attesa di cure, ma aveva anche portato a termine alcuni importanti progetti voluti dal comandante alla legatoria. Mi fece vedere i libri che stava assemblando per Himmler in persona. Erano i resoconti del lavoro sulle pellicce di coniglio d'Angora in ciascuno dei campi, complete di fotografie dettagliate. Ravensbrück era uno dei campi migliori per la produzione di pellicce, avevamo il doppio delle gabbie di Dachau. Halina rilegava i libri a mano, avvolgendo le copertine in morbido tessuto d'angora.

«Ha moltissime scartoffie da sistemare, signora dottoressa», disse Halina. «Come posso aiutarla?».

Mi rivolgeva spesso quella domanda, la mia preferita. Era un piacere passare del tempo con una prigioniera competente, che non aveva *paura* di me. A differenza delle altre, Halina non aveva quell'espressione da animale in trappola, né comunicava quel contagioso terrore che quando ero in cortile mi costringeva a spostare lo sguardo sulle nuvole, o su qualche scarafaggio che strisciava a terra. Avrei guardato qualsiasi cosa, tranne i loro occhi.

«Scrivi l'indirizzo sulle buste, io inserirò le cartoline», dissi.

Spedivamo cartoline di condoglianze, note anche come "cartoline di conforto", alle famiglie di coloro che morivano nel campo per le ragioni più disparate. C'erano le prigioniere selezionate come casi speciali e soppresse. Quelle uccise mentre tentavano di scappare. Quelle che morivano di cause naturali. Con la mia terribile grafia da medico, sulla maggior parte delle cartoline scrivevo: «Non si è potuto procedere all'autopsia per precauzione igienica», nel caso qualche famiglia chiedesse di vedere il corpo. Era un inganno ridicolo e aggiungeva almeno dieci ore di lavoro in più alla mia settimana già piuttosto piena, ma il comandante lo esigeva per salvare le apparenze. Halina scriveva gli indirizzi ogni volta che aveva un momento libero, finché la sua pila non superò di gran lunga quella delle mie cartoline.

«Dev'essere dura per le famiglie ricevere messaggi del genere», disse Halina, scrivendo un indirizzo con la sua grafia fluida. Stava per piangere?

Insieme alla cartolina di condoglianze veniva inviato anche un modulo ufficiale con cui la famiglia poteva richiedere le ceneri della defunta. Se la richiesta veniva approvata, per ogni prigioniera spedivamo un paio di chili di ceneri qualsiasi in un'urna di stagno. Quantomeno non ero io la responsabile del coordinamento di quelle operazioni.

«Possiamo fare una pausa», dissi.

Halina si raddrizzò sulla sedia. «Oh no, signora dottoressa, sto bene. Ma avrei un favore da chiederle. La prego, mi dica solo se...».

«Sì? Va' avanti». Halina mi era di grande aiuto. Dovevo almeno ascoltare la sua richiesta.

Tirò fuori una lettera dalla tasca della giacca. «Mi chiedevo se potesse imbucarmi questa. È solo una lettera per un amico». Pareva scritta sulla carta da lettere del campo.

«Puoi imbucarla tu stessa. Ti è permesso».

Halina posò una mano sulla manica del mio camice. Intorno

all'anulare aveva un pezzetto di nastro azzurro. «La censura la farebbe a pezzi. Cancellano persino frasi che si riferiscono al tempo e ai problemi di digestione».

Presi la lettera. Era indirizzata a Herr Lennart Fleischer, Lublino. Che male c'era a spedire quella lettera? Dopotutto Halina si era dimostrata utile al Reich. Però la faccenda era piuttosto pericolosa. Se mi avessero scoperta, la punizione poteva essere molto severa. Nella migliore delle ipotesi avrei avuto un richiamo ufficiale.

«Ci penserò», dissi infilando la busta nel cassetto della scrivania.

Halina chinò il capo e si rimise al lavoro.

«Grazie, signora dottoressa».

Dal mio ufficio lì al Revier potevo sentire la musica e le risate che arrivavano dalla festa di Binz negli alloggi dello staff, tra gli alberi alla fine del campo. Mi irritai pensando che era stato necessario che partissero praticamente tutti gli uomini del campo affinché io diventassi la più alta in grado.

Meno di un'ora dopo io e Halina eravamo andate molto avanti nel lavoro, quando si sentì un forte scoppio, seguito da una vibrazione che scosse il terreno. Ci guardammo, poi ricominciammo a lavorare. Forse era il ritorno di fiamma di un'auto? Forti rumori improvvisi erano piuttosto frequenti nel campo, e spesso erano amplificati dal lago.

Qualche secondo dopo udii le grida di Binz e di altre guardie dal luogo della festa.

«Dottoressa Oberheuser, venga! Irma è ferita».

Io e Halina ci fissammo, confuse.

Ma in situazioni del genere è l'istinto professionale del medico a prendere il sopravvento. Halina si alzò e corse fuori e io la seguii. Arrivammo al cancello principale e udimmo diverse urla provenire dalla casa poco distante, tra gli alberi della foresta.

«Apri il cancello», dissi alla guardia.

«Ma...». Posò lo sguardo su Halina. Nessuna prigioniera poteva lasciare il campo a meno che non fosse accompagnata da una Aufseherin.

«Fallo. O ti faccio degradare». Ma perché le voci femminili avevano così tante difficoltà a suscitare il rispetto che meritavano?

La guardia rimase immobile ancora qualche istante, poi aprì finalmente il cancello.

Halina esitò.

«Vieni», dissi. Avevo bisogno di un'assistente, sarei stata sgridata per questo?

Halina corse verso la casa insieme a me, il rumore dei suoi zoccoli pesanti si smorzò quando dal lastricato del viale passammo sul morbido tappeto di aghi di pino della foresta. La luce della luna ci permetteva di vedere bene la casa alla fine del boschetto di conifere, le luci all'interno erano spente.

Binz arrivò di corsa. «La cucina è crollata e Irma è rimasta ferita», gridò.

Irma Grese era una delle discepole più devote di Binz, girava voce che fosse persino più severa di lei nelle punizioni. Cosa avrebbe detto il comandante?

Io e Halina riprendemmo a correre verso la casa, con Binz al seguito. «Per l'amor del cielo, Binz, ma come è successo?», chiesi.

«La stufa a gas. Si è accesa una sigaretta lì accanto e quel maledetto affare è esploso. Le avevo detto di non fumare...».

Io e Halina entrammo in casa e trovammo Irma priva di sensi sul pavimento del salotto. L'esplosione aveva fatto saltare l'elettricità e nella stanza c'era un forte odore di gas. La parete della cucina dietro alla stufa era stata completamente spazzata via, e sopra di essa un pezzo di metallo contorto dondolava producendo uno strano brontolio che pareva quasi umano. Persino il calendario appeso alla parete accanto a noi si era inclinato.

Io e Halina ci chinammo accanto a Irma. Anche in quel buio quasi totale mi accorsi che aveva il respiro accelerato. Shock. La spallina dell'abito era inzuppata di sangue.

«Qualcuno mi porti una coperta», dissi.

«E una candela», aggiunse Binz.

«C'è ancora gas nell'aria», disse Halina. «Prendete una torcia a batteria. Una potente».

Binz si bloccò per un istante. Doveva prendere ordini da una prigioniera?

«Una torcia», gridò poi voltandosi.

Tentai di applicare una pressione diretta sulla spalla di Irma, ma era difficile in quel buio. L'odore metallico del sangue tuttavia era inconfondibile. Nel giro di pochi secondi il tappeto sotto di noi era fradicio e si trasformò in una pozza appiccicosa.

«Dobbiamo trasportarla al Revier», dissi.

«Non ce la farà», disse Halina. «Dobbiamo medicarla qui».

Era impazzita? «Non abbiamo nulla...».

Le altre guardie di Binz si accalcarono intorno a noi, in silenzio. Halina esitò per un lungo istante. Era riluttante a salvare la vita di una Aufseherin? Poi allungò un braccio e strappò via la manica del vestito di Irma.

Binz si scagliò su di lei. «Che sta facendo?».

Io la trattenni.

«Sta esponendo la ferita», dissi.

A quel punto non avemmo solo accesso alla ferita, ma capimmo anche qual era la fonte del sanguinamento. Una delle ragazze di Binz arrivò con una luce potente, grazie alla quale potemmo vedere l'entità del danno: perdita di conoscenza, contusioni multiple, ustioni di secondo grado e cianosi, la pelle appiccicosa e bluastra sintomo di shock. Ma il problema più urgente era la perdita di sangue, originata da uno squarcio sul braccio delle dimensioni di un mazzo di carte da gioco, forse causato da un pezzo di ferro lanciato in aria dall'esplosione della stufa. La ferita era così profonda da lasciar vedere chiaramente l'osso. Posai le dita sul polso di Irma e riuscii a malapena a sentire il battito. Quelle ferite non lasciavano speranze.

Halina si tolse la casacca dell'uniforme, restando con le sole mutande grigie e gli zoccoli di legno nel freddo della notte. Si tolse anche gli zoccoli e strappò l'uniforme in strisce larghe cinque centimetri. Era difficile non restare stupefatti di fronte alla determinazione con cui Halina si era messa all'opera. Quello era davvero il suo lavoro.

Fino a quel momento non avevo notato quanto fosse sottopeso. Nonostante le razioni del Blocco 1 si era fatta sempre più emaciata, specialmente sui fianchi e sulle cosce. Ma la sua pelle era immacolata e bianca come il latte. Praticamente risplendeva nel buio.

«Dobbiamo portarla al Revier», disse Binz.

Aiutai Halina a strappare strisce di cotone. Lei le avvolse qualche centimetro sopra la ferita e le annodò alla perfezione.

«Prima ci serve un laccio emostatico», dissi a Binz.

Presi il calendario appeso alla parete e strappai via la spina di legno. La porsi ad Halina, che vi legò due strisce di tessuto per creare uno strumento di torsione. Poi la aiutai a torcere il bastoncino finché la stoffa non fu tesa al massimo e l'emorragia cessò.

Poco dopo la paziente mostrò qualche reazione e realizzammo una barella improvvisata con una coperta, sulla quale quattro Aufseherinnen deposero Irma, affrettandosi poi a tornare al campo. Ordinai a una di loro di procurarsi un'altra coperta e la misi sulle spalle di Halina, che aveva preso a tremare non appena avevamo terminato il lavoro.

Seguimmo Binz e le altre ragazze fuori dalla casa mentre trasportavano Irma al Revier. Cominciai a pensare agli interventi successivi. Prima di tutto una flebo…

Halina rimase immobile nel buio. Che stava facendo?

Guardava fissa il lago, che scintillava al chiaro di luna come se fosse coperto di diamanti.

«Che c'è?», le chiesi.

Era anche lei in stato di shock?

«Halina, c'è ancora molto da fare».

Poi capii. Stava pensando di scappare! Possibile? Una prigioniera in mutande e con solo una coperta addosso non sarebbe andata lontano. C'erano stati solo tre tentativi di fuga a Ravensbrück, e due erano finiti male per le Häftling, che erano state ricondotte al campo e costrette ad appendersi al collo un cartello con su scritto: HURRAH, HURRAH, SONO TORNATA! Dopodiché erano state torturate e infine fucilate.

Ci mancava solo quello. Una fuga nel mio turno di comando.

«Vieni *subito*», dissi.

Halina restava immobile, i capelli biondi scintillanti sotto il chiaro di luna, il volto nascosto tra le ombre. In quel silenzio udii il fruscio delle onde del lago sulla riva.

«*Subito*», dissi. «La paziente ha bisogno di altre cure».

Halina si mosse appena nell'oscurità.

Un fascio di luce dalla torretta perlustrò il cortile e si spostò fino al lago. Ci stavano cercando.

«Stasera hai reso un grande servigio al Reich, Halina. Verrai ricompensata. Ne sono sicura. Adesso vieni».

Gli alsaziani cominciarono ad abbaiare nel canile. Quanto avrebbero aspettato ancora prima di darci per disperse e liberarli?

Ma Halina continuava a restare immobile. I soldati ci stavano guardando dalle torrette?

Lei inspirò a fondo, poi espirò, e il vapore del suo fiato si levò nell'aria come uno spettro illuminato dalla luna.

«Volevo solo guardare un momento il campo da qui», disse poi con voce assente.

Ma perché le avevo permesso di oltrepassare quei cancelli?

Halina inspirò ancora una volta. «È passato così tanto tempo da quando ho respirato dell'aria fresca. Il lago. È così...».

«Adesso sbrigati», dissi.

Halina si avviò dietro di me a passi lenti e ritornammo al Revier. I suoi zoccoli di legno risuonavano pesanti sulla strada, il mio cappotto era fradicio di sudore.

Solo quando il cancello si richiuse alle nostre spalle mi permisi di tirare un sospiro di sollievo.

Le voci su ciò che era accaduto quella sera si diffusero in fretta il giorno dopo. Quando il comandante fece ritorno, e gli uomini rientrarono dalla loro gita al bordello, Koegel in persona mi comunicò quanto aveva apprezzato la mia presenza di spirito, e disse che avrebbe parlato a Himmler dell'ingegno e del coraggio che mi avevano permesso di salvare la vita a una delle migliori lavoratrici del Reich. Tutto il campo elogiò i miei sforzi, tranne l'infermiera Marschall, ovviamente, che serrava le labbra e assumeva un atteggiamento freddo ogni volta che l'argomento veniva tirato fuori, gelosa che ad assistermi fosse stata una polacca.

Più tardi, quella stessa settimana, io e Halina eravamo sedute vicine alla scrivania, finivamo di compilare delle scartoffie. Ormai non avevamo neanche più bisogno di parlare, conoscevamo alla perfezione i ritmi e le routine reciproche in ufficio. La Blockova di Halina le aveva dato il permesso di restare anche dopo che le luci erano state spente, perciò sapevo che potevamo fermarci per un po'. Quella mattina ero stata all'edificio del *Bekleidung*, dove c'erano i mucchi del "bottino", ovvero gli oggetti che Hitler aveva confiscato in tutti i Paesi conquistati e che ora appartenevano al Reich. Vestiti, argenteria, stoviglie e altri pezzi del genere erano stati suddivisi con cura e nel giro di poco trovai molti oggetti utili, compreso un maglione caldo per Halina e un fonografo con una piccola collezione di dischi. Lo feci installare nel mio ufficio da una prigioniera con il triangolo verde, girai la manovella e suonai un po' di musica a basso volume.

Una ragazza della Bibbia ci portò pane e formaggio dalla mensa degli ufficiali, più per Halina che per me, e io misi un altro disco sul fonografo, *Foxtrot da Varsavia.*

«Adoro questa canzone», disse Halina.

Abbassai il volume. Era meglio evitare che tutto il Revier mi sentisse suonare musica polacca.

Halina ondeggiava lentamente a tempo di musica mentre continuava a scrivere gli indirizzi sulle buste. «Ho imparato a ballare il foxtrot con questa canzone».

«Puoi insegnarmelo?», le chiesi. Che male c'era? Al campo sapevano ballarlo tutti, tranne me. Alla scuola di medicina non avevo avuto tempo per cose del genere.

Halina scosse il capo. «Oh, non credo che...».

Mi alzai in piedi. «Insisto».

Anche Halina si alzò subito. «Signora dottoressa, non sono granché come insegnante».

Le sorrisi. «Sbrigati, prima che finisca la canzone».

Mi mise una mano sulla schiena e mi strinse l'altra.

«La presa è alta», disse, «come in tutti i balli da sala».

Facemmo due passi avanti e uno di lato, a tempo di musica. Halina si era sottovalutata. Era un'insegnante eccellente.

«Lenta, lenta, veloce, veloce. Vede?».

Non era un ballo difficile. Lo imparai in quattro e quattr'otto. Halina continuò a farmi volteggiare nel mio piccolo ufficio, l'armonia era perfetta. Ben presto ci venne da ridere al pensiero di quanto eravamo ridicole. Non ridevo così da quando ero arrivata al campo.

Ci fermammo, senza fiato. Scostai una ciocca di capelli dalla fronte di Halina.

Lei si voltò e la sentii irrigidirsi. Mi voltai anche io e sulla porta vidi l'infermiera Marschall, con un modulo di richiesta di rifornimenti in mano. Nessuna delle due aveva sentito la porta aprirsi.

Tentai di riprendere fiato. «Cosa c'è, infermiera Marschall?».

Halina sollevò l'ago del fonografo dal disco.

«Ho un ordine di rifornimento», disse la Marschall. «Volevo lasciarglielo sulla scrivania, ma vedo che è occupata». Spostò gli occhi su Halina. «E tu hai lasciato l'armadietto dei medicinali aperto».

«Ci penso io. Adesso, se non ti dispiace, ho da fare».

L'infermiera mi porse il modulo e indietreggiò, lanciando un ultimo sguardo penetrante ad Halina.

Marschall richiuse la porta senza far rumore, così come l'aveva aperta, e io e Halina ci scambiammo un'occhiata. Qualcosa di indefinibile era sfuggito al nostro controllo, e non c'era modo di tornare indietro.

«Deve imparare a bussare», dissi.

Halina mi fissò, il volto improvvisamente pallido. «Non sembrava affatto contenta, signora dottoressa».

«Can che abbaia non morde», dissi scrollando le spalle. «Non conta niente».

Se solo avessi saputo quanto mi sarebbe costato aver sottovalutato in quel modo l'infermiera Marschall.

Capitolo 15
Caroline

1941

Mi aggrappai al bordo dello schedario. «Cosa c'è, Roger?»

«L'ho appena saputo, Caroline. Hanno trovato i nomi di Paul e di Rena nel registro delle persone arrestate».

Paul arrestato?

«Grazie per non avermelo detto davanti a Pia». Tenni a bada le lacrime, ma i fascicoli erano diventati un'unica macchia confusa. «Si sa qualcosa del padre di Rena? Viveva con loro a Rouen».

«Ancora niente. Controllo ogni ora. Ovviamente faremo il possibile per rintracciarli».

«Almeno sappiamo che sono vivi, giusto? Con quali accuse li hanno arrestati?»

«Vorrei tanto saperlo. Ma le informazioni che ci arrivano da Londra sono incomplete. Non sappiamo neanche la loro destinazione. Ma c'è dell'altro, C. Tre milioni di soldati tedeschi sono in marcia verso la Russia».

«E il patto di non aggressione?». Hitler era un pazzo e un bugiardo, ma ogni nuovo sovvertimento di quella guerra era come uno schiaffo in piena faccia.

«Hitler ha deciso di ignorarlo. L'Orso non è contento».

A Roger piaceva riferirsi all'Unione Sovietica chiamandola "l'Orso". In effetti pareva un nome appropriato.

«Hitler si sta prendendo tutto quello che vuole. Non si mette bene per noi».

Non c'era bisogno di dirlo. Nel giro di poco Hitler avrebbe dominato mezzo mondo. L'Inghilterra sarebbe stata la prossima a cadere?

«Mi dispiace, C».

Roger sembrava sinceramente afflitto. Forse rimpiangeva di non aver potuto fare nulla per Rena.

Quel giorno riuscivo a malapena a svolgere il mio lavoro, avevo la testa piena di "e se?".

E se Paul fosse rimasto qui a New York, al sicuro? E se avessi insistito di più con Roger per far avere il visto a Rena?

A complicare le cose, fui informata per telefono che Betty Stockwell Merchant aveva partorito un maschietto di tre chili e l'aveva chiamato Walter, come suo padre. Nonostante fossi sommersa di lavoro, a pranzo riuscii ad andare a trovarla in ospedale. Ero ansiosa di vedere il bambino, anche se mi sforzavo di mandar giù la gelosia, insieme a qualche ciambella glassata, fin da quando avevo saputo che era incinta. Ma speravo che cambiare aria per un po' mi aiutasse a schiarirmi le idee. Forse mi avrebbe fatto bene condividere con Betty le mie preoccupazioni riguardo a Paul.

Lungo la strada per l'ospedale le comprai i suoi tulipani preferiti. Non che fosse a corto di fiori. La sua suite al St. Luke assomigliava alla stalla di Whirlaway all'ippodromo del Kentucky Derby. C'erano ghirlande di fiori, una composizione di rose a forma di ferro di cavallo, e su un cavalletto un mazzo di garofani con una coccarda che diceva CONGRATULAZIONI! In un vaso c'erano due dozzine di rose tinte di un azzurro infantile, con le corolle chine per la vergogna.

«Grazie per i tulipani, Caroline», disse Betty. Era seduta sul letto d'ospedale, sostenuta dai cuscini, ed era adorabile con il suo pigiama di satin rosa e il turbante coordinato. «Sai sempre quello che mi piace».

Arrivò l'infermiera con il bambino, le sue scarpe di gomma non producevano alcun suono sulle piastrelle del pavimento. Quella vista ricacciò tutti i miei pensieri in secondo piano.

«Avanti, prendilo in braccio», disse Betty facendomi cenno con la mano. Il bambino avvolto nelle fasce si accostò a me con il suo corpicino caldo. Aveva i pugnetti chiusi sotto il mento e il visetto paonazzo da pugile professionista. Il piccolo Walter avrebbe dovuto imparare a farsi rispettare per sopravvivere a due genitori che andavano d'accordo soprattutto quando si trovavano in due zone di fuso orario differenti.

«So che sembra davvero ingrato da parte mia, Caroline, ma non sono pronta per un bambino», disse Betty. Teneva un fazzoletto fisso sul dotto lacrimale dell'occhio.

«Come puoi dire una cosa del genere, cara?»

«Avevo detto a Phil che non volevo un bambino così presto, ma lui non mi è stato a sentire. E dopo tutto quello che ho fatto per lui. Mi sono persino messa delle scarpe da golf per farlo contento».

«Sarai una madre splendida».

«Il servizio qui è eccellente, Caroline», disse Betty ravvivandosi un po'. «Meglio che al Plaza, davvero. Prima mi portavano il bambino a tutte le ore, finché ho dovuto dir loro di tenerlo nella nursery. Sono specializzati in neonatologia».

«Che bel bambino», dissi.

Gli accarezzai un pugnetto morbido.

Walter si stiracchiò tra le mie braccia e le sue palpebre si agitarono, in preda a chissà quale sogno di neonato. Sentii una familiare fitta di dolore e le lacrime che montavano. *Non adesso.*

«Ora bisogna proprio trovarti un marito e un bambino, Caroline. In quest'ordine».

«Ormai è andata così», dissi.

«Hai già cominciato a prendere in prestito la biancheria intima da tua madre, forse? No, vero? Allora non è ancora detta l'ultima parola».

L'infermiera venne a prendere Walter: era come se Betty avesse premuto un pulsante sotto il tavolo, a cena, per chiamare la cameriera. Lo tenni stretto a me fino all'ultimo secondo prima di restituirlo. Mentre li guardavo andare via mi sentii le braccia fredde e vuote.

«Roger mi ha appena detto che Paul e Rena sono stati arrestati».

«Oh no, Caroline, mi dispiace, cara. Sai dove li hanno portati?».

Mi accostai alla finestra con le braccia incrociate sul petto.

«Non lo sa nessuno. Probabilmente in qualche prigione a Parigi, oppure in un campo di transito. Non so cosa fare».

Fuori dalla finestra, nel parco, un ragazzino tentava di far volare un aquilone, ma quello continuava a precipitare a terra, rifiutandosi di levarsi in aria. *Ha la coda troppo pesante,* pensai. *Strappa via quella coda.*

«Dev'essere molto doloroso per te, tesoro», disse Betty.

«Non riesco a lavorare».

«Quando torno a casa darò una festa in stile Hawaii. Aiutami a organizzarla. Oppure potresti farmi da partner di bridge alla festa dei Vanderbilt. Al momento sono in coppia con Pru, ma lei sarà più che felice di farsi da parte».

«Non riesco a pensare alle feste, Betty. Devo scoprire dove hanno portato Paul».

«Lascia perdere, C. So che è una cosa terribile da dire, ma non avresti mai avuto una vita normale insieme a Paul Rodierre».

«E chi è che decide cosa è normale?»

«Ma perché la fai sempre così difficile? Tu e David avreste potuto benissimo…».

«David mi ha lasciata».

«Ma ti avrebbe sposata se solo tu fossi stata un po' più presente. Una tournée teatrale in dieci città di certo non aiuta a rafforzare una relazione. Agli uomini piace essere il centro del mondo di una donna. Adesso che hai una sistemazione più stabile devi sbrigarti a sposarti e a fare dei figli. Gli ovuli delle donne a un certo punto si disintegrano, lo sai».

Quell'accenno agli ovuli che fluttuavano dentro al mio corpo, fragili e microscopici, mi provocò una smorfia.

«È una cosa ridicola, Betty».

«Dillo alle tue ovaie. New York è piena di uomini con tutte le carte in regola, e tu invece dai la caccia a uno che è in prigione in Francia».

«Devo tornare al lavoro. Pensi di poter essere un po' più comprensiva nei miei confronti? Stiamo parlando della *vita* di due persone».

«Mi dispiace se dico cose che non vuoi sentire, ma lui non appartiene nemmeno alla nostra classe sociale».

«La nostra classe? Mio padre si è costruito da sé la sua fortuna».

«Dopo che i suoi genitori l'avevano mandato a studiare alla *St. Paul*».

«Con tutto il rispetto per tuo fratello, essere tenuti nella bambagia dai genitori non aiuta a costruire un carattere solido».

«Così parlò la donna che si è fatta vestire dalle cameriere fino all'età di sedici anni. Senti, Caroline, bisogna essere pratici in queste faccende. Non è troppo tardi per…».

«Per cosa? Per salvare la mia reputazione? Per sposare un uomo che non sopporto, così potrò fare anche io una festa a tema Hawaii? Tu avrai pure un figlio e un marito, ma io voglio essere felice, Betty».

Betty giocherellò con l'orlo di satin della sua coperta. «Bene. Ma non venire a piangere da me quando questa storia finirà male».

Mi voltai e me ne andai, chiedendomi cosa avessi mai fatto per meritarmi un'amica a cui non importava un fico secco della mia felicità. Non avevo bisogno di Betty. Avevo sempre mia madre. E per il momento me la sarei fatta bastare.

Rinunciare a Paul era fuori discussione.

Qualche giorno più tardi Roger mi disse che il consolato non era più in grado di aiutarmi a finanziare i pacchetti che spedivo in Francia. Continuavo a ricevere cartoline e lettere dagli orfanotrofi francesi che chiedevano aiuto nei modi più gentili. Come potevo abbandonarli? Non osavo chiedere a mia madre di attingere dal fondo per le spese di casa. Da quando papà era morto aveva dovuto darsi una regolata. Per qualche tempo sperai in un miracolo, poi capii dove dovevo andare.

Al negozio di antiquariato Snyder & Goodrich.

Anni prima, mia madre aveva suggerito l'idea di vendere l'argenteria che usavamo di meno e devolvere il ricavato per una buona causa. L'idea non mi aveva sorpreso, lei aveva ereditato l'inclinazione alla beneficenza da nonna Woolsey, insieme ai suoi beni materiali. Non ne avevamo mai calcolato l'entità in *once troy*, ed ero sicura che non avremmo sentito la mancanza di qualche posata da ostrica che non veniva usata dai tempi della guerra civile.

Ovviamente non avevo intenzione di dare via le posate normali.

Il negozio di antiquariato Snyder & Goodrich era appena fuori dal centro, in una posizione comoda ma discreta, accanto a un piccolo negozio di grande successo che vendeva parrucchini molto realistici. I clienti di Snyder & Goodrich si comportavano tutti in modo differente, quando andavano a vendere cimeli di famiglia per pagare le perdite al gioco di qualche zio, o una cartella delle tasse scaduta. La cugina di secondo grado di Betty – il marito era finito in prigione per evasione fiscale – aveva buttato giù un'intera scatola di pillole il giorno in cui le sue porcellane erano finite da Snyder & Goodrich. Poi si era ripresa, ma la sua reputazione no.

C'erano anche quelli che avevano un sacco di soldi e non si curavano affatto delle apparenze. Dopo le pulizie di primavera spedivano da S&G il loro autista in livrea, o una cameriera in uniforme, con gli oggetti di cui volevano liberarsi. Un consunto tappeto Hamadan. Coppette sciacquadita in porcellana di Limoges.

Mia madre non aveva mai avuto un autista in città, e le poche cameriere che ancora potevamo permetterci erano tutte a The Hay, perciò una mattina presi un fascio di posate da ostrica dalla piramide di custodie di feltro Pacific che si trovava nella credenza dell'argenteria e le portai io stessa al negozio. Mr Snyder sarebbe stato senz'altro felice di vedere dell'argento Woolsey.

Varcai la porta del negozio e fui avvolta da una nuvola di fumo di sigaro. Sembrava che ci fossero più teche di vetro lì dentro che in tutto il Museo di Storia Naturale. Le pareti ne erano coperte dal pavimento al soffitto, e ce n'erano altre disposte lungo tutto il perimetro della stanza, all'altezza del bancone, a una distanza dal muro sufficiente per potervi passeggiare in mezzo.

I vetri erano stati con ogni evidenza lucidati da poco e mostravano ogni sorta di oggetti, ordinati per categoria: vecchie spade complete di fodero decorato e con tanto di nappe, monete, dipinti e una miriade di calici a stelo lungo. E ovviamente molto argento sterling e metallo placcato d'argento, rigorosamente conservati in teche separate e a una certa distanza.

In piedi accanto a una delle teche ad altezza d'uomo c'era un signore elegante sulla sessantina. Aveva posato sulla teca qualche pagina del «New York Times» e vi stava lucidando sopra un set di posate da caviale. Tutto intorno erano disposti i suoi strumenti: fiammiferi, limette e stracci per pulire. Sebbene fosse al contrario, riuscii a leggere il titolo in prima pagina: HITLER DICHIARA GUERRA ALLA RUSSIA. ESERCITI IN MARCIA DALLE STEPPE ARTICHE AL MAR NERO. DAMASCO È CADUTA. GLI STATI UNITI RICHIAMANO L'AMBASCIATORE DA ROMA.

L'uomo si presentò come Mr Snyder, io srotolai il mio fagotto di feltro e tirai fuori una posata, con la stessa delicatezza con cui si estrae lo zafferano da un croco. Con la sua lente da gioielliere sull'occhio, Mr Snyder esaminò lo stemma della famiglia Woolsey impresso sull'argento. Senza dubbio sarebbe rimasto impressionato da quel blasone in argento sterling: due sagome di leoni filigranati sostenevano lo stemma, sormontato da un braccio che emergeva da un elmo medievale stringendo in mano una tibia.

Mr Snyder lesse le parole incise sul cartiglio: MANUS HAEC INIMICA TYRANNIS.

«È il codice d'onore della famiglia. Significa: "la mano con la tibia scatenerà la sua furia solo contro un tiranno o contro la tirannia"». Come faceva Mr Snyder a non bruciare dalla voglia di avere un pezzo storico del genere nel suo negozio?

«Qual è il suo migliore prezzo?», gli chiesi.

«Questo non è un mercatino qualsiasi, Miss Ferriday. Se è interessata a quel tipo di attività, il mercato delle pulci di Clignancourt è da quella parte», disse lui puntando idealmente il dito annerito e ossidato in direzione di Parigi.

Mr Snyder parlava un ottimo inglese, con a malapena qualche residua traccia di tedesco. Sebbene il suo nome suonasse americano, veniva in realtà dalla Germania. Immaginai che in origine fosse scritto Schneider, e che l'avesse anglicizzato per ragioni d'affari. Dopo la prima guerra mondiale i tedeschi che vivevano negli Stati Uniti erano diventati il bersaglio preferito di ogni pregiudizio, anche se di recente il vento era cambiato e adesso c'erano parecchi americani che simpatizzavano per la Germania. Il nome Goodrich probabilmente era stato aggiunto per dare al negozio un tocco britannico, perché non c'era alcuna traccia di un Mr Goodrich.

Mr Snyder tastò accuratamente la posata, come un cieco avrebbe potuto fare con il volto di un'altra persona, flettè i rebbi e ci soffiò sopra.

«I rebbi non sono troppo tesi. È una cosa buona. Il marchio è un po' opaco. Le avete mai pulite per immersione?»

«Mai», risposi. «Solo ovatta e lucido Goddard».

Repressi l'istinto di fargli un sorriso per accattivarmelo. Con i francesi sorridere era un errore tattico, un segno di debolezza tutto americano. Poteva valere anche per lui.

Mr Snyder prese un fiammifero e passò l'estremità quadrata all'interno del marchio. Il suo cranio roseo risaltava sotto i sottili capelli bianchi, come se l'avesse lucidato con uno dei suoi stracci.

«Bene», disse poi agitandomi un dito sotto il naso. «Ma lasciate pure ossidare l'argento e lucidatelo solo quando vi serve. L'ossido lo protegge».

«È l'argenteria della mia bisnonna, Eliza Woolsey», dissi. Con mia grande sorpresa, all'improvviso mi venne da piangere.

«Tutto quello che vede qui apparteneva alla bisnonna di qualcuno. Sono cinque anni che non acquisto più neanche una forchetta da ostriche, da limone o da sardine, figuriamoci il suo set da dodici. Non hanno mercato».

Nonostante il suo entusiasmo per i benefici dell'ossido, Mr Snyder teneva la sua argenteria ben lucidata.

«Magari proverò da Sotheby», dissi.

Mr Snyder cominciò ad arrotolare la stoffa di feltro marrone. «Bene. Là non distinguono un mestolo da zuppa da un cucchiaio per noci».

«L'argento Woolsey è citato nel volume *Tesori della guerra civile*».

Lui indicò con un cenno della mano una teca alle sue spalle. «E quella coppa da punch Astor risale ai tempi della rivoluzione francese».

Presi a parlare nella sua lingua madre, e Mr Snyder cambiò atteggiamento. Per la prima volta fui felice che mio padre avesse insistito perché imparassi il tedesco.

«Il libro cita anche una coppa appartenuta sempre alla mia bisnonna Eliza Woolsey», dissi, tirando fuori il participio tedesco del verbo appartenere da chissà quale recesso della memoria.

«Come mai sa il tedesco?», chiese lui sorridendo.

«Dalla scuola. Andavo alla Chapin».

«E la sua coppa è di argento sterling?», continuò Mr Snyder, sempre in tedesco.

«Sì, e oro. Le era stata donata dalla famiglia di un giovane caporale di cui lei si era presa cura a Gettysburg. Sarebbe morto per le ferite riportate se non fosse stato per Eliza, perciò le mandarono per posta la coppa insieme a una lettera di ringraziamenti».

«Che terribile battaglia, quella di Gettysburg. Ci sono incisioni sulla coppa?»

«C'è scritto: "A Eliza Woolsey, con la nostra più profonda gratitudine"», risposi. «E davanti è raffigurato il dio Pan con dei cesti di fiori dorati tra le braccia».

«Ha ancora la lettera?»

«Sì. Descrive nel dettaglio la fuga del caporale attraverso le paludi di Chickahominy».

«Ottima provenienza», disse Mr Snyder.

Mi sarei fatta sparare piuttosto che separarmi da quella coppa, ma la storia aveva ammorbidito Mr Snyder tanto da spingerlo a farmi un'offerta per le posate.

«Quarantacinque dollari, ultimo prezzo», disse. «Lo sterling non si è ancora ripreso del tutto».

Erano passati più di dieci anni dal Martedì Nero. Nel 1941 la nostra economia si stava riprendendo, ma molta gente ancora non riusciva neanche a pronunciare la parola "depressione".

«Mr Snyder, potrebbe fonderle e ricavarne almeno settantacinque dollari».

«Sessanta».

«Va bene», dissi.

«È un piacere fare affari con lei», disse Mr Snyder. «Ci sono degli ebrei che vengono qui e si comportano come se stessi facendo loro un favore».

Mi allontanai dal bancone.

«Mr Snyder, mi dispiace se le ho dato l'impressione di essere disposta a tollerare insulti del genere. Non so come stanno le cose in Germania, ma io non faccio affari con gli antisemiti».

Arrotolai il feltro marrone con le posate.

«La prego, Miss Ferriday, mi sono espresso male. Mi perdoni».

«Questo Paese si basa sui principi di correttezza e uguaglianza, e farebbe bene a ricordarselo. Non credo che i suoi affari ne trarrebbero giovamento, se si diffondesse la voce che lei nutre sentimenti ostili verso determinate categorie di persone».

«Di certo lo ricorderò», disse sfilandomi le posate di mano con gentilezza. «La prego di accettare le mie scuse».

«Scuse accettate. Non sono solita serbare rancore, Mr Snyder, ma sono piuttosto esigente in merito alle persone con cui faccio i miei affari».

«Lo apprezzo molto, Miss Ferriday, e mi dispiace se l'ho offesa».

Quel giorno lasciai Snyder & Goodrich con un rinnovato ottimismo e abbastanza soldi in tasca da poter spedire i miei pacchetti e una cassa di Ovomaltina ricevuta in regalo. Mi confortai con il pensiero che a volte è necessario scendere a patti con il demonio per aiutare chi ha bisogno. Avevo fatto affari con un antisemita, ma solo per una buona causa.

Grazie a Mr Snyder cinquanta orfani francesi avrebbero saputo che non erano stati dimenticati.

Capitolo 16
Kasia

1941-1942

Per la mia insolenza contro Irma Grese, Binz mi spedì nel bunker per due settimane. Il Blocco delle punizioni si dimostrò all'altezza della sua reputazione: isolamento in una cella buia e fredda, dotata solo di uno sgabello di legno. Legioni di scarafaggi. Passai il tempo a piangere per la signora Mikelsky e a covare propositi di vendetta contro i tedeschi, mentre l'oscurità cresceva dentro di me. Avrebbero pagato per quello che avevano fatto alla signora Mikelsky. In quella cella buia mi immaginai diverse scene. Io che guidavo un'evasione di massa. Io che uccidevo Binz con la gamba di uno sgabello. Io che scrivevo lettere in codice a papà, facendo i nomi di tutte. Avrei dovuto pazientare, ma quel giorno sarebbe arrivato.

La primavera successiva, una domenica, Matka venne a farci visita. Fu un vero dono del cielo, perché era stata trasferita nelle baracche d'élite e non riuscivamo a vederla spesso. Ci fece una sorpresa comparendo davanti al nostro letto a castello poco prima dell'ora di andare a dormire, mentre io, Luiza, Zuzanna e Janina ci divertivamo con un gioco stupido. L'avevamo chiamato "Cosa porteresti sul Viale della Bellezza". Il Viale della Bellezza aveva assunto tutto un altro significato adesso. Quando c'era un'esecuzione, era quella la strada da percorrere fino al muro delle fucilazioni. Se una ragazza era fortunata aveva il tempo di farsi sistemare capelli e vestiti dalle compagne che costituivano la sua famiglia del campo, in modo da essere più bella possibile durante quell'ultima camminata.

Il nostro gioco consisteva in una gara a chi inventava la cosa più divertente che si sarebbe portata dietro se avesse dovuto davvero marciare verso la fucilazione e la morte. Per quanto sembri strano, passatempi macabri come quello – o come Fumo Rosa, Fumo Blu, in cui provavamo a indovinare di che colore sarebbe stata la nuvola delle ceneri di ogni ragazza – ci davano un po' di conforto. Stanche e terribilmente affamate dopo dodici ore di lavoro, ci aiutavano a prendere un po' in giro tutto quanto.

Matka salì sul mio letto e mi baciò sulla fronte. Indossava la fascia giallo elettrico delle prigioniere che avevano il privilegio di potersi muovere liberamente nel campo. Passai le dita sulla scritta ricamata in rilievo sul tessuto e mi sentii percorrere da uno strano brivido.

Scacciai via quel brutto presentimento. Che bello che era vederla! Gli occhi mi caddero sullo spago azzurro che portava intorno all'anulare. Era per ricordarsi che era ancora sposata con papà?

«Non posso restare molto», disse, senza fiato per la corsa che aveva fatto dal Blocco 1. Le porte si chiudevano alle nove ogni sera, senza eccezioni. Persino con la fascia gialla, se Matka fosse stata sorpresa fuori dal Blocco di notte sarebbe finita nel bunker, o peggio. Inoltre c'erano delle nuove regole che puntavano a tagliare i legami di amicizia, specialmente tra le polacche. Niente saluti dalle finestre delle baracche. Nessuno doveva aiutare altre compagne durante l'Appell. Vietato parlarsi senza permesso.

Matka ci abbracciò tutte quante, una dopo l'altra, e io inspirai il suo profumo dolce. Da sotto la gonna tirò fuori un fagotto di stoffa bianca e lo aprì. Dentro c'era una forma di pane bianco. La crosta in cima era leggermente dorata, con qualche grano di sale qua e là. E che buon odore di lievito! Lo toccammo tutte a turno.

«Altro pane?», chiese Zuzanna. «Ma dove lo prendi?».

Matka sorrise. «Non mangiatelo tutto insieme o starete male».

Zuzanna infilò il pane sotto il cuscino. Che regalo!

Luiza si accostò ancora di più a Matka. «Credo di aver trovato il mio talento più grande».

«Be'?», disse Matka. «Non tenermi sulle spine».

Luiza tirò fuori un gomitolo di filo azzurro dalla tasca.

Glielo tolsi di mano. «Come l'hai avuto?».

Lei se lo riprese. «L'ho scambiato con una sigaretta che ho trovato sulla Platz. La mia supervisora dice che non ha mai visto nessuno lavorare a maglia così velocemente. Oggi ho finito due paia di calze. Non sono più assegnata alle pellicce di conigli. D'ora in poi lavorerò a maglia allo *Strickerei*».

Lo Strickerei era la maglieria del campo, uno strano posto riservato alle magliaie migliori e più veloci. Lanciando un'occhiata all'interno si vedevano file di donne sedute a lavorare a maglia a una velocità incredibile, sembrava un film con la pellicola che girava troppo rapidamente.

Le toccai un braccio. «Sai che quelle calze andranno al fronte a scaldare i piedi di qualche soldato tedesco».

Luiza si scostò. «Non mi interessa. Quando uscirò di qui aprirò una maglieria con gomitoli di tutti i colori e lavorerò a maglia tutto il giorno e basta».

«Che bello», disse Matka tirando a sé Luiza. «Succederà presto. Di sicuro papà e altre persone...».

Alzò lo sguardo su di me. *Altre persone?* Lennart?

«... sono al lavoro per farci liberare».

«Stavamo giocando a "Cosa porteresti"», disse Janina. Era ancora strano vederla senza la fiammante chioma di capelli rossi. Dopo che l'avevano rasata il primo giorno al campo, i capelli erano ricresciuti sottili e dorati, come le piume di un passerotto. A diverse prigioniere era permesso tenere i capelli lunghi, ma Binz si era fissata: voleva che Janina restasse con la testa rasata, visto che per lei erano così importanti.

«Di sicuro a Matka non va di giocare», disse Zuzanna con il volto serio.

«È un gioco stupido, lo so, ma ti va di farlo con noi?», chiese Janina.

«Certo», disse Matka. «Se ci sbrighiamo». Avrebbe fatto qualsiasi cosa pur di renderci felici.

Janina ci fece avvicinare tutte quante. «Ognuna deve dire cosa si porterebbe sul Viale della Bellezza».

Matka inclinò la testa di lato. «Vuoi dire...».

«Se fosse la tua ultima camminata. Io per esempio mi metterei un bel paio di tacchi. In pelle di vitello – anzi no, scamosciati – per camminare bella alta. Oh, e anche i capelli alla Rita Hayworth...».

«Sono già due cose», disse Luiza.

«E un reggiseno imbottito».

«Janina...», cominciò a dire Zuzanna.

«Che c'è? Almeno una volta nella vita mi piacerebbe avere un bel seno. Se proprio devo morire, voglio essere bellissima».

Zuzanna si chinò in avanti. «Io mi porterei una scatola dei migliori cioccolatini polacchi, di ogni tipo. Crema alla vaniglia, caramello, nocciole...».

«Oh, *smettila*», disse Janina. Detestava sentir parlare di cibo e si tappava sempre le orecchie quando qualche ragazza cominciava a elencare i suoi piatti preferiti e le ricette.

Luiza si tirò su. «Io mi porterei il mio lavoro a maglia. E vedendo quanto è bello, Binz mi risparmierebbe».

Matka sorrise mentre ci ascoltava. Era bello vederla sorridere.

Era il mio turno. Sentii una Stubova chiamare qualcuno nel lavatoio. Era vicina, perciò parlai a bassa voce.

«Io mi porterei un materasso con un gigantesco piumone per dormire lungo la strada. Mi farei trasportare dalle guardie di Binz, e lei mi sventolerebbe con un ventaglio di piume di struzzo giganti».

Janina soffocò una risata.

«E tu, cosa porteresti?», sussurrò Zuzanna a Matka, mentre ancora rideva.

Matka ci pensò su per un po', guardandosi le mani, così a lungo che a un certo punto pensammo che non volesse giocare. Quando finalmente aprì bocca aveva una strana espressione sul volto.

«Mi porterei un mazzo di fiori. Rose e lillà».

«Oh, io adoro i lillà», disse Luiza.

«Camminerei a testa alta e distribuirei i fiori alle guardie, dicendo loro che non devono incolpare se stesse per ciò che hanno fatto».

Matka non aveva capito che il punto del gioco era scherzare?

«E arrivata davanti al muro rifiuterei la benda e griderei "Viva la Polonia!" prima di...».

Matka abbassò di nuovo lo sguardo sulle sue mani.

«Mi mancherete moltissimo, tutte quante», disse con un sorriso sincero.

Di fronte a quella risposta così seria, l'espressione scherzosa di Zuzanna mutò all'istante. Anche noi perdemmo subito ogni allegria e restammo in silenzio. Il pensiero che un evento del genere potesse accadere era troppo brutto perché la mente ci si soffermasse a lungo.

Sicuramente sul volto di noi tutte si leggeva che eravamo sul punto di piangere, perché Matka cambiò subito argomento.

«Il Revier funziona molto meglio adesso...».

«Com'è la dottoressa?», dissi. Avevamo un sacco di domande e così poco tempo.

«È contenta che sia tutto più organizzato, ma non posso più permettere ai pazienti di restare troppo a lungo». Si chinò verso di noi e abbassò la voce. «Le prigioniere non più in grado di lavorare vengono soppresse, perciò state alla larga da lì. E della dottoressa non ci si può fidare. La cosa migliore è che vi teniate lontane».

«*Tedeschi*», disse Zuzanna. «Mi vergogno della parte di noi che è tedesca, Matka».

«Non dire così. Dovresti vedere la brava farmacista della città, Paula Schultz. Quando viene a consegnare medicinali per le SS mi allunga sempre qualcosa di nascosto. Tintura per i capelli, in modo che le donne più anziane possano sembrare più giovani e sfuggire alle selezioni. Stimolanti per il cuore, così quelle più deboli riescono a restare in piedi durante l'Appell. E mi ha detto che gli americani sono...».

Una Stubova passò accanto al nostro letto mentre si lavava i denti, poi sputò in una tazza di stagno.

«Spegnere le luci!», gridò.

Abbracciai Matka, non riuscivo a lasciarla andare, e piansi come una bambina, finché lei fu costretta ad allontanarsi e a sgattaiolare via, per paura di essere sorpresa lì. Mi vergognavo di me stessa per aver reagito così. Guardarla dalla finestra mentre si allontanava lungo il Viale della Bellezza, voltandosi per mandarci un bacio nell'oscurità, fu peggio della fame e di qualsiasi percossa. Era un'agonia indicibile.

Qualche giorno dopo Roza entrò nel dormitorio prima dell'Appell della mattina e lesse una lista di prigioniere che dovevano fare rapporto al Revier. Io, Luiza e Zuzanna eravamo sulla lista.

Quando le altre furono uscite per andare al lavoro, Roza ci guidò lungo il Viale della Bellezza fino al Revier. «Venite, ragazze», disse in tono gentile.

Dov'era la vecchia Roza, che ci avrebbe prese a schiaffi per aver perso tempo? Sentii uno dei miei soliti brutti presentimenti gonfiarsi nel petto. Quella mattina l'alba aveva già colorato il cielo di rosa e blu quando arrivammo al Blocco grigio del Revier.

Mi voltai verso Zuzanna. «Cosa sta succedendo?»

«Non lo so», disse socchiudendo gli occhi di fronte al sole mattutino.

«Abbiamo sempre Matka», dissi.

«Certo», rispose Zuzanna con voce assente.

Quel giorno il Revier era stranamente tranquillo. Matka non era alla sua solita scrivania di legno nella prima sala. Posai lo sguardo sullo sgabello giallo sul quale sedeva di solito per accogliere i pazienti della giornata. Adesso era vuoto.

«Dov'è vostra madre?», sussurrò Luiza mentre passavamo lì accanto.

Zuzanna si guardò intorno. «Qui da qualche parte».

Rosa ci consegnò a due robuste infermiere delle SS con la divisa bruna. I loro berretti, simili a piccole tortine bianche, erano appuntati di traverso sui capelli tirati su. Ci guidarono lungo un corridoio fino a una stanza con le pareti bianche, stipata con tre file di letti a castello, più sei singoli. In alto sulla parete c'era una finestra, più o meno delle dimensioni di uno zerbino, che arrivava quasi a toccare il soffitto. Di colpo sentii le pareti incombere su di noi. Come mai all'improvviso non c'era più aria nella stanza?

Su uno dei letti c'era una ragazza di nome Alfreda Prus, che conoscevo dal gruppo scout. Indossava un pigiama da ospedale e aveva le mani giunte in grembo.

Mi asciugai il labbro superiore, improvvisamente umido di sudore. Cosa ci avrebbero fatto?

Una delle infermiere ci ordinò di toglierci i vestiti, che ripiegò ordinatamente, e di indossare i pigiami da ospedale con la parte posteriore aperta. Io mi riempii i polmoni d'aria ed espirai piano. Dovevo restare calma per Luiza.

Quando le infermiere uscirono, Zuzanna cominciò a camminare avanti e indietro nella stanza. Prese una cartella appesa ai piedi di uno dei letti e studiò il referto medico.

«Cosa pensi che abbiano in mente?», chiese Luiza.

«Non ne sono sicura», disse Zuzanna.

«Resta vicino a me», feci io.

«Sono qui già da due giorni, insieme a me finora c'era solo una zingara pazza», disse Alfreda. «L'hanno portata via questa mattina. Cosa pensate che vogliano fare? Nella stanza qui accanto ci sono altre ragazze. Ho sentito una di loro che piangeva».

Zuzanna si avvicinò alla porta tra le due stanze e strinse la maniglia di metallo.

«Chiusa a chiave», disse.

Poco dopo le infermiere fecero entrare altre polacche, compresa una ragazza alta e silenziosa, di nome Regina, che portava sempre degli occhiali tondi da lettura e teneva lezioni clandestine di inglese nel nostro Blocco. Arrivò anche Janina Grabowski. Ci mettemmo tutte i pigiami, e Janina e Regina scoppiarono a ridere perché la parte di dietro, aperta, lasciava il sedere esposto all'aria.

«Forse ci mandano in qualche sottocampo e devono farci prima degli esami speciali», disse Alfreda.

«O forse ci mandano al bordello», disse Regina.

Sapevamo tutte del bordello che era stato allestito in un altro campo. Binz aveva fatto diversi annunci di reclutamento all'Appell. Aveva promesso che in cambio di pochi mesi di servizio le volontarie avrebbero ricevuto abiti nuovi e scarpe, nonché la garanzia di essere rilasciate.

«Basta, Regina», dissi.

Luiza mi prese la mano e unimmo i palmi, entrambi umidi. «Preferirei morire», disse.

«Ho portato il libro d'inglese», disse Regina infilandolo sotto uno dei cuscini. L'aveva realizzato usando ottanta fogli di carta igienica, coperti di scrittura minuta.

«Oh, un libro ci sarà molto utile», disse Janina. «Siamo i loro conigli da laboratorio. Devo farvi un disegnino?»

«Spero che non ci faranno punture», disse Alfreda.

Luiza si strinse ancora di più a me. «Io non sopporto gli aghi».

Per calmarci io e Luiza ci sedemmo su un letto e guardammo uno scricciolo che si costruiva il nido fuori dalla finestra. Volava via e tornava con nuovo materiale. Poi ci interrogammo a vicenda prendendo le domande dal libro di inglese. *Hello. My name is Kasia. Where might I find a taxicab?*

Infine un'infermiera arrivò con un termometro, una ciotola di metallo e un rasoio.

«Perché ci vogliono rasare?», sussurrò Luiza.

«Non lo so», dissi. Ci avrebbero operate? Doveva esserci un errore. Come poteva Matka permettere tutto questo?

La graziosa infermiera Gerda entrò insieme ad altre due compagne. Una portava un vassoio con siringhe e fialette. Gerda andrò dritta verso Luiza.

«No, vi prego», disse lei, gettandomi le braccia al collo. Io la tenevo stretta alla vita.

«Per favore, non fatele del male», dissi. «Prendete me al suo posto».

Zuzanna venne a sedersi sul letto accanto a Luiza. «Abbiate pietà. Luiza ha solo quindici anni e ha paura degli aghi».

Le aiutanti di Gerda mi strapparono Luiza dal collo.

«Non è così male», disse Gerda a Luiza con un sorriso. «Presto vedrai fiorellini e sentirai suonare le campane».

Distesero Luiza su un lettino con le ruote e le fecero tendere il braccio. Mi coprii gli occhi quando lei gridò per la puntura dell'ago. Poi si fece subito sonnolenta e Gerda e le altre infermiere la portarono via.

Zuzanna tornò alla mia brandina in fondo alla stanza.

«Ho paura che...».

«Che vogliano fare delle operazioni chirurgiche su di noi?». Sentii una fitta di terrore solo a pronunciare quelle parole.

«... che sarò io la prossima», disse. «Prendono per prime quelle più problematiche». Il rumore delle ruote di un altro lettino riecheggiò nel corridoio.

«Dobbiamo avvisare Matka», dissi.

Gerda spinse il lettino nella stanza e fece un cenno a Zuzanna. «*Auf die Bahre*», disse sorridendo. *Stenditi sul lettino.*

«Cosa sta succedendo?». Zuzanna raddrizzò la schiena. «Abbiamo il diritto di sapere».

Gerda si avvicinò e la prese per un braccio.

«Avanti. È meglio se non fate storie. Dovete essere coraggiose».

Afferrai l'altro braccio di Zuzanna mentre Gerda la tirava verso il lettino.

«Non potete farci questo», dissi.

Zuzanna diede un pugno sul braccio di Gerda, che chiamò in soccorso due robuste kapò con il triangolo verde. Le donne accorsero subito, misero Zuzanna sul lettino e la legarono con delle fasce di cotone bianco.

«Meglio non opporre resistenza», disse Gerda. «Presto tutto sarà finito, ti rilasceranno e potrai tornare a casa in Polonia».

Poteva essere vero?

Mi avvicinai a una delle kapò. «Dove la portate?». Janina e Regina guardavano la scena abbracciate su uno dei letti a castello in fondo alla stanza.

La kapò mi spinse via mentre Gerda riusciva finalmente a infilare l'ago nel braccio di Zuzanna.

«Siamo prigioniere, non cavie da laboratorio», dissi.

Zuzanna si calmò e Gerda spinse il lettino fuori dalla stanza.

«Ti voglio bene, Kasia», disse lei mentre la portavano via.

Nel giro di pochi minuti Gerda ritornò per me. Lottai con le kapò che mi fecero sdraiare sul lettino, ma quando mi immobilizzarono lì sopra cominciai a tremare in tutto il corpo, come se mi avessero immersa nel ghiaccio. L'infermiera mi fece tendere il braccio e io sentii la puntura nell'incavo del gomito.

«Voi ragazze siete anche peggio degli uomini», disse Gerda ridacchiando.

Uomini? Quali uomini? Dov'erano?

Lo scorrere del tempo si fece confuso. Era morfina quella che mi avevano dato? Qualcuno mi portò in una stanza che aveva una lampada tonda che pendeva dal soffitto e mi coprì il volto con un telo. Sentii che mi attaccavano una flebo e una donna mi disse di contare all'indietro. Io contai in polacco e lei in tedesco, finché non persi conoscenza.

Quella notte mi svegliai. Avevo le allucinazioni? Ero di nuovo nella prima stanza, nel mio letto, la luce fioca entrava dalla finestra. La porta si aprì e si richiuse, gettando una lama di luce nella stanza. Sentii il profumo di mia madre e per qualche istante mi parve che fosse in piedi accanto al mio letto. Poi mi rimboccò le coperte, sollevando il materasso e infilandoci sotto le lenzuola ben tese, come faceva sempre. Matka! Sentii le sue labbra che mi toccavano la fronte e indugiavano a lungo sulla mia pelle.

Tentai di allungare un braccio verso di lei, ma non ci riuscii. *Ti prego, resta.*

Poi nella stanza balenò di nuovo una lama di luce. Se ne era andata.

Il mattino dopo mi svegliai come se stessi risorgendo dagli abissi dell'oceano.

«Matka?». Era Luiza che chiamava dal letto accanto al mio. «Ho così tanta sete, Matka».

«Sono qui, Lou», dissi.

Mi sollevai sui gomiti e vidi che tutti i letti erano pieni. Tutte le ragazze tranne Zuzanna portavano un gesso o una benda su una gamba. Alcune gemevano e chiamavano le loro madri, o i mariti, o i figli. Avevamo tutte quante una gran sete. Mi avevano messa nel letto più vicino alla finestra, mentre Zuzanna era in quello in fondo, vicino alla porta che dava sul corridoio.

«Zuzanna?», la chiamai, ma lei non rispose. Si era vomitata addosso e sulle lenzuola.

«Matka!», gridai più forte che potei. Era davvero venuta a trovarmi la notte prima? O era stato un sogno?

Avevo la nausea e un dolore terribile. Appena sveglia temevo di aver perso una gamba, ma poi vidi che era avvolta in una pesante ingessatura che andava dalle dita alla coscia. All'interno sentivo del materiale soffice, come un rivestimento di ovatta. Alcune di noi avevano dei simboli scritti sulle fasciature all'altezza della caviglia: AI, CII, e altre sigle simili. Qualcuna era stata operata alla gamba sinistra, altre alla destra, altre ancora a entrambe. Sulla mia ingessatura trovai un numero romano scritto con il pennarello nero. Che cosa significava?

Quanto desideravamo dell'acqua! Ma nessuno ce la diede, a parte la dottoressa Oberheuser che ce ne portò un bicchiere in cui era stato diluito dell'aceto. Imbevibile.

Io continuavo a perdere e riacquistare conoscenza. Eravamo tutte piuttosto intontite, ma quelle che stavano peggio erano Alfreda e Luiza. Le loro fasciature erano contrassegnate con una grossa lettera T. All'inizio Alfreda gridava soltanto per il dolore, ma ben presto il suo collo si irrigidì e rovesciò la testa all'indietro. Nel corso della mattina anche le braccia e le gambe si fecero rigide.

«Per favore, aiutatemi», diceva Alfreda. «Acqua, vi prego».

In qualche modo Janina riuscì ad alzarsi in piedi quel primo giorno e zoppicò di letto in letto facendo del suo meglio per confortarci, sistemandoci le lenzuola e portandoci l'unica padella che avevamo a disposizione.

«L'acqua sta arrivando», diceva Janina. Anche lei soffriva per la stessa terribile secchezza delle fauci.

«Matka, sono Kasia!», chiamai, sperando che mi sentisse dalla sua scrivania al Revier. Ma non vedemmo anima viva, a parte la dottoressa Oberheuser e l'infermiera Gerda, che saltuariamente venivano accanto ai nostri letti.

Ogni tanto, durante la notte, Luiza mi svegliava. Da quanto tempo eravamo lì? Due giorni? Due settimane? Difficile dirlo, perché le ore si confondevano, scivolavano l'una nell'altra.

«Kasia? Sei sveglia?», mi chiedeva Luiza.

I fasci di luce delle torrette di guardia si incrociavano nella stanza a intervalli regolari, illuminando il volto di Luiza, pallido e tirato per il dolore. Era scossa in tutto il corpo da terribili brividi.

«Sono qui, Lou», dissi.

Lei allungò il braccio nello spazio tra i nostri due letti e io le strinsi la mano fredda.

«Ti prego, di' a mia madre che sono stata coraggiosa».

«Glielo dirai tu stessa».

«No, Kasia. Ho tanta paura. Mi sembra di impazzire».

«Raccontami una storia. Ti terrà la mente occupata».

«Che storia?»

«Quella che vuoi. Quella sulla cicatrice di Pietrik».

«Quella del biberon? Te l'ho raccontata centinaia di volte».

Aspettai che il fascio di luce mi illuminasse il viso e la guardai con espressione seria. «Raccontamela di nuovo».

«Non ci riesco, Kasia».

«Non mollare, Lou. Raccontamela».

Lei fece un respiro profondo. «Quando Pietrik era piccolo, mia nonna, Dio l'abbia in gloria, gli diede un biberon di vetro con dell'acqua da bere nella culla».

«Era un bravo bambino, Lou?»

«Lo sai com'era. Ma in qualche modo riuscì a rompere il biberon contro le sbarre della culla e si fece un taglio sul naso. La nostra Matka arrivò di corsa quando lo sentì piangere».

«Non dimenticare il sangue».

«Era così tanto che gli copriva tutto il viso. Mia nonna svenne all'istante sul pavimento della sua cameretta. Sveniva sempre…».

Luiza parve assopirsi.

«E poi?», le chiesi.

«I dottori gli misero dei punti. Per fortuna non si era ferito i suoi bellissimi occhi azzurri, ma gli rimase quella brutta cicatrice sul naso».

«Io non la trovo così brutta», dissi.

La luce rivelò il sorriso di Luiza, ma per qualche motivo la fece apparire ancora più malata. «Potrebbe anche avere due teste e tu saresti comunque pazza di lui, vero?»

«Immagino di sì. Ma lui è innamorato di Nadia. E lei di lui. Una ragazza non compra tutti e dieci i biglietti per il ballo di un ragazzo se non ne è innamorata».

«Invece potresti sbagliarti, sai. Nadia mi ha detto che ha lasciato una cosa per te. Nel vostro posto segreto».

Luiza sapeva del nostro posto segreto? Non c'era più nulla di inviolabile a questo mondo. «Adesso cerca di riposare un po'».

«Va bene, ma solo se prima mi dici una cosa: è peccato infrangere una promessa?»

«Dipende dalla promessa», risposi.

Luiza si voltò a guardarmi. Persino il più piccolo movimento le causava forti dolori.

«Ma mi sono fatta la croce sul cuore. Dio disapproverà?»

«Dio è un po' in debito con noi per averci fatte finire qui».

«Questa è *blasfemia*!».

«Puoi dirmelo, Lou. A chi hai fatto la promessa?»

«Be', a Pietrik».

Di colpo la conversazione si ravvivò. *E riguardava me?*

«Giura che non gli dirai mai che te l'ho detto. Probabilmente io non lo rivedrò più, ma non sopporto l'idea che ricordi sua sorella come una chiacchierona».

«Non pensare queste cose, Luiza. Certo che lo rivedrai. E sai che so tenere un segreto».

«Ha detto che quando avete ballato insieme ha capito una cosa».

«Che cosa?»

«Una cosa importante».

«Luiza. Non fartelo tirare fuori con...».

«Be', ha detto che è innamorato di te. Ecco qua».

«No».

«Sì. E ha detto che te l'avrebbe detto lui stesso».

«Ho paura che un altro ballo sia fuori discussione, dopo tutto questo», dissi.

«Non fare finta che non ti interessi. Anche tu sei innamorata di lui. L'ho capito».

«Se proprio lo vuoi sapere, sì. Ma lui è innamorato di Nadia».

«No, è innamorato *di te*. Non mi mentirebbe mai. Sei fortunata ad avere mio fratello, Kasia. Invecchierete insieme e avrete dei bambini». Rimase in silenzio per un momento. «Mi mancherà. E anche i miei genitori. Gli dirai che sono stata coraggiosa? Anche se alla fine non lo sarò?».

Strinsi la mano di Luiza finché non si addormentò. Poi mi assopii anche io, pensando a quanto era bello essere amata, e a Pietrik da piccolo, e a come non avrei mai potuto perdonare me stessa se non gli avessi riportato a casa Luiza.

Ben presto avevamo tutte la febbre alta e altre ragazze peggiorarono. Il dolore alla gamba era terribile. Come avere un nido di vespe attaccato al polpaccio.

La dottoressa Oberheuser non si fece vedere fino alla sera successiva, Alfreda e Luiza erano ormai incapaci di muoversi. Avevano tutto il corpo rigido e la schiena arcuata. Tentai di stringere la mano a Luiza, ma aveva le dita contratte come artigli. Non riusciva più a parlare, ma dai suoi occhi capivo che era terrorizzata.

Zuzanna era cosciente solo a tratti, ma per la maggior parte del tempo non riuscivo a svegliarla. Nei brevi momenti in cui era presente a se stessa se ne stava raggomitolata, tenendosi lo stomaco e gemendo. Che cosa le avevano fatto?

La dottoressa Oberheuser entrò nella stanza insieme all'infermiera Gerda.

«*Es stinkt hier*», fu l'unica cosa che disse entrando.

Cosa ci potevamo fare se la stanza puzzava? La carne imputridita aveva un cattivo odore.

«La prego, signora dottoressa, possiamo avere dell'acqua?», chiesi, ma lei mi ignorò e continuò a passare in rassegna i letti prendendo appunti sui suoi referti.

«*Gleiche, gleiche, gleiche*», diceva mentre paragonava le gambe che avevano subito l'operazione con quelle sane. «Uguale, uguale, uguale».

«Zuzanna!», provai a chiamare. Perché non mi rispondeva? Dormiva girata su un fianco, con le ginocchia al petto.

La dottoressa passò davanti a Luiza, le sentì il polso e fece un cenno all'infermiera.

«Questa puoi portarla via», disse indicando Luiza.

Mi sentii gelare il sangue. «Oh, no, per favore, signora dottoressa. Luiza ha solo quindici anni».

L'infermiera Gerda portò un lettino con le ruote dal corridoio e lo accostò a quello di Luiza.

«Ha solo bisogno di altre medicine», dissi. «Vi prego».

La dottoressa Oberheuser si portò un dito alle labbra per indicarmi di fare silenzio.

«Vi prego, lasciatela con me».

Due infermiere sollevarono Luiza e la misero sul lettino.

Allungai un braccio verso la dottoressa. «Ci comporteremo bene, lo prometto».

La dottoressa Oberheuser si avvicinò al mio letto e mi posò una mano sul braccio. «Non devi svegliare le altre ragazze».

«Dov'è mia madre?», dissi. «Halina Kuzmerick».

Di colpo la dottoressa Oberheuser si irrigidì e scostò lentamente la mano. Il suo viso si era fatto improvvisamente inespressivo.

«Devo parlarle», dissi.

La dottoressa fece un passo indietro. «La tua amica starà bene. Non preoccuparti. La stiamo solo spostando».

Tentai di afferrare la dottoressa per il bavero della giacca, ma l'ingessatura mi impediva di alzarmi. L'infermiera Gerda mi infilò un ago nella coscia.

«Dite a mia madre che ho bisogno di lei», scongiurai.

Tutto nella stanza si fece confuso. Dove avevano portato Luiza? Tentai di restare sveglia. Era lei che sentivo piangere nell'altra stanza?

Pensai che sarei impazzita. Quelle di noi che avevano il gesso rimasero distese per giorni, ascoltando la musica classica che veniva suonata in continuazione da qualche parte nel Revier. Dov'era mia madre? Aveva aiutato Luiza? Avevamo tutte perso la cognizione del tempo, ma dopo alcuni giorni, che a me parvero lunghi come un paio di mesi, Zuzanna era migliorata e riusciva a mettersi seduta. Pregò la dottoressa Oberheuser di toglierci o almeno cambiarci le fasciature, ma la dottoressa ci ignorava e continuava a fare il suo lavoro, per lo più di cattivo umore, sbattendo qua e là la sua cartelletta e trattandoci con durezza.

Le piaghe da decubito erano terribili, ma non erano nulla paragonate al dolore lancinante delle incisioni.

Un giorno Anise Postel-Vinay, l'amica francese di Zuzanna, che aveva lavorato insieme a lei nel magazzino, lanciò dalla finestra un regalo che aveva messo insieme nelle cucine delle SS. Atterrò tutto intorno al mio letto: due carote, una mela, un cubetto di formaggio e una zolletta di zucchero. Davvero una pioggia celestiale.

«È per i Conigli», disse a voce abbastanza alta perché potessimo sentirla. Di sicuro sarebbe finita nel bunker se l'avessero scoperta.

Avvolsi nel mio cucchiaio un biglietto per Matka, scritto su un pezzo di carta che mi aveva dato Regina, e lo lanciai fuori dalla finestra.

«Riesci a farlo avere a mia madre?»

«Ci proverò», rispose Anise.

Ributtò il cucchiaio nella stanza, senza il biglietto. Atterrò al sicuro sul mio letto.

«Dal giorno delle operazioni hanno fatto andare via un sacco di prigioniere-infermiere dal Revier», disse Anise.

Che notizia! Ecco perché Matka non poteva venire da noi.

«Grazie, Anise», dissi. Era bello poter dire a Matka che ci mancava, anche se soltanto tramite un biglietto.

Dopo quell'episodio il soprannome "Conigli" prese piede e tutti nel campo cominciarono a chiamarci così. *Kroliki* in polacco. Conigli da laboratorio. In francese *lapins*. Persino la dottoressa Oberheuser ci chiamava i suoi *Versuchskaninchen*. Conigli per gli esperimenti.

Per settimane tutte le ragazze con le ingessature come le mie ebbero grosse difficoltà a usare la padella, e il prurito della mia ferita rischiò di farmi impazzire. Quando mi svegliavo di notte restavo sdraiata a preoccuparmi per Luiza, febbricitante e incapace di riaddormentarmi. Cosa avrei detto a Pietrik? E ai suoi genitori? Non si sarebbero mai ripresi dalla perdita della loro Lou.

Un giorno riuscii a staccare un pezzo di ferro dalla rete metallica del mio letto e me lo infilai nel gesso per grattare un po' la ferita.

Fu un grande sollievo.

Componemmo un inno al pudding di pane. Regina ci leggeva pagine del suo libro di inglese e ci raccontava di suo figlio Freddie, che aveva appena cominciato a camminare quando era stata arrestata. Passai ore a guardare l'uccello che io e Luiza avevamo visto fare il nido il giorno del nostro arrivo al Revier. Ne ero affascinata, finché mi resi conto che lo scricciolo stava rivestendo la sua nuova casa con piccoli ciuffi di capelli umani: biondi, castani e nocciola, intrecciati tra i giunchi.

Una mattina le infermiere vennero a prendere le ragazze con i gessi.

«È ora di togliervi i gessi», disse l'infermiera Gerda, come se fosse la mattina di Natale.

Presero me per prima. Ero al settimo cielo alla prospettiva di essere finalmente liberata. Un'infermiera mi aiutò a salire su un lettino, mi mise un telo sul viso e mi portò in sala operatoria. Percepii la presenza di diverse persone, tra cui la dottoressa Oberheuser e l'infermiera Gerda.

Rimasi stesa sul lettino con le mani avvinghiate alle lenzuola sotto di me, felice di avere il telo a coprirmi la faccia. Volevo davvero vedere la mia gamba? Pregai di essere ancora in grado di camminare e di ballare. Pietrik mi avrebbe trovata orribile? Forse la gamba non sarebbe stata così male una volta tolta l'ingessatura.

«Faccio io gli onori di casa», disse una voce maschile, come se si trattasse di aprire una bottiglia di champagne. Era il dottor Gebhardt?

Sentii del metallo freddo sulla gamba, la lama di una forbice che tagliava l'ingessatura. Sentii l'aria fresca sulla pelle mentre i due pezzi venivano separati e qualcuno sollevava la parte superiore. La puzza mi raggiunse anche sotto il telo. Mi drizzai a sedere e il telo mi cadde dal viso. Vidi i medici e le infermiere ritrarsi. L'infermiera Gerda era a bocca aperta.

«Dio mio», disse il dottor Gebhardt.

Tentai di sostenermi sui gomiti per vedere la gamba, ma Gerda mi rimise giù e mi coprì di nuovo il viso. Riuscii a scrollarmela di dosso e a rimettermi seduta, e fu allora che vidi l'orrore che era diventata la mia gamba.

Capitolo 17
Herta

1942

Nella primavera del 1942 noi tedeschi eravamo ottimisti. Era vero, circolavano voci che la guerra su due fronti di Hitler sarebbe stata la nostra rovina, ma ogni mattina a Ravensbrück, quando ci alzavamo, trovavamo sempre buone notizie sul «Der Stürmer». Secondo il giornale il nostro Führer stava dominando l'Europa, o almeno la parte di Europa che ci interessava. La guerra sarebbe di certo finita quell'estate.

La fine dell'anno precedente aveva visto anche il successo dei nostri alleati giapponesi a Pearl Harbor, e durante tutta quella primavera festeggiammo la loro avanzata. Una delegazione giapponese era venuta in visita a Ravensbrück ed era rimasta impressionata dalla pulizia degli alloggi delle ragazze della Bibbia, con i davanzali delle baracche pieni di fiori. Era stato Himmler a volerli così, perché Ravensbrück era un campo di rappresentanza ed era essenziale dare una buona impressione.

Avevo un intero album dedicato ai successi dell'esercito tedesco in Russia. La presa di Kiev. L'avanzata verso Mosca. Vero, avevamo anche subito quella che finora era stata la nostra maggiore ritirata, a pochi chilometri dal Cremlino, dovuta però soprattutto all'arrivo precoce dell'inverno gelido, perché i nostri soldati avevano dovuto combattere con le uniformi leggere. Ma era bastato che il Führer chiedesse ai tedeschi di mandare vestiti caldi ai nostri ragazzi perché venissero inviati stivali da neve, paraorecchie e mezzo milione di cappotti di pelliccia! Sui giornali si diceva che non appena avesse cominciato a fare più caldo ci sarebbero stati rapidi sviluppi in nostro favore.

Anche la mia carriera a Ravensbrück stava progredendo rapidamente. Durante l'estate il comandante Suhren aveva sostituito Koegel, ed era stato un cambiamento positivo. Koegel era corpulento e prolisso, Suhren invece era in forma e conciso. Era anche un uomo di un certo fascino, che apprezzava il duro lavoro che avevo fatto per riportare l'ordine al Revier. Ci trovammo bene insieme fin dall'inizio.

Il comandante si organizzò da solo una festa di benvenuto a casa sua, un'accogliente casetta beige con la facciata di stucco e le persiane verdi, che sorgeva sulla collina sopra il campo. Quella sera uscii dal mio alloggio alle sette meno cinque e mi avviai su per i gradini che conducevano alla residenza del comandante.

Da lassù Suhren disponeva di una vista perfetta su tutto il campo e sull'area circostante, compreso Uckermark, il campo giovanile, e il sottocampo della Siemens, a pochi chilometri di distanza. Nella luce del crepuscolo riuscii a intravedere le colonne delle Häftling che tornavano al campo principale al termine della giornata di lavoro e le potenti luci del campo che si accendevano, illuminando i Blocchi. La sirena suonò e le Häftling si radunarono nel cortile per l'Appell.

Nel frattempo stavamo testando i nuovi forni crematori. Due ciminiere svettavano dal nuovo *Krema*, e fuoco e fumo si levavano verso il cielo. La vista sul lago lasciava senza fiato, la distesa di acqua grigia si allungava fino alla riva opposta, ai gruppetti di case di mattoni e al campanile della chiesa della pittoresca cittadina di Fürstenberg. All'orizzonte si stavano ammassando nuvole grigie.

Feci il mio ingresso in casa insieme a diversi membri dello staff del campo e a Elfriede Suhren, la moglie bionda e snella del comandante, che ci fece strada. Al contrario della precedente padrona di casa, Anna Koegel, che urlava sempre contro le prigioniere-parrucchiere nel salone di bellezza del campo, Elfriede era una donna gentile, che si dedicava principalmente a star dietro ai quattro figli come una specie di guardiana delle oche.

Entrai in casa passando davanti a un uomo anziano, vestito con berretto e giacca tirolese, che suonava canzoni popolari tedesche seduto al pianoforte, e giunsi in una piccola biblioteca: Suhren era in piedi in un angolo, a fumare e bere birra con Fritz e il dottor Rosenthal. Le pareti erano piene di trofei di caccia: teste di cervo, pesci imbalsamati, un cinghiale russo. Sugli scaffali

Suhren teneva la sua collezione di figurine di porcellana Hummel, anche se curiosamente aveva solo quelle che raffiguravano personaggi maschili.

All'inizio gli uomini erano troppo presi dal loro argomento di conversazione preferito per notarmi. Stavano parlando delle Häftling che Suhren avrebbe spedito da Ravensbrück al bordello di Mauthausen, e in particolare del fatto che le fortunate sarebbero state sterilizzate prima di partire. Fritz incrociò il mio sguardo e mi fece l'occhiolino.

Suhren e Rosenthal se ne andarono e io lo raggiunsi sotto le fauci spalancate del cinghiale russo, dalle quali pendeva una lingua posticcia rosa.

Le cose procedevano bene tra Fritz e me. Eravamo andati insieme al cinema del campo, sopra il complesso del garage. Il film era *Stukas*, la storia drammatica di un pilota tedesco che guarisce dalla depressione ascoltando Wagner. Fritz si era agitato sulla poltrona per tutto il tempo, dicendo che era un film ridicolo, ma era stato bello trascorrere una serata insieme. E Fritz mi aveva regalato un giacinto in vaso. Lo tenevo sulla scrivania e spandeva il suo aroma in tutto il mio ufficio. Com'era stato intelligente a scegliere una pianta in vaso invece dei fiori freschi, che morivano così in fretta.

«Suhren ha una bella casa», dissi.

Fritz sorseggiò la sua birra. «Se non ti piacciono gli animali vivi».

Un cane abbaiò in cucina, dal rumore pareva di taglia piccola. Quelli erano i peggiori. Almeno le razze più grandi avevano uno scopo, proteggere dagli intrusi o procacciare selvaggina.

Ci spostammo nella cucina, che era pulita e moderna, con degli armadietti di quercia lucida e un'illuminazione all'ultimo grido. Gli ospiti si servivano da soli dalla coppa di vetro con il punch sistemata sul tavolo.

«Credi che Gebhardt manderà a Himmler gli ultimi aggiornamenti sui test con i sulfamidici?», chiesi. «E farà anche il nostro nome?».

Fritz mi tenne aperta la porta della cucina mentre ci spostavamo nella sala da pranzo. «Non mi interessa saperlo. Me ne vado».

Mi bloccai di colpo, confusa. Come poteva *andarsene* così? Fritz era uno dei miei pochi alleati. Mi lasciava da sola con Binz e Winkelmann?

«Perché così all'improvviso? Magari pensaci un altro po'...».

Fritz finì la birra e posò il boccale vuoto su una teca di vetro che conteneva una pernice dall'aria impaurita, colpita in volo.

«Ne ho abbastanza di Gebhardt, se non l'avessi capito».

«Lo stress gioca brutti scherzi a tutti...».

«Tu non sai la metà di quello che succede a Hohenlychen. Ieri hanno trapiantato un braccio. C'era mezza Berlino ad assistere, il braccio era quello di un povero Häftling zingaro».

Oltre a essere *Gruppenführer* delle SS e *Generalleutnant* delle SS Waffen, Gebhardt era anche il medico personale del *Reichsführer* delle SS, Himmler, e capochirurgo a Hohenlychen, la grande clinica che sorgeva a quattordici chilometri dal campo.

«Perché non sono stata invitata?»

«Meglio per te, Herta. Comunque era un evento di poca importanza. Invece il progetto con i sulfa...».

«Almeno ti fanno operare».

Fritz si sfregò la barba incolta. «È una cosa disgustosa, su donne che stanno bene. E in quella stanza c'è una puzza terribile».

«Continuano a chiedere altra morfina».

«E tu dagliela», disse Fritz. «Non cambierà nulla. È una cosa inumana».

«Gebhardt ha detto di usare il meno possibile gli antidolorifici. Ma come mai tutto a un tratto hai cambiato idea riguardo il sacrificio dei prigionieri?»

«Sono stufo, Herta. Tutta quella sofferenza...».

«Non abbiamo alternative».

«Invece sì, Herta. Se smettessimo di operare, loro smetterebbero di soffrire. Gebhardt ci usa per fare il suo lavoro sporco, non lo capisci?»

«Non possiamo farci niente, Fritz». Come poteva lasciare che i suoi sentimentalismi offuscassero così il suo giudizio? Quelle operazioni servivano a un bene più grande, il bene della Germania.

«Be', io me ne vado. Al fronte hanno bisogno di chirurghi per rattoppare i nostri ragazzi, che stanno morendo in una guerra che non possiamo vincere».

«Come osi dire una cosa del genere? Sei così disfattista...».

Fritz mi attirò a sé. «Ma prima di andare voglio dirti una cosa: sta' attenta con quella tua nuova infermiera».

«Halina?»

«Ho sentito dire delle cose…».

«Voi uomini siete dei pettegoli. Che cosa?»

«Non…».

«Dimmelo».

«Dicono che ci sia qualcosa tra di voi».

«È la cosa più…».

«Qualcosa che il Führer non approverebbe».

Suhren e il dottor Gebhardt si fecero largo tra la folla e si avvicinarono sorridendo, Suhren alto ed elegante, Gebhardt più tozzo e con i capelli rossi.

Il comandante Suhren mi strinse la mano. «Fräulein Oberheuser, ho delle buone notizie per lei».

Perché non mi chiamava "dottoressa"?

«Sono felice di comunicarle che uno dei miei primi atti ufficiali sarà attribuirle un'onorificenza».

Gebhardt fece un passo in avanti. «E non una qualunque. È stata segnalata per la Croce al Valor Militare».

La Croce al Valor Militare? Mutti avrebbe avuto una crisi isterica se avessi portato a casa la croce d'argento con il nastro rosso e nero. Era un'onorificenza istituita dal Führer in persona. Sarei stata tra i pochi prescelti ritenuti degni di riceverla. In compagnia di gente come Adolf Eichmann e Albert Speer. Era per la mia partecipazione agli esperimenti con i sulfa?

Mi voltai per condividere la mia eccitazione con Fritz.

E a quel punto mi accorsi che se ne era andato.

La mattina dopo fui il primo medico a presentarsi in sala operatoria, pronta ad assistere alla nuova serie di operazioni con i sulfamidici. Prima andai a lavarmi le mani. Mi tolsi l'anello di Halina, quello che avevo preso dagli archivi dell'*Effektenkammer*, dove erano conservati gli effetti personali delle prigioniere, e lo riposi nella tasca. Non era il caso che il dottor Gebhardt mi vedesse al dito un anello così bello, anche perché il regolamento del campo proibiva di indossare gioielli troppo vistosi. Un giorno l'avrei restituito ad Halina. Aveva un diamante splendido. Se non l'avessi salvato chissà dove sarebbe andato a finire. Senza dubbio sul dito di Elfriede Suhren.

L'infermiera Gerda preparò le pazienti e le sedò. L'infermiera Marschall aveva fatto un buon lavoro nel compilare la lista delle pazienti per gli esperimenti. Erano distese sui loro lettini, coperte da un lenzuolo. Controllai gli strumenti chirurgici e aprii una fiala di Evipan, che posai sul vassoio.

Avevamo preparato degli oggetti da inserire nelle incisioni per simulare delle ferite riportate sul campo di battaglia. Chiodi arrugginiti, schegge di legno e di vetro, sassolini e un miscuglio di terriccio da giardino e di colture batteriche di *clostridium tetani.* Ogni paziente aveva ricevuto un differente agente infettante. Quella mattina il dottor Gebhardt arrivò dalla clinica di Hohenlychen con la sua auto privata.

«Sono felice di vederla qui così presto, dottoressa Oberheuser. Il dottor Fischer non sarà con noi».

«È malato, dottore?».

Gebhardt si tolse la giacca. «È stato trasferito».

Tentai di non mostrare la mia delusione. Fritz se ne era andato davvero?

«Posso chiedere dove, dottore?»

«Decima divisione SS. Chirurgo da campo dello staff medico assegnato al Decimo Reggimento Panzer sul fronte occidentale», disse il dottor Gebhardt arrossendo leggermente. «A quanto pare pensa di poter essere più utile là…».

Come aveva potuto andarsene senza neanche salutarmi?

«Capisco, dottor Gebhardt. Comunque, oggi è disponibile anche la prigioniera-infermiera Gerda Quernheim».

«Bene, sono rimasto positivamente impressionato dalla sua attenzione per i dettagli, dottoressa», disse lui. «Vuole essere lei a guidare le operazioni, oggi?»

«Vuole dire a operare, dottore?»

«Perché no? Le piace la pratica chirurgica?»

«Sì, grazie, dottore», dissi.

Stava accadendo davvero?

«Si assicuri di coprire i volti, dottoressa», disse Gebhardt. «È solo una precauzione per mantenere l'anonimato. E sia aggressiva. Affronti l'operazione di petto. Non c'è motivo di trattare i tessuti con delicatezza».

Una dopo l'altra, Gerda spinse nella stanza le pazienti, con il volto coperto da un telo.

Lavorammo bene fino a sera. Fui attenta soprattutto a non eseguire le suture in maniera frettolosa, mettendo con cura i punti, neri e bitorzoluti, che assomigliavano a filo spinato posto a guardia di ogni incisione.

«Non sono solito fare complimenti, dottoressa Oberheuser, ma lei ha un talento per la chirurgia che non si insegna nelle scuole. Le serve soltanto un po' di pratica».

Quale onore!

Quella sera concludemmo con alcune sterilizzazioni, un nuovo trattamento ordinato da Himmler in persona. Tornai al mio alloggio attraversando il campo silenzioso e dormii un sonno profondo grazie al mio sonnifero preferito, il Luminal. Mi svegliai solo una volta, a causa del rumore di Binz e del suo fidanzato Edmund che facevano l'amore nella vasca da bagno.

Mi vestii con calma la mattina successiva, sapendo che ci avrebbero pensato le infermiere a registrare i parametri vitali delle pazienti e che Halina avrebbe gestito il Revier in mia assenza, ma quando arrivai trovai il caos. Al posto di Halina c'era una nuova infermiera entrata da poco a far parte dello staff del campo, e la fila delle pazienti che necessitavano di una visita arrivava fuori dalla porta.

«Signora dottoressa, abbiamo finito le garze», disse l'infermiera mentre agitava un termometro.

«Dov'è Halina?», chiesi.

«Non lo so, signora dottoressa. La capoguardia Binz mi ha detto di mettermi qui».

Andai nella stanza dove riposavano le mie pazienti del giorno precedente. C'era un odore terribile. Sapevo che voleva dire che le colture batteriche stavano facendo il loro lavoro, ma le cartelle erano intonse, i parametri non erano stati registrati. Una delle pazienti era già in piedi, e si occupava delle altre zoppicando su una gamba.

«Per favore, ci serve dell'acqua», disse. «E altre padelle».

Uscii dalla stanza e trovai Gerda che fumava una sigaretta in corridoio.

«Falle restare a letto», dissi. «Se si muovono impediscono all'infezione di sedimentarsi».

Chiusi la porta e cercai Binz. Dopo aver perlustrato metà del campo la trovai davanti alle gabbie dei conigli d'angora, un vasto complesso di recinti riscaldato e tenuto pulito dalle ragazze della Bibbia. Lei e una delle sue subordinate stavano accarezzando un coniglietto, una piccola palla di pelo bianco con le orecchie che sembravano due piumini per la polvere.

«Che sta succedendo al Revier?», le chiesi.

L'altra Aufseherin posò il coniglio nella sua gabbia e si affrettò a battere in ritirata.

«Arrivi e neanche saluti?», disse Binz. «Qualcuno doveva prendere il comando là dentro».

«Non hai il diritto di...».

«Non ho potuto fare altrimenti», disse Binz incrociando le braccia sul petto.

«Fammi capire, Binz».

«Non lo sai?».

Feci di tutto per non urlarle contro. «Dov'è Halina?»

«Forse dovremmo parlarne da un'altra parte».

«Che cosa hai fatto, Binz?»

«Per l'amor del cielo, non piangere. Non voglio che le mie ragazze ti vedano in questo stato. Ti avevo avvisata sulle polacche, non ricordi? Puoi incolpare solo te stessa».

«Non capisco».

«Be', siamo in due. Suhren non riusciva a credere a quello che aveva in mente di fare la tua polacca. Diciamo solo che avrai bisogno di una nuova assistente».

Capitolo 18
Caroline

1942

«Prego, sistematevi in fondo, rivolti verso le porte», disse la nostra nuova ascensorista, Estella.

Con i suoi mocassini ortopedici e le calze di nylon al ginocchio, Estella era piuttosto lontana dagli standard delle ascensoriste di Junior Rockefeller. Ma dopo l'attacco dei giapponesi a Pearl Harbor, l'America era finalmente entrata in guerra, il che aveva comportato l'arruolamento di massa di giovani uomini di ogni provenienza e classe sociale, compreso il nostro precedente ascensorista.

«Hai notizie di Cuddy, Estella?»

«L'esercito non mi manda aggiornamenti, Miss Ferriday. A quanto pare c'è molto da fare in Francia al momento. Così dice Pia».

Estella aveva ragione. Dopo che la Germania aveva invaso la cosiddetta "zona libera" francese nel novembre del 1942, tutta la Francia di Vichy era diventata definitivamente uno Stato fantoccio. Dai campi di transito francesi erano cominciati i trasporti di prigionieri lungo la complessa rete di campi di concentramento che attraversava Polonia e Germania. Io avevo finito la terza scatola di puntine rosse.

«Così dice Pia?».

Per essere una persona incaricata di custodire informazioni riservate, Pia si lasciava andare un po' troppo.

Quando arrivai alla reception feci il giro più largo per andare nel mio ufficio senza passare dalla sua scrivania, ma lei percepì ogni mio movimento, come un mamba nero.

«Roger vuole vederti, Caroline».

«Va bene», dissi tornando sui miei passi. «Comunque, Pia... non potresti evitare di parlare delle nostre faccende con Estella? Sarebbero informazioni riservate...».

«Quando vorrò la tua opinione te la chiederò», disse Pia, facendomi venire in mente il cartello sulla gabbia del babbuino allo zoo di Parigi: CET ANIMAL EN CAS D'ATTAQUE VA SE DÉFENDRE. Se attaccato, l'animale si difende.

Andai di corsa nell'ufficio di Roger e mi bloccai subito, perché pareva quasi che una tempesta avesse buttato per aria ogni singolo libro e foglio di carta dell'ufficio. Sotto la sua finestra, sul Rockefeller Ice Rink, c'era una fila di pattinatori sul ghiaccio che seguiva un Babbo Natale piuttosto magro. Il tizio in maschera si fermò di scatto e i pattinatori caddero l'uno sull'altro come tessere del domino.

«Dobbiamo raddoppiare i pacchi di aiuto per gli orfani, Roger. Ho ricevuto le nuove cifre. Più di duecentomila bambini francesi rimasti orfani. Centinaia non sanno dove siano i genitori, probabilmente morti nel movimento clandestino».

«Ci servono un sacco di cose, Caroline, ma Pearl Harbor ha cambiato tutto».

«Potrei usare *un po'* dei miei fondi personali...».

«Conosci le regole. Puoi chiudere la porta?», disse con una voce definibile solo come tremula.

«Cosa c'è?». Mi sostenni al marmo freddo del caminetto di Roger. *Ti prego, non Paul.*

«Un paio di cose. Hai qualcosa su Drancy?»

«Sei fascicoli completi».

Drancy era un ex complesso residenziale appena fuori Parigi che era diventato uno snodo importante per tutti i prigionieri dei cinque sottocampi francesi diretti fuori dal Paese. Dai pochi rapporti che avevo letto si trattava di un luogo infernale, una sala d'attesa della deportazione. Era sotto il controllo della polizia francese, ma con la supervisione dell'ufficio della Gestapo per gli Affari Ebraici.

«Perché, Roger? Cosa hai scoperto?».

Possibile che Paul fosse finito in un posto come quello? Certo, Rena era ebrea, ma questo metteva a rischio anche lui? Dopotutto lei era una cittadina francese, ma persino nella zona teoricamente libera di Vichy, l'antisemitismo era diventato nuova legge di Stato e gli stranieri ebrei venivano rastrellati. A quanto pareva lo spirito dei liberi pensatori francesi ci aveva messo ben poco a sparire.

«Roger, dimmelo e basta. L'hai trovato?»

«Ci sono stati diversi trasporti di prigionieri francesi, diretti verso vari campi nei territori conquistati da Hitler».

«Paul?».

Roger annuì.

«Oh, no, Roger».

«Un gruppo di francesi è stato portato a Natzweiler-Struthof, Caroline. Ci sono buone possibilità che Paul sia tra loro». Scostai una sedia dal tavolo delle riunioni e mi sedetti. I miei palmi umidi lasciarono due impronte argentee sul legno lucido, che scomparvero un istante dopo. Natzweiler.

Era una notizia terribile, ma in un certo senso mi dava anche speranza, perché almeno sapevo che era vivo.

«Come fai a esserne certo?»

«C'erano pochi uomini nel trasporto di Paul registrato a Drancy, e sono andati tutti a Natzweiler».

«Sui Vosgi?».

Natzweiler-Struthof era l'unico campo di concentramento permanente in territorio francese, cinquanta chilometri a est di Strasburgo. Mi vennero subito in mente lavori forzati e punizioni corporali.

Roger annuì. «È vicino a una cittadina dove i miei nonni andavano in vacanza. Pittoresca e isolata». Gettò sul tavolo una serie di cartelline. Io setacciai i documenti, cercando di scoprire tutto ciò che potevo sui carcerieri di Paul.

Dalle foto aeree della Royal Air Force il campo sembrava piuttosto piccolo, c'erano solo venti file di baracche e quattro edifici, incuneati dentro un'area recintata e circondata da una foresta folta e coperta di neve. Tantissima neve. Paul stava congelando al freddo mentre io me ne stavo in quell'ufficio al calduccio? Scrutai da vicino le foto, guardando intensamente i gruppetti di prigionieri radunati all'esterno e cercando di riconoscere Paul tra loro.

«Grazie, Roger. Dirò a Pia di fare delle ricerche».

«Basta ricerche, Caroline. Washington ha ufficialmente interrotto i rapporti diplomatici con la Francia». Roger diede una smossa al mucchio di carte sulla sua scrivania.

«Com'è possibile? Devi chiamare...».

«Chiamare *chi*, Caroline? A Parigi non c'è più un'ambasciata. E *noi* siamo ufficialmente chiusi. L'ho appena saputo. Ho ricevuto ordine di distruggere tutto».

«Che cosa facciamo?», gli chiesi.

Roger si alzò in piedi e guardò i pattinatori fuori dalla finestra.

«Mi hanno detto di passare per il consolato svizzero».

«Per favore. Quelli sono al soldo dei tedeschi».

«Dobbiamo togliere la bandiera. Tirerò avanti finché potrò, ma non sarà facile. E non riceveremo altri fondi fino a nuovo ordine».

«Manterremo almeno qualche contatto con la Francia?»

«Spero che riceveremo la corrispondenza dal governo della Francia Libera a Londra, ma sarà dannatamente dura per loro trovare una nave che la trasporti. Gli svizzeri potrebbero riuscire a passare, e anche gli inglesi finora si sono dimostrati affidabili».

«Grazie per avermi aiutata a trovare Paul, Roger».

«Be', c'è un'altra cosa, Caroline. Riguarda Paul».

Mi preparai. Cosa poteva esserci di peggio?

«Ho trovato il nome di sua moglie sulla lista delle persone decedute. Auschwitz-Birkenau. Rena Rodierre».

«Rena? Oh, no, Roger. Non può essere».

«Tifo. O almeno così c'è scritto. Mi dispiace, Caroline».

Rimasi seduta, sbalordita. Com'era possibile? Povera Rena. Paul di sicuro non lo sapeva. Come avrebbe reagito alla morte di Rena? Era tutto così orribile.

Presi una lente d'ingrandimento e ispezionai la foto. Se Paul era vivo, l'avrei trovato. Ci sarei sempre stata per lui, anche a costo di attraversare l'Atlantico a nuoto.

Nei giorni seguenti compii diverse spedizioni da Snyder & Godrich. I pochi soldi che Mr Snyder mi procurava mi aiutarono a tenere a galla il Fondo per le Famiglie Francesi, e Roger non parve accorgersi di nulla. Ma la prospettiva di chiudere il consolato per mancanza di fondi incombeva sempre di più. Senza contatti ufficiali con Parigi e con il resto della Francia, chiudere era quasi la scelta più ragionevole. Ma farlo proprio quando la gente aveva più bisogno di noi mi sembrava così ingiusto. Inoltre quello era l'unico legame che mi era rimasto con Paul.

«Ti giocherai la retina con tutte queste ricerche», disse Roger una sera prima di andare a casa, con la ventiquattrore in una mano e il cappello nell'altra.

«Sto bene», dissi reprimendo la frustrazione. «Immagino di essere solo nervosa al pensiero che gli aerei della marina stiano bombardando i sottomarini tedeschi sul Long Island Sound. E poi le notizie di Paul».

«Lo so, C. Vai alla festa dei Vanderbilt? Devi uscire di qui e divertirti un po'».

Roger aveva ragione. Sfinita ed esaurita non potevo essere d'aiuto a nessuno.

Corsi a casa, mi infilai il mio abito nero più elegante, con sopra una giacca da smoking di mio padre riadattata, e mi tirai su i capelli. Così sembravo troppo alta? Li lasciai sciolti. Non ero male per essere una quarantenne.

Quando giunsi all'edificio di arenaria bruno-rossiccia dei Vanderbilt, all'angolo tra la Quinta e la Cinquantunesima, vicinissimo al nostro appartamento, ero entusiasta all'idea di una serata fuori, anche se così avrei rivisto Betty, che probabilmente avrebbe fatto finta di non conoscermi. Rabbrividii anche al pensiero di incontrare Jinx Whitney, perché avevo ereditato da mio padre un radicato disprezzo per la sciocca famiglia Whitney. Ma bastava semplicemente evitare Jinx e avrei potuto passare una bella serata in compagnia di vecchi amici. Restare in termini quantomeno cordiali con i membri della mia cerchia sociale era un obbligo che avevo nei confronti di me stessa, no? Non potevo mica lavorare *sempre*.

La casa dei Vanderbilt era un vecchio e adorabile edificio, uno degli ultimi esemplari rimasti della Gilded Age. Buttarlo giù era un vero peccato, ma quella zona era diventata un po' fuori moda e la regina della Quinta Avenue aveva bisogno di un posto più piccolo dopo la morte di suo marito. Aveva ridotto il personale da trenta a diciotto domestici, e si sarebbe trasferita in una casa ancora più bella. Mrs Vanderbilt aveva colto l'occasione per dare un'ultima festa in quella tenuta, un evento a scopo benefico. Era un curioso miscuglio tra un torneo di bridge, un ballo e un banchetto, il tutto per venticinque dollari di biglietto di ingresso. I proventi andavano tutti in beneficenza.

Era la prima e l'ultima occasione in cui quelle venerate sale sarebbero state aperte al pubblico, e c'era molta gente che ammirava la scena con gli occhi sgranati. Una giovane coppia si aggirava per il primo piano con addosso ancora cappotto e cappello, e con la bocca spalancata. Osservavano gli intagli in legno dorato e accarezzavano le colonne di onice. Un altro gruppetto era fermo davanti all'affresco pompeiano nell'ingresso. Solo quell'atrio avrebbe potuto ospitare dieci famiglie bisognose.

«C'è Merle Oberon», disse un ometto basso con il cappello in mano.

I giocatori di bridge si trasferirono in biblioteca e presero posto ai trenta tavoli di gioco, sotto i lampadari di cristallo. Le squadre erano state composte per gruppi: la Junior League, la Chapin, le classi del college e quelle di Princeton. Il gruppo della Chapin era uno dei più numerosi.

Davanti a un caminetto così grande che avrei potuto starci in piedi dentro persino io, o quasi, due camerieri in smoking scrivevano con il gesso i nomi su un enorme tabellone segnapunti che assomigliava a quello delle scommesse dell'ippodromo di Hialeah. I giocatori erano contrassegnati dai punti cardinali: il nord con il sud e l'est con l'ovest.

Mentre tutta quella *jeunesse dorée* prendeva posto ai tavoli del bridge, io mi spostai nella sala da pranzo, attirata dal profumo paradisiaco di costolette arrosto e tortini. Su una liscia tovaglia bianca damascata erano allineati vassoi di affettati e frutti di mare, con un compassato iris di serra a fare da centrotavola, e una coppa d'argento da punch piena di syllabub, grande a sufficienza da poterci fare il bagno. L'orchestra suonava Cole Porter e Irving Berlin, e c'era un cameriere in piedi a sorvegliare il tutto. Teneva d'occhio l'argenteria?

Dopo l'attacco dei giapponesi a Pearl Harbor, sembrava che tutti i giovani di New York si fossero arruolati. Alcuni studenti erano tornati dal college per le vacanze di Natale ed erano entrati subito in servizio. Da un giorno all'altro le caserme si erano riempite di soldati pronti a equipaggiarsi e partire. Mrs Vanderbilt aveva accordato l'ingresso libero per i soldati, ed era piuttosto impressionante vedere tutta quella gente in uniforme. Aviatori della marina arrivati dall'aeroporto Floyd Bennett discutevano di strategia militare con i riservisti dell'esercito. I giovani della nostra cerchia sociale si stavano addestrando per la maggior parte alla caserma di Park Avenue, le esercitazioni si facevano nella grande sala che ricordava le più imponenti stazioni ferroviarie europee. Quei ragazzi si distinguevano facilmente dagli altri, perché spesso sfoggiavano uniformi fatte su misura dai migliori sarti di New York. Finché rispettavano il protocollo relativo alle divise, i soldati potevano farsi fare l'uniforme in lana e seta della migliore qualità, e con eleganti bottoni d'ottone o di tartaruga.

«Non giochi, Caroline?», mi chiese Mrs Stewart Corbit Custer, una delle migliori amiche di mia madre.

Le sfiorai con le labbra la guancia coperta di cipria. Mi faceva molto piacere vederla quella sera, elegante nel suo abito di chiffon color acquamarina. Lei e mia madre adoravano raccontare di quella volta che mio padre si era infuriato perché mi avevano portato alla fiera del pollame al Madison Square Garden, anche se avevo solo poche settimane. Mi avevano riportata a casa, a Southampton, dentro un cestino posato su una pila di mangime per polli, sul sedile posteriore della macchina.

«Hai deciso di dare una chance anche alle altre?», disse Mrs Custer. «Che pensiero carino, cara. Le avresti distrutte».

A giudicare dal punteggio sul tabellone, c'erano delle coppie formidabili. Mrs M. Field e Mrs Cushing, Mrs Noel e Mrs Dykman, Mrs Tansill e Mrs Auchincloss.

«Mi dispiace che mamma non ce l'abbia fatta a venire», dissi.

«Anche a me, cara. Ti dispiacerebbe tenere i punteggi? Di solito lo fa tua madre, e tu sei la persona più onesta in questa stanza, ne sono sicura».

«Ne sarei felice, Mrs Custer».

«Giochiamo con un limite di due ore. Al suono del gong raccogli tutti i punteggi e dimmi chi è il vincitore. L'avrai visto fare milioni di volte».

Lasciai su ogni tavolo un mucchietto di fogli per tenere i punti e una scatola di piccole matite verdi, e in biblioteca vidi Betty, in piedi insieme a Prudence Bowles, una dolce cugina dei Vanderbilt con gli occhi da cerbiatta, Jinx Whitney, la cugina non altrettanto dolce dei Rockefeller, e Kipper Lee, una ragazza un po' ottusa con un sorriso tutto gengive, che faceva parte del seguito di Jinx.

Erano tutte e quattro in piedi in circolo – qualcosa a metà tra una mischia di rugby e un sinodo papale – e Jinx stava raccontando qualcosa. Betty era ancora arrabbiata con me? Di sicuro si sarebbe ammorbidita se avessi fatto il primo passo.

«... e allora le ho spiegato», stava dicendo Jinx, «che non possiamo fare eccezioni per le iscrizioni. Non mi importa se suo padre è stato presidente degli Stati Uniti. E adesso comunque siamo pieni».

Notando gli occhi delle sue compagne che si spostavano su di me, si voltò.

Jinx, che in qualche modo era riuscita a trovarsi un marito ricco, ricordava un frigorifero sia nel fisico che nei modi.

«Oh, Caroline», disse. «Santo cielo, ti sei mascherata?»

«Piacere di vederti, Jinx».

«Ma quanto stai bene in nero», disse lei.

«Sì, sei carina», disse Pru. «Bisogna avere la carnagione adatta per indossare abiti scuri».

«Vero», disse Jinx. «Mia nonna indossava quello stesso identico colore quando il suo corpo è stato esposto prima della sepoltura. Tutti dicevano che sembrava quasi viva».

Intervenne di nuovo Pru: «Ma è ovvio che ti stia bene, Caroline. Dopotutto avevano scelto *te* come Ragazza dei Papaveri».

Jinx si voltò. Ancora le bruciava essere stata battuta nella gara per diventare Ragazza dei Papaveri, nel 1921. Era stato un grande onore essere scelta tra tutte le debuttanti di quell'anno. A diciannove anni ero diventata il volto della campagna sponsorizzata dall'American and French Children's League, e la mia foto era finita su tutte le riviste e i giornali che promuovevano la vendita di papaveri di seta da *boutonnière.* Era un'iniziativa di beneficenza a sostegno dei veterani americani della Grande Guerra e dei bambini francesi malati.

«Già, *metà* dei soldi guadagnati con i papaveri è finita in Francia», disse Jinx.

«Per aiutare i bambini malati di tubercolosi. È stato un impegno reciproco, Jinx. Metà dei fondi ricavati dalla vendita in Francia sono stati usati per contrassegnare le tombe dei soldati americani».

«Pronte per il bridge?», disse Jinx, rivolta a Betty.

«Qualcuno ha bisogno di un partner, Betty?», chiesi.

«Io gioco con Pru», disse lei, di colpo presissima a osservare il suo anello di fidanzamento.

«Mi dispiace, ma temo che siamo al completo per il bridge»,

disse Jinx arricciando le labbra. «Le squadre sono state fatte mesi fa, tesoro. Scusaci tanto».

«Caroline ha avuto molto da fare al *lavoro*», disse Betty.

Jinx le si accostò. «E per chi giocate tu e Pru?»

«Non ne ho idea», rispose lei. «Ma non penso che vinceremo».

Betty aveva ragione. Lei e Pru erano terribili a bridge.

«Io e Kipper giochiamo per l'American Soldier Services», disse Jinx.

«Ah, splendido», dissi.

Jinx si voltò verso di me. «Per caso ti crea problemi?»

«Be', è solo che usano la maggior parte dei soldi per le loro feste».

«Qualcuno deve pur sostenere il morale delle truppe», disse Jinx.

«Immagino di sì. Sempre ammesso che un gruppo di civili che beve gin sia un *sostegno* per le truppe che combattono».

«Betty, la prossima volta giochiamo insieme», disse Jinx, giocherellando con la sciarpa plissettata che portava al collo, simile alla parte sotto il cappello di un fungo velenoso. Mi divertii a immaginare di stringergliela intorno al collo. La maggior parte della gente in sala ne sarebbe stata felice. Del resto, chi non aveva immaginato di farlo?

«Ma dov'è tua madre, Caroline?», chiese Jinx. «Viene ancora in città o se ne sta in campagna tutta sola in quella grande casa?»

«C'è il nostro cuoco con lei», dissi.

Jinx sorseggiò il suo club soda dalla cannuccia sottile. «Da sola con lo chef russo?»

«Ora devo proprio andare», dissi.

«E quel bel giardiniere negro? Be', i tempi sono cambiati».

«Mr Gardener è stato un ottimo amico per tutta la nostra famiglia anche nei momenti difficili. Di certo migliore di molti altri che fanno parte della cosiddetta "alta società"».

«Caroline, ti ho spedito un assegno per i tuoi bambini francesi», disse Pru mettendomi una mano sul braccio. Tentava di sciogliere la tensione? Aveva dei graziosi modi da gattina, veniva quasi spontaneo immaginarsela, in altre circostanze, acciambellata in grembo a qualcuno a fare le fusa.

«Grazie, Pru. Ne faremo buon uso».

«Sai, stasera in realtà le campagne di raccolta fondi sono proibite», disse Jinx. «È scritto nel programma. L'ho trovato ottimo. C'è un limite anche alla carità».

«A casa tua, certamente», dissi.

«Non possiamo mica crocifiggerci tutti quanti, Caroline, come fa tua madre, che non è contenta se non si prende cura di qualche bisognoso ogni momento».

Betty parve agitarsi e spostò il peso del corpo da un piede all'altro. Erano solo i tacchi delle sue nuove scarpe di coccodrillo, o sentire quelle malignità su mia madre la metteva a disagio?

«E come sta Big Liz?», chiesi. Jinx in realtà si chiamava Elizabeth, come sua madre, che per non generare confusione era stata soprannominata Big Liz, un nome che le si addiceva. «È tornata a casa? Sai che adesso molti centri dimagranti offrono anche corsi per corrispondenza?»

«Lei adora Southampton», disse Jinx. «È ospite dei Murray a Gin Lane. Hanno dato una sistemata al vostro cottage. Proprio una bella rinfrescata. Era così *tetro*, mi hanno detto, e il tetto stava praticamente venendo giù».

«Sono felice per loro», dissi.

«Peccato che abbiate dovuto rinunciare a quella casa», disse Jinx. «Tutto per colpa dei tuoi polmoni deboli».

«Non dovreste prendere posto ai tavoli, Betty?», chiesi.

«Poverina, che sfortuna non poter godere dell'aria di Southampton. Io adoro quell'odore di sale che viene dall'Atlantico. Arriva direttamente dall'Africa».

«Jinx, basta», disse Betty.

«Alla fine è stato per te che i tuoi genitori sono finiti nel Connecticut, Caroline?», disse Jinx.

Cosa sarebbe successo se avessi tirato un ceffone a Jinx davanti a tutti? La sensazione della mia mano sulla sua guancia grassottella sarebbe stata di sicuro bellissima.

«Sì», dissi.

«Che ironia, vero?», fece Jinx.

«Senti, Jinx, adesso basta davvero», disse Betty.

«È proprio ironico che alla fine i polmoni che non ce l'hanno fatta siano stati quelli di tuo padre. Una vera tragedia».

«Mi dispiace per la tua perdita», disse Kipper.

«È successo anni fa, Kipper, ma grazie», dissi.

«Non riesco nemmeno a immaginare come dev'essere stato, vederlo sdraiato a letto in casa, senza poter fare nulla», disse Jinx con quell'espressione partecipe che sapeva simulare così bene. «Detesto anche solo la parola "polmonite" e immagino che sia così anche per te. È un termine orribile».

Almeno Betty ebbe la decenza di distogliere lo sguardo.

«Se volete scusarmi, adesso devo andare...».

Passai la maggior parte del torneo a mangiare più gamberetti di quanto fosse ritenuto socialmente accettabile e a fingere di ascoltare un avvocato che mi raccontava delle difficoltà di sua moglie, che trovava che la sua cameriera si vestisse meglio di lei. Nel frattempo pensavo ai diversi modi con cui avrei potuto distruggere Jinx Whitney.

Alla fine il gong suonò. Andai in biblioteca e raccolsi i punteggi. La tensione nella sala era palpabile. Gli unici gruppi più competitivi di quelli del bridge erano i broker di Wall Street e i contendenti dei tornei di ju-jitsu in Brasile. E quantomeno in Brasile mettere le dita negli occhi dell'avversario era vietato per regolamento.

Gli ospiti si avvicinarono al tabellone, quasi accalcandosi, ma simulando un atteggiamento noncurante mentre aspettavano i risultati. Jinx era in piedi insieme a Kipper, Betty e Pru, e dopo diverse faticose partite di bridge appariva più arruffata delle pagine di un catalogo di moda a una riunione di ex allieve di un college femminile.

«Com'è andata, Betty?», le chiesi tentando di ricucire lo strappo tra noi.

«Be', Pru ha avuto qualche colpo di fortuna».

«Mi sa che vi abbiamo buttate fuori, Pru», disse Jinx.

Agitai il mucchietto di fogli. «Vedremo», dissi.

«Fai tu i punteggi?», disse Jinx. «Chiedi a qualcuno di controllarti i conti. Non vorrei che ti sbagliassi».

«Non preoccuparti, Jinx», dissi. «Tu e Kipper sarete sicuramente in testa. Come potrebbe essere altrimenti?».

Portai la pila di foglietti nel bagno delle signore, un locale colmo di sfarzosi rivestimenti dorati, con dei rubinetti a forma di collo di cigno che sarebbero piaciuti senz'altro a Maria Antonietta, e calcolai i punteggi. La squadra campione era quella di Jinx e Kipper, che avevano severamente battuto Betty e Pru.

Il gong suonò per radunare i giocatori e io mi affrettai a tornare in biblioteca. Mrs Custer era in piedi al fianco di Mrs Vanderbilt, accanto al tabellone del punteggio. Mrs Vanderbilt, ricoperta di diamanti splendenti, indossava un adorabile abito di taffetà grigio acciaio e un turbante coordinato. Era lo champagne a colorarle a quel modo le guance, o quell'esercizio di *noblesse oblige*?

«Eccoti, cara. Chi sono i nostri vincitori?», chiese Mrs Custer. «Temo che non ci sia tempo per scriverli sul tabellone».

Le porsi i foglietti, con la classifica dei punteggi in cima. Mrs Custer li mostrò a Mrs Vanderbilt, e le due si scambiarono un sorriso. Io tornai in fondo alla stanza e Mrs Custer suonò ancora una volta il gong. Gli ospiti dispersi in ogni parte della casa si radunarono in biblioteca. Gli uomini in abito da sera cedevano il passo a quelli in divisa, e tutti allungavano il collo per tentare di vedere meglio.

«È con *grande* piacere che vi annuncio i vincitori del torneo di bridge», disse Mrs Vanderbilt. «Il mio defunto marito avrebbe considerato questa festa uno splendido modo per dire addio a questa casa. Abbiamo raccolto *ventimila* dollari per la Croce Rossa».

La folla applaudì ed esultò, mentre Jinx e Kipper si facevano largo per arrivare in prima fila.

«E altri cinquemila andranno a un'altra associazione benefica molto fortunata. So che siete ansiosi di conoscere i nomi delle talentuose vincitrici che avranno l'onore di potersi definire il meglio del meglio. Perciò senza ulteriori indugi accogliamo la nostra squadra vincitrice...».

L'orchestra si produsse in un accompagnamento musicale per sottolineare il momento di suspense.

Jinx prese Kipper per mano. Cominciarono ad avviarsi verso il tabellone.

«Mrs Elizabeth Stockwell Merchant e Mrs Prudence Vanderbilt Aldrich Bowles».

Mrs Custer gettò gli altri foglietti con il punteggio nel fuoco, mentre Betty e Pru si facevano largo tra la folla. Mrs Vanderbilt porse l'assegno a Betty, che pareva raggiante.

«E per quale associazione benefica avete giocato voi ragazze stasera?», chiese Mrs Vanderbilt.

«Una che mi è molto cara», disse Betty portandosi una mano al petto. «Il Fondo per le Famiglie Francesi di Caroline Ferriday».

La folla batté le mani e l'applauso, all'inizio educato, crebbe impetuoso quando Mrs Vanderbilt si asciugò una lacrima. Guardando il sorriso di Betty mi rallegrai che la nostra frattura si fosse sanata.

La folla circondò Betty e Pru e io mi avviai verso la porta, ansiosa di respirare un po' di fresca aria notturna. Lungo il percorso incrociai Jinx e Kipper.

«Mi dispiace per la sconfitta», dissi.

«La matematica non è mai stata il tuo forte», disse Jinx. «Non credere che terrò la bocca chiusa».

«Grazie, Jinx», risposi. «In realtà ci conto».

Uscii e tentai di scacciare i rimorsi di coscienza. Ero stata disonesta. Ma l'avevo fatto per aiutare un amico. Tentai di concentrarmi su tutto il bene che io e Roger avremmo potuto fare con quei cinquemila dollari.

Tornai a casa con passo più leggero. Quella serata aveva fatto scattare qualcosa dentro di me, qualcosa che non vedeva l'ora di liberarsi. Ero finalmente riuscita a vedere quella gente per ciò che era, con poche eccezioni. Un curioso assortimento di sfaccendati e fannulloni, per lo più indebitati con le banche o intenti a dare fondo al capitale di famiglia. Pensavano solo ai nuovi scandali del Maidstone Club, a quale mazza avrebbero scelto per la quindicesima buca a Pebble Beach, oppure a fare una scenata ai domestici che servivano i canapè perché nell'aragosta era rimasto un pezzetto di guscio. Jinx mi aveva fatto un favore, liberandomi di tutte le conoscenze che mi erano rimaste nell'alta società di New York, e dalla mia paura di finire sulla loro lista nera.

Potevo passare il resto della mia vita a tentare di compiacere quella gente, oppure potevo lasciarli perdere. La decisione spettava a me.

Capitolo 19
Kasia

1942-1943

Quando Gebhardt aprì l'ingessatura e vidi la mia gamba, mi resi conto che non assomigliava più a un arto umano. Era gonfia e grossa quanto un ciocco di legno, coperta di macchie blu e verdastre. Il filo nero dei punti di sutura era teso allo spasimo nel tentativo di tenere insieme la carne intorno all'incisione che andava dalla caviglia al ginocchio.

Non ricordo di aver gridato, ma quando tornai nella stanza le ragazze mi dissero che avevano creduto che mi stessero operando di nuovo, questa volta senza anestesia, e altre udirono le mie urla nel cortile, durante l'Appell.

Il dottor Gebhardt arrotolò un asciugamano e me lo infilò in bocca, mentre una delle infermiere mi iniettò qualcosa che mi fece addormentare.

Mi risvegliai con la gamba avvolta nelle garze. L'incisione bruciava come se avessi un migliaio di coltelli piantati nella carne. Zuzanna lasciò il suo letto e venne a darmi un'occhiata. Sollevò un orlo della garza.

«È tanto brutta?», le chiesi.

«Non ha un bell'aspetto, Kasia. Credo che abbiano rimosso parti ossee. E forse qualche muscolo».

Non aveva senso. Che motivo c'era di togliere un muscolo a qualcuno?

«Ma a cosa serve?»

«Forse è una specie di esperimento», disse Zuzanna. «Ti hanno dato delle pillole, le altre invece non hanno avuto nulla».

«Ho tanto caldo», dissi.

«Resisti, Kasia. Matka presto verrà ad aiutarci».

Fui operata altre tre volte, e ogni volta il supplizio ricominciava da capo. La febbre era sempre più alta, la guarigione sempre più difficoltosa. Sembrava quasi che i dottori volessero vedere fin dove potevano spingersi prima che morissi. Dopo l'ultima operazione rinunciai alla speranza di tornare a ballare, desideravo solo poter camminare di nuovo. Me ne stavo sdraiata tutto il giorno sulla schiena, in preda alla confusione, cosciente solo a tratti. Quando non lo ero sognavo Matka, Pietrik e Nadia, e credevo di essere tornata a casa.

Giacere lì alla loro completa mercé alimentava la mia rabbia. Sebbene fosse difficile non perdere la cognizione del tempo, sapevo che eravamo alla fine dell'inverno del 1942. Tentai di restare ottimista. Di convincermi che avrei rivisto Matka.

Mentre ce ne stavamo in quella stanza, Regina ci interrogava sui verbi inglesi e ci raccontava storielle divertenti su Freddie e sulla sua abitudine di arrampicarsi fuori dalla culla. Janina invece ci insegnava il francese, visto che aveva imparato molte frasi quando lavorava al salone di bellezza a Lublino. Ci insegnava a dire cose come: "Il phon è troppo caldo", *Ce séchoir est trop chaud*, oppure "Potrebbe farmi una permanente a freddo con ricci medi e bigodini extra?". Le lezioni di Janina mi donarono una conoscenza dei rudimenti del francese, con una certa enfasi su frasi, terminologie e richieste specifiche, quali i rimedi contro la forfora.

«Non ce la faccio più a stare sdraiata qui», dissi.

«Già», disse Janina. «Usciamo a farci un giro in bici».

«Davvero. Ho un piano».

«Oh, no», disse Zuzanna.

«Secondo me dovremmo scrivere delle lettere segrete alle nostre famiglie».

Regina si sollevò sui gomiti. «Come ne *Il demonio della settima classe?* Adoravo quel libro». Quale scolara non aveva letto le avventure del ragazzo detective di Kornel Makuszynski?

«Esatto», dissi. «Agli scout lo facevamo sempre».

Zuzanna alzò lo sguardo dalla pallina di pane che stava facendo per il suo rosario artigianale. Ma perché non le *mangiava?* Da tempo le preghiere si erano dimostrate inutili. Persino sant'Agnese, la mia santa preferita, mi aveva abbandonata.

«È un bel modo per farci ammazzare tutte quante, Kasia», disse.

«Nel libro il protagonista usava il succo di limone», disse Regina. «E scriveva in codice, in modo che la prima lettera di ogni frase componesse un messaggio».

In qualche modo riuscii a mettermi a sedere. «La nostra urina dovrebbe funzionare lo stesso. È acida. Potremmo scrivere *con l'urina* lettere cifrate...».

«È geniale», disse Regina.

«È una follia», disse Zuzanna. «Scordatelo».

Zuzanna fu dimessa prima di me, e soffrivo terribilmente la sua mancanza. Sentimmo arrivare nuove ragazze nella stanza accanto alla nostra.

Poi, una mattina, mentre nella stanza c'era la vecchia infermiera Marschall che girava tra i letti per controllare i nostri parametri vitali, con un fazzoletto davanti al naso per proteggersi dalla puzza, Janina disse una cosa. Era un commento innocuo su quanto fossimo stanche di stare là dentro. L'infermiera uscì dalla stanza con la sua solita aria offesa, e un attimo dopo rientrò insieme alla dottoressa Oberheuser.

«Be', se non volete stare qui, allora andatevene», disse la dottoressa. «Subito. Alzatevi e tornate al vostro Blocco».

All'inizio pensammo che stesse scherzando, perché nessuna di noi era ancora guarita completamente. Realizzammo che diceva sul serio quando la Marschall cominciò a punzecchiarci e a spingerci per buttarci giù dal letto.

«Ma non abbiamo le scarpe...», cominciai a dire.

«Fuori», disse la dottoressa Oberheuser alzando un braccio in direzione della porta. «Se non riuscite a camminare potete sempre saltellare».

Tentai di alzarmi in piedi, ma crollai a terra. Non avevo più il gesso ma non potevo caricare il peso sulla gamba senza provare un dolore lancinante.

«Alzati e vattene, forza», disse la dottoressa Oberheuser. Io rimasi immobile sul pavimento. La dottoressa mi afferrò per un braccio e tirò. Mi trascinò per tutto il Revier, fino alla porta d'ingresso, come un tappeto da portare fuori il giorno delle pulizie. Poi mi lanciò addosso una gruccia di legno e mi lasciò lì al freddo, con le appuntite scorie ferrose che coprivano il Viale della

Bellezza che mi pungevano la pelle. Mi guardai intorno cercando Matka e provai a mettermi seduta.

Era strano essere di nuovo all'aperto, come ritrovarsi all'improvviso sulla luna. Intorno a me era tutto freddo, cupo e grigio, e non c'erano uccelli in cielo. L'aria era piena di cenere, che fluttuava come neve nera dentro una tetra palla di vetro, e c'era una puzza che non avevo mai sentito prima. Un gruppetto stava ripulendo i vetri delle finestre dei Blocchi, perché la polvere nera vi si era depositata sopra, proprio come la neve. In lontananza, subito dietro il bunker, fuori dalle mura del campo, due lingue di fuoco scarlatte si levavano nell'aria da due nuove ciminiere. Il ruggito del fuoco si sentiva praticamente in ogni angolo del campo, come una gigantesca fornace che eruttava fiamme direttamente dalla bocca dell'inferno.

Fu meraviglioso vedere Zuzanna correre verso di me, con un'espressione molto preoccupata in viso. Mi appoggiai a lei mentre mi aiutava ad alzarmi e a fare qualche passo. Zuzanna si era spostata nella nostra nuova casa già da qualche settimana e mi condusse verso il Blocco. Non vedevo l'ora di rivedere Matka.

In tutti quei mesi avevo mosso appena qualche passo, e non riuscivo a camminare neppure con la gruccia, specialmente a piedi nudi sopra i frammenti acuminati delle scorie ferrose. Mi fermai.

«Non ce la faccio. Lasciami qui. Per favore».

«Vieni», disse Zuzanna, praticamente prendendomi in braccio. «Fai piccoli passi».

Il nostro nuovo alloggio era il Blocco 31, un Blocco internazionale: c'erano delle polacche, tra cui tutti i "Conigli", come ci chiamavano adesso, delle francesi arrestate perché collaboravano con la resistenza clandestina, e delle infermiere dell'Armata Rossa. Tutte prigioniere politiche. Il Blocco era ancora più affollato di quello precedente.

Mentre ero al Revier c'era stato un nuovo sviluppo. Alcune prigioniere, tra cui le polacche, avevano il permesso di ricevere pacchi dalle loro famiglie. Nel frattempo la zuppa era diventata ancora più liquida, perciò era facile riconoscere quelle che li ricevevano, dato che sembravano più o meno sane. Quelle che non avevano nulla erano ridotte a mucchietti d'ossa che giacevano inermi sui letti, incapaci persino di togliersi i pidocchi di dosso.

Mi assopii e quando mi svegliai le ragazze stavano rientrando per il pranzo. Zuzanna si chinò accanto a me e mi prese la mano. La sua amica Anise, una donna bella e intelligente, che dava l'impressione di poter risolvere qualsiasi problema, era in piedi alle sue spalle.

«Ci sei mancata», disse Anise. «Abbiamo una nuova Blockova. Marzenka. È una tosta».

«Anche voi mi siete mancate», dissi. «Ma cos'è quell'odore lì fuori?».

Zuzanna mi strinse la mano. «Hanno costruito un crematorio. Sono fornaci».

«Per cosa?».

Zuzanna esitò. «Per bruciare...», disse, incapace di terminare la frase. Ovviamente potevo immaginarlo. Per bruciare quelle di noi così sfortunate da morire lì.

«Mi dispiace dovertelo dire, sorella, ma qui sanno tutti di Luiza», disse Zuzanna. «Ho pensato che fosse meglio che lo venissi a sapere da me. Una delle norvegesi mi ha detto di averla vista nella stanza che usano come obitorio...».

«No, dev'essere un errore».

Povera dolce Lou, che non aveva mai fatto del male a nessuno. Pietrik non mi avrebbe mai perdonata.

«Non c'è nessun errore. Ha detto che le si è spezzato il cuore a vedere una ragazza così giovane lì. E anche Alfreda».

Luiza e Alfreda erano morte? Era difficile da accettare. Perché avevano ucciso due ragazze così adorabili?

«Non ci pensare», disse Zuzanna. «Pensa solo a guarire. Almeno questa settimana non dovrai lavorare. L'infermiera Marschall ti ha rilasciato un permesso per stare a letto».

«Che angelo», dissi.

«Tutto il campo è in subbuglio per quello che vi hanno fatto», disse Anise. «Hanno operato più di cinquanta ragazze polacche e si dice che ora ne vogliano altre. Le scout si sono organizzate, adesso sono più di cento».

«Ci chiamiamo *Mury*», disse Zuzanna. Le mura. «Qualcuno ha trovato un distintivo scout nei vestiti riportati dal muro delle fucilazioni, facciamo giurare i nuovi membri su quello».

«Hanno raccolto un sacco di cose per voi. Tantissimo pane. E le ragazze francesi hanno scritto uno spettacolo teatrale che si chiama *I Conigli*».

«Mia madre l'ha visto?».

Anise e Zuzanna si scambiarono uno sguardo.

Anise mi strinse la mano. «Oh, Kasia».

«Che c'è?». Perché avevano tutte quell'aria così spaventata? «Che c'è, Zuzanna? Dimmelo».

«Nessuno ha più visto Matka da quando ci hanno prese per le operazioni», disse Zuzanna. Aveva gli occhi vitrei, ma come poteva restare così tranquilla?

Tentai di mettermi a sedere, ma una fitta alla gamba mi inchiodò al letto. «Forse l'hanno mandata in qualche campo satellite. Magari è nel bunker».

«No, Kasia», disse Anise. «Lì di sicuro non c'è mai stata. Crediamo che sia successo il primo giorno in cui vi hanno operate».

Come poteva essere? Doveva trattarsi di un terribile errore.

«Non c'è più, Kasia», disse Zuzanna.

«Impossibile. Nessuno ha visto niente? Lei è sempre stata bravissima a nascondino. Ricordi? Ricordi quella volta che si è nascosta sotto il mio letto?»

«Kasia...», disse Zuzanna.

«E abbiamo passato tutta la mattina a cercarla e lei si era addormentata lì sotto?»

«Non penso che sia andata così, Kasia».

«Probabilmente è con le ragazze della Bibbia», dissi. «Magari Suhren le ha fatto tagliare i capelli».

«No, Kasia».

«A te non importa, non l'avrai neanche cercata!», dissi a Zuzanna.

Lei mi strinse il suo rosario artigianale nella mano. «Certo che mi importa».

Gettai il rosario a terra. «Non le hai mai voluto bene quanto me». Una nuvola nera come l'inchiostro mi calò sul viso, penetrandomi negli occhi e nel naso e trascinandomi in un abisso senza fine. «Non mi stupisce che tu ci abbia rinunciato».

Zuzanna recuperò il rosario.

«Dimenticherò quello che hai detto, Kasia. È la febbre a parlare, e lo shock».

«No, non te lo dimenticare. Lo penso davvero. E adesso torno al Revier per cercarla. Non mi importa se mi ammazzano».

Tentai di scendere dal letto, ma Zuzanna mi tenne ferma. Lottai finché le forze mi sostennero. Poi mi addormentai, svegliandomi soltanto per precipitare ancora di più nella disperazione.

Mi ci vollero alcuni giorni per realizzare che Matka non sarebbe più tornata.

All'inizio sperai semplicemente che la rete delle prigioniere polacche non fosse riuscita a rintracciarla e che fosse nascosta e al sicuro da qualche parte, oppure che l'avessero trasferita in un altro campo. Quando chiesi alle ragazze del Blocco di aiutarmi a trovarla furono molto gentili con me, ma dopo un po' mi fu chiaro che tutte pensavano che fosse morta.

Non ci sarebbe stato alcun funerale. Nessuna croce di betulla. Nessun drappo nero appeso alla nostra porta.

Finché non imparai a usare la mia gruccia dipesi completamente da Zuzanna e Anise, che mi portavano alla latrina e mi riaccompagnavano a letto. Anche Janina aveva bisogno di supporto. Le nostre aiutanti erano generose, ma io detestavo essere un peso. Pensai spesso alla morte. Lanciarmi contro la recinzione elettrificata sarebbe stato così rapido e dolce. Ma naturalmente nessuno mi ci avrebbe mai portata.

In tutto il periodo dell'arresto e dell'arrivo al campo, e persino durante le operazioni, avevo sempre trovato qualcosa di positivo a cui aggrapparmi – il proverbiale ottimismo polacco mi sosteneva – ma ora che Matka non c'era più non riuscivo a riemergere dall'oscurità. Mi sentivo come un pesce di cui avevo letto da bambina, il saltafango africano. Ogni anno, all'arrivo della siccità, si seppelliva in profondità nel fango e restava lì per settimane, sospeso tra la vita e la morte, in attesa che arrivassero le piogge per tornare a vivere.

La vita andò avanti come al solito dopo il nostro rilascio dal Revier. Le sveglie brutali, gli Appell che duravano per ore, e una fame tormentosa e terribile che non ci abbandonava mai. L'unica cosa che interrompeva quella routine erano gli attimi di terrore quando la Blockova leggeva i nomi delle prigioniere che dovevano essere fucilate.

La procedura era quasi sempre la stessa. Le prigioniere che lavoravano nell'ufficio principale ci avvisavano dell'arrivo dei dispacci da Berlino che ordinavano le esecuzioni; alle guardie incaricate dell'operazione venivano accordate razioni extra di alcolici. Poi Binz ordinava di chiudere a chiave alcuni Blocchi. Quando arrivava la zuppa del pranzo, ma prima che venisse servita, la Blockova leggeva i numeri dei "pezzi da chiamare". Le sfortunate si preparavano, e nel giro di poco Binz e le sue amiche venivano a prenderle. La mia reazione era sempre la stessa: prima, la paura di sentir chiamare il mio numero. Poi, il sollievo di non essere stata selezionata. Infine, le terribili fitte di tristezza mentre guardavo una compagna eseguire i suoi ultimi gesti.

Il giorno in cui furono annunciate le prime esecuzioni dei Conigli aspettammo tutte con il fiato sospeso, sedute sulle panche intorno al tavolo, strette l'una all'altra: Zuzanna alla mia destra, Regina alla sinistra. Quelle di noi che erano state operate avevano appena ricominciato a venire a tavola a mangiare, un grande risultato, perché voleva dire che non dovevano più portarci la zuppa a letto. Da tempo girava voce che il comandante avesse in programma l'esecuzione dei Conigli, per cancellare le tracce dei loro crimini, ma non potevamo certo credere a tutte le voci che sentivamo, no? Ce n'era sempre una nuova... Per esempio, si diceva che gli americani stessero venendo a salvarci, o che nella zuppa ci sarebbe stata della carne.

«Attenzione», disse Marzenka mentre due ragazze russe portavano il pentolone della zuppa dentro il Blocco. «Le Häftling di cui dirò il numero raccolgano le loro cose e attendano ulteriori istruzioni».

Marzenka tirò fuori un foglio dalla tasca della giacca e lo spiegò. Il rumore della carta era l'unico suono in tutta la stanza.

«Numero 7649».

Alla mia sinistra, Regina si irrigidì.

Marzenka lesse i nomi di altri tre Conigli, ancora in convalescenza al Revier.

«No», disse Zuzanna. «Dev'esserci un errore».

Misi un braccio intorno alle spalle di Regina.

«Niente scenate isteriche», disse Marzenka.

Impossibile. Non poteva succedere davvero.

«Possiamo lottare, Regina», le sussurrai all'orecchio.

Lei non rispose. Mise il cucchiaio nella gavetta e la porse a Zuzanna. «Vorrei che l'avessi tu», disse.

Zuzanna prese la gavetta con gli occhi umidi di lacrime. Che regalo!

Regina si alzò in piedi. «Janina, mi sistemeresti i capelli?».

Janina annuì e noi seguimmo Regina tra i letti a castello, portandoci dietro le gavette piene, che sarebbero state rubate in un attimo se le avessimo lasciate incustodite.

«Sapete qual era la prima cosa che facevano gli spartani condannati a morte prima dell'esecuzione?», chiese Regina. «Si facevano sistemare i capelli».

Janina tolse il fazzoletto sporco dalla testa di Regina. Di norma acconciarsi i capelli era un crimine passibile di punizione. Secondo il regolamento dovevano essere tenuti legati all'indietro con il fazzoletto di ordinanza, ma Binz faceva uno strappo alla regola quando una prigioniera stava per morire. Nel periodo di recupero dall'operazione i capelli di Regina erano cresciuti e adesso erano lunghi, folti e neri. Janina li sistemò in uno splendido chignon a conchiglia. Qualcuno dai letti superiori le passò una forcina, probabilmente l'aveva ottenuta scambiandola con un'intera razione di pane.

«Kasia, voglio che tu abbia il mio libro d'inglese», disse Regina. «Stasera esercitatevi sulle preposizioni. E se poteste far avere il mio *Troilo e Cressida* a Freddie quando tutto questo sarà finito...».

Annuii.

«Rifiuterò di bere», disse Regina. Sapevamo che alle prigioniere portate al muro veniva offerto un bicchiere di sedativo per rendere le cose più facili per tutti. «Credete che sarò così coraggiosa da gridare "Viva la Polonia"?».

Le strinsi la mano. «Non importa...».

«Invece sì, Kasia. Sai quanto lo odiano».

Le prigioniere andavano incontro alla morte in maniere diverse. Alcune piangevano e urlavano. Altre restavano in silenzio o pregavano. Regina rimase in piedi accanto al suo letto e ci lesse i suoi passi preferiti di *Troilo e Cressida,* sbrigandosi per declamare più versi che poteva prima dell'arrivo di Binz:

> Bravo Troilo! Guardalo bene, nipote! guarda com'è insanguinata la sua spada, e il suo elmetto più ammaccato di quello di Ettore, e come è prestante, e come incede! Mirabile giovine! Non ha ancora visto i ventitré.

Mentre Regina leggeva noi le pizzicavamo le guance per darle un po' di colore. Una ragazza che lavorava nelle cucine aveva un po' di succo di barbabietola e Janina lo applicò sulle labbra di Regina.

Non erano passati neanche cinque minuti che Binz e le sue guardie fecero irruzione nel Blocco. Regina si accostò a me, con il libro stretto al petto.

«Raccontate a tutti quello che è successo qui», disse.

«Dammelo», disse Binz, afferrando il libro. «Ma di che cosa vi preoccupate? Il comandante in persona ha dato ordine di rilasciarvi».

Possibile? Di sicuro era un'altra bugia.

Janina si tolse la cintura dalla vita e la legò intorno a quella di Regina, facendo sembrare la sua uniforme quasi un vero vestito.

«Fuori, fuori», disse Binz, colpendo Regina con il suo manganello di gomma.

Regina zoppicò fino alla porta, la sua gamba non era ancora guarita del tutto. Arrivata sulla soglia porse i suoi occhiali da vista a Zuzanna e si voltò per sorriderci. Era raggiante, avvolta da una sorta di aura, e aveva le guance rosee.

Binz sbatté il libro in mano a un'Aufseherin e spinse Regina per strada. Tutte le prigioniere scoppiarono a piangere mentre la guardavano. Era così coraggiosa. Faceva onore al suo nome, perché aveva davvero un'aria regale quel giorno. Se non fosse stato per la camminata zoppicante avrebbe potuto essere una star del cinema o una modella, alta e orgogliosa mentre procedeva lungo il Viale della Bellezza.

Con il cuore pesante io e Zuzanna dividemmo la zuppa di Regina con Janina. Mangiarla ci fece sentire in colpa, ma non potevamo sprecarla. Ci spartimmo la piccola carota che conteneva, una prelibatezza. Avrei tratto forza dalla zuppa di Regina e sarei sopravvissuta per raccontare tutto al mondo.

Ben presto sia io che Zuzanna fummo mandate a lavorare a maglia allo Strickerei, ma restammo tutto il pomeriggio con l'orecchio teso, sperando di non sentire gli spari. Forse Binz aveva detto la verità e le ragazze erano state liberate? O mandate in un sottocampo?

Più tardi quel giorno sentimmo il rumore di un camion che costeggiava il lago e poi quattro spari attutiti, uno dopo l'altro. Recitammo una preghiera in silenzio, perché pregare era proibito. Anise mi raccontò in seguito quello che le avevano detto le ragazze delle cucine, che erano accanto al muro delle fucilazioni: Binz aveva portato fuori i Conigli per le esecuzioni.

«Siamo scoppiate a piangere», le avevano detto, «quando tutte e quattro hanno gridato insieme "Viva la Polonia"».

Dopo non riuscii più a essere semplicemente arrabbiata senza fare nulla. Saremmo state noi le prossime a finire davanti al muro? E chi sarebbe rimasto per raccontare la nostra storia al mondo? Avrei messo in atto il mio piano, anche a costo di farmi ammazzare.

Quella domenica, mentre Zuzanna dormiva tentando di riprendersi da un brutto attacco di dissenteria, io divelsi le assi sopra uno dei letti superiori e mi arrampicai in quella che le ragazze chiamavano la *dépendance*, una specie di attico dove andavano ogni tanto a fumare. Con la gamba ancora in pessime condizioni, anche solo arrampicarmi lassù fu uno strazio. C'era una piccola lampada e una volta abituati gli occhi alla penombra preparai gli strumenti per la mia missione segreta.

1. Una lettera scritta in tedesco su un foglio di carta del campo, in cui la prima lettera di ogni riga componeva le parole: «Lettera scritta con l'urina».
2. Uno stuzzicadenti che mi era costato mezza razione di pane.
3. La mia tazza, che riempii con il mio inchiostro segreto.

I miei primi tentativi diedero come risultato solo delle macchie sulla pagina, ma ben presto diventai brava a scrivere tra le righe e raccontai delle operazioni, menzionando i nomi dei Conigli che erano stati fucilati. Prima Regina, poi Romana Sekula, Irena Poborcówna, Henryka Dembowska. Poter scrivere a papà dei plotoni di esecuzione e delle operazioni mi fece sentire meglio, e gli chiesi di diffondere la voce più che poteva. Fino a quel momento settanta di noi erano state operate. Ci sarebbero volute molte lettere per scrivere a papà tutti i nomi. Gli chiesi di spedirmi un rocchetto di filo rosso per indicarmi che aveva ricevuto e decifrato la lettera.

La mattina dopo ci svegliammo sotto una pioggerella fredda e ci mettemmo in fila per dieci per l'Appell. Aspettammo il ritiro della posta prima di andare a lavorare allo Strickerei. Quando Marzenka cominciò a percorrere la mia fila per raccogliere le lettere, io presi la mia e ci passai sopra il dito. Era solo un po' rovinata nei punti in cui l'urina aveva inzuppato la carta. Marzenka se ne sarebbe accorta? E i censori?

Marzenka si avvicinò e tese il braccio, con il palmo della mano rivolto verso l'alto. Tremante, vi posai sopra la lettera. Strozzai un grido in gola quando vidi il foglio cadere e volteggiare fino a terra.

«Che maldestra», disse lei.

Provai a prenderla al volo, ma la lettera atterrò nel fango.

«Io non la tocco, quella», disse Marzenka.

Raccolsi la lettera e ripulii il fango con l'orlo della mia giacca. Poi gliela porsi. «La prego, signora Blockova».

Lei la prese con la punta delle dita e socchiuse gli occhi. «Perché tanta pena per una semplice letterina?». La sollevò per esaminarla sotto la luce dei riflettori.

Io riuscivo a malapena a respirare.

Marzenka me la restituì. «È indirizzata all'ufficio postale di Lublino. Riprenditela…».

Nascosi le mani dietro la schiena. «All'attenzione di Adalbert Kuzmerick. Mio padre lavora lì, signora Blockova».

«Ah», disse Marzenka. Sbatté la lettera sopra le altre e proseguì.

Sperai che riuscisse ad arrivare a destinazione. *Abbine cura, Marzenka. È la nostra unica speranza.*

Capitolo 20
Herta

Natale 1943

Nel Natale del 1943 il morale del personale di Ravensbrück precipitò come mai prima. All'inizio dell'anno le truppe tedesche avevano combattuto valorosamente a Stalingrado, nonostante la condizione di inferiorità sia in armi che in vestiti, ma alla fine avevano capitolato. Berlino inoltre doveva fronteggiare i bombardamenti sempre più frequenti da parte degli Alleati, ma le nostre truppe contrattaccavano in Gran Bretagna e avevano preso il controllo del nord Italia, liberando Mussolini che era stato arrestato dall'esercito. Perciò c'era comunque qualcosa da festeggiare.

Ma mentre la guerra continuava a trascinarsi, la vita a Ravensbrück si faceva più difficile. Arrivavano nuovi trasporti a tutte le ore, carichi di prigioniere infette provenienti da tutte le regioni conquistate dal Führer.

Senza più Halina il Revier era diventato un manicomio e vi proliferavano malattie originarie dei Paesi più diversi. Non avevo molto tempo per provare nostalgia di Fritz o di Mutti. Passavo la maggior parte delle giornate chiusa in ufficio, ma quel posto aveva bisogno di essere gestito da qualcuno. Soprattutto i medici del campo necessitavano di una pausa, e alla fine ci furono concessi dei festeggiamenti del solstizio particolarmente ricchi. In tutta la Germania i cittadini soffrivano a causa delle razioni ridotte, mentre lo staff del campo poteva ancora gustare vero caffè, salame, vodka polacca e ottimo champagne.

I nostri festeggiamenti cominciarono con una parata. Binz e le sue guardie sfilarono nella sala mensa vestite da angeli, con delle vestaglie di satin legate in vita da cordoncini dorati. Convinsero anche me a vestirmi così, e fu un bene, perché le maniche svasate coprivano i tagli che avevo sulle braccia, evitandomi occhiate imbarazzate e domande scomode. Questa dei tagli era una fase, un tipico sfogo da eccessiva tensione, il che non era affatto sorprendente visto lo stress che mi causava il lavoro.

Binz e gli altri angeli indossavano un berretto fatto di carta stagnola con una croce sulla fronte e portavano un alto palo con in cima una svastica dorata che arrivava quasi a sfiorare il soffitto basso. Mentre passavano in sfilata, ognuna accendeva una candela dell'albero di Natale sistemato in un angolo. Tutti i rami ne erano pieni, oltre a essere decorati con i tipici festoni argentati. Poi entrarono gli uomini delle SS in costume da pastori, con lunghe vesti e berretti di una vivace stoffa blu. In fondo alla processione c'era il comandante Suhren, il nostro Babbo Natale, sui trampoli. Indossava una lunga veste di feltro rosso bordata di pelliccia bianca e aveva in mano un bastone. Entrando si calcò sulla testa il berretto a punta.

«Chi è stato cattivo o disobbediente?», gridò con un luccichio divertito negli occhi.

Poi mise giù il bastone e aprì il sacco pieno di dolci. Dove li aveva trovati in quel periodo di guerra? La birra, la bevanda preferita del gruppo, scorreva a fiumi. Persino Babbo Natale aveva il suo boccale.

Quando la nuova religione introdotta dal nazionalsocialismo aveva fatto la sua comparsa ci era sembrata parecchio strana, ma poi ci eravamo abituati. Secondo il Führer si poteva essere tedeschi, oppure cristiani, ma non entrambe le cose. Ci suggeriva di diventare *noi stessi* Cristo, il che pareva una soluzione piuttosto pratica.

Molti tedeschi avevano opposto resistenza, ma tutti i membri delle SS si erano convertiti alla nuova fede. Gradualmente i simboli religiosi del Natale erano stati sostituiti da quelli dell'orgoglio nazionale, e al posto della nascita di Cristo si festeggiava il solstizio d'inverno. Nel giro di poco anche Babbo Natale sarebbe stato sostituito da Odino, il dio del Solstizio. Mutti era infastidita da quella faccenda, perché era stata cresciuta da protestante devota, mentre mio padre era un cattolico, ma alla fine persino lei aveva ceduto e insieme all'albero di Natale tradizionale aveva comprato un "albero del popolo", con in cima la ruota del sole germanico. Invece a me quella nuova religione piaceva, perché mi liberava da alcune moleste questioni teologiche.

Me ne stavo seduta da sola a guardare gli angeli e i pastori che si divertivano a ballare insieme, quando il comandante Suhren si avvicinò al mio tavolo, con il suo pancione da Santa Claus realizzato con un cuscino che ballonzolava a ogni passo. «Non ha mangiato nulla, Fräulein Oberheuser».

Posò sul tavolo il suo piatto di carne e patate al burro. Io mi voltai dall'altra parte per evitare l'odore della carne sanguinolenta. «Il mio titolo è "dottoressa", Herr Kommandant».

«Deve tenersi in forze. La carne contiene proteine e ferro, sa». Gli era mai venuto in mente che forse non era il caso di fare una lezione di alimentazione a un medico?

«Contiamo su di lei. So che non è facile ora che Fritz se ne è andato e il dottor Gebhardt è sempre in giro per le sue lezioni. E poi dopo l'incidente...».

Perché tutti si riferivano a quello che era successo con Halina come all'"incidente"?

«Sto bene, Herr Kommandant». Era vero. L'insonnia cronica era abbastanza comune tra i membri dello staff.

Suhren versò almeno un'oncia intera di sale sulle patate, mentre Binz e il suo fidanzato Edmund si baciavano in un angolo. Sembrava quasi che l'angelo stesse facendo la respirazione bocca a bocca al pastore. Di recente Binz era stata promossa vicecomandante delle guardie del campo, ma non aveva permesso alla sua nuova posizione di interferire con la sua vita sentimentale.

«Starei meglio se potessimo fare qualcosa per la faccenda dei Conigli, comandante», dissi.

«Ho un sacco di faccende da sistemare al momento. Settanta sottocampi, ognuno con i suoi problemi. Alla Siemens si lamentano che i prigionieri muoiono sul lavoro. E poi ho le mani legate per quanto riguarda i Conigli. Da quando mi hanno bacchettato da Berlino non ricevo neanche più i rapporti su quello che succede nel mio campo. E Gebhardt non mi dice niente».

Suhren aveva protestato per le operazioni con i sulfamidici, dicendo che le ragazze polacche gli servivano per lavorare. Gebhardt si era appellato alle sue amicizie altolocate e Suhren era stato scavalcato. Era stato anche costretto a scusarsi di persona con Gebhardt, e a quanto pareva era stato un brutto colpo per il suo ego.

«Be', che novità ci sono?», chiese Suhren giocherellando con una patata. Di sicuro aveva assistito alla scena dal suo ufficio. Perché voleva sapere la mia versione?

«Be', dopo la marcia di protesta dei Conigli...».

«Marcia? Metà di loro non riesce a camminare».

«Sono state portate sulla piazza e hanno chiesto di vedere Binz».

«Sì, ho saputo qualcosa».

«Le hanno consegnato il loro *manifesto*, una richiesta *scritta* di rinunciare a future operazioni».

«È fortunata che non ne sia nata una sommossa. Lei ha continuato a operare lo stesso?»

«Questa volta nel bunker. Là sotto non è possibile fare l'anestesia, e abbiamo avuto bisogno di altre guardie. Tutto il campo è molto protettivo nei loro confronti».

«E io come posso aiutarla?»

«A Berlino hanno saputo delle proteste e stanno valutando la situazione. Gebhardt dice che non vuole altre fucilazioni dei Conigli fino a nuovo ordine».

«E quindi?».

Suhren si mise a osservare Binz ed Edmund nel loro angolo. Lo stavo perdendo.

«Se non facciamo sparire il risultato degli esperimenti, saremo noi quelli che resteranno con il cerino in mano. Fritz se ne è andato. Gebhardt è sempre in viaggio».

Questo catturò la sua attenzione. «Temo di non poter scavalcare Gebhardt, lui parla direttamente con Himmler tutti i giorni».

«Ma bisogna fare subito qualcosa. Se viene fuori che...».

Suhren agitò una mano, come a scacciare quella possibilità. «Il nostro sistema di sicurezza rasenta la perfezione. Solo tre fughe di prigioniere, e due sono state riprese. Himmler in persona si è complimentato con i nostri censori. Non gli sfugge nulla».

Quella era una menzogna bella e buona. Avevo sentito parlare di un sacco di cose che erano sfuggite ai censori. Binz scopriva nuovi casi tutti i giorni. Flaconi di tintura per capelli nascosti nei fiocchi d'avena. Antibiotici nei tubetti di dentifricio.

«Inoltre le operazioni sono state effettuate in segreto e con le pazienti bendate. Nessuna di loro può identificarla».

«Ma...».

«Pazienza, mia cara. Mi occuperò della cosa. Lasci fare a me».

Suhren se ne andò, lasciando il tovagliolo sul piatto. Il sangue della carne intrise il cotone. Mentre il coro dei bizzarri angeli di Binz si riuniva per cantare delle canzoni popolari tedesche, io provai un primo brivido di paura per tutta quella storia. Sapevo fin troppo bene che le cose lasciate a metà tendevano spesso a degenerare.

Capitolo 21
Caroline

Natale 1943

Quel dicembre passai tutto il mio tempo libero a inseguire i viaggiatori alla Grand Central Station per vendere obbligazioni di guerra. Da un giorno all'altro sul muro orientale della stazione era comparso un affresco a tema bellico alto quasi quaranta metri. Navi da guerra e aerei da combattimento incombevano sulla folla dei passeggeri, molti dei quali in uniforme. La didascalia non lasciava dubbi in merito allo scopo di quell'opera: COMPRATE BUONI DELLA DIFESA E FRANCOBOLLI, SUBITO!

Un pomeriggio una delle organiste della stazione, Mary Lee Read di Denver, che si offriva sempre come volontaria per suonare durante i giorni di festa, si lanciò in una vivace versione di *The Star-Spangled Banner*. Nel grande atrio tutti si fermarono, i viaggiatori si portarono la mano sul cuore e rimasero in piedi ad ascoltare. Moltissimi persero il treno. Il capostazione chiese a Mary di non farlo più e lei divenne l'unica organista di tutta New York ad avere il divieto di suonare l'inno nazionale degli Stati Uniti.

La sicurezza alla Grand Central era ai massimi livelli, visto che due spie tedesche erano state sorprese a tentare di sabotare la stazione, tuttavia un piccolo gruppo di volontari, tra cui io e mia madre, aveva ricevuto il permesso di vendere le obbligazioni. Fu chiaro a tutti che mia madre avrebbe dovuto scegliere quella professione nella vita, perché si rivelò una maga degli affari. Per i viaggiatori stanchi che non volevano spendere neanche dieci centesimi per un francobollo fu un disastro, perché una volta caduti nella sua rete finivano sempre per donare molti più soldi, che lei accettava con piacere.

All'epoca si vedevano molte donne passare per la stazione. Con tanti uomini al fronte, le donne si univano a frotte alla forza lavoro. Persino Betty aveva un impiego come dattilografa in una caserma. Non era esattamente Rosie la Rivettatrice, ma per lei era un passo enorme.

La mattina di Natale del 1943 io e la mamma andammo alla chiesa di Saint Thomas, non lontano dalla Grand Central Station, tra la Quinta Avenue e la Cinquantatreesima Strada. Ascoltammo il pastore Brooks, magnifico nei suoi paramenti natalizi, che faceva del suo meglio per risollevarci lo spirito parlando dal suo splendido pulpito di legno intagliato. La guerra era molto sentita tra la nostra congregazione, che a quel punto era formata per lo più da donne e anziani. In qualche banco c'erano anche degli uomini in divisa, ma la maggior parte era stata spedita in Europa o nel Pacifico, compreso il nostro ascensorista, Cuddy. Tutti quanti conoscevamo qualcuno che era stato coinvolto direttamente nella guerra. Dissi una preghiera per i passeggeri della nave francese che Roger era stato costretto a respingere quel giorno. Migliaia di profughi europei in cerca di asilo, fermi in attesa sulla costa.

Non riuscivo neanche più a contare i mesi che erano passati da quando avevo ricevuto le ultime notizie di Paul. Roger presumeva che fosse ancora nel campo di concentramento di Natzweiler. Stando alle informazioni che avevo raccolto, molti francesi erano stati spediti sui Vosgi a fare lavori pesanti in condizioni di freddo estremo. Era possibile sopravvivere per due anni in un posto del genere?

Quell'anno era venuta fuori una novità, preoccupante e minacciosa. Era chiaro – e non solo dagli scarni rapporti che ricevevamo dalla Croce Rossa svizzera, ma anche dai giornali di New York e di Londra – che Hitler stava portando avanti il suo piano di eliminazione degli ebrei, degli slavi, degli zingari, e di tutti i popoli considerati *Untermenschen*, subumani, per conquistarsi il suo spazio vitale. Cominciavano a circolare rapporti su camion a gas a Chelmno, in Polonia, e su esecuzioni di massa. Hitler era arrivato al punto di rivelare apertamente i propri piani nei suoi discorsi deliranti, ma Roosevelt era lento a reagire e manteneva il tasso di immigrazione al minimo.

La chiesa di Saint Thomas era la nostra zattera della speranza.

Quando mi inginocchiavo nella grande chiesa profumata d'incenso, di fronte all'imponente pala d'altare, sentivo che forse le cose nel mondo prima o poi sarebbero tornate a posto. Quando ero piccola io e papà avevamo deciso di imparare a memoria i nomi dei sessanta santi e personalità famose intagliate nella pietra. San Policarpo. Sant'Ignazio. San Cipriano. Quando lui era morto eravamo arrivati al numero quarantasei, George Washington, perciò non avevo mai imparato i nomi degli altri. Stare lì me lo faceva sentire più vicino, specialmente quando dalle canne dell'organo arrivavano le note di *God Rest Ye Merry Gentlemen,* il canto di Natale preferito di papà. Bastava ascoltare le voci dei ragazzi del coro che con le guance imporporate cantavano la gloria del Signore per provare un rinnovato senso di positività.

Mentre il pastore Brooks ci parlava delle sue intenzioni di arruolarsi e unirsi al "buon vecchio Settimo Reggimento" di New York come cappellano, io leggevo i nomi di coloro che avevano servito nella prima guerra mondiale, incisi sulla parete. Venti di loro – i nomi erano scritti in lettere dorate – avevano dato la vita per il loro Paese. Quanti altri giovani avremmo perso in questa guerra? Più di quattrocento membri della nostra parrocchia avevano indossato la divisa, e avevamo già superato il numero di morti della Grande Guerra.

Infilai una delle lettere di Paul nel mio libro degli inni. L'avevo ricevuta con grande ritardo, molto dopo l'invasione della Francia. L'avevo letta e riletta così tante volte che la carta si era fatta sottile come quella di un fazzoletto. La rilessi ancora mentre il pastore Brooks continuava:

> Amore mio, grazie per le confezioni di Ovomaltina. Credimi, è davvero un bel cambiamento rispetto alla bevanda calda che il padre di Rena fa con le ghiande. Non preoccuparti se per un po' non riceverai altre lettere. Tutti i giornali riferiscono che l'invasione si avvicina. Ma nel frattempo sappi che mi manchi e che gli unici brevi momenti in cui sei assente dai miei pensieri sono quelli in cui dormo. Prega per noi, dormi bene tra le tue lenzuola di satin rosa, e pensa che presto ci incontreremo ai distributori automatici della H&H, per goderci l'aria condizionata e una mela…

Mi sentii addosso il peso di uno sguardo insistente e quando mi voltai vidi David Stockwell seduto al banco dietro di me. Mi stava fissando. Cos'era quell'espressione sul suo viso? Curiosità? Una punta di tristezza? Chiusi il libro degli inni mentre Sally Stockwell, che persino in quella grande sala così fredda sudava copiosamente, si protendeva verso di me e mi sorrideva. Anche Betty mi si accostò e alzò gli occhi al cielo, per sottolineare la lunghezza del sermone del pastore Brooks.

Alla fine della celebrazione il pastore scese dall'altare, seguito da una raccogliticcia processione di ragazzi del coro e anziani. Mentre camminavano lungo la navata centrale, era evidente che le file del coro fossero piuttosto decimate, considerando i tanti che erano partiti per la guerra scambiando la tonaca rossa e bianca con la divisa militare. Quando giunsero in fondo alla chiesa e rientrarono in sacrestia, la folla dei fedeli cominciò a disperdersi.

Io e mia madre ci riunimmo a Betty, David e Sally nel nartece della chiesa, lo splendido ingresso con il soffitto a cassettoni. Tutti e tre saltavano subito all'occhio in mezzo alla folla. Betty perché indossava un abito completamente bianco sotto la pelliccia di visone; Sally, che aspettava dei gemelli, perché pareva esplodere sotto il cappotto scarlatto, nonostante gli inutili tentativi di coprirsi il pancione; e David perché era praticamente l'unico uomo di Manhattan senza la divisa. Diceva che il suo lavoro al Dipartimento di Stato era comunque un sacrificio, ma paragonato al servizio al fronte, perdere tempo in lunghi pranzi al 21 non sembrava un fardello particolarmente gravoso da sopportare.

Quando io e mia madre li raggiungemmo, Sally si stava sventolando con il volantino delle attività della parrocchia.

«Oh, ciao, Caroline», disse con un sorriso tremante.

«A quanto pare avrete due bei bambini per Natale», disse mia madre.

«Tre», rispose Betty. «Sono tre gemelli adesso. Mia madre sta impazzendo. Vuole tre bambinaie diverse». Non bastavano le cinque gemelline Dionne, che erano finite su tutti i giornali, a ricordarmi che io non avevo proprio nessun figlio: adesso anche Sally Stockwell avrebbe avuto un parto multiplo.

Presi David per un braccio. «Posso parlarti in privato?».

David parve perplesso. Aveva paura che volessi discutere del nostro passato? Nonostante fossi ancora ferita nell'orgoglio, non potevo evitare di notare che più passavano gli anni, più lui si faceva attraente.

«Spero che non sia nei guai», disse Betty.

«Ho un minuto», disse David. «Ma poi dobbiamo tornare a casa. Il cuoco ha un arrosto sul fuoco».

Lo trascinai in un angolino tranquillo della chiesa, e lui sorrise. «Se è un ultimo tentativo di natura sentimentale forse la chiesa non è il…».

«Perché non rispondi alle mie telefonate?», dissi.

La guerra non aveva impedito a David di vestirsi in modo elegante come al solito, in stile classico, ma al confine con il dandy, con il nodo alla cravatta un po' gonfio e le tasche del cappotto di cammello dall'orlo ampio.

«Quand'è stata l'ultima volta che tu hai fatto un favore *a me*?»

«Volevo solo che tu facessi un paio di chiamate per…».

«Soltanto il Congresso ha il potere di modificare le quote dell'immigrazione, Caroline. Te l'ho già detto».

«Tu però hai una certa autorità, David».

«Per fare cosa?»

«Roger ha dovuto respingere un'altra nave questa mattina. Arrivava da Le Havre. Metà dei passeggeri sono bambini. Se potessi chiedere…».

«Questo Paese non *vuole* altri stranieri».

«Stranieri? Metà degli americani sono qui a malapena da una generazione. Come puoi lasciare la gente a morire, David?».

Lui mi prese la mano. «Senti, C. So che Paul Rodierre si trova in una brutta situazione…».

Ritirai il braccio. «Non è questo il punto. Com'è possibile che ce ne stiamo qui senza fare *niente?* È frustrante».

Il pastore Brooks raggiunse mia madre, Betty e Sally nel nartece. Fece il segno della croce sul pancione di Sally; come unico risultato, lei prese a sventolarsi con più foga.

«Siamo in *guerra*, Caroline. Vincerla è la cosa migliore che possiamo fare per quella gente».

«È solo una scusa e tu lo sai. I settantamila ebrei rumeni a cui è stato rifiutato il diritto di asilo? Il *St. Louis* respinto? Quanti innocenti abbiamo rispedito indietro verso morte certa?».

Il pastore Brooks si voltò a guardarci e David mi spinse nelle ombre dell'angolo buio.

«È un procedimento lungo, Caroline. I visti devono essere ispezionati scrupolosamente. Le spie naziste potrebbero arrivare qui fingendosi dei profughi. È nell'interesse degli Stati Uniti».

«È antisemitismo, David. Una volta avresti fatto la cosa giusta».

«Fratello?», lo chiamò Betty.

David le rispose alzando l'indice. «Okay, ma ammetti di cosa si tratta veramente. Se non ti struggessi come una scolaretta per il tuo fidanzato già sposato, in questo momento saresti alla Junior League a fare calzettoni a maglia per i soldati».

«Farò finta di non aver sentito se mi prometti che almeno proverai a...».

«David, vieni *subito*», disse Betty.

«Okay, chiederò».

«Ho la tua parola?»

«*Sì*, per l'amor del cielo. Sei contenta adesso?»

«Sì», risposi con un sorriso. Per un attimo mi parve di scorgere un barlume di tristezza sul volto di David. Rimpiangeva di aver rotto con me? Difficile dirlo, perché quell'espressione scomparve rapida come era arrivata.

Quando ci voltammo vedemmo mia madre e Betty che aiutavano Sally a sedersi su uno dei banchi in fondo. Il pastore Brooks la fissava come un padre angosciato, mentre mia madre spediva i ragazzi del coro a cercare una bacinella. Le urla di Sally risuonarono per tutta la chiesa quando mia madre le mise il suo cappotto arrotolato sotto la testa per sorreggerla.

«Dio mio», disse David, impietrito.

Betty corse da lui e lo tirò per un braccio. «Vieni qui. Sta per partorire. Non c'è tempo per andare al St. Luke».

A quanto pareva David non sarebbe rientrato in tempo per mangiare l'arrosto del cuoco.

Capitolo 22
Kasia

Natale 1943

Il Natale del 1943 fu particolarmente cupo per me e Zuzanna. Senza più Matka e Luiza, e con mia sorella ridotta in condizioni terribili, non avevamo molto da festeggiare. Da tempo non ricevevamo né lettere né pacchetti da papà. Era ancora vivo?

Il pomeriggio di Natale fummo dispensate dall'Appell, in modo che le guardie potessero festeggiare. Zuzanna era sdraiata accanto a me, era così dimagrita per la dissenteria che anche attraverso la coperta sottile sotto cui dormiva si intravedeva l'osso sporgente dell'anca. Era un medico, perciò sapeva cosa stava succedendo e tentava di darmi indicazioni su come farla stare meglio, ma anche se le ragazze delle cucine trafugavano per lei sale e acqua pulita, niente pareva funzionare. Molte delle nostre compagne di prigionia condividevano il loro cibo prezioso con i Conigli, ma senza più pacchi da casa eravamo diventate due scheletri ambulanti.

Zuzanna giaceva su un fianco, con le mani giunte sotto il mento, e io sonnecchiavo accanto a lei, il petto accostato alla sua schiena. Continuare a sentire il suo respiro era l'unica cosa che mi rendeva felice. Le donne del nostro Blocco avevano tenuto un'apposita votazione e avevano deciso di concederci un letto in basso tutto per noi, proprio perché eravamo Conigli. Era stato un gesto straordinario, perché c'erano letti in cui dormivano addirittura in otto! Le donne russe, molte delle quali erano medici e infermiere catturate sul campo di battaglia, erano particolarmente gentili con noi: erano state loro a organizzare la votazione. Come regalo di Natale Anise ci aveva dato un pezzetto di coperta senza pidocchi che aveva trafugato dai mucchi del bottino di Hitler. L'avevo avvolto intorno ai piedi nudi di Zuzanna.

Guardai alcune ragazze polacche mettere dell'erba sotto un pezzo di stoffa. Era una tradizione che in Polonia seguivamo da quando eravamo piccole: a Natale si metteva sempre dell'erba fresca sotto una tovaglia bianca. Dopo cena le ragazze estraevano da lì sotto dei fili per predire il futuro. Un filo ancora verde preannunciava un matrimonio, uno bianco significava attesa, uno giallo un temuto destino da zitella, e uno molto corto presagiva una morte precoce. Quel giorno tutti i fili estratti mi sembrarono cortissimi.

Approfittando della temporanea assenza di Marzenka, alcune ragazze polacche intonarono una delle mie canzoni di Natale preferite, *Zdrów badz Królu Anielski*, "Degno del Re degli Angeli". Però lo fecero sottovoce, perché cantare o parlare in lingue diverse dal tedesco era proibito e poteva farti finire nel bunker.

La canzone mi riportò alla mente le vigilie di Natale in Polonia, il nostro alberello coperto di ghiaccioli di carta stagnole e di candele. I regali che scambiavo con Nadia, sempre libri. La cena con la zuppa di barbabietole di Matka, il pesce arrosto e i dolci. E poi la messa il giorno di Natale, la nostra famiglia sempre seduta nello stesso banco dei Bakoski, tutti stretti l'uno all'altro. Pietrik e sua madre, così gentile e bella, come un cigno dai capelli neri. Prima di conoscere il padre di Pietrik era stata una danzatrice di balletto e portava sempre i capelli raccolti in uno chignon alla base del collo. Il padre di Pietrik, alto e vestito con l'uniforme da militare, e Luiza che si stringeva a me con il suo cappottino rosa. Pietrik che mi tirava a sé per leggere insieme il libro delle preghiere, mentre la sua famiglia sorrideva. Profumava di chiodi di garofano e cannella, perché la mattina aveva aiutato sua madre a cucinare.

Passavo sempre molto tempo immersa nei ricordi – qualsiasi cosa per distrarmi dal freddo del Blocco – ma la fame pian piano prendeva il posto di tutti gli affetti che custodivo nella memoria. Per la maggior parte del giorno pensavo soltanto al pane e a tenere lontani i pidocchi da me e da Zuzanna. Lei mi aveva imposto una rigorosa routine di spidocchiamento, perché era terrorizzata dal tifo. Da medico, conosceva bene le conseguenze terribili di quella malattia.

I miei pensieri furono interrotti quando l'anziano elettricista di Fürstenberg arrivò a riparare i cavi del nostro Blocco. Veniva spesso da noi, e lo aspettavamo con ansia. Entrò nel Blocco, con la schiena curva e i capelli bianchi, portandosi dietro la borsa di tela con gli attrezzi e uno sgabello pieghevole di legno. Le spalle e le maniche della sua giacca di tweed erano bagnate e scure di pioggia. Fece colare via l'acqua dal suo cappello giallo. Poi fece una cosa che faceva sempre, una cosa straordinaria.

Ci salutò con un inchino.

Un inchino! Quanto tempo era passato dall'ultima volta che qualcuno ci aveva salutate così? A quel punto andò al centro della stanza e aprì lo sgabello. Mentre passava lanciò un'occhiata a Zuzanna, che dormiva accanto a me, e sorrise. Per qualche ragione lei gli piaceva particolarmente. Zuzanna faceva spesso quell'effetto sulla gente. Forse gli ricordava una delle sue figlie? L'ultima volta che era venuto le aveva portato una zolletta di zucchero avvolta in carta bianca, che avevamo fatto durare per giorni, svegliandoci di notte per dare qualche leccatina. E una volta aveva fatto cadere "per sbaglio" un pacchetto di antidolorifico in polvere per il mal di testa accanto al suo letto.

Può sembrare strano che delle ragazze che stavano morendo di fame fossero così felici di vedere un tedesco. Herr Fenstermacher però non era un operaio qualsiasi. Era un uomo gentile e colto, con la voce dolce come melassa. Ma non era questa la cosa migliore.

Lui cantava per noi. In francese.

E non canzoni qualsiasi. Erano canzoni inventate da lui mettendo insieme i titoli dei giornali. Certo, sapevamo qualcosa di come stava andando la guerra perché sentivamo in lontananza i boati delle bombe, provenienti da sud. Ma Herr Fenstermacher, assumendosi un grande rischio, ci portava un dono più prezioso dell'oro. Ci portava *speranza*. In tedesco Fenstermacher significa "finestraio". Lui era la nostra finestra sul mondo.

Cominciava sempre allo stesso modo. Saliva sul suo sgabello, giocherellava un po' con la lampadina e cantava: «*Recueillir près, les filles, et vous entendrez tout ce qui se passe dans le monde*». Venite qui, ragazze, e sentirete cosa succede nel mondo.

Quel giorno di Natale ci cantò delle truppe americane arrivate in Europa, di Stalin, Roosevelt e Churchill che si erano incontrati a Teheran, e della Royal Air Force britannica che bombardava Berlino. Ecco cos'erano gli aerei che sentivamo passare! Immaginai i piloti inglesi, giovani e belli, che sorvolavano il campo facendo suonare la sirena e gettando nel panico Binz e le sue Aufseherinnen. Quei piloti sapevano che sotto di loro c'eravamo anche noi, in attesa di essere liberate?

Quelle che conoscevano il francese bisbigliavano la traduzione alle altre. Non credo sia possibile capire quanto quel regalo ci rendesse felici. L'elettricista terminò con un: «Buon Natale, mie care signore. Che Dio venga presto ad aiutarci».

Poi raccolse la sua borsa degli attrezzi e si calcò di nuovo in testa il cappello. Io sentivo le lacrime bruciare dietro gli occhi. Si sarebbe raffreddato, andando in giro con quel tempaccio? Si erano tutti dimenticati di noi. Sapeva di essere il nostro unico alleato? Tornò verso il nostro letto e si toccò il cappello per salutarmi. *Ti prego, abbi cura di te*, pensai. *Sei il nostro unico amico.*

Fui contenta che Zuzanna avesse continuato a dormire. Un giorno di riposo senza dover restare per ore sotto il nevischio mentre Binz e le sue guardie ci contavano l'avrebbe aiutata a riprendersi. Solo quando Herr Fenstermacher era ormai fuori della porta mi accorsi di quello che ci aveva lasciato ai piedi del letto.

Un meraviglioso paio di calze lavorate a maglia!

Le presi in mano, non riuscivo a credere a quant'erano morbide. Me le strofinai sulla guancia. Erano soffici come le piume di Psina. E il colore! Azzurro chiaro, come il cielo d'inizio estate. Le feci scivolare sotto il mento di Zuzanna, tra le sue mani giunte e il petto. Un miracolo di Natale.

Herr Fenstermacher era appena uscito che subito la porta del Blocco si spalancò di nuovo per lasciar entrare Marzenka, che si tolse il fango dagli stivali. Quanto glieli invidiavamo. Stare a piedi nudi con soltanto degli zoccoli di legno troppo grandi era una vera tortura.

Marzenka era carica di pacchetti. Il cuore mi balzò in gola. Era troppo sperare di ricevere qualcosa almeno a Natale, dopo aver aspettato tanto?

Si mise a camminare lungo il Blocco, chiamando nome per nome e gettando pacchetti e lettere nei letti. Ogni tanto mi pareva strano che noi, pur essendo prigioniere politiche, potessimo ricevere quei pacchi. Ma fortunatamente il comandante Suhren era un uomo pratico. Se le famiglie delle prigioniere spedivano cibo e vestiti era un risparmio per il campo: sarebbero stati necessari meno fondi per mantenere in vita le lavoratrici.

Quando Marzenka venne dalla nostra parte le erano rimasti solo due pacchetti.

Ti prego, fa' che uno sia per noi.

Rallentò avvicinandosi al nostro letto. «Buon Natale», disse con uno dei suoi rari sorrisi. Persino lei aveva sviluppato una certa simpatia per i Conigli.

Marzenka lanciò sul nostro pagliericcio un pacchetto, che atterrò con un rumore sordo. Mi misi a sedere e lo presi. Ero un po' confusa e tenni in mano la scatola avvolta in carta marrone per qualche istante, dandomi il tempo di fare mente locale. Un pacchetto. Le gocce di pioggia avevano macchiato la carta, facendola assomigliare alla pelliccia di qualche animale, e avevano fatto colare l'inchiostro con cui era stato scritto l'indirizzo del mittente, ma il pacchetto arrivava dall'ufficio postale di Lublino.

Papà.

Era riuscito a decifrare il codice e aveva scaldato la lettera? Dovevo svegliare Zuzanna per aprire il pacco insieme a lei? Era già semiaperto, perché i censori l'avevano ispezionato, perciò andai avanti e strappai la carta marrone. Mi ritrovai in mano una vecchia scatola di metallo per dolciumi, fredda sotto le mie dita. Aprii il coperchio e per prima cosa sentii l'odore di cioccolata vecchia. Oh, *cioccolata.* Mi ero dimenticata della sua esistenza. Persino quella così stantia mi fece venire l'acquolina in bocca.

La scatola era piena di fagotti di stoffa. Svolsi il primo e vi trovai quel che restava di una torta ai semi di papavero. Era più di metà! Di solito i censori se le prendevano tutte intere. Erano così generosi per via del Natale? Assaggiai una briciola e ringraziai Dio per aver creato i semi di papavero, poi mi affrettai a riavvolgerla nella stoffa, perché volevo conservarla per Zuzanna. Una torta polacca le avrebbe fatto bene.

Nel secondo involto trovai un tubetto di dentifricio e quasi mi venne da ridere. Non avevamo più spazzolini da tempo, ma era bellissimo vedere un oggetto così familiare che arrivava da casa. Svitai il tappo e inspirai l'aroma di menta. Poi riposi il tubetto sotto il materasso. Con un po' di abilità avrei potuto barattare quel tesoro per una razione settimanale di pane extra.

L'ultimo fagotto era più piccolo, avvolto in uno degli strofinacci da cucina di Matka, quello su cui aveva ricamato due uccelli che si baciavano. Appena lo vidi rischiai di soffocare per i singhiozzi, i miei movimenti si fecero goffi, confusi. Poi finalmente riuscii a disfare il piccolo involto, le mani mi tremavano così tanto che sciogliere il nodo fu una vera impresa. Lo strofinaccio si aprì nel mio grembo e rimasi immobile a fissarne il contenuto.

Un rocchetto di filo rosso.

"Gioia" è una parola di cui si abusa molto, ma fu esattamente ciò che provai quel giorno, quando capii che papà aveva decifrato la mia lettera segreta. Riuscii a malapena a trattenermi, volevo alzarmi in piedi in mezzo alla stanza e annunciare a tutte la mia felicità. Invece baciai quel piccolo rocchetto e lo feci scivolare tra le mani di mia sorella addormentata.

Fu il Natale più bello della mia vita, perché seppi finalmente che non eravamo più sole.

Capitolo 23
Herta

1944

«Vilmer Hartman è qui per vederla», disse l'infermiera Marschall con uno sguardo eloquente. Perché continuava a entrare nel mio ufficio senza bussare?

Quella mattina mi ero svegliata di cattivo umore e con uno strano ronzio in testa. Forse era perché il campo ormai scoppiava di gente. Ravensbrück era stato costruito per settemila prigioniere, quell'estate invece era arrivato a contenerne quarantacinquemila. O forse erano le sirene antiaeree che suonavano in continuazione, o le brutte notizie della guerra: all'inizio di giugno nel campo si era sparsa la voce che gli americani erano sbarcati in Francia. O magari era il fatto che il campo era pieno di prigioniere malate, e ogni settimana dovevo liberare l'intero Revier da quelle che non erano più in grado di lavorare, mandandole via sui mezzi di trasporto neri. Non riuscivo più a dormire, nemmeno dopo essermi procurata qualche taglio per allentare la tensione.

A peggiorare ulteriormente le cose, Suhren non mi aveva fatto più sapere nulla riguardo i Conigli. I Blocchi erano talmente affollati e mal gestiti che per ritrovare quelle prigioniere avremmo dovuto mettere sottosopra tutto il campo. Gerda mi aveva detto che le amiche dei Conigli avevano scambiato i numeri con loro e le nascondevano ovunque, persino nel Blocco TB.

Alla luce di tutto questo, non ero certo dell'umore adatto per rivedere un vecchio amico.

Vilmer Hartman era uno psicologo che avevo conosciuto alla scuola di medicina; voleva fare un giro a Uckermark, l'ex campo giovanile dove adesso Suhren aveva sistemato parte dell'esubero di prigioniere. Sapevo che gli psicologi facevano spesso delle ronde nei campi per monitorare la salute mentale del personale. Una perdita di tempo, considerando che c'erano cose molto più importanti da fare. Speravo di riuscire a portarlo a Uckermark, fargli fare un giro di circa cinque minuti, e andarmene senza grosse difficoltà. Quel giorno avevo in mente di staccare prima e di farmi un bagno freddo, visto che eravamo nel mezzo di un'ondata di caldo senza precedenti. Era il luglio più bollente che si fosse mai registrato.

Trovai Vilmer in un'auto, davanti all'edificio dell'amministrazione, mi aspettava sul sedile del passeggero. Mi misi al volante, avviai il motore e accesi la radio per scoraggiare qualsiasi tentativo di conversazione.

«Germania ancora vittoriosa. Gli Alleati sono a corto di rifornimenti mentre le truppe tedesche continuano l'operazione Guardia al Reno. Nelle prossime...».

Vilmer spense la radio. «Vittoriosa? Tutte bugie. Come possiamo ancora illuderci? Abbiamo già perso la guerra. È successo a Stalingrado».

«Cosa ti porta qui al campo, Vilmer? L'ultima volta che ti ho visto è stato a lezione di biologia. Ricordo che avevi qualche problema con i feti di maiale».

Vilmer sorrise. «Quella lezione per poco non mi ha steso».

Era un bell'uomo, con i capelli biondi lievemente ondulati e i modi gentili. Era in abiti civili, immaginai che lo facesse per guadagnarsi la fiducia dei pazienti con cui parlava. In qualche modo le sue scarpe di cuoio dall'aria piuttosto costosa sembravano ancora lucide nonostante la polvere del campo.

«La carriera da medico non fa per tutti», dissi.

«Di certo è retribuita meglio», disse Vilmer. «Ma io sono contento di essere uno psicologo».

Quando arrivammo a Uckermark parcheggiai, e Vilmer, da bravo gentiluomo tedesco, mi aprì la portiera. Ispezionammo i tre Blocchi appena costruiti e l'enorme tenda militare eretta sulla Platz, piena di centinaia di Häftling ancora in abiti civili.

Vilmer aveva dei modi squisiti, tipici di un tedesco colto, ma era un tipo un po' scialbo. Una volta mi aveva chiesto di uscire, ma io avevo troppo da fare e avevo rifiutato.

«Pubblichi parecchio, Vilmer. Ti sei costruito proprio una bella carriera».

Strofinai la manica del mio camice bianco, dove si erano depositate delle ceneri nere.

«Non fa un po' caldo per le maniche lunghe?», disse lui. «Con me non hai bisogno di sfoggiare abiti formali».

«Perché sei qui, Vilmer?»

«Per studiare il rapporto tra trauma e psicosi».

«Un'altra ricerca? Qui avrai a disposizione un'infinità di soggetti, puoi cominciare dalla mensa degli ufficiali».

«Mi interessano di più le prigioniere».

«A chi importa di loro? E non toccarle, se non vuoi rischiare di prenderti qualcosa».

«A me interessano molto», disse lui. «È solo una parte della mia ricerca, ma le sedute di terapia con i prigionieri mi hanno insegnato molte cose».

«Qual è il tuo incarico ufficiale?», gli chiesi.

Arrivammo alla tenda e Vilmer si voltò per sorridere a una Häftling.

«Valutare l'utilità del contributo della popolazione a partire da una serie di criteri».

Quello che intendeva in realtà era "selezionare i prigionieri mentalmente inadatti al lavoro". Ma prima di segnalarli per il trattamento speciale faceva qualche piccola ricerca privata.

«Praticamente osservi i topini nel labirinto», dissi.

«Mi piace pensare che parlare li aiuti. Da quando sei diventata così spietata, Herta?»

«Devo sdraiarmi su un divanetto adesso?»

«Ti farebbe bene. Ma non sono sorpreso, a dir la verità. D'altra parte sei stata sistematicamente desensibilizzata per anni, a cominciare dalla scuola di medicina. Ricordo un duello con membra umane al posto delle spade in laboratorio».

«E tu saresti qui solo per osservare i prigionieri?»

«No, devo anche selezionare il personale del campo».

«Compresa me?».

Vilmer scrollò le spalle. «Ognuno deve fare il suo lavoro».

«Quindi ciò che dirò verrà registrato e sottoposto a Suhren?»

«Io faccio rapporto direttamente a Berlino».

«E ti hanno detto di fare una valutazione su di me».

«Sei una dei tanti, Herta. I dottori dei campi sono una categoria particolarmente a rischio. Di base mostrate un profondo rispetto per l'autorità. E accettate, anzi quasi auspicate, lo status quo».

«Io non posso vivere in un posto così sporco». Scrollai via altra cenere dal cappotto. «Che cosa dice il mio fascicolo?»

«Dimmelo tu».

«Di sicuro si parla dell'incidente con la polacca».

«Forse».

«E cosa c'è scritto? Avevo trovato una prigioniera, un'ex infermiera, che mi aveva aiutato a sistemare il Revier. L'infermiera Marschall si è ingelosita e ha rovinato tutto. Marschall. Lei sì che è un caso interessante da studiare».

«Sai perché ti hanno obbligata a giocare a scacchi con il dottor Winkelmann?»

«Non è una cosa su cui sprechiamo molte chiacchiere, Vilmer».

All'inizio mi ero ribellata contro quelle visite forzate al mio panciuto collega, Winkelmann, ma poi avevo cominciato a trovarle stranamente rilassanti. Mi spalmavo dell'unguento al mentolo sotto il naso per contrastare il suo odore e lo guardavo divorare un sandwich di pesce dopo l'altro, mentre mi istruiva sui benefici del pesce per il cervello. Mi era capitato di uscire con uomini peggiori.

«Immagino sospettino che fossi entrata troppo in intimità con un'altra donna e che quindi una compagnia maschile potesse farmi bene».

«E tu come ti senti a riguardo?»

«Non fa parte del mio lavoro sentire alcunché».

«Interiorizzare le emozioni non ti aiuterà, Herta».

Vilmer era così *delicato*, con quei suoi occhi marroni tristi e bovini. Non era mai stato tra gli studenti più brillanti, la scuola di medicina per lui era stata una vera perdita di tempo.

«Mi è semplicemente dispiaciuto. Era una gran lavoratrice e una brava persona».

«Dai miei appunti risulta che sei rimasta a letto per diversi giorni. Ansia acuta».

«L'ho superata». Si poteva superare qualsiasi cosa con la disciplina e il duro lavoro. Perché mai farne un problema così grande?

«Mi pare che ti dia fastidio che la giacca si stia sporcando della cenere dei Krema. Ti va di parlarne?»

«Preferisco indossare un camice bianco pulito, Vilmer. È una violazione di qualche codice di comportamento, forse?»

«Non c'è bisogno di alzare la voce, Herta. Le crisi si sono fatte più frequenti ultimamente?».

Per quanto ancora avrei dovuto sopportarlo?

«Come dormi?».

Di colpo provai una terribile vampata di calore a stare lì ferma sotto il sole. «Non bene, Vilmer. Potrebbe avere a che fare con le sirene che suonano alle quattro del mattino. Non che a qualcuno interessi se dormo oppure no».

«Ti sembra che non interessi a nessuno?», mi chiese lui.

«Vuoi smetterla di farmi domande su come mi sento? *Mein Gott*, Vilmer. A che serve? Come mi sento? Come mi sento?».

Avevo alzato la voce, attirando l'attenzione di una Aufseherin. Ci mancava solo quello, un altro rapporto nel mio fascicolo.

«Senti, non è facile sentirsi a casa in un posto come questo», disse Vilmer. «Sul tuo fascicolo erano indicati i tuoi compiti qui al campo. Non puoi essere indifferente a tutto quanto. Non è nella tua natura porre fine alla vita di altre persone, Herta. Di sicuro sei in uno stato di intorpidimento psichico».

«Faccio solo il mio lavoro», dissi tirando giù le maniche del camice a coprire i polsi.

«Ti tagli ancora?».

E allora? Era una cosa che potevo gestire.

«No, certo che no», dissi. «Niente tagli».

Vilmer si mise una sigaretta tra le labbra e fece scattare l'accendino. Il riflesso del sole sulla cassa di alluminio mi accecò per un istante. «Non puoi avere tutte e due le cose, Herta. Uccidere ed essere vista come una persona che salva delle vite. C'è un prezzo da pagare».

«Nel mio tempo libero cerco di pensare ad altro».

«Si chiama sdoppiamento, sai. E non fa bene».

«Neanche fumare».

Vilmer fece una smorfia e gettò via la sigaretta, provocando una baruffa tra le Häftling. «Senti, fino a un certo limite tenere separati i diversi ambiti è una cosa positiva, ma credo che staresti meglio se cambiassi un po' i ritmi della tua vita».

«Vuoi farmi trasferire?»

«Penso che un trasferimento ti farebbe bene, sì. A questo punto non c'è molto che tu possa fare per aiutare il Reich».

«Perciò mi sbatterai nell'ospedale di qualche cittadina sperduta con un abbassalingua e un flacone di aspirina? Forse tu non hai preso molto sul serio gli studi di medicina, ma io ho lavorato duro per arrivare dove sono».

«Non c'è bisogno di mostrare tutta questa ostilità, Herta».

Il camice era come una fornace, sentivo le gocce di sudore rotolarmi lungo la schiena.

«Quindi ora sono anche ostile? Ma per favore. Ti è mai capitato di fare qualcosa così bene da pensare di essere destinato a grandi successi? Ora ti prego, non scrivere "manie di grandezza" sul mio referto. È così. Io sono un *medico*, Vilmer. È il mio ossigeno. Ti prego, non farmi mandare via».

«Questo casino non finirà bene per la Germania, Herta. Devi riuscire a comprenderlo. E tu sarai in fila per l'impiccagione».

Mi avviai verso la macchina. «Suhren risolverà tutto».

Vilmer mi seguì. «Pensi che Suhren ti proteggerà? Scapperà a Monaco. O in Austria. Gebhardt è già al lavoro per farsi eleggere presidente della Croce Rossa, come se questo possa essere sufficiente a salvarlo. Perché non ti prendi semplicemente un permesso?».

Era nauseante. Che dimostrazione di debolezza. Tutti i tedeschi si erano rammolliti da un giorno all'altro?

«Ti lascio alle tue ricerche». Tornai alla Wagen e gli lanciai il sacchetto con i panini che avevamo portato con noi. «Posso farcela, Vilmer. Ce l'ho fatta finora. Ti prego, non togliermi tutto quello che ho conquistato».

Mentre uscivo dai cancelli di Uckermark incrociai un camion che andava nella direzione opposta, pronto per caricare un trasporto speciale. Nello specchietto retrovisore vidi Vilmer accovacciato a parlare con alcune ebree ungheresi. Senza dubbio stava chiacchierando dei loro sentimenti. Come se potesse essere di qualche aiuto al Reich.

Pochi mesi dopo Suhren mi chiamò nel suo ufficio, grigio in volto.

«Le nostre fonti mi hanno detto che la notizia dei Conigli di

Gebhardt è trapelata. A Berlino hanno intercettato una trasmissione della Swit, la radio del governo polacco in esilio a Londra, che parlava nel dettaglio dei Conigli. L'hanno definita vivisezione e hanno fatto il mio nome. E quello di Binz. Hanno detto che si vendicheranno dei nostri crimini con un attizzatoio rovente».

«Hanno fatto anche il nome di qualche dottore?»

«Solo quello di Gebhardt. E hanno detto che dei missionari cattolici di Friburgo hanno riferito la notizia in Vaticano».

«Gliel'avevo detto, comandante».

Suhren prese a passeggiare avanti e indietro. «Come hanno fatto a saperlo? Siamo stati così attenti. Immagino sia il caso di assicurarci che i Conigli ricevano adeguata assistenza».

«No, comandante. Anzi, tutto il contrario. Come abbiamo già detto...».

«La nostra intelligence dice che il governo polacco in esilio ha già condannato *a morte* Gebhardt. Qui abbiamo a che fare con l'opinione pubblica internazionale. Bisogna agire con cautela. Potrebbe fare la differenza quando la situazione, be', *si risolverà*».

«Sarebbe meglio che i Conigli non fossero mai trovati. L'opinione pubblica avrebbe qualche difficoltà a parlare di qualcosa che non è mai esistito».

«Himmler sta trattando con la Svezia per organizzare trasporti di Häftling. Vuole trasferirli con i pulmini della Croce Rossa. Crede che in tal modo potrebbe ottenere un po' di clemenza. Forse questo ci aiuterà. E spero sia stato registrato il fatto che io ero contrario alle operazioni».

Com'era possibile che Suhren fosse così ingenuo? Non ci sarebbe stata alcuna *clemenza*. Se la Germania avesse perso la guerra, i vincitori non si sarebbero certo messi in fila a chiedere chi aveva obiettato a cosa. Suhren sarebbe finito dritto con il cappio al collo.

«Come crede che reagirà il mondo di fronte alle prove vive e vegete di quello che abbiamo fatto qui? Comandante, lei sarà ritenuto responsabile, qualsiasi cosa faccia. E anche io».

Suhren guardò fuori dalla finestra, verso il campo che si stendeva ai suoi piedi.

«Come li troviamo? Le Häftling non hanno più i loro veri numeri ormai». Aveva gli occhi iniettati di sangue. Aveva bevuto?

«E sfuggono sempre agli Appell. Scambiano il proprio numero con quello dei morti».

Feci un passo avanti. «La maggior parte di loro dovrebbe essere nel Blocco 31… o nascosta sotto di esso. Impiegando la nuova struttura…».

«Per favore, Oberheuser…».

A Suhren non piaceva parlare della nuova struttura, e di certo nessuno si azzardava a pronunciare ad alta voce la parola "gas". I nuovi membri dello staff, arrivati da Auschwitz, avevano aiutato a mettere in piedi una struttura improvvisata dentro un vecchio capannone accanto al Krema. Non era un'opera d'arte, ma avrebbe semplificato di molto il problema di come mettere a tacere per sempre i Conigli.

«Chiederò a Binz di mettere in sicurezza il Blocco 31 e poi di chiamare l'Appell», disse Suhren. «E lei, dottoressa, si assicurerà personalmente che tutti i Conigli vengano presi».

Era ora.

«Mi sta dando il permesso di…».

«Faccia quello che deve fare, dottoressa. Si assicuri soltanto che nessuno trovi mai traccia di loro».

Capitolo 24
Caroline

1944-1945

Il 25 agosto 1945 Roger mi telefonò a The Hay e mi disse che le truppe americane, insieme a quelle della Francia Libera, erano alle porte di Parigi.

Potevamo tornare al lavoro.

Era sabato, perciò c'era poco traffico mentre attraversavo la città con l'acceleratore a tavoletta, sfrecciando accanto alle altre macchine sulla Taconic Parkway, finché non vidi una luce blu lampeggiante nello specchietto retrovisore. Quando spiegai come stavano le cose all'agente – aveva un viso ancora da bambino – lui mi scortò fino al consolato, con i lampeggianti accesi.

Nell'ufficio di Roger cominciammo a raccogliere informazioni da tutte le fonti a nostra disposizione. Leggevamo telegrammi e cablogrammi mentre ascoltavamo le notizie alla radio. Quando le nostre truppe giunsero davanti all'Arco di Trionfo fummo sopraffatti dalla gioia, al telefono con Bordeaux e Londra. Le truppe statunitensi, accompagnate dal generale De Gaulle e dall'esercito della Francia Libera, entrarono a Parigi da sud, lungo gli Champs Elysées, sulle jeep e a piedi. Orde di parigini sciamarono per le strade gridando «*Vive la France!*». La gente usciva di casa in preda alla gioia, anche se c'erano ancora cecchini e carri armati tedeschi che continuavano a sparare qua e là. Ma ben presto i tedeschi alzarono bandiera bianca nei loro bunker, i proprietari dei ristoranti tirarono fuori dalla cantina le ultime bottiglie di champagne rimaste e tutta Parigi impazzì di felicità.

Più tardi, quel giorno, dall'ufficio di Roger guardammo la stella della Metropolitan opera, Lily Pons, che cantava *La Marseil-*

laise davanti a trentamila persone radunate sotto di noi sulla Rockefeller Plaza per festeggiare la vittoria.

Tutti pensavamo che fosse solo questione di tempo prima che Hitler capitolasse e Berlino cadesse. Gli Alleati avrebbero liberato tutti i prigionieri dei campi di concentramento. Mandai telegrammi e lettere ai centri per il rimpatrio di tutta la Francia, chiedendo notizie di Paul. Come avrebbe fatto a tornare a Parigi?

Ma anche dopo la liberazione della Francia, la guerra proseguì. Nell'aprile dell'anno successivo ero seduta al tavolo da pranzo a The Hay, ancora in pigiama, a scrivere un comunicato stampa per gli orfani della Francia liberata: DI SEGUITO LA LISTA DEI GENERI DI PRIMA NECESSITÀ DI CUI C'È BISOGNO IN FRANCIA: RISO. CACAO DOLCE. LATTE IN POLVERE. FRUTTA SECCA. IN SUBORDINE TÈ E CAFFÈ PER I RAGAZZI PIÙ GRANDI...

Quanto tempo era passato da quando avevo ricevuto la prima lettera di Paul? Le mie ricerche non avevano dato frutto. Bethlehem era stata investita da un'ultima tempesta di neve, ma persino l'inverno era stufo di se stesso, e i nuovi fiocchi caduti sulla neve compatta nel cortile assomigliavano più che altro a batuffoli di flanella bianca. Terribili per fare a palle di neve, avrebbe detto papà.

Serge gettò sul tavolino a mezzaluna dell'ingresso il fascio di lettere che aveva recuperato all'ufficio postale e andò a spalare la neve dal vialetto.

Io feci il tè in cucina mentre la luce del pomeriggio si affievoliva. Tornando in sala da pranzo scorsi rapidamente le buste. Trovai le solite cose. Il volantino del Bethlehem Horse Show che mia madre organizzava tutte le primavere a Ferriday Field, dietro la casa, per sostenere la biblioteca. Il conto mensile per il latte da parte della fattoria Elmwood. L'invito a un concerto di campanelle in una tenuta vicina.

Poi rimasi impietrita di fronte a una busta. Era beige, come le altre che mi aveva spedito, e l'indirizzo era scritto con la grafia di Paul. Un po' meno vivace e marcata, ma senza dubbio *sua*. Proveniva da: HÔTEL LUTETIA, 45 BOULEVARD RASPAIL.

Con le mani tremanti strappai il bordo della busta e lessi la lettera.

Presi gli stivali in cucina, mi buttai sopra il pigiama il cappotto di mia madre e attraversai di corsa il cortile, diretta verso il Merrill Brothers General Store, frantumando a ogni passo lo strato di neve sotto i miei piedi. Salii le scale e trovai mia madre davanti a una fila di scaffali, insieme a Mr Merrill, che teneva in mano quello che sembrava proprio un flacone di preparato contro le emorroidi. Si allontanarono subito l'uno dall'altra, con aria imbarazzata.

Mr Merrill sorrise quando entrai, con il suo voluminoso mazzo di chiavi legato alla cintura.

«Caroline. Come stai…».

«Non ora, Mr Merrill», dissi appoggiandomi alla maniglia della porta mentre tentavo di riprendere fiato. Sebbene nella vita di tutti i giorni fosse un uomo conciso, il bel Mr Merrill sarebbe stato capace di discutere all'infinito dei pro e dei contro dei sacchetti di carta, se gli avessi dato anche solo il minimo segnale di incoraggiamento.

Mia madre si voltò. «Buon Dio, cosa c'è, cara?».

Senza riuscire a riprendere fiato le sventolai davanti la lettera.

Lei si avvicinò. «Chiudi la porta, Caroline. E per l'amor del cielo, che succede?»

«È di Paul. È a…».

«Dove, cara?»

«All'Hôtel Lutetia».

«Perché non me l'hai detto, Caroline?», disse lei restituendo il flacone a Mr Merrill. «Partiamo domani».

Dopotutto, avevamo le valigie pronte ormai da mesi.

Capitolo 25
Kasia

1945

Nel febbraio del 1945 il Viale della Bellezza non era più così bello. I tedeschi avevano usato le fioriere dei davanzali e molti degli alberi di tiglio per farne legna da ardere. Le scorie ferrose nere sparpagliate lungo la strada erano coperte di fanghiglia ghiacciata e c'erano ancora alti cumuli di neve nel campo, sormontata dalla cenere che usciva dalle fornaci. La voliera con gli animali esotici era sparita da un pezzo.

Evitai alcuni gruppetti di donne che se ne stavano fuori ad affrontare il freddo, e altre che vagavano da sole. Di domenica il Viale della Bellezza brulicava di prigioniere di tutte le nazionalità, alcune agitavano all'aria dei mutandoni o le giacche dell'uniforme per asciugarle. Il campo era diventato affollato a livelli inimmaginabili da quando l'Armata Rossa aveva cominciato a premere da ovest attraversando la Polonia. Ogni ora arrivavano nuovi trasporti di prigioniere che i tedeschi avevano evacuato da altri campi di concentramento come Auschwitz e Majdanek. Ben presto ci ritrovammo con prigioniere di ventidue Paesi diversi. Le polacche erano sempre il gruppo più numeroso, ma adesso tra noi c'erano anche prigioniere britanniche, cinesi, americane. Tutti sapevano che Himmler teneva nel bunker molti dei suoi *Prominent*, i suoi prigionieri speciali, compreso un pilota americano catturato vicino Ravensbrück, dove si era paracadutato quando il suo aereo era stato abbattuto.

Sebbene quasi tutte indossassimo la stessa uniforme a strisce blu e grigie, riuscivamo a indovinare la nazionalità di ognuna a seconda di come la portava. Le ragazze francesi si distinguevano sempre. Si legavano il fazzoletto sulla testa in una foggia affascinante e inimitabile, e usavano degli scampoli di tessuto per cucire delle piccole borsette chiamate *bautli* dove tenevano l'occorrente per i pasti. Alcune riuscivano persino a cucire dei piccoli baveri bianchi sulla giacca dell'uniforme e a ricavare graziosi nastri dagli stracci. Anche le prigioniere russe, per la maggior parte infermiere e medici dell'Armata Rossa catturate sul campo, erano inconfondibili. Erano un gruppo disciplinato e indossavano le uniformi esattamente alla stessa maniera. Avevano conservato i loro stivali di cuoio dell'esercito e portavano il fazzolettone del campo intorno al collo con un nodo quadrato.

Riconoscere le nuove arrivate era altrettanto facile. Quando le autorità del campo avevano finito le uniformi, alle nuove prigioniere era stato assegnato un assortimento variopinto di abiti presi dai mucchi del bottino. Assomigliavano a uccelli esotici con quei loro costumi da pappagalli, così chiamavamo l'allegro miscuglio di gonne arruffate e maglie dai colori vivaci. Alcune erano state abbastanza fortunate da ricevere delle giacche calde da uomo, sul dorso delle quali lo staff del campo tracciava con il gesso bianco una grossa croce di Sant'Andrea, nel caso la prigioniera in questione tentasse di fuggire.

Due ragazze russe erano in piedi davanti al loro negozio improvvisato tra i Blocchi 31 e 29, dove si poteva acquistare un maglione o delle calze al prezzo di una razione di pane. Poco lontano c'era la loro sentinella, pronta a segnalare la presenza di Binz.

Si diceva che tra noi ci fosse anche Gemma La Guardia Gluck, la sorella del sindaco di New York, Fiorello La Guardia. E anche un gruppo di paracadutiste inglesi catturate dalle SS in Francia. E la nipote di De Gaulle, Geneviève. Tutte poi sapevamo che la sorella stessa di Himmler era stata prigioniera a Ravensbrück, dopo essere stata arrestata con l'accusa di "contaminazione della razza", ovvero di aver avuto una relazione con un uomo polacco. Le ragazze dell'ufficio principale ci avevano detto che non le erano state risparmiate nemmeno le ventisei frustrate previste per quel reato.

Binz adesso alzava al massimo il volume della musica che veniva suonata nel campo e ci sommergeva di canzoni di guerra e marce. Alzai lo sguardo verso il cielo e vidi tre aerei sorvolare il campo. Erano tedeschi. Lo capivo dal rumore particolare dei motori e dal fatto che non fosse scattata la sirena antiaerea.

L'estate precedente avevamo saputo dello sbarco in Normandia grazie a Herr Fenstermacher, ma ora non avevamo bisogno di aiuto per capire che la Germania stava perdendo la guerra. I segni erano ovunque. Raid aerei quotidiani. Appell sempre più brevi. Meno dettagli su lavoro da fare.

I nazisti stavano cedendo.

Ma non avevano ancora rinunciato a ucciderci. I pulmini senza finestre dei trasporti neri arrivavano ai Blocchi sempre più di frequente. Il grasso dottor Winkelmann con il suo lungo cappotto di pelle, insieme alla vecchia infermiera Marshall, battevano il campo in cerca di prigioniere malate da segnalare per i trasporti.

Le malate si nascondevano ovunque per sfuggire a quel destino: sotto le baracche, sui tetti, tra i bidoni del carbone. Zuzanna inventò un metodo per graffiare il braccio delle donne arrivate da Auschwitz dopo l'evacuazione e far sembrare la pelle infetta, in modo da nascondere il tatuaggio blu con il numero. Tutti nel campo continuavano a proteggere i Conigli quando venivano chiamati all'appello. Alcune arrivarono persino a scambiare il loro numero con noi, correndo un grave rischio.

Le voci continuavano a circolare. Una prigioniera-infermiera disse a Zuzanna che nell'ex campo giovanile, lo *Jugendlager*, a meno di dieci minuti di macchina da noi, stavano radunando le donne più anziane esonerate dal lavoro. Il cibo lì era più sostanzioso e non c'erano appelli. Poteva essere vero?

Più tardi, quella sera, ricevetti il permesso di andare all'ufficio amministrativo a ritirare un pacchetto indirizzato a me. Lasciai il Blocco felice di poter finalmente camminare senza la gruccia, ma dopo pochi metri Karol, una *Jules* olandese, mi afferrò per un braccio e mi trascinò in un angolo buio.

Sentii il cuore balzarmi in petto. Ero diffidente nei confronti delle Jules, che erano una nuova tipologia di prigioniere spuntata fuori nel campo l'anno precedente. Di solito erano delle tedesche, con il triangolo verde o nero, che prendevano dai mucchi cappotti da uomo, pantaloni, e persino biancheria intima maschile, si tagliavano i capelli corti e camminavano tronfie per il campo con una sigaretta tra le labbra e l'aria truce. Alcune usavano una lametta per incidere una X, chiamata "la croce della vacca", sulla fronte di qualche ragazza che apprezzavano e marcarla come loro proprietà. Ma le Jules non erano tutte cattive.

Ne conoscevo diverse che erano gentili e spesso per una ragazza era un vantaggio avere un rapporto stabile con una di loro, perché significava protezione e cibo. Tuttavia chi diventava oggetto del loro desiderio non aveva modo di opporsi, perché le Jules avevano sempre buone connessioni ai piani alti. Potevano far morire di fame una ragazza se si rifiutava di collaborare.

«Stanno facendo un'altra selezione qui accanto», disse Karol. «Facciamo una passeggiata».

Ci allontanammo dal camion e prendemmo la strada più lunga per arrivare all'edificio dell'amministrazione. Quando mi voltai a guardare vidi Winkelmann e l'infermiera Marschall che facevano salire diverse donne in uno dei pulmini neri senza finestre. Un trasporto della morte. Non c'era bisogno di dirlo ad alta voce: chiunque fosse passato di là avrebbe potuto essere trascinato via da quell'uragano, anche senza una ragione precisa.

Per quanto alcune Jules mettessero davvero paura, quel giorno Karol forse mi aveva salvato la vita. Quando il pericolo passò la ringraziai e continuai per la mia strada.

Passai accanto a una grossa tenda bianca eretta per ospitare un gruppo di nuove arrivate, in un'area poco distante dal Viale della Bellezza. Il campo era terribilmente affollato e i trasporti continuavano ad arrivare da tutti i Paesi. Suhren aveva fatto piantare diverse tende al centro del campo. Questa in particolare era stracolma di donne e bambini che avevano a malapena lo spazio per sedersi. Molte donne erano in piedi e cercavano di tranquillizzare i loro piccoli.

«Kasia», sentii chiamare. Mi voltai, sorpresa.

All'inizio non la riconobbi nel buio della tenda, perché aveva il volto tirato ed emaciato, e i capelli biondi corti e coperti di polvere grigia.

Nadia.

Era seduta su una vecchia valigia, e accanto a lei c'era una donna che le teneva la testa in grembo. Nadia le accarezzava i capelli mentre le mormorava qualcosa. La fissai per un secondo per assicurarmi che fosse davvero lei e poi mi avvicinai alla tenda, restando fuori dal campo visivo della Aufseherin.

«Nadia?», dissi. Era un'allucinazione?

Lei alzò lo sguardo, sembrava quasi che la sua testa fosse troppo pesante perché il collo la sostenesse.

«Kasia», disse, esalando una nuvoletta di vapore bianco dalla bocca. Quanto era bello sentirle pronunciare il mio nome. Alzò una mano per impedirmi di avvicinarmi ancora.

«Hanno appena trascinato via una ragazza perché si era fermata a parlarci. E metà di noi ha il tifo. Sta' attenta».

Feci un altro passo verso di lei. Che giorno felice! Dovevo trovare il modo di farla spostare subito nel nostro Blocco.

«Da quanto siete qui?», le chiesi a bassa voce per non farmi sentire dalle guardie.

«Siamo arrivate ieri sera da Auschwitz. Dicono che ci manderanno al campo giovanile. Lì c'è posto».

«Quando?»

«Non lo so», disse lei abbassando lo sguardo sulla donna che teneva in grembo. «Abbiamo tutte una gran sete e lei ha bisogno di un posto dove morire in pace».

«Nadia, vieni. Io posso nasconderti».

«Non posso lasciarla».

«Qualcun altro penserà a lei», dissi avvicinandomi.

«Non la riconosci, vero? È mia madre, Kasia. Non l'abbandonerei per nessun motivo».

La signora Watroba. Come erano state catturate?

«Vieni», dissi. Potevo nasconderle entrambe.

«So a cosa stai pensando, amica mia, ma io resterò qui con la mia Matka».

«Cosa posso portarvi?».

Le guardie di Binz cominciarono a far cenno ai prigionieri di salire sui camion.

«Niente. Non preoccuparti. Presto torneremo tutti a Lublino. Anche Pietrik. Sarà felice di vederti». Lo disse con un sorriso sincero. La vecchia Nadia.

«È di te che è innamorato», dissi.

«Sai quante volte mi ha chiesto se ti piaceva? Ehi... ti ho lasciato un libro prima di andarmene. Nel nostro posto. Il capitolo cinque ti piacerà».

«Il nostro posto potrebbe non esserci più, ma andremo a controllare insieme quando torneremo».

«Sì».

Nadia boccheggiò e si portò un pugno al petto, gli occhi fissi sulla mia gamba. Uno dei calzini di lana da uomo spaiati con cui avevo scambiato un po' del nostro dentifricio era scivolato giù, lasciandola scoperta. Ormai era guarita, ma era avvizzita e rinsecchita, con tendini e ossa mancanti e la pelle lucida e tesa. «Dio mio, Kasia, cosa è successo alla tua gamba?». Le salirono le lacrime agli occhi.

Piangeva per me in quella situazione? Era davvero una buona amica.

«Te lo racconto dopo, adesso vi porto qualcosa da bere. Ho un po' di acqua piovana da parte».

Nadia mi sorrise di nuovo. «Sei sempre piena di risorse, Kasia. Matka sarebbe felice».

«Torno subito», dissi, avviandomi di nuovo verso il mio Blocco.

La gamba mi rallentava, e quando ritornai le guardie stavano caricando le ultime prigioniere sul camion. Chiusero il portello posteriore e lo colpirono due volte. Il camion si avviò lungo il Viale della Bellezza.

Nadia. Rivederla era stato un vero toccasana! Sarebbe stata al sicuro al campo giovanile? Non avevo mai sentito di prigioniere trasferite lì da Ravensbrück prima. Pregai che le voci che giravano sul nuovo campo fossero vere. Ma Dio ascoltava le nostre preghiere?

Il camion proseguì lungo il Viale della Bellezza e scoppiai a piangere quando scorsi per un istante Nadia che cullava sua madre.

«Ci vediamo presto, Nadia», gridai correndo dietro al camion come meglio potevo.

Lei allungò il collo sopra la folla, mi sorrise e alzò una mano.

Guardai il camion allontanarsi finché le luci rosse posteriori non si confusero nel buio. Poi mi asciugai le lacrime. Stavano andando davvero in un posto sicuro? Era difficile credere a qualsiasi cosa dicessero i tedeschi, ma in ogni caso le ragazze danesi dell'ufficio principale ci avevano assicurato che i russi sarebbero arrivati presto a liberare tutto il campo. Almeno Nadia e sua madre avrebbero avuto un tetto sopra la testa. E Nadia era la persona più forte che conoscessi.

Mi affrettai a raggiungere l'ufficio dell'amministrazione per recuperare il mio pacchetto, mentre l'oscurità calava sul campo. Una famigliola di topi grandi come gatti mi attraversò la strada. Non avevano più paura degli uomini. Ritirai il pacco dal gabbiotto della posta e guardai l'indirizzo del mittente: UFFICIO PO-

STALE DI LUBLINO, LUBLINO, POLONIA, scritto con la grafia di papà. Lo aprii mentre percorrevo a ritroso il corridoio, il rumore dei miei zoccoli di legno riecheggiava sul pavimento lucido, e tirai fuori un altro rocchetto di filo rosso.

Era sempre bello riceverli. Dopo il primo ne aveva mandati altri due. Papà aveva sparso la voce nel mondo libero? Se fossimo morte prima della liberazione del campo, almeno tutti avrebbero saputo cosa era successo e i tedeschi sarebbero stati puniti per i loro crimini. I pacchetti di papà avevano aiutato Zuzanna a riprendersi dalla dissenteria, ma poi lei si era ammalata di nuovo andando di Blocco in Blocco per visitare le altre prigioniere. Aveva mal di testa, brividi e febbre. Dallo sfogo che aveva sulle braccia entrambe avevamo capito di cosa si trattasse: tifo. Solo la liberazione avrebbe potuto salvarla.

Passai davanti alla scrivania di Brit Christiansen, una ragazza danese che conoscevo, una delle tante prigioniere scandinave che lavoravano all'ufficio principale. Era alta, con un caschetto biondo e una graziosa spruzzata di lentiggini sulle guance. Prima del campo non avevo mai conosciuto nessuna danese, ma ora erano tra le mie nazionalità preferite. Erano ragazze buone, leali e gentili.

«Devo dirti due cose, in fretta», sussurrò Brit. «Oggi è arrivato un tizio delle SS, uno importante, a chiedere di tua madre».

«Cosa? *Chi?*»

«Non lo so, ma era molto alto».

Lennart! Qui a Ravensbrück? Matka poteva essere ancora qui da qualche parte?

Brit mi fece avvicinare. «E poi stanno andando a caccia di Conigli. Oggi».

Quelle parole mi fecero venire la pelle d'oca. «Ma è quasi buio. Una selezione notturna?»

«Binz è sul piede di guerra. E sta venendo anche Suhren. Hanno raddoppiato la razione di alcol alle guardie».

«Dobbiamo nasconderci», dissi.

Sarei riuscita a trascinare Zuzanna sotto il Blocco? Oppure Anise poteva nasconderci in mezzo alle ebree ungheresi come l'ultima volta. Nella baracca del tifo?

«Sanno che vi nascondete sotto il Blocco, Kasia».

«Possiamo andare su alla dépendance».

«Sanno anche di quel nascondiglio. E sono arrivati dei nuovi pulmini».

Pulmini. Fui attraversata da una scarica di puro terrore. Ma non c'era tempo per cedere all'isteria.

Mi affrettai a tornare al Blocco.

Intorno a me era buio pesto, quella sera non c'era la luna. I riflettori sopra la mia testa si accesero mentre correvo più veloce che potevo verso il Blocco, nonostante la mia gamba, spintonando le donne che mi tagliavano la strada.

Non devi provare nulla. Se vuoi vivere non puoi permetterti di provare alcun sentimento.

Non appena entrai nel Blocco mi resi conto che la notizia della caccia mi aveva preceduta, perché le ragazze gridavano e si stringevano per darsi conforto. Mi feci largo tra donne di tutti i Paesi che Hitler aveva saccheggiato, la stanza era una babele di lingue diverse: russo, francese, ungherese, polacco. Trovai Zuzanna sul nostro letto, con le ginocchia al petto, che tremava in preda ai brividi. Alzò a malapena la testa.

«Hai sentito?», dissi. Mi sedetti accanto a lei sul letto e le accarezzai la fronte. «Vengono a prendere i Conigli, devi alzarti, tesoro mio».

Zuzanna aprì gli occhi, poi li richiuse. «No, Kasia».

Anise si fece largo tra la folla, chiamandomi ad alta voce.

«Devi andartene, Kasia», disse Anise con il suo solito tono calmo. «Stanno arrivando. Binz e Suhren e la dottoressa. La Croce Rossa ha già portato via le ragazze svedesi, le prossime sono le francesi. Passa dal negozio di stoffe. Terrò aperta la finestra sul retro per te».

«Sui pulmini?», dissi.

«Sì. Usa il numero 9284. È sicuro. Ma ho ottenuto soltanto un posto».

Le strinsi il polso.

«Aspetta. Come fai a essere sicura che non sia un trasporto della morte?».

Quante volte avevamo visto i tedeschi ingannare le prigioniere per farle salire sui pulmini? Alcuni assomigliavano ad ambulanze, con delle croci rosse dipinte sulle fiancate. Li sentivamo girare intorno al vecchio capannone da pittura e spegnere il motore. E dopo, i vestiti di quelle prigioniere tornavano al negozio di stoffe impregnati dell'inconfondibile odore dolciastro del gas.

«È la Croce Rossa svedese, Kasia, quella vera. Devi sbrigarti».

«Ragazze, è ora dell'Appell», disse Marzenka, battendo su un pentolone con un cucchiaio di legno.

Anise corse fuori senza voltarsi a guardare.

Tirai Zuzanna per un braccio. «Dobbiamo...».

«No, Kasia. Vai tu».

Tentò di rimettersi sdraiata sul letto.

«Dobbiamo nasconderci sotto il Blocco», dissi tirandola su e mettendole un braccio intorno alla vita. Poi la guidai tra la folla fino alla porta, sostenendo il suo peso leggero, come un ramoscello secco.

Marzenka era in piedi su una panca, con la voce rauca per lo sforzo di urlare abbastanza forte da sovrastare tutto quel baccano.

«Avanti. Binz mi ha dato la sua parola che non vi succederà niente».

Quelle parole non fecero che alimentare il panico generale e molte prigioniere corsero alla porta, ma dopo pochi istanti Binz comparve con il suo cane e il suo plotone di Aufseherinnen. Appena fuori dalla porta c'erano il comandante Suhren e la dottoressa Oberheuser, che aveva una cartelletta in mano. Ero così vicina da poter vedere il velo di neve sulle spalle della mantella di Binz. Il suo cane leccò la gamba di Zuzanna e noi ci ritraemmo.

«Tutte fuori per l'Appell», disse Binz. «Disobbedite e sarete fucilate».

La dottoressa Oberheuser a una selezione del Blocco? Eravamo in trappola e non potevamo fare altro che eseguire gli ordini. Non c'era tempo per raggiungere il nostro nascondiglio. Mi tirai su le calze. La dottoressa mi avrebbe riconosciuta?

Sostenni Zuzanna e ci mettemmo tutte in fila sul Viale della Bellezza, davanti al Blocco: restammo sull'attenti nell'aria fredda della notte, le luci dei riflettori brillavano sopra di noi. E se fossimo scappate? Ma anche se fossimo state perfettamente sane e in grado di correre, i cani non ci avrebbero dato scampo. Faceva freddo, ma io sentivo un caldo terribile. Era la fine. Perché non ero stata più veloce?

Binz e la dottoressa Oberheuser camminavano su e giù lungo la fila e controllavano i nostri numeri. Binz si fermò davanti a me, con il frustino in mano.

«Tira giù le calze», disse.

Quindi era così che sarebbe finita.

Abbassai una calza e mostrai la gamba sana. Binz fece un cenno alla dottoressa Oberheuser.

Lei esitò.

«Allora, dottoressa?», disse Binz.

Trattenni il respiro. La dottoressa sembrava persa in un sogno mentre mi fissava. Era odio o pietà? Indicò l'altra gamba.

«L'altra», disse Binz. Abbassai la seconda calza, facendola passare sui tessuti rigidi e dentellati che una volta avvolgevano i miei muscoli. La dottoressa dovette riconoscere la sua opera, perché annuì brevemente a Binz, dopodiché entrambe concentrarono la loro attenzione su Zuzanna. Lei mi guardò. *Sii forte*, diceva il suo sguardo. Saremmo andate insieme al muro. Sarei stata coraggiosa come le altre e avrei camminato lungo il Viale della Bellezza a testa alta?

All'inizio la dottoressa Oberheuser parve confusa da Zuzanna, perché le sue cicatrici erano meno evidenti di quelle delle altre. L'avrebbe lasciata andare? *Manda solo me al muro*, pregai. *Lascia vivere mia sorella. Lascia che una di noi torni a casa da papà.*

La dottoressa annuì a Binz.

Sì.

Zuzanna mi prese per mano. Saremmo andate al muro della fucilazione insieme, come avevamo progettato, saremmo state lì l'una per l'altra, fino alla fine.

Poi accadde qualcosa di molto strano.

Le luci si spensero.

Non solo quelle dei riflettori, ma tutte le luci del campo. Era come se la mano di Dio fosse calata su di noi, immergendoci tutte nel buio assoluto in cui è impossibile vedere alcunché. Le ragazze si chiamavano a vicenda. Suhren, la Oberheuser e Binz abbaiavano ordini nell'oscurità. I cani ringhiavano confusi. Il caos sul Viale della Bellezza era incredibile, tutte le prigioniere gridavano e strepitavano.

«Adelige, *seduta*», disse Binz. Nel buio sentivo il suono metallico del clicker.

Afferrai Zuzanna per la vita e la trascinai lontano dal gruppo. Tra quanto si sarebbero accese le luci? Cercai di farmi largo a tentoni e nel buio sfiorai la dottoressa Oberheuser. Ci arrivò addosso una zaffata del suo orribile profumo. Pestai il piede di Binz e la sentii roteare le braccia.

«*Verdammtes Arschloch!*», esclamò.

Andai verso il negozio di stoffe, con il cuore che mi galoppava nel petto, intuendo la direzione giusta nell'oscurità, un braccio intorno alla vita di Zuzanna, l'altro teso di fronte a me come il cacciapietre di un treno, per spingere via chi mi si parava davanti. Il fuoco del crematorio in lontananza non bastava a illuminare il campo, ma lo usai come punto di riferimento. Dovevo praticamente trascinare Zuzanna, che si appoggiava con tutto il suo peso su di me.

Capii che eravamo nel posto giusto quando vidi un pulmino di fronte al negozio di stoffe. Il veicolo era illuminato all'interno – le uniche luci accese del campo. Mentre ci avvicinavamo sentii delle ragazze parlare in francese. Cercai a tentoni la finestra posteriore e aiutai Zuzanna ad arrampicarsi, poi la seguii, trascinando a fatica la gamba ferita. Nella stanza faceva caldo e la gente aveva un buon odore, un misto di sudore e profumo.

Zuzanna si accasciò contro di me. «Non riesco più ad andare avanti».

«Ci siamo quasi», dissi. «Presto potrai riposare».

Nel fascio di luce di una torcia riconobbi Claire, un'amica di Anise.

«Kasia», disse.

Le afferrai un braccio. «Binz ci ha messe sulla sua lista. Non appena le luci si riaccenderanno prenderà sia me che Zuzanna».

«La luce non tornerà stanotte», disse Claire. «L'hanno staccata le ragazze russe. Szura ha manomesso l'interruttore del trasformatore non appena hanno sentito che Suhren stava venendo a prendere i Conigli. Tutta la rete elettrica è fuori uso e non la ripristineranno prima di domattina».

«Come sai che questi pulmini sono davvero della Croce Rossa?»

«Suhren li stava bloccando ma loro hanno minacciato di sfondare il cancello. Le ragazze all'ufficio ci hanno detto che è stato Himmler in persona ad autorizzare il conte Bernadotte di Svezia a venire a prenderci».

Erano già circolate storie del genere per convincere le prigioniere a salire sui pulmini senza fare storie, ma era la nostra ultima possibilità.

«Anise mi ha dato un numero», dissi.

«Allora sbrigati», disse Claire. «Questo è l'ultimo pulmino. Due sono già carichi e aspettano di partire al cancello».

Sempre sostenendo Zuzanna, mi feci largo tra la folla al buio. Grazie a quel poco di francese che avevo imparato, sentivo che le ragazze erano tutte eccitate all'idea di tornare a casa. Le ultime furono caricate, nel negozio ne rimasero poche.

Quando arrivai in cima alla fila vidi due uomini in piedi accanto al pulmino, che controllavano i numeri. Uno non lo conoscevo. L'altro era il grasso dottor Winkelmann, con il suo lungo cappotto di pelle. La portiera posteriore del pulmino era spalancata e riuscii a vedere le ragazze francesi stipate all'interno, in piedi e in attesa. Dentro c'era anche un'infermiera bionda con una divisa bianca, che aiutava le prigioniere a salire gli ultimi gradini. Se era un inganno dei nazisti, era molto raffinato, ma accadeva spesso che le guardie indossassero divise da dottori o da infermiere per confonderci.

Respirai più tranquillamente quando dissi al dottor Winkelmann il numero che mi aveva dato Anise e aiutai Zuzanna a salire nel pulmino. Quando venne il mio turno salii anche io. L'infermiera si protese verso di me.

Misi un piede sul gradino di legno.

Stava accadendo veramente? Andavo a casa? A Lublino? Da papà...

L'infermiera mi sorrise, io le porsi una mano e lei me la strinse.

Winkelmann mi mise il suo bastone bianco davanti al petto.

«Ferma. Numero?».

L'infermiera mi strinse ancora più forte la mano. «I loro numeri sono già stati controllati. Non abbiamo più tempo per discutere». Parlava tedesco, ma con l'accento svedese. Stavamo andando a casa.

Winkelmann mi spinse indietro con il bastone e l'infermiera lasciò andare la mia mano.

«I miei ordini sono di far partire solo le Häftling francesi. E se questa ragazza è francese, allora io sono Charles de Gaulle».

«Sono francese», dissi in tedesco. Aveva notato che mi tremavano le gambe?

«Ah sì?», disse lui. «Di' qualcosa nella tua lingua allora, ragazza francese».

Senza esitare, dissi nel francese più convincente che riuscii a tirare fuori: «Il phon è troppo caldo. Può tagliarmeli ancora un po' di lato? Può farmi una permanente con ricci medi e bigodini extra? E usi la spazzola in crine di cinghiale, è ottima per il mio problema di forfora».

Winkelmann guardò l'altro uomo. «Di sicuro è polacca», disse.

«Sali, forza», disse quello, facendomi un cenno con la mano.

«Dobbiamo andare», disse l'infermiera, tirandomi su, accanto a Zuzanna. «Sbrigati».

Mentre l'infermiera chiudeva le porte, una prigioniera corse verso il pulmino con un fagotto di vestiti. «Aspettate, il vostro bagaglio!», gridò porgendo il pacco all'interno.

«È mio», disse la dolce Pienotte Poirot, un'amica di Anise, nella parte anteriore del pulmino. Le ragazze le passarono il fagotto e le sue amiche si strinsero intorno a lei.

Il pulmino partì e cominciò a dirigersi verso i cancelli aperti.

Ti prego, fa' che sia davvero il pulmino di un ospedale.

La sbarra bianca davanti al posto di guardia si alzò, l'autista diede gas e ci lasciammo il cancello alle spalle. Perché non provavo alcuna gioia per quella liberazione? Mentre percorrevamo la strada che costeggiava il lago, Pienotte aprì il fagotto.

«Mio Dio, è Guy», mi disse Claire. Pienotte scostò un lembo della coperta e ci mostrò un minuscolo neonato, roseo e sano, con la testolina coperta di capelli scuri. «È nato due giorni fa. Grazie a Dio non ha pianto. Bravo ragazzo».

Sobbalzammo lungo la strada, con le luci del pulmino che illuminavano sia il percorso che la schiena degli uomini della nostra scorta, tre soldati tedeschi in motocicletta.

Che strano essere di nuovo su un pulmino. Quanto mi era mancato quel piacevole rollio: le marce che ingranavano, poi le frenate, tutto quello scivolare e correre avanti, per *andare* da qualche parte. La strada sotto di noi passò dal lastricato all'asfalto liscio, appiattito dai rulli di cemento trascinati dalle prigioniere. *Che bel lavoro che avete fatto, ragazze*, pensai. *Se solo poteste sentire anche voi quanto è liscia la strada adesso.*

Da qualche parte, vicino, sentimmo un rumore simile al fischio di una teiera che bolliva.

Una bomba.

La terra tremò, scuotendo tutto il pulmino, e il lago si accese come illuminato dal flash di una macchina fotografica.

«Sono gli Alleati», disse l'infermiera. «Forse credono che siamo un convoglio tedesco».

L'autista spense le luci e i motori, mentre i tedeschi ci abbandonavano per tornare al campo. Le loro luci posteriori si fecero sempre più fioche nell'oscurità. La teiera fischiò di nuovo e tutte quante urlammo quando la cresta rocciosa sopra di noi si frantumò. Scorgemmo i nostri volti illuminati come alla luce di un fuoco da campo. Almeno quell'impatto ci fece provare qualcosa, ci fece sentire che eravamo ancora vive, spedendoci a terra sul pavimento in gomma. Tenni mia sorella stretta a me, ossa contro ossa, e crollammo insieme sopra le altre. Respirava ancora? E io? La strinsi al caldo contro il mio petto.

Poi il motore del pulmino si riaccese, e proseguimmo verso la Svezia, i nostri cuori che battevano all'unisono.

Capitolo 26
Herta

1945

Nell'aprile del 1945 la Germania aveva perso la guerra, anche se i media non volevano ancora ammetterlo. Restarono attaccati alle loro favole fino alla fine. Io venni a sapere che eravamo stati sconfitti ascoltando le trasmissioni radio straniere nei miei alloggi. Secondo la BBC gli Alleati occidentali avevano passato il Reno e le perdite tedesche erano incalcolabili. Suhren diceva che era solo una questione di tempo prima che la Germania si riprendesse Parigi, ma io sapevo che ormai la disfatta era certa. Il 18 aprile ci arrivò la notizia che i carri armati americani erano entrati nella mia città natale, Düsseldorf, e l'avevano conquistata senza difficoltà. Americani e inglesi adesso erano in marcia verso Berlino.

Un pomeriggio uscii dal campo e mi avviai furtiva lungo il lago. I miei passi erano attutiti dal tappeto di muschio, la maniglia della valigia mi scivolava nel palmo. Il lago era arrabbiato, battuto dalle creste bianche e spumose delle onde. Era la brezza ad agitarlo in quel modo, o coloro le cui ceneri erano sepolte là sotto, sedimentate sul fondale? Ma come potevo essere ritenuta responsabile? Avevo accettato il lavoro di medico nel campo soltanto per necessità. Adesso era troppo tardi perché i morti levassero le loro dita ossute per testimoniare contro di me.

Mentre mi avvicinavo a Fürstenberg incontrai una marea di tedeschi in marcia, uomini, donne e bambini, alcuni con delle valigie, altri solo con un fagotto di vestiti sulla schiena. Metà della popolazione civile di Fürstenberg era andata a sud mesi prima, e a quanto pareva l'altra metà stava evacuando la città quel giorno per sfuggire all'Armata Rossa. La loro postura rivelava già tutta l'umiliazione della sconfitta. Mi unii a quell'enorme *Autobahn* di profughi e fui inghiottita dalla folla, mezza intontita. Era difficile credere che fosse finita davvero, che stavo scappando. La vergogna per poco non mi annichilì.

«Dove state andando?», chiesi a un tedesco con un cappotto di tweed e un cappello giallo. Sulle spalle portava una gabbia per uccelli. La bestiolina all'interno dondolava sul suo piccolo trapezio di legno mentre l'uomo camminava.

«Passiamo dalle strade secondarie per evitare Berlino, poi andiamo a sud, verso Monaco. Le truppe americane avanzano da ovest, quelle russe da est».

Mi unii a un gruppo diretto a Düsseldorf e il nostro viaggio a piedi fu lungo e senza episodi degni di nota. Evitammo le strade principali e seguimmo sentieri e piste che attraversavano campi e foreste, dormendo dentro auto abbandonate e mangiando qualsiasi cosa trovassimo per mantenerci in vita.

Immaginai che Mutti sarebbe stata molto felice di vedermi. Adesso viveva con un uomo di nome Gunther in un bell'appartamento sopra quello in cui aveva abitato con noi. Ero stata a trovarla lì durante una vacanza. Lui vendeva riviste e pareva un tipo a posto. Era anche ricco, a giudicare dall'appartamento. Immaginai le cipolle fritte e le patate schiacciate con salsa di mele che mia madre mi avrebbe preparato in quella cucina non appena mi avesse vista arrivare.

Pioveva quando arrivai a Düsseldorf e dovetti fare attenzione a mantenere un basso profilo, perché c'erano soldati americani ovunque. Non che io fossi in alto nella lista dei sospettati. Anzi, chissà se erano davvero interessati a me. Avevano pesci ben più grossi da friggere.

Le strade di Düsseldorf erano disseminate di valigie abbandonate e cadaveri di uomini e cavalli. Raggiunsi la stazione di Düsseldorf, ridotta in macerie dai bombardamenti. Mentre mi avvicinavo al palazzo di Mutti passai accanto a un vagone rovesciato su un fianco che era stato completamente saccheggiato. Due donne anziane stavano tentando di staccare le ruote. Lungo la strada la gente andava e veniva, qualcuno si portava dietro tutto ciò che possedeva. Tentai di confondermi in mezzo a loro e di assumere l'aspetto di una profuga qualsiasi.

Quando giunsi sulla soglia di casa di Mutti fui felice di vedere che l'edificio non solo era ancora in piedi, ma pareva anche in perfette condizioni. Riuscivo a pensare solo a una vasca da bagno e un pasto caldo. Nell'atrio si sentiva odore di cipolle fritte. Qualche fortunato era riuscito a sgraffignare del cibo.

Salii al terzo piano e suonai il campanello dell'appartamento di Gunther.

«Chi è?», chiese una voce da dietro la porta chiusa. Gunther.

«Sono Herta».

Lui esitò. Cos'era il ronzio che sentivo nella mia testa? Colpa della disidratazione?

«C'è mia madre?», chiesi.

La serratura scattò e la porta si aprì.

«Presto», disse Gunther. «Entra». Mi afferrò per un braccio e mi tirò dentro, poi richiuse la porta.

L'appartamento era ancora ben arredato, con i tappeti folti e le poltrone rivestite di velluto. Qualcuno aveva tolto il ritratto del Führer dalla parete, lasciando un rettangolo più chiaro di tappezzeria. Non avevano certo perso tempo.

«Due sciacalli hanno tentato di buttare giù la porta questa mattina. È l'anarchia là fuori».

«Senti, Gunther...».

«Si può rubare qualsiasi cosa a chiunque adesso. I beni appartengono a chi riesce a prenderseli».

«Sto morendo di fame», dissi.

«*Tutti* stiamo morendo di fame, Herta».

«Al campo cucinavano ancora...».

«Ma non era solo questo che tu e i tuoi amici facevate laggiù. La verità sta venendo fuori, sai».

Mi avvicinai alla radio. «Dev'essere cominciato il razionamento. Trasmetteranno...».

«Non c'è nessun *razionamento*, Herta. E niente trasmissioni radio. Le donne si prostituiscono per un cucchiaio di zucchero».

Gunther però non pareva aver saltato molti pasti. Aveva perso un po' di peso, ma aveva la pelle ancora florida e tesa. Solo lievemente cadente intorno al collo. Come era riuscito a evitare il servizio militare? I conti non mi tornavano e il ronzio nella mia testa aumentò.

«Ho bisogno di fare un bagno», dissi.

Gunther si accese una sigaretta. Come faceva ad averle? «Non puoi restare qui. Loro sanno che cosa hai fatto, Herta».

«Dov'è Mutti?»

«È dovuta andare alla stazione. Sono venuti a cercarti».

«A me? E per cosa?». Non ebbi bisogno di chiedere *chi*.

«Crimini contro l'umanità, hanno detto».

Come potevano essere già sulle mie tracce?

«Stai mettendo in pericolo tua madre restando qui, Herta. Puoi farti un bagno, ma poi devi trovare...».

«Mia madre potrebbe non essere d'accordo», dissi.

«Fatti un bagno, poi parleremo».

Posai la valigia sul divano. «Potrei aver bisogno dell'aiuto di Mutti per un paio di questioni».

Gunther scosse la sigaretta contro il posacenere. «Questioni economiche?»

«Tra le altre cose, sì. Forse spese legali».

«Oh, davvero? Se dovesse succederti qualcosa, pagherà lo Stato».

«Succedermi?».

Gunther andò alla credenza nell'ingresso e tornò con un asciugamano. «Fatti il bagno finché abbiamo ancora acqua calda. Dopo parleremo».

Lasciai le mie cose nella stanza degli ospiti e corsi in bagno, con un orecchio teso verso la porta. Quasi mi aspettavo che Gunther chiamasse le autorità. Di sicuro si era già instaurata qualche specie di gerarchia militare. Ma Gunther non mi avrebbe mai consegnata, mi rassicurai. Mutti non gliel'avrebbe perdonata. Tuttavia Gunther non era mai stato un vero patriota e con quel repentino passaggio di poteri non ci si poteva fidare di nessuno.

Chiusi a chiave la porta del bagno e lasciai scorrere l'acqua finché non fu molto calda. Entrai nella vasca, scivolando sulla ghisa smaltata e immergendomi in quel magnifico mare bollente.

Sentii tutti i muscoli rilassarsi. Chissà dov'era Fritz? Avrei fatto domanda per riavere il lavoro alla clinica dermatologica. Sempre che fosse ancora in piedi, naturalmente, e non ridotta a un cumulo di macerie. Provai un paio di volte la conversazione che avrei avuto con Mutti e mi insaponai le gambe. Avevo i piedi neri per lo sporco della camminata. Lei sarebbe stata dalla mia parte, in qualsiasi circostanza.

«E allora?», avrebbe detto dopo aver ascoltato i racconti del campo. «Stavi solo facendo il tuo lavoro, Herta». Ma dov'era? Probabilmente fuori, a fare del suo meglio per trovare del pane.

Chiusi gli occhi e ricordai le colazioni di Mutti: panini caldi e burro fresco, e il suo caffè...

Era rumore di passi quello che sentivo nel salotto?

«Mutti?», chiamai. «Gunther?».

Qualcuno bussò alla porta del bagno.

«Herta Oberheuser?», disse una voce attraverso la porta. Aveva un accento inglese.

Merda. Maledetto Gunther. Sapevo che non dovevo fidarmi di lui. Quanto l'avevano pagato per consegnarmi?

«Arrivo!», dissi.

Persi il controllo delle mie membra nella vasca da bagno. Ero in grado di scappare dalla finestra? Qualcosa si abbatté con forza sulla porta e la spalancò. Forse gridai mentre cercavo di afferrare l'asciugamano. Un soldato britannico entrò nel bagno, io mi rannicchiai nella vasca, la schiuma del sapone come unica protezione.

«Herta Oberheuser?», chiese.

Tentati di coprirmi. «No».

«La dichiaro in arresto per crimini di guerra contro l'umanità».

«Non sono io», dissi in stato di shock, come un'idiota. Come aveva potuto Gunther farmi questo? Mia madre sarebbe stata furiosa. «Non ho fatto niente».

«Esca dalla vasca, Fräulein», disse l'uomo.

Un altro soldato entrò nel bagno con un impermeabile leggero in mano. Feci cenno a entrambi di voltarsi.

«Esco solo un momento», disse il primo agente, rosso in viso. Mi porse un asciugamano, evitando di guardarmi in faccia. «Usi questo».

Presi l'asciugamano e lui se ne andò, chiudendosi la porta alle spalle. Uscii dalla vasca. Maledetto Gunther, pensai accostandomi all'armadietto dei medicinali. Trovai i suoi rasoi e tornai nella vasca, dove l'acqua stava cominciando a raffreddarsi.

«Fräulein?», chiamò il soldato fuori dalla porta.

«Solo un attimo», dissi estraendo una lametta dal pacchetto.

Cercai l'arteria radiale e la trovai senza difficoltà, perché il cuore mi batteva forte. Mi passai la lametta sul polso, penetrando a fondo nell'arteria, e la guardai aprirsi in due come una pesca. L'acqua si colorò di rosa e io mi sdraiai mentre si raffreddava, sentendo la testa leggera. Mutti avrebbe gridato vedendo quello che avevo fatto? Almeno mi ero immersa nella vasca. Pulire sarebbe stato semplice.

Prima che potessi aprire l'altro polso, il soldato rientrò.

«*Cristo!*», disse quando mi vide, l'acqua era ormai scura di sangue. «Teddy!», lo sentii chiamare. «*Cristo*», disse di nuovo.

Gridarono per qualche minuto in inglese, poi mi tirarono fuori dalla vasca.

Tanti saluti al pudore.

Stavo perdendo conoscenza, e non avevo intenzione di dir loro come intervenire, ma notai con soddisfazione che se la cavavano benissimo anche senza il mio aiuto. Per qualche motivo mi tirarono su le gambe, il modo migliore per farmi morire dissanguata. Avevo ancora i piedi neri, con lo sporco annidato sotto ogni unghia.

Persi conoscenza, ma tornai in me mentre mi trasportavano su una barella. Avevo il polso fasciato alla perfezione. C'era un dottore tra loro? Era sorpreso che un medico tedesco avesse fatto un lavoro così scadente?

Perché mi hai consegnata?, tentai di dire a Gunther mentre i soldati inglesi mi portavano giù per le scale e poi fuori in strada.

Mi caricarono su un'ambulanza.

Vidi Gunther osservarmi dalla finestra, con un'espressione impassibile. Altre persone si affacciarono alle finestre. Anziani. Donne. Scostavano le tende e sbirciavano giù.

Erano solo dei tedeschi curiosi. Una ragazza con le trecce bionde si accostò alla finestra, sua madre la spinse via e chiuse le persiane.

«Era solo curiosa», mormorai.

«Cosa?», disse l'inglese.

«È in stato di shock», disse l'altro.

Unter Schock? Diagnosi incompleta, mio caro medico inglese. Si tratta di shock *ipovolemico.* Respiro affannoso. Debolezza generalizzata. Pelle fredda e appiccicosa.

Altre facce alle finestre. Tutta la casa.

Sentii qualcosa di bagnato sul viso. Era la pioggia?

Sperai che nessuno pensasse che stessi piangendo.

Parte seconda

Capitolo 27
Caroline

Aprile 1945

Mia madre fu colta dalla febbre e mi mandò a Parigi da sola. Era terribilmente preoccupata, ovviamente, perché gli Alleati avevano aiutato la Francia a liberarsi, certo, ma la guerra non era ancora finita. Quanti U-boot c'erano in giro per l'Atlantico? Ma nulla poteva scoraggiarmi adesso che ero a un passo dal rivedere Paul dopo cinque lunghi anni. Avevo portato un altro po' di argento a Mr Snyder per finanziare il mio viaggio. Le pinze da cucina. I coltelli da burro. Qualche forchetta.

Approdai a La Rochelle, a nord di Bordeaux, il 12 aprile 1945. Quando sbarcammo, il primo ufficiale ci informò che il presidente Roosevelt era morto nella sua casa di Warm Springs, in Georgia, e dalla folla dei presenti si alzò un gemito collettivo. Il presidente era morto prima di poter vedere i tedeschi arrendersi in Francia. Non avrebbe mai saputo del suicidio di Hitler.

Roger mi aveva procurato una macchina e un autista per raggiungere Parigi, e dal sedile posteriore osservai la devastazione della Francia. Una cosa era leggere i giornali e segnare le zone dove si combatteva con delle puntine su una mappa, un'altra invece era vedere la Francia fatta a pezzi. Erano passati più di sette mesi da quando le forze alleate avevano liberato Parigi, ma i segni della distruzione erano ancora freschi. Interi isolati erano stati rasi al suolo, gli edifici erano collassati su se stessi e le pareti di diversi appartamenti erano crollate, mostrando una sezione trasversale di stanze ancora ammobiliate. Dovemmo compiere diverse deviazioni per via dei crateri scuri e dei pezzi di asfalto che le esplosioni avevano divelto dalle strade, non ancora riparate. A sud di Parigi neanche uno dei ponti sulla Senna era rimasto intatto. Ma nonostante la devastazione, era pur sempre primavera, e la città cominciava a risorgere dalle rovine. L'Arco di Trionfo era rimasto intatto e sotto di esso sventolavano cinque bandiere.

Una volta a Parigi, presi in prestito la vecchia Peugeot del nostro custode, alimentata grazie a un'improvvisata stufa a legna montata sulla parte posteriore. Vista la scarsità di carburante durante la guerra, si era diffuso ampiamente l'utilizzo di simili gasogeni, ovvero unità alimentate a legna e montate sul retro di autobus, taxi e auto private. Era davvero uno spettacolo singolare vedere quei veicoli sulle strade, ognuno con il suo serbatoio di combustione assicurato sulla parte posteriore. Gli autisti si fermavano alle stazioni di servizio per fare il pieno di legname, invece che di benzina. Guidare un'auto del genere a Parigi era una sorta di sfida, perché le strade erano affollate di biciclette, vere padrone della strada. Di conseguenza la metropolitana era più popolare che mai. Là sotto si poteva incontrare anche qualche ricco conte.

Giunsi all'incrocio tra boulevard Raspail e rue de Sèvres quando era ormai sera e trattenni un singhiozzo alla vista dell'Hôtel Lutetia, ancora in piedi. Libero dagli occupanti nazisti, l'imponente hotel simbolo della Belle Epoque si ergeva orgoglioso, con le lettere del nome illuminate e il tricolore che era tornato a sventolare.

Oltrepassai le porte d'ingresso e superai un gruppo composto da madri, mariti, mogli e fidanzate dei deportati, che agitavano fotografie dei loro cari dispersi e li chiamavano per nome, sperando di avere loro notizie. L'atrio, con il pavimento di piastrelle bianche e nere disseminato di volantini calpestati e ramoscelli di lillà, era affollato di giornalisti, operatori della Croce Rossa e funzionari governativi, che si accalcavano al banco della reception.

Una donna esile e vestita di nero, con la schiena curva, mi afferrò il braccio mentre mi facevo largo tra la folla.

«Ha visto quest'uomo?», disse sbattendomi in faccia la foto di un tizio dai capelli bianchi.

«No, mi dispiace», risposi.

Nella sala da pranzo, gruppi di sopravvissuti confusi, con ancora indosso le uniformi a strisce dei campi, erano seduti ai tavoli sotto i lampadari di cristallo, mentre le cameriere servivano loro prelibatezze di ogni genere. Vitello, champagne, formaggi, pane fresco, tutto preso dalle provviste abbandonate dai nazisti. Molti deportati restavano seduti a fissare il cibo, incapaci di mangiare. Quelli che tentavano di fare qualche boccone si precipitavano in bagno subito dopo.

La gente in cerca di amici e parenti sgomitava per raggiungere la grande galleria, sulle cui pareti erano affissi biglietti e fotografie, molte con sopra una X tracciata con l'inchiostro nero, a indicare che quei deportati non sarebbero mai tornati. Fu lì che lo trovai.

PAUL RODIERRE. SUITE 515.

Mi precipitai all'ascensore, ma lo trovai così strapieno che le porte neanche si chiudevano, perciò corsi su per le scale. Superai uomini con la pelle tirata sul cranio, che vagavano nei corridoi con l'uniforme dei campi che pendeva dai corpi scheletrici. Che aspetto avrebbe avuto Paul? Mi preparai a vederlo in quello stesso stato, se non peggio. Ma non mi importava, finché potevo stare con lui. Avrei dato qualsiasi cosa, pagato qualsiasi cifra, per farlo guarire.

Passai davanti a suite trasformate in stanze d'ospedale e stipate di letti extra, con le porte spalancate. 511... 513... Nel corridoio due *gendarmes* chiacchieravano con una graziosa infermiera. Ora che la guerra era finita era tornato l'amore.

Raggiunsi la spaziosa suite del quinto piano, le alte finestre si affacciavano sulla città, con la Torre Eiffel in lontananza. Accostato alla parete c'era uno splendido letto Luigi XVI. Il famoso Paul Rodierre meritava un trattamento speciale.

Ferma sulla soglia guardai Paul seduto su una poltrona imbottita che giocava a carte con altri tre uomini. Una leggera brezza agitava le tendine alla finestra.

Paul indossava una semplice camicia da notte bianca e alle sue spalle c'era un'infermiera, appoggiata con un braccio sullo schienale della sua poltrona, mentre con l'altra mano gli tastava il polso. Era strano vederlo in quella splendida suite con la tappezzeria damascata e gli eleganti tappeti di lana. Mi avvicinai e guardai le carte di Paul da sopra la sua spalla.

«Non mi giocherei la casa su questa mano», dissi.

Paul si voltò e sorrise. Con mio grande sollievo, stava bene.

Era emaciato e aveva la testa rasata, ma era *vivo*, con quella camicia da notte di cotone. Non vedevo l'ora di portarlo a casa, nel suo letto. E avrei speso ogni centesimo che mi restava in cure mediche, se fosse stato necessario.

«Non mi hai portato un po' di soldi per scommettere?», chiese Paul. «Niente sigarette russe? Vieni qui e dammi subito un bacio».

Feci il giro della sedia e con un sussulto vidi le gambe di Paul sporgere da sotto la camicia, lunghe e magrissime, spigolose sulle giunture come quelle di un grillo.

«Non mi romperò, stai tranquilla. E non credere a una parola di quello che ti dicono i dottori. Le mie vittorie a carte sono un segnale che sto bene».

«Non so da dove cominciare», dissi chinandomi accanto alla sua sedia. Avevo paura di toccarlo. Si provava dolore a essere così magri?

Un giovane dottore si avvicinò, i capelli rossi ritti sulla testa simili a fili di zafferano scompigliati.

«Lei è una parente?», chiese.

«Un'amica», disse Paul. «Miss Ferriday, di New York».

Il medico mi squadrò dall'alto in basso. Aveva gli occhi venati di rosso. Da quanti giorni non dormiva?

«Può venire un attimo con me, per favore?», disse poi.

Percepii un latente atteggiamento critico, come se in qualche modo mi disapprovasse.

«Mi chiamo Philippe Bedreaux», disse quando uscimmo nel corridoio. «Ho preso in cura Paul ormai diverse settimane fa. Si era ripreso completamente dal tifo, in parte grazie al cloramfenicolo, un nuovo farmaco. Poi ha cominciato a peggiorare inaspettatamente. Polmonite».

«Polmonite?». Mi sentii mozzare il respiro. Come papà.

Pneumonie. In francese aveva un suono molto più grazioso, ma era altrettanto letale. Mia madre la chiamava ancora "febbre polmonare".

«Sta migliorando, ma non è ancora neanche lontanamente fuori pericolo. Lei alloggia in città?»

«Nell'appartamento di mia madre, qui vicino. Paul sa che sua moglie è morta?»

«Sì. È stato un duro colpo e si rifiuta di parlarne. Ma adesso ha bisogno soprattutto di dormire. A un certo punto dovrà fare della fisioterapia intensiva per contrastare l'atrofia muscolare».

«Ma tornerà come prima?», chiesi.

«È troppo presto per dirlo, Mademoiselle. Abbiamo a che fare con un fisico completamente debilitato. Ha perso quasi la metà del peso corporeo complessivo».

«Ma a livello mentale mi sembra che stia bene», dissi. «Sta giocando a *poker*...».

«È un attore. Ovviamente fa buon viso a cattivo gioco, ma dobbiamo essere molto prudenti. Cuore e polmoni hanno sofferto un pesante trauma».

«Quindi quanto pensa che ci vorrà? Due settimane? Tre?»

«Ora come ora non so neanche se si sveglierà domattina. Deve lasciargli il tempo di *riprendersi*».

«Mi dispiace, dottore...».

«La scorsa settimana c'era qui un giovanotto che pareva pronto per tornare a casa. I parametri vitali erano buoni. E invece è morto per insufficienza cardiaca il giorno in cui è stato dimesso. Chi può dire quando questi pazienti saranno veramente guariti?»

«È solo che non vedo l'ora di...».

«Non lo faccia stancare. Niente cucina, né passeggiate troppo lunghe, e assolutamente niente, be'...».

«Cosa, dottore?»

«Assolutamente niente attività extracurricolari».

«Come, scusi?»

«Riposo assoluto a letto».

Paul doveva starci *da solo* nel letto, voleva dire.

Quando il dottore se ne andò mi sedetti al capezzale di Paul e guardai il suo petto alzarsi e abbassarsi sotto le coperte.

«Non andare via», disse lui.

Gli accarezzai la guancia con il dorso della mano.

«Mai», dissi.

Vedevo Paul tutti i giorni, mentre di notte mi ritiravo nell'appartamento di mia madre. Era un vero sollievo constatare che quel vecchio edificio aveva attraversato la guerra praticamente indenne, grazie alla moglie del nostro custode, Madame Solange. Sorprendentemente, l'appartamento era rimasto intatto, senza neanche una crepa sulle vetrate alte fino al soffitto né sul parquet dei pavimenti, anche se una sottile polvere bianca rivestiva tutte le superfici. I barattoli con il tappo argentato sul mio tavolo da toeletta di mogano erano coperti da almeno cinque centimetri di polvere sedimentata. Nello studio di mio padre l'orologio si era fermato alle 9:25 e in camera di mia madre c'era una perdita. Parte della tappezzeria damascata si era arricciata sulla parete, una forma simile all'orecchio di un maiale.

Paul dormì per la maggior parte del tempo, in quelle prime due settimane, ma ben presto cominciò a chiedere di tornare alla casa dove lui e Rena avevano abitato a Rouen. Il dottor Bedreaux acconsentì con una certa riluttanza, e con un ulteriore vago riferimento al divieto di fare sesso che fece sorridere Paul. Insisté anche perché Paul si facesse visitare da un medico ogni settimana, perché la casa di Rena era a diversi chilometri di distanza da Parigi e non si trovava nelle immediate vicinanze di un ospedale. Io acconsentii, felice di coprire i costi – mi bastava che Paul fosse felice. Con l'aiuto di tre robuste infermiere riuscimmo a caricarlo sul sedile posteriore della Peugeot.

Sulla strada per Rouen le tracce lasciate dalla guerra erano evidenti ovunque, di molti edifici non era rimasta che la facciata. L'imponente cattedrale di Rouen, resa famosa dai dipinti di Monet, era uno dei pochi ancora intatti. Paul mi guidò fino a una casa che assomigliava a un bunker, in una stradina secondaria di Rouen. Non era per niente come me l'ero aspettata.

Aiutai Paul a percorrere il vialetto d'ingresso e osservai la casa, che assomigliava davvero a un bunker militare, freddo e anonimo. Era stata progettata nello stile della Bauhaus, un altro degli orrori che la Germania aveva imposto alla Francia.

I vicini sarebbero venuti a salutarlo? Mi avrebbero considerata un'intrusa? Dopotutto Rena era cresciuta in quella casa e lei e Paul ci avevano vissuto insieme. Avevano amici lì? Altre coppie che abitavano nella stessa strada, che avrebbero sentito la mancanza della sfortunata vittima?

Io e Paul percorremmo il corridoio d'ingresso ed entrammo nel salotto. Era una casa cupa, ma le pareti delle stanze erano coperte di allegre stampe provenzali. Avevo riflettuto sull'opportunità di chiedere a Paul se voleva vivere con me nell'appartamento di mia madre, con la sua adorabile luce mattutina, la *boiserie* dai colori delicati, e i mobili che io e lei avevamo trovato al Marché aux Puces e da vari *antiquaires*. La mia *commode* Luigi XVI. Il tavolino di metallo da giardino in stile *fin de siècle* in cucina. Mia madre aveva sviluppato una certa ossessione per la *toile*, ma l'effetto era gradevole. C'era solo bisogno di una buona spolverata.

Aiutai Paul a salire le scale, passando davanti a un'accogliente cameretta con le pareti rivestite di tappezzeria gialla, fino alla camera da letto principale. Una volta era stata di Paul e Rena. Il letto pareva un po' piccolo per un uomo alto come lui. Sopra c'erano una trapunta bianca e due cuscini bianchi e blu. Vi misi accanto una sedia e rimasi lì a guardare Paul, che quella notte dormì bene. Alla fine mi spostai sulla poltrona imbottita davanti alla finestra e dormii anche io per un po'. Poco prima dell'alba, Paul parlò.

«Rena?»

«No, Paul. Sono Caroline».

«Caroline? Ho tanto freddo».

Presi la mia coperta e gliela distesi sopra.

«Pensavo di essere in ospedale», disse.

«No, caro, sei a casa».

Si riaddormentò ancora prima che finissi la frase.

Era strano preparare i pasti nella cucina di Rena, con le pentole di rame che ancora brillavano lucide e i cassetti pieni di tovaglioli di cotone piegati e impilati ordinatamente. Non c'era granché da cucinare, carne e verdure erano introvabili in tutta la Francia. All'inizio improvvisai. Con una tessera per le razioni, se si era fortunati si poteva racimolare qualche patata e un po' di pane, e magari anche qualche carota anemica, ma la maggior parte della popolazione sopravviveva mangiando zuppa liquida e pane tostato. Infine decisi di saccheggiare la dispensa di mia madre all'appartamento e vi trovai un piccolo tesoro: melassa, fiocchi d'avena e bustine di tè. E scoprii che al mercato nero si poteva comprare di tutto, se si aveva denaro a sufficienza.

Tutti i giorni somministravo a Paul un vecchio rimedio di famiglia che la mia bisnonna Woolsey dava sempre ai suoi pazienti a Gettysburg: un uovo e della soda mescolati in un bicchiere di vino. Ma ricorsi a molti altri famosi rimedi Woolsey, compreso il brodo di carne, il latte corretto, e il riso con la melassa. Dissi a Paul che erano vecchie ricette del New England provenienti dal mio ramo materno. Grazie a quegli accorgimenti riprendeva le forze giorno dopo giorno.

«Pensi ti farebbe bene parlare del campo?», gli chiesi una sera.

«Non posso, Caroline. So che le tue intenzioni sono buone...».

«Dovresti almeno provarci, Paul. Magari potresti cominciare raccontandomi della sera in cui siete andati via da qui. Una cosa per volta».

Rimase a lungo in silenzio.

«Vennero a prendermi senza alcun preavviso, pensavano che potessi essere utile alla loro causa. Rena era a letto con la febbre. Mi portarono al loro quartier generale e mi spiegarono con modi gentili che volevano che io comparissi in alcune riprese. Erano filmati di propaganda ovviamente, ma io mi rifiutai. Mi tennero a Parigi per un po', poi mi mandarono a Drancy. Immagino che poi siano tornati qui per prendere Rena e suo padre. Fu all'inizio dei rastrellamenti, quando presero gli ebrei».

«Come sapevano che Rena era qui?»

«Sapevano tutto. Forse dalla sua domanda per il visto. Non lo so. Drancy era un posto terribile, Caroline. Strappavano i bambini dalle braccia delle madri».

Paul chinò il capo portando il mento al petto e si coprì la bocca con la mano.

«Mi dispiace, Paul. Forse è troppo per te».

«No, hai ragione. Ne devo parlare. Il campo era qualcosa che non avresti mai creduto possibile. Natzweiler».

«In Alsazia? Roger aveva immaginato che ti avessero mandato proprio lì».

«Sì, sui Vosgi. Tanti morivano solo per il freddo e l'altitudine. Sono stato così codardo da pregare di morire. Costruimmo noi stessi parte del campo. Le nuove baracche e...». Tentò di bere un sorso di tè, ma poi posò di nuovo la tazza sul piattino. «Magari possiamo continuare più tardi».

«Certo», dissi. «Ti aiuta davvero parlarne?»

«Forse».

Quando misi a letto Paul quella sera ero felice che avessimo fatto dei progressi.

La mattina dell'8 maggio ero a piedi nudi nel ruscello dietro la casa di Paul a raccogliere del crescione dalla riva, ammirando sbalordita i primi boccioli del castagno e il glicine che cominciava a fiorire. La digitale purpurea, un fiore che nel Connecticut necessitava di mille attenzioni per crescere, qui spuntava fuori da tutte le parti come un'erba infestante. Sentivo Paul fischiettare dentro casa, e sorrisi. Gli uomini fischiettano solo quando sono felici. O almeno per mio padre era così.

Poi ogni suono si interruppe di colpo e Paul mi chiamò.

«Caroline...».

Corsi nell'erba guidata dal suono della sua voce. Era caduto? Con il cuore che mi batteva forte mi precipitai in cucina, lasciando per terra le mie impronte bagnate.

«C'è De Gaulle», disse Paul, in piedi accanto alla radio. Io ripresi fiato, sollevata, appena in tempo per ascoltare il generale De Gaulle che annunciava la fine della guerra in Europa.

> Rendete per sempre onore alle nostre forze armate e ai loro leader. Rendete onore al nostro popolo, che queste terribili prove non sono riuscite a piegare né a distruggere. Rendete onore alle Nazioni Unite, che hanno mescolato il loro sangue al nostro sangue, le loro sofferenze alla nostra sofferenza, le loro speranze alla nostra speranza, e adesso trionfano insieme a noi. *Ah, vive la France!*

Io e Paul corremmo in giardino e udimmo le campane della cattedrale.

«Non riesco quasi a crederci».

Sebbene il primo atto della capitolazione tedesca fosse stato firmato a Reims il giorno prima, realizzammo che era davvero finita solo dopo aver ascoltato il generale De Gaulle e aver udito i nostri vicini suonare il clacson della macchina sventolando il tricolore fuori dal finestrino.

La guerra in Europa era finita.

Mi gettai al collo uno degli scialli di mia madre e guidai fino al nostro appartamento di Parigi. Spalancammo le finestre, aspettandoci di sentire grandi festeggiamenti, ma Parigi era stranamente silenziosa in quel momento, subito dopo aver ricevuto quell'eccitante notizia. Ma tutto cambiò nel corso del pomeriggio, quando i giovani cominciarono a sciamare per le strade e nei parchi.

«Andiamo a Place de la Concorde», disse Paul.

«Perché non restiamo qui ad ascoltare la radio?», dissi. «La folla potrebbe stancarti troppo».

«Non sono uno storpio, Caroline. Lasciami godere questo momento».

In quella meravigliosa giornata di sole ci incamminammo verso l'Hôtel de Crillon in Place de la Concorde. Lo splendido edificio si ergeva sulla piazza con il tricolore che sventolava tra le colonne. Era tutto così surreale, festeggiare la Francia libera nella stessa piazza dove Luigi XVI era stato ghigliottinato.

Mentre calavano le ombre della sera la folla aumentava, e alcuni agenti della polizia militare americana, con indosso gli elmetti bianchi, fecero la loro comparsa qua e là per assicurarsi che la gente entrasse e uscisse senza problemi dal palazzo dell'ambasciata statunitense. Ci facemmo largo tra la folla, in mezzo al caos di clacson e canti, agitando i fazzoletti sopra la testa, e poi urtandoci e spintonandoci quando le jeep dell'esercito americano ci passavano vicino. Giovani donne e uomini francesi seduti sulle auto stappavano champagne e gettavano fiori sulla folla.

Quando i raggi del sole sparirono, le luci di Place de la Concorde si accesero per la prima volta dall'inizio della guerra. Dalla folla si levò un grido quando anche le Fontaines de la Concorde furono rimesse in funzione e il pesce sostenuto dalle ninfe marine di bronzo eruttò un alto schizzo d'acqua verso il cielo notturno. La gente si mise a ballare dentro la fontana completamente vestita, pazza di gioia perché la vecchia Parigi era tornata.

Paul fece cadere il suo fazzoletto e una ragazza adolescente si chinò per raccoglierlo.

«Ecco qui», disse. «Per un attimo ho pensato che lei fosse Paul Rodierre».

«È così», dissi.

La ragazza si allontanò ballando. «Molto divertente», disse voltandosi.

«Non sa cosa dice», lo rassicurai, ma Paul sapeva qual era la verità. Era a malapena l'ombra di se stesso.

L'entusiasmo di Paul parve sgonfiarsi, e poco dopo il tramonto tornammo a casa. Mentre guidavamo verso Rouen, i fuochi d'artificio esplosero sopra la Senna.

Una volta a casa indossammo abiti più comodi, io un paio di pantaloni morbidi di Paul e una sua camicia troppo grande, lui il suo pigiama di flanella color avorio preferito. Sembrava molto sulle sue e più stanco del solito. Si sedette al tavolo della cucina, con le spalle curve, mentre io preparavo la cena.

«Sei triste perché Rena non è qui con te?», gli chiesi.

«Parlarne non mi aiuta affatto. E puoi anche smettere di tentare di essere lei».

«Non lo sto facendo», dissi.

«Cucini come lei, ti vesti come lei. Ti prego, non farlo».

«Perché oggi mi sono messa uno *scialle?*», gli chiesi.

«Rilassati e fa' finta che sia tutto come quando eravamo a New York».

«Non sono mai stata più felice di così», dissi.

Era vero. Avevamo le nostre differenze, ma da quando avevo smesso di stilare elenchi di medicinali e programmi di esercizio per Paul, la nostra relazione diventava più forte ogni giorno. Inoltre, grazie ai rimedi Woolsey, Paul finalmente stava riprendendo un po' di peso.

«Allora perché non ti trasferisci? Per sempre, intendo».

«Oh, non lo so, Paul. Mi aiuterebbe sapere cosa provi».

«Sono pazzo di te».

«E come mai?».

Paul ci pensò su per un istante. «Sei una gran lavoratrice. Ti stimo molto».

«Tutto qui?»

«E mi piace il modo in cui parli francese con l'accento americano. È *molto* sexy».

«Di certo non…».

«E non mi stanco mai di stare con te».

Si alzò e si avvicinò al lavandino, accanto a me.

«Mi piacciono le tue imperfezioni. Il tuo sorriso sghembo».

Mi toccai le labbra. Sghembo?

«E non ti porti dietro una borsa gigantesca in cui frugare di continuo».

Mi prese per mano. «Mi piace che indossi i miei vestiti». Slacciò il primo bottone della camicia. «E la tua pelle chiara. Così liscia. Ci pensavo sempre quando ero via».

Mi strinse le braccia intorno alla vita. «Ma la cosa che preferisco di te è…».

«Sì?»

«... il modo in cui mi baci. A volte, quando ti bacio, penso che potrei non riprendermi mai. È come partire per andare chissà dove».

Paul mi scostò il colletto della camicia e mi baciò sul collo.

Io sorrisi. «È buffo, c'è una cosa che ancora non mi hai mai detto».

Paul fece un passo indietro. «Ma perché voi americani avete sempre bisogno di rendere esplicito ogni dettaglio? Dite *I love you* persino ai netturbini».

«Credo che quell'espressione l'abbiano inventata qui».

«Se è proprio necessario... Ti amo. Non riesco a immaginare una vita senza di te. Adesso porta qui le tue cose, i tuoi vestiti, i tuoi libri. Facciamo di questa casa la nostra casa».

«Vuoi dire che non dovrei tornare a New York?». Era troppo bello anche solo da immaginare, stare con Paul per sempre.

«Sì. La tua casa è qui. Possiamo sempre andare a New York in visita. E anche tua madre può trasferirsi qui. Avete già un appartamento».

«Il consolato mi mancherà, ma Roger può contare su Pia».

«Certo».

«Resterò con te», dissi.

«Bene», fece Paul, sorridendo. Vederlo sorridere di nuovo era un vero toccasana.

Era troppo tardi per avere un figlio? Io avevo più di quarant'anni. Ma potevamo sempre adottarne uno. Nella mia valigia avevo un fascicolo pieno di teneri bambini francesi che avevano bisogno di una casa. Avremmo avuto una famiglia. Mia madre sarebbe stata eccitatissima all'idea di un matrimonio, finalmente. Roger le aveva procurato un visto e alla fine si era messa in viaggio per Parigi. Avrei potuto dirglielo di persona.

«Perché non cominciare da stasera?», disse.

«Vado a prendere le mie cose». Stava accadendo davvero? Avevo delle calze di seta all'appartamento di mia madre?

«Non portare niente per truccarti», disse Paul. «Sei perfetta così come sei».

«Neanche un po' di rossetto?»

«Sbrigati. Finirò io di preparare la cena».

«No, Paul», dissi. «Il dottor Bedreaux ha detto...».

Paul si alzò, si avvicinò al bancone e prese un paio di patate violette dal contenitore. Sarebbe stato troppo faticoso cucinare una cena?

«Non dire un'altra parola, o mi farai cambiare idea», disse lui.

Io afferrai la borsetta. «Nietzsche diceva che una dieta a base di patate spinge all'uso di alcol».

«Bene. Porta una bottiglia del vino di tua madre. Dobbiamo festeggiare».

Nelle due ore che impiegai a tornare a Parigi stilai una lista mentale di ciò che dovevo mettere in valigia. Pantaloni Capri. Calze di seta. La mia biancheria intima nuova. E prima o poi avrei dovuto procurarmi una regolare patente di guida francese.

Arrivata all'appartamento chiusi le persiane, preparai in fretta la valigia e uscii di nuovo. Mentre chiudevo a chiave la porta sentii il telefono suonare in cucina e per una volta decisi di ignorarlo. Se era mia madre mi sarebbe servito troppo tempo per raccontarle tutto.

Durante il viaggio di ritorno mi fermai al nostro mercato preferito e trovai una piccola baguette. Era piuttosto misera, ma pur sempre di buon auspicio. Mi fermai un'altra volta a caricare la legna per alimentare il motore e poi mi diressi verso Rouen, con la radio accesa e i finestrini aperti, mentre Léo Marjane cantava *Alone Tonight.*

I am alone tonight, with my dreams…

I giornali erano stati molto duri con la povera cantante di cabaret, sostenevano che avesse dimostrato un po' troppo entusiasmo nell'intrattenere i nazisti durante l'occupazione, ma non c'era canzone che catturasse lo spirito della guerra meglio di quella. Mi misi a cantare.

I am alone tonight, without your love…

Era meraviglioso non essere più sola, finalmente. Le canzoni tristi non sono più così tristi se al tuo fianco hai qualcuno che ti ama. Svoltai sulla via di casa di Paul cantando con trasporto. Cosa mi importava di quello che avrebbero pensato i vicini?

Non appena svoltai l'angolo vidi l'ambulanza parcheggiata sul marciapiede davanti alla casa, con il motore acceso.

Il tempo si fermò. Si era fermata di fronte alla casa sbagliata? Mi avvicinai e vidi un'infermiera in piedi appena fuori dalla porta d'ingresso, con una mantella blu scuro sopra l'uniforme bianca.

Mio Dio. Paul.
Balzai fuori dall'auto senza quasi lasciarle il tempo di spegnersi.
Attraversai di corsa il vialetto.
«Paul sta bene?», chiesi ansimando.
«Venga subito», mi disse l'infermiera, e io la seguii in casa.

Capitolo 28
Kasia

1945

«Sto sognando?», disse Zuzanna quando il traghetto approdò a Danzica. Nell'aria salata risuonavano le grida dei gabbiani e delle rondini di mare. Alzai una mano per schermarmi gli occhi, perché l'acqua scintillante, tempestata di diamanti, mi accecava.

Avevamo passato due mesi a Malmö, in Svezia, un luogo in cui Dio aveva riunito tutte le più splendide bellezze naturali. L'erba era verdissima. Il cielo color fiordaliso. I bambini erano in tutto e per tutto i figli di quel paesaggio, i capelli erano fili di nuvole chiare, gli occhi dello stesso color cobalto del mare.

Ci dispiacque andarcene, perché lì ci trattavano come delle regine. Banchettavamo con torte degne di una principessa e *pitepalt* con burro e marmellata di mirtilli rossi. Quando recuperammo le forze (sia io che Zuzanna eravamo arrivate a pesare quaranta chili), molte di noi espressero il desiderio di tornare a casa, ovunque essa fosse. Polonia, Francia, Cecoslovacchia. Qualche donna a cui non era rimasto più niente rimase in Svezia per cominciare una nuova vita lì. Altre decisero di aspettare per vedere cosa sarebbe successo alle nuove elezioni che erano state indette in Polonia. Avevamo sentito che il Paese era governato dall'NKVD, il commissariato sovietico, ma io e Zuzanna non esitammo neanche un istante. Volevamo rivedere papà.

Pur essendo infinitamente grata per essere stata salvata, insieme alle mie forze cresceva anche la mia rabbia. Dov'era la gioia della liberazione? Guardavo le donne intorno a me riprendersi, ansiose di tornare alle loro vecchie vite, mentre io invece sentivo solo una furia scura montare nel mio stomaco.

Approdammo sulla costa settentrionale della Polonia con il traghetto, e trovammo un autista che ci aspettava al porto. Era un giovane di Varsavia, uno dei numerosi ex piloti dell'aviazione polacca – in totale erano più di cento – che si erano uniti alla Royal Air Force e avevano rischiato la vita per sfidare la Luftwaffe. Non era molto più grande di me, ma a ventidue anni io avevo la postura e l'andatura zoppicante di un'anziana.

Prese il fagotto degli abiti di Zuzanna e ci aiutò a salire in macchina. Sentii sulla pelle il cuoio del sedile, fresco e liscio. Quanto tempo era passato dall'ultima volta che ero salita su un'automobile? Per me poteva anche essere una navicella spaziale.

«Allora, cosa succede nel mondo?», chiese Zuzanna quando ci mettemmo in viaggio, aprendo e chiudendo il piccolo posacenere di metallo accanto alla maniglia della portiera. Anche io aprii quello vicino a me e ci trovai due contorti mozziconi di sigaretta. Cosa avrebbero dato per averli al campo!

«Avete sentito le novità del governo?», ci chiese l'autista.

«Ci saranno libere elezioni?», disse Zuzanna. Stavamo attraversando il porto di Danzica, pesantemente bombardato durante la guerra.

«Il governo in esilio vuole tornare», rispose lui. «E il Partito dei Lavoratori Polacchi dice che bisogna votare».

«Lei crede a Stalin?», dissi.

«Il Partito dei Lavoratori Polacchi è...».

«*Stalin.* Proprio quello che ci serve».

«Dicono che saremo un Paese libero e indipendente. La gente è fiduciosa».

«Ma perché continuiamo a credere ai bugiardi?», chiesi. «L'NKVD non ci lascerà mai in pace».

«Non farti sentire quando dici queste cose», disse l'autista.

«Davvero molto libero e indipendente», commentai.

Io e Zuzanna dormimmo per la maggior parte del viaggio verso Lublino. Ci svegliammo solo quando l'autista si fermò davanti alla porta di casa nostra.

«È ora di alzarsi, signore», disse lui tirando il freno a mano. Restammo sedute sul sedile posteriore a fissare la lampadina nuda accanto alla nostra porta d'ingresso che brillava nell'oscurità, attirando un nugolo frenetico di grasse falene e altri insetti. A Ravensbrück le prigioniere sarebbero state felici di mangiarle.

«Riesci a crederci?», mi chiese Zuzanna.

Scendemmo dalla macchina come se fossimo arrivate sulla luna. Misi un braccio intorno alla vita di Zuzanna. Lei si appoggiò a me e l'osso ancora sporgente dell'anca sfregò contro il mio. Salire i nostri bellissimi gradini d'ingresso mi provocò una serie di fitte dolorose alla gamba malata.

Avevamo spedito a papà un telegramma. Ci stava aspettando con una torta ai semi di papavero e del tè? Abbassai la vecchia maniglia di porcellana della porta del nostro appartamento. Era chiusa a chiave. Zuzanna ripescò la chiave di riserva dal vecchio nascondiglio dietro il mattone. Era ancora lì!

Non appena entrammo in cucina la consapevolezza mi investì come una folata di vento. Mia madre non c'era più. La stanza era buia, tranne che per una piccola lampada sul tavolo della cucina e per la fioca luce di una candela posata sulla mensola del caminetto. Alle finestre c'erano delle tendine gialle fin troppo allegre, e sul bancone di legno di Matka c'era un nuovo set di barattoli rossi. Gialli e rossi, per la precisione. A Matka piaceva il blu. Qualcuno aveva appeso alla parete un dipinto che raffigurava un prato pieno di fiori di campo, nel punto in cui Matka una volta incollava i suoi uccelli. Un paio di passeri facevano capolino da dietro il dipinto, la colla li teneva attaccati alla parete ingiallita dal tempo. Mi accostai al tavolo da disegno di Matka. Qualcuno l'aveva abbassato e coperto con una tovaglia di pizzo da quattro soldi, e vi aveva posato sopra un'immagine della Vergine Maria del santuario di Gietrzwald e una cornice di porcellana con la foto di una signora anziana che salutava dal finestrino di un treno.

Guardai la foto di Matka sulla mensola del caminetto, quella in cui lei aveva un'espressione seria e teneva tra le braccia il suo cagnolino Borys. Qualcuno aveva posato un fiocco nero sotto la foto, le estremità arricciate pendevano dalla mensola. Starmene lì a guardare il viso serio di mia madre alla luce tremolante della candela mi fece girare la testa. Un cane abbaiò in camera da letto, e Zuzanna trattenne il fiato.

Felka?

«Chi c'è?», disse papà sbucando nel corridoio dalla stanza da letto in fondo.

Venne verso di noi con indosso soltanto la biancheria a strisce. I suoi capelli, sottili e grigi come la pelliccia di uno scoiattolo, erano sparati in tutte le direzioni e in mano aveva una pistola nera che non avevo mai visto prima. Alle sue spalle spuntò Felka, agitando vivace la coda. Era più grande e più in carne dell'ultima volta che l'avevo vista, in quella stessa cucina, insieme a Matka.

«Siamo noi, papà», disse Zuzanna.

Papà rimase in piedi impietrito e a bocca aperta. Quanto era invecchiato? Persino i peli sul petto erano grigi. Felka si avvicinò e cominciò a fare la spola da Zuzanna a me, sfiorandoci con il naso umido.

«Siamo tornate», dissi. Gli occhi mi si riempirono di lacrime. Papà spalancò le braccia e noi gli andammo incontro. Lui posò la pistola sulla mensola e ci abbracciò come se non volesse lasciarci andare mai più. Quanto eravamo felici di essere lì tra le sue braccia! Io e Zuzanna scoppiammo entrambe a piangere sulle sue spalle nude.

«Non hai ricevuto il nostro telegramma?», chiesi.

«Di questi tempi è difficile che arrivino».

«Ma hai ricevuto una lettera su Matka».

«Sì. La grafia sulla busta sembrava la sua, perciò pensai che me l'avesse spedita lei. Invece era una lettera standard. Diceva che era morta di tifo».

Gli presi la mano. «No, non è stato il tifo, papà».

«Cosa allora?». Sembrava fragile come un bambino. Dov'era il mio papà così forte?

«Non lo so», dissi.

Lui fece un passo indietro e si mise una mano sul fianco. «Ma non eravate insieme?».

Zuzanna fece sedere papà su una sedia della cucina. «L'avevano spostata in un altro Blocco, papà. Lavorava come infermiera...».

«E dipingeva ritratti per i nazisti. È stato questo che l'ha uccisa. Si è avvicinata troppo a loro». Perché l'avevo detto? Sapevo fin troppo bene che in realtà a condannarla era stato il panino che mi aveva portato quella sera al cinema.

Zuzanna si chinò vicino a papà. «Hai ricevuto le lettere di Kasia. Come hai fatto a capire il trucco per leggerle?»

«Ci è voluto tutto l'ufficio postale per scoprirlo. Sapevamo che doveva esserci una sorta di codice, ma nessuno di noi era in grado di decifrarlo. Ho provato a bagnare la prima lettera con l'acqua. Poi però abbiamo capito. Ho riferito le notizie a certe persone, che hanno passato il messaggio ai nostri contatti clandestini a Londra. Sono stati loro a spargere la voce. Ma è stata Marthe a suggerire di scaldare la lettera con il ferro da stiro. Ha detto che l'aveva letto in un libro».

Marthe?

Mi inginocchiai anche io di fianco a papà. «Grazie per il filo rosso».

«Ho diffuso la notizia con tutte le mie forze, per quanto mi è stato possibile. Sapete che ne hanno parlato anche alla BBC? Quello che vi hanno fatto...». Papà fu colto da un nuovo accesso di lacrime. Era impressionante vedere il nostro papà piangere.

Gli presi una mano. «Hai visto Pietrik? O Nadia?»

«No. Nessuno dei due. Aggiorno la lista tutti i giorni. Lo fa anche la Croce Rossa. Pensavo che ci avrebbero detto che stavate arrivando». Papà prese uno strofinaccio di cotone per i piatti e lo usò per asciugarsi le lacrime. «Eravamo preoccupatissimi».

Eravamo?

Fu Zuzanna a notarla per prima: nascosta tra le ombre sulla soglia della camera da letto c'era una donna robusta con indosso una vestaglia. Zuzanna si avvicinò e le porse la mano.

«Mi chiamo Zuzanna», disse.

Una donna nella stanza da letto di papà?

«Io sono Marthe», disse lei. «Ho sentito molte cose splendide su di voi».

Mi alzai, presi un profondo respiro e squadrai la donna. Marthe era di pochi centimetri più alta di papà, la vestaglia era legata intorno alla vita con lo spago. I capelli castani raccolti in una treccia le ricadevano sul bavero. Una campagnola. Papà aveva abbassato di parecchio i suoi standard. Marthe si avvicinò a papà, ma lui non si mosse. «Marthe viene da un villaggio poco lontano da Zamosc. In questi anni senza di voi mi è stata di grande aiuto». Papà sembrava imbarazzato dalla presenza di Marthe. E chi non lo sarebbe stato, dovendo presentare la propria fidanzata alle figlie della moglie morta?

«Perché non ci sediamo?», disse Marthe.

«Io vorrei andare a dormire», risposi. Pareva quasi una contrattazione al mercato. I miei occhi corsero alla fotografia di Matka sul caminetto. Papà non sentiva la sua mancanza? Come aveva potuto fare una cosa del genere?

Papà mi fece cenno di avvicinarmi. «Vieni a sederti con noi, Kasia».

Marthe prese posto sulla sedia preferita di Matka, quella che lei aveva dipinto di bianco, con un cuscino di calicò. Guardai Zuzanna fare amicizia con Marthe. Anche papà le osservava, felice di vederle stringere un legame.

«Vorrei potervi offrire qualcosa da mangiare, ma abbiamo appena finito tutto il pane», disse Marthe.

Papà si passò la mano sulla barba lunga. «La situazione è peggiorata. Da quando sono arrivati i russi riusciamo a malapena a trovare del cibo. Almeno sotto i nazisti le panetterie restavano aperte».

«Quindi siamo passati dai nazisti a Stalin?», chiesi. «Se volete la mia opinione, non ci abbiamo guadagnato».

«Io mi trovo bene con loro», disse papà. «Mi hanno lasciato il mio lavoro all'ufficio postale».

«Ti hanno *lasciato*?», gli chiesi.

«E si trovano tutte le sigarette russe che vuoi», disse Marthe con un tono un po' troppo allegro. «Invece è difficile trovare le uova».

«È solo una questione di tempo prima che cominciamo tutti quanti a chiamarci "compagni"», dissi.

«Andrà tutto bene», disse Zuzanna.

«Stanno cercando gli ex membri del movimento clandestino», disse papà fissando lo sguardo su di me. «La scorsa settimana hanno preso Mazur».

Di colpo mi sentii attraversare da una scarica di corrente che mi lasciò senza fiato. Mazur? Era un amico d'infanzia di Pietrik, uno degli agenti più abili, ai vertici del movimento clandestino. Era stato lui a farmi prestare giuramento. Era un vero patriota.

Inspira, espira.

«Ho chiuso con loro», dissi.

«Ci hanno portate via dal campo su un pulmino svedese», disse Zuzanna. «Avresti dovuto vedere quando abbiamo attraversato il confine con la Danimarca, si era riunita un sacco di gente con dei cartelli di benvenuto. E anche in Svezia sono stati molto gentili con noi. Abbiamo fatto sventolare la bandiera delle scout di Lublino che qualcuno aveva trovato nei mucchi di vestiti a Ravensbrück, e avresti dovuto sentire le acclamazioni della gente. La prima notte abbiamo dormito sul pavimento di un museo».

«Con un dinosauro dai denti giganteschi che incombeva su di noi», dissi. «Praticamente come al campo».

Zuzanna prese il suo fagotto. «Poi siamo state a casa di una principessa. Guarda cosa ci hanno regalato quando siamo partite dalla Svezia». Aprì il fagotto e posò sul tavolo una scatola bianca. Poi l'aprì.

«Ce ne hanno data una a testa. Sardine in scatola. Pane bianco e burro. Marmellata di mirtilli e un po' di cioccolata.».

Avevamo toccato a malapena tutto quel cibo, per conservarlo.

«E anche latte in polvere», disse papà. «È da tanto che non lo assaggio».

«Che gentili», disse Marthe. «Io ho ancora una razione di farina che ho tenuto da parte. Potrei fare…».

«Non disturbarti», dissi.

Papà chinò il capo e si passò le mani tra i pochi capelli che gli restavano.

«Mi dispiace per tua madre», disse Marthe alzandosi in piedi.

«Sì, si vede», risposi.

«Kasia», disse papà.

Presi la sedia bianca, il cuscino conservava ancora il calore del sedere di Marthe.

«Buonanotte, papà», dissi. «Buonanotte, Zuzanna».

Mi portai la sedia di Matka in camera, passando davanti al caminetto e stando attenta a non fissare la sua fotografia. Non ce la facevo a guardarla in faccia, era un pugno allo stomaco tutte le volte. Entrai in camera e chiusi la porta. Nessuna amante di mio padre aveva il diritto di sedersi al posto di Matka, non mi importava se gli era stata di aiuto o meno.

Capitolo 29
Caroline

1945

Seguii l'infermiera in casa e in cucina, in fondo al corridoio, scorsi un barelliere dell'ambulanza. Persino dalla soglia riuscivo a vedere le patate sparpagliate sul pavimento, l'olio d'oliva rovesciato che brillava sul tavolo. Come avevo potuto lasciare Paul da solo dopo tutti gli ammonimenti del dottor Bedreaux?

Quando entrai in cucina vidi Paul seduto al tavolo, con un'infermiera che gli stringeva il polso per prendergli i battiti. Sentii un'ondata di calore inondarmi le braccia.

«Stai bene. Paul. Grazie a Dio».

Paul mi guardò. Aveva pianto? «Abbiamo provato a chiamarti. Riesci a crederci, Caroline? È come un sogno».

Scossi la testa. «Non capisco».

«Hanno suonato alla porta», disse. «È tutto così… surreale».

«*Chi* ha suonato alla porta, Paul?»

«Rena».

«Rena ha suonato alla porta? Dici cose senza senso».

«L'hanno appena portata di sopra».

«È tornata?».

La mia voce suonava assente, distante.

Paul passò il dito sopra una macchia sulla tovaglia. «Era all'ospedale americano».

Era felice? Non sembrava. Era tutto così confuso.

«Non parla molto. A quanto pare una famiglia tedesca l'ha nascosta in casa».

Mi accasciai sulla maniglia della porta.

«È una cosa meravigliosa», fu tutto ciò che riuscii a dire. «Ora sarà meglio che io vada».

Mi voltai per andarmene.
«Caroline, aspetta», disse Paul. «Dove vai?»
«È un po' troppo per me».
«Lo so. E mi dispiace, Caroline. Rena è stata in ospedale per settimane, stava tanto male che non riusciva a parlare».
Mi dispiace. Odiavo quelle due parole. Quante volte le avevo sentite pronunciare dopo la morte di papà? *Je suis désolé*: aveva un bel suono in francese, ma non faceva che peggiorare le cose.
«Be', devo andare a casa», dissi.
Avevo bisogno di tempo per pensare e non volevo crollare di fronte a lui. La cosa importante era che una donna che si pensava morta tragicamente in un campo di concentramento fosse invece viva. In quel momento, mentre noi parlavamo, era nel letto di Paul, al piano di sopra.
Paul fissò le patate ancora sparse sul pavimento. «Sì. Parleremo domani».
«Intendevo a casa nel Connecticut», dissi.
«Non puoi andare a casa adesso. Questo è uno shock per tutti quanti».
«Non riesco a pensare con lucidità. Devo andare».
Perché non mi gettava le braccia al collo, implorandomi di restare?
«Ne parleremo domani e cercheremo di capirci qualcosa», disse Paul, sempre senza muoversi dalla sedia.
In qualche modo riuscii a rimettermi al volante e a tornare all'appartamento di mia madre, dove rimasi in esilio volontario, passando la maggior parte della giornata a letto, con i pantaloni del pigiama e la camicia di Paul che avevo indossato a casa sua. Il telefono della cucina suonò un paio di volte, finché alzai il ricevitore e lo lasciai lì a penzolare. «*Si vous souhaitez faire un appel, s'il vous plaît raccrochez et réessayez*», ripeté più volte la voce registrata. Seguì una serie di brevi *beep*, e poi più nulla.
Il campanello della porta suonava diverse volte al giorno, ma io non risposi mai. Passavo le giornate a flagellarmi – lasciando raffreddare il tè e poi bevendolo tiepido e con troppo latte – e a precipitare sempre di più in un turbine di interrogativi e di "e se". Sarebbe potuto essere amore eterno. Un matrimonio. Un bambino. Davvero avevo venduto metà dell'argenteria

di ma madre per curare il marito di un'altra donna? Betty aveva ragione. Avevo sprecato il mio tempo.

Una mattina mia madre arrivò all'appartamento e rimase in piedi sulla soglia della mia stanza, con l'ombrello che gocciolava sul tappeto.

Mamma. Avevo completamente dimenticato che stava arrivando.

«Fuori diluvia», disse.

Bene, pensai. Almeno anche altri erano chiusi in casa da soli e tristi come me.

«Santo cielo, Caroline, che succede? Sei malata? Perché non rispondi al telefono?».

Okay, non ero francese, ma a me non era concesso di buttarmi a letto e crogiolarmi nella mia disperazione?

«La moglie di Paul è tornata», dissi.

«Cosa? È tornata dalla tomba? Com'è possibile? Dov'è stata per tutto questo tempo?»

«Non lo so. In qualche ospedale».

«È incredibile», disse mia madre. «Be', adesso devi rimetterti in sesto».

«Non posso», dissi tirandomi il piumone sulle spalle.

«Va' a farti un bagno, io ti preparo del tè. Un bagno fa sempre sembrare tutto più bello».

Mia madre non era una persona con cui si poteva discutere. E aveva ragione per quanto riguardava il bagno. Riemersi in un pigiama pulito e mi sedetti al tavolino metallico della cucina.

«Sapevo che non avrebbe mai funzionato», dissi. «Io non sono destinata a essere felice».

Mia madre mi portò una tazza con dentro una bustina di Mariage Frères Earl Gray e una teiera con l'acqua calda.

«Dolore è conoscenza…».

«Ti prego, mamma. Niente Byron adesso. Tutta questa faccenda non è stata che una ridicola fantasia. Come ho potuto lasciarmi trascinare in questo modo? Avrei dovuto immaginarlo. Mi sono impegnata così tanto per far funzionare questa storia».

«Il fatto che abbia una moglie non significa che tu non possa stare con lui», disse mia madre. Era in Francia solo da poche ore, ma la sua bussola morale era già impazzita.

«Immagino che tu abbia ragione. Ma perché deve essere tutto così difficile, mamma? C'è sempre qualche intoppo».

Suonò il campanello.

Afferrai il polso di mia madre. «Non rispondere».

Lei andò lo stesso alla porta, facendomi rimpiangere di averla invitata in Francia.

«Chiunque sia, io non ci sono», le gridai dietro.

Aprì. Sentii la voce di una donna che si presentava come Rena.

Dio mio, Rena. Chiunque ma non lei.

Mia madre tornò in cucina con Rena al seguito, dopodiché ci lasciò sole. Lei rimase in piedi sulla soglia, indossava un abito di cotone che le cadeva addosso come un capo di biancheria bagnata, mostrando il segno delle clavicole e sotto di esse un vuoto che avrebbe potuto contenere un pentolone di zuppa.

«Scusami se interrompo il tuo tè, Caroline», disse lei, con voce da scolaretta stanca, tutta occhi e guance emaciate. «Ho provato a telefonare». Il suo sguardo si posò sul ricevitore appeso al filo.

«Oh», dissi.

Rena agitò i piedi nervosa. «Anche Paul si scusa. Ha provato anche lui a telefonarti…».

«Prego, siediti», le dissi.

Rena si portò un dito dietro l'orecchio, come per ravviare una ciocca di capelli. Doveva essere una vecchia abitudine, visto che non c'erano capelli da sistemare.

«Non ti ruberò molto tempo. Volevo soltanto dirti quanto mi dispiace».

«Ti dispiace? E per cosa?». Versai l'acqua calda sulla bustina di mussola. Il profumo di arancia e bergamotto mi provocò una voglia improvvisa di una delle focaccine di Serge.

«Per come si sono messe le cose», disse.

«Non devi scusarti di niente, Rena».

«Magari mi siedo un attimo. Non resterò molto».

«Ma certo», dissi. «Vuoi del tè?»

«No, grazie. Ancora non riesco a mandar giù molte cose. Ho detto a Paul che sarebbe il caso di venire a farti visita. E di spiegarti…».

Tentai di sorseggiare il mio tè, ma non riuscivo a vedere la tazza perché la testa mi pulsava e avevo la vista confusa.

«Temo che Paul non sia molto felice di vedermi», disse.

Da qualche parte per strada si sentivano ridere dei bambini, le loro voci riecheggiavano tra gli edifici mentre saltavano nelle pozzanghere.

«Probabilmente tu preferiresti che io fossi morta», disse Rena. «Credimi, l'ho desiderato spesso. Ve l'avrei fatto sapere prima, se avessi potuto. È solo per un caso fortuito che sono ancora viva».

«Capisco».

«No, non credo. Come potresti? Sono stata fortunata perché non hanno seguito la solita procedura. Ci avevano preso le scarpe, perciò sapevamo cosa stava per succedere...».

«Rena, non c'è bisogno che...».

«Eravamo su un treno partito da Majdanek e diretto a un sottocampo, o almeno così pensavamo. Da qualche parte, in Polonia, il treno ha rallentato e ci hanno fatto scendere».

Rena si interruppe e guardò fuori dalla finestra.

«Io ero malata. Tifo, credo. Perciò sono riuscita a malapena a seguire gli altri mentre ci facevano marciare nella foresta. Lungo il cammino c'erano delle banconote sparse da tutte le parti. Quelli passati prima di noi le avevano buttate via. Meglio così che lasciarle ai tedeschi, immagino. Qualcuno bisbigliava che ci stessero portando a lavorare, ma io sapevo. Siamo arrivati a un capannone e ci hanno detto di spogliarci».

«Ti prego, Rena. Non devi raccontarmi...».

«Mi dispiace. È troppo dura per te? Non riesci ad ascoltare queste cose?».

Scossi la testa.

«È stato tutto velocissimo. Ci hanno disposti in fila sull'orlo di una grande fossa...».

Rena parve perdere il filo del racconto e si immerse nei suoi pensieri. Dopo qualche istante ricominciò.

«Quando la ragazza accanto a me ha visto cosa c'era sotto, ha cominciato a gridare. Sua madre l'ha abbracciata. Hanno sparato a loro per prime. Il colpo le ha spinte contro di me e tutte e tre siamo scivolate lungo le pareti della fossa...».

Rena ammutolì di nuovo. Io riuscivo a malapena a sbattere le palpebre, per timore di interromperla.

«Sono rimasta immobile mentre altri corpi cadevano sopra di me. Poi i colpi sono cessati e ho capito che era quasi notte, perché la luce che vedevo dalle fessure tra un corpo e l'altro si era fatta più fioca. Quando è sceso il buio mi sono arrampicata fuori dalla fossa e sono andata a frugare nel capanno in cerca di vestiti».

Rena alzò gli occhi al soffitto. «Avresti dovuto vedere le stelle quella notte, ce n'erano tantissime nel cielo. Era come se ci stessero guardando, come se tenessero gli occhi bassi su di noi, tristi e afflitte perché non potevano fare nulla. Ho camminato per la foresta fino a una casa, e un contadino e sua moglie mi hanno accolto. Erano una coppia tedesca. Avevano perso il figlio, ucciso sul fronte russo. All'inizio la donna aveva paura che le rubassi l'orologio da polso. Era molto carino, un regalo di suo figlio. Gli orologi erano una valuta di uso comune. Ma alla fine la coppia si è dimostrata molto gentile. Mi hanno sistemato nella vecchia camera del figlio e si sono presi cura di me, curandomi come se fossero davvero i miei genitori. Mi davano da mangiare pane caldo con marmellata di fragole. Io ho ricambiato la loro ospitalità contagiandoli».

Porsi a Rena un fazzoletto e lei se lo premette per un attimo su un occhio, poi sull'altro.

«Prima è morto lui. Quando sono arrivati i russi io ho detto che avevamo il tifo, ma loro mi hanno messo un tappeto sul viso e mi hanno violentato lo stesso. Poi hanno violentato anche la moglie del contadino e le hanno preso l'orologio. Lei è morta quella notte. Non ricordo molto altro, solo qualcosa qua e là, finché non sono arrivata in ospedale. Quindi vedi, sarei tornata prima a casa, ma era...».

«Mi dispiace che ti sia successo tutto questo, Rena. Perché me lo stai raccontando?»

«So quanto è importante Paul per te...».

«Te l'ha detto lui?»

«Sì, appena è tornato da New York. All'epoca non mi importava, ma adesso le cose sono diverse».

Certo che le cose erano diverse. E nessuno di noi poteva farci niente.

«Vorrei tanto renderti felice, Caroline. Ma non posso rinunciare a Paul. Forse avrei potuto, una volta, ma non ora».

Rena si appoggiò al bordo del tavolo. Aveva bisogno di riposo.

«Credo che dovresti tornare a casa da lui, Rena».

«Sì, ma devo dirti una cosa».

C'era dell'*altro?*

«Non credo che...».

«Non l'ho ancora detto a Paul». Si alzò in piedi e fece un profondo respiro.

«Hanno preso Paul prima di venire a prendere noi. Io non stavo bene, non riuscivo a mangiare niente. Pensavo di avere l'influenza, ma poi ho scoperto che ero... be', che aspettavo un bambino».

Il mondo si fermò per un istante, sospeso a mezz'aria. Aspettava un bambino? Che bell'espressione, tipicamente francese.

«Eri incinta?».

Rena sostenne il mio sguardo e annuì lievemente.

«Era...», cominciai a chiederle, incapace di trattenermi.

«Suo?». Rena abbassò lo sguardo sulle sue mani per un bel po'. «La guerra ha uno strano effetto sulle persone. Nel nostro caso ci ha riavvicinati. La piccola doveva aver capito cosa stava per succedere. È arrivata il giorno che la Gestapo è venuta a prendermi. La mattina di Pasqua».

La piccola? Paul aveva una figlia. Mi portai le dita fredde alle labbra.

«Ci avevano avvisati della retata imminente. Mio padre ha preso la bambina e ci ha detto che l'avrebbe portata a un convento che conosceva. L'ha messa in una scatola di scarpe. Era così piccola».

«Dove?»

«Non lo so. Sono venuti a prendermi quella sera stessa. Mio padre non era ancora tornato».

«Mi dispiace per la tua perdita, ma...».

«Il convento è stato abbandonato durante la guerra, perciò sto scrivendo agli orfanotrofi, ma Paul mi ha detto che...».

«In realtà non so come aiutarti, se è questo che vuoi chiedermi».

Mi alzai e portai la mia tazza al lavandino.

«Capisco la tua riluttanza, Caroline. Neanche io vorrei essere coinvolta se fossi al tuo posto. Ma se ci ripensassi...».

«Presto ripartirò per New York», dissi, tenendo una mano sulla fredda porcellana del lavello.

Rena si alzò. «Certo. Grazie per il tuo tempo, Caroline».

La accompagnai alla porta e la guardai dalla finestra mentre camminava fino in fondo all'isolato, tenendo la borsa sopra la testa per proteggersi dalla pioggia.

Il pensiero di contattare gli orfanotrofi per cercare la figlia di Paul e Rena mi fece venire voglia di tornare a letto. Una volta aveva affermato il contrario, ma a quanto pareva nella vita di

Paul *c'era* spazio per un bambino, dopotutto. Perché avrei dovuto prendermi la briga di cercare sua figlia? Paul non aveva dimostrato grande considerazione per i miei sentimenti in tutta questa faccenda. Mi ero lasciata ingannare una volta, ma avevo imparato la lezione. E là fuori era pieno di investigatori privati che si guadagnavano da vivere cercando persone scomparse. Di certo sarebbero stati molto più bravi di me.

Quando calò la sera avevo preso la mia decisione. Paul e Rena dovevano cavarsela da soli.

Capitolo 30
Caroline

1945

La mattina seguente mi svegliai affamata, lo stomaco pieno solo di rimpianti. Era scioccante la facilità con cui la mia vita aveva deragliato dai suoi binari. Continuava a tornarmi alla mente il termine francese *dépaysement*, quel senso di disorientamento che ci si sente addosso quando ci si trova ad affrontare un cambiamento forzato. Mia madre aveva fatto un gran lavoro di pulizia, ma tutto a un tratto l'appartamento mi pareva ancora più trascurato. Le finestre avevano bisogno di una lavata, il filo del telefono era attorcigliato su se stesso. Il rimedio di mia madre per la mia situazione consisteva nel costringermi a mangiare uova come se fossi un'oca all'ingrasso per il foie gras. E proprio mentre mandavo giù le sue *oeufs pochés*, le spiegai come stavano le cose.

«Hai sentito qualcosa della mia chiacchierata con Rena?»

«Solo qualche parola. Sembra una cara persona».

«Immagino che lo sia. Ma non intende rinunciare a Paul».

«È un bel guaio».

«In realtà no. Non è ovvio? Anche lui l'ama ancora».

Mia madre buttò un altro uovo nell'acqua bollente. «E tu come lo sai? Non gli rispondi neanche al telefono. E l'altra sera quel povero Paul è rimasto attaccato al campanello per un'ora».

«Cinque minuti, mamma. Non esagerare».

«Che peccato, davvero. In circostanze diverse tu e Rena sareste potute diventare ottime amiche».

«Ne ho già a sufficienza di amiche, grazie».

«Be', comunque non puoi semplicemente voltare le spalle a tutta questa situazione, cara».

«Non avrò mai un figlio mio».

«Ma questo non vuol dire che sia giusto abbandonare la loro piccola. Prima o poi ti ritroveresti a chiederti se...».

«Vai al punto, mamma. Tu credi che debba trovare quella bambina».

Lei mi servì un altro uovo. «Be', è quello che farebbe ogni buona cristiana».

«Temo di non sentirmi molto cristiana stamattina».

«Be', allora buttati un po' di acqua fredda in faccia. Ti aiuterà».

Ma perché secondo mia madre l'acqua fredda era la soluzione a tutti i problemi? Avevo passato un solo giorno con lei nell'appartamento e mi pareva già un'eternità. Come avrei fatto per una settimana intera? E presto i suoi amici parigini avrebbero cominciato a farle visita. Avrei dovuto sopportare i loro sguardi di commiserazione.

Alla fine tornai in me e mi decisi a cercare la bambina, solo per potermi mettere tutta quella storia alle spalle. E anche per uscire da quell'appartamento. Mia madre aveva inscenato una specie di tributo a T.S. Eliot – *The Paris Years* – e aveva invitato i suoi ospiti a presentarsi in costume. Tra i visitatori ci sarebbero stati senza dubbio anche alcuni amici maschi. In tutte le settimane che ero stata a Parigi non ero riuscita a procurarmi neanche uno straccio di ammiratore, mia madre invece aveva subito attratto uno stuolo di devoti, per lo più anziani francesi con tanto di berretto e americani espatriati. Sedevano nel nostro salotto a sorseggiare tè e a osservare mia madre che... be', che era mia madre. Erano tutti felici di far parte della sua cerchia.

Ritrovare una bambina senza nome nella Francia del dopoguerra non era un compito facile, ma l'ultimo dei miei molti tentativi mi condusse all'Orphelinat Saint-Philippe de Meudon. Era uno degli orfanotrofi a cui avevo spedito i miei pacchetti dal consolato e ora fungeva da centro di raccolta per i bambini dispersi durante la guerra. Provenivano da case sicure, collegi e castelli in rovina di tutta la Francia, specialmente al sud. L'orfanotrofio sorgeva a sud-ovest di Parigi, in un'imponente villa di pietra antica, completa di chiesa privata in stile romanico.

Quel posto rivaleggiava con il Monte Olimpo: in alto in cima a una collina, quel giorno aveva persino la sommità immersa nelle nuvole.

Avevo dimenticato l'ombrello, perciò corsi sotto la pioggia calda e salii i gradini coperti di muschio. Cercai di non pensare a cosa sarebbe successo se avessi trovato la bambina. Sarebbe stata ufficialmente la fine della nostra relazione, nonostante tutto ciò che io e Paul avevamo condiviso una volta. A quanto pareva lui era ancora innamorato di Rena, dopotutto. Almeno quanto bastava a darle un figlio.

La reception dell'orfanotrofio era affollata di gente che si trovava lì per il mio stesso scopo. Chi era stato così previdente da portarsi un ombrello lo teneva di fianco a sé come un pipistrello bagnato, visto che all'ingresso non c'era un portaombrelli. Il telefono squillava senza che nessuno rispondesse, e negli angoli erano ammassate pile di scatole di cartone. Sulla scrivania c'erano mucchi di pannolini bianchi, accatastati l'uno sull'altro come strati di un millefoglie, con le spille da balia sparpagliate tutto intorno.

La folla si aprì per lasciar passare un uomo con in braccio un bambino che piangeva, avvolto in panni di cotone. Raggiunse la scrivania e porse in avanti il piccolo come se fosse una bomba a orologeria.

«Una nonnina mi ha appena dato questo».

Dall'altro lato della scrivania, la direttrice prese il bambino. Era una donna dal volto aquilino, vestita con un semplice abito nero, la cui unica decorazione era uno splendido colletto che sembrava di pizzo della regina Anna. Appoggiò il fagottino sulla scrivania e aprì il pannolino di cotone. Poi alzò lo sguardo, sotto gli occhi aveva due profondi cerchi color malva.

«È un maschio. Qui accettiamo solo femmine».

Ma l'uomo stava già uscendo.

«Guillaume!», chiamò la donna mentre riavvolgeva il pannolino del bambino, più rapida di un venditore ambulante che incarta un sandwich. Arrivò di corsa un uomo, che prese in braccio il bambino e sfrecciò via.

Una giovane donna si avvicinò alla scrivania. «Madame...».

Madame sollevò un dito senza nemmeno alzare la testa dalle carte in cui era immersa. «Aspetti il suo turno. Le bambine stanno pranzando. Fino alle tre niente visite».

Goccioloni d'acqua precipitavano dal soffitto malandato sulla scrivania, lasciando delle macchie più scure simili ad amebe quando cadevano sul sottomano.

«Mi scusi, Madame», dissi. «Sto cercando una bambina».

Lei scorse una lista sulla cartelletta. «Deve riempire il modulo», disse.

Mi avvicinai. «Il mio è un caso particolare».

«Il suo è il quinto caso particolare oggi».

«Mi chiamo Caroline Ferriday. Lavoravo con Madame Bertillion. Vi ho spedito dei pacchetti con generi di prima necessità per i bambini dal consolato francese di New York».

La donna alzò la testa e la inclinò leggermente. «Era *lei* a mandare quei pacchi? I bambini hanno adorato quei vestiti. Erano fatti benissimo».

«A dir la verità vi ho spedito anche quell'Ovomaltina», dissi indicando uno scatolone vuoto.

«Grazie anche per quella, Mademoiselle, ma l'abbiamo venduta per pochi spiccioli. I bambini si lamentavano per il sapore, dicevano che sapeva di nido d'uccello e non volevano saperne di berla. Ci servono *soldi*, Miss Ferriday, non Ovomaltina».

Presi dalla scrivania un vaso con dentro dei tulipani ormai secchi, che gettai in un cestino, e lo posizionai sul sottomano per contenere il gocciolamento.

«So che al momento è estremamente occupata, Madame, ma sto cercando una bambina».

Lei mi lanciò un'occhiata. «Sua figlia?»

«No, i genitori sono stati deportati e devono ancora riprendersi».

«Mi dispiace, ma posso consegnare le bambine solo ai genitori o a parenti di sangue. E servono due documenti identificativi».

«Io sto solo cercando di trovarla. Poi verranno a prenderla i genitori».

«Venga con me», disse.

Prese la cartelletta e un mucchio di scodelle impilate l'una sull'altra, e io la seguii su per gli ampi gradini di pietra. Mentre camminavamo, Madame piazzava una scodella qua e una là, ovunque vedesse gocciolare.

«Potrei incontrare Madame Bertillion?», chiesi.

«Sono io Madame Bertillion».

Com'era possibile?

«Mi scriveva delle lettere così carine», dissi.

«Alcune persone danno il meglio di sé quando scrivono», disse lei scrollando le spalle con aria stanca. Aveva dormito almeno un'oretta la notte prima? «Come si chiama la bambina?»

«Non lo so, Madame. È accaduto tutto così in fretta. La madre è stata deportata il giorno della nascita».

«Ovvero?»

«Il primo aprile del 1941. La domenica di Pasqua».

«I nazisti deportavano la gente a Pasqua? Mi stupisce che quelle brave persone non fossero in chiesa».

«Potrebbe controllare sui vostri registri?»

«I nostri registri sono quelli che vede qui, Mademoiselle». Alzò la cartelletta, che teneva insieme un fascio di fogli spesso quanto un elenco del telefono, tutti stropicciati, pieni di nomi cancellati con una croce e di cerchi olimpici di un bel colore rosso scuro, evidentemente lasciati da dei bicchieri di vino. «Siamo un punto di raccolta per le bambine di tutta Europa. Sarà una ricerca difficile».

Entrammo in una stanza dal soffitto alto piena di lettini, ciascuno con una coperta ripiegata e un cuscino impilati in fondo al materasso.

«Come identificate le bambine?», le chiesi.

«Assegniamo a ciascuna un numero. È stampato sul piccolo disco che portano appuntato sul petto. Qualche bambina è arrivata qui con un nome. Molte, invece, senza». Madame Bertillion posò le scodelle su una sedia. «Durante la guerra molte madri scrivevano il nome delle loro bambine su pezzetti di carta che gli appuntavano addosso prima di lasciarle qui, ma la maggior parte è caduta, oppure l'inchiostro è stato cancellato dalla pioggia. Alcune avevano cucito dei ninnoli particolari sugli abiti delle figlie, per poterle identificare in seguito, ma molte hanno cambiato vestiti e si sono invertiti il nome. E tutti i giorni continuano ad arrivare persone che ci lasciano qui bambine non identificate in alcun modo».

«Ma almeno qualche bambina ricorderà come si chiama».

«Quelle più grandi, forse. Ma molte arrivano qui mute a causa delle terribili esperienze che hanno sofferto, e in ogni caso i neonati non possono ricordarlo. Perciò gliene diamo uno noi. Se rammentano il mese del loro compleanno usiamo quello... troverà moltissime *Mai* e *Juin*. Oppure le chiamiamo come i santi patroni del mese di nascita, o diamo loro il nome di qualche nostro amico, o parente... persino dei nostri animali domestici».

«Potrebbe almeno controllare quali bambine sono arrivate quel giorno?», chiesi.

«Non è un registro molto preciso. Queste bambine provengono dai posti più disparati. Case sicure. Collegi. Fattorie dove le hanno trovate addormentate nel fienile. Alcune sono state portate dagli unici genitori che avessero mai conosciuto, e hanno scoperto solo in quel momento di non essere chi credevano di essere».

«Sarà sicuramente sommersa dalle richieste dei genitori che le cercano».

«Qualcuno sì. Ma la maggior parte delle bambine non tornerà dalla propria famiglia. I genitori sono morti. O non le vogliono».

«Chiunque vorrebbe ritrovare la propria figlia».

«Ah sì, Mademoiselle? E lei è un'esperta di queste cose? Più di un quarto delle bambine è di origine mista. Padre tedesco, madre francese. "Mezze crucche", le chiamano. Bambine così non le vuole nessuno. Altre invece sono nate nelle cliniche del progetto Lebensborn, le fabbriche di bambini di Hitler, dove le donne di buona razza facevano nascere i figli delle SS, mantenendo l'anonimato».

«Ma quelle cliniche erano solo in Germania...».

«No, Mademoiselle. Ce n'era una piuttosto attiva anche qui in Francia. E abbiamo sentito che ce n'erano anche in Danimarca, Belgio e Olanda. Molte erano in Norvegia. I bambini nati lì adesso sono dei paria. E chissà quanti neonati biondi sono stati strappati dalle braccia delle madri per essere cresciuti come tedeschi. Centinaia di migliaia solo dalla Polonia. Dei loro genitori non è rimasta alcuna traccia».

«Posso consultare io la lista, Madame, se può farle risparmiare tempo».

Madame Bertillion si fermò e si voltò a guardarmi.

«Mi pare di capire che è abituata a fare le cose a modo suo». Riprese le scodelle e me le mise in mano. La pila era alta e fredda contro il mio petto e mi arrivava quasi al mento.

«Se distribuisce queste, ma solo *una* per ogni bambina – proveranno a chiedergliene due – consulterò la lista per lei, Mademoiselle. Se trovo una corrispondenza la verrò a cercare. Non la sto aiutando perché lei è del consolato, ma solo perché sono in piedi da stamattina alle cinque».

«Grazie, Madame. Dove devo distribuire le scodelle?»

«Là, ovviamente», disse indicando delle porte con il palmo aperto.

«E cosa devo fare con quelle che avanzano?». Di sicuro erano troppe.

«Non avanzeranno», disse Madame, chinando il capo sulla lista.

Aprii le porte e mi ritrovai in un'ampia sala rivestita di quercia, che forse una volta veniva usata per i balli e le feste. Il soffitto era alto almeno trenta metri, con un *trompe l'oeil* che raffigurava un cielo estivo, ottimo sostituto per le nuvole di quel giorno. Nella sala c'erano a occhio e croce almeno cinquanta tavoli da mensa, ai quali erano sedute ragazze di tutte le età, dalle bambine alle adolescenti. Se ne stavano immobili sulle loro panche, con le mani in grembo, ognuna era silenziosa e tranquilla come una figuretta disegnata. Dietro di loro, accanto ad alcuni pentoloni fumanti, c'erano sei donne in divisa bianca, pronte a servire la zuppa non appena avessi distribuito le scodelle.

Mentre mi avvicinavo sentii gli occhi di tutte posarsi su di me. Rimasi impietrita per un istante, sopraffatta dalla situazione, ma poi mi ripresi. Quelle giovani avevano fame.

Posai una scodella davanti alla prima bambina seduta al tavolo.

«*Merci, Madame*», disse una voce.

Posai la seconda scodella.

«*Merci, Madame*».

Le guardavo tutte in faccia, tentando di intravedere qualche somiglianza con Rena o Paul, ma era un compito impossibile. E poi chissà se la bambina assomigliava ai genitori? O se era ancora viva?

Acquisii una certa abilità nella distribuzione delle scodelle e passai ai tavoli delle adolescenti. All'inizio della fila vidi una ragazza che non poteva avere più di tredici anni, teneva in grembo una bambina piccola. La bimba indossava una camicia blu pervinca, con i bottoni di madreperla ben fissati. Opera di mia madre. Sarebbe stata contenta.

«Sei brava a prenderti cura di lei», dissi alla ragazza.

«Non ci servono due scodelle, Mademoiselle. La dividiamo».

La bambina mi fissò mentre passavo davanti a lei con lo stesso sguardo di un astronomo che osserva una stella cadente. Continuai a percorrere la fila con le mie scodelle.

Pochi minuti dopo, vidi Madame Bertillion correre verso di me.

«È fortunata, Mademoiselle». Si fermò per riprendere fiato, portandosi una mano al colletto di pizzo. «Ci sono diverse bambine arrivate quel giorno, e una ha l'età giusta».

La seguii in fondo a una fila di bambine, poi risalimmo lungo quella successiva fino a raggiungere un tavolo di bimbe di quattro anni che mangiavano la zuppa. Si sentiva solo il rumore dei cucchiai contro le scodelle di metallo, mi pareva che diventasse sempre più forte mentre continuavo a seguire Madame Bertillion. Anche i colori si facevano più vividi. Avevo trovato la figlia di Paul? Se davvero era lei, avrei causato un'immensa felicità ai suoi genitori, e tutto il contrario invece per me.

«Una bambina nata il primo aprile del 1941 dovrebbe essere nel gruppo dei quattro anni», disse Madame Bertillion mentre controllava la targhetta con il nome di una piccola e me la mostrava. «Ed ecco qui Bernadette».

Era un piccolo scricciolo biondo, con la pelle quasi traslucida. Mi lanciò un'occhiata confusa.

«Non saprei», risposi. «Difficile a dirsi, ma non credo sia lei».

«È tutto quello che posso fare per aiutarla», disse Madame Bertillion. «E terrò a mente quella data di nascita. Faccia venire qui i genitori quando staranno bene».

Rimasi nella sala quel giorno e aiutai a servire il resto del pranzo. Io e Madame Bertillion riempimmo le scodelle delle bambine con una profumata zuppa di cipolle, arricchita con carote e rape, e distribuimmo a ogni bambina un pezzetto di pane. Le uniche parole che ci rivolgevano erano «*Merci, Madame*», ed erano una gratificazione straordinaria. Udimmo un aereo passare sopra di noi e alcune bambine si nascosero sotto il tavolo, pensando di essere ancora in pericolo. Molte portavano ai piedi delle tavolette di legno tenute insieme con lo spago. Mi ripromisi di mandare delle scarpe. E dei soldi.

Feci del mio meglio per scrutare i visetti delle bambine dell'età giusta, cercando qualche tratto familiare. Infine io e Madame Bertillion raccogliemmo le scodelle vuote su un vassoio e una ragazza adolescente mi porse la sua. Guardai la bambina più piccola che aveva in braccio e mi mancò il respiro.

«Madame, può venire un momento?», chiamai.

Posai il vassoio sul tavolo. «Potrebbe controllare il numero di questa bambina?».

Madame Bertillion annotò le cifre e andò a consultare la sua cartelletta.

Io non riuscivo a staccare gli occhi dalla bimba. Aveva i capelli scuri e gli occhi leggermente a mandorla come quelli di Paul, e aveva le sue stesse labbra rosso corallo, ma per il resto era identica a Rena. La pelle ramata, la curva del naso, persino le orecchie che spuntavano fuori dai capelli.

«Per questa bambina non è indicata alcuna data», disse Madame Bertillion. «Mi dispiace».

«Ma è lei, Madame. Ne sono certa».

«Si chiama Pascaline», disse la ragazza più grande.

Madame Bertillion rimase a bocca aperta.

«Che c'è?», le chiesi.

«Devo ammettere che potrebbe averci visto giusto, Miss Ferriday», rispose quasi sorridendo.

«E come lo sa?», chiesi. Le pareti della stanza sembravano restringersi intorno a noi.

«Si chiama *Pascaline*», disse, come se mi fosse sfuggito un particolare evidente.

«E allora, per l'amor del cielo?»

«Ogni buon cattolico francese sa che Pascaline significa "nata il giorno di Pasqua"».

Capitolo 31
Kasia

1945

Per tutta l'estate del primo anno del nostro ritorno a casa, a Lublino, tentai di conservare l'ottimismo, ma era molto difficile. Quando venni a sapere cosa era successo nei quattro anni o quasi che avevo trascorso a Ravensbrück, non riuscii a capire come mai il mondo non fosse venuto ad aiutarci. Prima quando Hitler ci aveva invasi da ovest, nel 1939, poi quando nello stesso mese i sovietici l'avevano fatto da est. Certo, queste invasioni avevano spinto Gran Bretagna e Francia a dichiarare guerra alla Germania, ma neanche un soldato alleato era stato mandato in nostro soccorso. Anche i rapporti su quanto avveniva ad Auschwitz, inviati nel mondo occidentale dal movimento clandestino polacco correndo grandi rischi, erano rimasti inascoltati. Il mondo aveva ignorato anche la notizia delle migliaia di ufficiali polacchi assassinati nella foresta vicino a Katyn, tra cui forse il padre di Pietrik.

Perciò quando quello stesso mondo si rallegrò dopo la resa dei giapponesi, perché la guerra era ufficialmente finita, io non mi unii ai festeggiamenti. Per noi la guerra continuava sotto un nuovo dittatore, Stalin. Anche se all'inizio non fu subito evidente, Stalin aveva già allungato la sua mano su di noi. Molti dei leader della resistenza polacca, tra cui diversi amici di Pietrik, erano stati arrestati e uccisi dall'Armata Rossa e dall'NKVD, la feroce organizzazione di Stalin. Quelli dell'NKVD avevano il compito di individuare i "nemici del popolo". Fucilarono decine di migliaia di prigionieri politici polacchi e ne mandarono altre migliaia nei gulag. Invece di un nuovo inizio, la Polonia conobbe solo nuove forme di ingiustizia.

Di conseguenza continuammo tutti a essere molto prudenti quando andavamo in giro e a guardarci sempre le spalle. Una delle prime cose che feci appena tornata a casa fu controllare il posto segreto in cui io e Nadia ci scambiavamo i libri prima della guerra. Era un posto come tanti, dove due ragazzine adolescenti una volta giocavano a fare le detective. Camminai fino alla vecchia via dove abitava Nadia. Il muretto di pietra era ancora lì, un po' danneggiato agli spigoli, ma ancora in piedi! Avrei trovato anche il libro che Nadia mi aveva lasciato?

Divelsi la pietra nel punto che conoscevo bene, tirai fuori il libro e spazzai via la polvere dalla copertina gialla. Era *Il demonio della settima classe*, di Kornel Makuszynski, il nostro libro preferito, che ci eravamo scambiate chissà quante volte. Come aveva fatto Nadia a lasciarlo lì prima di entrare in clandestinità? Mi guardai intorno per assicurarmi che nessuno mi stesse spiando, poi mi sedetti appoggiando la schiena contro il muretto e osservai il libro. L'odore ammuffito della copertina mi riportò a giorni ormai lontani, quando la vita era più semplice e la preoccupazione più grave era un brutto voto in qualche esame o il mal di denti.

Il libro si aprì quasi da solo al capitolo cinque, dove trovai il regalo di Nadia. I dieci biglietti per il ballo di Pietrik che lei aveva comprato per me. Quel giorno ero troppo arrabbiata per mettermi a piangere accanto al muretto, ma l'infanzia che avevamo perduto mi tornò tutta insieme alla memoria. All'epoca non desideravamo che qualche occasione per chiacchierare con i ragazzi, e poi ballare e leggere romanzi gialli. Adesso Nadia non c'era più, forse per sempre. Tutto ciò che mi restava di lei era un libro, e la fotografia sepolta nel nostro giardino.

Tornai a casa nel tardo pomeriggio e proposi di recuperare la fotografia di Nadia e tutti gli altri tesori che avevamo sepolto quando era iniziata la guerra.

«Forse dovremmo aspettare», disse Zuzanna. Eppure mia sorella non era certo tipo da starsene ferma lì, nel giardino, a torcersi le mani. «Diamoci un altro po' di tempo per abituarci. Potremmo suscitare emozioni che...».

«Non essere così nervosa», dissi. «Perché mai dovremmo lasciare *sepolte* le uniche cose di valore che abbiamo?».

Io e papà liquidammo le sue obiezioni mentre lui contava i passi.

Dieci, undici, dodici.

Le scatole di metallo avevano preservato i nostri tesori?

Papà rimase in piedi, immobile, quasi per un minuto intero, con le braccia lungo i fianchi e la pala in mano. Stava piangendo? Poi si rianimò e affondò la pala nella terra, scavando come se la sua vita dipendesse da ciò che si trovava sepolto là sotto.

Non ci volle molto prima di sentire la lama della vanga colpire il metallo. Tutti e tre scavammo nel buco a mani nude e aiutammo papà a tirare fuori i contenitori che avevamo seppellito così tanto tempo prima. Poi restammo seduti per un po', a riprendere fiato, fissandoli. Zuzanna cominciò a piangere al primo sguardo. Le mancava Matka? Una parte di me era felice di vederla piangere, perché raramente mostrava il suo dolore.

Poi papà tirò su la scatola di metallo con il coperchio. Quando l'aprì udimmo il sibilo dell'aria che veniva rilasciata. Papà la richiuse subito, ma feci in tempo a vedere la vecchia pistola d'argento riposta all'interno. Quante armi avevamo adesso?

Trovammo anche il miglio, ancora sorprendentemente asciutto e forse persino commestibile, dopodiché cominciammo ad aprire i barattoli uno a uno. Papà me ne porse uno, io grattai via la cera che lo sigillava ed estrassi una sciarpa. Quando la svolsi sentii che conservava ancora l'odore di Pietrik! Aprii un altro barattolo e vi trovai la foto di me e Nadia sulla mucca. Persino la mia uniforme scout era in perfette condizioni, e il vestito di velluto che Matka mi aveva cucito per il mio sedicesimo compleanno era ancora di un rosso vivace. Me lo infilai sopra la gonna e la maglia, ma anche così mi stava largo, perché ancora non avevo riguadagnato molto peso. Nulla di tutto ciò mi fece piangere, ero felice di riavere quelle cose così preziose per me.

L'ultimo contenitore che aprii era una vecchia scatola di biscotti. Ruppi il sigillo di cera e sollevai il coperchio. Tirai fuori i pennelli di Matka, come nuovi nella loro custodia di flanella, e un'ondata di tristezza si abbatté su di me lì nel cortile. Matka non c'era più, non avrebbe mai più usato quei pennelli. Ed era anche colpa mia. Meritavo di morire per aver ucciso mia madre. Papà e Zuzanna mi abbracciarono e restammo lì insieme, a piangere accanto al buco appena scavato.

Per tutto quel tempo avevo conservato la speranza di rivedere Nadia e Pietrik e ogni mattina consultavo la lista dei deportati che avevano fatto ritorno, sulla bacheca del Centro per il Rimpatrio gestito dalla Croce Rossa all'ospedale di Lublino. Una bellissima mattina alla fine dell'estate mi fermai di nuovo a controllare. I membri del personale erano gentili, ma mi accorgevo che non ne potevano più di vedermi zoppicare fin lì tutti i giorni. Il dolore alla gamba mi rallentava e dava loro un sacco di tempo per allontanarsi ed evitarmi. Quando mi vedevano arrivare si dileguavano o si immergevano nelle loro carte, fingendosi occupatissimi. Se riuscivo a ottenere qualche risposta, in genere era piuttosto brusca.

«No. Niente Pietrik Bakoski. E niente Nadia Watroba», disse la ragazza alla scrivania prima ancora che potessi dire una parola.

Andai all'ufficio postale per controllare la lista che papà appendeva nell'atrio. Alla fine dell'estate quella lista, all'inizio fittissima, si era ridotta a una sola triste pagina. Scorsi con il dito l'elenco, prima alla lettera W e poi alla B: Badowsi, Baginski, Bajorek, Bakalar, Bal, Balcer. Era bello leggere i nomi dei pochi fortunati che erano riusciti a tornare, e spesso arrivavo in fondo alla lista prima di rendermi conto che il nome di Pietrik Bakoski non c'era.

Papà uscì dal suo ufficio, mi vide davanti alla lista e mi fece cenno di avvicinarmi.

«Kasia, tesoro, potresti venire nel mio ufficio un momento?».

Entrai nella sua stanza, sempre la stessa, fin da quando ero in grado di ricordare: il soffitto alto, la grande scrivania di quercia sommersa di pacchetti di ogni genere, pronti per essere consegnati da papà o da qualcuno del suo staff. Ma mi sembrava mancasse qualcosa, e ci misi qualche secondo a capire cosa fosse.

«Dov'è la bandiera polacca, papà?».

La bandiera polacca era una delle prime cose che papà aveva rimesso nel suo ufficio quando i nazisti se ne erano andati da Lublino, con grande felicità dei clienti dell'ufficio postale. Le nuove autorità gli avevano imposto di toglierla di nuovo? Stava collaborando con loro, era chiaro.

Papà andò alla finestra e chiuse la persiana. «Non abbiamo molto tempo, ma devo dirti una cosa che ho appena saputo. Non ti spaventare. Possiamo trovare una soluzione».

Non so se è una cosa che succede a tutti, ma personalmente quando qualcuno mi dice "non ti spaventare", ho qualche problema ad ascoltare il resto, perché mi sento invadere completamente dalla paura.

«Che c'è, papà?». Non lo vedevo così terrorizzato dalla sera in cui avevamo sepolto i nostri tesori in giardino insieme a Matka.

Matka. Ogni volta che pensavo a lei sentivo una nuova fitta di dolore.

«Ho sentito dire che circolano delle voci sulle ragazze che sono tornate da Ravensbrück».

«E chi le ha messe in giro?»

«Sto parlando sul serio, Kasia. Dicono che non bisogna fidarsi di te».

«Non devi credere a...».

«E neanche di Zuzanna».

Questo mi provocò un'intensa ondata di vero panico. «Chi è che dice queste cose?»

«Le autorità...».

«Chi? L'NKVD? Fammi parlare con loro».

«Non è una cosa che va presa alla leggera, Kasia».

«Non bisogna fidarsi? Non capisco nemmeno che vuol dire».

«Pensano che visto che eravate a Ravensbrück, un campo tedesco, abbiate collaborato con i tedeschi. E siate state contaminate dal fascismo».

«È una cosa ridicola».

«Ti hanno vista compiere attività sospette. Per caso hai un nascondiglio segreto?»

«Il muro vicino alla casa di Nadia? È un gioco da bambine, papà».

«Smetti di andarci. Sei sorvegliata».

«Ma come si può vivere in...».

«Vuoi che ti portino via di nuovo? Questa volta per sempre? Va' a prendere Zuzanna e distruggete qualsiasi prova che siete state là...».

«Dici sul serio?»

«E anche la tua uniforme delle scout. E le tue lettere, le ho conservate».

«Ma se le leggessero vedrebbero che...».

«Non è facile farli *ragionare*, Kasia. Adesso va'».

Quel pomeriggio io e Zuzanna accendemmo un fuoco in giardino, come si faceva spesso per liberarsi della roba vecchia, e bruciammo le poche cose che ci erano rimaste del campo. Sulla pira finirono le borse che avevamo fatto con le nostre vecchie uniformi, il libro d'inglese di Regina, la mia divisa da scout.

Ebbi un momento di esitazione quando arrivò il turno delle lettere che avevo scritto con l'urina. Papà le aveva conservate in un cassetto della cucina, una pila ordinata che raccontava al mondo le nostre sofferenze.

«Non posso bruciarle», dissi stringendo le buste.

«Ci sono scritti i nomi di tutte le ragazze», disse Zuzanna. «Devi proteggerle. A chi importa di un mucchio di vecchie lettere?».

Ma io esitavo ancora.

Zuzanna prese la prima del mucchio e me la porse. «Ecco», disse gettando il resto tra le fiamme. Almeno ne avrei conservata una.

Mentre il fuoco bruciava, dei frammenti di cenere nera si levarono nell'aria, simili a quelli delle ciminiere di Ravensbrück. Quando il fuoco si estinse tutte le prove della vita che avevamo condotto al campo erano scomparse.

In fondo a cosa ci serviva quella roba, ci dicevamo. Erano solo ricordi di un periodo orribile. Ma tutta quella storia non fece che alimentare il buco nero che sentivo nel petto. Io ero una *patriota.* Avevo giurato di servire il mio Paese. Avevo sacrificato la mia gioventù, mia madre, il mio primo amore e la mia migliore amica per la Polonia. E per questo venivo accusata di essere una spia nemica?

Tentai di concentrarmi sulle cose positive. Anche con quella terribile scarsità di cibo e in mezzo al caos della gente che tornava a Lublino, si respirava comunque un'aria di ottimismo intorno alle fabbriche che riaprivano. Le università non erano ancora rientrate in funzione, ma la Croce Rossa organizzava corsi di infermieristica all'ospedale.

Una mattina mi recai lì, con l'idea di fare un po' di pratica. Entrai nell'ala posteriore dell'ospedale e fui felice di scoprire che era sopravvissuta alla guerra, restando praticamente intatta. La grande sala al secondo piano era stracolma di brandine suddivise più o meno equamente tra soldati russi e civili polacchi che arrivavano dai campi o da qualche altra parte. Le infermiere e i medici russi trasportavano sulle barelle i feriti, che presentavano una varietà indescrivibile di lesioni.

«Presto ce ne andremo a Varsavia», disse Karolina Uznetsky, una delle mie infermiere preferite, mentre preparava un'altra brandina. «L'esercito prenderà il controllo dell'ospedale». Riempì una bacinella di acqua calda.

«Mi mancherete», dissi, ma quello che davvero avrei voluto dire era: "Vi prego, restate. Se ve ne andate, chi ci sarà qui quando Pietrik tornerà? Se ci lasciate sul serio, vuol dire che avete deciso di abbandonare i sopravvissuti al loro destino".

«Che ne pensi di una lezione gratis su come si fa il bagno a letto?», disse Karolina.

«Sì, grazie», risposi.

Che opportunità! Il bagno a letto era una cosa molto più complicata di quanto sembrasse.

«Cominciamo da qui», disse Karolina.

Portò la bacinella piena d'acqua e una pila di asciugamani verso una fila di letti che ospitavano dei soldati particolarmente malridotti. Le ferite al volto erano le peggiori. Nei bagni avevano rimosso gli specchi, e a ragione. Mi sforzai di guardare. Come potevo diventare una brava infermiera se non riuscivo a reggere prove del genere? All'improvviso mi pareva di non ricordare più nemmeno i rudimenti di ciò che avevo imparato al corso della Croce Rossa. Karolina si fermò davanti alla brandina dove giaceva uno dei soldati in condizioni peggiori, un uomo dai capelli scuri che dormiva raggomitolato su un fianco. Il sangue filtrato attraverso la benda che aveva intorno alla testa si era seccato e scurito.

«Prima dovresti presentarti al paziente», disse Karolina indicando l'uomo sdraiato. «Ma possiamo saltare questo passaggio, visto che è incosciente».

Non esagero se dico che Karolina era il mio idolo. Era tutto ciò che una buona infermiera dovrebbe essere. Intelligente. Con la testa sulle spalle anche di fronte alle ferite più cruente. Gentile. Io invece dovevo lavorare su *tutti* quegli aspetti.

«Di norma dovremmo tirare le tende per garantire al paziente un po' di privacy», disse Karolina, «ma in questo caso possiamo passare direttamente a salviette e guanti di gomma».

Mi infilai i guanti, all'interno erano lisci e un po' polverosi. L'odore della gomma per qualche motivo mi metteva di buon umore, mi riempiva di speranza. Karolina ripiegò una salvietta intorno alla mia mano guantata, come se fosse una muffola.

«Comincia dal viso, senza sapone. Prima gli occhi».

Mi sedetti su una sedia accanto al paziente e cominciai con gli occhi, passando la salvietta nell'incavo delle orbite e spostandomi verso l'esterno. Lui mi sentiva?

Il soldato nel letto accanto era sdraiato sulla schiena a braccia spalancate, e russava forte, fortissimo. Mai sentito nulla del genere, e sì che a Ravensbrück ne avevo conosciuta, di gente che russava.

«Prova a usare una parte diversa della salvietta a ogni passata», disse Karolina. «Hai un talento naturale, Kasia». Quelle parole mi inorgoglirono. Dopotutto mia madre era stata un'infermiera. Forse ce l'avevo nel sangue?

Lavare quei sopravvissuti, portando alla luce la pelle rosea nascosta sotto tutto lo sporco che lasciavo depositare in fondo alla bacinella, mi dava una grande soddisfazione. Quando finii, l'acqua nella bacinella si era fatta di un marrone scuro, perciò la sostituii con dell'altra presa dal rubinetto.

Quando tornai, i medici avevano portato altri due soldati russi, che ci lasciarono accanto. Uno aveva una frattura cranica, l'altro era incosciente. Cominciai a fare il bagno al primo. Quegli uomini non si lavavano da mesi. Sapevo come ci si sentiva.

«Sei brava, Kasia», mi disse Karolina. «Perché non vieni con noi a Varsavia? Potresti esserci d'aiuto».

Passai la salvietta sulla fronte del soldato, poi su una guancia. *Perché non andare davvero a Varsavia?* A papà sarei mancata, ma di certo la sua cara Marthe non si sarebbe strappata i capelli.

«Sarebbe un tirocinio di prim'ordine», disse Karolina.

«Forse», dissi. Ero pronta per una nuova avventura. A Varsavia avrei potuto avere un nuovo inizio. Ed ero brava in quel lavoro.

Mi spostai verso il paziente successivo e cominciai dal viso. Avevo un buon ritmo. Presto avrei finito con tutta la fila.

Passai la salvietta sul naso del paziente, scoprii una nuova porzione di pelle rosa e…

Rimasi impietrita, con la salvietta in mano.

«Cosa c'è, Kasia?», mi chiese Karolina.

La mia mente registrava quello che stava accadendo, ma il mio corpo era paralizzato. Respirai a fondo dal naso e afferrai l'orlo della brandina per sostenermi. Una tirocinante infermiera non avrebbe fatto una buona impressione svenendo lì in mezzo alla sala.

Capitolo 32
Kasia

1945

Non poteva essere lui. Pietrik. Quante volte la mia mente mi aveva giocato scherzi come quello? *Il dente*. Sollevai il labbro superiore con il pollice.

«Che stai facendo, Kasia?». Karolina posò la bacinella a terra e si avvicinò.

Mio Dio, *sì*. Il dente scheggiato c'era, era solo un po' più storto. Quel meraviglioso dente. Rimasi seduta ancora per qualche istante, aspettando che il mio corpo si riconnettesse al cervello. Sì, era lui. Lo baciai su tutto il viso, incurante dello sporco. Lui rimase incosciente.

«Kasia», disse Karolina, guardandomi con gli occhi spalancati.

Chiamai le altre infermiere agitando la mano. Dovevo sembrare una naufraga su un'isola deserta, ero incapace di parlare. Arrivarono di corsa e Karolina disse che avevo una specie di crollo nervoso e mi ero messa a baciare un soldato russo piangendo.

«È lui, è lui», era tutto ciò che riuscivo a dire.

«*Chi*, Kasia?», chiese Karolina. «Chi è? Calmati».

«È Pietrik», dissi.

«Il tuo Pietrik? Sei sicura?».

Riuscii solo ad annuire e tutte le ragazze mi abbracciarono e mi baciarono.

Poi mi aiutarono a togliere a Pietrik la divisa sporca e finimmo di fargli il bagno. Lui rimase incosciente per tutto il tempo e io mi sedetti accanto al suo letto, stringendogli la mano e crogiolandomi nella mia buona sorte. Chiesi alle infermiere di andare a chiamare Zuzanna, mentre io restavo accanto a Pietrik, per paura che sparisse di nuovo.

Grazie a un interprete venimmo a sapere che il russo nella brandina accanto aveva combattuto con Pietrik. Dopo la liberazione del campo di Majdanek, l'Armata Rossa lo aveva costretto ad arruolarsi. L'uomo ci disse che Pietrik era stato mandato a Majdanek dopo l'arresto e aveva lavorato insieme agli altri schiavi prigionieri per terminare la costruzione del campo.

Zuzanna e papà mi aiutarono a trasferire Pietrik a casa nostra, nella mia stanza, quella sera stessa. Aveva perso gran parte della sua massa corporea, ma Zuzanna lo visitò e disse che era possibile che si riprendesse del tutto. Aveva visto diversi traumi alla testa. Spesso, una volta che il gonfiore rientrava, il paziente recuperava le normali funzioni cerebrali.

Passarono settimane prima che Pietrik aprisse gli occhi, e altri giorni prima che ricominciasse a parlare, ma io accolsi con gratitudine ogni piccolo miglioramento. Portavo sempre con me una scatola di fiammiferi dove conservavo un pezzo di salsiccia o di prosciutto per lui, se mi capitava di trovarne, e con il tempo riprese le forze. Io e Zuzanna accogliemmo le sue prime parole – «Alzate il volume della radio, per favore?» – con un piccolo festeggiamento privato, mentre Pietrik ci osservava dal letto, con l'ombra di un sorriso sulle labbra. Era come un uccellino che avevo visto una volta perdere i sensi dopo aver sbattuto contro il vetro della nostra finestra.

Pietrik tornò in sé lentamente. E all'improvviso, un giorno, si alzò dal letto e ricominciò a camminare.

Non gli chiedemmo dettagli degli anni trascorsi a Majdanek, e lui non ce ne parlò. Tutti ci portavamo dietro il nostro bagaglio di traumi.

Quando riuscì a camminare per bene Pietrik recuperò il tempo perduto e trovò lavoro come guardiano della vetreria, che il proprietario aveva deciso di riaprire. Quando il suo fisico si irrobustì ulteriormente accettò anche un altro lavoro come autista del servizio di ambulanze di Lublino. Ma nonostante i miglioramenti fisici, era come se gli mancasse un pezzo. Il pezzo dei baci, per esempio. Si era immerso nel lavoro ed evitava qualsiasi occasione di intimità romantica con me. Io trovavo giustificazioni per quel suo comportamento. Era troppo stanco. Troppo triste. Troppo felice.

Una mattina mi svegliai per il boato dei tuoni, pensando di essere di nuovo a Ravensbrück – quelle che sentivo in lontananza erano bombe? Mi rilassai quando vidi le gocce di pioggia sulla finestra della mia stanza, e ricordai che quel giorno dovevo accompagnare Pietrik sull'ambulanza. In quanto infermiera tirocinante potevo sedere davanti, accanto all'autista, e poiché lui evitava di restare da solo con me, e anzi mi *toccava* a malapena, era bello passare tutta la mattinata così vicina a lui, con solo la leva del cambio a separarci. Visto che pioveva sarebbe rimasto dentro tutto il tempo, con i finestrini tirati su. Tutto per me.

Mi sistemai sul sedile dell'ambulanza, mi sentivo benissimo nella mia divisa bianca da tirocinante, completa di berretto. Magari lui mi avrebbe baciata. O potevo baciarlo io per prima? Avevo passato da reclusa gli ultimi anni della mia adolescenza, quelli in cui si imparano i rituali dell'amore.

Almeno Pietrik mi trovava ancora attraente? Le calze bianche che indossavamo non nascondevano granché la mia gamba ferita. Spessissimo la gente mi fermava e mi fissava a bocca aperta, con uno sguardo che diceva "ma cosa ti è successo?". Pietrik mi trovava grottesca? E se gli avessi detto quello che mi aveva rivelato Luiza? Che sapevo che era innamorato di me? Ma non avrei mai potuto tradire il suo ultimo desiderio.

«Che traffico», disse lui scalando una marcia. «Ma dove la trova la gente tutta questa benzina? Prendo la strada più lunga per l'ospedale».

Da quando era tornato, Pietrik si arrabbiava e si spazientiva per ogni minima cosa. Il traffico congestionato. Una parola pronunciata male. Uno scroscio di pioggia.

«Non c'è fretta», dissi. «Dobbiamo solo consegnare barelle».

La pioggia adesso scendeva più fitta, i tergicristalli combattevano una battaglia disperata contro le grosse gocce. Pioggia a catinelle, l'avrebbe definita Matka.

Matka.

Svoltammo sulla via di Nadia.

«Passeremo davanti a casa sua», dissi.

«Lo so, Kasia. Ci vedo».

«Non mi hai mai detto cosa significava "Zegota". Sulla busta che ho recuperato».

«Era il comitato di soccorso agli ebrei. La madre di Nadia conosceva uno dei fondatori».

«Dove le avevi nascoste?»

«Preferirei non...».

«Non puoi evitare di parlarne per sempre».

Pietrik scalò di nuovo la marcia e si concentrò sulla guida, gli occhi fissi sulla strada.

«Vivevano in due diversi appartamenti sicuri», disse infine. «Alla fine poi non si sono dimostrati così sicuri. Per un po' hanno vissuto nella cantina del signor Z. Quando ci hanno arrestati...».

Il traffico rallentò mentre ci avvicinavamo al vecchio appartamento di Nadia, con la porta arancione lucida di pioggia.

Fui io a vederla per prima: un mucchietto di pelo bagnato sulle scale davanti alla porta d'ingresso.

«Fermati, Pietrik, è Felka».

«Di nuovo?», disse Pietrik.

Tirò il freno a mano, accese i lampeggianti sul tettuccio e saltò giù. Scesi anche io, con una certa difficoltà data l'altezza dell'abitacolo, e salii le scale. Felka era rannicchiata sullo zerbino d'ingresso, fradicia di pioggia, e con l'aria un po' intimidita.

I nuovi inquilini della casa erano i Riska, una coppia formata da un simpatico insegnante e sua moglie. La loro casa a Varsavia era stata bombardata. La signora Riska era cugina della signora Bakoski, perciò si erano trasferiti a Lublino, attirati anche dalla nuova offerta governativa di una casa a costo zero. Il governo era stato costretto a varare quel provvedimento, perché molti polacchi erano diffidenti verso il nuovo regime ed erano rimasti fuori dal Paese, preoccupati che la Polonia potesse non essere così libera e indipendente come diceva Stalin. Ma nonostante l'offerta di una casa gratis, tanta gente era rimasta a Londra o in altri Paesi, in attesa di vedere cosa sarebbe accaduto.

I Riska comprendevano perché Felka spuntasse fuori così spesso davanti alla loro porta e ci chiamavano quando la trovavano lì. Papà le tentava tutte per tenerla a casa. La chiudeva dentro. La legava. Ma lei riusciva sempre a scappare. Sapevamo tutti chi stava aspettando.

Dietro l'ambulanza si era formata una fila di macchine mentre tentavamo di attirarla verso l'abitacolo asciutto.

«Vieni qui, bella», diceva Pietrik, con la sua voce più dolce, ma Felka non si muoveva. «Tu prendila da davanti, io da dietro», disse.

Trasportammo Felka in strada. Quando la gente al volante vide che l'ambulanza si era fermata per un cane e non per un malato bisognoso di cure, cominciò a suonare il clacson.

Riuscimmo a far salire Felka sull'ambulanza e a farla sdraiare tra di noi. Io le avvolsi intorno un asciugamano. Mentre Pietrik si allontanava dalla casa, Felka tremava e si scrollava, spruzzando acqua in tutto l'abitacolo e sulle nostre facce. Ripulii uno schizzo di fango dalla mia divisa. Addio bacio.

«Nadia potrebbe ancora essere là fuori da qualche parte», dissi.

«Asciugala dietro le orecchie. Le piace».

Passai l'asciugamano sulla testa del cane e sotto il muso ormai ingrigito.

«Ci sono ancora dispersi che tornano a casa».

«Non dire che è dispersa, Kasia. Di' la verità. È stata assassinata dai nazisti ed è morta. Come tutti gli altri».

«Almeno tua madre avrà una cerimonia funebre domani».

«Non è solo per lei, Kasia. È per duecento persone e sarà una specie di circo. Ti prego, non ci andare».

«Papà dice che sarà pieno di agenti dell'NKVD».

«E che possono farmi? Uccidermi? Se lo fanno in fretta per me va benissimo».

«Stanno cercando chi faceva parte dell'AK. Tutti i membri più importanti del movimento clandestino...».

«Io ero un soldato dell'Armata Rossa, Kasia...».

«Contro la tua volontà...».

«Ma per il momento mi torna utile».

«Papà dice...».

«Basta con questi "Papà dice", Kasia. Non sei più capace di pensare da sola?».

Accarezzai la pancia di Felka con l'asciugamano e lei si voltò sulla schiena, zampe all'aria.

«Magari non avrei dovuto fare da corriere per te», dissi.

«Non credi che ci pensi tutti i giorni? Mia sorella è morta ed era poco più di una bambina, e anche tua madre, a cui volevo bene, Kasia. E quello che hanno fatto a *te?* Io invece? Eccomi qua, in perfetta salute. Che razza di persona sono? A volte penso che se non avessi te...».

Si voltò a guardarmi.

«... non vorrei nemmeno essere qui».

Scrutai il suo volto. L'aveva detto davvero? Tornò a fissare la strada, ma io l'avevo sentito. *Se non avessi te.*

Gli presi la mano, che aveva posato sul sedile.

«Non dire così, Pietrik. È peccato mortale e...».

Lui ritirò la mano.

«Lascia perdere», disse, tornando a stringere il volante. Continuò a guidare, perso nei suoi pensieri. «Dimentica quello che ho detto».

Era stato bello vedere un po' del vecchio Pietrik. Ma come il sole che spunta dalle nubi in una giornata uggiosa, scomparve con la stessa rapidità con cui era emerso.

Non rispettai la richiesta di Pietrik di non andare alla cerimonia funebre al castello di Lublino. Era stata indetta in onore delle persone costrette ai lavori forzati e poi assassinate lì dai nazisti prima della ritirata. La madre di Pietrik era una di loro. Volevo bene alla signora Bakoski e avevo bisogno di commemorarla insieme agli altri. Ci sarebbe stata tutta Lublino. Inoltre conoscevo molte delle famiglie presenti, che quel giorno avevano perso madri, sorelle e mariti. E del resto, chi non conosceva almeno qualcuno che era stato colpito direttamente da quella strage?

Cominciai la giornata nella cappella del castello, uno dei posti preferiti di Matka, che si ergeva in alto sopra la folla radunata di sotto. Anche per me la cappella era diventata un posto speciale dove rifugiarmi per un po'. Un angolo di pace in cui pregare, parlare con mia madre e stare al caldo. I bellissimi affreschi bizantini non erano ancora stati scoperti completamente, ma potevo vederne dei frammenti sull'alto soffitto, tra le arcate gotiche. Pregai per le solite persone. Papà. Zuzanna. Matka. E poi per l'anima dei defunti e dei dispersi. Nadia. Matka.

Dalla finestra della cappella osservai la folla che si radunava in basso, sparpagliata lungo il pendio erboso fuori dalle imponenti mura del castello. Era arrivata gente da tutta la Polonia per rendere omaggio alle vittime. Il coro della chiesa cantò, mentre tutte quelle persone, giovani e vecchi, si accalcavano in piccoli gruppi, cercando di assicurarsi i posti migliori per assistere alla celebrazione. C'erano diversi preti in abito nero. Un mucchio di suore domenicane, con i copricapi bianchi che assomigliavano a cigni giganti. Molte famiglie di Lublino. Anche papà e Marthe erano lì da qualche parte. E Zuzanna avrebbe ascoltato la celebrazione dalla finestra dell'ospedale.

Scesi le scale a chiocciola, molto lentamente perché la mia gamba non andava d'accordo con quei gradini scivolosi, e uscii nel cortile lastricato dove ci avevano radunate prima di trasportarci a Ravensbrück. Davvero erano passati solo cinque anni da quando ero stata lì, insieme a Matka, Luiza e Zuzanna?

Continuai a scendere lungo il pendio erboso, facendomi largo tra la folla. Era stato un autunno piuttosto caldo, ma quel giorno faceva freddo. Molte persone avevano dei mazzi di fiori. Per la maggior parte ranuncoli e papaveri rossi, o altri fiori selvatici. Io avevo qualche margherita che avevo trovato in un campo abbandonato. Le tenevo in uno strofinaccio bagnato e l'acqua fredda mi bruciava la mano anche se indossavo un guanto.

Soffiai il fiato caldo sulla mano libera mentre scrutavo la folla in cerca di Pietrik. Avrei dato qualsiasi cosa per un paio di guanti! Al momento ne dividevo uno con Zuzanna. Una donna morente glieli aveva regalati in ospedale. Io avevo il destro, Zuzanna il sinistro.

Era difficile credere che ci fossero più di trecento persone sepolte sotto quel pendio all'ombra della grande fortezza. I familiari erano in piedi davanti alle fondamenta del castello, dove la gente della città aveva frettolosamente sepolto i morti in una fossa comune. Qualcuno aveva piantato una grossa croce di legno nella terra della collina, e di fronte a essa c'erano sei preti.

I sacerdoti benedirono quella tomba, mentre io continuavo ad aggirarmi tra la folla cercando Pietrik. Si sarebbe arrabbiato perché ero andata alla celebrazione? Dovevo lasciarlo in pace? Quanti rifiuti poteva mai incassare una ragazza, prima di darsi per vinta?

Mi avvicinai a un gruppetto di suore radunate in un angolo, tenevano in mano candele e biglietti. Qualcuna aveva una corona di fiori appesa al braccio. Di fianco a loro vidi Pietrik. Era in piedi, da solo, con la schiena dritta e le mani sprofondate nelle tasche del camice con cui lavorava alla vetreria. Aveva gli occhi fissi sui celebranti. Era vicino a una grossa pila di fiori che tutti i partecipanti avevano ammucchiato lì, una montagna sempre più alta di rossi, rosa e gialli. Continuai a scendere lungo il pendio per raggiungerlo, provando una fitta di dolore alla gamba a ogni passo.

Passai in mezzo alle suore, indugiando per qualche istante nel loro calore, facendomi strada in quel mare di abiti neri e rosari legati intorno alla vita. Infine ne emersi e mi diressi verso Pietrik. Se lui mi vide, non diede alcun segno di avermi notata. Mentre mi avvicinavo mi accorsi del rossore del suo viso intorno agli occhi. Riuscii a raggiungerlo e mi fermai al suo fianco. Chiusi a pugno la mano nuda e vi soffiai sopra il fiato caldo.

Pietrik si voltò a guardarmi, con le lacrime che gli bagnavano le ciglia. Mi accostai al mucchio di fiori e vi posai sopra le mie margherite. Poi mi voltai e tornai da lui.

Dovevo restare? Avevo lasciato i miei fiori, avevo fatto quello per cui ero venuta, avevo onorato i morti. Dopotutto lui mi aveva chiesto di non partecipare.

Non vedendo alcun segnale da parte sua, mi voltai per andarmene, e solo allora sentii la sua mano sul braccio. Non riuscivo quasi a crederci mentre le sue dita si chiudevano intorno al mio polso. Mi attirò a sé.

"Orgogliosa" è una parola che si usa un po' troppo spesso, ma fu così che mi sentii quel giorno, mentre ascoltavo il coro innalzare inni all'alto dei cieli. Ero orgogliosa che Pietrik volesse condividere con me quel momento. Nel bene e nel male.

Mi prese la mano nuda e la strinse, le sue dita erano calde intorno alle mie. Poi se la portò alle labbra per baciarla e me la fece infilare nella sua tasca, rivestita di calda flanella.

Capitolo 33
Kasia

1946

L'esercito arrivava da tutte le direzioni. Era dalla guerra lampo di Hitler che non si vedeva un assalto così organizzato. Arrivarono in abiti a fiori e scarpe comode, portandosi dietro pentole e piatti, alcuni ancora fumanti, appena tirati fuori dal forno. All'ufficio postale, il generale Marthe coordinava lo sforzo bellico che diede come risultato pierogi, zuppa di barbabietole e stufato di carne sufficiente per sei pranzi di matrimonio.

L'ufficio postale è uno strano posto per un matrimonio? Forse sì, ma si prestava bene allo scopo. Era uno spazio ampio e con il soffitto alto, e permetteva inoltre di cogliere due piccioni con una fava: si poteva ritirare la posta e ballare con la sposa. Non che la sposa fosse in grado di ballare, ma gli ospiti appuntarono comunque delle banconote al mio vestito, come da tradizione. Indossavo un abito rosa pallido, che non avevo però scelto io, visto che Marthe mi aveva sorpresa offrendomi quella creazione della sua macchina da cucire. L'avrei preferito bianco, ma non potevo rifiutare, perché stavo cercando di essere gentile con papà. Volevo solo che finisse tutto in fretta, per poter restare da sola con Pietrik.

Era stata una mattinata difficile, per due motivi. Il primo era che il giorno prima i Riska avevano telefonato per dirci che Felka era morta. L'avevano trovata davanti alla loro porta d'ingresso per l'ultima volta. La seppellimmo nel nostro giardino. Vennero anche Zuzanna e papà e guardammo Pietrik affondare la vanga nella terra, mentre io avvolgevo Felka nella coperta di Nadia, quella in cui l'avevo portata a casa mia tanti anni prima. Piangemmo tutti mentre dicevamo addio alla nostra vecchia amica, soprattutto papà.

Non riuscivo a smettere di pensare che Felka era stata una compagna leale per Nadia, l'aveva aspettata fino alla fine. Non come me, che ero andata avanti con la mia vita e avevo organizzato il mio matrimonio pensando a malapena al fatto che Nadia non avrebbe potuto partecipare. Bella amica che ero.

L'altro momento difficile del giorno del mio matrimonio fu quello della benedizione della madre della sposa. Nei matrimoni polacchi è una benedizione così importante che se la madre è morta sposi e invitati passano al cimitero a far visita alla sua tomba prima di andare in chiesa. Ma ovviamente non potevamo andare tutti al lago di Ravensbrück, dove probabilmente giacevano le ceneri di Matka. Marthe aveva preparato una lunga benedizione, perciò la vidi arrossire violentemente in viso quando scelsi Zuzanna al suo posto. Mi ero rassegnata a riconciliarmi con Marthe, ma non era sempre facile. Zuzanna avrebbe sempre avuto la precedenza.

La cerimonia in chiesa fu breve. Sebbene le libere elezioni non si fossero ancora tenute e le autorità imposte da Stalin non fossero quindi ufficialmente in carica, il Partito Operaio Polacco di Mosca diventava più forte ogni giorno che passava, e disapprovava qualsiasi cosa che distraesse i lavoratori dai bisogni collettivi del popolo, compresi i matrimoni in chiesa. Di conseguenza solo tre delle mie amiche infermiere osarono venire alla cerimonia, a costo di mettere a repentaglio il posto di lavoro. I pochi amici che restavano a Pietrik dai tempi del movimento clandestino si nascondevano nella foresta. Eravamo tutti molto prudenti, perché anche solo lasciare dei fiori sulla tomba di un ex membro dell'AK poteva portare all'arresto.

Gli ospiti si sciolsero un po' durante la festa all'ufficio postale, perché lì l'ambiente era più intimo. Non appena arrivai mi circondarono e mi appuntarono delle banconote sul vestito, una delle mie tradizioni preferite. Ma come avevano fatto Marthe e i suoi amici a trovare tutto quel cibo? Roastbeef, salsicce, insalata. Tre torte e i delicati dolcetti chiamati ali d'angelo! Forse il cibo veniva dal *na lewo.* Il mercato nero.

«Vieni, è il momento dell'*oczepiny*», disse Marthe.

L'oczepiny era il rito con cui si toglieva il velo alla sposa per sostituirlo con un cappello, a indicare che adesso era ufficialmente una donna maritata. Prima le ragazze ancora nubili le toglievano il velo, poi quelle sposate la circondavano e le mettevano il cappello.

Marthe batté le mani sopra la testa e le ragazze si riunirono intorno a me. «Zuzanna, toglile il velo».

«Sa cosa fare, Marthe», dissi.

L'orchestra suonò e le ragazze mi circondarono, tenendosi per mano. Mia sorella tolse le forcine che tenevano il velo della madre di Pietrik attaccato ai miei capelli. La gamba mi faceva male per quanto ero rimasta in piedi, ma non potevo certo andare a sedermi con le signore anziane sulle sedie pieghevoli disposte lungo la parete, no? Sognavo di essere protagonista di quel rituale fin dall'infanzia.

Zuzanna mi porse il velo e tornò nel cerchio. Io mi coprii gli occhi con una mano e lo lanciai con l'altra, calcolando con precisione i tempi in modo da farlo atterrare tra le mani di Zuzanna. Con l'aiuto di Dio, lei sarebbe stata la prossima.

«Adesso le signore sposate», disse Marthe alla folla.

Teneva il cappello bianco in mano. Dov'era Pietrik? Si stava perdendo lo spettacolo.

«Chi mi metterà il cappello?», chiesi.

«Io», disse Marthe.

«Ma deve farlo una donna sposata». Le signore si riunirono intorno a me in circolo, mano nella mano.

Marthe si avvicinò. «Kasia, è solo una vecchia tradizione».

Le donne cominciarono a girare in cerchio intorno a Marthe e a me, al ritmo di musica. Il profumo di viole e di zuppa di barbabietole avvolgeva ogni cosa. Afferrai una mano a caso e tirai la moglie del tintore fuori dal circolo. «Può farlo la signora Wiznowsky».

Marthe mi prese la mano. «Kasia, ti prego, lasciamelo fare».

Uno sguardo ai suoi occhi marroni, sull'orlo delle lacrime, bastò a convincermi. Dopotutto lei era stata buona con me. Mi aveva sfamato e aveva nutrito Pietrik e Zuzanna, ci aveva rimessi in forze. Lasciai che mi mettesse il cappello e lei mi rivolse uno splendido sorriso. Non avevo mai visto nessuno più felice in vita mia.

Uscii dal cerchio, le banconote frusciavano mentre camminavo. Dov'era Pietrik? Era stato così silenzioso tutto il giorno.

Mentre lo cercavo mi fermai per un istante per permettere a un amico di papà di appuntare un altro zloty al mio vestito.

Trovai Pietrik nell'ufficio di mio padre, seduto sulla vecchia poltrona di cuoio, con le mani in grembo. La lampada era spenta, ma un barlume di luce da un lampione sulla strada colpiva il vetro di una fotografia incorniciata sulla scrivania. Era la preferita di papà, anche se io avevo gli occhi semichiusi. Nella foto lui abbracciava me e Zuzanna: era stata mia madre a scattarla.

«Vieni a festeggiare». Scrollai via il miglio ancora incastrato tra i capelli di Pietrik, gli invitati ce l'avevano lanciato addosso quando eravamo usciti dalla chiesa. Era il miglio che papà aveva seppellito tanto tempo prima. Anche se era stato un po' pericoloso attirare l'attenzione in quel modo sulla cerimonia, ero stata felice che molte persone avessero preferito non rinunciare alla tradizione del miglio.

Mi inginocchiai accanto a Pietrik.

«Non hai mangiato niente. Lo stufato è quasi finito, ma hanno portato qualche altra salsiccia, di quelle che ti piacciono. E tra un po' si metteranno a ballare la *kujawiak*».

«Ora arrivo, Kasia».

Pietrik era sempre stato un tipo tranquillo, ma non era mai così cupo e taciturno.

«Si stanno tutti chiedendo dov'è lo sposo», dissi.

Lui rimase in silenzio per un minuto buono, il volto immerso nell'ombra. «Sono un codardo, Kasia. I miei vecchi compagni del movimento clandestino sono nascosti nella foresta a mangiare fili d'erba, mentre io sono qui a festeggiare».

La musica nell'altra stanza aumentò.

«Non è colpa tua, mio padre vuole proteggere il suo genero. Abbiamo anche noi i nostri problemi, sai...».

«Stavo solo riflettendo su cosa avrebbe fatto mio padre se fosse stato qui. Lui non era un codardo».

Pietrik non ne parlava quasi mai, ma le voci riguardo a quello che era successo nella foresta di Katyn si facevano sempre più insistenti, e anche se i russi incolpavano i nazisti, sapevamo tutti che erano stati quelli dell'NKVD ad assassinare migliaia di membri dell'intellighenzia polacca. Tra di essi molto probabilmente c'era anche il capitano Bakoski.

«Di che stai parlando?».

Gli appoggiai la testa in grembo e sentii che stringeva qualcosa di freddo e duro. Lui scostò le mani e vidi uno scintillio argenteo.

«È la pistola di papà?», dissi. «Stai...».

«Tenerla in mano mi fa sentire meglio», disse Pietrik.

Gliela sfilai con dolcezza.

«Faresti meglio a tornare di là», disse Pietrik. «La sposa non può sparire così».

Solo toccare quell'arma, liscia e pesante, mi fece rabbrividire.

«Vogliono vedere anche te», dissi.

Lui non tentò di riprendersi la pistola.

Io aprii il cassetto di papà e la riposi là dentro.

«Oh, Pietrik», dissi tornando a inginocchiarmi accanto a lui.

Restammo insieme così, nel buio, ancora per un po', ad ascoltare gli ospiti cantare mentre l'orchestra suonava *Sto Lat.* Cent'anni di felicità allo sposo e alla sposa.

Capitolo 34
Herta

1947

Il cosiddetto processo ai dottori a Norimberga fu una farsa dall'inizio alla fine, e io ne uscii così traumatizzata da contrarre una serie di debilitanti infezioni bronchiali. Prima l'attesa. Poi le risme di documenti: qualcuno avrebbe potuto bruciarle per salvare dal congelamento dei bravi tedeschi. 139 giorni di processo, 85 testimoni, infiniti interrogatori incrociati degli imputati.

Solo la testimonianza del dottor Gebhardt durò tre giorni e fu particolarmente dura da seguire. Raccontò nel dettaglio le operazioni, e l'unico risultato che ottenne fu trascinare a fondo con lui Fritz e me. Gebhardt si offrì persino di subire sul proprio corpo la stessa operazione, per provare che la procedura era assolutamente innocua, ma la sua proposta fu ignorata.

Perché mai poi avevo chiesto al mio avvocato, Alfred Seidl, di dirmi cosa era successo a Binz e alla Marschall al processo allo staff di Ravensbrück, il cosiddetto processo di Amburgo, proprio il giorno in cui dovevo testimoniare? Aveva solo alimentato la mia paura di presentarmi alla sbarra quella mattina.

«La prima è stata Elizabeth Marschall», disse Alfred, «poi Dorothea Binz e infine Vilmer Hartman. Prima le signore, immagino».

Sentii i miei muscoli addominali contrarsi mentre lui mi indicava la fotografia sul giornale. Si vedeva Vilmer, con le mani legate dietro la schiena e il collo spezzato all'altezza della quinta vertebra. I piedi erano sospesi a mezz'aria, indossava ancora le sue scarpe eleganti. Era caduto bene. Il cappio, sistemato sotto la mascella sinistra, aveva spezzato la colonna vertebrale e di conseguenza il midollo spinale. Guardai le foto delle altre, tutte appese come anatre nel carniere di un cacciatore, e fui colta da una terribile paura, che mi fece tremare le mani. Molti di loro si erano raccomandati a Dio prima di salire i tredici gradini del patibolo. E tutti erano sepolti in tombe senza nome.

Ciò che accadde quel giorno in tribunale non contribuì affatto a calmarmi. Di certo vedere uno dei Conigli di Ravensbrück sul banco dei testimoni non mi tranquillizzò.

«Può identificare la dottoressa Herta Oberheuser?», chiese Alexander Hardy, dello staff dell'accusa. Era un uomo piuttosto attraente, solo leggermente stempiato.

Il Coniglio mi puntò il dito contro. Com'era possibile? Si ricordava di me? Io non avevo alcuna memoria di loro. Conoscevano il mio nome? Eravamo stati così prudenti. Alfred mi aveva detto che i polacchi avevano chiesto la mia estradizione in Polonia, perché affrontassi lì il processo. Solo *io*. Gli altri non avevano fatto ben di peggio? Alfred si era opposto a quella richiesta e aveva vinto.

Presto sarebbe arrivato il mio turno.

«Chiamiamo alla sbarra Herta Oberheuser», disse Hardy.

Fritz mi lanciò un'occhiata con cui pensava di infondermi coraggio. Io feci un profondo respiro, il sangue che mi pulsava nella testa. Mi avviai alla sbarra, la folla era una macchia confusa. Cercai Mutti tra gli spettatori.

«Herta Oberheuser, come ha potuto prendere parte in tutta coscienza agli esperimenti con i sulfamidici?», chiese Hardy.

«Le prigioniere erano donne polacche condannate a morte», dissi. «Era comunque previsto che morissero. Quelle ricerche avrebbero aiutato i soldati tedeschi. *Sangue del mio sangue*».

Vidi Mutti sulla balconata, con le dita alle labbra. E Gunther?

Hardy agitò un fascio di carte nella mia direzione. «Qualcuna delle persone vittime di questi esperimenti fu giustiziata o fucilata in seguito?»

«Sì, ma erano prigioniere politiche con…». La lampadina rossa attaccata alla sbarra dei testimoni di fronte a me si accese. Gli interpreti avevano difficoltà a seguirmi. Dovevo parlare più lentamente.

«Prigioniere politiche… condannate… a morte».

«Nel suo *affidavit*, riguardo le iniezioni letali, lei ha ammesso di averne praticate cinque o sei. È esatto?».

Perché l'avevo ammesso? Potevo fingere di non aver capito l'interprete?

«No», dissi.

«Be', lei ha eseguito le iniezioni, e dopo i pazienti sono morti, giusto?»

«Sì, ma come ho già detto nei precedenti interrogatori, si trattava di una procedura medica somministrata a pazienti già in agonia».

«E il risultato di questa procedura medica era la morte?», chiese Hardy.

Tenni lo sguardo fisso sulle mani giunte in grembo. «No».

«Ho chiesto se questa procedura medica risultava nella morte delle pazienti. Lei dice di no?», disse Hardy.

Sentivo il cuore battere forte mentre mi studiavo le mani. «Come ho detto, quelle pazienti erano già in agonia».

«Signorina Oberheuser, è mai stata insignita di decorazioni o medaglie?»

«Ho ricevuto la Croce al Valor Militare, se ricordo bene».

«E per quale motivo ha ricevuto quella medaglia?»

«Non lo so».

Hardy si chinò in avanti sul suo banco. «È stato per la sua partecipazione agli esperimenti con i sulfamidici?»

«Certamente no».

«Non ho altre domande, Vostro Onore».

Sebbene fossero state presentate fotografie di esperimenti americani simili a quelli per i quali eravamo accusati noi, cosa che aveva scosso visibilmente i giudici statunitensi, l'esito del verdetto giunse a dipendere da un'unica questione: i soggetti degli esperimenti erano stati volontari o meno? Tutto ciò che potevo fare era passeggiare avanti e indietro accanto al frutteto che sorgeva nel cortile della prigione mentre aspettavo.

Fritz parve devastato durante il processo. Mentre alcuni dei dottori partivano all'attacco cercando in tutti i modi di scrollarsi di dosso le accuse, Fritz si chiuse in se stesso. Non ci era permesso parlare in aula, ma lui mi disse una frase entrando nell'ascensore che ci riportava alle nostre celle.

«Potrebbero anche impiccarmi subito», disse. «Sono finito».

Al processo dei dottori Fritz fu l'unico a mostrarsi apertamente pentito, circostanza che non passò certo inosservata tra i coimputati. Tutti gli altri rimasero sulle proprie posizioni fino alla fine.

Il giorno della sentenza, il 20 agosto 1947, io indossavo un cappotto nero di lana a maniche lunghe con un fiocco al collo, che mi era stato procurato dal tribunale. Il cuore mi martellava nello sterno mentre ascoltavo le sentenze dei miei colleghi, pronunciate una dopo l'altra nella grande sala. Attesi il mio turno nel corridoio dietro la porta di legno dell'aula di tribunale, con un silenzioso soldato americano in piedi accanto a me. Il mio inglese fu sufficiente a farmi capire la sorte del dottor Gebhardt.

«Dottor Karl Gebhardt, il Tribunale Militare I la dichiara colpevole di crimini di guerra, crimini contro l'umanità e affiliazione a un'organizzazione la cui natura è stata dichiarata criminale secondo il giudizio del Tribunale Militare Internazionale, come indicato nell'atto di accusa a suo carico. Per detti crimini, dei quali lei è stato ritenuto colpevole, il Tribunale Militare I la condanna a morte per impiccagione».

Respirare si faceva sempre più difficile. Quando giunse il mio turno la porta si aprì, io entrai nell'aula e mi misi le cuffie per ascoltare l'interprete. I colori della stanza apparivano più vividi, saturi e intensi, e io cercai di nuovo Mutti tra la folla.

«Herta Oberheuser, il Tribunale Militare I la dichiara colpevole di crimini di guerra e crimini contro l'umanità, come indicato nell'atto di accusa a suo carico».

Quando udii la parola *schuldig* nelle cuffie, mi sostenni alla sbarra con una mano.

Colpevole.

Poi arrivò la sentenza. L'ascoltai in uno stato di stordimento. «Per detti crimini, dei quali lei è stata ritenuta colpevole, il Tribunale Militare I la condanna a vent'anni di prigionia, da scontare in una o diverse strutture carcerarie, o in altro appropriato luogo di confino che sarà determinato dall'autorità competente».

Fui attenta a non mostrare alcuna reazione. Fritz era già stato condannato all'ergastolo e molti altri avrebbero raggiunto Gebhardt sul patibolo. Il giorno del rilascio sarei stata una donna anziana. Un minuto e quaranta secondi: ecco quanto impiegarono a leggere la mia sentenza. E a strapparmi via una vita intera, una vita dedicata al lavoro.

Il 2 giugno 1948 il dottor Gebhardt fu impiccato nella palestra della prigione su uno dei tre patiboli rimovibili. Sui giornali lessi che i cappi usati quel giorno non erano stati preparati a dovere e che diversi imputati erano rimasti appesi a dondolare, ancora vivi, per quasi dieci minuti. Gli americani non erano nemmeno capaci di eseguire una sentenza di morte come si deve. Fui contenta che il Führer si fosse tolto la vita e non avesse dovuto assistere a quella farsa. Ben presto mi trasferirono nella prigione per criminali di guerra numero 1 di Landsberg, in Baviera, per cominciare a scontare la mia sentenza. Il pensiero di non poter esercitare la professione medica per tutti quegli anni mi annichiliva, perciò cominciai a scrivere lettere.

La prima fu per il sindaco di Stocksee.

Capitolo 35
Kasia

1947

Trascorsi la maggior parte di quel mercoledì 25 marzo 1947 a urlare, ma all'Ospedale del Popolo di Lublino le infermiere furono felici di udire le mie urla, perché erano il segnale di una madre in salute. Le nascite silenziose spesso erano tristi. Da parte mia fui contenta di sentire che anche i polmoni di mia figlia erano buoni, perché lavorando a mia volta come infermiera nel reparto maternità avevo visto diverse situazioni precipitare nel giro di pochi secondi. Parti podalici. Bambini cianotici. I nostri medici (tra cui mia sorella) erano eccellenti, ma erano le infermiere del reparto maternità a mandare avanti la baracca. Per fortuna il mio fu un parto semplice, perché eravamo a corto di antidolorifici e medicinali in generale.

Pietrik era in piedi accanto a me e cullava sua figlia tra le braccia, tutte le infermiere del piano gli si erano riunite intorno. Indossava un camice bianco da ospedale sopra la tuta da operaio e teneva la bimba con naturalezza, non in quel modo rigido e imbarazzato di tanti neopapà. Ma per quanto volessi bene alle persone che erano venute a farmi visita, tutto quello che desideravo era restare da sola con la bambina e imparare a conoscere nostra figlia.

«Ridammela, Pietrik», dissi con voce rauca.

Pietrik mi mise di nuovo la bambina tra le braccia. Nel giro di poco però mi sentii assonnata. Faceva caldo in quella sala, c'erano più di cinquanta letti. La mia supervisora mi aveva riservato il migliore, sulla parete più lontana dagli spifferi delle finestre, accanto al termosifone. Inspirai il profumo agrodolce della bimba e guardai la fontanella in cima alla testa pulsare a un ritmo dolce. Era bionda come la figlia della signora Mikelsky. Quanti anni avrebbe avuto Jagoda adesso? Otto? Era il caso di chiamare nostra figlia Jagoda? Forse sarebbe stato troppo triste. Era meglio un nome come Irenka.

Speranza.

Pietrik insisteva perché la chiamassimo Halina, diceva che a mia madre avrebbe fatto piacere. Ma non capiva che per me sarebbe stato troppo doloroso pronunciare il nome della madre che avevo perso dieci volte al giorno?

Le campanelle che segnalavano l'inizio dell'orario di visita squillarono, e le infermiere si sparpagliarono. Marthe fu la prima ad arrivare. Aveva un piatto di *paczki* in una mano e dei tovaglioli nell'altra.

«Veniamo con dei doni», disse. «Paczki per la mamma?». Dietro c'era papà che teneva la borsa di Marthe.

«No, grazie», dissi. Mi sentivo già grassa e tonda come un paczki. Quando sarebbe tornata Zuzanna per arginare Marthe? Aveva assistito al parto ma poi l'avevano chiamata per sistemare una frattura.

Marthe mise un paczki coperto di glassa zuccherata su un tovagliolo e me lo posò accanto. «Non è il momento di cominciare la dieta».

Io tuttavia evitai i dolci, non solo perché dovevo perdere la pancia, ma anche perché avevo una cavità nel canino sinistro, souvenir di Ravensbrück, che reagiva dolorosamente a contatto con lo zucchero.

Mio padre mi baciò una mano e poi la fronte, e fece lo stesso con la bambina.

«Come stai, Kasia?».

Pietrik mi prese la bambina dalle braccia, lasciandomi un vuoto freddo. La porse a papà, che aveva ancora la borsa di Marthe appesa al braccio.

«Stiamo pensando di chiamarla Halina», disse Pietrik.

«Be', a me in realtà piacerebbe il nome Irenka», dissi. «Vuol dire speranza…».

«Halina, certo», disse papà. «Che bello».

Aveva le lacrime agli occhi?

«Le piaci, Pietrik», disse Marthe. «La battezzerete a casa, vero? Non pensateci nemmeno a farlo in chiesa».

Aveva ragione. Il Partito Operaio Polacco non si limitava più a sconsigliare le cerimonie religiose, compresi battesimi e matrimoni. Ormai le disapprovava apertamente, e rendeva la vita molto difficile a chi disobbediva. Marthe e papà non erano ancora sposati, anche se molti preti celebravano matrimoni in segreto.

Marthe prese la bambina dalle braccia di papà. «Potresti avere qualche difficoltà quando tornerai a casa, Kasia, con la tua gamba. Ma ti aiuterò io con la bambina».

Mentre Marthe cullava la bimba, mi sentii sommergere da una nube oscura. Perché non c'era mia madre lì con me? Matka avrebbe portato in giro la bambina per farla vedere a tutta la sala. E mi avrebbe raccontato storie di quando ero piccola per farmi ridere.

All'improvviso avevo il volto rigato di lacrime. Avevo aiutato centinaia di madri a combattere la depressione post-parto, ma era più difficile di quanto sembrasse. Era come essere risucchiata in un buco nero.

«Ridammi la bambina, per favore», dissi.

Di colpo volevo che se ne andassero tutti, anche Pietrik. Se non potevo avere mia madre, allora non volevo nessuno.

Pietrik prese la bimba – Marthe gliela restituì con aria sofferente – e me la rimise tra le braccia.

«Kasia deve riposare», disse.

Marthe recuperò il suo piatto di paczki. «Torniamo a trovarti domani con dei *pierogi*».

«No, grazie», dissi. «Qui ci fanno mangiare bene».

Se ne andarono e anche Pietrik tornò alla fabbrica, io e la bambina dormicchiammo per un po'. Quando il termosifone cominciò a sibilare emanando vapore, mi svegliai di soprassalto pensando di essere di nuovo sul convoglio per Ravensbrück; quel rumore mi pareva il fischio del treno che si fermava sulla banchina. Il cuore mi batteva forte, ma mi calmai quando guardai la bimba. Lei si mosse leggermente tra le mie braccia.

Halina? Alla fine avrebbe avuto il nome di mia madre? Riuscivo a malapena a guardare la sua fotografia senza crollare. E ancora peggio, era possibile che a causa di quel nome andasse incontro al terribile destino di Matka? Vivere una vita meravigliosa, interrotta prematuramente? Mi sentii attraversare da un brivido. Nel mondo accadevano cose anche più strane di quella.

Quando Pietrik e papà cominciarono a chiamare la bambina Halina dovetti arrendermi e nel giro di poco anche io presi a chiamarla così. Dopotutto era ora di crescere. Ero una madre adesso e avevo delle responsabilità, non ero più una bambina. Inoltre tutti dicevano che era un bel nome e che le stava benissimo. Onorava mia madre, le avrebbe fatto piacere.

Ma in qualche modo non riuscivo a scrollarmi di dosso l'idea che sarebbe stato molto meglio chiamarla Speranza.

Capitolo 36
Caroline

1946-1947

Dopo aver trovato la bambina e organizzato tutto affinché i suoi genitori andassero a prenderla, rimasi a Parigi e feci del mio meglio per evitare Paul. Lui era un padre adesso, e io non volevo fare nulla che potesse distruggere la sua famiglia. Ma era facile tenersi lontana da lui, visto che era rimasto a casa di Rena a Rouen.

Si potrebbe pensare che non ci sia posto migliore della Città dell'Amore per curare una psiche ferita, ma quell'anno, a guerra finita, su ogni panchina del parco c'era una coppia che si baciava in pubblico, alcuni persino prima di colazione, vividi promemoria del mio amore perduto. Persino le notizie che ricevevo da casa erano tristi. Roger mi aveva scritto che il nostro ascensorista, Cuddy, era stato ucciso sul fronte del Pacifico.

Ero come una specie di drogata, e disintossicarmi da Paul fu terribile. Non dormivo, non mangiavo. Mi chiedevo perché mai non riuscissi a concentrarmi su qualche scopo più alto. Bene, non mi sarei mai sposata. Non era la cosa peggiore che potesse accadere a una persona.

Il fatto che la nostra cassetta postale straripasse di lettere di Paul non mi aiutava. Mia madre le raccoglieva tutte in un cestino in salone, producendosi ogni volta in un sospiro da attrice consumata. Capitò diverse volte che le sfiorassi, ammirando la grafia di Paul. Ne avvicinai anche qualcuna alla luce per osservarla meglio. Ma perché mai avrei dovuto leggerle? Non avrei fatto altro che prolungare la mia agonia.

Mi sentivo come se Parigi mi avesse tradita. Avevamo subito entrambe un duro colpo, ma solo lei si stava riprendendo, cominciando a ricostruire e a pulire le macerie. Se l'industria della moda era un indicatore valido, la vecchia Parigi era tornata. Le principali case di *haute couture* tenevano già raffinati eventi di moda e gli edifici danneggiati venivano usati come sfondo per gli scatti delle riviste, mentre io scoppiavo ancora a piangere alla vista di un piccione con l'ala rotta o di un anziano venditore di frutta a cui erano rimaste solo tre mele piene di vermi, posate su una tovaglia.

I mesi passarono. Una mattina di novembre mi svegliai e mi ripromisi di immergermi nel lavoro e non pensare più a Paul per quel giorno. Nel cestino non c'erano nuove lettere e per fortuna a Parigi c'era ancora molto da fare, perché la ricostruzione aveva raggiunto il culmine del fervore. Occuparsi delle sfortune degli altri è il miglior modo per distrarsi dai problemi personali. Non era stato Lord Byron in persona a dire: «Chi ha da fare non ha tempo per le lacrime»?

La benzina scarseggiava ancora, perciò i parigini andavano ovunque in bicicletta. Anche articoli come piatti, fiammiferi e cuoio per scarpe erano difficili da trovare, per non parlare del cibo decente. Gli operai continuavano a coltivare fagioli e patate sulla Esplanade des Invalides, servendosi di aratri trascinati da cavalli, ma in giro c'erano pochissime uova e davanti a panetterie e macellerie si formavano file chilometriche non appena si spargeva la voce che ci fosse qualche avanzo di cibo disponibile.

Grazie a un amico che lavorava allo spaccio militare, mia madre si era assicurata una partita di vecchie razioni K dell'esercito con cui integrare la nostra dieta. Ogni scatola di cartone conteneva una colazione americana in miniatura: un barattolo di prosciutto e uova a cubetti, del Nescafé, cracker avvolti nel cellophane, un pacchetto di gomme da masticare Wrigley e uno di sigarette Chesterfield. Era un miracolo che i nostri ragazzi si fossero conservati in salute e in grado di combattere dopo colazioni del genere, ma qualsiasi cibo era prezioso in quel periodo.

Mia madre lavorava come volontaria per l'ADIR, l'Associazione Nazionale Deportate e Internate della Resistenza, una nuova organizzazione che aiutava le donne sopravvissute ai campi di concentramento nazisti. Queste donne "fortunate" spesso avevano perso tutto. Mariti e figli. La loro casa. A peggiorare ulteriormente le cose, il governo francese si concentrava solo sugli uomini che erano ritornati, in particolare sui militari, ma in generale su tutti quelli che erano sopravvissuti alla guerra. Le donne invece passavano in secondo piano.

Anche io lavoravo saltuariamente come volontaria. Poiché molti bambini parigini non avevano un cappotto, io e mia madre chiedemmo ai grandi magazzini Le Bon Marché il permesso di mettere su un punto di raccolta per le donazioni davanti al loro ingresso, e loro acconsentirono. In un'area delimitata con dei cordoni sistemarono degli appendiabiti e dei tavolini pieghevoli, e io e mia madre appendemmo i cappotti ricevuti in dono ordinandoli per taglia. Il prezzo per essere ammessi nel nostro piccolo negozio era di un cappotto da bambino. I genitori potevano poi scegliere un altro cappotto o una giacca della misura più grande, mentre l'indumento che avevano donato veniva pulito e ridistribuito. Le Bon Marché aiutò persino a diffondere la notizia dell'evento, facendo pubblicare una piccola fotografia tutta scura di noi due in fondo al loro annuncio pubblicitario sul giornale.

Scegliemmo una splendida giornata di sole di novembre, quando tutta Parigi era in giro a vedere i nuovi capi esposti nei negozi a inizio stagione. Quella primavera Dior aveva lanciato il suo rivoluzionario New Look, con la vita stretta e la gonna ampia, e tutti a Parigi aspettavano con ansia di scoprire che altro avrebbe tirato fuori. Era difficile non sentirsi ottimisti quel giorno, con il profumo delle caldarroste nell'aria e l'*one-man band* nel parco vicino che suonava una vivace versione di *Le Chalande qui passe.*

Ben presto la gente si mise in fila e il nostro negozio si fece affollato. Mia madre mi aveva lasciato a gestirlo da sola, lei era già assurta al grado di maresciallo nel campo delle iniziative benefiche nella Francia del dopoguerra, perciò era andata a supervisionare una mensa gratuita dall'altra parte della città. Io ero entusiasta, perché avevo disperatamente bisogno di una nuova missione in cui impegnarmi. E poi ero diventata bravissima a scegliere il cappotto più adatto a ogni bambino. Il segreto era nei colori. Dopotutto eravamo a Parigi. Mettere un cappotto giallo su un bambino con la pelle giallastra era quasi peggio che lasciarlo senza cappotto.

Intorno a mezzogiorno lo scambio degli indumenti era al culmine e io realizzai che non avevo mai aperto la mia scatola di razioni. Ma prima che riuscissi a raggiungerla, una signora anziana mi si accostò.

«Mi scusi, Mademoiselle, potrebbe aiutarmi?».

Aveva il volto emaciato, ma il portamento di una contessa, ed era ben vestita, con una gonna di lana, un cardigan e dei candidi guanti bianchi. Indossava anche uno scialle rosa pallido Hermés Saumur, bloccato da una spilla a forma di uccello tempestata di gioielli, con una perla South Sea al centro. Persino nelle peggiori circostanze, o forse *proprio* nelle peggiori circostanze, le donne parigine continuavano a tenersi su con inaspettati tocchi di stile, attenendosi a quel principio della moda per cui un'eccessiva semplicità è solo un segno di timidezza. La signora teneva in mano un pacchetto avvolto in carta bianca, e aveva un bastone da passeggio in legno di malacca appeso al braccio. Nell'altra mano stringeva il guinzaglio di un barbone gigante color ebano. Era uno splendido animale, magro ma dall'aspetto curato, proprio come la sua padrona.

«Ho portato un cappotto», disse.

Presi il pacchetto, aprii il nastro adesivo e tirai fuori un cappotto che emanò una zaffata di profumo di rosa e lavanda. Avevo visto molti indumenti graziosi quel giorno, alcuni con dei ricami fiorati fatti a mano, bottoni smaltati e splendidi rivestimenti in pelo di coniglio, ma quel cappotto era di un'altra categoria. Era cashmere? Il colore era quello delle uova di pettirosso ed era sorprendentemente pesante, ma molto soffice e rivestito di satin bianco trapuntato.

«Grazie per la donazione, Madame. Prego, ne scelga un altro. Abbiamo molti bei cappotti, magari non eleganti come questo...».

«L'imbottitura è di piume d'oca. Era destinato alla mia nipotina. Non l'ha mai messo».

«Prenda pure ciò che vuole dagli appendiabiti. Che taglia porta sua nipote adesso?».

La donna accarezzò la collottola del cane. Osservandola più da vicino vidi che il suo cardigan era tutto storto, se l'era abbottonato male. E alla spilla mancava un diamante. Era stato perso o venduto?

«Oh, lei non c'è più. L'hanno presa insieme a sua madre e a suo fratello anni fa. Mia figlia e una delle nostre domestiche stampavano di nascosto volantini nel ripostiglio».

La resistenza.

«Mi dispiace...». Gli occhi mi si riempirono di lacrime. Come potevo confortare gli altri se non riuscivo a controllare neanche le mie emozioni?

«Continuavo a pensare che magari sarebbe tornata, ma poi hanno preso anche me. Da non credere, no? Che cosa mai potevano volere da una signora anziana? La mia governante ha tenuto il mio cane con lei a Saint-Étienne mentre io ero, be', mentre non c'ero. Adesso è lui la mia famiglia».

Scosse la testa, incapace di proseguire, poi si riprese. «Magari a qualcuno quel cappotto potrà servire».

Riavvolsi l'indumento nella carta. «Grazie, Madame. Farò in modo che trovi una nuova casa. Abbiamo del caffè caldo, se vuole».

Lei posò la mano guantata sulla mia e la lasciò lì per un lungo momento, il cotone era caldo e liscio sulla mia pelle. «Grazie, cara».

Tirai fuori dalla tasca un biglietto da visita. «Questo è l'indirizzo dell'ADIR, un'organizzazione di beneficenza che mia madre sostiene con fervore. Aiutano le donne che sono tornate, be', che sono tornate dai campi. Anche le donne che la gestiscono sono state deportate, la sede è nell'appartamento di una di loro, vicino al Jardin du Luxembourg».

«Grazie, Mademoiselle». La signora prese il biglietto e si voltò.

«Aspetti, Madame». Tirai fuori la mia scatola di razioni dell'esercito da sotto il tavolo. «Ne ho una in più. La vuole?».

Lei lanciò un'occhiata alla scatola. «Oh, cara, la dia a qualcuno che ne ha più...».

«La prego, la prenda».

«Be', ci sarebbe il mio vicino che...».

Sorrisi. «Un vicino. Benissimo. Sono contenta che non vada sprecata».

La donna si mise la scatola sottobraccio e si allontanò dal nostro piccolo punto di scambio cappotti, facendosi largo tra la folla.

Ascoltai molte storie come quella nel corso del pomeriggio, e alla fine della giornata ero stanca morta, ma la folla continuava ad aumentare. A peggiorare le cose, la temperatura era calata, facendomi capire fin troppo bene cosa significava non avere un cappotto. Per sbaglio mia madre aveva aggiunto i nostri alla pila delle donazioni e li aveva portati via, perciò neanche io avevo nulla con cui coprirmi. Il vento aumentò, facendo cadere i cappotti dagli appendiabiti di legno.

Mi chinai per recuperare una giacca e quando mi rialzai rimasi impietrita. Era impossibile non notare Paul in mezzo alla folla, che si faceva largo per raggiungermi. Il mio primo istinto fu quello di tuffarmi tra la gente per evitarlo, ma chi avrebbe mandato avanti la baracca? Lui probabilmente aveva già voltato pagina, pensai. Si era abituato al suo nuovo ruolo. Mi aveva dimenticata.

Mentre si avvicinava era difficile non notare quanto stava bene con la giacca di velluto color melanzana. Riusciva a mangiare, evidentemente. Era ancora magro, ma finalmente stava ricominciando a prendere peso.

Mi raggiunse, entrambi eravamo schiacciati nella calca. Aveva in mano un piccolo cappotto di tweed, del colore del grano maturo, con un nastro tricolore appuntato sul petto. Lo presi, stando attenta a non toccare Paul. Mi sarebbe bastato sfiorarlo per far tornare tutto indietro, compreso il dolore, con la stessa forza. O magari sarebbe stato persino peggio.

«Ti ricordi di me?», mi chiese.

Erano passati quasi due anni dall'ultima volta che ci eravamo visti, davanti al tavolo della sua cucina.

«Grazie per la sua donazione, Monsieur. Prego, ne scelga un altro».

Ovviamente quello doveva essere il cappotto di Pascaline. Sottile e leggero. Un misto lana e cotone? Le maniche erano state arrotolate due volte, lasciando dei segni neri come grafite vicino ai polsini, e c'erano due adorabili toppe cucite nel tessuto di tweed con una serie di punti piccoli e regolari. Rena.

«Mi dispiace che tu sia costretta a parlare con me, Caroline. Ovviamente non ne hai voglia».

«Abbiamo molti bei cappotti...».

«Potresti almeno guardarmi?». Si passò le dita della mano libera sulle labbra. Paul nervoso? Quella sì che era una novità. Il velluto della giacca era consumato sui gomiti. Rena non si era presa il disturbo di rammendare anche quello?

Paul mi afferrò un braccio. «È stato terribile stare senza di te, C».

Mi allontanai. Stava recitando per me? In fin dei conti era pur sempre un attore.

«Può scegliere qualsiasi…».

Ma perché non riuscivo a smettere di blaterare di cappotti?

Paul fece un altro passo verso di me. «Sto male, Caroline».

Se stava recitando lo faceva davvero bene. Era evidente che non avesse dormito molto negli ultimi tempi. Sopraffatta dall'emozione, mi voltai per tenere ferma una fila di cappotti che altrimenti si sarebbe rovesciata per le folate di vento.

Paul mi afferrò un polso e mi fece voltare. «Almeno hai letto le mie lettere?».

Spinsi via la sua mano. «Ho avuto molto da fare. Dovresti vedere l'appartamento. Mia madre si è messa a bollire il cotone sulla stufa…».

«Se le avessi lette, sapresti…».

«È uno spettacolo, in piedi su uno sgabello a mescolare un pentolone con una pagaia da canoa».

Mi voltai di nuovo e mi misi a sistemare i cappotti. Lui mi seguì.

«Quindi è così che stanno le cose adesso? Non torneremo mai insieme?». Per un istante si raddrizzò in tutta la sua altezza.

La miseria gli donava. Mal rasato, trasandato, adorabile. Abbottonai un piccolo cappottino rosa.

Paul si ritrasse. «Dovevo vederti. Quando ho saputo che eri qui ho fatto l'autostop da Rouen».

«E faresti meglio a sbrigarti se vuoi tornarci. Sembra che stia per piovere».

«C'è un altro? Ho sentito dire che stavi con qualcuno…».

«Cosa?»

«Qualcuno a cui tenevi la mano. Al Café George. Sei piuttosto famosa, Caroline. E le voci corrono. Mi devi almeno una spiegazione».

Avevo pranzato con uno degli ammiratori di mia madre, un conte di Amiens, con una gran barba, di vent'anni più grande di me. Era sconsolato perché mia madre non aveva tempo per lui, perciò aveva passato metà del pranzo a tenermi la mano per chiedermi di intercedere per lui, impedendomi di mangiare la mia *vichyssoise*.

«Come puoi essere così insensibile, Caroline?»

«*Insensibile?*»

«Io non ho neanche ricominciato a lavorare, e tu te ne stai qui a far del bene e mi tratti come se fossi una nullità per te».

A far del bene? Sentii il mio caratterino irlandese ribollirmi dentro, nonostante il freddo. Mi voltai verso di lui.

«E tu quanto sei stato insensibile quando hai deciso di avere un bambino?», dissi.

«Sapevi che ero sposato…».

«Incompatibile, Paul. Hai usato questa parola quando hai detto che i bambini complicano solo le cose, ricordi? E che non c'era posto per loro nella vita di un attore».

«Le cose accadono anche se non lo vogliamo. E gli adulti devono farci i conti. A meno che non siano ricchi e viziati…».

«Viziati? Davvero? È da viziati rinunciare alla mia felicità per quella di una bambina che neanche conosco? Hai idea di cosa voglia dire svegliarmi ogni mattina sapendo che tu sei insieme alla tua famiglia mentre io sono da sola? Non venire a parlarmi di insensibilità».

Solo quando lui si aprì la giacca e mi avvolse nel velluto mi resi conto che stavo tremando.

«Sii ragionevole, Caroline. Nessuno di noi due sarà mai in grado di ritrovare ciò che avevamo».

«Vero», mormorai contro il cotone della sua giacca. «Forse, se fossi l'unico uomo rimasto a Parigi…».

Lui rise e mi strinse più forte a sé.

«Mi manchi, C». Il suo profumo inebriante ci avvolgeva, mentre ce ne stavamo stretti nella sua giacca, con le dita intrecciate dietro la mia schiena. Quanto mi era mancata quell'essenza di pino e cuoio. Mi sfiorò la guancia con le labbra.

«Vieni con me, mangiamo qualcosa», disse. «Nonostante questa musica terribile riesco a sentire il tuo stomaco brontolare. Ho un amico che ha un posto nel Quartiere Latino. Ti piacerà. Fa la torta di mele con vera *crème fraîche*».

Che bello sarebbe stato sedermi sui sedili di cuoio di un bistrot con Paul, fianco a fianco come tante altre coppie prima di noi. Il cibo non sarebbe stato granché, ma potevamo farci bastare pane caldo e vino. Avremmo parlato di un sacco di cose. Se la migliore *crème fraîche* fosse quella del sud-est o del sud-ovest della Francia. Del suo nuovo spettacolo. Di quanto mi amava. Ma poi? Poi lui sarebbe tornato dalla sua famiglia e sarebbe stato ancora peggio della prima volta.

«Verrò a New York», disse Paul, le labbra morbide contro il mio orecchio. «Tornerà tutto come prima».

Sentivo il suo petto caldo contro di me. A dividerci, soltanto la seta del mio abito e il cotone della sua maglietta.

«Non puoi prendere e andartene, Paul».

Anche se non avesse avuto una famiglia, le cose non sarebbero mai tornate come prima. Il mondo era diverso adesso.

Paul si ritrasse, mi tenne le mani sulle spalle e mi regalò quel suo sorriso così pericoloso. «Devo tornare a New York. Broadway sta riprendendo le attività, sai».

Lo spinsi via e rabbrividii quando il vento si intrufolò sotto la gonna del mio abito. Mi stava usando per sfuggire alle sue responsabilità? Voleva davvero me, o soltanto un po' di svago dalla vita familiare?

«Avanti, C. Potremmo anche fare qualcosa insieme. Prenderò in considerazione persino Shakespeare. Parliamone a cena».

Sentii una goccia di pioggia fredda sulla mano. Dovevo spostare i cappotti sotto la tettoria del negozio.

«Devi tornare a casa dalla tua famiglia, Paul».

Lui fece un passo indietro. «Sei esasperante».

«Sei un padre adesso».

«Ma ti amo…».

«Ama tua figlia. Se non lo fai, allora avrò rinunciato a te per niente. Perciò *recita la tua parte*, se devi, e presto capirai che non stai recitando affatto». Gli toccai una manica. «Non è così difficile. Devi solo esserci. Quando si sveglia di notte spaventata. Se inciampa e cade quando è a scuola».

«Rena non mi vuole…».

«Ma tua figlia sì. Vuole che le insegni ad andare in barca a vela. Che la porti al parco per farla vedere a tutti. Non hai idea di quanto sia potente il tuo amore, Paul. Se glielo neghi, lei si invaghirà del primo ragazzo che le dirà che l'ama e poi la distruggerà».

«Ma perché buttare via tutto quello che abbiamo? La tua ferrea etica da pellegrina è ridicola».

«Da puritana», lo corressi.

«Non penso di potercela fare».

«Puoi. Curiosamente, con il dolore funziona così: si sopporta meglio con la pratica».

Gli porsi un pacchetto bianco.

«Questo cappotto è perfetto», dissi. «Le andrà un po' grande, ma presto crescerà».

«Ti amo, C. E anche io sono un tipo testardo, lo sai».

«Ama lei, Paul. Se non vuoi farlo per te stesso, almeno fallo per me».

«Un giorno ti sveglierai e capirai di aver commesso un terribile errore».

Repressi un sorriso. Era proprio quello che mi succedeva tutte le mattine.

Paul mi fissò per un lungo istante, poi si tolse la giacca e me la mise sulle spalle. Sotto indossava solo una vecchia e logora maglietta bianca. Senza dubbio risaliva a prima della guerra, perché gli stava un po' larga, ma lo spettacolo di Paul con solo quella addosso fece voltare parecchie delle signore presenti, nonostante fosse ancora molto magro.

«È sempre stata meglio addosso a te», mi disse.

La fodera di satin della giacca mi dava una sensazione confortevole sulla pelle, e conservava ancora il suo calore.

Paul mi diede due baci sulle guance e prese il pacchetto bianco. Io lisciai tra le dita il lembo di una tasca di velluto, morbido come l'orecchio di un gatto.

Alzai lo sguardo giusto in tempo per vedere la schiena meravigliosa di Paul che se ne andava tra la folla, dopodiché mi misi a spostare i cappotti appesi per toglierli da sotto la pioggia.

Nei mesi che seguirono Paul mi mandò altre lettere e io tentai di distrarmi con il mio lavoro di volontaria. Almeno avevo mia madre, anche se lei non ci sarebbe stata per sempre. La nostra vita si ridusse a una routine ben nota ai residenti delle case di riposo per anziani: tè con gli amici di mia madre, chiacchiere su articolazioni sacroiliache infiammate, qualche commissione all'ambasciata per conto di Roger e i concerti del coro in chiesa.

Erano giorni pallidi, indistinguibili l'uno dall'altro, perciò la visita di un'amica di mia madre, una mattina, fu una grande novità. Mi aveva detto che questa sua amica, Anise Postel-Vinay, sarebbe passata a casa. Era stata arrestata mentre lavorava per il movimento clandestino francese durante la guerra ed era stata prigioniera nel campo di concentramento di Ravensbrück. Insieme ad altre amiche, aveva fondato l'ADIR. Sebbene mia madre fosse stata curiosamente evasiva quando le avevo chiesto altri dettagli, avevo acconsentito a dare una mano ad Anise. Mi aspettavo che venisse a chiedermi vestiti usati o cibo in scatola.

Mia madre stava attraversando un'infelice fase di passione per il poncho, e quando Anise arrivò indossava un specie di caffettano a quadri rossi che aveva riesumato da chissà dove. I parigini si fermavano sempre a guardarla quando lo indossava, con l'espressione di chi pensava che quell'affare sarebbe stato molto meglio sopra il tavolino di un caffè, o sotto a un piattino di buon formaggio.

Il campanello suonò e mia madre fece entrare Anise. Dietro di lei c'erano due uomini che trasportavano una barella, sulla quale era sdraiata una donna avvolta in una coperta di cotone.

«Oh, mio Dio», dissi.

Anise, una donna bella, con l'aria di una che badava al sodo, si fermò in piedi al centro dell'Aubusson in salotto e si passò una mano tra i capelli, tagliati corti.

«Buongiorno, Mademoiselle Ferriday. Può dire ai ragazzi dove metterla?».

Feci un passo indietro. «Qui? Deve stare qui? Non ne sapevo niente».

Mia madre si accostò alla barella. «Anise mi ha chiesto se potevamo aiutare questa sua amica polacca», mi disse. «È incosciente, Anise?».

Anise mise una mano sulla gamba della donna. «È sedata. È appena arrivata in aereo da Varsavia».

«Dovrebbe andare in ospedale, Mademoiselle Vinay», dissi.

«Si chiama Janina Grabowski. L'ho conosciuta al campo di concentramento di Ravensbrück. È stata operata dai medici nazisti». Anise posò la mano sulla fronte della donna. «Dobbiamo gestire la cosa privatamente. Ha lasciato la Polonia... be', all'insaputa delle autorità».

Dovevo ospitare in casa mia una fuggitiva polacca?

«Non c'era nessuno che potesse aiutarla a Varsavia?»

«Varsavia è ridotta in macerie, Miss Ferriday. Il sistema sanitario è un disastro. Non hanno neanche gli antibiotici».

Anise scostò la coperta per mostrarci la gamba della donna. Sotto la garza si vedevano i segni di una brutta infezione.

«Portatela in camera mia», disse mia madre. «Preparo delle bende pulite». Quantomeno mia madre teneva alto lo spirito infermieristico delle Woolsey, nato sul campo di battaglia della guerra civile. «Facciamo venire il nostro medico personale».

Posai una mano sulla barella. «Aspettate. Ho ascoltato i processi alla BBC. I tedeschi sono tenuti a pagare delle riparazioni per...».

«No, Miss Ferriday. La Germania ha deciso di non riconoscere la Polonia comunista come Paese indipendente. La considerano parte della Russia».

«Ma è ridicolo».

«Janina è una brava persona. Ha dato a me le medicine che avrebbe dovuto usare per se stessa, ed è merito suo se sono qui ora. Solo stamattina ha sofferto più di quanto potrà mai soffrire lei in tutta la vita, e potrebbe morire adesso, mentre noi parliamo».

Feci cenno agli uomini di passare. «Siamo felici di ospitarla», dissi.

«Bene. Grazie, Mademoiselle».

Andai alla finestra. «Mettetela nel mio letto. Prima porta sulla sinistra».

Gli uomini trasportarono la barella lungo il corridoio, seguiti da mia madre. Mentre mi passavano davanti vidi che il sangue che usciva dalla gamba di Janina era filtrato sulla coperta. In che guaio ci stavamo cacciando?

«Siamo a sua disposizione, Mademoiselle Vinay», dissi.

Anise stava già andando alla porta. «Tua madre mi aveva detto che ci avresti aiutate». Si voltò e accennò un sorriso. «E meno male. Perché ce ne sono altre sessantadue come lei».

Parte terza

Capitolo 37
Kasia

1957

Quella sera, alla fine del turno, andai a prendere Halina a scuola. La struttura era ospitata all'interno di uno dei tanti centri governativi per l'infanzia. All'epoca a Lublino tutti i bambini figli di genitori che lavoravano entrambi venivano assegnati a un centro per l'infanzia; lì, quelli in età scolare imparavano a leggere, a far di conto, e a conoscere la retorica del partito comunista. Mi avviai a piedi verso il nostro centro, situato in uno squallido ex complesso residenziale requisito dal partito, un posto triste con i muri beige e l'odore di patate lesse e cavoli che aleggiava ovunque. Dodici anni dopo Ravensbrück, ancora non riuscivo a tollerare quell'odore. L'unico aspetto positivo era che il centro era pagato dal governo.

Mentre aspettavo la fine delle lezioni mi appoggiai alla parete per scaricare il peso dalla gamba malata e contemplai il mio nuovo braccialetto, frutto di un piano escogitato da me e da padre Skala, l'ex sacerdote della nostra parrocchia, adesso in pensione, nonché caro amico di papà. Dietro suggerimento di Zuzanna mi ero rivolta a lui per chiedergli consiglio riguardo il senso di sopraffazione che mi dava la mia nuova condizione di madre. Tentare di stare dietro al lavoro e alle mie responsabilità di moglie e madre di una figlia piccola mi sfiniva e sempre più di frequente mi faceva perdere la pazienza. Oltre alla preghiera, padre Skala mi aveva suggerito di portare un braccialetto di gomma intorno al polso e di tenderlo e farlo scattare ogni volta che mi sentivo sul punto di dare in escandescenze. Portavo il braccialetto rosso sempre al polso e mi capitava di tenderlo diverse volte al giorno. Arrivati al weekend, avevo il polso tutto arrossato.

«Non si corre», gridò la compagna Jinda, il capo della classe di Halina, ai bambini che si fiondavano dai loro genitori.

Era facile individuare mia figlia tra la folla. Aveva i capelli biondi di Matka ed era più alta dei suoi coetanei almeno di un palmo. A dieci anni, Halina era una classe indietro rispetto ai bambini della sua età. Aveva dovuto ripetere un anno perché non sapeva a memoria le tabelline. Era bellissimo vederla. Lei era la mia ricompensa, il premio che Dio mi aveva donato per tutto quello che avevo dovuto passare. I bambini raggiunsero i loro genitori e si scambiarono i saluti permessi. Halina mi strinse la mano e mi diede un rapido bacio sulla guancia. Profumava di sapone e aria fresca, anche se era stata tutto il giorno in quel posto così triste.

«Buonasera, Matka», disse.

La compagna Jinda si assicurò che tutti i bambini fossero a posto e si voltò con un sorriso per andare a prendere il gruppo successivo.

«Dai un bacio vero a mamma, Halina?», dissi.

Lei alzò una manina con il palmo rivolto verso di me. «Lo sai che non è permesso».

Ci avviammo verso l'uscita. Ma che personcina seria che era diventata!

«Allora, come sta oggi la figlia più meravigliosa del mondo?»

«Non è più meravigliosa degli altri», rispose Halina.

«L'ora del riposino è andata meglio oggi?». Al centro per l'infanzia, si insegnava ai bambini a mangiare, dormire e persino ad andar in bagno solo nei momenti stabiliti.

«Ho fatto finta di dormire», disse lei.

Negli anni Cinquanta il Partito Operaio Unificato Polacco, il PZPR, ovvero il braccio polacco di Mosca, a malapena camuffato, aveva il controllo totale del Paese. Stalin era morto, ma le sue politiche persistevano. A Yalta aveva promesso agli Alleati che avrebbe concesso libere elezioni ai Paesi dell'est Europa, permettendo loro di incamminarsi verso ordinamenti democratici, ma in realtà aveva instaurato in ogni nazione un governo controllato dal partito comunista. La Polonia non faceva eccezione. E quindi alla fine c'erano state elezioni truccate, le formazioni politiche indipendenti non esistevano e vigeva il divieto assoluto di muovere qualsiasi critica al partito. Tutte le decisioni erano prese a partire dalle necessità collettive del popolo. Io ero stata riassegnata al reparto traumatologia del nuovo ospedale statale, mentre Pietrik era andato a lavorare in una fabbrica fuori Lublino, che raggiungeva ogni giorno con un pulmino.

«Ne parlerò alla tua insegnante», dissi. «Deve assicurarsi che tu dorma bene». I bambini venivano portati a scuola la mattina alle cinque e ripresi alle sette di sera, perciò avevano bisogno di dormire un po' durante la giornata.

«No, Matka. Non sono una bambina piccola. La compagna Jinda mi metterebbe di nuovo in fondo alla fila del pranzo se ti lamentassi con lei. E poi a me va bene così. Mi lascia tempo per pensare a quello che voglio dipingere questo fine settimana».

La gamba mi bruciava da morire mentre superavamo una coda per il pane.

«Non abbiamo i colori per dipingere, Halina».

«Abbiamo i pennelli di tua madre».

«Com'è andata la lezione di matematica?»

«La compagna Jinda ci ha interrogate. Mi sa che resterò nel corso base di matematica fino a quando avrò la tua età. Odio le tabelline!».

«Nel mio lavoro di infermiera la matematica mi serve tutti i giorni».

«Marthe ha detto che mi comprerà dei colori per dipingere per il mio compleanno».

«Quando hai gli esami?», chiesi.

«Non lo so», rispose Halina. Raccolse un bastoncino da terra e cominciò a trascinarlo, disegnando delle linee nel terriccio lungo la strada.

«La compagna Jinda ti ha lasciata nella squadra blu?»

«Sì», disse Halina.

«Senza problemi?»

«Sì. Da quando le ho detto che non c'era nessuna prova che Gesù fosse resuscitato dai morti mi lascia fare tutto quello che voglio».

Mi fermai di scatto, provocandomi un'intensa fitta di dolore al polpaccio.

«E chi te l'ha detto?», le chiesi.

«Non lo so», rispose lei scrollando le spalle.

Mi ripromisi di parlare di quel particolare scioccante con la compagna Jinda. A scuola la religione doveva essere un argomento off-limits. Era già abbastanza brutto che dovessimo andare a messa di nascosto. Ogni visita in chiesa era una macchia nera sul proprio registro, e c'erano agenti pagati per notare cose del genere.

Il centro per l'infanzia distava mezz'ora a piedi dal nostro appartamento. La gamba mi faceva male dopo tutta una giornata in piedi ad assistere i pazienti, ma ero più fortunata di tante altre persone, in fin dei conti il centro per l'infanzia era vicino a casa. A molte infermiere era stato assegnato un alloggio fuori città, e potevano vedere i loro figli solo nei fine settimana.

Un'altra fortuna era il fatto che papà avesse conservato il suo posto di lavoro all'ufficio postale e fosse riuscito a farci restare tutti nel nostro vecchio appartamento. Io, Pietrik e Halina vivevamo nella mia stanza, Zuzanna dormiva nell'ex ripostiglio, dove c'era spazio solo per il suo letto, e papà e Marthe, anche se io tentavo di pensarci il meno possibile, stavano nella camera che una volta lui aveva condiviso con Matka.

Sulla porta ci accolse l'odore di biscotti al burro. Marthe aveva preparato di nuovo i *kolaczki* preferiti di Halina.

Halina corse da lei. «*Babcia!*».

«Il mio piccolo *ciastko*», disse Marthe voltandosi e prendendo Halina tra le braccia.

«Mi hai comprato i colori?», chiese lei.

«*Halina*», dissi. «Non è educato».

«Non importa», disse Marthe facendo sedere Halina a tavola con un piatto di kolaczki all'albicocca. «È solo una bambina».

«Sa come ci si comporta», dissi.

Percorsi il corridoio fino alla mia stanza, ogni passo mi faceva male come se qualcuno mi stesse infilando un attizzatoio nel polpaccio. Il mio vecchio letto era stato spostato di lato, e accostato alla parete opposta c'era il lettino che condividevo con Halina quasi tutte le notti. Quando avevamo smesso di dormire insieme io e Pietrik? Lui era seduto a leggere un libro, con ancora indosso la tuta da lavoro. Era stato assegnato alla fabbrica di accessori per signore Lubgal, nel nuovo quartiere di Helenów, ai margini della città. Avevamo fatto richiesta per delle scuole e degli alloggi lì ed eravamo in lista d'attesa.

Può sembrare strano, ma quella tuta mi piaceva. Gli stava davvero bene e sottolineava perfettamente le sue spalle ampie e le lunghe gambe.

«Che cosa leggi?», gli chiesi. La gamba mi faceva malissimo e la cosa che volevo di più al mondo in quel momento era buttarmi sul letto.

Pietrik non rispose. Il libro aveva una sovraccoperta di carta marrone, ma era il *Dottor Zivago*, uno dei tanti libri proibiti. Un amico di Pietrik, Aleksander, era stato deportato perché sorpreso a consultare *La disobbedienza civile* di Thoreau, perciò Pietrik stava attento a dove leggeva.

Lanciai la borsa sul letto. «Com'è andata al lavoro?»

«Oggi hanno preso Symbianski. Sono venuti a prelevarlo mentre lavorava. Non raggiungeva la quota stabilita. Ha provato a dar loro una bottiglia di vodka, ma l'hanno preso lo stesso».

«Dobbiamo cavarcela come possiamo».

«Ci vorrebbe una terza guerra mondiale».

Mi tolsi la divisa e rimasi con addosso solo le mutandine. Pietrik una volta mi aveva detto che con quelle mutandine assomigliavo a Myrna Loy. «Halina deve studiare per gli esami di matematica. Puoi aiutarla tu?».

Pietrik teneva lo sguardo fisso sul libro. «È davvero importante che voto prende? Finirà a lavorare come operaia accanto a me».

«Se potesse tentare la carriera medica...».

«Lasciala in pace». Pietrik fece un'orecchia sulla pagina a cui era arrivato. «E smettila di infastidire la sua insegnante».

Sentii le pareti della stanza restringersi all'improvviso. Tirai il braccialetto di gomma. Mi bruciò la pelle del polso, ma non fece certo miracoli per placare la mia irritazione.

«Non infastidisco nessuno», dissi.

«Prima o poi finirai su qualche lista. E tuo padre non riuscirà a tirartene fuori, non importa quanto sia ammanicato con il Cremlino».

Afferrai il braccio di Pietrik. «Non capisci? Devo poter dire la mia per quanto riguarda la vita di mia figlia. Dobbiamo discuterne seriamente, da soli».

«Abbassa la voce, Kasia». Pietrik gettò il libro sul letto e andò alla porta. «Marthe sa già abbastanza delle nostre faccende».

Se ne andò sbattendo la porta. Trovava un certo conforto in quei piccoli atti di ribellione. Il braccialetto di gomma non mi stava aiutando, perciò mi riempii i polmoni d'aria per contrastare la rabbia.

Sentii Zuzanna che tornava dal lavoro e mi affrettai a cambiarmi. Quando uscii dalla camera da letto la vidi baciare Halina sulla testa e rubarle qualche kolaczki dal piatto.

«Hai mangiato oggi?», chiesi a Zuzanna.

«Sai, a volte le sorelle si salutano semplicemente con un ciao», disse con un sorrisetto. Aveva dei cerchi sotto gli occhi.

«Com'è andata in ospedale?»

«Bene», rispose Zuzanna. «Forse ci manderanno dieci letti nuovi».

«Ed è una cosa buona?», chiesi.

«Più lavoro per la stessa paga», disse Pietrik.

Notai una scatola di latta con dei colori accanto al piatto di Halina. Erano di un'ottima marca inglese.

«Da dove arrivano questi colori?», chiesi, tentando di mantenere un tono di voce calmo. Di certo non da un negozio. I negozi privati non esistevano più e quelli del governo non vendevano merce straniera. Venivano di sicuro dal mercato nero.

«Me li ha portati un amico», disse Marthe. «Un regalo di compleanno anticipato...».

«Avevo detto niente colori», ribattei.

«Lascia stare», disse Pietrik sottovoce.

Chiusi gli occhi e presi un bel respiro. «Dammi quei colori, Halina».

«Kasia», disse Zuzanna, mettendomi una mano sulla spalla. Io la scrollai via. Fu allora che notai il pennello, la punta in pelo di zibellino sbucava fuori da sotto il piatto di Halina. Era uno dei pennelli da acquerello Kolinsky di Matka, con la guarnizione di metallo che scintillava sotto il bordo del piatto.

«Dove l'hai preso?», dissi senza fiato.

«Me l'ha dato Marthe», rispose Halina.

Marthe fece un passo nella mia direzione. «Ha davvero un grande talento...».

«Dammi quel pennello, Halina», dissi tendendo la mano, con il palmo rivolto verso l'alto.

Halina prese i colori e il pennello e se li mise in grembo.

«Dammeli», dissi avvicinandomi.

«Lascia perdere», disse Pietrik.

Sentivo il sangue pulsare nelle orecchie e il cuore che mi martellava nel petto. Halina si alzò e corse da Marthe, con i colori e il pennello in mano.

«Dammeli», dissi andandole dietro.

«È colpa mia», disse Marthe, con un braccio intorno alle spalle di mia figlia. Tentai di prendere il pennello.

«No», fece Halina, allontanandolo.

«Sono tua *madre*. Devi dare retta a me. Non alla compagna Jinda, né a Marthe. A *me*».

«No», disse Halina.

«È solo...», cominciò a dire Marthe.

«Stanne fuori. Per una volta lasciami parlare con mia figlia». Tesi la mano. «Dammi quei colori, Halina».

«Mai», disse lei con determinazione, guardandomi fissa negli occhi.

In seguito mi parve impossibile che fosse stata la mia mano a tirare quello schiaffo, ma fu tutto così veloce che non ebbi tempo di pensare a cosa stessi facendo. Le diedi un ceffone sulla guancia. Non appena ritirai la mano desiderai poter tornare indietro, ma ormai non c'era più niente da fare.

«Kasia», disse Pietrik. Il suo non era un tono accusatorio, ma qualcosa di molto peggio. Era deluso.

Halina non pianse nemmeno, si limitò a far cadere a terra pennello e colori. Io raccolsi il pennello nero laccato e stringendolo da entrambe le estremità lo spezzai in due contro lo schienale della sedia, con uno schiocco secco. I due frammenti sembravano i baffi di un gatto.

Mi rifugiai in camera mia, tremando di vergogna, e rimasi in piedi a fissare il lettino che dividevo con Halina. Vicino al cuscino c'era il suo orsetto di peluche. Mi sdraiai sul letto e me lo strinsi al petto. Profumava di lei. Di dolcezza e sincerità. Che razza di madre ero diventata?

Poco dopo la porta si aprì ed entrò Marthe. Mi misi a sedere brontolando.

Lei richiuse la porta. «Probabilmente sono l'ultima persona che desideri vedere in questo momento, ma nessuno voleva entrare».

«Ti prego, Marthe... Non è...».

«Ti osservo da dodici anni, Kasia, e capisco più di quanto tu creda».

«Non mi sento bene. La mia gamba...».

«Capisco che eri la prediletta di tua madre, e che l'hai persa, e questa è una cosa terribile, ma è ora di andare avanti. È ora di un po' di sincerità».

«Sinceramente, penso che tu mi stia sempre tra i piedi. Sono io che decido come educare mia figlia. Tu le cucini e le fai dei regali e basta».

«Tua figlia ha bisogno di amore».

«Non farmi la lezioncina. È ovvio che le voglio bene».

«Devi lasciarti tutto alle spalle e dimostrarglielo». Marthe si sedette sul letto accanto a me. «E non puoi costringere Halina a essere quella che non è».

«L'arte non porta a nulla di buono».

«Quello che è successo a tua madre è stato una tragedia, ma dobbiamo andare avanti».

«Ora vorrei risposare».

«E tuo marito? Ha bisogno di aiuto, Kasia. Questa è la tua vita, ma tua madre avrebbe voluto che Halina fosse amata. Io e tuo padre restiamo fuori da amici questa sera. Pietrik e Halina staranno nella nostra stanza, così avrai un po' di tempo per pensare. La scelta è tua. Puoi annegare nell'ingiustizia di questa situazione oppure elevarti al di sopra di tutto. Aggiustare le cose. Lasciare avvicinare gli altri».

«È facile per te. Non sei tu quella che si porta addosso il peso di quello che è successo. Non sei neanche madre».

Marthe si avvicinò alla porta. «In questo momento non lo sei neanche tu, cara».

Se ne andò, e per la prima notte dopo tantissimo tempo ebbi la stanza tutta per me. Uno spazio tranquillo per pensare a come risolvere i miei problemi. Guardai il braccialetto di gomma che mi pendeva dal polso. D'ora in avanti avrei fatto ricorso alla mia intraprendenza e al mio intuito.

Quando mi addormentai, avevo elaborato un piano. Avrei sistemato la cosa. Avrei cercato aiuto, permesso agli altri di avvicinarsi a me. Avrei passato più tempo insieme a Halina. Io e Pietrik avremmo trovato qualche occasione di stare insieme da soli. Ero sopravvissuta a Ravensbrück. Come era possibile che la vita normale fosse più difficile?

Capitolo 38
Caroline

1957-1958

Io e mia madre girammo il mondo in lungo e in largo quando finalmente lasciammo Parigi, dopo la guerra. India e Italia. Una crociera lungo le coste britanniche, fino in Scozia.

La prima cosa che feci quando tornammo a New York fu dare il mio contributo per organizzare l'annuale ballo "Aprile a Parigi". Era un elaborato evento di raccolta fondi a sostegno di diverse iniziative francesi e americane, compreso il mio nuovo Comitato per i Conigli di Ravensbrück. Erano passati dieci anni da quando Anise Postel-Vinay mi aveva fatto conoscere quella storia. Io e mia madre l'avevamo presa molto a cuore e intrattenevamo una corrispondenza regolare con quelle donne polacche. Al ballo avrebbe partecipato anche Wallis Simpson, ufficialmente nota come la Duchessa di Windsor, o "l'americana divorziata" che aveva sposato l'ex re d'Inghilterra Edoardo VIII, e io avevo in mente di chiedere il suo sostegno.

La sala da ballo del Waldorf non era mai stata così bella. La sfilata di celebrità di Hollywood e di importanti personalità di Washington procedeva in un turbine infinito di saluti cordiali, pronunciati con un cocktail in mano. Ma a rubare la scena era solo una donna. Tutti i presenti, che fossero maschi o femmine, avevano gli occhi puntati su Marilyn Monroe.

Io e Betty eravamo le api operaie di quel comitato, che aveva trasformato la sala da ballo in una specie di Paese delle meraviglie francese, almeno per come poteva immaginarselo una signora di Manhattan.

Un'enorme pista da ballo troneggiava al centro della sala, fiancheggiata da lunghi tavoli pronti per la cena. Sopra il palco avevamo appeso dei festoni fatti di bandierine tricolore, mentre al centro c'era una gigantesca statua del generale Lafayette a cavallo, che pareva emergere da un mare di gigli bianchi. Il comitato decorazioni era stato ben finanziato, all'associazione non mancavano fondi. Gli uomini erano in smoking mentre le signore indossavano abiti rossi, bianchi o blu. Marilyn Monroe aveva un vestito blu scuro coperto di lustrini che sottolineava meravigliosamente la sua figura.

Anche io mi sentivo una sirena del grande schermo quella sera, nel mio abito azzurro di Schiaparelli con un piccolo strascico che spazzava il pavimento, mentre mi aggiravo tra i tavoli a dare gli ultimi ritocchi alle decorazioni. Non potevo lamentarmi del mio aspetto, dopotutto ero pur sempre una signora che aveva ampiamente superato la cinquantina.

Vicino al piatto di ogni donna posavo una rosa senza spine, dentro un contenitore di plastica pieno d'acqua. Man mano che procedevo leggevo i nomi sulle targhette segnaposto, praticamente un *Who's Who* delle star di Hollywood e dei pezzi grossi della politica: il senatore John Kennedy con Jacqueline Kennedy, Mr Winston Guest e C.Z. Guest, Raymond Bolger e Gwendolyn Bolger.

Mr Paul Rodierre.

Fu come ricevere una secchiata di acqua gelida. Paul? Com'era possibile che non ne sapessi nulla? Erano passati dieci anni dall'ultima volta che l'avevo visto. Accanto a lui c'era Leena Rodierre. Si era risposato? Splendido. Che ne era stato di Rena? Posai una rosa accanto al posto di Leena e mi affrettai a terminare il lavoro. Volevo prendere il più possibile le distanze da Paul. Ogni tanto leggevo il suo nome sui giornali – parlavano della sua nuova carriera di attore – ma non avevo mai visto i suoi film. Cosa avrei mai potuto dirgli?

L'attore Jean Marais e l'attrice Françoise Arnoul, con indosso l'uniforme dell'esercito francese, diedero il via alla serata entrando in sala su un calesse aperto, trainato da due cavalli neri. Mentre li guardavo, Betty, radiosa nel suo abito blu di organza, mi raggiunse e mi porse un bicchiere di champagne.

«Dovresti vedere i sacchetti regalo di quest'anno, Caroline. Tutto Dior. E finalmente abbiamo del *buon* caviale...».

I sacchetti regalo per il ballo erano in realtà delle valigie talmente piene di articoli di lusso che gli ospiti avevano bisogno dei facchini per trascinarli fino alle macchine.

«Tutta questa gente del cinema... da non crederci, eh? Saresti diventata una stella anche tu se avessi continuato la carriera di attrice».

«E sarei stata lì accanto a Gloria Swanson...».

«Be', stasera sei pronta per un primo piano. Davvero, stai benissimo. Vorrei poter dire la stessa cosa della povera Wallis Simpson. Sembra un fossile. L'ho incontrata alla toilette e mi ha fatto i complimenti per il vestito: "È blu Wallis quello?", ha detto. Davvero. Gira sempre tutto intorno a lei».

«Ma è un bene che sia venuta».

«Non che abbia fatto un grande sforzo, Caroline. Vive praticamente qui sopra, alle Torri. I domestici devono chiamarla "Sua Altezza Reale", anche se ufficialmente non è autorizzata a usare quel titolo. E c'è anche il duca. Sembra un po' confuso. Credo che Wallis gli abbia fatto prendere qualcosa».

«Quantomeno fa pubblicità alla causa».

«Davvero? Prova tu a staccare i giornalisti da Marylin e Arthur».

«Voglio chiedere a Wallis il suo sostegno per le donne polacche».

«Buona fortuna, Caroline. È parecchio abbottonata».

«Lei e il duca praticamente non fanno altro che sostenere iniziative di beneficenza».

«Finché c'è qualcuno a riprenderli. E a proposito di riprese, avrei preferito che lo scoprissi da sola, ma c'è Paul Rodierre».

Bevvi metà del mio calice di champagne con una sola sorsata, e sentii le bollicine scendere giù per la gola come fuochi d'artificio.

«Come lo sai?»

«L'ho visto. Con la sua nuova moglie. Una specie di attrice bambina. Sta bene, abbronzato come una dama di Palm Beach. Probabilmente portano entrambi un corsetto». Betty mi lanciò un'occhiata per studiare la mia reazione. «Adesso non scappare via».

«Va tutto bene», dissi mentre il mio stomaco faceva le capriole. «In realtà avevo visto i loro segnaposto. Ma non ho nulla da dirgli».

«Be', se per caso finisci per parlarci, state lontani dai coltelli».

«Non essere ridicola», dissi vuotando il calice. Erano passati anni dall'ultima volta che l'avevo visto e certo non serbavo rancore.

Betty andò a cercare suo marito, che aveva intravisto farsi largo tra la folla con due calici di champagne, mentre io mi misi a caccia di Wallis Simpson. Sebbene i pareri su di lei fossero discordanti, mi era parsa una donna dotata di spirito di compassione. Sperai che simpatizzasse per la causa delle donne polacche e accordasse loro il suo sostegno.

Mi infilai tra la folla di ospiti, molti di loro calpestarono il mio strascico con le scarpe di cuoio. Trovai Wallis un po' in disparte insieme a Rosemary Warburton Gaynor, la moglie di un importante chirurgo plastico, il dottor William C.T. Gaynor, e presidentessa del ballo. Capii immediatamente come mai Wallis fosse stata per quindici volte in cima alla lista delle personalità internazionali meglio vestite. Indossava un abito lungo di pizzo Mainbocher, e aveva i capelli scuri legati in uno chignon. Suo marito l'attendeva poco lontano, ascoltando svogliatamente l'ambasciatore britannico. Teneva gli occhi fissi su Wallis, come un vecchio cane da caccia pronto a reagire al fischio del padrone.

Wallis e Rosemary se ne stavano insieme, simili a due gazzelle alla stessa pozza dell'acqua, a poca distanza dal tavolo a cui sedevano Marylin Monroe e suo marito Arthur Miller. Io indugiai da quelle parti, in attesa che Rosemary mi notasse, e presi un altro bicchiere di champagne per dar manforte al mio coraggio. Non accadeva tutti i giorni di dover chiedere soldi alla Duchessa di Windsor.

Nel giro di pochi istanti l'adorabile Rosemary mi notò e mi fece un cenno con la mano, apparentemente felice della distrazione che le offrivo. «Oh, Caroline, vieni a conoscere la duchessa».

Rosemary, che indossava un abito bianco senza maniche e lungo fino a terra, con un orlo increspato, mi invitò ad avvicinarmi. «Vostra Grazia, posso presentarle la mia amica Caroline Ferriday? Caroline, ti presento Sua Grazia la Duchessa di Windsor».

Dopo un istante di esitazione, Wallis mi porse la mano coperta da un guanto di satin. Io gliela strinsi, interrogandomi sul modo migliore di rivolgersi a una divorziata risposata con un re che aveva abdicato. Seguii l'esempio di Rosemary e scelsi un "Vostra Grazia". All'epoca erano state scritte così tante cose su Wallis Simpson che avevo quasi l'impressione di conoscerla già. Alla stampa non sfuggiva neanche un dettaglio della sua vita: gli abiti francesi, le mani grandi, la fessura sul mento, il suo atteggiamento altezzoso e soprattutto i suoi gioielli.

Rosemary fece un cenno vago in direzione della pista da ballo. «Caroline si è data *incredibilmente* da fare per organizzare tutto».

«Piacere di conoscerla, dunque», disse Wallis.

Il cuore prese a battermi più veloce. Come potevo tirare fuori l'argomento dei Conigli? E perché ero così nervosa? Una volta, a Boston, mi era capitato di recitare davanti a un pubblico di Shriner con il fez che si passavano una bottiglia di gin per tutta la prima fila della platea. Era stata una situazione molto più spaventosa.

«Da non crederci, quella Marylin Monroe», disse Wallis, senza rivolgersi a nessuno in particolare. Osservava la folla di gente radunata intorno a Marylin e a suo marito. Una troupe televisiva francese li stava intervistando al loro tavolo, sotto delle luci vivaci. «Tutti i fotografi vanno pazzi per lei».

«È per il vestito», disse Rosemary.

«Neanche uno che mi abbia degnato di uno sguardo», disse Wallis.

Mrs Gaynor si voltò a guardarmi. «Caroline è *instancabile* nel suo impegno per i più sfortunati, Vostra Grazia. Ha una certa reputazione in questo ambito».

«E come mai?», chiese Wallis alzando la testa mentre accettava un bicchiere di champagne da un cameriere in smoking, sperando forse in qualche scandalo. Quando la propria reputazione è rovinata, non c'è niente di meglio che ascoltare i resoconti delle sfortune degli altri.

«Ovviamente è un'*ottima* reputazione», disse Rosemary. «Ha messo in piedi il ramo americano di un'organizzazione francese che presta assistenza alle donne in difficoltà. Per il suo lavoro le sono stati conferiti sia l'*Ordre de la Libération* che la *Légion d'Honneur*».

«Non ti avvicinare neanche ai canapè, caro… sono troppo salati», disse Wallis al duca, che pareva ipnotizzato dal vassoio di canapè al paté di fegato portato da un cameriere.

«Sì, ho fondato l'associazione degli Amici Americani dell'ADIR, Vostra Grazia», dissi. «Sosteniamo le donne che sono tornate dai campi di concentramento. Le aiutiamo a riprendere una vita normale».

«Ancora?», disse Wallis tornando a interessarsi alla conversazione. «Quanti anni sono passati dalla fine della guerra? E i loro governi non le aiutano?»

«In qualche caso sì, ma hanno bisogno di maggiore assistenza. Stiamo lavorando per far ottenere un risarcimento a un gruppo di donne di Ravensbrück, un campo di concentramento tedesco vicino a Fürstenberg».

«Io e il duca facciamo del nostro meglio per evitare qualsiasi posto il cui nome termini in "berg"».

Prima della guerra si erano recati in visita a Berlino e avevano incontrato Hitler: un passo falso su cui la stampa tornava spesso, persino vent'anni dopo i fatti.

«Le chiamano "i Conigli di Ravensbrück", Vostra Grazia», dissi. «Donne polacche, all'epoca poco più che ragazze, sulle quali i medici hanno fatto degli esperimenti».

«È una storia terribile», disse Rosemary.

«Polacche?», disse Wallis, accigliandosi. «Avevo capito che lei lavorasse con i francesi. È tutto un po' confuso».

L'attenzione di Wallis si spostò su una modella che si era fermata accanto a noi. Aveva una mano su un fianco, e teneva l'altro braccio in alto per mostrare il braccialetto di diamanti che portava al polso. Il duca inarcò le sopracciglia rivolto verso Wallis, come per chiederle la sua opinione su quel gioiello. Wallis gli rispose con un'indifferente scrollata di spalle.

«Aiutiamo donne tornate dai campi di tutte le nazionalità», dissi. «Ed è particolarmente difficile farlo in Polonia. Molte sono malate, alcune in punto di morte, e altre non hanno ricevuto nessun tipo di risarcimento, perché la Germania Ovest non riconosce la Polonia comunista come Paese indipendente».

Wallis si guardò intorno nella sala, forse cercando l'uscita. «Non sono nella posizione di poter fare altre donazioni di questi tempi. Dobbiamo essere grati per ogni centesimo che riceviamo. Dal governo non abbiamo nulla, se lo immagina? Inoltre il mondo non ne può più di sentir parlare di morte e distruzione. Storie del genere ormai annoiano persino la gente che le ha vissute in prima persona. E chi è che *non ha* scritto le sue memorie oggigiorno?».

Wallis si voltò verso il duca, gli ravviò i regali capelli da Peter Pan e giocherellò con le medaglie d'oro e le decorazioni appuntate sul petto. Poi gli tolse dalle grinfie un canapè, lo posò sul vassoio da cui era stato prelevato, e prese il duca per mano.

«Andiamo a dare una controllata ai cani», disse facendo un cenno nella direzione verso cui si era allontanato il cameriere con il vassoio d'argento. «I carlini hanno bisogno di mangiare almeno ogni due ore», disse sorridendo e avviandosi verso l'uscita.

«Se vuoi scusarmi, Rosemary», dissi. A quanto pareva Wallis non aveva preso molto a cuore la mia causa.

«Buona fortuna con la tua raccolta fondi, cara», disse Rosemary mentre io mi voltavo per andarmene. «Io farò di certo una donazione. Magari fallo sapere a Norman Cousins del "Saturday Review". Dopotutto lui e la sua cara moglie hanno aiutato le donne di Hiroshima».

«Lo farò, Rosemary. Grazie».

Percorsi tutto il perimetro della sala da ballo in cerca di altro champagne. Il rifiuto da parte di Wallis mi bruciava. Come precauzione mi dedicai all'innocente gioco "Dove sarei seduta se fossi Paul Rodierre?". Volevo evitarlo in ogni modo. Di certo si sarebbe tenuto il più possibile lontano dalla sfilata di moda. Probabilmente era vicino al cibo.

Anzi, sicuramente, vicino al bar.

Circumnavigai il bar e passai accanto alle modelle di Dior che passeggiavano volteggiando tra gli ospiti. Un cameriere fendeva la folla per offrire microscopiche patate con panna acida e caviale. *Tutto* il cibo quella sera era così piccolo? Mi avvicinai al vassoio, ma poi mi bloccai di colpo. Qualcuno stava calpestando il mio strascico.

«Le dispiace?», dissi voltandomi.

Paul.

E al suo fianco c'era una creatura splendida. Senza dubbio Leena.

«Nietzsche diceva che una dieta a base di patate spinge all'uso di alcol», disse Paul, sempre con una scarpa sul mio strascico.

La sua voce mi tolse ogni facoltà di parola. E il fatto che la sua signora fosse quasi troppo bella non era certo d'aiuto. Aveva le ciglia folte, e uno di quei visi perfetti ai quali una sigaretta aggiunge un appropriato pizzico di ferocia. Era alta, giovanissima e con delle gambe lunghissime.

«Quindi mi stai pedinando», disse Paul.

La ragazza si allontanò in direzione della sfilata di moda sorseggiando il suo champagne. Non mi giudicava un pericolo, forse non mi aveva nemmeno notata.

«Puoi togliere il piede».

«È che hai l'abitudine di scomparire», disse Paul.

«Solo se provocata».

Lui lasciò il piede dov'era.

Immaginavo che Paul si fosse ripreso dall'ultima volta che l'avevo visto, ma non ero preparata a trovarmelo davanti così bello, in forma e curiosamente abbronzato, dato che eravamo in aprile.

«Devo togliermi il vestito?».

Paul sorrise. «Finalmente questa festa si ravviva un po'».

«Davvero, Paul. È uno Schiaparelli».

Lui lasciò andare il mio strascico. «Ho fatto presidiare le uscite».

«Non preoccuparti».

«Champagne?», chiese un cameriere, con le bollicine che sfrigolavano nei calici sopra il vassoio d'argento.

«No, grazie», dissi con fermezza. «Devo andare».

«Ho pensato di telefonarti ieri sera», disse Paul. «Mi sono detto che almeno tua madre mi avrebbe parlato».

«Dopo tutti questi anni? Ormai non importa più».

«Ma poi ho trovato del buon cognac. Sai com'è».

«No, in realtà no».

«Speravo di trovarti qui. Tra la tua gente».

Scrollai le spalle. «È per una buona causa».

Passò un altro cameriere. «Champagne?».

Paul prese due calici. «Speravo che potessimo parlare».

«Non è necessario. Sono passati quasi dieci anni, Paul».

«Hai mai letto almeno *una* delle mie lettere?»

«Adesso dovrei davvero...».

«Sul serio non sei neanche un po' curiosa di sapere come l'ho vissuta io?».

Presi un bicchiere con mano tremante. «A dir la verità, no».

«Non pensi di dovermi almeno questo? Dopo avermi mollato all'improvviso?»

«Se è così che ti ricordi la faccenda...», dissi.

Guardai la nuova moglie di Paul osservare la sottoveste rossa di una modella. Aveva mai assaggiato il foie gras? Come faceva a tenersi così in forma in un Paese che disapprovava l'esercizio fisico troppo impegnativo?

Ci passò accanto un fotografo. «Posso scattarle una foto, Mr Rodierre?»

«Perché no?», rispose Paul.

Mi attirò a lui con più forza del necessario, mettendomi un braccio intorno alla vita. Il suo profumo era ancora il Sumare. Alla sua nuova moglie piaceva? Ma certo. Impossibile che non le piacesse.

«Sorridi, Caroline. Fingi che io ti piaccia».

Il flash ci accecò per un istante.

«Grazie, Mr Rodierre», disse il fotografo andando via.

«L'ultima volta che siamo stati in questa sala avevo preso possesso di quel palco», disse Paul.

Io annuii, fingendo di dovermi riprendere dal flash. Temevo che non sarei riuscita a trattenere una lacrima, se avessi parlato.

«Sei abbronzato», dissi dopo qualche istante.

«A Cannes. È stato orribile, odio tutta quella gente».

«Certo. E che fine ha fatto Rena?»

«E chi lo sa? L'ultima volta era sull'isola di Idra, in Grecia, con un giovanotto che ha la metà dei suoi anni».

«Buon per lei», dissi. Rena si meritava il suo posto al sole.

«Tu mi hai scaricato, ma la vita va avanti, Caroline. E immagino di non essere il massimo quando si tratta di prendere decisioni che riguardano il gentil sesso».

«Magari potresti astenerti dalle donne durante la Quaresima».

Paul sorrise. «È bello rivederti, C. Hai fame? Sto portando Leena a conoscere della gente del cinema. E c'è un posticino sull'Hudson...».

«Senti, Paul, mi pare ovvio che non ti ho mai conosciuto veramente. Lasciamo le cose come stanno. Magari conserviamo solo i ricordi belli». Mi voltai. «Devo andare».

Paul mi afferrò il polso. «Niente è mai stato come il tempo che abbiamo trascorso insieme a New York. L'amore non è stato più la stessa cosa per me, ed è colpa tua, sai».

«Sì, è evidente», dissi guardando Leena prendere un canapè di aragosta da un vassoio.

«Ma cos'hai? Anche io ho affrontato l'inferno. Non sei l'unica persona che...».

«*Mon cher*». Leena stava chiamando Paul. «Sto morendo di fame».

Fece cenno a Paul di avvicinarsi. Ero davvero invisibile per lei.

«Vieni qui, cara», la chiamò Paul.

Leena si fece largo per avvicinarsi. Era già stata una lunga serata. Dovevo proprio conoscere sua moglie adesso?

«Oh, per favore, Paul, preferirei non…».

Paul attirò Leena a sé, mettendole un braccio intorno alla vita. «Leena, vorrei presentarti…».

«Caroline *Ferriday*», disse Leena. «Come ho fatto a non riconoscerla?». La ragazza mi prese una mano. «Ovviamente l'ho vista in foto. Con Helen Hayes. Com'è stato stare sullo stesso palco con lei?»

«Grazie per la considerazione, ma adesso devo assolutamente andare».

«Scappa sempre via, Leena», disse Paul. «Devi tenertela stretta».

Leena mi afferrò il braccio con l'altra mano. «Oh, per favore. Darei qualsiasi cosa per pranzare con lei. A Parigi. La prossima volta che ci verrà».

«Preferirei non…».

«Oh, papà, convincila!».

Sentii un brivido correre lungo le braccia.

Papà?

«Miss Caroline Ferriday, ti presento Leena Rodierre», disse Paul. Il suo sorriso era ancora più pericoloso così da vicino.

«Il mio nome d'arte è Pascaline, ma mi chiami Leena».

Come avevo fatto a non capire?

«Anche io ho recitato la parte di Balthazar, Miss Ferriday. Il mio primo ruolo, proprio come lei. Papà mi ha raccontato tutto».

«Dammi pure del tu, cara», dissi continuando a fissarla. Leena era una perfetta combinazione dei suoi genitori. Alta, con la presenza scenica di suo padre. «Di sicuro sarai stata un'ottima Balthazar».

La giovane mi abbracciò e mi strinse a sé. La bimba adorabile che avevo trovato all'Orphelinat Saint-Philippe. *Pascaline.* Nata il giorno di Pasqua…

Pascaline mi lasciò andare. «*Prometti* che verrai a Parigi, Caroline. Avrò il mio primo ruolo da protagonista. Ci terrei molto che ci fossi».

Annuii. Fu tutto ciò che riuscii a fare per contenere le lacrime. Era una cara ragazza, con lo stesso fascino di suo padre. «Ma certo, cara», dissi.

«Be', adesso dobbiamo andare», disse Paul.

«Sai, papà vuole presentarmi a della gente del *cinema*», disse Leena.

«*Au revoir*, Caroline». Paul mi baciò sulle guance, la barba ruvida mi sfregava la pelle come un cilicio personale. «Che ne pensi di scrivermi tu stavolta? A un certo punto, persino io potrei decidere di rinunciare».

«Non sei cambiato», dissi.

Lui sorrise. «Immagino che da qualche parte, in un angolo del nostro cuore, continuiamo ad avere vent'anni».

Paul scomparve tra la folla e io sentii l'antica fitta di dolore vedendolo andar via. Questa volta però, in qualche modo fu più facile. Era successo davvero? La figlia di Paul mi aveva invitata a Parigi?

Mi rifugiai in un taxi, un facchino aveva caricato nel bagagliaio il mio sacchetto regalo, il cui contenuto era destinato alla beneficenza. Mentre il taxi si allontanava scorsi per un attimo Paul tra la folla e fui investita da una sensazione di *retrouvailles*, un'altra di quelle parole intraducibili in inglese che significa "la felicità di incontrare una persona amata dopo tanto tempo". Mi strinsi le braccia intorno al corpo, sul sedile posteriore. Tornavo a casa da sola, ma andava bene così.

Mi avrebbe scritto? Forse. E forse avrei perfino risposto, se ne avessi avuto il tempo.

Il giorno seguente seguii il consiglio di Rosemary Gaynor e telefonai a Norman Cousins, il noto direttore del «Saturday Review», sperando di poter fare una chiacchierata con lui nel suo ufficio. Magari sarei riuscita a fargli citare la storia delle donne polacche sulla sua rivista. Lui mi invitò a passare quel pomeriggio stesso.

Ero seduta nella sala d'attesa e sfogliavo il giornale. Per abitudine andai alla pagina delle cronache mondane e la trovai piena di fotografie del ballo. Subito sotto quella di Marylin Monroe con l'ambasciatore britannico, che aveva gli occhi fissi sul suo décolleté, c'eravamo io e Paul. Per poco non caddi dalla poltrona. Sebbene il suo smoking fosse di foggia europea, un po' troppo stretto in vita, e io avessi lo strascico tutto sporco, eravamo una bella coppia. La didascalia diceva: MISS FERRIDAY E PAUL RODIERRE DI NUOVO A BROADWAY?

Mi stavo ancora riprendendo dopo aver visto la fotografia quando la segretaria mi invitò a seguirla lungo un corridoio, che aveva le pareti tappezzate di gigantografie delle copertine del «Saturday Review» in cornici di alluminio, fino alla sala conferenze. Norman aveva radunato il suo staff intorno al lungo tavolo della sala, di fronte a ogni postazione c'era un taccuino giallo.

«Felice di conoscerla, Caroline», disse alzandosi in piedi per salutarmi. Era impossibile non restare affascinati dal suo aspetto così vecchio stile e dal suo sorriso generoso. Anche il più semplice dei cravattini rischia di risultare fuori luogo se indossato dall'uomo sbagliato, ma Norman sfoggiava il suo farfallino di tessuto madras con perfetto aplomb. «Avrà la nostra completa attenzione per ben cinque minuti».

Norman si spostò all'estremità più lontana della stanza e si appoggiò alla parete. Io rimasi interdetta per qualche istante all'idea di trovarmi al cospetto di un direttore così distinto e conosciuto in tutto il mondo. All'improvviso le farfalle nel mio stomaco si misero a volare all'impazzata, non ne volevano sapere di calmarsi. Avevo la bocca asciutta. Richiamai alla mente il consiglio di Helen Hayes, che mi aveva sempre aiutato quando ero sul palco: «Non essere noiosa, usa tutto il tuo corpo». Mi ripresi e andai dritta al punto.

«Mr Cousins, poiché lei e sua moglie avete raccolto una notevole somma di denaro per le donne di Hiroshima...». Mi fermai e mi guardai intorno. I collaboratori di Norman non mi stavano affatto a sentire. Giocherellavano con gli orologi da polso e con le penne, oppure scrivevano sui loro taccuini. Come facevo a comunicare qualcosa a un pubblico tanto distratto?

«... ho pensato che forse sarete ugualmente interessati a un gruppo di donne che ha dovuto affrontare circostanze molto simili».

«Si tratta delle donne polacche?», chiese Norman giocherellando con il registratore portatile.

«Mi dispiace, ma temo di non poter continuare se non ho la

vostra completa attenzione. Devo sfruttare al massimo il poco tempo che ho, capite?».

Norman e i membri del suo staff si chinarono in avanti, con gli occhi puntati su di me. Adesso avevo il mio pubblico.

«Sì, si tratta di alcune donne polacche, cattoliche, prigioniere politiche arrestate perché collaboravano con il movimento clandestino polacco. Furono mandate al campo di concentramento di Ravensbrück, l'unico dei principali campi di Hitler pensato solo per le donne, e furono usate per alcuni esperimenti medici. Ci fu un processo speciale per quei dottori a Norimberga, ma il mondo ha dimenticato le vittime e le sopravvissute non hanno ricevuto aiuto né sostegno di alcun genere».

Norman distolse lo sguardo e fissò fuori dalla finestra, verso i rettangoli di pietra grigia e le cisterne che dominavano il panorama dieci piani più in alto. «Non so se i nostri lettori siano pronti per un'altra campagna così presto, Miss Ferriday».

«Il progetto Hiroshima non è nemmeno concluso», disse un tizio magro come un fuscello, con degli occhiali alla Dave Garroway decisamente troppo grandi per il suo viso. Lo conoscevo di vista, si chiamava Walter Strong-Whitman. Frequentava la nostra chiesa, anche se non ci eravamo mai presentati.

«Queste donne sono state sottoposte a una complessa serie di esperimenti chirurgici», dissi.

Distribuii una serie di fotografie per tutto il tavolo e osservai i volti dei presenti mentre se le passavano. La loro espressione mutava rapidamente dalla repulsione all'orrore.

Norman si accostò al tavolo. «Dio mio, Caroline, non sembrano neanche più gambe. Questa non ha più né ossa né muscoli. Come fanno a camminare?»

«Non ci riescono molto bene, come potete immaginare. Nel campo zoppicavano tutte. E in parte è per questo che le chiamavano Conigli. Per questo, e perché i nazisti le hanno usate come animali da laboratorio».

«Come sono riuscite a tornare in Polonia?», chiese Norman.

«Nei modi più disparati. Alcune sono state salvate dalla Croce Rossa svedese. Altre sono tornate in treno dopo la liberazione del campo da parte dei russi».

«Di cosa hanno bisogno prima di tutto?», domandò Norman.

Mi avvicinai a lui. «In Polonia hanno parecchi problemi, perché si trovano dietro la Cortina di Ferro e non hanno accesso ai mezzi della medicina moderna. E il governo non le aiuta in nessun modo».

«La Cortina di Ferro», disse Mr Strong-Whitman con una risata. «Non ci infiliamo in quel casino…».

«La Germania Ovest ha risarcito altri deportati, ma non i Conigli, perché non riconoscono la Polonia comunista come un Paese indipendente. Alcune di queste donne sono morte a causa di condizioni cliniche che qui potremmo trattare con facilità».

«Non lo so, Caroline», disse Norman. «I russi oggigiorno non collaborano con nessuno».

«Quindi queste ragazze devono continuare a soffrire perché degli oppressori non permettono loro di lasciare il Paese?»

«Murphy è riuscito a penetrare nella Germania Est per il suo articolo sulla United Airlines», disse un giovane membro dello staff.

«Un pezzo del genere potrebbe funzionare come resoconto di viaggio», si inserì una donna con una graziosa giacca *pied de poule*.

«E quelli della Pan Am potrebbero darci una mano», aggiunse un altro.

«È una pessima idea, Norman», disse Strong-Withman. «Non possiamo lanciare un appello ai nostri lettori per ogni minima inezia. E poi ai nostri lettori non potrebbe importare di *meno* della Polonia».

«Perché non lo scopriamo?», dissi.

«La nostra è una rivista letteraria, Miss Ferriday», disse Strong-Whitman. «Non possiamo occuparci delle iniziative di beneficenza di tutte le signore dei club di New York».

Signore dei club? Presi un profondo respiro.

«Siete in grado di mantenere i vostri alti standard e allo stesso tempo di aiutare delle persone che ne hanno bisogno. Norman l'ha dimostrato con le donne di Hiroshima».

«Potremmo fare qualcosa nella sezione *Lifestyle* e indicare un indirizzo per le donazioni», disse Norman. «Niente di speciale però. Magari una pagina singola».

«Il muscolo della beneficenza di questo Paese si è atrofizzato», disse Strong-Whitman. «Quanti anni sono passati da quando è finita la guerra? Dodici? Non ne ricaverete nulla».

«Che indirizzo dobbiamo indicare?», chiese una ragazza giovane con un taccuino da stenografa.

«The Hay, Main Street, Bethlehem, Connecticut», risposi.

L'avrebbero fatto sul serio? Sentii tutti i muscoli del mio corpo rilassarsi.

«È sicura di voler ricevere le lettere al suo indirizzo di casa, Miss Ferriday?», chiese la donna.

«Come è messo l'ufficio postale di Bethlehem?», chiese Norman. «Ce la fanno a gestire un po' di posta extra?».

Pensai al capo del nostro ufficio postale, Earl Johnson, un uomo bianco cadaverico, con il suo caschetto coloniale e i pantaloncini kaki. Si irritava spesso a causa di qualche cognome scritto male.

«Certo, è un ufficio di prima qualità», dissi. «Viene inondato di posta ogni anno, perché tutti vogliono il timbro di Bethlehem sulle cartoline di auguri di Natale. Ce la possono fare».

«E Bethlehem sia», disse Norman. «Congratulazioni, Caroline. Vediamo se riusciamo a portare i tuoi Conigli in America».

Alla fine Norman scrisse uno splendido articolo sui Conigli, lungo quattro pagine.

Questo era l'attacco: «Accingendomi a scrivere, sono ben conscio che la mia più grande difficoltà sarà convincere i lettori che questa storia non penetra nelle viscere di chissà quale inferno immaginario, ma esplora una parte del mondo in cui viviamo». Dopodiché non faceva che migliorare, spiegando nel dettaglio i problemi delle ragazze e la loro difficile situazione.

Quando il «Saturday Review» andò in stampa cominciarono ad arrivare alcune lettere. Una chiedeva se i Conigli avessero bisogno di un agente teatrale, un'altra se potevano fare una comparsa in un incontro del club 4-H. Mi resi conto che l'America della beneficenza in effetti era un po' esausta.

La settimana seguente, in una splendida e calda mattinata d'autunno, avvolta nella foschia al punto che mi pareva di guardare il mondo attraverso un setaccio, avevo finito di dar da mangiare ai cavalli nelle stalle e stavo andando all'ufficio postale di Bethlehem per ritirare la posta. La nostra scrofa, a cui mia madre aveva dato il nome di Lady Chatterley, mi seguiva da vicino, determinata a non perdermi di vista.

Passai accanto agli amici di mia madre del Litchfield Garden

Club, riuniti in giardino a mangiare i biscotti al cocco di Serge innaffiandoli con del buon punch. I loro bicchieri di cristallo riflettevano i colori dell'arcobaleno mentre bevevano. Sally Bloss, luogotenente di mia madre, con ancora indosso gli zoccoli da giardino e la bandana legata al collo come il bavaglino di un bambino, era in piedi davanti al gruppo e teneva una lezione sull'argomento del giorno: le vespe, le amiche di ogni giardiniere. Nellie Bird Wilson, snella e con i capelli scuri, era in piedi accanto a lei, con un vitino per l'appunto da vespa, e teneva in mano un nido presumibilmente vuoto. Il calendario degli appuntamenti mondani di mia madre era molto più fitto del mio, e prevedeva il club dei giardinieri, le feste di beneficenza del suo Nutmeg Square and Round Dance Club, e la squadra di baseball che allenava.

Quando arrivai all'ufficio postale, a pochi passi da The Hay, dall'altra parte della strada, la bandiera americana sulla porta ondeggiava come per invitarmi a entrare. Lasciai fuori Lady Chatterley, con il naso premuto contro la porta a vetri. Il nostro piccolo ufficio postale di Bethlehem era un labirinto di stanzette ammucchiate sotto un'ala del Johnson Brothers Grocery. Il Johnson Brothers era un punto di ritrovo per tutta la città, anche perché ospitava l'unica pompa di benzina di Bethlehem e l'unico gelataio.

Trovai Earl Johnson nel magazzino della posta, uno spazio angusto, non più grande di un ripostiglio. Era seduto su uno sgabello alto, e alle spalle aveva un mobile per lo smistamento della posta strapieno di lettere. Assomigliava a un muro bianco. In fatto di abbigliamento, Earl prediligeva la gamma più neutra dei colori, e dava l'impressione che se fosse rimasto immobile abbastanza a lungo sarebbe diventato indistinguibile dai mucchi di posta. Aveva la fronte imperlata di sudore, senza dubbio a causa degli intensi dieci minuti che aveva passato a smistare le lettere.

Earl si protese verso di me dal finestrino della stanzetta e mi porse un volantino dell'imminente fiera di Bethlehem.

«Fa caldo», disse, senza guardarmi negli occhi.

Sembravo davvero così feroce?

«È proprio vero, Earl».

«Spero che lei non sia venuta per il parrucchiere al piano di sotto. Non lavora oggi».

Presi il volantino. «C'è solo questo per me?».

Earl si alzò e uscì furtivamente dal suo sgabuzzino. «Può aiutarmi a fare una cosa, Miss Ferriday?».

La vita di campagna ha il suo fascino, ma all'improvviso ebbi un moto di nostalgia per l'ufficio postale di Manhattan, sulla Trentaquattresima, un efficiente complesso sorretto da possenti colonne.

«Sicuro che sia proprio necessario, Earl?».

Earl mi fece cenno di seguirlo lungo il corridoio posteriore e si fermò davanti a una porta chiusa.

«Dunque?», dissi. «Apra».

«Non posso», rispose lui scrollando le spalle.

Io mi sventolai il viso con il volantino. «Be', prenda la chiave allora, santo cielo».

«Non è chiusa a chiave».

Afferrai la maniglia e l'abbassai, poi spinsi la porta aiutandomi con il fianco, ma riuscii solo ad aprire una piccola fessura nella stanza buia.

«C'è qualcosa che blocca la porta, Earl. Cosa fa qui tutto il giorno? Quanto ci vorrà mai per rimettere un po' a posto?».

«Clyde!», gridò Earl a pieni polmoni. Il nipote di Mr Gardener arrivò di corsa.

«Sì, Earl?», disse l'adorabile Clyde, smilzo quanto un foglio di carta.

«Entra là dentro per Miss Ferriday», disse Earl.

«Sissignore», rispose lui, felice di avere un compito che esaltasse la sua taglia. Clyde scivolò oltre la porta come una cimice sotto una persiana.

Accostai le labbra alla fessura. «Apri, Clyde».

«Non posso, Miss Ferriday. C'è troppa roba davanti».

«Roba?». Che strano gergo usava Clyde? «Dovrebbe davvero dare una ripulita a questo posto, Earl».

Earl diede un calcio a un frammento di legno per terra.

«Libera la porta, Clyde», dissi. «E apri le persiane. Così possiamo venire a darti una mano».

Sentii il rumore di qualcosa che veniva trascinato, poi un brontolio da parte di Clyde e lo scatto di una persiana che veniva aperta.

«Ci sono quasi, Miss Ferriday», disse Clyde.

Poi aprì la porta, con un ampio sorriso stampato in faccia e i denti bianchi e dritti come i tasti di un pianoforte.

La stanza era intasata di sacchi di tela, ciascuno grande a sufficienza per contenere lo stesso Clyde e con la scritta U.S. MAIL stampata in lettere blu. I sacchi occupavano il pavimento e il bancone che correva per tutto il perimetro della stanza. Qualcuno aveva i manici di corda rotti e lasciava fuoriuscire fasci di lettere e pacchetti.

Camminai in mezzo a quella valanga di buste.

«Sono tutte indirizzate a non so che strani conigli, Miss Ferriday», disse Clyde. «Guardi, ce n'è una che arriva dalle Hawaii».

«Mio Dio, Earl», dissi un po' stordita. «Tutte per noi?»

«Ho altri dieci sacchi nel camion. Li sto buttando dentro dalla finestra».

«E che ne è stato del motto: "Né il sole, né la pioggia, né la calura né le tenebre della notte impediranno ai corrieri di portare a termine i loro compiti", Earl?»

«Come, Miss?»

«Come mai non sono stata avvertita?».

Raccolsi un fascio di lettere che arrivavano da Boston, da Las Vegas... dal Messico!

«A Natale ho quindici impiegati in più», disse Earl. «Ma d'estate ci sono solo io. Comunque ce ne sono altre nel seminterrato. Per questo il parrucchiere oggi non può lavorare».

Mr Gardener si mise alla testa di una spedizione di membri del Garden Club di mia madre, armata di carriole, e grazie a loro riportammo la posta a The Hay, con Clyde a cavalcioni di un sacco e Lady Chatterley che tentava di tenere il passo. Aprimmo tutte le lettere e le smistammo in diverse pile sul tavolo da pranzo, declamando ogni volta il contenuto.

«La rivista "Seventeen" sta progettando una linea di abbigliamento per le ragazze!», disse Sally Bloss. «Il dottor Jacob Fine del Beth Israel Hospital offre cure mediche gratuite...».

Nellie Bird Wilson sventolava una busta decorata con disegni di cowboy. «Kevin Clausen di Baton Rouge ci ha mandato la sua paghetta settimanale».

«Che carino!», dissi mentre annotavo tutto quanto.

Mia madre continuava ad aprire buste a una velocità soprannaturale. «Il National Jewish Hospital di Denver, Caroline».

«La Wayne State University», disse Mr Gardener. «Il dottor Jerome Krause, dentista».

Sally pescò una lettera con l'immagine di un castello azzurro nell'intestazione. «Il parco Disneyland di Anaheim ha regalato dei pass… Mr Disney si onora di avere le ragazze come sue ospiti».

«Un assegno da parte della Fondazione Danforth, Caroline», disse mia madre. «Decisamente cospicuo».

Nellie si sventolò con una busta mentre leggeva il foglio all'interno. «La Converse vuole disegnare una collezione di scarpe per le ragazze».

«Vestiti e borse da parte di Lane Bryant», disse Serge.

Mettemmo insieme una pila di lettere di radiologi e osteopati che offrivano cure mediche, e una di dentisti. Poi una pila degli ospedali che mettevano a disposizione dei letti. E di famiglie, da Bar Harbor a San Diego, pronte ad aprire le porte delle loro case. Quando calò il buio contammo i soldi e gli assegni: un totale di seimila dollari, più che sufficienti a pagare il viaggio alle ragazze.

Nel numero successivo del «Saturday Review», Norman definì la generosità degli americani "elettrizzante". Ero al culmine della felicità.

I nostri Conigli sarebbero venuti in America.

Capitolo 39
Caroline

1958

Quella primavera mi recai in Polonia con il dottor Hitzig. Fu un piacere viaggiare insieme a lui, un uomo dotato di una mente lucida e modi gentili, una combinazione che in genere avevo visto solo negli Amish. Era il nostro esperto di chirurgia ortopedica, aveva il compito di determinare se le polacche fossero sufficientemente in salute per sopportare un viaggio negli Stati Uniti. Io lo accompagnavo per occuparmi dei documenti di viaggio e far sì che tutto filasse liscio.

Una delegazione ufficiale venne ad accoglierci e ci portò in macchina alla clinica ortopedica di Varsavia. Non appena entrammo, il dottor Hitzig fu circondato dai medici polacchi. Gli strinsero la mano, gli diedero pacche sulle spalle e lo scortarono a un tavolo da conferenze posto di fronte a un palco improvvisato. Mi sedetti accanto al dottor Hitzig e intorno a noi si radunarono ventinove medici, polacchi e russi. C'erano anche due membri della ZBoWiD, l'Associazione dei Combattenti per la Libertà e la Democrazia, ovvero l'organizzazione ufficiale dei veterani polacchi con cui io e Norman avevamo lavorato per tutelare i diritti dei Conigli.

La clinica assomigliava molto alla Bethlehem Grange Hall, un luogo ampio e aperto, così pieno di spifferi che persino al centro della sala sentivo la brezza che arrivava dalle finestre.

Le prime tre donne entrarono nella clinica strette l'una all'altra, con il bavero dei cappotti tirato su fino al mento. Tutte avevano una borsa di tela appesa al braccio, sembravano stanche per il viaggio. Ogni passo provocava loro parecchio dolore, a quanto pareva. Il nostro traduttore, un giovane dall'aria severa, con i capelli tagliati come Stalin, si sedette accanto al dottor Hitzig mentre le donne andavano dietro il paravento sistemato in fondo al palco per cambiarsi.

Il primo Coniglio, una bella ragazza sulla trentina, con i capelli corti e gli occhi scuri, emerse avvolta in un lenzuolo bianco drappeggiato sul corpo come una dea greca. Si trascinò fino alla sedia pieghevole, con un'espressione sofferente sul volto a ogni singolo passo. Si sedette, guardò il suo pubblico a testa alta.

Il medico in capo, il professor Gruca, un ometto cordiale con un fisico particolare che lo faceva somigliare a un idrante, guadagnò il centro del palco e cominciò a leggere un documento, intervallato dall'interprete che traduceva in inglese.

«La morte dell'*Obergruppenführer* delle SS Reinhard Heydrich, intimo amico di Hitler, fu la causa diretta degli esperimenti medici compiuti nel campo di Ravensbrück e noti come "operazioni con i sulfamidici". Il dottor Karl Gebhardt, amico e medico personale di Heinrich Himmler, era stato incaricato di curare Heydrich, gravemente ferito in un attentato organizzato dal movimento clandestino cecoslovacco, concluso con il lancio di una granata nella sua auto».

Avevo gli occhi fissi sulla donna seduta sul palco. Continuava a tenere la testa alta mentre ascoltava.

«Il dottor Gebhardt si rifiutò di usare i sulfamidici per curare Heydrich, preferendo un altro tipo di trattamento. Quando Heydrich morì, Hitler accusò Gebhardt di averlo lasciato perire di gangrena gassosa. In conseguenza di ciò, Himmler e Gebhardt escogitarono un modo per dimostrare a Hitler che la decisione di non usare i sulfamidici era stata corretta: una serie di esperimenti effettuati prima sugli uomini nel campo di Sachsenhausen e poi sulle prigioniere del campo di Ravensbrück».

La donna si scostò i capelli dalla fronte con mani tremanti.

«Gebhardt e il suo staff effettuarono operazioni chirurgiche su alcune donne in perfetta salute, scelte in particolare per le loro gambe forti e robuste, allo scopo di replicare i traumi delle ferite di Heydrich. Poi vi inserirono delle colture batteriche per provocare la gangrena gassosa e somministrarono dei sulfamidici solo ad alcune. Ogni paziente che moriva dopo essere stata trattata con i sulfamidici andava a supportare la causa di Gebhardt. Tra le prigioniere operate», proseguì il dottor Gruca indicando la donna sulla sedia, «c'era anche Kasia Bakoski, nata Kuzmerick, attualmente impiegata come infermiera presso una struttura statale».

Il dottore scostò il lenzuolo e scoprì la gamba della donna. Sentii il dottor Hitzig, accanto a me, trarre un profondo respiro. La parte inferiore della gamba era raggrinzita e orribilmente sfigurata, assomigliava a un pesce sfilettato.

«La signora Bakoski fu operata nel 1942. Subì tre interventi chirurgici, tutti del Gruppo Uno, quello che prevedeva l'introduzione nella ferita di batteri, legno, vetro e altri materiali. Le fu praticata un'incisione nella parte bassa della gamba e i vasi sanguigni a entrambe le estremità della ferita furono legati».

Mentre il dottore proseguiva, Kasia continuava a tenere la testa alta, ma non aveva più le labbra serrate e il suo sguardo si era fatto vitreo.

«Furono infine introdotti dei frammenti di silice e di legno, poi la ferita fu suturata e ingessata», disse il dottore.

Il medico non si era accorto che la donna era in stato di shock? Mi alzai e andai verso il palco.

«L'ingessatura fu lasciata per il tempo necessario a sviluppare la gangrena gassosa», proseguì il dottore. «Poi furono introdotti i sulfamidici».

I medici prendevano appunti.

«In aggiunta alle gravi deformazioni, che interessano tutto lo scheletro, la paziente soffre di sindrome postraumatica, depressione e...».

«Scusate, ma...», disse Kasia. Si alzò in piedi e si coprì gli occhi con una mano, mentre con l'altra si stringeva il lenzuolo al petto.

Io salii sul palco. «Si fermi, dottore, non possiamo continuare».

«Ma queste donne hanno dato il loro consenso», disse il dottor Gruca. «E i medici qui presenti hanno spostato i loro impegni per poter partecipare».

«Lo stesso vale per i Conigli. Può continuare il suo esame in privato. Saremo presenti solo io, lei e il dottor Hitzig».

«Questo è...».

Presi la mano di Kasia. «Queste donne sono state già vittime una volta, e finché sarò qui non saranno sottoposte ad altri abusi».

Aiutai Kasia a scendere dal palco e l'accompagnai nell'area predisposta per cambiarsi, dove feci del mio meglio per aiutarla a rivestirsi.

«Grazie», disse. «Per il suo aiuto».

«Parli bene l'inglese, cara».

«Non benissimo».

«Di certo meglio di come io parlo polacco».

«Mia sorella Zuzanna non è ancora arrivata, ma è anche lei sulla lista. È un medico. E lei parla bene l'inglese».

«Andrò a cercarla», dissi.

Gli esami proseguirono in maniera più gradevole quando ci spostammo in una stanza più piccola, dove eravamo soltanto io, il dottor Gruca e il dottor Hitzig. La sorella di Kasia, Zuzanna, fu l'ultima paziente esaminata. Chiese che fosse presente anche Kasia e i dottori acconsentirono.

«Zuzanna Kuzmerick», lesse il dottor Hitzig. «Quarantatré anni. Fece parte del gruppo di controllo delle operazioni con i sulfamidici. Le furono iniettati i batteri dello stafilococco e del tetano. Fu una delle poche a guarire spontaneamente, senza somministrazione di antibiotici. Attualmente soffre di emicranie, sporadici stati confusionali e problemi gastrici, con possibilità di ulcera gastrica, trattata con degli antiacidi». Il dottor Hitzig smise di leggere.

«Vada avanti, dottore», disse Zuzanna. «Va tutto bene».

Il dottor Hitzig si tolse gli occhiali.

«Non credo che...».

«Ho già letto tutto», disse Zuzanna. «A dir la verità, l'ho scritto io. Dice che sono stata sterilizzata, vero?».

Kasia si alzò in piedi. «Zuzanna, no».

«Va bene. L'ho scritto io quel referto. La prego, dottore... continui».

Il dottor Hitzig inforcò di nuovo gli occhiali. Zuzanna si raddrizzò sulla sedia mentre il dottor Hitzig cominciava a visitarla palpandole le ghiandole ai lati del collo.

«Da medico, è difficile ritrovarsi di colpo a essere una paziente?», le chiesi.

«No», disse Zuzanna. «È importante vedere le cose da entrambe le prospettive. Mi rende un medico migliore. È una delle ragioni per cui mi piacerebbe venire in America. E frequentare corsi di specializzazione per imparare più che posso».

Zuzanna parlava davvero bene l'inglese, con un adorabile e melodioso accento polacco. Era un piacere ascoltarla.

Il dottor Hitzig le passò di nuovo le dita sul lato sinistro del collo.

«Cosa c'è, dottore?», chiese Zuzanna.

«Oh, niente», rispose. «Direi che abbiamo finito».

Mentre rimettevamo tutto in ordine e le donne si preparavano per tornare a casa, il dottor Hitzig parlò con i suoi colleghi e io tirai fuori i regali che avevo portato dagli Stati Uniti.

«Venite qui, ragazze», dissi, mostrando loro una delle splendide borse che avevo portato. Era blu scura, di pelle. I fermagli dorati riflettevano la luce. «Queste sono un regalo da parte di un bellissimo negozio americano che si chiama Lane Bryant».

I Conigli rimasero immobili come se avessero piantato radici nel terreno. Erano davvero un gruppo molto serio.

«Non siate timide, ragazze», dissi porgendo loro le borse. «Sono gratis. Un regalo. E il blu è il colore dell'anno».

Nessuna si mosse. Presi una scatola di cioccolatini Whitman's Sampler, con il nome dipinto a mano sul coperchio.

«Cioccolata?». Nessuna si avvicinò. «Conoscete i Fig Newtons? Sono biscotti».

«E se facessimo una foto?», disse Kasia indicando la mia Leica. Si riunirono tutte davanti all'obiettivo e si disposero armoniosamente, come fiori in un vaso.

«Come sarà il viaggio?», chiese Kasia.

«Per il momento l'idea è che i Conigli arrivino a New York e vengano accolte da diverse case private che hanno dato la propria disponibilità in tutto il Paese. Poi il gruppo si riunirà a San Francisco e andrà a Los Angeles, per tornare indietro attraversando il Paese su un pullman che passerà da Las Vegas e dal Texas, e arrivare infine a Washington».

Kasia tradusse alle altre, che si erano raccolte intorno a lei per ascoltare. Mi sarei aspettata almeno dei sorrisi, ma le donne mantennero un'aria solenne.

«Vorrebbero sapere da dove partirà la nave», disse Kasia.

«Oh, non c'è una *nave*», dissi. «La Pan American Airways vi ha regalato i biglietti aerei».

Seguì una discussione concitata in polacco e poi diversi sorrisi.

«La maggior parte di noi non è mai salita su un aereo», disse Kasia.

Il dottor Hitzig infilò la testa nella porta e tutte si voltarono a guardarlo.

«Abbiamo la lista definitiva», disse. «Posso parlare in privato con Miss Ferriday?».

Mi affrettai a raggiungere il dottore nella saletta.

«Possono partire tutte», disse il dottor Hitzig.

«Fantastico», risposi con un sospiro di sollievo.

«Tranne una. La dottoressa».

«Zuzanna? E perché mai?»

«Mi dispiace, ma le ho trovato un linfonodo di Virchow ingrossato», disse.

«Cioè?»

«Indica un tumore canceroso».

«E si può curare?»

«Probabilmente no. Segnala la probabile presenza di un cancro allo stomaco. Temo che abbia i giorni contati».

Tornai di corsa dalle donne in attesa davanti alla porta, con i cappotti già indosso, pronte per andare a casa. Chiesi a Zuzanna e a sua sorella Kasia di scambiare due parole in privato con il dottor Hitzig e con me, e le guidai nella saletta. Si sedettero sulle sedie pieghevoli.

«Zuzanna, temo che...», disse il dottor Hitzig. «Il rigonfiamento che ti ho trovato sul collo sia un linfonodo di Virchow».

«La sede del diavolo?», disse Zuzanna.

«Preferisco chiamarlo "nodo segnale"», disse il dottor Hitzig.

«È un sintomo del cancro allo stomaco, vero?», disse Zuzanna.

«Temo di sì».

«Mi dispiace che sia proprio quello che ha il nome di un medico *tedesco*», disse Zuzanna con un sorriso stanco e gli occhi accesi.

«Come fate a esserne sicuri?», chiese Kasia.

«Dovremmo fare altri test», disse il dottor Hitzig. «Ma il team medico ha concluso che non è il caso di farti partire per gli Stati Uniti».

Kasia si alzò in piedi. «Cosa? Lo scopo del viaggio è proprio ricevere cure mediche che in questo Paese non sono disponibili. Come potete farci arrivare fin qui e poi rifiutarvi di aiutare la persona che ne ha più bisogno? Può prendere il mio posto».

«Non è una questione di posti, Kasia», dissi.

«Ha detto di volerci aiutare, Miss Ferriday, ma in realtà non le importa niente di noi. Ci porta qui le sue borse eleganti e si aspetta anche che le accettiamo».

«Pensavo che avreste gradito...».

«Siamo *donne*, Miss Ferriday. Donne a cui non piace essere chiamate Conigli, non siamo animaletti spaventati chiusi in una gabbia. Siamo donne che vivono in un Paese dove è proibito accettare regali. Non lo capisce? Una borsa nuova ricevuta da un'americana? La gente qui sparisce per molto meno. Un giornalista polacco ha accettato della cioccolata da un americano e nessuno ne ha saputo più nulla».

Sentii le guance avvampare. Come avevo potuto essere così superba?

«Kasia, per favore», disse Zuzanna.

«Vuole davvero aiutarci, Miss Ferriday? Aiuti mia sorella».

Kasia si rivolse al dottor Hitzig. «Le pagherò qualsiasi cifra se la mette su quella lista».

«Ne sapremo di più dopo gli accertamenti...», cominciò a dire il dottor Hitzig.

«Mia sorella è una donna capace di salvare vite umane. Non fa altro che aiutare gli altri. Curare lei vuol dire curare anche migliaia di altre persone».

«Vorrei che non fosse così, ma i dottori qui sono tutti d'accordo», disse il dottor Hitzig.

«Non possiamo esautorare la ZBoWiD», dissi.

«Me ne vado», disse Kasia. «Tutto questo è ridicolo».

Uscì dalla stanza.

«Mi dispiace», dissi a Zuzanna.

Lei mi posò una mano sulla manica. «Capisco, Miss Ferriday...».

«Chiamami Caroline, cara».

«La cosa più importante è che le altre ragazze possano andare in America».

Abbracciai Zuzanna e la tenni stretta. Che donna straordinaria. Ma era così magra. E che destino tragico quella malattia. Se solo ci fosse stato qualche vecchio rimedio Woolsey.

Quando finalmente ci separammo, Zuzanna mi prese la mano.

«Dimentica quello che ha detto mia sorella, Caroline. Kasia a volte sa essere molto rigida. Ne abbiamo passate tante insieme. Ma i regali sono stati molto apprezzati».

Sorrise.

«E se vuoi lasciarli nel guardaroba farò in modo che le ragazze li prendano lontano da occhi indiscreti».

Capitolo 40
Kasia

1958

Il giorno prima della partenza per l'America, nella nostra stanza c'erano vestiti sparpagliati ovunque, alcuni miei, per la maggior parte prestati. Pietrik si massaggiò la schiena, che gli doleva a forza di tirare giù dall'armadio la mia valigia e poi rimettercela, considerando che l'avevo fatta e disfatta sei volte. Alla fabbrica Pietrik aveva vinto una radio, un premio per il lavoratore più produttivo. Quando l'accendemmo stava trasmettendo un canzone del bell'Eddie Fisher, il mio cantante preferito.

Dungaree doll, dungaree doll,
Paint your initials on my jeans…

Pietrik mi abbracciò e ondeggiammo a ritmo di musica. Sarebbe stato bellissimo ballare di nuovo. Ma come potevo andare a farmi operare in America senza Zuzanna?

Lasciai la mano di Pietrik e ripresi a disfare la valigia.

«Sei davvero pazza», disse.

«Non parto senza Zuzanna».

Pietrik si sedette sul letto accanto alla mia valigia aperta. La vecchia valigia verde di Matka. «È stata Zuzanna a dirti di andare. Non puoi perdere questa occasione».

Volevo davvero salire su quell'aereo. Era la cosa che desideravo di più al mondo. Avrei avuto la possibilità di riavere una gamba normale, o quasi. Solo l'idea di non provare più tutto quel dolore mi estasiava. Ed erano previste anche delle cure dentistiche per tutte le ragazze. Sarebbero riusciti a sistemarmi il dente? Mi faceva così male che a malapena riuscivo a sorridere. E chissà come sarebbe stato viaggiare in aereo fino a New York e vedere tutti quei posti. La *California*. I giornali di Lublino ci trattavano già come delle celebrità.

Tirai fuori il mio vestito buono dalla valigia e lo riappesi nell'armadio. «Come faccio a lasciare qui Zuzanna?»

«Sentiremo la tua mancanza se parti», disse lui. «Ma pensa a quello che perderesti, Kasia. Zuzanna vuole più di tutti che tu vada. E poi Halina? Che effetto pensi che le faccia vedere sua madre così spaventata?».

Il pensiero di volare su un aereo per la prima volta mi faceva rivoltare lo stomaco, per non parlare della prospettiva di parlare il mio orribile inglese in America, e dover subire un'altra operazione.

«Starei via per mesi. Chi mi dice che Zuzanna sarà ancora viva quando tornerò?».

Pietrik mi prese la mano. «Ci prenderemo cura di lei».

Era bello sentire la sua mano stringere la mia. La ritrassi e chiusi la valigia ormai vuota.

«Non cambierò idea», dissi.

Pietrik sollevò la valigia e la ripose di nuovo in cima all'armadio. «Devi capire che certe cose non si possano modificare».

«Quindi dovrei lasciare mia sorella qui a morire? Non...».

Mi voltai e vidi Zuzanna sulla soglia della nostra stanza.

«Oh, stavo...». Aveva sentito?

Zuzanna entrò, con le mani dietro la schiena. «Non preoccuparti, Kasia».

Incrociai le braccia sul petto. «Non andrò via senza di te».

«Sono contenta», disse lei.

«Quindi non sei arrabbiata con me?».

Lei sorrise. «Assolutamente no».

Le buttai le braccia al collo e sentii le sue costole attraverso la stoffa del vestito. «Bene, perché non ti lascerò mai sola».

«Ah, ne sono felice», disse Zuzanna. «Perché se proprio devo morire, vorrei che tu fossi accanto a me». Tirò fuori dalla tasca la busta di un telegramma. «Soprattutto perché andremo a New York insieme».

Estrasse un foglio dalla busta, si schiarì la gola e lesse: «Miss Zuzanna Kuzmerick ha il permesso di partire per gli Stati Uniti *Stop* Seguono documenti di viaggio *Stop* Presentarsi all'aeroporto di Varsavia con il gruppo diretto a New York *Stop* Bon Voyage *Stop* Caroline Ferriday *Stop*».

Pietrik tornò all'armadio e tirò di nuovo giù la valigia, mentre io e Zuzanna dondolavamo abbracciate al ritmo della voce di Eddie Fisher.

Together, together, together.

Capitolo 41
Kasia

Dicembre 1958

Atterrammo all'aeroporto di Idlewild, a New York, alle 8:30. Un gruppo di trentacinque donne polacche eccitatissime. Sull'aereo avevamo chiacchierato ad alta voce in polacco, ma gli altri passeggeri erano stati gentili e avevamo l'impressione che si fossero divertiti a guardarci.

Caroline ci venne incontro mentre scendevamo dall'aereo, alcune molto lentamente, e organizzò una vera e propria parata di sedie a rotelle. Il nome Caroline vuol dire "gioia", perciò non c'è da stupirsi che fossimo tutte felici di vederla. Stava benissimo con il suo abito blu, lo scialle francese e un grazioso cappellino con una piuma.

«Chissà perché non è sposata», si chiedevano tutte le polacche.

Alta, snella, delicata e graziosa, con il portamento di una regina, in Polonia Caroline avrebbe ricevuto decine di proposte di matrimonio ogni giorno.

Dopo aver passato la dogana venimmo circondate da una folla di giornalisti, membri della Croce Rossa e amici di Caroline... non avevo mai visto così tanti flash tutti insieme.

«Le piace l'America?», mi chiese un reporter piazzandomi un microfono sotto il naso.

«Se il cibo sull'aereo era un'anticipazione attendibile di quello che ci aspetta, direi che sarà un bel viaggio», dissi. Risero tutti.

«Diamo il benvenuto alle signore polacche», fece Caroline, tenendo un braccio intorno alla vita di Zuzanna. «Un ramoscello d'ulivo teso sopra l'oceano».

In vita mia non mi ero mai trovata di fronte a così tanti volti sorridenti.

Quella settimana ci dividemmo in diverse città. Io e Zuzanna restammo a New York con Caroline per farci curare al Mount Sion Hospital. Altre andarono a Boston per operazioni di chirurgia ricostruttiva, e a Detroit, Baltimora e Cleveland per le operazioni al cuore. Due furono accolte al National Jewish Hospital di Denver per la migliore terapia al mondo contro la tubercolosi, perché avevano i polmoni ancora in brutte condizioni.

Io e mia sorella fummo fortunate a restare a New York, perché c'era davvero tanto da vedere. Caroline ci portava in giro in macchina, Zuzanna ovviamente sedeva davanti. Mi pareva che Caroline non vedesse l'ora di stare con lei, come se all'improvviso fossero diventate migliori amiche.

«Questo è Central Park, signore, uno dei parchi più belli del mondo».

«Anche in Polonia abbiamo dei bei parchi», dissi.

Caroline parlava della sua città come se fosse unica.

Guidammo lungo la Quinta Strada. C'erano centinaia di auto, molte ospitavano una sola persona. Che spreco! Come potevano permetterlo?

Il nostro primo giorno al Mount Sinai fu molto impegnativo, pieno di analisi del sangue e di ogni genere di esame. Era un complesso enorme, grande dieci volte qualsiasi ospedale polacco. Ci voleva un sacco di tempo per andare da un reparto all'altro, anche perché il dolore alla gamba mi costringeva a fermarmi spesso a riposare, e Caroline ci presentava a tutti quelli che incontrava.

«Le signore sono arrivate dalla Polonia per ricevere cure mediche», diceva.

Erano tutti gentili, ma ci guardavano con una certa compassione. Era bello che Caroline volesse presentarci in giro, ma ci rendeva impossibile integrarci.

Le porte a vetri dell'ospedale si aprirono come per magia e Caroline le oltrepassò insieme a Zuzanna per andare dal dottore. Zuzanna si guardava intorno e notava ogni dettaglio.

«Da non credere, eh? Questo posto è enorme».

Caroline si voltò mentre camminava. «Sei piani. Tutti con le migliori attrezzature disponibili».

«Ma come fanno i medici a conoscere tutti i pazienti in un posto così grande?», chiesi.

Zuzanna rallentò per camminarmi accanto. «Questo è il futuro della medicina. Non vedo l'ora di arrivare al reparto riabilitazione».

«Quello ce l'abbiamo anche noi», dissi.

«E cosa abbiamo? Una corda per saltare e due manubri. Qui c'è un'unità per l'idroterapia. Un sacco di persone beneficerebbero moltissimo di un trattamento del genere».

Indossammo i camici da ospedale e l'infermiera mi mise un braccialetto di carta intorno al polso. Quando andammo a fare i raggi X mi offrirono un armadietto per la borsa e i vestiti, ma io decisi di tenerli con me.

«Hai visto che attrezzature?», chiese Zuzanna.

Mi misi una vestaglia leggera sopra il camice. «Le nostre fanno le stesse cose. Solo che non sono così nuove».

Entrammo nella stanza del dottore con le pantofole, avevamo avuto il permesso di tenerle.

«Prego, lasciate che prenda le vostre cose», disse l'infermiera, una donna alta con una cuffia da infermiera un po' sgualcita.

Fece per prendermi borsa e abiti, ma io non li mollai. «Li tengo io, grazie».

L'infermiera mi aiutò a salire su un piccolo sgabello e a sedermi sul lettino per le visite. Sentivo la carta frusciare sotto di me. Il dottor Howard Rusk era un bell'uomo, con i capelli bianchi e il volto gentile. In mano aveva una piccola scatoletta di metallo grande più o meno come il suo palmo.

«Le va bene se uso questo dispositivo per prendere appunti? Mi fa risparmiare un po' di tempo».

Un medico che chiedeva il permesso al paziente? Quella sì che era una novità.

Annuii e il dottor Rusk cominciò a parlare nella scatola.

«Le operazioni subite nel 1942 nel campo di concentramento di Ravensbrück, a Fürstenberg, in Germania, hanno lasciato Mrs Bakoski, una donna caucasica di trentasei anni, di ascendenza polacco-tedesca, con funzioni muscolari ridotte nel polpaccio sinistro, complicate dall'introduzione di corpi estranei».

Inserì la lastra dei miei raggi X nella cornice metallica del visore e accese la luce.

Zuzanna si voltò a guardarmi, a bocca aperta. C'era un visore in ogni sala. Nel nostro ospedale ne avevamo soltanto uno.

La mia lastra mostrava tutta una serie di cose nel mio polpaccio. Che strano che era vedere tutto così nel dettaglio! Avevo fatto un sacco di lastre, ma mai nessuna così chiara. Mi riportò alla mente le operazioni subite a Ravensbrück, vissi di nuovo tutto, con chiarezza. Il dottor Gebhardt. La dottoressa Oberheuser. Cominciai a sudare mentre il dottore inseriva un'altra lastra nel visore.

«La tibia è stata ridotta di sei centimetri, producendo un'andatura antalgica. Intorno all'area interessata si è sviluppata una serie di neuromi, che sono parzialmente responsabili del dolore localizzato di origine nervosa di cui soffre Mrs Bakoski. Il trattamento dovrà prevedere una procedura per rimuovere i corpi estranei e i neuromi, allo scopo di aumentare l'afflusso di sangue e ridurre il dolore, e in seguito un intervento di chirurgia plastica ricostruttiva. Si raccomanda di ricorrere a protesi ortopediche, ad antidolorifici qualora necessario, e alla valutazione psichiatrica post-operatoria di routine».

Quando il dottor Rusk spense il suo registratore, ero senza parole.

«Ha qualche domanda, Mrs Bakoski?»

«Proverò ancora dolore dopo l'operazione?»

«Difficile a dirsi con sicurezza. È possibile, ma l'intensità dovrebbe ridursi notevolmente. E la sua andatura migliorerà in maniera significativa».

«Non ho altre domande, dottore. Grazie». Scesi dal lettino, ansiosa di allontanarmi dalle lastre appese.

«Dovremmo anche programmare la valutazione psichiatrica post-operatoria».

«Non sono pazza, dottore».

«È una procedura standard. Le donne di Hiroshima l'hanno trovata molto utile».

Il dottor Rusk aiutò Zuzanna a salire sul lettino. «Benissimo. Passerà la notte in questa struttura e cominceremo domattina. Può aspettare qui oppure alla reception per effettuare il check-in».

«L'operazione sarà già domani?», chiesi.

«Prima procediamo, prima potrà iniziare la convalescenza».

Convalescenza? La mia mente tornò alla stanza per le convalescenti del Revier. Come potevo affrontare di nuovo una cosa del genere?

Il dottor Rusk passò a visitare Zuzanna e io uscii dalla stanza in preda al panico. L'intervento sarebbe stato doloroso? Avrei dovuto tenere un'ingessatura per giorni e giorni?

Mi cambiai e cominciai a scendere per il dedalo di corridoi, fino alle porte magiche. Non ci sarebbe stata nessuna operazione. Ero più che felice di tenermi la mia andatura antalgica, grazie.

Capitolo 42
Kasia

1958

Appena tornai in strada mi tolsi il braccialetto dell'ospedale e lo buttai in un cestino della spazzatura. Era bello sentirsi solo una tra le tante persone che passeggiavano per le strade di New York.

La luce del semaforo si accese: DON'T WALK. Mi fermai sul marciapiede, ma il resto della folla continuò e attraversò la strada.

Camminai finché la gamba non mi fece male, ammirando i cappelli nelle vetrine dei negozi, poi tornai nella sala d'attesa del Mount Sinai. Mi sedetti e sfogliai qualche rivista: era la mia parte preferita delle visite dal dottore, specialmente quando avevo a disposizione pubblicazioni americane. Stavo girando le pagine del «Saturday Review» quando vidi la pubblicità di un nuovo film, *Il diario di Anna Frank.* Un'attrice molto carina era seduta a gambe incrociate, con indosso una gonna da contadina, e sorrideva dalla fotografia stampata sulla pagina. L'idea americana di come doveva essere stata Anna Frank.

Poi mi bloccai di fronte al titolo di un articolo: THE LAPINS ARE COMING. L'autore era Norman Cousins. *Lapin*. La parola "coniglio" suonava molto meglio in francese! E mi piacque il modo in cui aveva raccontato la storia.

«Finora circa trecento lettori del "Saturday Review" hanno donato quasi seimila dollari per il fondo dei *Lapin*... Ma le spese maggiori devono ancora essere affrontate...». Gli americani erano stati davvero generosi nei nostri confronti.

In quel momento arrivarono Caroline e Zuzanna.

«Kasia, dove sei stata?», chiese Caroline. «Ti abbiamo fatta chiamare».

«Avevo bisogno di un po' d'aria. Possiamo andare adesso?»

«Andare?». Caroline parve lì lì per accasciarsi a terra. «Ti stanno aspettando per il check-in. Dov'è il tuo braccialetto?»

«Preferirei non...».

«Hai idea di cosa abbiamo messo in piedi per te? Il dottor Rusk è uno dei migliori chirurghi d'America». La penna sul suo cappello ondeggiava mentre parlava.

«Nessuno mi ha chiesto se volevo tutto questo o no», dissi.

Le guance di Caroline si imporporarono. «Stai mettendo a rischio tutto ciò per cui abbiamo lavorato. E ora anche Zuzanna è in ritardo».

Zuzanna mi afferrò per un braccio, senza alcuna gentilezza. «Posso parlare con Kasia in privato?».

Mi portò dietro l'angolo.

«Sei impazzita?»

«Non posso farlo di nuovo», dissi.

«So che è difficile per te, ma questa opportunità...».

«Devo pensarci».

«No, Kasia. Ora o mai più».

«Ma solo il pensiero di essere ingessata... e come posso fidarmi? Cosa mi faranno quando mi avranno addormentata?»

«*Non* ti rimetteranno il gesso, Kasia. Gliel'ho chiesto. E ti accompagnerò io, così potrò tenere tutto sotto controllo».

«Resterai con me?»

«Certo, se mi faranno entrare. Assisterò a tutta l'operazione. Nessuno ti farà del male, a parte me, se non ritorni subito là dentro».

Quando mi svegliai dopo l'operazione, pensai di essere ritornata al Revier di Ravensbrück. Avevo il battito accelerato, ma quando sentii la gamba fasciata con una benda leggera e pulita ricordai dov'ero e provai un enorme sollievo, che si riverberò fin nella punta delle dita. La cosa migliore era che a malapena sentivo dolore. La morfina mi veniva somministrata per endovena, quindi non mi avrebbero fatto iniezioni! Nel giro di poco tempo potei mangiare cibi morbidi e persino bere caffè. Il mio letto aveva sei pulsanti per cambiare la posizione e avevo addirittura un'infermiera personale, Dot, che veniva da una lunga isola vicino Manhattan. Indossava un berretto bianco con delle strisce nere in cima, a indicare che aveva svolto il suo tirocinio al Mount Sinai. Non era molto diverso dal berretto che portavo anche io a casa.

Il pomeriggio successivo provai per la prima volta a camminare, appoggiandomi a due infermiere, e fare qualche passo senza la solita fitta al polpaccio fu la sensazione migliore del mondo.

Quando Dot mi portò il pranzo, non riuscivo a smettere di blaterare.

«Potrò andare a piedi ovunque. E ballare di nuovo con mio marito».

Dot riprese il vassoio del pranzo, un compito che a Lublino spettava alle assistenti infermiere. «A quanto pare fai parte del club del piatto pulito».

Certo, mangiavo sempre tutto.

«Oggi incontrerai la dottoressa Krazny. Con lei potrai parlare».

Infilai in tasca le bustine di sale del mio vassoio.

«Una psichiatra? No, grazie».

Proprio ciò di cui avevo bisogno: un referto spedito a Lublino in cui c'era scritto che ero pazza. C'era gente che era scomparsa per molto meno.

«Non devi andarci a piedi. Ti porto una sedia a rotelle».

Dot stava masticando della gomma. Ma era permesso? «La dottoressa è un tesoro. Piacerebbe anche a me chiacchierare dei *miei* problemi con lei per un'ora».

La caporeparto comparve sulla soglia. «Dot, la tua sedia. Ti conviene prenderla prima che lo faccia qualcun altro».

«Un attimo, arrivo», disse lei. Rispondeva in quel modo a una caporeparto? Dot non sarebbe sopravvissuta a lungo all'ospedale di Lublino. «Quindi vorresti rifiutare la terapia? Le cose che vuoi tenerti dentro prima o poi troveranno un altro modo per saltare fuori».

«Grazie per l'interessamento», dissi. Era necessario un po' di tempo per abituarsi alla tendenza tutta americana di dare consigli non richiesti a chiunque.

Quando Dot mi disse che i resoconti delle sedute erano confidenziali e che non sarebbero stati mandati in Polonia, acconsentii a vedere la dottoressa Krazny. Avevo i miei dubbi su quella faccenda delle sedute confidenziali, ma ritenni che rifiutare sarebbe stato peggio.

L'ufficio della dottoressa era ordinato ma piuttosto angusto, il che non mi aiutò a distendere i nervi. Dalla piccola finestrella vedevo dei fiocchi di neve danzare nel vento. Rimasi stupita nel constatare che la dottoressa era una donna giovane. Portava dei graziosi occhiali neri leggermente ricurvi alle estremità. Il diploma appeso alla parete sembrava piuttosto fresco. Probabilmente aveva appena finito gli studi. Era inesperta al punto da diagnosticarmi qualche malattia mentale anche se non era assolutamente il mio caso? Dovevo restare calma.

Lei mi guardò appena quando l'inserviente spinse la mia sedia a rotelle nella stanza. «È in ritardo. Metà della sua ora è già passata».

«Forse ho sbagliato a venire», dissi.

«Si senta pure libera di andarsene».

Il Mount Sinai non poteva trovarsi una dottoressa un po' più gentile?

«Lei è così giovane…».

La dottoressa rimise il cappuccio alla penna e la gettò sul tavolo. «Non siamo qui per parlare di me».

Spinsi le ruote di gomma della sedia, ma l'inserviente le aveva bloccate.

«Non posso restare», dissi.

La dottoressa si appoggiò allo schienale della sua poltrona. «In questo Paese è libera di scegliere».

Unii gli indici di entrambe le mani. «Prima di tutto, non sono mentalmente instabile».

«Sono una psichiatra. Sono qui solo per parlare».

Potevo raccontarle del panino al formaggio?

«Abbiamo degli psichiatri anche in Polonia», dissi.

«Uno ogni cinquemila persone, stando a quello che mi hanno detto. Non dev'essere facile prendere appuntamento».

«Sarebbe più facile se i tedeschi non li avessero uccisi tutti».

La dottoressa prese il mio referto. «Qui dice che soffre di disturbi del sonno…».

«Mia sorella è medico. Lo ha detto lei».

«E che ha problemi a respirare negli spazi stretti. Quel che si definisce un attacco di panico da claustrofobia».

«Sono un'infermiera. So come si chiamano quegli attacchi».

«E quindi sa anche come bloccarli? E ci riesce?». Mi fissò. «È stata in un campo di concentramento».

«C'è scritto sul mio referto…».

«Ravensbrück. Solo donne?»
«Sì».
«È stata torturata?»
«Ogni giorno era una tortura».
La dottoressa Krazny accennò un sorriso.
«Non ho bisogno della sua compassione».
La dottoressa Krazny si raddrizzò sulla sedia. «Capisco».
Lanciò un'altra occhiata al referto.
«Sua madre...», disse.
Feci un profondo respiro. «Mi aveva portato un panino al formaggio ed è stata arrestata insieme a me».
«Spero che lei non pensi che sia stata colpa sua».
Presi a studiarmi le unghie. Certo che era colpa mia.
«Non è ritornata a casa con voi? Dal campo?»
«È scomparsa. Non so cosa le sia successo».
«Qualche ipotesi?»
«Non ci ho mai pensato».
«Non ne ha proprio idea?».
Osservai un piccolo tornado di neve turbinare sul davanzale.
«Cose del genere capitavano, lì», dissi.
«Può spiegarsi meglio? È così che funziona la seduta».
Mi scostai i capelli dalla fronte. «È sparita e basta. Stava aiutando una dottoressa».
«Ed è stata colpa della dottoressa?»
«Non lo so».
«Non ne ha proprio idea?»
«Non è così *facile.* Lei non capisce». La neve si ammucchiava davanti ai vetri delle finestre, intrappolandoci all'interno. Cominciai a respirare a fatica. Non adesso. Non era il momento di avere una crisi. «Molti colleghi della dottoressa sono stati giustiziati. Lei invece è in prigione».
«E questo come la fa sentire?»
«Bene. Finché resta lì».
«E quando dovrebbe uscire?»
«Non prima del 1967. Quando accadrà ci penserò».
«Vorrebbe che fosse stata giustiziata anche lei?»
«No».
La dottoressa Krazny mi guardò, inarcando le sopracciglia. «E perché?»

«Lei sa cosa è successo a mia madre».

«Che rapporto aveva con sua madre? Le voleva bene?»

«Certo che sì. Ero la sua prediletta. Ma questo cosa c'entra?». Mi pizzicai una guancia per impedire alle lacrime di cadere.

La dottoressa scosse la testa. «Non ne sono sicura».

«Non ne ha *proprio idea*, dottoressa?».

La dottoressa Krazny si tolse gli occhiali e pulì le lenti.

«So che le questioni lasciate irrisolte possono creare turbamenti nella psiche. Produrre ostilità. Rovinare i rapporti». Inforcò di nuovo gli occhiali e mi guardò per un lungo istante. «Non sono solita dare consigli ai miei pazienti, Mrs Bakoski...».

«Non c'è bisogno che cominci a farlo adesso».

«Ma lei è fortunata a essere viva».

«*Fortunata?*». Avevo i palmi delle mani umidi di sudore. «Per favore».

«Ha sofferto molto, ma adesso è qui».

«A volte vorrei che non fosse così. Lei non sa com'era lì».

«So che sta reprimendo il dolore per la perdita di sua madre. Dopotutto, è l'unica cosa che le rimane di lei, non è così? Rinunciare a questo vuol dire rinunciare all'ultima parte di lei che ancora possiede».

Mi voltai verso la finestra.

«So anche che ha un sacco di lavoro da fare e che deve decidersi a farlo. Il segreto per stare meglio è questo». La dottoressa raccolse le sue carte e le ammucchiò sulla scrivania.

«Inserviente», chiamò. «Mrs Bakoski ha bisogno di essere accompagnata nella sua stanza».

«Ce la faccio da sola», dissi.

La dottoressa si chinò su di me.

«Senta, Mrs Bakoski, non farà alcun progresso finché non arriverà al fondo di tutta questa rabbia. E io non rifiuterei la comprensione che le altre persone sono disposte a darle. Ha bisogno di tutto l'aiuto che riesce a ottenere».

Per Natale Caroline ci portò nella sua casa di campagna, che chiamava The Hay, a nord di New York, a Bethlehem, nel Connecticut. Gli occhi le si riempirono di lacrime mentre ci raccontava che suo padre l'aveva chiamata così in onore di una proprietà che la sua famiglia una volta possedeva in Inghilterra.

Diceva che l'aria lì al nord era migliore, ottima per la convalescenza, e forse aveva ragione, perché nel giro di poco fui in grado di fare brevi passeggiate. Sia io che Zuzanna ci sentivamo molto meglio a casa di Caroline. Forse c'entrava anche la madre di Caroline, Mrs Ferriday, che ci trattava come due regine. Dal momento in cui ci venne incontro sulla porta con indosso un costume tradizionale polacco, al minuto in cui partimmo per la California, ci riempì di attenzioni come se fossimo figlie sue. Aveva imparato un sacco di frasi in polacco per farci sentire a casa.

Poter camminare di nuovo come una persona normale era meraviglioso! Mrs Ferriday mi prestò il suo cappotto di pelliccia, passeggiavamo sottobraccio per tutta la tenuta. Arrivavamo fino alla stalla che odorava di fieno dolce e di cavalli, con il sole che penetrava dalle finestre in alto. Poi fino alla casetta dove Caroline giocava da bambina, una versione in miniatura della casa reale – c'era persino una stufa funzionante!

Ma nonostante quel trattamento speciale, non potevo fare a meno di provare nostalgia della Polonia, di Pietrik e di Halina. Di certo non mi aiutava il fatto che Caroline prediligesse la compagnia di Zuzanna e si alzasse presto ogni mattina per bere il tè con lei. Le trovavo sedute entrambe al tavolo della cucina, vicine, a scambiarsi storie e a ridere di qualche battuta. Era comprensibile, tutti adoravano Zuzanna. Ma per quanto fossi grata alle Ferriday, rivolevo mia sorella.

Provai a concentrarmi sugli aspetti positivi. Bethlehem era un bellissimo posto in cui trascorrere il Natale. Caroline ci portava dappertutto. Al piccolo negozietto subito dopo il parco cittadino, Merrill Brothers, che vendeva qualsiasi cosa si potesse desiderare, compresi meloni e fagiolini in inverno. A messa all'abbazia Regina Laudis, che ospitava delle monache che intonavano degli splendidi canti. Una domenica, il giorno libero dell'autista, Caroline ci accompagnò a messa con la sua grande macchina verde, così spaziosa che c'entravamo tutti quanti, compreso Serge, il cuoco russo. Caroline teneva lo sguardo fisso davanti a sé e stringeva il volante così forte che pensai che l'avrebbe spezzato in due. Mrs Ferriday mi disse poi che la gente in città si raccomandava di stare lontani dalla strada quando Caroline prendeva la macchina.

A me comunque piaceva molto anche semplicemente restare in casa, perché The Hay era l'abitazione più bella che avessi mai visto, alta, con le persiane nere e spazio sufficiente a ospitare una famiglia di dieci persone. I mobili erano tutti abbastanza vecchi, ma molto carini, comprese le tende del salotto, cucite da Mrs Ferriday in persona con un ricamo *crewel* particolarmente complicato. Le stalle sul retro ospitavano tre cavalli, un bel pastore tedesco di nome Lucky (io e Zuzanna all'inizio ne eravamo terrorizzate, ma poi si dimostrò un compagno gentile e leale), diverse pecore e polli, e una scrofa che seguiva Caroline ovunque andasse. Lei le parlava in francese.

«Vieni, *chérie*», diceva mentre le trotterellava dietro. «*Dépêchez-vous. Vous pouvez être beau, mais cela ne signifie pas que je vais attendre*». Sarai anche bella, ma non vuol dire che io debba aspettarti.

Ogni tanto quella scrofa seguiva Caroline persino in casa, salendo la scalinata d'ingresso con una certa difficoltà, fino in camera da letto.

Lì nel Connecticut, Caroline era una persona diversa. Si occupava degli animali nelle stalle vestita solo con dei jeans e un cappello da cacciatore, e si arrampicava sul tetto con il vecchio fucile di suo padre per sparare a dei conigli che a suo dire si stavano mangiando la sua lattuga. Il mistero era risolto: ecco perché quella donna non era sposata.

Il giorno di Natale fu molto difficile, con Pietrik e Halina dall'altra parte del mondo. Ci scrivevamo molte lettere ovviamente, e Pietrik mi spedì un pacco con i miei dolci di Natale preferiti e un disegno a matita di papà e Marthe fatto da Halina, ma io non riuscii comunque a tenere a freno le lacrime.

Avere Zuzanna al mio fianco mi aiutò. Lei non aveva avuto bisogno di un intervento di chirurgia correttiva come me, ma aveva dovuto sopportare un ciclo di chemioterapia contro il cancro. Era ancora molto debole, perciò il giorno di Natale Caroline ci fece sedere vicine nel suo salotto, in un posticino caldo accanto al caminetto. Io ero sulla sedia a rotelle, Zuzanna sulla poltrona del padre di Caroline. Quella era la mia stanza preferita di tutta la casa, perché si affacciava sul giardino, con le sue grandi siepi e le file ben curate di cespugli di bosso, bellissimi persino in inverno.

Sedevamo accanto al fuoco, di fronte all'albero di Natale sistemato nell'angolo. L'angelo in cima sfiorava il soffitto. Sotto l'albero c'era una sorpresa per ciascuna di noi da parte di Caroline: un flacone di profumo che Zuzanna aveva notato in un negozio di nome Bergdorf Goodman, e per me una selezione di libri, compreso *The Power of Positive Thinking* di Norman Vincent Peale. Io non avevo pensato a un regalo per Caroline, ma Zuzanna aveva fatto un'incisione su carta per lei e Mrs Ferriday che rappresentava la casa con tutti gli animali. C'erano i cavalli e la scrofa, i polli e i gatti e persino il cane Lucky e il loro pappagallo cenerino. Zuzanna aveva detto che era da parte di entrambe, ma era chiaro chi fosse l'artefice di quel capolavoro.

Mrs Ferriday aveva chiesto a Serge di cucinare le tradizionali dodici portate del cenone polacco, che mangiammo dalla prima all'ultima, fermandoci solo per esprimere la nostra sincera gioia. Dopo cena Mrs Ferriday mi portò nella vecchia cucina sul retro della casa. Era la mia seconda stanza preferita, con il pavimento di piastrelle bianche e nere e il lavandino di porcellana bianca grande a sufficienza da permettere a un adulto non troppo alto di farci il bagno dentro.

Mi misi a sedere al tavolo della cucina con Caroline e Mrs Ferriday, e guardai Zuzanna e Serge lavare i piatti insieme. Mia sorella era ancora molto debole, ma aveva insistito per dare una mano in cucina. Aveva perso i capelli a causa delle radiazioni e adesso era completamente calva, come molte di noi un tempo nel campo. Si era annodata intorno alla testa una delle sciarpe di Caroline e assomigliava in tutto e per tutto a una lattaia. Serge rimase accanto a lei tutta la sera, persino dopo cena. Sapevo che erano diventati più che amici. Avevo visto Zuzanna tornare di nascosto in camera dall'ala della servitù poco prima dell'alba. Quel pensiero mi fece salire le lacrime agli occhi. Come poteva mia sorella essere così riservata?

Caroline ci versò il caffè. Matka sarebbe stata così contenta di essere lì! Anche solo per il caffè! Mrs Ferriday aprì un pacchetto dei miei biscotti preferiti, i Fig Newton, e versò a tutti un bicchierino di liquore all'arancia.

«Com'erano i valori del sangue di Zuzanna?», chiese.

«A quanto pare la situazione migliora», disse Caroline. «Sono ottimisti».

«È splendido, ma potresti aver bisogno di un altro ciclo di terapia, Zuzanna», disse Mrs Ferriday.

Zuzanna sorrise. «Allora magari potrei trattenermi qui a tempo indeterminato».

Serge ricambiò il suo sorriso. Solo un idiota non si sarebbe accorto delle tenerezze che si scambiavano. Un russo? Era piuttosto bello, in quel modo semplice tipico dei russi, ma cosa avrebbe detto papà?

«Prima andiamo in California», dissi. «Non vedo l'ora di vedere dove abitano le star del cinema. Dicono che Rodeo Drive ne sia piena».

«Devi andare lì a sorridere a quei californiani», disse Mrs Ferriday. «Il tuo dente è *splendido*, cara». Sorrisi e passai la lingua sul mio nuovo canino, che aveva sostituito quello vecchio e cariato. Cosa avrebbe pensato Pietrik del mio nuovo sorriso?

Diedi un morso a un Fig Newton e lo buttai giù con un sorso di brandy, come facevamo a casa con la vodka.

Caroline annusò la panna e ne mise un po' nel suo caffè. «Ci sono cose più interessanti delle celebrità da vedere a Los Angeles. Per esempio i pozzi di catrame di La Brea».

«Delle bestie agonizzanti intrappolate nel catrame?», disse Mrs Ferriday. «Che orrore. Lascia che queste ragazze si divertano un po', cara».

Era un peccato che Mrs Ferriday non venisse in California con noi. Prese la bottiglia di brandy e fece per riempirmi di nuovo il bicchierino.

Caroline gliela tolse di mano. «Basta brandy alle ragazze, mamma».

«Per l'amor del cielo, Caroline. È Natale».

«Kasia ne ha già bevuto abbastanza, direi. È in *convalescenza*, mamma».

«Un po' di brandy non ha mai fatto male a un paziente. Le Woolsey lo usavano come balsamo sulle gengive dei neonati».

Caroline si alzò in piedi, prese la bottiglia dal tavolo e la posò sul bancone. Mrs Ferriday mi sorrise e alzò gli occhi al cielo. Quanto era fortunata Caroline ad avere sua madre!

Zuzanna e Serge non si erano accorti di nulla, non si erano mai viste due persone più felici di lavare i piatti. Ridevano e si scambiavano colpetti l'un l'altro con le dita insaponate.

Caroline alzò la tazza di caffè per fare un brindisi. «Buon Natale a tutti».

«*Wesolych Swiat*», rispondemmo io e Mrs Ferriday, brindando con i bicchieri vuoti.

Buon Natale.

Capitolo 43
Kasia

1959

La primavera seguente partimmo tutte dalle rispettive città e ci incontrammo al San Francisco International Airport. Eravamo via ormai da sette mesi e avevamo tutte nostalgia della Polonia, ma San Francisco non aveva mai visto così tante polacche felici. Janina ci raggiunse dalla Francia. Si era ripresa lì, grazie all'aiuto di Anise, e aveva frequentato la scuola per parrucchieri a Parigi, perciò il suo arrivo migliorò notevolmente le nostre acconciature. Quanto ci piaceva la California! L'aria era fresca e pulita, e il sole fu accolto con gioia soprattutto da quelle di noi che avevano trascorso l'inverno nel freddo New England.

Per quanto San Francisco fosse molto carina, il pezzo forte della West Coast era Los Angeles. Quante chiacchiere su quel pullman. Dove saremmo andate prima? Al Grauman's Chinese Theatre? Su Rodeo Drive? Ma la cosa migliore era che io potevo *camminare*. Come una persona normale. Un po' del vecchio dolore era rimasto, ma non zoppicavo più. Grazie alla chirurgia plastica inoltre il mio polpaccio era un po' più levigato e la gamba sembrava quasi normale. Il dottor Rusk mi aveva prescritto delle pillole per il dolore, ma io mi sentivo in grado di camminare per tutta Rodeo Drive.

Andammo a Disneyland, un posto di cui avevo sentito tanto parlare. Arrivammo tutte e trentasei su un pullman con l'aria condizionata e Caroline ci filmò con la sua videocamera 8mm, come una regista di Hollywood. Aveva portato la sua chitarra e a pranzo la suonò, ma passammo ugualmente una bella mattinata. Frontierland fu particolarmente divertente. Facemmo un giro su una zattera di tronchi sull'Isola di Tom Sawyer, e Zuzanna si innamorò dei Tre Porcellini. Per qualche ragione quei tre poverini intrappolati dentro i loro abiti imbottiti, con le sopracciglia nere simili a grandi parentesi disegnate sulle teste di *papier-mâché* che gli davano un'aria perennemente sorpresa, le toccarono il cuore. Quando Zuzanna disse che li adorava, Caroline cominciò a scattare un milione di fotografie di mia sorella insieme a quegli enormi maialini calvi.

Ci fu un momento di tensione quando arrivammo al Casey Jr. Circus, ovvero il trenino per i bambini che faceva il giro del parco. Non aveva un'aria particolarmente minacciosa, ma il suo fischio inquietante ci aveva tormentate durante tutta la visita. Quando arrivò il momento di salire a bordo, Janina si bloccò. Era difficile dimenticare l'altro treno su cui eravamo salite tutte insieme.

Dopo la California riattraversammo l'America, fermandoci al Grand Canyon e a Las Vegas. Zuzanna pensò di aver rotto la slot machine quando le lucette cominciarono a lampeggiare e le monete si riversarono fuori. Quando arrivammo a Washington e venimmo ufficialmente presentate durante una seduta speciale del Congresso, ci sentimmo davvero come star del cinema.

Tornammo a New York, ci dividemmo e andammo a stare da diverse famiglie per la nostra ultima settimana. Io e Zuzanna continuammo a essere ospiti di Caroline, questa volta nel suo appartamento di New York. Caroline coccolava mia sorella come una chioccia, e le regalò a sorpresa una nuova camicia da notte e delle pantofole. Quando i dottori diedero a Zuzanna la buona notizia che il suo cancro era ufficialmente in remissione, Caroline ci comprò due abiti nuovi da Bergdorf Goodman per festeggiare. Non avevo mai visto una donna così felice, sembrava quasi che fosse lei la madre di Zuzanna.

Se l'appetito era un segnale indicativo, mia sorella si stava riprendendo a tempo di record. Forse anche perché si trovava a Manhattan, un posto che Zuzanna aveva sempre sognato di visitare. O forse era il cuoco russo di Caroline che la riempiva di cibo polacco.

O magari invece era il distributore automatico.

«Quando muoio voglio venire qui», disse Zuzanna mettendo la sua tazza di porcellana bianca sotto il rubinetto d'argento a forma di delfino. Il caffè riempì la tazza, caldo e profumato.

Se New York era il Regno di Oz, il distributore era la Città di

Smeraldo. Sulla bustina di fiammiferi in omaggio c'era scritto il nome: DISTRIBUTORE HORN & HARDART, TRA LA CINQUANTASETTESIMA E LA SESTA. Dentro faceva così caldo che ci si doveva togliere il cappotto e il cibo compariva come per magia. Dietro alcuni gabbiotti vetrati c'erano delle allegre signore vestite di nero, chiamate "sputacentesimi", che cambiavano le banconote con dei ditali di gomma a proteggere la punta delle dita. Bastava inserire qualche moneta nella fessura accanto al cibo che si desiderava acquistare, e il piccolo scomparto si apriva. Era facilissimo, e si poteva scegliere tra pollo arrosto, torta di mele, fagioli alla bostoniana con sciroppo di melassa. C'erano più di quattrocento piatti diversi! Volevamo andare a mangiare lì tutti i giorni.

Io e Zuzanna ci integrammo bene. Con i nostri nuovi abiti di Bergdorf Goodman facemmo onore al nostro nuovo nome, le signore di Ravensbrück. Era difficile credere che il nostro viaggio fosse quasi giunto al termine, e che presto avremmo ripreso l'aereo lasciandoci tutto alle spalle. Eppure non vedevo l'ora di tornare a casa. Di rivedere Pietrik e Halina. Per quanto fosse duro ammetterlo, mi sarebbe mancata persino Caroline. Aveva fatto davvero tanto per noi, però sarebbe stato bello riavere finalmente Zuzanna tutta per me durante il lungo viaggio verso casa. Avremmo potuto ridere e commentare tutto quello che ci era successo.

Zuzanna appoggiò il vassoio davanti al mio.

«Sto ingrassando, Kasia. Ah, non adori anche tu le patate schiacciate?».

Nel suo piatto alcuni piselli verdi rotolavano su una montagnola di patate, coperta di salsa marroncina.

Una donna si accostò al nostro tavolo con una caraffa di caffè appena fatto e fece per versarmelo nella tazza.

«No», dissi mettendoci una mano sopra, perché non avevo ordinato altro caffè.

«Si chiama *refill*, è gratis», disse Zuzanna.

New York era piena di sorprese come quella.

Zuzanna affondò la forchetta nelle patate, infilzò qualche pisello e mangiò. Stava benissimo, sembrava una modella.

«Cosa avremmo dato per dei piselli allora», disse. Non riusciva a pronunciare ad alta voce la parola Ravensbrück.

«Almeno adesso Herta Oberheuser è in una cella fredda a mangiare fagioli da un barattolo», dissi.

«Potresti anche cercare di girare pagina, Kasia».

«Non li perdonerò mai, se è questo che mi stai dicendo».

«Restare così attaccata all'odio ti farà solo del male».

Mia sorella non mi infastidiva quasi mai, ma la sua positività a volte era davvero irritante. Come potevo *perdonare?* Certi giorni l'odio era l'unica cosa che mi faceva andare avanti.

Cambiai argomento.

«Sono felice di vederti ingrassare», dissi. «Papà non ti riconoscerà. Sembri una persona diversa. Una persona che ancora non ha fatto le valigie, tra l'altro».

Zuzanna tenne gli occhi fissi sulle patate.

«Devo chiederti un favore, Kasia».

Sorrisi. Non c'era niente che non avrei fatto per mia sorella. Passai la lingua sopra il mio dente nuovo, ogni tanto temevo di non sentirlo più. Era il mio souvenir preferito di quel viaggio, liscio e perfetto, e dell'esatto colore degli altri denti. Feci pratica del mio nuovo sorriso. Un gruppetto di ragazzi e ragazze entrò nel locale del distributore e si accomodò dietro un séparé. Un ragazzo baciò una ragazza lì davanti a tutti, un bacio lungo e intenso. Come sembravano liberi e felici. Riuscivo a vederli benissimo grazie ai miei nuovi occhiali.

«Tutto quello che vuoi», dissi.

Zuzanna tirò fuori una cartellina dalla sua borsa e la posò accanto al mio vassoio.

«Ho bisogno del tuo aiuto. Per scegliere...».

Aprii la cartellina e dentro c'erano delle fotografie. Erano sei o sette, scatti a mezzobusto, in bianco e nero come le foto per il passaporto. Erano tutte di bambini. Alcuni molto piccoli, altri più grandi.

Chiusi la cartellina. «Che significa?».

Zuzanna disegnò dei piccoli solchi nelle patate con i rebbi della sua forchetta. «Me le ha date Caroline».

«Perché?». Le presi la mano libera. «Zuzanna, che succede?».

Lei ritirò la mano. «Stavo aspettando il momento giusto per dirtelo... La scorsa settimana ero in ospedale e i medici mi hanno chiesto un parere su un caso».

«Lo fanno in continuazione. Ma che c'entra?»

«Dopo mi hanno chiesto se mi andava di tenere un corso».

«*Qui?*», dissi.

«Sì, qui. Dove altro, Kasia? Ho chiesto a Caroline di prolungare il mio visto».

«Non torni a casa?». Avevo lottato così tanto per farla venire, solo per poi perderla?

«Certo che tornerò a casa. Non essere ridicola. È che mi hanno accordato una speciale proroga del visto, riservata ai medici».

«È per quel cuoco, vero?». Ma perché l'avevo lasciata fare per così tanto tempo senza dirle nulla?

Zuzanna mi lanciò una delle sue occhiate da dottoressa severa. «Ha un nome, Kasia».

«A papà verrà un colpo. *Io* di certo non glielo dico».

«Le foto dei bambini me le ha date Caroline. Hanno tutti bisogno di una casa. Ce n'è uno che si chiama Julien, ha appena perso entrambi i genitori in un incidente d'auto a Ingonish, sulla costa di Cape Breton Island, in Canada».

«Esistono gli orfanotrofi».

«È un bambino *piccolo*, Kasia. Caroline dice che se io e Serge rendessimo le cose tra noi, be', un po' più stabili…».

«Vuoi *sposarlo?* Spero che tu stia scherzando».

«Caroline potrà aiutarci a ottenere l'adozione. Quando sarò guarita del tutto. Vogliamo aprire un ristorante insieme. Soprattutto crêpes e quiches, almeno all'inizio…».

«Quindi io me ne ritorno a casa mentre tu resti qui, sposi un cuoco russo, apri un ristorante francese e cresci il figlio di qualcun altro?»

«Ho quarantaquattro anni e nessuna prospettiva, Kasia. Tu hai già la tua famiglia. Questa è la mia unica possibilità».

«A casa potresti…».

«Fare *cosa*? Ammazzarmi di lavoro all'ospedale? Far nascere i bambini degli altri? Hai idea di che cosa si prova? Voglio fare tutto quello che posso per vivere una bella vita, per il tempo che mi resta. E ti suggerisco di fare lo stesso. È quello che avrebbe voluto Matka».

«Cosa ne sai di quello che avrebbe voluto Matka? Pensi che le avrebbe fatto piacere scoprire che vai a letto con un cuoco russo e che vuoi voltare le spalle a Lublino?».

Zuzanna riprese la cartellina e la ripose nella borsa.

«Farò finta che tu non abbia detto nulla di tutto questo, cara sorella».

Poi si avviò verso la porta senza voltarsi, lasciandomi il suo vassoio con le patate schiacciate che aveva a malapena toccato.

Caroline ci riportò a The Hay per la fine del soggiorno. La mia ultima mattina nel Connecticut mi svegliai da un sogno in cui volavo sopra un campo di grano, mano nella mano con mia madre. Era uno di quei sogni così belli, così reali da sembrare veri, finché non mi resi conto che la mano che stavo stringendo non era quella di Matka, ma quella fredda di Herta Oberheuser.

Mi drizzai a sedere, con il cuore che mi martellava nel petto. Dov'ero? Al sicuro nella stanza degli ospiti a casa di Caroline. Tastai il letto accanto a me. Freddo. Zuzanna era già in piedi. Di sicuro era andata a trovare il suo amico russo. Forse era un bene che restasse. Sarebbe stata al sicuro, con un uomo che si prendeva cura di lei. Ma io come potevo tornare a Lublino da sola?

Percorsi il corridoio a piedi nudi fino a una stanza con il soffitto alto, la camera di Caroline; passai davanti al suo letto a baldacchino perfettamente rifatto e andai all'imponente finestra che si affacciava sul giardino. Al centro di un cerchio di siepi di bosso c'era un cherubino alato di pietra, che faceva la guardia ai tulipani e alle campanule. Caroline era inginocchiata accanto a un'aiuola di rose, posata sull'erba vicino a lei c'era una tazza bianca fumante e un mare di cespugli di lillà ondeggiava nella brezza alle sue spalle.

Inspirai a pieni polmoni, assaporando la sensazione di sicurezza che quella vista mi trasmetteva ed espirai lentamente sul vetro, trasformando la scena in un miscuglio sfocato di verde brillante e color lavanda. Desideravo ardentemente rivedere Pietrik e Halina, ma in quella vecchia casa nulla poteva farmi del male, e tra me e i miei problemi c'era un oceano intero.

Mi vestii e scesi al piano di sotto in cerca di mia sorella e di un po' di caffè bollente. In cucina non trovai né l'una né l'altro e indugiai di nuovo alla finestra, osservando Caroline nel giardino. Indossava dei guanti di tela da giardinaggio e aveva i capelli raccolti all'indietro con una sciarpa. Stava strappando le erbacce dal terreno intorno ai gambi dei fiori pieni di spine. La sua scrofa dormiva con la bocca aperta a pochi passi di distanza, sotto un cespuglio di lillà, raspando il terreno come se stesse correndo nel sonno. Dovevo unirmi a loro? Non ero dell'umore giusto per sorbirmi un'altra lezione.

Caroline mi vide dalla finestra e con la paletta mi fece cenno di avvicinarmi.

Non avevo scelta, dovevo uscire.

«Hai visto Zuzanna?», le chiesi.

«Lei e Serge hanno accompagnato mia madre a Woodbury. Vieni a togliere un po' di erbacce, cara. È un toccasana per l'anima».

Anche il caffè, pensai.

Percorsi il vialetto di ghiaia e mi inginocchiai accanto a Caroline. L'enorme casa incombeva su di noi come una gigantesca nave bianca in un mare di lillà violetti che ondeggiavano ai suoi piedi. Non avevo mai visto lillà di quei colori, le sfumature andavano dal color melanzana, quasi nero, al lavanda pallido.

«Mi dispiace, ho finito io il caffè», disse Caroline. «Chi primo arriva…».

Era una frecciatina? La ignorai.

«Hai progettato il giardino perfetto», dissi.

«Oh, è stata mia madre. Ci eravamo appena trasferiti, mio padre aveva chiamato i giardinieri, e loro colsero alla sprovvista mia madre chiedendole un progetto su cui basarsi. Lei prese una matita e riprodusse il motivo del tappeto Aubusson che c'è in biblioteca, e gli diede quello. Direi che ha funzionato perfettamente».

Dal punto in cui mi trovato, l'odore di rose e lillà era così forte che avevo la sensazione di poterlo toccare. «Hanno un profumo delizioso».

Caroline estirpò un dente di leone, con le radici pelose e tutto il resto, e lo gettò nel suo secchio. «L'odore è più intenso al mattino. Quando il sole è alto tutto si secca e i fiori trattengono la fragranza all'interno».

Perché non avevo mai chiacchierato di fiori con Caroline? Dopotutto era una passione che avevamo in comune. Presi una paletta dal secchio ed estirpai un arbusto da terra. Venne fuori con un sonoro *pop*. Lavorammo insieme senza parlare, smuovendo la terra nera con le palette. Gli unici suoni intorno a noi erano il cinguettio degli uccelli su un albero poco lontano e il russare leggero della scrofa di Caroline.

«Devo proprio dirtelo, tu sei la roccia della famiglia, Kasia cara».

Fu bellissimo sentirselo dire! «Immagino di sì».

«Fin dal primo momento in cui ti ho vista, su quel palco a Varsavia, ho capito che in te c'era una forza speciale».

«In realtà no. Da quando mia madre...».

Caroline mi posò una mano guantata sul braccio. «Mi pare di capire che tua madre fosse una donna straordinaria, e che ti assomigliasse parecchio. Forte. Una roccia. Sono sicura che le volevi molto bene».

Annuii.

«Quando mio padre morì, pensai che sarei morta anche io. È successo tantissimo tempo fa, ma non c'è giorno che non desideri di averlo qui con me». Caroline fece un cenno in direzione dei cespugli di lillà che ondeggiavano sopra di noi. «Lui li adorava. Questi cespugli sono un bel ricordo, ma allo stesso tempo è molto triste veder fiorire i suoi lillà Abraham Lincoln preferiti senza di lui».

Caroline si asciugò la guancia con il dorso del guanto da giardinaggio, lasciando una macchia nera sotto l'occhio. Poi si tolse i guanti.

«Però in un certo senso è molto appropriato. Papà adorava il fatto che i lillà fiorissero soltanto dopo un inverno gelido».

Caroline allungò una mano e mi scostò i capelli dalla fronte con il suo tocco leggero. Quante volte avevo visto mia madre fare quello stesso gesto? «È un miracolo che tutta questa bellezza venga fuori dopo tante difficoltà, non trovi?».

All'improvviso gli occhi mi si riempirono di lacrime e vidi l'erba tremolare di fronte a me. Riuscii soltanto ad annuire.

Caroline sorrise. «Vi farò preparare da Mr Gardener qualche arbusto di lillà da piantare a Lublino».

«Non c'è bisogno che li prepari anche per Zuzanna», dissi.

Caroline si accovacciò sui talloni. «Avrei voluto dirtelo prima...».

«È tutto a posto. In realtà è una cosa bella. All'inizio ero triste, ma tu hai aiutato Zuzanna come io non avrei mai potuto fare. A guarire. Ad avere la possibilità di crescere un figlio. Mia madre sarebbe stata felice. Non so come ringraziarti».

Caroline mi strinse la mano. «Non è necessario, Kasia cara».

«Io e Zuzanna abbiamo ricevuto così tanto da te. Vorrei poter ricambiare».

«Sei stata molto cara con noi. Specialmente con mia madre».

Riprendemmo a strappare erbacce in silenzio. Bethlehem mi sarebbe mancata.

Caroline si voltò a guardarmi. «Be', in verità una cosa ci sarebbe, Kasia…».

«Che cosa?»

«È una questione di cui volevo parlarti da un po'».

«Non c'è problema».

«Riguarda, be'… una persona che conoscevi».

«Chiedimi quello che vuoi».

«Be', si tratta di Herta Oberheuser».

Solo sentire quel nome mi faceva venire la nausea.

Posai una mano sull'erba per sostenermi. «*Che cosa* c'entra lei?»

«Mi dispiace moltissimo dovertene parlare, ma le mie fonti mi dicono che potrebbe essere stata rilasciata in anticipo…».

Mi alzai in piedi, stordita e con la paletta in mano. «Impossibile. I tedeschi non possono averla fatta uscire di prigione…». Perché all'improvviso non riuscivo a respirare?

«A quanto ne so, sono stati gli americani. Nel 1952. Senza farlo sapere troppo in giro».

Andai verso la casa. Poi tornai indietro. «È stata fuori dalla galera per tutto questo tempo? Perché? C'era stato un processo…».

«Non lo so, Kasia. I russi stanno cercando in tutti i modi di sottrarre i medici tedeschi agli Stati Uniti, forse volevamo ingraziarceli. In qualche modo i tedeschi riescono a perdere sempre la guerra, ma a vincere la pace».

«Le tue fonti si *sbagliano*».

Caroline si alzò in piedi e mi toccò la manica. «Ritengono che il governo della Germania Ovest abbia aiutato Herta a stabilirsi a Stocksee. Nel nord della Germania. Forse ha ripreso a esercitare la professione… Come medico di base».

Mi scostai bruscamente. «Non ci credo. Ha ucciso delle persone. Mi ha fatto questo». Tirai su la gonna.

Caroline si avvicinò. «Lo so, Kasia. Ma possiamo fare qualcosa».

Scoppiai a ridere. «Metterci contro di *loro?* E come?»

«Prima di tutto abbiamo bisogno di qualcuno che la riconosca in modo ufficiale».

«E quel qualcuno…».

«Solo se te la senti».

Il sole spuntò alle spalle degli alberi, i suoi raggi caldi si posarono sulle mie spalle. «Se *me la sento?* No, non *me la sento* affatto». Gettai la paletta nel secchio, dove atterrò tintinnando. «Come puoi chiedermi di incontrare Herta Oberheuser?». Di colpo il sole mi parve fin troppo caldo.

«Ci serve una fotografia o una ricevuta ufficiale del suo studio medico. Altrimenti sono solo chiacchiere».

«Dovrei scattare una fotografia a Herta Oberheuser? Stai *scherzando?*»

«Posso farti avere i documenti di viaggio e i soldi».

Mi stava veramente chiedendo di andare a cercare Herta Oberheuser? Rievocai alla memoria il suo volto. Quell'aria compiaciuta. L'espressione annoiata. Sentii lo stomaco contrarsi. Stavo per vomitare su quel prato perfetto?

«Mi dispiace. Sei stata davvero molto gentile con noi, ma no, grazie». Mi avviai lungo il vialetto di ghiaia per rientrare in casa.

Caroline mi seguì. «A volte dobbiamo sacrificarci per un bene più grande».

Mi fermai e mi voltai.

«*Dobbiamo?*». Zuzanna sarebbe rimasta lì al sicuro, mentre io dovevo andare da sola a cercare Herta?

«Ti prego, pensaci, cara».

«Ma...».

«Prenditi tutto il tempo che vuoi. Andiamo a fare dell'altro caffè».

La scrofa si svegliò di scatto, si alzò sulle quattro zampe e ci seguì mentre tornavamo verso casa, con la ghiaia che scricchiolava sotto i nostri piedi.

Era una bella sensazione sapere che Caroline aveva bisogno di me, ma mi stava chiedendo una cosa impossibile. Incontrare la *dottoressa Oberheuser?* Avrei dovuto parlarle? Mi avrebbe riconosciuta? Si ricordava di Matka?

Quando rientrammo in casa, mi accorsi che Caroline aveva ragione sulle rose. Adesso che il sole era alto in cielo, tutto il profumo era sparito.

Capitolo 44
Kasia

1959

Quando tornai a Lublino, le cose erano molto cambiate. Ero stata via per meno di nove mesi, ma sembravano passati dieci anni. Pietrik aveva già fatto il trasloco nel nostro nuovo appartamento, vicino alla fabbrica di accessori per signore Lubgal, dove lavorava, poco fuori dalla città. L'intero appartamento era grande praticamente quanto la cucina di Caroline nel Connecticut, ma era *nostro.* Solo per noi tre. Niente papà. Niente Marthe. Zuzanna era rimasta con Serge nel Connecticut. Avevamo due camere da letto tutte per noi.

La cucina era piccola e compatta, a malapena c'era spazio per voltarsi. Nei miei giorni liberi dal lavoro in ospedale, cucivo delle tendine blu che Matka avrebbe adorato, di stoffa a quadretti e con degli uccellini lungo gli orli. Sul davanzale della finestra sistemai le due bottigliette di vodka che mi aveva dato la hostess sul volo di ritorno.

Pietrik pareva contento di riavermi a casa. Gli ero mancata? Non me l'avrebbe mai detto, e io non avevo intenzione di chiederglielo, ma quando era venuto a prendermi all'aeroporto era tutto sorridente e aveva una rosa in mano. Anche io sorridevo, grazie al mio dente nuovo. Forse le cose sarebbero migliorate tra noi? Perché ero così riservata con lui, mio *marito?* Adesso riuscivo a camminare molto meglio. Gli antidolorifici che mi aveva dato il dottore del Mount Sinai per placare il lieve fastidio che ancora provavo stavano finendo, perciò a volte ero un po' irritabile. Ma non vedevo l'ora di aggiustare le cose, di tornare a com'eravamo prima della guerra.

Un tardo pomeriggio di quell'inverno andai all'ufficio postale a trovare papà. Lui mi porse un pacchetto attraverso le sbarre dello sportello.

«Sono riuscito a metterci sopra le mani prima di quelli della censura», sussurrò.

Il pacchetto era grande quanto una scatola da scarpe e avvolto in carta marrone.

«Devi stare attenta a quello che ti spediscono i tuoi amici».

L'indirizzo del mittente era C. FERRIDAY, 31 EAST 50TH ST., NEW YORK, NY, USA. Caroline era stata furba a non spedirmelo dal consolato, altrimenti l'avrebbero aperto di sicuro. Ma qualsiasi forma di comunicazione con il mondo occidentale era sospetta e veniva registrata nel fascicolo di ognuno.

«E una lettera da parte di Zuzanna», disse papà.

Sembrava curioso, ma io mi infilai lettera e pacchetto sotto il cappotto.

Tornai di corsa al nostro appartamento e salii i tre piani di scale. Finalmente ero in grado di camminare come una persona normale. Halina aveva appeso un nuovo manifesto sulla nostra porta: MOSTRA D'ARTE NEL DISTRETTO 10: LA POLONIA NEI MANIFESTI. Lo stile era grafico ed essenziale, una novità per lei. Come avevo fatto a dimenticare che la mostra era quella sera? Da quando ero partita Halina si era dedicata all'arte con rinnovato vigore. Tentai di non pensarci.

Posai il pacchetto di carta marrone sul tavolo della cucina e lo fissai. Sapevo cosa c'era dentro.

Sentii un sassolino colpire il vetro della finestra e andai a vedere chi l'aveva tirato. Senza dubbio erano i ragazzi del vicinato. Alzai il vetro a ghigliottina, pronta a rimproverarli, e sotto vidi Pietrik.

«È una bellissima giornata!», disse lui. «Forza, vieni fuori a giocare».

«A forza di tirare sassi finirai per rompere i vetri», dissi, appoggiando il peso sugli avambracci e issandomi sul davanzale. Lui era ancora bellissimo, come un ragazzo. Era leggermente ingrassato, ma ovunque andassimo le donne gli lanciavano ancora delle occhiate di fuoco quando pensavano che non stessi guardando.

«Devo venire su a prenderti?», disse lui sorridendo, con le mani sui fianchi.

Richiusi la finestra e lui salì nel giro di pochi secondi. Entrò nell'appartamento senza fiato e con le guance rosse. Si avvicinò e tentò di baciarmi, ma io mi scostai.

«Ti ricordi di me, tuo marito?», disse lui.

«Credo di avere l'influenza. Mi fanno male i muscoli. E continuo a sudare».

«Ancora?», disse Pietrik. «Forse è perché non stai prendendo quelle pillole».

«Non lo so», dissi.

Pietrik posò una mano sul pacchetto. «Che cos'è?»

«Me l'ha spedito Caroline», dissi.

«E allora?», disse Pietrik lanciandomelo. «Aprilo».

Io lo presi al volo. «Non ancora».

«Che aspetti, Kasia?»

«So già cosa c'è dentro. Vuole che vada in una città nel nord della Germania che si chiama Stocksee. Per identificare…».

«Chi?».

Posai di nuovo la scatola sul tavolo. «Herta Oberheuser».

«È uscita di prigione?», disse Pietrik.

«Credono che abbia aperto uno studio medico laggiù. E hanno bisogno di un testimone che la identifichi, qualcuno che sappia che aspetto ha».

«E fa ancora la *dottoressa?* E tu ci andrai?».

Non risposi.

«Ti serviranno dei documenti speciali. E persino con quelli non è sicuro che ti lasceranno passare», disse.

«È esattamente quello che c'è nel pacchetto».

«E ti costerà parecchio. Solo la benzina…».

«Dentro ci saranno anche soldi», dissi. «Conoscendo Caroline, sia zloty che marchi».

Pietrik si avvicinò. «Allora dobbiamo andare, Kasia. Finalmente possiamo *fare* qualcosa per vendicarci. Verrò anche io. Solo attraversare il confine è già abbastanza pericoloso. Sai quanta gente è morta tentando di passare?»

«Lo facevano illegalmente. La gente lo attraversa legalmente tutti i giorni».

«Adesso è più difficile. La zona è piena di trappole esplosive e di campi minati. Ci sono cinquemila soldati della polizia di confine che lo presidiano, tutti tiratori scelti. Nel dubbio ti sparano».

Pietrik mi prese la mano.

«Verrò con te. Halina può stare da tuo padre».

«Ho chiuso con tutta quella storia, Pietrik. Il movimento clandestino. Ravensbrück. Devo andare avanti».

«È proprio questo il problema... non ci riesci. Hai rivolto la parola a tua figlia da quando sei tornata a casa?»

«Aveva da fare con il corso di arte...».

«Le sei mancata. Aveva fatto un calendario e segnava con delle X i giorni che restavano prima del tuo ritorno».

«Adesso al lavoro ho i turni doppi», dissi.

Pietrik mi afferrò per le spalle. «Puoi ritagliare un po' di tempo per lei?»

«Sta sempre a casa di Marthe...».

Pietrik andò alla sedia dove aveva lanciato la sua giacca e la prese.

«È sempre colpa di qualcun altro, Kasia». Pietrik si avviò verso la porta. «Non impari mai, vero?»

«Dove stai andando?», chiesi.

«Alla mostra di nostra figlia».

Feci un passo verso di lui. Come poteva andarsene così? «E la cena?»

«Mangerò da qualche parte». Pietrik si fermò sulla porta. «Pensaci seriamente. Vieni a Stocksee con me. Non capita tutti i giorni l'opportunità di fare qualcosa del genere, Kasia».

Mi voltai, sentii la porta chiudersi. Avevo lo stomaco in subbuglio. Dalla finestra guardai Pietrik allontanarsi, con le mani nelle tasche. Halina lo incrociò per la strada, in mano aveva la sua cartellina nera piena di disegni. Si abbracciarono e poi ognuno andò per la sua strada. Halina stava tornando a casa. Quando arrivò, io ero ancora imbronciata.

«Hai un'aria terribile», disse lei.

«Grazie».

«Vieni alla mia mostra stasera? Sai, ci spero tanto».

Ogni giorno che passava Halina sembrava sempre di più un'artista. Indossava una vecchia camicia di Pietrik, tutta macchiata di vernice. E portava i capelli biondi raccolti in alto sulla testa, come faceva mia madre. Per me era difficile guardarla, era una copia quasi identica di Matka.

Spostai il pacchetto di Caroline sotto il tavolo. «Devo lavorare».

«Non sei mai venuta a nessuna delle mie mostre, Matka. C'è una insegnante che vuole comprare i miei manifesti».

Guardai fuori dalla finestra. «Faresti meglio a sbrigarti e raggiungere tuo padre. Ti comprerà lui qualcosa per cena».

«Alla mostra serviranno del formaggio», disse Halina.

«E anche della vodka, immagino».

«Sì».

Nel caso l'arte moderna non fosse stata abbastanza moderna, un paio di bicchieri di alcol a duecento gradi avrebbero messo tutto a posto.

«Va' a cercare tuo padre», dissi.

Halina se ne andò senza salutarmi. Andai alla finestra e la guardai scendere in strada. Sembrava così piccola. Si sarebbe voltata a salutare con la mano? No. Ma almeno Halina aveva un buon rapporto con uno dei suoi genitori.

Aprii la lettera di Zuzanna, era breve e diretta. Del resto, era quello il suo modo di comunicare le brutte notizie. Non sarebbe tornata. Aveva prolungato ancora il visto e mi parve di capire che il matrimonio fosse imminente. Ma c'era anche una nota positiva. I dottori del Mount Sinai avevano confermato che il suo cancro era sempre in remissione.

Bevvi un goccetto per festeggiare, scolandomi una delle bottigliette di vodka dell'aereo.

Nella dispensa c'erano solo dei cereali. Me ne riempii una scodella e mi versai un bicchiere della vodka di Pietrik. Scendeva giù piuttosto liscia, considerando che era stata fatta nella cantina di chissà chi. Come diceva sempre papà, "si riuscivano a sentire le patate". Era più saporita di quella dell'aereo, e riuscivo a tenerla giù, almeno finché non pensavo al miscuglio che avevo creato nel mio stomaco: cereali che galleggiavano nella vodka.

Non c'era da stupirsi che Pietrik la bevesse solo nelle occasioni speciali. Mi fece formicolare tutto il corpo, e mi riscaldò braccia, dita, testa e orecchie. Persino il cervello mi pareva atrofizzato mentre indossavo il mio abito americano. Sorrisi allo specchio. Ora che avevo il dente nuovo, riuscivo a guardarmi. Perché non andare a godermi la serata speciale di mia figlia? Le calze di nylon coprivano le poche cicatrici che mi erano rimaste. Forse mio marito sarebbe stato felice di vedermi.

Dovevo fare solo pochi passi per raggiungere la scuola di Halina. Entrai nella palestra e la trovai piena di luci vivaci puntate sui manifesti appesi alle pareti di cemento. La gente gironzolava ammirando le opere degli studenti. Marthe e papà erano all'estremità opposta della sala e parlavano con una coppia dall'aria molto artistica. In mezzo alla sala, appoggiati su un tavolino, c'erano delle bottiglie di vodka e un piatto di carta pieno di cubetti di formaggio.

«Sei venuta, Matka», disse Halina sorridendo. «È la prima volta. Vieni, ti faccio vedere tutto».

Pietrik era in piedi in fondo alla sala, si appoggiava alla parete con una mano ed era immerso in una conversazione con una donna che portava un cappello rosso.

«Prima mi prendo un po' di formaggio», dissi. Improvvisamente avevo il fiato corto.

Andammo al tavolo del rinfresco, io presi qualche cubetto di formaggio e un bicchiere di vodka.

«Da quando bevi vodka?», chiese Halina.

«È importante provare cose nuove ogni tanto», dissi.

La assaggiai, poi gettai indietro il capo e me la scolai in un sorso solo. Era più morbida e aveva un sapore più raffinato di quella che avevamo a casa. Stavo diventando un'esperta in materia.

«Ti faccio vedere il mio autoritratto», disse Halina. Mi prese per mano e gli occhi mi si riempirono di lacrime. Quando era stata l'ultima volta che l'aveva fatto?

I lavori di Halina erano esposti tutti insieme lungo una parete disseminata di vivaci macchie di colore. I suoi dipinti erano molto grafici e vivaci. C'era il ritratto di una donna, senza dubbio Marthe, mentre cucinava, rappresentata come attraverso un caleidoscopio. Poi un pesce con il corpo di un'automobile, pieno di strumenti e ingranaggi.

«Ti piace quello della cucina?», chiese Halina.

«Quello di Marthe? Che colori graziosi».

«Non è Marthe. Sei tu», disse lei. «L'ho fatto in blu. Il tuo colore preferito».

Sentii di nuovo le lacrime riempirmi gli occhi e i colori si confusero come vernice in un barattolo pieno d'acqua.

«Sono io?», dissi. «Che cosa carina».

«E per finire ecco il migliore di tutti. La mia insegnante voleva comprarlo, ma sto pensando di tenermelo».

Tentai di asciugarmi gli occhi con un fazzoletto mentre Halina mi guidava più avanti, lungo il muro, fino al suo autoritratto. Quando mi ritrovai di fronte alla tela, fu come se il dipinto uscisse fuori e mi mordesse. Era così vivido.

«Allora?», disse Halina.

Era il quadro più grande della sala, il volto di una donna con i capelli dorati e una corona di spine intorno alla testa.

Era mia madre.

All'improvviso avevo caldo e mi girava la testa. «Devo sedermi».

«Non ti piace», disse Halina, incrociando le braccia sul petto.

«Sì, sì, mi piace. Ho solo bisogno di sedermi».

Mi accasciai su una sedia pieghevole e guardai Pietrik ridere con la sua amica, mentre Halina andava a prendermi un altro bicchiere di vodka. C'era una ragione se non uscivo molto spesso.

Halina prese Pietrik per mano e lo portò da me.

«Ecco qui, Matka», disse poi, porgendomi il bicchiere.

«Cosa ti ha convinta a venire?», chiese Pietrik con un sorriso. «Ti ci hanno trascinata dei cavalli selvaggi?»

«Di certo non sei stato tu», dissi.

Il sorriso di Pietrik svanì. «Non qui, Kasia».

«Ti stai godendo la mostra», dissi facendo un cenno con il mento in direzione della tizia con il cappello rosso. Avevo la vista confusa e l'alcol mi aveva sciolto la lingua.

«Hai bevuto?», chiese Pietrik.

«Solo a te è permesso bere», dissi prendendo un sorso dal bicchiere. Mi sentii di nuovo lucida e in grado di pensare.

Pietrik mi tolse la vodka. «Ti porto a casa».

Io mi ripresi il bicchiere e mi alzai, proprio mentre arrivavano Marthe e papà, con l'insegnante di Halina al seguito.

«Lei è la madre di Halina?», disse. Era una donna graziosa con i capelli scuri, gli occhiali tondi e neri e una tunica viola. Posò una mano sulla spalla di Halina, la manica della sua tunica assomigliava all'ala di un pipistrello.

«Io e Halina ci facciamo lunghe chiacchierate», disse. «Mi parla sempre benissimo di lei».

«Davvero?», dissi. «Quindi ammette di avere una madre?».

Il gruppetto rise un po' troppo forte. La mia battuta non era poi così divertente.

«Ah, gli adolescenti», disse l'insegnante. «Ha visto l'autoritratto che ha fatto? Un mio collega dell'università ha detto che è il suo pezzo preferito di tutta la mostra».

«È mia madre», dissi.

«Come, scusi?», disse l'insegnante.

Marthe e papà si scambiarono un'occhiata. La stanza girava come una giostra.

«Halina ha fatto un ritratto di *se stessa*, Kasia», disse Marthe.

Pietrik mi afferrò per un braccio.

«Se avessi *conosciuto* mia madre, oggi non dormiresti nel suo letto», dissi.

«Adesso andiamo a casa», disse Pietrik.

Mi divincolai dalla sua presa. «Halina forse non gliel'ha detto durante le vostre lunghe chiacchierate, ma mia madre è morta a causa mia, perché lavoravo per il movimento clandestino. Dopo tutto quello che lei aveva fatto per me».

Mi portai il bicchiere di carta alle labbra, ma mi scivolò tra le dita e mi rovesciai tutta la vodka sul vestito.

«Pietrik, portiamo Halina a casa nostra», disse Marthe.

«Già, mia madre era un'artista, proprio come Halina, ma lei dipingeva ritratti di persone cattive, di nazisti, se proprio lo vuole sapere». Mi rendevo conto di avere il viso rigato di lacrime. «E cosa le è successo? Dio solo lo sa, signora insegnante di arte, perché non mi ha mai detto addio. Ma mi creda, la donna in quel ritratto è mia madre».

Tutto ciò che ricordo di quel che accadde dopo, è Pietrik che mi sorregge sulla strada di casa, fermandosi per farmi vomitare in un angolo e ripulire il mio abito americano da quel che restava dei cereali.

La mattina successiva mi svegliai prima dell'alba.

«Acqua», chiamai, pensando per un istante di essere al Revier di Ravensbrück.

Mi misi a sedere sul letto di Halina e mi accorsi che il mio vestito era stato sostituito da una camicia da notte. Era stato Pietrik a cambiarmi? Mi tornò alla memoria la sera precedente, e sentii le guance avvampare nel buio. Mi ero resa ridicola. E persino prima di alzarmi in piedi, seppi che dovevo andare a Stocksee.

Passai davanti alla stanza di Pietrik. Stava dormendo con un braccio sul volto, a petto nudo. Era bellissimo. E se mi fossi infilata nel letto con lui? Perché non avevo il coraggio di dormire con mio marito?

Mentre l'alba si affacciava alla nostra finestra, raccolsi il necessario per passare la notte fuori e aprii il pacchetto di Caroline, stando attenta a non fare rumore. Nella scatola trovai i miei documenti di viaggio, denaro tedesco e polacco, e una lettera già affrancata e indirizzata al più importante quotidiano tedesco, in cui si descrivevano nel dettaglio i crimini di guerra commessi da Herta Oberheuser a Ravensbrück e il suo rilascio anticipato. Poi c'erano tre cartine stradali, un elenco di stazioni di servizio approvate dove fare rifornimento e istruzioni di viaggio dettagliate. C'era anche un biglietto di scuse – Caroline era riuscita a procurare i documenti solo per una persona – e un intero pacco di Fig Newton. Infilai la scatola in valigia e la chiusi. Sentii Pietrik muoversi nell'altra stanza.

Mi bloccai per un istante. Dovevo lasciare un biglietto? Scribacchiai un breve saluto sulla carta che avvolgeva il pacco di Caroline e scesi le scale fino alla vecchia macchina turchese che papà ogni tanto mi prestava e che Pietrik aveva tenuto in vita per anni. Come diceva papà, la macchina aveva più ruggine che vernice, ma ci aveva sempre portati ovunque volessimo andare.

All'inizio ero molto agitata mentre guidavo. E se era davvero Herta? Mi avrebbe fatto del male? *Io* avrei fatto del male a *lei?* Le idee mi si schiarirono un po' man mano che andavo avanti. Erano ben poche le persone che si erano messe al volante così presto. Spiegai la prima cartina e il foglio con le istruzioni di viaggio sul sedile del passeggero, alzai il volume della radio, abbassai il finestrino e feci colazione con un'intera fila di Fig Newton incellofanati. Sulla scatola c'era scritto: LA NUOVA CONFEZIONE DOPPIA CONSERVA LA FRESCHEZZA!, e in effetti erano più buoni che mai, soffici e con un dolce ripieno di fichi. Dopo averli mangiati il mio umore migliorò notevolmente. Forse quel viaggio era una buona idea, dopotutto.

Procedendo verso nord-ovest superai un villaggio desolato dopo l'altro, l'unica macchia di colore in quelle cittadine squallide era il rosso su bianco dei manifesti di propaganda che proclamavano le virtù del socialismo e L'INDISSOLUBILE AMICIZIA CON I POPOLI DELL'UNIONE SOVIETICA.

Viaggiare era diventato molto complicato dopo che alla Germania erano stati tolti tutti i territori conquistati durante la guerra. Le regioni dell'est erano state restituite alla Polonia, occupata però dai russi, mentre l'ovest era stato diviso tra gli Alleati occidentali. Al posto della Germania invasa c'erano due nuovi Stati, la Germania Ovest, non più pienamente occupata dagli Alleati, e la Germania Est, su un territorio più piccolo: la Repubblica Democratica Tedesca, o DDR.

Mi ci volle una giornata intera per attraversare la Polonia e la Germania Est. Le strade erano piene di buchi e spesso ingombre di rifiuti, ed era raro vedere altre macchine. Mi passò accanto un convoglio militare sovietico, con le targhe dei veicoli cancellate. I soldati seduti nei cassoni dei camion mi guardarono come se fossi un fenomeno da baraccone. La prima notte dormii in macchina, con un occhio sempre aperto per paura di eventuali rapinatori.

Il giorno dopo, avvolta in una nebbia densa e umida, arrivai al confine interno tedesco, la frontiera lunga 1393 chilometri che divideva la Germania Ovest dai territori sovietici. Caroline mi aveva indirizzata su una delle poche strade aperte ai non tedeschi, una via di transito che passava da nord, dal checkpoint di Lubecca/Schlutup. Man mano che mi avvicinavo al gabbiotto delle guardie e alla sbarra a strisce bianche e rosse che bloccava il passaggio, rallentai e mi incolonnai dietro l'ultima macchina in attesa.

La pioggia cadeva leggera sul tettuccio e nell'attesa osservai la torretta di cemento bianco che si ergeva lungo il muro a poca distanza. Mi stavano guardando da lassù? Riuscivano a vedere il mio catorcio di macchina che buttava fumo color lavanda mentre aspettavo? Da qualche parte sentii abbaiare un cane da guardia, scrutai la campagna circostante e la recinzione metallica che correva per tutta la lunghezza della strada. Era lì che si trovavano le trappole esplosive? Ma finché restavo in macchina era tutto a posto.

La mia auto avanzava lungo la fila, i tergicristalli nudi erano inutili contro la pioggia, la parte di gomma era stata rubata tempo prima da qualche piccolo malfattore. Spensi la radio per concentrarmi meglio. Dov'era Zuzanna quando avevo bisogno di lei? Ah già. A godersi la sua vita a New York. Ricontrollai i documenti per la decima volta. Tre pagine scritte fitte e firmate con uno svolazzo. KASIA KUZMERICK, AMBASCIATORE CULTURALE, diceva. Passai le dita sopra il timbro in rilievo. Di certo non avevo l'aria di un ambasciatore culturale, ma quei documenti mi fecero sentire importante. Sicura.

Quando arrivai alla sbarra il mio vestito era fradicio di sudore sotto il cappotto pesante. Abbassai il finestrino per parlare con il soldato della Germania Est.

«*Polski?*», disse lui.

Io annuii e gli porsi i documenti. Lui lanciò un'occhiata e si voltò verso il gabbiotto, con le mie carte in mano. «Non spenga la macchina», disse.

Io aspettai, fissando l'indicatore della benzina. Possibile che l'ago si stesse muovendo anche mentre lo guardavo? Altri due soldati uscirono dal gabbiotto e mi lanciarono un'occhiata. Alla fine un agente di mezz'età si avvicinò.

«Scenda dall'auto», mi disse in polacco, con un forte accento tedesco.

«Perché?», dissi. «Dove sono i miei documenti?»

«Sono sotto sequestro», rispose lui.

Perché non avevo dato ascolto a Pietrik? Forse aveva ragione. Certe persone non imparano mai.

Capitolo 45
Kasia

1959

Mi ci volle un po' per uscire dalla macchina al checkpoint, perché per quanto ci provassi la portiera non si apriva. Mi spostai dall'altro lato e uscii dalla parte del passeggero, con grande divertimento delle guardie di frontiera, in piedi con le armi in bella vista.

La pioggia si era ridotta a una nebbiolina rugiadosa, la vidi posarsi sulla falda del cappello lucido dell'agente che mi aveva ordinato di scendere. Mi appoggiai con una mano al cofano dell'auto, perché le mie gambe erano sul punto di cedere, ma la tolsi subito: il metallo era bollente. Colpa del motore. La macchina si stava surriscaldando?

«Ha dei bei documenti», disse l'agente. «Ma li abbiamo sostituiti con un pass giornaliero».

«Ma sono…».

«Se non le sta bene può andarsene», disse lui. «E in ogni caso si porti via questa macchina, è arrivata al capolinea».

Presi il pass. L'agente si era accorto che mi tremavano le mani? Quel pass, ormai umido e non più grande di un pacchetto di sigarette, era un ben misero risarcimento per i miei splendidi documenti.

«Si assicuri di tornare qui alle sei di domattina, o resterà a farci compagnia». Fece cenno all'auto successiva di avvicinarsi, ponendo fine alla conversazione.

Quando tornai a sedermi davanti al volante tirai un sospiro di sollievo. Il secondo checkpoint fu più facile, e quando le guardie di frontiera della Germania Ovest mi fecero entrare mi diressi immediatamente a nord, verso Stocksee.

La Germania Ovest era un mondo completamente diverso, un Paese delle meraviglie fatto di campi verdi e fattorie ordinate. Le strade erano lisce e i camion moderni mi superavano con facilità, visto che la mia auto non toccava nemmeno gli ottanta chilometri orari. Mi fermai solo una volta, al primo ufficio del telegrafo che vidi, per scrivere a Caroline che ero in viaggio.

A un certo punto, vicino a Stocksee, udii un forte rumore metallico e quando mi voltai vidi la marmitta della mia auto rimbalzare sull'asfalto e rotolare a un lato della strada. Tornai indietro per recuperare quel pezzo di metallo oblungo e lo buttai sul sedile posteriore. Adesso quando davo gas l'auto produceva lo stesso frastuono della motocicletta più rumorosa che si possa immaginare, ma ormai non avevo scelta. Dovevo continuare.

Arrivai a Stocksee nel primo pomeriggio e rabbrividii quando oltrepassai il cartello decorato con dei fiori che diceva: WILLKOMMEN IN STOCKSEE! Era lì che abitava Herta? Stocksee era una cittadina di campagna vicina a un lago che portava lo stesso nome. Un lago grande, tranquillo e scuro. A quella donna erano sempre piaciuti i laghi.

Superai diversi campi coltivati e giunsi nel centro di Stocksee, piccolo e grazioso. A giudicare dall'abbigliamento degli abitanti, doveva essere un luogo piuttosto conservatore, perché la maggior parte delle persone indossava il costume tradizionale, il *Tracht*, che prevedeva *lederhosen* e giacca lunga per gli uomini, e il *Dirndl* per le donne. Rallentai e mi accostai al marciapiede, per chiedere informazioni a un uomo nel mio tedesco parecchio arrugginito.

«Mi scusi, signore, potrebbe dirmi da che parte è Dorfstrasse?». L'uomo mi ignorò e continuò a camminare. Provai una fitta acuta di panico quando vidi passare una donna che assomigliava a Gerda Quernheim. L'infermiera Gerda del campo, che mi camminava accanto sul marciapiede. Possibile che fosse lei? O era in prigione?

Alla fine trovai lo studio medico, un edificio di mattoni bianchi a un solo piano. Parcheggiai più giù lungo la strada, contenta di poter spegnere la macchina, e rimasi seduta lì, attirando gli sguardi ostili dei passanti. Uno sbirciò con aria eloquente sul sedile posteriore, guardando la marmitta che giaceva lì. Tentai di calmare il ritmo del mio respiro e ripresi coraggio. Dovevo tornarmene a casa? Chiamare la polizia e chiedere aiuto? Poteva anche andare a finire male.

Una Mercedes-Benz argentata mi passò accanto e accostò al marciapiede davanti allo studio medico. Un modello vecchio, ma era il tipo di macchina che sarebbe piaciuto a Pietrik.

Dall'auto scese una donna. Possibile che Herta guidasse un'auto così costosa? Ma perché avevo dimenticato di prendere gli occhiali? Il cuore mi batteva all'impazzata, come un pesce che si dibatte sul ponte di una nave. Quella donna... era troppo magra per essere lei, giusto? Le mie mani sudate scivolavano sul volante dell'auto mentre la guardavo entrare nello studio.

Mi spostai sul sedile del passeggero e uscii. La portiera protestò con un cigolio e io agitai le mani, umide come due stracci, nel tentativo di calmarmi.

Entrai nello studio medico e mi fermai a leggere la targa d'ottone accanto alla porta: MEDICO DI BASE. Sotto c'era la frase: AMIAMO TUTTI I BAMBINI. Bambini? Non poteva trattarsi di Herta. Chi avrebbe mai permesso a una come lei di avvicinarsi a un bambino?

La sala d'aspetto non era grande, ma era insopportabilmente pulita e ordinata. Le pareti erano decorate con snervanti file di pesci e tartarughe, e in un angolo c'era un acquario. Mi sedetti e sfogliai qualche rivista, studiando ogni tanto i pazienti in attesa che lei si facesse viva. Era difficile guardare quei bimbi così ben nutriti e con la pelle liscia e pensare che Herta ci avrebbe messo sopra le mani. Appena venivano chiamate, le madri entravano nella stanza della dottoressa, proprio come un tempo era accaduto a noi. Faceva lei le iniezioni oppure lasciava il compito a un'infermiera?

Guardai un pesce angelo nell'acquario che risucchiava e poi sputava dei sassolini dal fondo coperto di ghiaia. Dall'altra parte della sala c'era una madre tedesca, il ritratto della purezza ariana. Durante la guerra i nazisti l'avrebbero messa sulla copertina di tutte le riviste. Pensai di raccontarle come venivano uccisi i bambini a Ravensbrück, ma poi cambiai idea. Mai fornire spontaneamente informazioni. I tedeschi diventavano subito sospettosi.

Sebbene la saletta fosse fresca, sentivo il sudore scorrere lungo la schiena. Per calmarmi presi a sfogliare la rivista «Madri tedesche». La guerra era finita da un pezzo, ma le Hausfrauen non avevano fatto molti passi avanti. Continuavano a lavorare duramente, anche se non più per il loro amato Führer. Se c'era da credere alla rivista, adesso i tedeschi veneravano un altro idolo: i beni di consumo. Volkswagen, hi-fi, lavastoviglie e televisioni. Almeno era un miglioramento rispetto al passato. La segretaria aprì la finestrella del suo gabbiotto.

«Ha un appuntamento?», chiese. Aveva dell'ombretto azzurro sulle palpebre. Trucco? Il Führer non avrebbe approvato.

Mi alzai in piedi.

«No, ma se il dottore è libero vorrei prenderne uno».

Lei mi porse una cartelletta con un lungo modulo agganciato sotto il fermaglio.

«Riempia questo e darò un'occhiata», disse.

Ai tedeschi piacevano ancora molto le scartoffie.

Riempii il modulo con il mio vero nome, da sposata, e un indirizzo fasullo nella vicina città di Plön. Era a malapena leggibile, perché le dita mi tremavano. Perché ero così agitata? La guerra era finita. Hitler era morto. Cosa mai poteva farmi Herta?

Ascoltai la musica mentre aspettavo. Cajkovskij? Non mi calmò affatto.

L'ultimo paziente entrò nella stanza del dottore, e io rimasi da sola. Si sarebbe ricordata di me? Ero sicura che avrebbe riconosciuto la sua opera.

La segretaria comparve al finestrino.

«La dottoressa la riceverà dopo l'ultimo paziente. Io vado via tra poco, posso avere il suo modulo?»

«Certo», dissi restituendole la cartelletta.

Sarei rimasta da sola con la dottoressa? Era meglio andarmene?

Andai all'attaccapanni di legno nell'angolo per appendere il cappotto. Era vuoto, fatta eccezione per un camice bianco da laboratorio. Sulla targhetta con il nome sopra il taschino c'era scritto: DR. OBERHEUSER. Fui attraversata da un brivido. Che strano vedere quel nome stampato. A Ravensbrück i membri dello staff stavano attenti a non rivelare i loro nomi. Non che servisse a molto.

La segretaria si alzò e mise in ordine la scrivania, pronta per andarsene.

Perché restare? Se me ne fossi andata in quel momento, nessuno avrebbe saputo che ero stata lì. Caroline avrebbe mandato qualcun altro.

L'ultima madre tornò nella sala d'aspetto, con una bambina in braccio, e mi sorrise mentre usciva. Ripensai alla figlia della signora Mikelsky con una fitta di tristezza. Ero ancora in tempo per seguire quella bella bambina fuori di lì e tornarmene a Lublino. Mi infilai di corsa il cappotto e mi avviai verso la porta con la bocca spalancata per risucchiare più aria possibile. Posai la mano sulla maniglia levigata.

Via.

Ma prima che potessi abbassare la maniglia, la segretaria aprì la porta della stanza.

«Kasia Bakoski?», disse sorridendo. «La dottoressa ora può riceverla».

Capitolo 46
Caroline

1959

Il 25 ottobre 1959 si rivelò la giornata perfetta per un matrimonio. Mia madre era in forma smagliante, nonostante gli Stati Uniti avessero appena lanciato nello spazio il missile Jupiter con a bordo le scimmie Able e Baker, e lei fosse tutta impegnata a scrivere lettere per porre fine a quella crudeltà sugli animali.

Fu un anno di prime volte. La prima visita diplomatica negli Stati Uniti di un presidente sovietico, Nikita Kruscev. La prima del musical *Gypsy* a Broadway. Il primo matrimonio a The Hay.

Serge e Zuzanna poterono godersi il bel tempo per le loro nozze, perché avevamo fatto erigere un costoso tendone nel terreno sottostante al giardino. A Bethlehem eravamo nel bel mezzo dell'estate di San Martino, calda, con un po' di nebbia e giusto qualche accenno di nuvole.

Non fu il tipico matrimonio dell'alta società, come qualcuno forse si aspettava, anzi tutto il contrario, a cominciare dalla nostra processione di ritorno dalla chiesa. Il nostro chiassoso gruppetto uscì in fila dalla chiesa cattolica di Bethlehem e attraversò il parco cittadino fino a The Hay, con l'accompagnamento delle campane di ogni chiesa della città. Tutta Bethlehem era venuta ad assistere al gran giorno di Serge e Zuzanna, a parte Earl Johnson, che aveva ritenuto suo dovere restare al suo posto all'ufficio postale.

Mia madre, con un sobrio abito di taffetà grigio, guidava la processione, con accanto Mr Merrill, il proprietario del negozio. Camminava all'indietro per dirigere l'orchestra dei suoi amici russi, che avevano decorato i loro strumenti con fiori vivaci e nastri.

Suonavano una versione vivace di *Gesù, gioia degli uomini* di Bach, che era adorabile eseguita con la balalaika.

Poi c'erano la sposa e lo sposo. Serge stava benissimo con uno degli abiti di gabardine di mio padre che avevamo riadattato appositamente per lui, e aveva lo stesso sorriso ampio di un pescatore in posa accanto a un marlin da trofeo sul molo di Key West. Ma chi non sarebbe stato orgoglioso di sposare la meravigliosa Zuzanna? Era un incrocio tra Audrey Hepburn e Grace Kelly, con in più un temperamento mite e gioioso. Lei e sua sorella Kasia, così risoluta, erano come il giorno e la notte. Kasia era franca e diretta, Zuzanna era più sottile.

Mia madre aveva cucito per lei un abito di pizzo ecru. Era molto grazioso, persino adesso che, in onore alla tradizione polacca, era coperto di banconote che la brezza faceva sventolare come tante frange. La sposa aveva un bouquet di rose Souvenir de la Malmaison coltivate da Mr Gardener, profumatissime e di un rosa acceso. Anche lo sposo aveva in braccio un piccolo bocciolo, un bimbo di dieci mesi di nome Julien, con la pelle di pesca e dei capelli "neri e lisci come quelli di un cinese", per dirla con le parole di mia madre. Era ufficialmente loro figlio da circa due settimane, e non credo fosse ancora riuscito a mettere un piede per terra: c'erano così tante persone che volevano continuamente tenerlo in braccio.

Dopo una serie di vari cugini e conoscenti c'eravamo Betty e io. Lei era raggiante nel suo abito di Chanel, con le testine di visone della sua stola che ondeggiavano a ogni passo. Io indossavo un abito attillato di lana grezza che mia madre aveva tirato fuori da chissà dove. Zuzanna mi aveva detto che lo trovava appropriato per la madre della sposa, facendomi scoppiare in lacrime ancora prima della cerimonia. A chiudere la fila c'era la scrofa Lady Chatterley, con una ghirlanda di margherite intorno al collo. Come molti altri invitati, era interessata soprattutto alla prospettiva di una buona torta.

La processione imboccò il nostro vialetto di casa. Dietro alle stalle, i campi di fieno si stendevano fino alla strada che si intravedeva in lontananza, Munger Lane. Il fieno era stato raccolto, il prato era adesso spoglio, a eccezione di qualche ciuffo di paglia. Le chiome degli aceri e degli olmi che lo costeggiavano stavano già cominciando a farsi rosse, e ondeggiavano nella brezza. L'occhio dell'osservatore era spinto naturalmente a proseguire fino in fondo al prato, dopo il frutteto, dove c'era la mia vecchia casetta dei giochi.

Osservai quella piccola copia della casa principale fatta di assicelle bianche, con il suo massiccio camino e l'ingresso decorato con un frontone e una serie di panche per bambini. La porticina nera scintillava sotto i raggi del sole e le tende di seta che aveva cucito Zuzanna, del colore del salice americano, si muovevano agitate dal vento. Non ero sorpresa che fosse diventata una specie di rifugio per Zuzanna. Era lì che andava quando aveva bisogno di un po' di riposo dal mondo. Un tempo anche per me era un rifugio, un posto dove trovare sollievo. Lì dentro avevo passato giornate intere a leggere dopo la morte di mio madre.

Quando la processione piegò in direzione del giardino dietro la casa, io e Betty andammo in cucina a prendere i pasticcini che il *sous-chef* di Serge aveva preparato.

Serge aveva aperto un ristorante vicino Woodbury, dove i ricchi abitanti di Manhattan andavano a trascorrere il weekend. L'aveva chiamato Serge! ed era un graziosissimo buchetto che il sabato sera aveva sempre la fila fuori dalla porta. Non c'era da stupirsi, tutti sapevano che i newyorchesi non resistevano più di ventiquattr'ore senza del buon cibo francese e uscivano a cercarlo come cani da tartufo. O forse la causa di tutta quella fila erano i dolci polacchi di Zuzanna.

«Anche tu adori le tradizioni polacche, Caroline? Appuntare soldi sull'abito da sposa. Geniale». Betty prese un pasticcino dalla scatola e se lo infilò in bocca tutto intero.

Io mi legai intorno alla vita uno dei nuovi grembiuli di Serge, con una S nera sul davanti.

«Sì, ma smettila di attaccare banconote da cento dollari, Betty. È una cosa volgare».

«Ma è una tradizione così pratica».

«Almeno distrai Zuzanna. Così non pensa alla sua famiglia: nessuno è riuscito a venire».

«Quei due hanno un gran bisogno di un viaggio di nozze. Prendersi cura di un bambino che sta mettendo i denti dev'essere sfibrante».

«Le manca sua sorella».

«Kasia? Falla venire qui, santo cielo».

«Non è così facile, Betty. La Polonia è un Paese comunista. Ho già avuto abbastanza problemi a procurarle un visto di transito per la Germania...».

«Per andare da quella dottoressa? *Sul serio*, Caroline?»

«Le ho mandato tutto ciò che le serve, ma ancora non ho ricevuto risposta».

Tramite posta prioritaria avevo spedito il mio pacchetto in Polonia settimane prima, con denaro più che sufficiente per il viaggio fino a Stocksee, ma non avevo più saputo nulla. E non ero l'unica in attesa di sapere se si trattava davvero di Herta Oberheuser. C'era una schiera di medici britannici disposta ad aiutarmi a far pressione sul governo tedesco perché le revocasse la licenza medica. Anche Anise e le sue amiche erano pronte a dare battaglia. Herta era solo una dei tanti criminali nazisti della nostra lista che dovevano essere costretti ad affrontare la responsabilità delle loro azioni.

«La tua capacità di persuasione è incredibile, cara. Ma non mi convinceresti mai a trascinarmi fino a una sperduta cittadina tedesca per identificare una dottoressa nazista pazzoide».

Ma come faceva Betty a ridurre ogni situazione a una caricatura assurda? Avevo forse approfittato di Kasia chiedendole di identificare Herta? Sarebbe andato tutto bene, lei era una persona forte e capace, in qualche modo mi ricordava me stessa alla sua età.

«Be', in ogni caso non preoccuparti troppo, Caroline. Ho un regalo per te».

«Non dovevi».

Betty posò una borsa di Schiaparelli sul tavolo della cucina.

«Betty, che meraviglia».

«Oh, la borsa è di tua madre, e la rivuole indietro. Invecchiando è diventata davvero una taccagna. Il regalo è dentro».

Infilai la mano nella borsa e sentii del tessuto di flanella, insieme a un inconfondibile rumore metallico attutito dalla stoffa. Seppi subito di cosa si trattava.

«Oh, Betty». Mi appoggiai al tavolo della cucina per sostenermi.

Tirai fuori un involto di flanella e lo srotolai. All'interno c'era un set di posate per ostriche.

«Sono tutte lì», disse Betty. «Ho passato anni a ricomprarle da

Mr Snyder. Sai che mi telefona sempre quando ha qualcosa di buono. E quando mi ha detto che aveva dell'argento Woolsey...».

Tirai fuori una ventina di involucri dalla borsa e li impilai sul tavolo, componendo una piramide di flanella marrone. C'erano persino le pinze da pasticceria.

Betty mi abbracciò e io appoggiai la guancia sul morbido visone. «Adesso non scoppiarmi a piangere, Caroline. Questo è un giorno di festa».

Quanto ero fortunata ad avere un'amica così generosa. Mia madre avrebbe fatto finta che non le importasse, ma di sicuro sarebbe stata felice di sapere che avevamo di nuovo tutto l'argento Woolsey.

Io e Betty sistemammo la torta nuziale su un tavolino in giardino e usai le pinze appena ritrovate per servire i pasticcini. La coppia felice era in piedi circondata dagli invitati e dalle ultime foglie autunnali delle ortensie, con i loro boccioli tondi e bianchi, che parevano curvarsi sulla folla per partecipare ai festeggiamenti. Mia madre, con Julien in braccio, tagliò la torta, mentre lo sposo e la sposa prendevano insieme la coppa degli innamorati e bevevano la vodka, con Betty e i membri dell'orchestra che gridavano «*Gorku, gorku!*» per incitarli.

Mentre rientravo in casa per prendere dell'altra limonata udii suonare il campanello di una bicicletta e quando mi voltai vidi Earl Johnson che faceva il giro della casa, lasciando una traccia scura sull'erba, simile a un serpente. Era in sella alla sua Schwinn Hornet rossa, con un faretto cromato e il cestino bianco pieno di margherite gialle di plastica.

Earl si tolse il cappello ed ebbe almeno la buona creanza di mostrarsi imbarazzato. «Scusi se ho rovinato l'erba, Miss Ferriday».

«Non si preoccupi, Earl», dissi. In fondo gli avevo solo ripetuto fino alla nausea di non passare sul prato. «È soltanto erba. Magari però la prossima volta faccia il giro lungo, okay?».

A quel punto vidi spuntare Zuzanna, che veniva verso di noi con il bambino in braccio. Mentre camminava raccolse un ramoscello di lillà tardo autunnali. Lo usò per carezzare Julien sotto il mento, facendolo sgambettare contento come una ranocchia. Ora che finalmente stava bene, Zuzanna camminava con passo più sicuro.

Earl si fermò e rimase a cavalcioni della bici. «Ho una lettera per lei. Da...». Indicò con un cenno del capo l'indirizzo del mittente.

Gli presi la busta dalle mani.

«Grazie, Earl». La guardai per il tempo necessario a riconoscere la grafia di Paul e la infilai nella tasca del grembiule. La tastai con le dita e sentii che era molto spessa. Un buon segno. Era una coincidenza che la Pan Am avesse inaugurato da poco dei voli diretti da New York a Parigi?

Earl tirò fuori una seconda busta dal cestino della sua bici. «È un telegramma. Dalla Germania Ovest». Me lo porse e rimase in attesa, con le mani sul manubrio.

«Grazie, Earl. Ci penso io adesso».

Earl si voltò augurandomi una buona giornata e riportò la bici davanti all'edificio, ma fu intercettato da mia madre, che lo dirottò verso la casa.

Zuzanna mi raggiunse, con uno sguardo pieno di aspettative.

Aprii un lato della busta e tirai fuori il telegramma. «È da parte di Kasia. Dalla Germania Ovest».

Alle narici mi giunse il profumo di ossido di zinco e talco per bambini quando Zuzanna posò la sua mano sulla mia. Era fredda, ma morbida e gentile. La mano di una madre.

«Lo leggo ad alta voce?», chiesi.

Zuzanna annuì.

«Dice: IN VIAGGIO PER STOCKSEE. DA SOLA».

«Tutto qui?», chiese Zuzanna. «Dev'esserci dell'altro».

«Mi dispiace, ma è tutto qui cara. È firmato "Kasia"».

Zuzanna mi lasciò la mano e si ritirò su. «Quindi ci è andata. A vedere se è davvero Herta. Da *sola?*»

«Temo di sì, cara. Sai quanto è importante. Lei è una ragazza coraggiosa. Andrà tutto bene».

Zuzanna strinse a sé Julien. «Tu non sai come sono loro».

Si voltò e si incamminò in direzione della casetta, con il bambino in braccio che guardava la mia sagoma rimpicciolirsi con un pugnetto accanto alla bocca. Mentre osservavo Zuzanna attraversare il prato, l'orchestra attaccò *Young Love*, di Sonny James. Quando raggiunse la casetta Zuzanna entrò e si richiuse con dolcezza la porta alle spalle, lasciandomi con la sensazione sempre più netta che alla fine forse mi ero davvero spinta un po' troppo in là.

Capitolo 47
Kasia

1959

La segretaria mi fece entrare nella stanza della dottoressa.

«Aspetti qui», disse.

L'arredamento era molto grazioso, con un tappeto orientale, le pareti verde pallido e una portafinestra che si affacciava su un tranquillo giardino. C'era odore di cuoio e legno antico, e i mobili avevano l'aria costosa. Un divano imbottito. Un tavolinetto marrone lucido con le gambe a forma di zampe di leone. Un'alta poltrona di cuoio dietro all'ampia scrivania della dottoressa. Dall'altra parte del tavolo c'era una sedia in paglia di Vienna, destinata evidentemente ai visitatori. Davvero era quello il posto in cui Herta passava le sue giornate? In tal caso, era un bel passo avanti rispetto al suo ufficio precedente. E di certo non mangiava fagioli da un barattolo.

«Lei è l'ultimo appuntamento», disse la segretaria. «La dottoressa ha avuto una lunga giornata. Due interventi chirurgici stamattina».

«Certe cose non cambiano mai», dissi.

«Mi scusi?».

Andai alla sedia. «Oh, niente».

Le mani mi tremavano mentre mi appoggiavo ai braccioli e mi accomodavo. Una parete era occupata da scaffali a muro pieni di libri, mentre su una mensola c'era un orologio in porcellana rosa.

«Io sto andando via», disse la segretaria. «Ecco la sua ricevuta. La dottoressa arriva subito».

«Grazie», dissi.

Lanciai uno sguardo alla ricevuta: in cima al foglio, in caratteri graziosi, era stampato il nome DR HERTA OBERHEUSER. La prova che cercavo!

Fui sul punto di afferrare la mano della segretaria per pregarla di rimanere, invece poi la guardai uscire. Ma cosa poteva mai succedere? La porta si richiuse piano. Se quello era davvero l'ufficio di Herta, quanto sarebbe stato bello rinfacciarle tutto e poi andarmene sbattendo quella stessa porta!

Mi alzai e mi avvicinai agli scaffali, il tappeto attutiva il suono dei miei passi. Passai un dito su una serie di volumi rilegati in cuoio liscio e ne tirai fuori uno piuttosto pesante, l'*Atlante di chirurgia generale*. La specialità di Herta. Rimisi il libro al suo posto e mi avvicinai al quadro con la cornice dorata che raffigurava delle mucche su un prato. Sulla scrivania c'erano un sottomano, un telefono, una scatola di fazzoletti e una brocca d'argento posata su un piattino di porcellana. Le pareti esterne della brocca grondavano acqua. E anche io.

Guardai i diplomi appesi alla parete. SCUOLA DI MEDICINA DI DÜSSELDORF – DERMATOLOGIA. Ce n'era un altro in Malattie Infettive. Niente diploma di chirurgia? Mi versai un bicchiere d'acqua.

La porta si aprì, e quando mi voltai vidi entrare nella stanza la donna che era scesa dalla Mercedes argentata. Rimasi impietrita, all'improvviso mi sentivo la bocca piena di sabbia. Posai il bicchiere sul tavolo. Era Herta.

Andò alla scrivania con una cartelletta in mano, il camice da dottoressa e uno stetoscopio nero intorno al collo. Grazie a Dio non mi porse la mano, perché avevo i palmi sudatissimi.

Tornai a sedermi, tremante, mentre lei consultava il mio modulo sulla cartelletta, con un'aria tra l'annoiato e l'irritato.

«Cosa posso fare per lei, signora Bakoski? È una paziente nuova?»

«Sì, nuova», dissi incrociando le mani in grembo per farle smettere di tremare. «Sto cercando un medico di base».

Lei si sedette sulla poltrona di cuoio e si avvicinò alla scrivania.

«È polacca?», chiese togliendo il cappuccio della penna stilografica. Avevo percepito una punta di disprezzo?

«Esatto», dissi sforzandomi di sorridere. «Mio marito fa il fruttivendolo».

Perché continuavo a tremare in quel modo? Qual era il peggio che poteva accadere? Il comandante Suhren era sepolto in qualche cassa di legno in un cimitero tedesco. Oppure no? Al ritmo con cui i nazisti spuntavano fuori in quella città, rischiavo di vederlo passeggiare lungo il lago sullo sfondo.

«Vive a Plön?». Si accigliò, sollevò il mio bicchiere dalla scrivania e lo poggiò su un sottobicchiere di stoffa.

«Sì», dissi.

«In via della Scuola?»

«Esatto».

«Strano, non c'è nessuna via della Scuola a Plön».

«Ho scritto via della Scuola? Ci siamo appena trasferiti in città». Fuori dalla finestra vidi una gazza agitare le ali.

«Come posso aiutarla, signora Bakoski?».

Com'era possibile che non mi avesse riconosciuta, quando il suo volto invece era impresso a fuoco nella mia memoria?

«Può parlarmi della sua esperienza e delle sue qualifiche?», chiesi.

«Ho studiato come dermatologa, ma di recente sono passata alla medicina di base dopo aver esercitato per molti anni nella clinica di Hohenlychen e in un ospedale universitario di Berlino».

Il mio cuore smise di martellare nel petto e mi calai meglio nel mio ruolo. Non mi aveva riconosciuta davvero.

«Oh, dev'essere stato molto interessante», dissi. «E prima?»

«Ho lavorato come dottoressa in un campo di rieducazione femminile a Fürstenberg».

Si appoggiò allo schienale della poltrona e intrecciò le dita. Era senza dubbio Herta, ma era cambiata. Era diventata più raffinata, aveva i capelli più lunghi e degli abiti costosi. La prigione non l'aveva spezzata, in qualche modo l'aveva resa più sofisticata. Sentii la tensione prendere possesso del mio corpo a quel pensiero. Com'era possibile che la criminale si godesse una vita di lusso, mentre la vittima andava in giro su un catorcio?

«Oh, Fürstenberg è un posto adorabile», dissi. «Con il lago e tutto il resto».

«Ci è stata?».

Era arrivato il momento. Dovevo fare una scelta. Andarmene accontentandomi di averla identificata oppure restare per prendermi ciò che volevo veramente.

«Sì. Sono stata prigioniera lì».

L'orologio batté la mezz'ora.

«È stato molto tempo fa», disse Herta. Si raddrizzò sulla poltrona e si mosse come per mettere in ordine oggetti inesistenti sulla scrivania. «Se non ha ulteriori domande, ho altri pazienti e sono già in ritardo».

Ecco la vecchia Herta. Riusciva a essere gentile solo per poco.

«Sono il suo ultimo appuntamento», dissi.

Lei sorrise. Non l'avevo mai vista farlo. «Perché rivangare quella vecchia storia? È qui per farsi giustizia in qualche modo?».

Il discorso che avevo provato e riprovato si era come cancellato dalla mia mente. «Davvero non mi riconosce?».

Il suo sorriso svanì.

«Ha eseguito interventi chirurgici su di me. Ha ucciso delle ragazze. Delle bambine. Come ha potuto farlo?»

«Facevo solo il mio lavoro. E ho passato anni in prigione solo per aver fatto delle sperimentazioni accademiche».

«*Cinque* anni. Gliene avevano dati venti. Ed è questa poi la sua scusa? Sperimentazioni accademiche?»

«Lo scopo di quelle sperimentazioni era salvare i soldati tedeschi. E per sua informazione, il governo tedesco ha esercitato per anni il diritto di servirsi dei cadaveri dei criminali giustiziati a scopi di ricerca medica».

«Solo che noi non eravamo *cadaveri*, Herta».

Lei mi scrutò più da vicino. «Ho già scontato la mia pena, e adesso, se vuole scusarmi...».

«C'era anche mia madre a Ravensbrück».

Herta chiuse il cassetto della scrivania con un po' troppa energia. «Non può pretendere che io ricordi ogni singola Häftling».

«Halina Kuzmerick».

«Non mi dice niente», disse Herta senza esitare un solo istante.

«L'aveva fatta trasferire al Blocco 1».

«C'erano centinaia di migliaia di Häftling a Ravensbrück», disse Herta.

«La smetta di chiamarle Häftling».

«Non mi ricordo di questa persona», disse Herta lanciandomi una rapida occhiata.

Aveva paura di me?

«Halina Kuzmerick», dissi di nuovo. «Era un'infermiera. Lavorava con lei al Revier».

«C'erano infermiere sufficienti a coprire tre turni. Come può pensare che io ne ricordi una in particolare?»

«Era bionda e parlava bene il tedesco. Era un'artista».

Herta sorrise. «Mi piacerebbe poterla aiutare, ma la mia memoria non è granché. Mi dispiace, non posso ricordarmi di tutte le infermiere che facevano ritratti».

Fuori le nuvole si spostarono e un raggio di sole penetrò dalla finestra, posandosi sulla scrivania di Herta. Intorno a me tutto parve rallentare.

«Non ho mai detto che faceva ritratti».

«Devo chiederle di andarsene. Sono davvero occupata. Il mio...».

Mi alzai. «Cosa è successo a mia madre?»

«Se è una persona intelligente, se ne torni in Polonia».

Mi avvicinai alla sua scrivania. «Possono anche averla fatta uscire di prigione, ma c'è chi pensa che lei meriti una punizione più severa. Ed è tanta gente. Gente potente».

«Ho già pagato».

Herta rimise il cappuccio alla penna e la gettò sul sottomano della scrivania. Il suo anello catturò i raggi del sole proiettando un caleidoscopio di luce sul tavolo.

«Che bell'anello», dissi.

«Era di mia nonna», rispose Herta.

«Lei è una persona malata. Patologica».

Herta guardò fuori dalla finestra. «Non so di cosa sta parlando».

«Comprendere o manifestare comportamenti disadattivi...».

«L'anello appartiene alla mia famiglia da...».

«La pianti, Herta».

Lei prese un grazioso portafogli dal cassetto. «È qui per avere dei soldi? A quanto pare i polacchi non fanno altro che mendicare».

«Se non mi dice esattamente cosa è successo a mia madre andrò dalle persone che mi hanno mandata qui e gli dirò dove trovarla, con la sua Mercedes-Benz e la sua clinica dove cura dei *bambini*. Dopodiché andrò a raccontare tutto alla stampa. Racconterò di come ha ucciso delle persone. Bambine. Madri. Anziane. Eppure eccola qui, come se nulla fosse».

«Io non...».

«Ovviamente non credo che potrà tenere questi bei quadri e i libri rilegati...».

«Basta così!».

«E anche quel bell'orologio...».

«La *smetta.* Mi lasci pensare». Herta si guardò le mani. «Lavorava molto bene, se non mi sbaglio. Sì, gestiva bene il Revier».

«E?». Se andavamo avanti a quel ritmo sarei arrivata al checkpoint con ore di ritardo.

Herta inclinò il capo di lato. «Come so che non andrà comunque dalla stampa?»

«Vada avanti», dissi.

«Be'... scoprimmo che rubava. Ogni genere di cose. Bende. Sulfamidici. Non riuscivo a crederci. A quanto pare una farmacista della città, Paula Schultz, le passava parte dei rifornimenti che veniva a consegnare alla farmacia delle SS. Stimolanti per il cuore. E lucido da scarpe per i capelli, in modo che le donne anziane...».

«So a cosa serviva. Vada avanti».

«Già questo era abbastanza, e non sapevo della lista». Herta mi lanciò un'altra rapida occhiata.

Mi protesi verso di lei. «Che lista?»

«La lista dei pazienti per gli esperimenti con i sulfamidici. L'infermiera Marschall scoprì che sua madre l'aveva presa per... be', per modificarla».

«In che senso modificarla?», chiesi. Ma sapevo già la risposta.

«Tentò di cancellare il suo nome e quello di sua sorella. E anche di un'altra prigioniera».

«Quindi l'hanno uccisa?», dissi con le lacrime agli occhi.

«Prima l'avevano mandata nel bunker. Poi l'infermiera Marschall disse a Suhren del carbone. Di come lei lo usava per preparare dei rimedi da dare alle Häftling con la dissenteria. Io non gli avevo neanche detto che l'avevamo sorpresa a frugare nell'armadietto della farmacia. Ma per Suhren il carbone era già sufficiente».

«Sufficiente per decidere di ucciderla», dissi. Mi sentivo come risucchiata in un abisso.

«Rubava risorse *del Reich!*», disse Herta.

«E lei non li ha fermati».

«Non sapevo cosa era successo».

«Il muro?». Frugai nella borsa in cerca del mio fazzoletto, incapace di continuare.

Herta colse l'occasione.

«Adesso devo proprio andare», disse cominciando ad alzarsi.

«*Seduta*», dissi. «Chi è stato a spararle?»

«Non credo che...».

«Chi è stato, Herta?», dissi alzando la voce.

«Otto Poll», disse lei, parlando più veloce. «Binz lo svegliò nel cuore della notte».

Herta *aveva* paura di me. Solo quel pensiero mi diede forza.

«Come è successo?»

«Non credo che lei voglia...».

«Come è *successo?* Non lo chiederò di nuovo».

Herta sospirò e serrò le labbra.

«Vuole saperlo davvero? Benissimo. Mentre andavano al muro, Halina continuava a dire a Otto che conosceva un uomo delle SS. Un pezzo grosso. Lennart qualcosa. "Lo contatti. Lui garantirà per me". Ci tengo a farle sapere che avevo spedito una lettera da parte sua a questo Lennart. Correndo un grande rischio».

Ecco spiegato perché Brit aveva visto Lennart al campo. Lennart il coraggioso era venuto davvero a salvare Matka, dopotutto. Solo che era arrivato troppo tardi.

«Vada avanti», dissi.

«Otto continuava a dire a Binz "È sicura?". A lui piacevano le donne. Poi Halina chiese un favore...».

«Che favore?»

«"Fatemi vedere le mie figlie un'ultima volta", disse. E Suhren acconsentì... una grossa concessione da parte sua, considerando il suo tradimento. Non avevo idea che nel frattempo avessimo operato lei e sua sorella. Binz la portò nella stanza dove stavate dormendo. E dopo lei la seguì senza fare storie. Incontrarono Suhren al muro e procedettero. "Fallo", disse Binz a Otto, ma la sua pistola si inceppò. Lui piangeva. Lei piangeva. Era un *casino*».

«E poi?», chiesi.

«Tutto questo è indecente», disse Herta.

Volevo davvero sapere?

«Me lo dica», insistei.

«Poi finalmente lo fece». Herta si interruppe. Il suo ufficio era così silenzioso. Si sentiva solo il rumore di alcuni bambini che giocavano nel giardino.

«Come?», le chiesi. *Devi solo andare in fondo a questa storia e poi potrai tornare in macchina, a casa.*

Herta si dimenò sulla poltrona e il cuoio scricchiolò. «Quando lei non se lo aspettava».

Alla fine ecco qui la storia che avevo tanto atteso di ascoltare. Mi sedetti. Mi sembrava di essere vuota come un guscio d'uovo, ma mi sentivo anche stranamente viva. Per quanto fosse dura, di colpo volevo sapere tutto, perché ogni dettaglio penetrava in profondità dentro di me e mi riportava alla vita.

«Ha gridato? Le pistole le facevano così paura».

«Era di schiena. Non se lo aspettava». Herta si asciugò una lacrima.

«E lei? Cosa ha provato?»

«Io?», mi chiese Herta. «Non lo so».

«Deve aver provato *qualcosa* quando l'ha scoperto».

«Ero molto triste». Tirò fuori un fazzoletto dalla scatola. «È felice adesso? Era una brava lavoratrice. Praticamente una tedesca. E Suhren punì anche me per essermi avvicinata troppo a lei».

«Era vero? Vi eravate avvicinate?».

Herta scrollò le spalle. «In qualche modo eravamo diventate un po' amiche».

Sapevo che alla dottoressa piaceva Matka, ma mia madre aveva davvero fraternizzato con quella criminale? Di sicuro aveva soltanto fatto finta per continuare a passarci rifornimenti.

«Se avesse saputo che eravamo le figlie di Halina, ci avrebbe tolte dalla lista?».

Herta intrecciò le dita e si guardò i pollici. Restammo immobili ad ascoltare il ronzio di sottofondo di un tosaerba.

Dopo qualche secondo mi alzai.

«Capisco. Grazie per avermi raccontato la storia».

Perché mai l'avevo *ringraziata?* Era tutto così surreale. Perché non riuscivo a urlarle contro, a dirle di andare all'inferno?

Mi avviai verso la porta, poi tornai indietro.

«Mi dia l'anello», dissi.

Lei si portò le mani al petto.

«Se lo tolga», dissi. «E lo lasci sulla scrivania».

Il solo pensiero di toccarla mi faceva venire la nausea.

Herta rimase immobile per un lungo istante, poi fece per sfilarsi l'anello.

«Ho le dita gonfie», disse.

«Mi faccia vedere». Presi un profondo respiro e le afferrai la mano. Sputai sull'anello e lo ruotai avanti e indietro. Finalmente venne via, rivelando una piccola striscia di pelle più bianca alla base del dito.

«Ecco qua», disse Herta evitando il mio sguardo. «È contenta adesso? Se ne vada».

Si alzò, andò alla finestra e guardò il giardino.

«Mi aspetto che tenga fede alla sua parte dell'accordo. Non lo dirà ai giornali, vero? Ho la sua parola?».

Asciugai l'anello sulla gonna, per cancellare ogni traccia di Herta. Poi me lo infilai sulla mano sinistra. Era freddo e pesante. Mi stava perfettamente.

Matka.

Andai alla porta.

«Non sentirà più parlare di me», dissi.

Herta si voltò. «Signora Bakoski».

Mi fermai.

Herta era in piedi, con un pugno chiuso davanti al petto. «Io…».

«Che c'è?»

«Volevo solo dirle che, be'…».

L'orologio ticchettava.

«La riporterei indietro, se potessi».

Rimasi a fissarla per un lungo istante.

«Anche io», dissi.

Uscii dall'ufficio con una leggerezza nuova, lasciando la porta aperta. Non desideravo più sentirla sbattere rumorosamente.

Riuscii a trovare l'ufficio del telegrafo di Stocksee ed entrai di corsa per mandare due brevi telegrammi.

Il primo era per Pietrik e Halina: *Sto bene. Presto sarò a casa.*

L'altro era per Caroline, nel Connecticut: *È Herta Oberheuser. Non c'è alcun dubbio.*

Strappai la lettera indirizzata ai giornali. Di Herta si sarebbe occupata Caroline, a tempo debito. A me non importava più.

Guidai fino al checkpoint di Lubecca/Schlutup e lo superai senza grandi difficoltà. Non avevo dormito, ma mi sentivo sveglia e viva come non mai mentre guidavo verso Lublino, verso casa. Il motore senza più marmitta mi pareva potentissimo e andava su di giri alla minima pressione dell'acceleratore, mentre guidavo lungo le dolci colline che portavano a casa. La luce della luna illuminava la strada, superavo terreni incolti e scuri, fattorie blu e bianche, macchie di betulle bianche che riluccevano nel buio delle foreste.

Ripercorsi la mia conversazione con Herta, indugiando sul pensiero che mia madre mi aveva detto addio. Mi toccai la fronte e sorrisi. Il bacio del sogno era stato reale.

Aprii il finestrino e feci entrare nell'abitacolo buio della macchina il profumo dell'autunno. L'odore del fieno appena tagliato mi riportò al Prato dei Cervi, al pensiero del corpo caldo di Pietrik accanto a me, a lui che teneva in grembo la piccola Halina a colazione, che leggeva il giornale con il suo fagottino tra le braccia. Se la teneva stretta, senza mai lasciarla andare.

Quando arrivai alla periferia di Lublino era ancora buio, era quel tempo sospeso tra il momento in cui i lampioni si spegnevano e le prime luci dell'alba, quando tutto sembra ancora possibile.

Percorsi le strade lentamente, per non svegliare la città. Passai accanto alle lattaie che procedevano in silenzio insieme alle loro mucche, con i campanacci che suonavano nel buio.

Superai la piazza ai piedi del castello di Lublino, dove una volta c'era il ghetto. Era stato demolito dalle squadre dei lavori forzati durante la guerra. Era rimasta solo una targa di ottone. Passai davanti alla macchia color rosa delle nostra casa. Nel giardino posteriore, sopra la tomba di Felka, i lillà di Caroline avevano già attecchito e crescevano, stavano diventando una pianta bellissima e forte. Passai per le strade lungo le quali Matka mi aveva accompagnata a scuola. Il ricordo mi fece sorridere, non era più un coltello piantato nel mio cuore. Superai il nuovo ospedale e pensai a Zuzanna insieme a Caroline, e sperai che stesse bene. Magari io e Halina saremmo andate a New York un giorno. I musei d'arte le sarebbero piaciuti.

Quando rientrai nell'appartamento mi tolsi le scarpe e percorsi il corridoio fino alla stanza di Halina. Rimasi in piedi, al buio, a guardare il suo petto che si alzava e si abbassava. L'anello di Matka emanava riflessi di luce sul letto dove mia figlia riposava, con i capelli sciolti che assomigliavano a oro liquido. Non si mosse mentre io infilavo l'involto di flanella che conteneva i pennelli sotto il suo cuscino, le rimboccavo le coperte e la baciavo sulla fronte.

Andai in camera da Pietrik, sdraiato nella penombra con un braccio a coprire gli occhi. Mi slacciai il vestito e lo lasciai cadere sul pavimento. Poi mi infilai sotto le coperte e sentii la sua pelle liscia, respirai il suo odore di sigarette russe, sudore e casa.

Lui mi attirò a sé, e per la prima volta dopo tanto tempo sentii il portacipria fare *click*.

Nota dell'autrice

Questo libro è basato su una storia vera. Caroline Ferriday e Herta Oberheuser sono realmente esistite, così come tutti i nazisti di Ravensbrück, i genitori di Herta, e la madre e il padre di Caroline, Eliza e Henry Ferriday. Nel dar loro nuova vita come personaggi, ho fatto del mio meglio per rappresentarli correttamente e nel modo più realistico possibile. Leggendo le lettere di Caroline, le testimonianze del processo ai dottori di Norimberga, e quelle delle sopravvissute del campo, ho ricercato indizi e tracce delle possibili motivazioni di ciascun protagonista. I dialoghi sono frutto della mia immaginazione, ma quando possibile, per esempio nel capitolo del processo ai dottori, mi sono basata su testimonianze vere. Ho usato inoltre alcune parole di Caroline, tratte dalle sue lettere, dai resoconti che scrisse e dai ricordi delle persone che l'hanno conosciuta.

A Ravensbrück, il più grande campo di concentramento esclusivamente femminile di Hitler, la vita di ogni prigioniera dipendeva dal rapporto con le altre donne. Più di settant'anni dopo, le sopravvissute parlano ancora delle loro "sorelle" del campo, perciò mi è parso calzante incentrare la mia storia su due sorelle. Kasia Kuzmerick e sua sorella Zuzanna sono vagamente ispirate a Nina Iwanska e sua sorella Krystyna, che era medico. Entrambe furono sottoposte a operazioni al campo. Ho creato questi personaggi a partire dalle caratteristiche e dalle esperienze dei settantaquattro "Conigli" polacchi, persone alle quali mi sono molto affezionata nel corso della mia ricerca. Spero di aver ricreato degli esempi della forza d'animo e del coraggio dimostrati da tutte quelle donne. Ho due adorate sorelle, cinque cognate e due figlie – nel corso di ventiquattro anni ho visto il loro legame fraterno crescere e rafforzarsi giorno dopo giorno: era quindi impossibile che non rimanessi toccata dalla storia di Nina e Krystyna.

La prima volta che venni a conoscenza della storia di Caroline Ferriday fu grazie a un articolo della rivista «Victoria» pubblicato nel 1999, *Gli incredibili lillà di Caroline*. L'articolo mostrava alcune foto della casa di legno bianco di Caroline a Bethlehem, nel Connecticut, che la famiglia chiamava The Hay, nota adesso come villa Bellamy-Ferriday. C'erano anche alcune fotografie del giardino, disseminato di rose antiche e di cespugli di lillà. Da sempre appassionata di questo fiore e di tutto ciò che lo riguarda, conservai l'articolo e lo portai con me fino a consumarlo. Avevo tre bambini piccoli e di conseguenza poco tempo libero, ma qualche anno dopo visitai quella villa, senza sapere che quel viaggio avrebbe infine condotto al romanzo che adesso avete fra le mani.

Guidai fino a Bethlehem una domenica di maggio e lasciai la macchina sul vialetto coperto di ghiaia. Ero l'unica visitatrice quel giorno, perciò ebbi modo di respirare l'essenza della casa, che è rimasta come Caroline l'ha lasciata quando è morta, nel 1990. La carta da parati scolorita. Il letto a baldacchino. Le tende cucite a mano da sua madre Eliza.

Al termine della visita, la mia guida si fermò al secondo piano, sulla soglia della stanza da letto padronale, per farmela ammirare: c'erano la scrivania, la macchina da scrivere, le medaglie e una foto di Charles de Gaulle. Poi prese una foto in bianco e nero di un gruppo di donne sorridenti di mezza età, disposte su tre file.

«Queste erano le donne polacche che Caroline portò in America», disse. «A Ravensbrück erano conosciute come Conigli per due ragioni: primo perché dopo essere state operate zoppicavano saltellando per tutto il campo, e poi perché furono usate dai nazisti come animali da laboratorio».

Mentre tornavo a casa guidando lungo la Taconic Parkway, con la piantina di lillà appena comprata – figlia dei lillà di Caroline – che riempiva la macchina del suo dolce profumo, mi accorsi che quella storia non mi usciva dalla testa. Caroline è stata una vera eroina, con una vita affascinante: protagonista dell'alta società, poi attrice di Broadway, seppe galvanizzare la stanca America del dopoguerra e dedicò la sua vita ad aiutare donne dimenticate da tutti gli altri. Ispirandosi ai suoi antenati Woolsey, campioni dell'abolizionismo, si spese molto per sostenere la fondazione della prima banca dei neri ad Harlem. Eppure sembrava che nessuno la conoscesse.

Ho impegnato tutto il mio tempo libero a fare ricerche su Caroline, Ravensbrück e la seconda guerra mondiale. Ogni pomeriggio in cui riuscivo ad allontanarmi da casa lo passavo nella fresca cantina sotto il vecchio fienile di The Hay, oggi utilizzato come reception, a sfogliare vecchi libri e lettere, immersa nel passato di Caroline. Il Connecticut Landmarks e l'amministratrice Kristin Havill hanno catalogato tutto il materiale disponibile, suddividendolo in scatole e box d'archivio; Kristin poi non ha lesinato sforzi per portare i documenti su e giù dagli scaffali in modo che potessi esaminarli. Caroline ha lasciato altro materiale allo United States Holocaust Memorial Museum di Washington e anche a Nanterre, poco fuori Parigi, disseminando indizi qui e là: avevo quasi l'impressione che quelle tracce mi invitassero a ripercorrere la sua storia.

Più cose scoprivo sulla vita di Caroline, più notavo che essa si intrecciava alla storia di altre persone, in particolare a quella delle donne polacche che avevano subito operazioni chirurgiche a Ravensbrück. Mi addentrai in quella vicenda innanzitutto leggendo le loro testimonianze e altri resoconti, e scoprii che Caroline si era affezionata a loro come se fossero figlie sue.

Appesi nel mio studio le fotografie di tutte le settantaquattro donne polacche, e cominciai a pensare a un viaggio in Polonia, per vedere con i miei occhi Lublino, la città da cui provenivano molte delle ragazze arrestate.

Una terza persona continuava a spuntare fuori nel corso della mia ricerca su Ravensbrück, l'unico medico donna del campo e l'unico medico donna al processo di Norimberga: la dottoressa Herta Oberheuser. Come aveva potuto fare ciò che aveva fatto, e specialmente ad altre donne? Appesi anche la sua foto, insieme a quelle degli altri aguzzini di Ravensbrück, ma su una parete separata, e aggiunsi quella di Herta alle storie che avevo intenzione di raccontare.

Nel 2009 mi trasferii dal Connecticut ad Atlanta. Iniziai a scrivere. All'inizio andavo spesso a chiudermi nel canile, circondato da un muro di cemento e da una recinzione metallica, dietro la nostra casa, sperando di riuscire a immaginare come ci si sentisse in una prigione. Tentavo di provare ciò che avevano provato le donne di Ravensbrück. Ma leggendo le testimonianze e le storie di queste donne, capii che non c'era bisogno di ficcarsi dentro una gabbia per provare quella sensazione. Le loro parole la evocavano fin troppo bene. La terrificante incertezza. Lo strazio di perdere le amiche, le madri, le sorelle. La fame. Mi ritrovai a mangiare continuamente, come se mi nutrissi al posto loro.

L'estate seguente andai in Polonia e in Germania. Insieme a mio figlio diciassettenne che mi faceva da cameraman, atterrammo a Varsavia il 25 luglio 2010, e incontrammo Anna Sachanowicz, la nostra adorabile interprete, una maestra di scuola della periferia di Varsavia.

Passeggiando per Lublino e vedendo i luoghi cui le sopravvissute facevano riferimento nelle loro memorie, la storia prese vita. Visitammo il castello di Lublino, ovvero il luogo in cui le donne di Ravensbrück furono imprigionate inizialmente, e passammo un incredibile pomeriggio al Museo "Sotto l'Orologio", che ancora ospita le celle in cui molti membri del movimento clandestino polacco furono torturati, e dove è esposta una delle lettere segrete con cui le ragazze denunciarono al mondo esterno le operazioni chirurgiche. Attraversammo la Porta di Cracovia, bombardata dai nazisti, e la grande piazza ai piedi del castello di Lublino, dove una volta sorgeva il ghetto ebraico. Tutto questo mi diede un nuovo stimolo: volevo assicurarmi che il mondo *sapesse*. Ovunque andassimo, gli abitanti di Lublino ci raccontavano la propria esperienza degli anni della guerra, del massacro della foresta di Katyn, del periodo dello stalinismo, e della vita negli anni della Cortina di Ferro.

A Varsavia ebbi la fortuna di intervistare una sopravvissuta di Ravensbrück, Alicja Kubacka. Mi raccontò la storia del suo arresto, fornendomi numerosissimi dettagli storici. Ma fu la sua volontà di perdonare i suoi aguzzini che mi lasciò sbalordita, ribaltando completamente la mia prospettiva. Come poteva non provare risentimento, se non odio, verso tutti i tedeschi? Come poteva averli perdonati, e non solo, come poteva andare in Germania ogni anno, dietro loro richiesta, per aiutare il processo di riconciliazione?

Io e mio figlio decidemmo di prendere un treno che faceva un percorso simile al convoglio dei Conigli in quel terribile giorno di settembre del 1941 in cui furono deportati. Da Varsavia a Berlino, vedemmo le semplici stazioni polacche lasciare il posto a quelle moderne della Germania. Quando raggiungemmo la splendida Hauptbahnhof di Berlino, una sofisticata meraviglia di ingegneria, mi fu chiaro quanto la Polonia fosse rimasta indietro durante gli anni della Cortina di Ferro.

Il momento in cui scendemmo dal treno a Fürstenberg, sulla stessa banchina su cui avevano camminato le donne di Ravensbrück, fu surreale. Mentre io e mio figlio percorrevamo il cammino che le prigioniere furono costrette a fare al tempo, il campo compariva a poco a poco di fronte ai nostri occhi: il cancello metallico all'ingresso, le file di baracche distrutte e il muro massiccio ancora integro. Il forno crematorio c'è ancora, così come il sito in cui sorgevano le camere a gas, un capannone da pittura riadattato, che fu successivamente demolito. E poi il muro delle esecuzioni. Il lago in cui venivano gettate le ceneri delle prigioniere. La casa del comandante tutt'ora sovrasta il campo; la sartoria e il grande complesso di edifici in cui i nazisti smistavano il loro bottino di guerra ci sono ancora.

Una volta tornati negli Stati Uniti, scrissi per più di tre anni, facendo delle pause solo per volare a Parigi a setacciare l'archivio di Caroline a Nanterre. Lì collaboravo con un traduttore francese che mi leggeva le lettere di Caroline, molte indirizzate a Anise Postel-Vinay, una delle sue compagne in quella che lei considerava "una vita dedicata alla giustizia". Tutte le sere prendevo la metro da Nanterre, arrivavo al Grand Hôtel Lutetia e dormivo in una delle camere che una volta erano state utilizzate come stanze di ospedale per chi tornava dai campi.

In quello stesso anno passai molto tempo anche allo United States Holocaust Memorial Museum di Washington D.C., al quale Caroline ha lasciato il suo terzo archivio, contenente non solo i suoi scritti riguardanti i Conigli, ma anche i documenti del suo successivo impegno con gli amici dell'ADIR, un'organizzazione francese per il sostegno alle sopravvissute ai campi di concentramento – Caroline contribuì, tra le altre cose, anche alla caccia a Klaus Barbie.

L'obiettivo di tutte queste mie ricerche era scrivere un resoconto romanzato dei fatti accaduti a Ravensbrück, di trasportare i lettori nei luoghi dove vissero le persone coinvolte nelle vicende dei Conigli, e magari di fornire uno spaccato di ciò che quelle donne provarono, per far rivivere una storia che era stata dimenticata dal grande pubblico.

Quando racconto la storia dei Conigli, molti si chiedono cosa sia accaduto a Herta Oberheuser. A Norimberga, lei e Fritz Fischer sfuggirono al boia. Herta fu condannata a vent'anni di prigione, ma dopo cinque anni, nel 1952, fu rilasciata. Il governo degli Stati Uniti commutò la sua sentenza, forse per favorire il processo di distensione con i tedeschi durante la Guerra Fredda. Riprese a esercitare la professione medica a Stocksee, nel nord della Germania. Ma quando fu riconosciuta da una sopravvissuta di Ravensbrück, Caroline e Anise Postel-Vinay invitarono un gruppo di medici britannici a far pressione sul governo tedesco per revocare a Herta la licenza. Herta cercò di reagire facendo appello ad alcune amicizie potenti, ma Caroline si mise alla macchina da scrivere, fece pressione sulla stampa americana, britannica e tedesca, e nel 1960 la licenza di Herta fu definitivamente revocata e lei non poté più esercitare la professione di medico chirurgo.

Nel 1964, in seguito a un'altra vittoriosa campagna condotta da Caroline insieme a Norman Cousins, al dottor Hitzig e all'avvocato Benjamin Ferencz nel nome delle donne di Ravensbrück, il governo della Germania Ovest corrispose un risarcimento alle vittime. Fu uno dei maggiori successi di Caroline, un processo particolarmente lungo e tormentato, poiché la Polonia era sotto il controllo della Russia e il governo di Bonn rifiutava di riconoscerla come nazione.

Negli anni seguenti Caroline rimase in contatto con molti Conigli. Le ospitò spesso a casa sua. Loro la consideravano una madrina, appellativo con cui spesso le si rivolgevano nelle loro lettere. E lei parlava di loro come se fossero delle figlie.

Una notevole differenza rispetto agli eventi reali della vita di Caroline è la sua relazione con Paul Rodierre, un personaggio che è interamente frutto della mia immaginazione. Ho voluto inserire questa relazione nella vita di Caroline per darle un legame personale con la Francia e per drammatizzare gli eventi che ebbero luogo in quel Paese. Mi piace pensare che Caroline non avrebbe obiettato alla mia idea di darle questo bel partner letterario.

Caroline morì nel 1990. Ha lasciato la sua preziosa casa al Connecticut Landmarks, che la mantiene in ottime condizioni, come lei avrebbe desiderato. Vale veramente la pena visitarla, soprattutto a fine maggio, quando i lillà fioriscono: si capisce benissimo come mai Caroline e sua madre non si allontanassero mai a lungo dal loro amato giardino.

Se la mia versione della storia vi ha invogliato a saperne di più degli eventi che fanno da sfondo al libro, ci sono molti bei romanzi storici e testimonianze su questo argomento, inclusi *Women in the Resistance and in the Holocaust*, a cura di Vera Laska; *The Jewish Women of Ravensbrück Concentration Camp*, di Rochelle G. Saidel; e *Il cielo sopra l'inferno*, di Sarah Helm.

Vi auguro un buon viaggio. Con un po' di fortuna vi porterà in luoghi che mai avreste creduto possibili.

Ringraziamenti

Grazie infinite a tutti coloro che hanno fatto sì che la stesura di questo libro fosse un grande piacere.

Mio marito, Michael Kelly, che ha letto con gioia ogni bozza e ha condiviso il mio sogno di raccontare la storia di Caroline Ferriday, senza mai dubitare delle mie possibilità di successo.

Mia figlia Katherine, per la sua grande saggezza, il suo incoraggiamento, e per esser stata di ispirazione per l'ingegno e l'intuito di Kasia.

Mia figlia Mary, per i suoi preziosi suggerimenti editoriali, l'allegria, l'instancabile sostegno, e per avermi ispirato il personaggio di Zuzanna.

Mio figlio Michael, che mi ha seguito in Polonia e ha discusso con me infinite variazioni della trama, mentre lo accompagnavo a scuola e lo riportavo a casa ogni giorno.

Kara Cesare della Ballantine Bantam Dell, l'editor più attenta e talentuosa che un'autrice potrebbe desiderare, che ha compreso e *sentito* la storia di Caroline come nessun altro.

Nina Arazoza e tutto il gruppo della Ballantine Bantam Dell per l'instancabile entusiasmo e la collaborazione: Debbie Aroff, Barbara Bachman, Susan Corcoran, Melanie DeNardo, Katie Herman, Kim Hovey, Paolo Pepe, e molti altri.

La mia fantastica agente, Alexandra Machinist, che mi ha scelta in mezzo al mucchio, ha insistito perché questa storia fosse raccontata e ha reso possibile tutto quanto.

Betty Kelly Sargent per il suo precoce incoraggiamento e la sua competenza, e per avermi detto: «Mi serve solo un capitolo».

Le mie sorelle Polly Simpkins, per la sua grande saggezza, la generosità e l'amore incondizionato, e Sally Hatcher, incomparabile sorella maggiore.

Alexandra Shelley, straordinaria editor indipendente, per la sua onestà e immensa conoscenza della materia, e per il suo aiuto nella stesura.

L'incredibile Alicja Kubecka, sopravvissuta a Ravensbrück, per la sua amicizia e per avermi raccontato la sua straordinaria storia di lutto e perdono.

Wanda Rosiewicz e Stanislawa Sledziejowska-Osiczko per la loro dolcezza e il loro affetto, e per aver avuto il coraggio di condividere i dettagli della loro esperienza di vittime degli esperimenti con i sulfamidici a Ravensbrück.

Mia madre, Joanne Hall, che avrebbe potuto avere una casa piena di bellissimi pezzi d'antiquariato, ma ha scelto di averla piena di bambini.

Mio padre, William Hall, per la sua positività.

Mia cognata, la scrittrice Mary Pat Kelly, che mi ha detto: «Fallo e basta».

Alexander Neave, Benjamin Ferencz, George McClearly e Cecile Bernard, che hanno conosciuto Caroline e hanno generosamente condiviso con me i loro ricordi.

Kristin Havill, Erica Dorsett-Mathews, Marj C. Vitz, Carol McCleary e Barbara Bradbury-Pape della Bellamy-Ferriday House and Gardens, Connecticut Landmarks, per aver condiviso con me le proprie vaste conoscenze e per il loro sostegno.

I cari amici di mia madre Betty Cottle, Jan Van Riper e Shirley Kennedy, che mi hanno fatto conoscere una generazione di donne forti del New England che possono fare del mondo un posto decisamente migliore.

La regista Stacey Fitzgerald, per la sua amicizia e per avermi mostrato l'importanza dell'aiuto reciproco e della cooperazione.

Kristy Wentz, per il suo affetto e il supporto.

Jamie Latiolais, per il tocco magico e i profondi commenti sul manoscritto.

Il dottor Janusz Tajchert e la dottoressa Agnieszka Fedorowicz, che mi hanno accolta in Polonia e mi hanno fatto dono della loro conoscenza relativa al campo di Ravensbrück e agli esperimenti con i sulfamidici.

Bernard Dugaud, che ha condiviso con me il suo animo francese e il suo champagne.

Barbara Oratowska, direttrice del Museo del Martirio "Sotto l'Orologio" di Lublino, per le sue storie sulla città e sui Conigli, e per la sua dedizione e l'impegno verso le sopravvissute di Ravensbrück ancora in vita.

Anna Sachanowicz, che ci ha fatto da guida e interprete in Polonia, e Justyna Ndulue, che ci ha aiutati in Germania.

Hanna Nowakowskicz, per la sua amicizia e il suo aiuto.

David Marwell, direttore del Museum of Jewish Heritage, per il suo tempo.

Nancy Slonim Aronie, per il suo favoloso Chilmark Writing Workshop.

Natasa Lekic e Andre Walker, del New York Book Editors, per il loro aiuto e incoraggiamento.

Carol e Chuck Ganz, per il loro sostegno.

Carol Ann Brown, presidentessa della Old Bethlehem Historical Society and Museum, di Bethlehem, nel Connecticut, per il viaggio nel meraviglioso passato della città.

Jack Alexander e Chris McArdle dell'Arnold Arboretum dell'Università di Harvard, per aver condiviso con me la loro notevole conoscenza dei lillà.

Janie Hampton, autrice di *How The Girl Guides Won the War*, per il suo lavoro di ricerca.

Irene Tomaszewski, per il suo sostegno e per aver scritto il meraviglioso libro *Code Name: Zegota. Rescuing Jews in Occupied Poland, 1942-1945,* insieme a Tecia Werbowski.

Indice

PARTE SECONDA

PARTE TERZA